De Wilde Kippen Club
De hemel op aarde

Ander werk van Cornelia Funke

Cornelia Funke
De wilde Kippen Club
De hemel op aarde

Vertaald door Esther Ottens

Amsterdam · Antwerpen
Em. Querido's Uitgeverij BV
2008

www.wildekippenclub.nl
www.corneliafunke.nl
www.queridokind.nl

STICHTING NEDERLANDSE
KINDERJURY
2009

Oorspronkelijke titel: *Die Wilden Hühner und das Glück der Erde*
(Cecilie Dressler Verlag, Hamburg, 2000)

De Shakespeare-citaten zijn afkomstig uit *Shakespeare, Verzameld
werk*, vertaald door Willy Courteaux (Meulenhoff/Manteau,
Amsterdam, 2007)

Omslagillustratie Juliette de Wit
Omslagontwerp Suzanne Hertogs

ISBN 978 90 451 0641 0 / NUR 283

Voor de echte Bob en Heidi Flint,
voor de echte Verena en de echte Lilli,
voor Sonja en Sönke en Carola –
en natuurlijk voor Jarpur en Snegla,
maar die zullen het boek vast en zeker niet lezen.

Proloog

Dit is het vierde avontuur van de Wilde Kippen. Voor wie ze nog niet kent: de Wilde Kippen zijn een meidenclub, er zijn vijf Kippen: Sprotje, Melanie, Kim, Roos en Lisa. De Pygmeeen, hun grootste vijanden en af-en-toevrienden zijn er natuurlijk ook weer bij. En er doen nog wat belangrijke personen mee, tweevoeters én viervoeters, maar daarover verklap ik hier nog niets.

O ja, de Kippen spelen deze keer ook toneel (althans, drie van hen): *Romeo en Julia* van William Shakespeare. Voor het geval jullie willen weten wat Lisa, Kim en Roos eigenlijk de hele tijd uit hun hoofd leren en voor zich uit mompelen – op bladzijde 22 en 23 legt Kim dat heel aardig uit, vind ik.

Zo, en nu zijn de Kippen aan de beurt: doek op voor Sprotje, Roos, Kim, Melanie en Lisa...

De zon scheen in Sprotjes gezicht toen ze de school uit kwam.
Het was een prachtige herfstdag. Het grote schoolplein zag
rood en geel van de afgevallen bladeren en de lucht smaak-
te warm, alsof de zomer nog aan de gebouwen kleefde. Maar
Sprotje beende met zo'n boos gezicht naar haar fiets dat twee
brugklassers geschrokken aan de kant gingen. Zon! Herfstbladeren! dacht ze vol minachting, terwijl ze haar rugzak onder haar snelbinders stopte. Ik wil regen, bij bakken, en een
grijze lucht. Bij zo'n pechdag past geen mooi weer. 'Tot morgen!' riep iemand tegen haar, maar ze keek niet op of om.
Zonder iets te zeggen stapte ze op haar fiets en ging op weg
naar huis.

'Een drie min!' mompelde ze toen ze haar fiets de hal van
het flatgebouw in reed. 'Nou, het is in elk geval beter dan de vorige keer. Hoewel een twee plus aardiger klinkt.' Moe maakte
ze de deur van hun flat open en hing haar jas aan de kapstok.

'Hè hè, eindelijk!' riep haar moeder vanuit de keuken. 'Er
staat hier een fantastisch feestmaal op je te wachten en jij doet
er een eeuw over om van school naar huis te komen. Wat was
er aan de hand?'

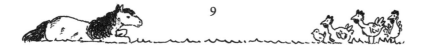

'O, niets hoor!' antwoordde Sprotje. Wat moest ze anders zeggen? Met een drie heb je niet zo'n haast om thuis te komen, toch? Haar moeder wist niets van de twee plus en over die drie min zou Sprotje ook niets zeggen. Want anders was het uit met de bijeenkomsten van de Wilde Kippen, met de gezellige middagen in hun clubhuis en alles wat leuk was in het leven. In plaats daarvan zou Sprotje weer in gevecht moeten met die duffe bijlesleraar Engels. Nee, er was nog geen reden tot paniek, helemaal niet. Dit waren missers, gewoon twee missers. Als ze dat maar vaak genoeg tegen zichzelf zei, zou ze het op een dag wel gaan geloven.

Voor Sprotje naar de keuken ging bleef ze nog heel even voor de spiegel staan om een lachje op haar gezicht te toveren. Het viel niet al te overtuigend uit, maar dat leek haar moeder niet op te vallen.

'Ik denk dat ik het nog even in de oven zet,' zei ze toen Sprotje bij haar aan tafel ging zitten. 'Of hou je van koude moussaka?'

Sprotje staarde ongelovig naar het heerlijks op haar bord. 'Geen probleem,' mompelde ze. 'Je hebt eten bij de Griek besteld? Tussen de middag?'

'Ja, waarom niet? We leven al bijna een week op brood, geloof ik.' Haar moeder frunnikte verlegen aan het tafelkleed. Het was echt waar, op de keukentafel lag een tafelkleed. Sprotje wist niet eens dat ze zo'n ding hadden. Ongerust fronste ze haar voorhoofd.

'Mam, wat is er aan de hand?' vroeg ze.

De glimlach week van haar moeders gezicht.

'Wat zou er aan de hand moeten zijn? Ik dacht, we maken

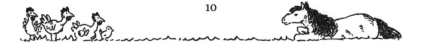

het weer eens gezellig samen. Omdat ik de hele week zo weinig tijd had.'

Sprotje prikte in haar moussaka. Ze geloofde er geen woord van.

Ze hadden nooit veel tijd voor elkaar gehad. Zolang Sprotje zich kon herinneren werkte haar moeder als taxichauffeur. Om geld te verdienen, want Sprotjes vader had de benen genomen toen Sprotje net zes maanden oud was. Toch hadden ze het samen altijd gezellig gehad, heel gezellig zelfs. Maar toen was die betweter op het toneel verschenen. Het was nog geen halfjaar geleden, en sindsdien was alles anders.

Vroeger lag Sprotje elke zondagochtend bij haar moeder in bed. Ze ontbeten samen, zetten de televisie aan het voeteneinde en keken naar oude films. Maar sinds die vent doodleuk onder de dekens was gekropen, meed Sprotje de slaapkamer van haar moeder alsof er ratelslangen zaten.

'Wil je een dolma?'

Sprotje schudde haar hoofd en verloor haar moeder niet uit het oog. Die ontweek Sprotjes blik en werd onmiddellijk knalrood. Juist.

'Mam, wat is er aan de hand?' vroeg Sprotje nog een keer. 'Je hebt me zeker iets vervelends te vertellen, hè? Heb je oma soms weer beloofd dat ik haar in de tuin kom helpen? Ik heb geen tijd! We hebben bergen huiswerk!'

'Ach welnee, het heeft niets met oma te maken,' antwoordde haar moeder. 'Eet, anders wordt echt alles koud.' Maar zelf at ze ook niet, ze prikte alleen afwezig in haar salade.

Oma Bergman, Sprotjes grootmoeder van moederskant, was niet bepaald wat je noemt een lieve oma. Maar als Sprot-

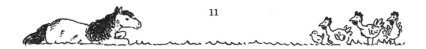

jes moeder op de taxi zat, moest Sprotje soms gewoon naar haar oma. Ook al liet die haar om de haverklap een hele middag ploeteren in de moestuin. En dat terwijl Sprotje veel liever met oma's hond uit wandelen ging. Vorig jaar had Sprotje nog vijftien kippen van de slagersbijl gered. Maar dat is een ander verhaal.

Waarom was er zomaar op een middag eten van de Griek?

Sprotje haalde diep adem. 'Mam, zeg alsjeblieft niet dat die betweter hier intrekt!'

'Hoe kom je daar nou bij.' Haar moeder legde geïrriteerd haar vork neer. 'En noem hem niet altijd "die betweter".'

'Hij is hij toch ook een betweter!'

'Alleen omdat hij het gewaagd heeft tegen je te zeggen dat je margarine met twee a's spelt?'

'Wie boodschappenbriefjes op spelfouten controleert is een betweter!' Sprotje was steeds harder gaan praten, en haar moeder had tranen in haar ogen.

'Hij is altijd nog tien keer beter dan die kerels die je vriendinnen me op mijn dak hebben gestuurd!' snufte ze. Het was al bijna een jaar geleden dat de Wilde Kippen op het idee waren gekomen om voor Sprotjes moeder een contactadvertentie te zetten, maar ze nam het ze nog steeds kwalijk. Proestend snoot ze haar neus.

'Je mascara is doorgelopen,' mompelde Sprotje. 'Oké, ik zal hem geen betweter meer noemen. Kippenerewoord. Maar vertel jij dan eindelijk eens wat de reden is van dit...' ze nam een hap koude moussaka, '...feestmaal. Behalve dat je niet kunt koken.'

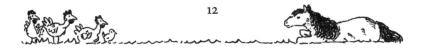

Haar moeder pakte het servet dat naast haar bord lag en depte voorzichtig haar ogen. 'Ik ben aan vakantie toe,' mompelde ze zonder Sprotje aan te kijken. 'Ik ben al zeker drie jaar niet meer weg geweest. Die reis naar Amerika in het voorjaar is niets geworden en van de zomer wilde jij niet bij je vriendinnen weg. Maar nu heb je straks herfstvakantie en...' ze haperde, '...nou ja, nu dachten we, we kunnen wel eens een paar dagen naar zee gaan.'

Sprotje fronste haar voorhoofd. 'We? Wat bedoel je met "we"? Wij en die...' Ze slikte het woord nog net op tijd in. 'Wij en jouw... jouw snoezepoesje? Of hoe je hem ook noemt.'

Sprotjes moeder bestudeerde het tafelkleed. Haar vork. Haar nagels. Ze keek alleen niet naar Sprotje. 'Ruben en ik dachten...' begon ze, maar ze stokte en begon weer met haar vork te spelen. 'We dachten, we zouden graag een keer... o, verdomme!' Ze gooide haar vork zo hard op haar bord dat hij midden in de tzatziki viel. 'Mijn god, ik doe net alsof ik je een misdaad moet opbiechten!' riep ze. 'Terwijl het helemaal niets voorstelt.'

'Wat stelt niets voor?' Sprotje wist dat het antwoord verschrikkelijk zou zijn. Ze wist het gewoon. Ze kreeg geen hap meer door haar keel.

'We willen zo graag een keertje met z'n tweeën weg,' zei haar moeder, en ze keek naar het plafond alsof ze het hart van de lamp brak, en niet dat van haar overdonderde dochter. 'Alleen. Zonder kinderen.'

Dat was eruit.

Sprotje voelde dat haar mondhoeken begonnen te trillen. Zo zat het dus. 'We' betekende niet meer: mam en Sprotje.

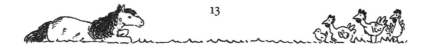

'We' betekende nu: mam en de betweter. Withete woede welde in haar op, verspreidde zich tot Sprotje het in elke teen en elke vinger kon voelen. Ze klampte zich vast aan het tafelkleed, dat afgezaagde bloemetjestafelkleed, en had het 't liefst van de tafel gerukt, zodat al dat huichelachtige 'laten we het weer eens gezellig maken'-eten op de grond belandde.

Sprotje merkte dat haar moeder haar bezorgd aankeek.

'Zonder kinderen? Wat voor kinderen hebben jullie dan nog meer op je nek, behalve mij? Is er soms nog iets wat ik zou moeten weten?'

'Charlotte, hou op!' Haar moeder werd net zo bleek als de servetten die ze naast de borden had gelegd. Servetten, die gebruikten ze anders ook nooit. Sprotje hield nog steeds het tafelkleed vast. 'Voor jou heb ik natuurlijk ook iets bedacht,' hoorde ze haar moeder zeggen. Sprotjes hoofd voelde leeg aan. En haar hart helemaal.

'Een vriendin van me heeft een manege, je kent haar niet, ik heb met haar op school gezeten...' Haar moeder praatte zo snel dat ze bijna over haar tong struikelde. 'Ze heeft die manege al een paar jaar, ik ben er nooit aan toe gekomen eens bij haar langs te gaan, ik ben bang voor paarden, dat weet je. Maar het moet daar echt heel mooi zijn. Hoe dan ook, ik heb haar gebeld en ze heeft in de herfstvakantie nog plaats en het is ook helemaal niet zo duur. Daarom...' Sprotje hoorde hoe ze ademhaalde, '...heb ik je voor die week meteen maar opgegeven.'

Sprotje beet op haar lip. Een manege. Ik hou niet van paarden, wilde ze zeggen. Dat weet je best. Paardrijden is iets voor stomme giechelmeiden. Maar ze kreeg geen woord over haar

14

lippen. In haar hoofd was maar één enkel woord te vinden. Verraadster, verraadster, verraadster.

De bel ging.

Sprotjes moeder kromp ineen, alsof er iemand door het raam had geschoten.

'Zal ik eens raden wie daar is?' vroeg Sprotje. Opeens waren er weer woorden. Maar er zat geen vriendelijk woord bij, niet één. Ze schoof haar stoel naar achteren en liep naar de gang.

'Je had best eens mogen zeggen dat je het begrijpt!' riep haar moeder haar na. 'Een paar dagen, mijn hemel, dat is toch niet te veel gevraagd?'

Sprotje drukte op de knop om de deur beneden open te doen. Ze hoorde de betweter de trappen op rennen, alsof hij een record probeerde te vestigen. Sprotje trok haar jas aan.

'Ik begrijp best dat je boos bent!' riep haar moeder vanuit de keuken. 'Maar andere meisjes zouden een gat in de lucht springen als ze naar een manege mochten...'

Sprotje stopte haar sleutel in haar zak. Ze hoorde de betweter zwaar ademend de laatste treden op komen.

'Hoi Sprotje,' zei hij, en hij stak zijn hoofd naar binnen.

Sprotje glipte langs hem. '"Charlotte" voor jou,' zei ze. 'Wanneer onthoud je dat nou eindelijk eens een keer?'

'Tjonge, lekker humeurtje weer!' hoorde ze hem zeggen. Toen trok hij de voordeur achter zich dicht. Sprotje rende de trappen af, veel sneller dan hij, en dat terwijl ze van woede bijna geen lucht kreeg.

'Sprotje!' riep haar moeder haar na. Met een ongelukkig gezicht boog ze zich over de balustrade. Ze had er een he-

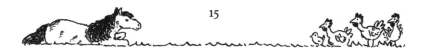

kel aan om door het trappenhuis te schreeuwen. 'Waar ga je heen?'

'Weg!' antwoordde Sprotje. Ze duwde haar fiets weer naar buiten en gooide de deur met een knal achter zich dicht.

Sprotje wist precies waar ze heen ging. Sinds bijna een jaar hadden de Wilde Kippen een clubhuis: een grote caravan, die Kim samen met het landje waarop hij stond van haar vader had gekregen. Vlak voor haar ouders gingen scheiden.

Zelfs op deze dag, die zoveel ellende had gebracht, voelde Sprotje zich beter zodra ze de met kuilen bezaaide weg af reed. De caravan stond helemaal aan het eind. Van de weg af kon je hem niet zien. Er stond een hoge, verwilderde haagdoornheg om het landje en de caravan stond ver naar achteren, aan de bosrand, onder een grote eik, die al weken zijn eikels op het aluminiumdak liet vallen. In het donker klonk dat best griezelig. Alsof er een reus met zijn vingers op het dak staat te roffelen, zei Roos altijd.

Roos was Sprotjes beste vriendin. Haar allerbeste voor-altijd-en-eeuwigvriendin. Ook al hadden ze soms zo'n ruzie dat ze dagenlang niet met elkaar praatten. Sprotje zag de fiets van Roos al van verre, hij stond tegen het bord dat Lisa van een bezem en een oud kastdeurtje had gemaakt. *Privé*, had ze erop geschilderd, *Toegang voor vossen en boskabouters ten strengste verboden*. Als ik dat had geschreven, dacht Sprotje terwijl ze

haar fiets op slot zette, dan stonden er zeker vijftien spelfouten in. Lisa maakte geen spelfouten. Roos ook niet. Maar bij het laatste proefwerk Engels had het niet eens geholpen dat Roos de hele tijd haar blaadje naar haar toe schoof. Nee, toen had helemaal niets meer geholpen. Klaar! dacht Sprotje, en ze maakte het gammele hek in de heg open. Niet meer aan school denken en ook niet aan verraderlijke moeders.

Kim was er ook al. Haar fiets lag achter de heg. Sprotje struikelde er bijna over in het hoge gras, dat de hele zomer niet gemaaid was. Het stond tot Sprotjes knieën en kietelde aan haar benen. Alleen rond de ren, waarin de kippen scharrelden die vorig jaar nog van Sprotjes oma geweest waren, trapten ze het gras altijd plat, zodat er geen vossen onopgemerkt naar het gaas konden sluipen. Zodra Sprotje in de buurt van de kaal gepikte ren kwam, stapten de kippen met geheven kopjes op haar af.

'Zo, kippetjes.' Sprotje stak een bosje paardenbloemen door het gaas. Gulzig rukten de kippen het verse groen uit haar handen. Sprotje plukte nog wat blaadjes, kwam overeind en keek om zich heen.

Zo zag voor haar het paradijs eruit. Woest en leeg. Geurend naar vochtig gras. En in het midden moest precies zo'n caravan staan. Blauw, beschilderd met sterren, planeten en wat Kims vader verder nog verzonnen had. Dwars over de deur had Melanie met goudkleurige verf DE WILDE KIPPEN geschreven. En voor het enige raam hing het gordijntje dat Kim eigenhandig genaaid had.

Toen Sprotje het smalle trappetje naar de deur op liep, hoorde ze de stem van Roos. '*Woont er geen medelijden in de*

wolken, dat in de diepte van mijn leed kan blikken?' Allemachtig, ze waren alweer aan het repeteren. Sinds de zomervakantie dachten Roos en Lisa nergens anders meer aan. Ze waren bij de toneelclub gegaan, opgericht door de nieuwe lerares Nederlands. En wat gingen ze opvoeren? *Romeo en Julia.* Sprotje zuchtte. Elke woensdagmiddag repeteerden ze op school, en voor de première, dat hadden ze al aangekondigd, zouden ze nog vaker repeteren. Roos ging bovendien elke dinsdag naar haar straatkinderengroepje, waarvoor ze op zaterdag ook af en toe geld inzamelde. Dan had je nog Lisa's bijlesdagen (niemand snapte waarin Lisa bijles nodig had), Kims gitaarles (die ze haatte) en Melanies Willem-dagen (Willem was Melanies vriendje, al ruim anderhalf jaar). Het kwam niet heel vaak voor dat alle Wilde Kippen tegelijk in hun clubhuis zaten. Maar als Sprotje naar de caravan ging, was er bijna altijd wel iemand.

Binnen rook het naar thee. Roos stond in het keukentje dromerig in een kom te roeren en declameerde op luide toon: *'O lieve moeder, stoot mij toch niet weg! Verdaag het huwelijk nog een maand, een week; en wilt u niet, maak dan mijn huwelijksbed klaar...'*

'*Bruidsbed*,' corrigeerde Kim. Ze lag languit op de grote matras aan de andere kant van de caravan, met naast zich een aangebroken reep chocola en voor zich Roos' tekstboekje. Toen Sprotje de deur achter zich dichttrok keek ze op.

'En, wat zei je moeder van je proefwerk?' vroeg ze. 'Die van mij wond zich zo op over die vijf min, het leek wel alsof ik was blijven zitten.'

Sprotje gooide haar jas op een van de banken bij het raam.

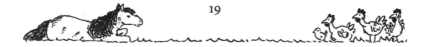

'Mijn moeder windt zich nooit op over school,' antwoordde ze. 'Bij onvoldoendes krijgt ze alleen altijd zo'n droeve blik in haar ogen. Alsof er iemand dood is. Wat wordt dat, wat je daar aan het roeren bent?'

'Wafelbeslag,' antwoordde Roos. 'Met onze eigen eieren. We zijn vandaag voor de verandering namelijk weer eens compleet. Melanie en Lisa komen zo ook nog. O ja...' ze pakte een schaal uit het kastje boven de gootsteen en hield hem Sprotje voor, '...kijk eens wat onze kippen ook nog gelegd hebben. Kerstballen! Er zijn vast niet veel kippen die dat voor elkaar krijgen.'

Kim veegde grinnikend een paar chocoladeschilfertjes van Roos' tekstboekje. 'Altijd nog beter dan die mottenballen die we vorige week in de nesten vonden, toch?'

Natuurlijk wisten ze best wie die rare eieren hun kippenhok in smokkelde. De Pygmeeën, oude vijanden en af-en-toevrienden, hadden hun clubhuis in het aangrenzende bos, en altijd als die vier zich verveelden, brachten ze het kippenhok van de Wilde Kippen een bezoek en dan lieten ze de gekste dingen in het hooi achter. De meisjes hadden al een hele verzameling van zulke geschenkjes: tuinkabouters, verrassingseieren, smurfen. Als ze eens een hele week niets vonden, waren ze bijna teleurgesteld. Maar deze keer bekeek Sprotje de kerstballen alsof zij de schuld waren van alle problemen die ze vandaag had. 'Ik vind het anders helemaal niet leuk,' zei ze, terwijl Roos de schaal met ballen weer in de kast zette. 'En als ik ooit zo'n boskabouter in ons kippenhok betrap, sluit ik hem er net zolang in op tot hij van de honger de kippenstront opeet.'

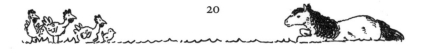

Roos en Kim keken elkaar verbaasd aan.

'Hé, wat is er met jou aan de hand?' vroeg Roos. 'Zit die onvoldoende je soms toch nog dwars? Als je wilt, oefen ik met je voor het volgende proefwerk.'

'Nee, het is iets anders,' mompelde Sprotje. 'Iets met mijn moeder.' Het was er alweer uit, terwijl ze zich nog zo had voorgenomen er niet over te praten. Maar het deed zo'n pijn. Alsof er een splinter in haar hart zat.

'Wat is er dan met je moeder?' Roos schonk nog wat melk bij het beslag.

'*O lieve moeder, stoot me niet van je af,*' zei Kim zachtjes.

'Ze wil op vakantie.' Sprotje doopte haar vinger in de kom en likte hem af. 'Met die betweter. En zonder mij.'

'Op vakantie? Nu?' Roos haalde het wafelijzer dat ze van Kims moeder hadden gekregen uit de kast. 'Ach, ze willen gewoon ook een keer met z'n tweetjes zijn.'

'Precies.' Kim draaide zich op haar rug. 'Als moeders verliefd zijn, lopen dochters nu eenmaal in de weg. Vooral als ze hun enthousiasme voor haar vlam niet delen.' Kim sprak uit ervaring. Sinds haar ouders gescheiden waren, had haar moeder al twee keer een nieuwe vriend gehad. En haar vader woonde allang weer met een andere vrouw samen.

Sprotje zei niets. Het maakte haar onzeker dat haar vriendinnen de trouweloosheid van haar moeder zo licht opnamen. Maar op een of andere manier maakte het de pijn ook minder.

'En wie is de gelukkige?' vroeg Roos. Ze verdeelde het beslag over het ingevette wafelijzer. 'Die rij-instructeur nog steeds?'

21

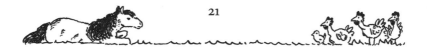

Sprotje knikte. 'Ze wil me naar een of andere manege sturen,' zei ze, en ze keek met een vies gezicht uit het raam.

Roos vergat bijna het wafelijzer dicht te doen. 'En daarom kijk je zo somber uit je ogen?'

'Wat voor manege?' Kim kwam overeind.

Sprotje zette vijf kopjes en schoteltjes op het tafeltje bij het raam. 'Hij is van een schoolvriendin van mam,' zei ze.

'Klinkt als een hartstikke leuke vakantie,' vond Kim, en ze keek naar buiten. 'Hé, kijk eens wie daar aankomt: Mercutio. Als die hoort dat je naar een manege gaat krijgt ze van jaloezie geen hap door haar keel.'

'Mercutio? Wie is dat nou weer?' Sprotje keek bezorgd over Kims schouder en zag Lisa gehaast als altijd op de caravan afkomen. Voor het kippenhok bleef ze abrupt staan. Ze bukte zich en begon gras voor de kakelende dieren te plukken.

'Lisa speelt Mercutio. De beste vriend van Romeo,' legde Kim uit. 'Je weet wel, Mercutio wordt vermoord omdat hij zich met de ruzie tussen de Montecchi's en de Capulets bemoeit.'

'*O, naar de duivel met je veten!*' citeerde Roos. '*Ze hebben wormenaas van mij gemaakt.*'

'Aha,' mompelde Sprotje. 'Ik heb eerlijk gezegd geen idee waar dat stuk over gaat. Ik weet alleen dat het slecht afloopt.'

'Let op, ik zal het je vertellen!' Kim duwde haar bril recht. 'Oké, in Verona wonen twee families die al eeuwen elkaars vijand zijn.' Ze zette acht glazen op tafel. 'De Montecchi's...' ze schoof vier glazen naar links, '...en...' ze schoof vier glazen naar rechts, '...de Capulets. Ze zijn veel ergere vijanden dan de Kippen en de Pygmeeën, veel, veel erger. Maar Romeo, de eni-

ge zoon van de Montecchi's, wordt verliefd op Julia, de enige dochter van de Capulets. Ze trouwen zelfs in het geheim.' Kim schoof een glas van links en een glas van rechts naar elkaar toe, tot ze zachtjes tegen elkaar stootten. 'Maar wat doen de anderen? Die weten van niets. Die blijven met elkaar vechten. Romeo's beste vriend Mercutio...' Kim zette een glas van links in het midden, '...duelleert met Tybalt, de neef van Julia.' Kim pakte een glas van rechts en stootte er zo hard mee tegen het andere dat het omviel. 'Dood!' zei ze. 'Mercutio sterft door Tybalts degen. Romeo wordt gek van verdriet. Hij vergeet Julia, hij vergeet alles, hij doodt Tybalt.' Met een zwierig gebaar gooide Kim ook het andere glas om. 'Romeo wordt verbannen. Hij mag nooit meer in Verona komen. Nooit meer. Hoe moet hij Julia ooit terugzien?' Met een diepe zucht schoof Kim de twee glazen, die ze in het begin zo teder had verenigd, uit elkaar. 'Omdat Julia zo moet huilen, komen haar ouders op het idee haar uit te huwelijken. Ouders snappen er soms echt helemaal niets van.' Kim liet Julia's glas in gedachten verzonken ronddraaien. 'Julia ziet geen uitweg. Ze neemt een gif dat haar diep in slaap brengt, maar Romeo denkt dat ze echt dood is en vergiftigt zichzelf. Als Julia hem dood naast zich ziet liggen, steekt ze zichzelf met een dolk en...' Kim schoof de glazen weer naar elkaar toe, '...de Montecchi's en de Capulets verzoenen zich aan het graf van hun kinderen.'

'Jeetjemina,' mompelde Sprotje.

'Lisa is echt een geweldige Mercutio,' zei Kim. 'Maar Romeo is wel een probleem. Er zitten maar drie jongens bij de toneelclub: die twee uit de parallelklas en Steve, maar ze willen de rol geen van allen spelen. Dus is Noor nu onze Romeo.

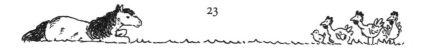

Mat had zich ook aangemeld, maar tijdens de auditie kon hij zelfs bij de sterfscène zijn lachen niet inhouden.'

Dat kon Sprotje zich voorstellen. Steve en Mat hoorden allebei bij de Pygmeeën. Net als Willem, de vriend van Melanie.

'En Fred, waarom doet die niet mee?' vroeg Sprotje. Fred was de vierde Pygmee – en hun onbetwiste leider. 'Fred zou best een goede Romeo zijn.' Waarom zei ze dat nou?

'Denk je?' zei Kim. 'Nou, Roos was in elk geval erg opgelucht dat Mat de rol niet kreeg. Hij maakt haar nog steeds gek met die liefdesbrieven van hem. Bovendien, als Noor haar kust, kan ze er gewoon iemand anders bij denken. Zoals...'

'Het gaat jullie niets aan wie ik erbij denk,' onderbrak Roos haar. 'Verdorie, nou laat ik bijna die wafel aanbranden door dat domme geklets. Is Lisa nog steeds de kippen aan het voeren?'

Op hetzelfde moment ging de deur open, zo plotseling dat Sprotje hem bijna tegen haar hoofd kreeg.

'Die kippen zijn gestoord!' klaagde Lisa. 'Ik heb mijn vingers kapot geplukt en ze zeker een kilo gras gevoerd, maar ze lopen te mekkeren alsof we ze laten verhongeren!'

Sprotje deed de deur achter haar dicht. 'Hallo, Mercutio,' zei ze.

'O, ze hebben het je verteld?' Lisa zette haar handen in haar zij. '*O tamme, laffe, eerloze onderwerping!*' siste ze tussen haar tanden, en ze greep naar haar heup, alsof daar niet het waterpistool zat dat ze altijd bij zich had, maar een degen. '"*Alla stoccata*" moet de leuze zijn. Tybalt, jij rattenvanger, speel je mee?*'

'Jeetjemina!' Sprotje liet zich met een zucht op de bank

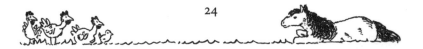

zakken. 'Jullie zijn echt allemaal knettergek geworden. Misschien komt het juist wel goed uit dat ik in de vakantie word weggestuurd.'

'Weggestuurd?' Lisa liet zich door Kim uitleggen wat Sprotje in de herfstvakantie te wachten stond. En ze werd bleek van jaloezie. 'Een manege!' zei ze zacht.

Roos zette een bord met poedersuikerwitte wafels op tafel en vroeg: 'Waar blijft Melanie eigenlijk? Ik dacht dat die ook zou komen.'

Lisa ging zitten. 'O, die staat nog aan de weg met Willem te zoenen,' antwoordde ze. 'Ze dachten dat ik ze niet zag, maar je bent een ervaren spion of je bent het niet...' Lisa was een héél ervaren spion. Als de Wilde Kippen wilden weten wat voor plannetjes de Pygmeeën aan het smeden waren, stuurden ze Lisa erop af. Zij was ook degene die had ontdekt waar de jongens hun nieuwe boomhut hadden gebouwd. Maar de laatste tijd was ze alleen nog maar bezig haar rol uit haar hoofd te leren.

Ze hadden allemaal al een eerste wafel naar binnen gewerkt toen Melanie kwam. 'Sorry,' hijgde ze terwijl ze zich uit haar jas wurmde. 'Maar mijn zus gaat er steeds met mijn nieuwe laarzen vandoor en dan moet ik op zolder weer een eeuw naar mijn oude zoeken.'

'En hoe lang heb je erover gedaan om die smoes te verzinnen?' vroeg Sprotje met volle mond.

'Hoezo, smoes?' Melanie werd net zo rood als de bloemen die ze op de deur van de koelkast had geschilderd. En Roos verslikte zich bijna in haar wafel.

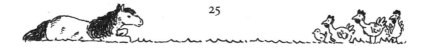

'Ik zag jullie wel!' riep Lisa, die Roos op haar rug sloeg tot ze weer lucht kreeg. 'Jou en Freds lijfwacht.'

'Hij is Freds lijfwacht niet,' viel Melanie uit. 'Maar jij hebt blijkbaar niets beters te doen dan de hele tijd andere mensen te bespioneren.'

Om van onderwerp te veranderen vroeg Roos: 'Heb je het laatste nieuws al gehoord?' En Sprotje moest nog een keer over de plannen van haar moeder vertellen.

Melanie stortte zich op de warme wafel die Roos op haar bord legde. 'Hoe lang ga je?' vroeg ze.

'Vijf of zes dagen, bijna de hele vakantie,' mompelde Sprotje. 'Maar nu graag weer een ander onderwerp, oké? Ik moet er niet aan denken wat voor tuttebellen daar rondlopen. Die hebben het natuurlijk de hele dag over niets anders dan paarden en hoe snoezig ze wel niet zijn.' Kreunend verborg ze haar gezicht in haar handen.

'Wacht eens even!' Lisa zette haar theekop neer. 'Waarom gaan we niet met z'n allen? Dat wordt dan de aller-, allermooiste vakantie die we ooit hebben beleefd.'

De anderen keken haar verrast aan.

'Ja, dat zou wel te gek zijn,' zei Roos. 'Ik wil heel graag weer eens een keertje rijden.'

'En wie gaat dat betalen?' Melanie fronste haar voorhoofd. 'Mijn ouders zien me aankomen.' Melanies vader was al bijna twee jaar werkloos en haar moeder kon alleen maar slecht betaalde, tijdelijke baantjes krijgen. Daarom waren ze vorig jaar ook al naar een kleiner huis verhuisd.

'Ach, zo duur kan het niet zijn,' zei Lisa, 'anders zou Sprotjes moeder het ook niet kunnen betalen. Toch?'

Sprotje knikte. 'Zouden jullie echt mee willen?' vroeg ze ongelovig.

'Natuurlijk.' Roos haalde haar schouders op. 'Ik zie nu al tegen de vakantie op. Mijn moeder is opgeroepen als invalkracht en Titus heeft een of ander karatetoernooi, dus die probeert natuurlijk de hele tijd onder het oppassen uit te komen.' Roos had een grote broer en een klein broertje. De grote, Titus, konden ze geen van allen uitstaan. Het kleintje, Luka, was superlief, maar het was wel heel vermoeiend om op hem te passen.

'Wat vind jij ervan, Kim?' vroeg Lisa.

Kim zette haar bril recht. 'Ik wil op zich best mee,' zei ze aarzelend. 'Maar... of ik ooit op zo'n paard kom...'

'Zo moeilijk is dat niet hoor,' zei Roos. Ze was de enige die echt les had gehad op een manege, maar de instructeurs daar hadden de paarden en de leerlingen zo rondgecommandeerd dat Roos sinds de zomervakantie niet meer was geweest. Dan had Lisa meer geluk gehad: die had een tante op het platteland die haar op haar vierde al op een paard had gezet.

'We gaan!' riep Lisa. Ze sloeg zo hard op tafel dat de theekopjes ervan rinkelden. 'Met z'n allen! Het moet gewoon lukken! Want anders zit ik me weer hartstikke dood te vervelen tussen de schoolboeken en heb ik de vreselijkste, saaiste vakantie van m'n leven! Alsjeblieft!' Smekend hief ze haar handen naar het dak van de caravan. 'Ik wil wedden dat mijn moeder nu alweer al die verschrikkelijk belangrijke spellings- en wiskunde-oefenboeken uit de bibliotheek heeft gehaald.'

'Die weddenschap win je vast,' merkte Roos op. Niemand benijdde Lisa om haar moeder.

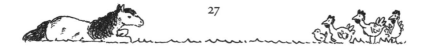

'Goed, vragen jullie dan thuis of jullie mee mogen?' Sprotje kon niet geloven dat haar zwarte ongeluk echt zou kunnen omslaan in zoiets moois als een vakantie met de Wilde Kippen. 'Gaan we met z'n allen?'

'Ja!' Roos stak haar theekopje in de lucht. 'Want wij zijn de Wilde Kippen. En we gaan nooit uit elkaar.'

'Alleen in dringende noodgevallen,' zei Lisa, die met haar kopje tegen dat van Melanie stootte. 'Allen voor één en één voor allen!'

Toen Sprotje die avond thuiskwam, was de betweter vertrokken. En haar moeder zat met rood behuilde ogen voor de televisie.

'Wat is er gebeurd?' vroeg Sprotje bezorgd. 'Wat heeft hij gedaan?'

'Hij heeft helemaal niets gedaan!' Haar moeder proestte luidruchtig in haar doorweekte papieren zakdoekje. 'Hij zei zelfs dat we je misschien toch maar mee moesten nemen. Hoe kon je zo gemeen zijn, alleen maar omdat ik één enkel keertje iets zonder jou wil doen? Dat, dat...' Ze begon zo hard te huilen dat Sprotje niet wist waar ze moest kijken. Met een berouwvol gezicht ging ze naast haar moeder zitten.

'Het komt wel goed,' mompelde ze. 'Ik wil ook helemaal niet mee. Ik ga wel naar die manege. Als de anderen ook mee mogen.'

'Welke anderen?' Haar moeder haalde verbaasd haar rode neus uit haar zakdoek.

'Nou, Lisa en Kim en Roos en Melanie. Maar het mag niet te duur worden. Anders kan Mel niet mee. En daarom moet je je vriendin bellen om te vragen of ze nog vier plaatsen vrij

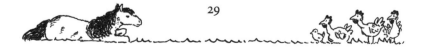

heeft en of het misschien goedkoper kan als wij bijvoorbeeld de stallen schoonmaken of zoiets.'

'Lola's paarden staan niet in stallen.' Haar moeder wreef in haar betraande ogen. 'Het zijn IJslandse paarden, die blijven zelfs in de winter buiten. Al kan ik natuurlijk best vragen of ze hulp nodig heeft. Maar...' ze schudde haar hoofd, '...willen jullie echt met z'n allen gaan? Alle Wilde Kippen?'

'Ja, dat zeg ik toch.' Sprotje gaf haar moeder een droog zakdoekje en gooide het natte in de asbak. Dat ding had haar moeder speciaal voor de betweter weer uit de kast gehaald.

'Alle Wilde Kippen,' herhaalde haar moeder. Ze keek Sprotje bezorgd aan. 'Jullie gaan Lola toch geen problemen bezorgen hè?'

'Natuurlijk niet!' Sprotje trok een gekwetst gezicht. 'We zijn toch geen kleine kinderen meer.'

'Daarom juist.' Haar moeder zette de televisie zachter.

'Wat bedoel je daar nou weer mee?' Sprotje rolde met haar ogen. 'Er zijn daar heus geen jongens hoor, als je dat soms bedoelt. Jongens doen niet aan paardrijden, jongens haten paarden.'

'O ja?' Haar moeder leek niet erg overtuigd. 'Lola's zoon rijdt anders ook. Ze heeft een dochter én een zoon. Tessa is ongeveer van jullie leeftijd, Mike is twee jaar ouder dan jij. Wee je gebeente als jullie hem net zo behandelen als jullie Pygmeeën-vrienden!'

Daar zei Sprotje maar niets op terug. 'Maar bel je haar nou?' vroeg ze. 'Want als de anderen niet meegaan... blijf ik ook hier.'

'Zo zo,' mompelde haar moeder. Ze zette de televisie weer

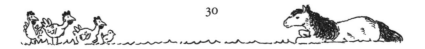

harder. 'Goed, ik zal met Lola praten. Maar eerst moet ik bij-komen van vandaag. Wil je een glas wijn voor me inschen-ken?'

'Vijftig euro per dag,' zei Sprotje toen ze de volgende dag op het schoolplein de herfstzon op hun gezicht lieten schijnen. 'Eten, rijlessen en ritten meegerekend. Goedkoper kan haar vriendin het niet maken, zegt mijn moeder, dit is meer dan een vriendenprijsje, het is eigenlijk bijna gratis. Er was ook nog maar één kamer vrij, voor vijf nachten.'

'Vijf maal vijftig.' Melanie rekende het met haar ogen dicht uit. 'Dat is altijd nog tweehonderdvijftig euro. En we moe-ten natuurlijk ook wat extra geld meenemen, voor als we een keer uit willen of zo. O jee. Ik heb zestig euro spaargeld, mijn zakgeld voor volgende maand zullen mijn ouders wel willen voorschieten, misschien krijg ik ze zelfs zo gek om me twee maanden vooruit te geven. Maar dat is niet genoeg, en meer dan veertig euro doen ze er vast niet bij. Mijn zus begon met-een te zeuren dat zij ook op vakantie wilde, als ik mee mocht. Ik kom dus nog meer dan honderd euro tekort!'

De andere Kippen keken elkaar hulpeloos aan. Toen Lisa gisteren de clubkas omkeerde, was er elf euro en drieëndertig cent tevoorschijn gekomen.

'Ach, we verzinnen heus wel wat,' zei Lisa, maar het klonk niet erg overtuigend.

'Laten we het hopen. Mijn ouders vinden het goed dat ik meega.' Roos leunde tegen de muur van de school, die warm was van de zon. 'Jullie hadden Titus' gezicht moeten zien toen hij hoorde dat ik misschien weg zou gaan. Ik dacht dat hij van

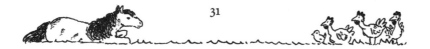

31

zijn stoel viel. Nou mag híj eens een keer in de speeltuin zitten tot zijn achterste eraf vriest.'

'Mijn moeder was heel enthousiast,' vertelde Kim. 'Ik geloof dat ze blij is dat ze me een tijdje kwijt is. En het geld krijg ik van mijn peettante.'

'Zo'n peettante zou ik ook wel willen,' mompelde Melanie. Ze zag er doodongelukkig uit. 'Hoe zit het met je neef, Kim? Zou die in de herfstvakantie niet bij jullie komen logeren?'

Kim zette haar bril af en begon hem schoon te maken. Sinds elf maanden schreef ze regelmatig met haar neef Paolo. En hij stuurde haar harten van marsepein, als aandenken aan de tijd die ze vorig jaar met elkaar waren opgetrokken. 'Jawel,' zei ze, terwijl ze omstandig haar bril weer opzette. 'Maar ik heb hem geschreven dat ik er waarschijnlijk niet ben. Misschien komt hij het laatste weekend nog.'

'Nou, de liefde is wel knap bekoeld, zo te horen,' zei Sprotje.

'Hij schrijft hele bladzijden vol met voetbaluitslagen of wat voor geweldige cijfers hij op school haalt!' zei Kim verdedigend. 'We houden niet eens van dezelfde films.'

Lisa haalde haar schouders op. 'Eerlijk gezegd vond ik hem ook helemaal niet zo leuk,' zei ze.

'Jij vindt niet één jongen leuk,' zei Melanie. 'Hoe zit het met jou? Mag je mee van je moeder of vindt ze dat je de hele vakantie moet leren, zodat je eindelijk eens een tien plus voor Frans haalt in plaats van een tien?'

'Haha, wat leuk!' viel Lisa uit. 'Ja, ik mag mee. Dus jij bent hier het enige probleem!'

'Hou op, Lisa,' zei Roos. 'Dat is gemeen.'

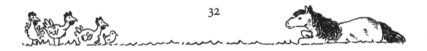

Melanie beet op haar lip en de anderen zagen dat ze met moeite haar tranen bedwong. 'Het maakt ook niet uit,' zei ze met verstikte stem. 'Willem zou vast niet blij zijn als ik de hele vakantie weg was.'

'Vast niet!' zei iemand, en tussen de pas geplante struiken die het kale schoolplein moesten opfleuren verscheen een tengere gestalte die ze allemaal maar al te goed kenden.

'Hé, Fred! Kom eens hier!' schreeuwde Mat over het schoolplein. Hij floot zo schel op zijn vingers dat Kim haar handen voor haar oren hield. 'Hebben jullie het al gehoord? De Kippen vliegen uit!'

De drie Pygmeeën stonden een paar meter verderop ruzie te maken met twee jongens uit een andere klas. Toen ze Mat hoorden schreeuwen lieten ze het tweetal staan en begonnen ze langzaam, maar vastberaden op de Kippen af te lopen.

'O nee,' fluisterde Melanie. 'Niet zeggen dat ik mee wilde. Willem gaat uit zijn dak als hij dat hoort waar de anderen bij zijn.'

'Hoezo, jullie zijn toch niet getrouwd,' zei Lisa spottend.

'Alsof jij daar iets van snapt!' zei Melanie. Ze begon zenuwachtig op haar haar te kauwen.

De Kippen zagen hoe Mat op zijn vrienden af stapte en iets tegen ze zei.

'Moeten we 'm niet gewoon smeren?' vroeg Kim.

'Zodat ze ons het hele volgende uur met briefjes bestoken? Nee, bedankt.' Sprotje keek zo verveeld mogelijk naar Fred, die naar haar stond te zwaaien.

'Ik zei toch dat dit geen Pygmeeveilige plek was,' mopperde Lisa. 'Maar jullie moesten zo nodig in de zon staan.'

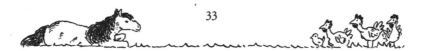

En op dat moment stonden ze al voor hen: Fred, Willem, Steve en Mat. De Pygmeeën. Met een ringetje in hun oor en een brutale grijns op hun gezicht. Soms vrienden, soms vijanden van de Wilde Kippen. Maar nu stoorden ze alleen maar.

'Jullie kunnen meteen weer gaan,' begon Sprotje. 'We hebben iets te bespreken.'

Willem sloeg geen acht op haar. 'Ga je weg in de vakantie?' vroeg hij aan Melanie. 'Waarom heb je daar niets over gezegd?'

'Omdat het toch niet doorgaat,' antwoordde Melanie zonder hem aan te kijken. 'Het is namelijk veel te duur.'

Fred keek Sprotje vragend aan. 'Wat is te duur?'

'Sprotje gaat in de vakantie naar een manege,' antwoordde Roos in Sprotjes plaats. 'Ze heeft er niet bepaald veel zin in, daarom gaan we met z'n allen. Dat is alles. Helemaal niet interessant voor jullie. En daarom kunnen jullie nu ook weer gaan. Tot ziens!' Roos stak haar hand op, glimlachte poeslief – en zwaaide.

Maar de Pygmeeën verroerden zich niet.

'Een manege? En je hebt er niet bepaald veel zin in?' Fred stond zo ongegeneerd te grijnzen dat Sprotje hem het liefst een tik op zijn neus had gegeven. 'Wat ben jij nou voor een meisje? Paarden zijn toch het geweldigste van het geweldigste. Ik dacht dat alle meisjes dol waren op paarden.'

'Als jij probeert te denken gaat het meestal mis,' antwoordde Sprotje.

Willem stond Melanie aan te kijken alsof hij er net achter was gekomen dat ze hem met zeker drie andere jongens had bedrogen.

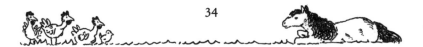

'Wat kijk je nou naar me?' beet ze hem geprikkeld toe. 'Je hoort het toch, ik kan niet eens mee.' Ze haalde een vieze zakdoek uit de zak van haar spijkerbroek. 'De anderen hebben straks de tijd van hun leven, terwijl ik de hele vakantie met mijn zus overhoop lig. Ik kan me moeilijk bij jou thuis gaan verstoppen hè?'

Willem zei niets en keek aandachtig naar zijn schoenpunten. Ze kenden Willems vader allemaal en wisten van de blauwe plekken en de striemen die hij Willem bezorgde. Sprotje en Fred hadden ook al een keer een aanvaring met hem gehad. Nee, bij Willem thuis kon Melanie zich in de vakantie niet voor haar zus verstoppen.

'Tja, we kunnen je helaas niets lenen,' zei Fred. 'We zijn op het moment weer eens volkomen blut.'

Melanie snoot haar neus. 'Geeft niet,' mompelde ze. 'Dat ken ik.'

'Dat geld regelen we wel,' zei Sprotje. 'Daar hoeven jullie je kabouterhoofdjes niet over te breken. Maar jullie kunnen ons wel ergens anders mee helpen. Iemand moet de kippen voeren als wij weg zijn.'

Fred grijnsde. 'Waarom niet?' zei hij. 'We kunnen die arme beestjes moeilijk laten verhongeren.'

'Zo is het,' zei Mat. 'Maar dan moeten jullie ons wel de sleutel van de caravan geven. Zodat we na het voeren weer een beetje warm kunnen worden.'

De Kippen keken elkaar geschrokken aan. 'We hadden het kunnen weten,' bromde Lisa. 'Eén klein vriendendienstje en jullie beginnen ons alweer te chanteren.'

'Maak je geen zorgen, we zullen heus niet op Mels posters

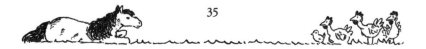

tekenen en ook niet in de gootsteen plassen,' zei Steve. 'Op het heilige erewoord van de Pygmeeën.'

Sprotje wierp hem een ijzige blik toe. 'Oké,' zei ze. 'Jullie krijgen de sleutel, maar als er ook maar één krasje op de caravan zit als we thuiskomen heeft die boomhut van jullie zijn langste tijd gehad.'

Sprotje was net klaar met haar huiswerk en paste de rijbroek die haar moeder in de tweedehandswinkel om de hoek had gekocht, toen Melanie belde.

'Ik krijg het niet bij elkaar,' zei ze met verstikte stem. Sprotje had niet vreemd opgekeken als er tranen uit de telefoon waren gedruppeld. 'Mijn ouders willen me maar één keer zakgeld voorschieten, want mijn zus heeft alweer herrie lopen schoppen, en voor we gaan kan ik nog hoogstens twee of drie keer oppassen. Ik krijg het geld gewoon niet bij elkaar!'

Sprotje staarde naar het prikbord naast de telefoon. Haar moeder had een ansichtkaart met een IJslands paard naast haar rooster gehangen.

'Zeg jij het tegen de anderen?' snifte Melanie. 'Ik ga morgen niet naar school, het is toch de laatste dag... Wanneer gaan jullie? Zondag of maandag?'

Sprotje ging met een vinger over de ansichtkaart. 'Maandag,' antwoordde ze. 'Luister Mel, misschien verzin ik nog wel iets. We hebben nog even de tijd...'

'Ach joh, laat maar,' zei Melanie. 'Veel plezier met z'n allen. En val niet van je paard. Oké?'

'Hé Mel, wacht!' riep Sprotje, maar Melanie had al opgehangen.

'Wie was dat?' riep haar moeder vanuit de slaapkamer. Ze was al sinds de lunch bezig twee koffers te pakken, een kleintje en een grote; ze gooide er spullen in, haalde ze er weer uit en was in een onbehoorlijk goed humeur.

Sprotje leunde in de deuropening. 'Jij verheugt je er wel heel erg op om van me af te zijn,' zei Sprotje.

'Begin nou alsjeblieft niet weer!' antwoordde haar moeder. Ze stopte een spuuglelijke groene jurk, die Sprotje nog nooit had gezien, in de grote koffer. 'Wie had je aan de telefoon?'

'Mel.' Sprotje liet haar vingers langs de deurpost glijden. 'Ze kan niet mee. Ze krijgt het geld niet bij elkaar.'

Haar moeder keek op. 'O jee. En de anderen?'

Sprotje haalde haar schouders op. 'Die mogen.'

'Da's balen,' mompelde haar moeder. Ze hield besluiteloos twee nachtjaponnen omhoog. 'Welke zal ik meenemen? De witte of de gebloemde?'

'Geen van beide,' antwoordde Sprotje, en ze vertrok naar haar kamer. Eigenlijk wilde ze zelf ook alvast wat spullen pakken. Maar na een tijdje merkte ze dat ze alleen maar op haar bed naar het plafond lag te staren. Ze kreeg Melanie gewoon niet uit haar hoofd.

Midden in de nacht schoot de oplossing haar te binnen, nadat ze urenlang slapeloos van de ene zij op de andere had liggen draaien. Rillend stapte Sprotje uit bed; ze glipte door de donkere gang naar de slaapkamer van haar moeder en luisterde aan de deur. Ze hoorde de betweter snurken. Hoe kon haar moeder daar bij slapen? Sprotje opende zachtjes de deur.

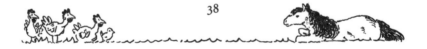

'Mam?' Ze hurkte naast het bed en aaide haar moeder over haar neus. Daar werd ze eigenlijk altijd wakker van.

Haar moeder wreef over haar neus en deed slaperig haar ogen open. Toen ze Sprotje zag, kwam ze zo abrupt overeind dat de betweter geërgerd gromde en op zijn andere zij ging liggen. 'Wat is er gebeurd?' vroeg ze geschrokken.

'Ik moet iets met je bespreken,' fluisterde Sprotje terug.

Haar moeder keek kreunend op de wekker. Toen zwaaide ze haar benen uit bed, trok haar badjas aan en waggelde duf naar de woonkamer. 'Ik hoop dat je een goede reden hebt om me uit mijn lekkere warme bedje te halen!' mompelde ze, terwijl ze rillend in de enige makkelijke stoel ging zitten.

Sprotje zette de verwarming aan. 'Ik heb toch die spaarrekening van oma,' zei ze. 'Je weet wel, ze zegt altijd dat het voor mijn uitzet is. Daar zet ze elke maand wat op hè?'

Haar moeder wreef in haar dikke ogen en knikte. 'Ja. Je krijgt het geld op je achttiende verjaardag. Geen dag eerder. Dat vond ze heel belangrijk.'

'Weet ik.' Sprotje knikte ongeduldig. 'Maar je zei toch een keer dat je er in geval van nood geld af kon halen?' Ze keek haar moeder vragend aan. 'Mel heeft honderdtwintig euro nodig, mam. Er staat vast zoveel op die rekening dat oma het niet eens merkt als we er iets afhalen. En Mel betaalt het gewoon zo snel mogelijk terug.'

Haar moeder wreef over haar voorhoofd. 'Je grootmoeder maakt gehakt van me als ze erachter komt,' zei ze. 'Dat geld is voor je studie.'

'Honderdtwintig euro maar, mam!' smeekte Sprotje. 'We kunnen toch niet allemaal gaan en Mel hier laten! Als zij niet

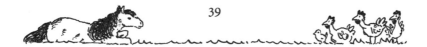

39

mee kan, dan, dan...' Sprotje ging rechtop zitten, '...dan ga ik ook niet.'

Haar moeder deed met een zucht haar ogen dicht en legde haar hoofd tegen de rugleuning van de stoel. 'Dat is regelrechte chantage,' mompelde ze. 'Mel betaalt je dat geld nooit terug. Die geeft elke cent uit aan lippenstift en puistjescrème.'

'Niet waar, ze heeft twee oppasbaantjes. Ze krijgt het geld alleen niet voor de vakantie bij elkaar. Toe? Haal je het geld van de spaarrekening?'

Een paar eindeloze tellen lang zweeg haar moeder. In gedachten verzonken wreef ze over een koffievlek in haar nachtjapon. Toen keek ze op. 'Ik dacht dat je helemaal niet zo dol was op Mel.'

'Ze is wel oké,' zei Sprotje ontwijkend. 'En bovendien is ze een Wilde Kip.'

'O ja. Hoe kon ik dat nou vergeten?' Haar moeder rekte zich geeuwend uit. 'Nou goed dan, ik doe het,' zei ze en ze stond op. 'Maar als oma me doodschiet is het jouw schuld.'

Toen Melanie hoorde dat ze toch mee kon viel ze Sprotje om de hals. Wel vijf keer zwoer ze op haar allerheiligste kippenerewoord dat ze het geld op zijn laatst volgend voorjaar terug zou betalen (wat niet helemaal lukte). En op de dag van vertrek bracht ze een taartje voor Sprotje mee, met vijf kippetjes van marsepein erop. 'Zelfgebakken,' zei ze, terwijl ze haar enorme tas in de kofferbak van de taxi stouwde. 'Speciaal voor jou, maar je geeft ons vast ook wel een stukje hè?'

Sprotjes moeder was met schrik tot de ontdekking gekomen dat er helemaal geen vijf meisjes in haar taxi pasten, maar Lisa's moeder had aangeboden ook te rijden. Sprotjes moeder vond het prima maar Lisa vond het een gruwelijk idee. Alleen Roos' grootmoedige aanbod om in haar plaats met Lisa's moeder mee te rijden kon haar een beetje troosten.

Zo gingen ze die maandag dus met twee auto's op weg. Sprotjes voorpret over de eerste gezamenlijke Kippenvakantie zonder ouders en leraren werd een beetje bedorven doordat de betweter ook meereed. Hij zat natuurlijk voorin, en telkens wanneer Sprotje zag dat hij zijn hand op haar moeders bovenbeen legde duwde zij haar knie in zijn rug.

41

De rit was één grote ramp. Ze vertrokken te laat, stonden nog voor ze de stad uit waren in een ellenlange file en reden vervolgens minstens tien keer verkeerd. Halverwege wilde de betweter per se bij een wegrestaurant naar binnen, en na het eten was Kim zo misselijk dat Sprotjes moeder om de haverklap moest stoppen. En zo schemerde het al toen ze eindelijk voor het bord stonden dat de schoolvriendin van Sprotjes moeder haar had beschreven: *Lola's IJslandmanege, 3 km* stond erop, en een paard wees met een hoef naar een smal, door lindebomen omzoomd weggetje.

'O jee, moet je zien, er is hier echt helemaal niets!' fluisterde Melanie. 'Je kunt hier vast niet eens ergens een colaatje drinken.'

Maar even later doemde aan het eind van het weggetje een huis op, een groot oud huis van rode steen, begroeid met klimop en wilde wingerd. Het weggetje kwam uit op een breed, met zand bestrooid erf. Rechts van het huis stond een enorme stal, met rood geschilderde houten deuren. Het erf, de stal, het huis – het lag er allemaal verlaten bij. Alleen een paar verlichte ramen en de rook die uit de schoorsteen kwam verraadden dat er mensen woonden.

Met stramme benen stapten ze uit de auto. Lisa's moeder parkeerde achter hen.

Roos keek teleurgesteld om zich heen. 'Waar zijn de paarden?' vroeg ze. In de invallende duisternis was er op de omliggende weilanden niet één te zien.

Lisa's moeder haalde haar schouders op en bekeek met gefronst voorhoofd het huis en de stal. 'Wel een beetje vervallen,' stelde ze vast. 'Ik hoop dat het er vanbinnen wat verzorgder uitziet.'

42

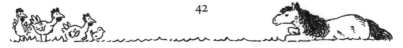

'Ik vind het juist leuk,' zei Roos. 'Best romantisch eigenlijk.'

'Romantisch. Tja, als je afbladderende verf romantisch vindt.' Lisa's moeder trok met haar mond.

'Daar zijn ze!' riep Lisa, en ze rende naar het hek dat de weilanden van het erf scheidde. 'Daarachter onder die bomen. Zien jullie?'

Kim en Roos renden achter haar aan, Melanie en Sprotje volgden iets minder enthousiast. Drie paarden tilden hun hoofd op toen ze de meisjes aan zagen komen en sjokten naar het hek.

Melanie bleef staan. 'Bijten paarden eigenlijk?'

'Soms,' antwoordde Lisa. Ze boog zich over het hek. Een van de paarden stak zijn hoofd naar voren en snuffelde nieuwsgierig aan haar koude vingers.

'Soms?' Melanie deed een stap achteruit.

'Ach joh.' Roos duwde haar naar het hek. 'Laat ze nou maar gewoon even snuffelen. Ze happen eigenlijk alleen als er iets kraakt in je zak. En dan bijten ze meestal alleen maar in je jas.'

Melanie knikte, maar ze stak haar handen diep in haar jaszakken. 'Ze zijn helemaal niet zo groot,' zei ze, een beetje gerustgesteld.

Sprotje vond ze groot genoeg. Precies goed. En zo mooi. Hun dichte, lange manen vielen over hun hals en ogen. De twee die het dichtst bij het hek stonden waren donkerbruin, maar het derde paard, dat zich ongeduldig tussen hen in perste, vond ze het mooist. Zijn vel was roodbruin, zoals bij een vos, maar zijn staart en manen waren zo zwart als roet. Nieuwsgierig stak hij zijn grote hoofd over het hek, snuffel-

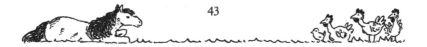

de aan al die vreemde handen, deinsde terug – en kwam weer dichterbij. Voor Sprotje wist wat ze deed aaide ze zijn zijdezachte neus. Zijn warme adem streek langs haar hand, zijn donkere ogen keken haar aan, zo stil, zo intens.

'En, vind je ze leuk?' Sprotjes moeder legde een hand op haar schouder. De betweter stond naast haar. Meteen verstopte Sprotje het bijzondere geluksgevoel achter een onverschillig gezicht.

'Mevrouw Bergman?' Dat was Lisa's moeder. Ze stond nog steeds bij de auto's. 'Ik geloof dat ze ons eindelijk gezien hebben.'

'Ze gaat me voor schut zetten,' mompelde Lisa. 'Ik weet het zeker.'

De voordeur van het grote huis ging open, licht viel op het erf en een vrouw kwam met haastige stappen op hen af. Ze was iets groter dan Sprotjes moeder, had donker haar dat al grijs begon te worden. De rijbroek en de laarzen die ze droeg zou Lisa's moeder vast niet als 'verzorgd' bestempelen.

'Daar zijn jullie eindelijk!' riep ze. 'We wachten al sinds vanmiddag op jullie. De andere kinderen zitten net te eten, dus ik ben het ontvangstcomité. Samen met de paarden natuurlijk, en die zijn het belangrijkste, nietwaar?' Ze gaf iedereen een hand, de meisjes en de volwassenen. Sprotjes moeder kreeg een knuffel. 'Lang niet gezien,' zei ze. 'Wie van de vijf is je dochter?' Ze keek naar de meisjes en Sprotje stak haar hand op.

'Ik,' zei ze. 'Hoi.'

'Charlotte toch?'

Sprotje knikte en wees naar de anderen. 'Dat zijn mijn

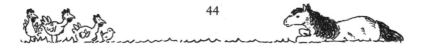

vriendinnen. Melanie, Roos, Lisa en Kim.'

De vriendin van haar moeder knikte. 'Ik heet Lola. Zo noemen ze me hier allemaal. Wilde Lola, stomme Lola, dat hangt ervan af. Maar altijd Lola. Tessa, mijn dochter, is van jullie leeftijd. Zij zal jullie straks alles laten zien.'

'Ik zou ook graag alles willen zien,' zei Lisa's moeder. 'Vooral de kamers waarin de meisjes slapen, en verder de keuken, de badkamer en de eetkamer.'

Lisa werd bleek en beet op haar lip.

Lola knikte alleen maar. 'Natuurlijk. Hebt u haast? Anders stel ik voor dat we eerst eens even koffiedrinken.'

Sprotje keek haar moeder aan. Had ze haast?

Nee, niemand had haast. Zelfs de betweter niet. Terwijl hij toch al paardenpoep aan zijn schoenen had. De volwassenen gingen in Lola's kantoortje koffiedrinken en Tessa, haar dochter, zou de Kippen hun kamer laten zien.

'Hebben jullie die ukkies gezien?' fluisterde Melanie toen ze voor de eetkamer op Tessa stonden te wachten. 'Twee tafels vol kleintjes. We zijn hier dik de oudsten.'

'Hopelijk vallen die kleuters ons niet lastig,' mompelde Lisa. Intussen keek ze met een bezorgd gezicht haar moeder na, die net in Lola's kantoortje verdween.

'En wat dan nog? Wij zijn toch ook heel goed in mensen lastigvallen,' zei Sprotje. Ze keek om zich heen. In de grote hal lagen kleurige vloerkleden op de grond; een oude donkerrode bank stond naast een tafel met stapels paardentijdschriften erop. De muren hingen vol met foto's en tekeningen, vast gemaakt door Lola's manegekinderen – tekeningen van paarden, bruine, witte, grijze, zwarte, en op bijna elke tekening

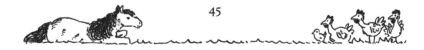

stond ook een breed lachende zon en een minstens zo breed lachend kind. Aan een enorme kapstok naast de deur hingen jassen en regencapes. Eronder stond een lange rij kaplaarzen en modderschoenen.

Het zag er gezellig uit, vond Sprotje. Heel gezellig, al was het allemaal nog vreemd. Dat zou ze natuurlijk niet tegen haar moeder zeggen. Die moest maar mooi met een schuldgevoel naar zee vertrekken.

Lola's dochter Tessa was even groot als Roos en had het donkere haar van haar moeder, maar verder leek ze niet erg op haar.

'Zijn jullie verkeerd gereden?' vroeg ze, terwijl ze met de Kippen de brede, uitgesleten houten trap naar de tweede verdieping op liep.

'Dat kun je wel zeggen!' antwoordde Melanie. 'Is er hier in de buurt eigenlijk nog iets anders dan jullie manege?'

Tessa keek spottend naar haar om. 'Het volgende dorp is tien minuten met de auto. Te paard doe je er ongeveer een uur over. Maar er is daar niet veel te beleven hoor. In Barsingerberg kun je bij de bakker aan een statafel koffiedrinken. Dat is het wel.'

'Barsingerberg. O jee.' Melanie zuchtte en sleepte haar bagage verder de krakende trap op. 'Dat klinkt alsof je er nog niet dood gevonden wilt worden.'

Tessa haalde haar schouders op. 'Is het bij jullie thuis dan zo spannend?'

'Spannend? Dat is nou niet bepaald het woord dat bij me opkomt,' antwoordde Sprotje. 'Ik vind het hier spannender.'

Tessa glimlachte en liep de laatste paar treden op. 'We zijn

er bijna,' zei ze. 'Jullie zijn de enigen die hierboven slapen. De kleintjes vinden het griezelig op zolder. Je hoort de wind in de schoorsteen en soms scharrelen er relmuizen rond.'

'Relmuizen?' Kim trok een angstig gezicht. 'Wat zijn dat?'

'Lieve kleine beestjes,' zei Roos. 'Knagen alleen aan hout, niet aan mensen.'

'Een hele geruststelling.' Kim spitste haar oren, maar behalve de wind die langs het dak streek was er niets te horen.

Tessa ging hen voor door een smalle gang. Aan de muren hingen foto's van paarden. Boven elkaar. Naast elkaar. Het waren er zeker dertig. Op de houten lijstjes zaten plakkertjes met namen. Roos bleef telkens staan om ze te lezen: Fleygur, Fafnir, Lipurta...

'Wat een vreemde namen,' zei ze.

'IJslandse namen,' zei Tessa. Ze duwde een deur open. 'Hier, dit is jullie kamer. Ver bij de kleintjes vandaan. We dachten dat jullie dat wel fijn zouden vinden.'

Sprotje schuifelde met haar tas langs Tessa. 'Hoe oud zijn de anderen hier eigenlijk?' vroeg ze.

'Acht, negen jaar,' antwoordde Tessa. 'Wel aardig en behoorlijk brutaal. De meesten zijn er al sinds vrijdag en gelukkig hebben we nog geen ernstige aanval van heimwee gehad. Wat moeten jullie nog meer weten? Jullie badkamer is daar, aan het eind van de gang. Het ontbijt is om half negen, lunch om één uur. Mijn moeder kan heel veel hebben – behalve als iemand haar stoort tijdens de middagrust of als ze om twaalf uur 's nachts nog steeds door het huis moet gillen omdat er iemand op zijn bed staat te springen. Dan kan ze wel eens vervelend worden.'

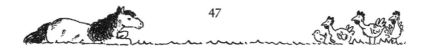

Het was een grote kamer die Lola voor de Kippen gereserveerd had, maar Sprotje moest oppassen dat ze haar hoofd niet stootte tegen de schuine balken. Hier hingen geen paardenfoto's. Op de muren zat behang met reusachtige karmijnrode stokrozen. Op de houten vloer lagen een paar lopers en tegen de muren stonden vijf bedden.

'Mogen we ze verplaatsen?' vroeg Lisa.

'Ja hoor.' Tessa knikte en zette Melanies tweede tas neer, die ze voor haar de trap op gesjouwd had. 'Ik hoop dat jullie geen nachtmerries krijgen van dat behang. Van de winter gaan we deze kamer schilderen, maar nu...' ze haalde spijtig haar schouders op, '...ziet het er helaas nog zo uit.'

'Het is toch prachtig?' vond Roos, die zich op een van de bedden liet vallen. Naast elk bed stond een laag tafeltje met een lamp erop. Naast de deur stond een grote houten kast, waarvan de deuren vol zaten met stickers: paarden, katten, honden en een voetbalelftal. Iemand had zelfs zijn naam in het hout gekrast.

'Na het ontbijt maken we altijd een rit,' vertelde Tessa. 'Als mijn moeder lesgeeft begeleid ik de ritten. Na de lunch is het rust tot drie uur, daarna mag je weer rijden als je wilt. Als de paarden verzorgd zijn helpt iedereen nog ongeveer een half-uur mee in de stal, op de wei of in huis. Het avondeten is om zeven uur. Om negen uur is het bedtijd, maar voor jullie vindt mijn moeder tien uur ook best. Vertel het alleen niet aan de kleintjes. Anders hebben we meteen een opstand.'

De Kippen knikten. Roos en Lisa waren al aan het uitpakken. Melanie keek bezorgd naar haar koffer en die ene kast.

'Oké...' Tessa draaide zich om, maar in de deuropening

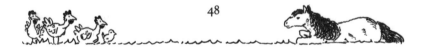

bleef ze nog een keer staan. 'Jullie hebben een of andere...
club, hoorde ik?'

'Klopt.' Lisa spreidde haar armen. 'Voor je staan de beroemde en beruchte Wilde Kippen!'

'Lisa!' Roos verborg kreunend haar gezicht in haar kussen.

'De Wilde Kippen?' Tessa glimlachte. 'Klinkt leuk. En wat doen jullie zoal, als club, bedoel ik?'

'Och.' Kim haalde haar schouders op en keek de anderen aan. 'Theedrinken, kletsen...'

'Jongens pesten,' voegde Lisa eraan toe.

'Sprotjes moeder zei dat je een broer hebt,' zei Melanie. Ze deed haar best om onverschillig te klinken. Sprotje zuchtte. Natuurlijk. Wie anders dan Melanie zou zoiets vragen...

Maar Tessa leek het helemaal niet raar te vinden. 'Ja, Mike. Hij is twee jaar ouder dan ik. En meestal wel oké.'

Sprotje wachtte geduldig tot Melanie zou vragen of Tessa's broer soms knap was, maar zover ging ze gelukkig niet.

'Hoeveel paarden hebben jullie eigenlijk?' vroeg Roos. Haar tekstboekje van *Romeo en Julia* lag al op haar nachtkastje. Met een foto van haar broertje.

Tessa ging de kamer uit. 'Achttien,' antwoordde ze. 'Maar ik moet nu naar beneden, anders dansen die ukkies straks op de tafels.' De Wilde Kippen hoorden hoe haar voetstappen zich over de krakende vloer verwijderden.

Roos liet haar blik door hun nieuwe domein gaan. 'Gezellig hè?' vroeg ze.

'Veel gezelliger dan die kamer op ons laatste schoolreisje,' vond Kim.

'En geen Pygmeeën in de kamer naast ons,' verklaarde Lisa.

49

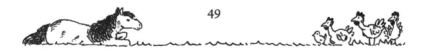

Het klonk bijna een beetje weemoedig.

Ze schoven de bedden naar het midden van de kamer tot ze allemaal tegen elkaar stonden, met de tafeltjes aan het hoofdeinde. Ze zochten een stopcontact voor de cd-speler, die Melanie had meegebracht, en zetten de kaarsenstandaard, waar Roos aan had gedacht, op de vensterbank. Sprotje legde haar zaklamp onder haar kussen en de pluchen kip, waar ze nog steeds mee sliep, onder de deken. Melanie en Lisa kibbelden om de ruimte in de kast, Kim probeerde haar wekker op acht uur te zetten en Roos zette net het kleine raampje open voor wat frisse lucht toen de deur openging.

'Eindelijk, ik dacht al, we komen er nooit,' zei Lisa's moeder. Ze kwam met gefronst voorhoofd de kamer in, keek niet al te enthousiast om zich heen en deed een stap opzij om Sprotjes moeder door te laten. Als laatste verscheen Lola. De betweter was er niet bij. Die zit vast al in de auto, dacht Sprotje, te wachten tot mam en hij eindelijk weg kunnen.

'Aha, jullie hebben het al gezellig gemaakt,' zei Lola.

'Het is allemaal wel... heel eenvoudig,' constateerde Lisa's moeder. Ze liep naar de vensterbank, duwde Roos opzij en ging met een vinger over het raamkozijn.

Lisa wist niet waar ze moest kijken. Ze werd vuurrood en plukte zenuwachtig aan de onderkant van haar trui. Kim en Roos gingen vlug naast haar zitten, de een links en de ander rechts. Lisa keek ze dankbaar aan.

'U betaalt vijftig euro per dag,' zei Lola tegen Lisa's moeder. 'Inclusief eten, onderdak en paardrijden. En dat alleen omdat Charlottes moeder en ik acht jaar bij elkaar op school hebben gezeten. Als deze speciale behandeling bekend wordt ga

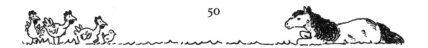

ik failliet.' Lola keek nog steeds even vriendelijk, wat Sprotje echt knap van haar vond. Dat was vast een van die dingen die je leerde als je volwassen werd – hoe je je gevoelens moest verbergen, spoorloos laten verdwijnen achter een vriendelijk gezicht. Wat zou het handig zijn om dat te kunnen.

'Lisa?' Lisa's moeder deed alsof ze niet hoorde wat Lola zei. 'Vind je de accommodatie hier voor een weekje acceptabel?'

Lisa schoof nog wat dichter naar Roos toe. 'Ik vind het geweldig,' zei ze met een dun stemmetje. 'Véél leuker dan thuis, mama.'

Haar moeder vertrok haar mond tot een zuur lachje. 'Goed, dan hoef ik me dus geen zorgen te maken.'

Ze wierp nog een laatste afkeurende blik op het stokrozenbehang en schuifelde langs Sprotjes moeder en Lola de kamer uit. 'Dan zou ik nu graag nog even de badkamer en de keuken zien,' zei ze in het voorbijgaan tegen Lola.

'Geen probleem.' Lola glimlachte naar de meisjes en ging achter haar aan. 'Wil jij ook nog iets zien?' vroeg ze aan Sprotjes moeder.

Die schudde haar hoofd en glimlachte terug. 'Nee, wij zijn zo weer weg. Ga maar.'

'Pas op, stoot uw hoofd niet!' hoorden ze Lola roepen. Kim giechelde.

'Jullie vinden het hier wel leuk hè?' Sprotjes moeder keek de Kippen vragend aan. Sprotje zei niets. Ze moet met een slecht geweten vertrekken, dacht ze. Dat moet. Maar Melanie stootte haar aan. 'Kom op, zeg dan dat het te gek is.'

'We zullen zien,' bromde Sprotje.

'Loop je nog even mee naar de auto?' vroeg haar moeder.

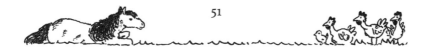

'Ja hoor, ze komt eraan.' Melanie duwde Sprotje van het bed. 'Ga dan.'

'Vraag in de keuken of we nog een pot thee kunnen krijgen!' riep Roos haar na.

'Of glühwein,' riep Melanie, waarop Lisa haar geschrokken aankeek.

'Lola is wel aardig hè?' vroeg haar moeder toen Sprotje achter haar aan de trap af liep.

'Hm,' mompelde Sprotje.

'Ik geef je het telefoonnummer van het pension waar we zitten,' zei haar moeder. 'En ik bel je. Elke avond. Oké?'

'Je hoeft helemaal niet te bellen,' bromde Sprotje. 'Ik ben toch geen baby meer.'

Daarna zei haar moeder een tijdje niets meer. Zwijgend liepen ze door de grote hal, langs bossen droogbloemen en foto's van kinderen op paarden. Sprotjes moeder schoot Lola's kantoortje in om afscheid te nemen, maar Lola liep nog steeds met Lisa's moeder door het huis. Het duurde even voor Sprotjes moeder haar had gevonden. Sprotje wachtte voor de eetkamer. De deur stond op een kier en Sprotje gluurde naar binnen. Ze zag hoe Tessa een meisje tegenhield dat met spaghetti wilde gaan gooien.

Toen ze eindelijk weer tevoorschijn kwam vroeg Sprotjes moeder: 'Is de moeder van Lisa altijd zo?'

'Meestal is ze nog erger,' antwoordde Sprotje, terwijl ze achter haar aan naar buiten liep. Het was inmiddels aardedonker. Nog nooit had Sprotje de nacht zo zwart gezien. Alleen in de taxi brandde licht; de betweter zat er inderdaad al in.

'Hèhè, eindelijk!' riep hij, en hij duwde het portier open.

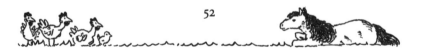

Sprotje bleef staan.

'Veel plezier!' zei haar moeder. Ze drukte Sprotje zo stevig tegen zich aan dat die naar adem hapte.

'Jij ook,' mompelde Sprotje, hoewel ze er niets van meende.

'Je bent nog steeds boos,' zei haar moeder zacht. 'De volgende keer gaan wij samen, alleen wij tweetjes. Afgesproken?'

Sprotje knikte. 'Als jullie terugkomen,' zei ze, 'trekt hij dan bij ons in?'

'Welnee.'

'Blijven we hier slapen of zo?' riep de betweter vanuit de auto.

Sprotje duwde haar moeder naar de auto. 'Stap in,' zei ze. 'En neem ook een knijper mee voor op zijn neus. Die vent snurkt echt verschrikkelijk.'

Haar moeder gaf haar nog een knuffel, wreef in haar ogen en stapte in. Op het donkere erf keek Sprotje de auto na tot de achterlichten in het duister waren verdwenen.

Rillend zette ze de kraag van haar jas op. Het begon fris te worden 's avonds. Een vogel kraste ergens in de donkere boomtoppen en ze hoorde de paarden briesen in de wei. Zand knarste onder Sprotjes schoenen toen ze naar de wei liep en op het hek klom.

Ze had eens ergens gelezen dat paarden staande slapen, maar altijd maar een paar minuten. Dan worden ze weer wakker. Een van de paarden – zijn manen schemerden in het donker – keek Sprotjes kant op. Een poosje stond het dier zo naar haar te kijken, zonder zich te verroeren. Toen kwam het dichterbij, langzaam, alsof het moeite kostte zijn hoeven uit het

53

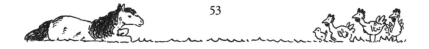

vochtige gras te tillen. Het paard schudde briesend zijn manen. Zijn vel was bruin, de manen bijna zo licht als de smalle maan die al boven het nabijgelegen bos stond. Sprotje stak een hand uit en het paard snuffelde aan haar vingers. Voorzichtig kriebelde Sprotje onder zijn kin. Ze aaide zijn zachte neusgaten. 'Hoe heet je?' fluisterde ze. Het paard spitste zijn oren. Zelfs in die oren groeide dik grijs haar.

Opeens hoorde Sprotje voetstappen achter zich. Ze schrok zo dat ze bijna voorover van het hek tuimelde. Er kwam iemand uit de stal. Een jongen. Dat was natuurlijk Lola's zoon, Mike. Waarschijnlijk had hij Sprotje gehoord, want hij richtte een zaklamp op haar. Verlegen knipperde ze tegen het felle licht.

'Hoi,' zei hij. 'Ben jij er een van die groep die vandaag aangekomen is?'

Sprotje knikte en klom vlug van het hek. Hij was groter dan zij, een heel klein beetje maar.

'Jullie zijn met z'n vijven hè?' vroeg hij.

'Ja,' zei Sprotje. Ze wist ook niet waarom haar hart opeens sneller begon te kloppen. 'Hoe...' ze wees achter zich, '...hoe heet dat paard daar?'

Mike boog zich over het hek en aaide de manen van het paard. 'Deze hier? Dit is Kolfinna.'

'Kolfinna. Is dat ook een IJslandse naam?' vroeg Sprotje. 'Net als die op de foto's boven? Die klonken al net zo... raar.'

Mike lachte. 'Voor IJslandse paarden klinken ze precies goed, denk ik. Hoe heet jij?'

'Charlotte.'

Waarom zei ze dat? Ze vond haar naam niet eens mooi.

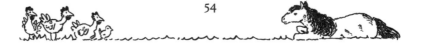

'Dat zou je ook een rare naam kunnen vinden.' Mike grijnsde, graaide in zijn jaszak en gaf Kolfinna een stuk brood. 'Ik bedoel het niet rot. Hoe heten die anderen, je vriendinnen?'

'Melanie, Roos, Lisa en Kim,' antwoordde Sprotje.

'Kim.' Mike lachte. 'Dat is echt vreemd hè? Nou, ik moet weer naar binnen. Jullie slapen op zolder, toch? Als jullie vannacht gek worden van de muizen, gewoon op de muren kloppen. Dat helpt meestal wel.' Hij liep naar het huis en Sprotje keek hem na. Hij vindt me natuurlijk een mafkees, dacht ze. Een complete, hopeloze mafkees.

Bij de deur botste Mike tegen Roos op. Ze bleven in de verlichte deuropening staan en Roos lachte. Toen wees Mike Sprotjes kant op. En Roos kwam door het donker op haar af.

'Waar zat je nou?' riep ze nog voor ze bij haar was. 'We hebben overal naar je gezocht. In de keuken, de eetkamer; zelfs in Lola's kantoor hebben we naar je gevraagd.'

'Hoezo?' Sprotje was blij dat het donker was. Misschien merkte Roos het nu niet. Merkte ze niet dat Sprotjes hart zo bonkte, niet dat ze zich voelde zoals ze zich, verdomme, nog nooit had gevoeld. Vlinders in haar buik. Knikkende knieën. 'Ik... ik was nog even bij de paarden,' mompelde ze. 'Mag dat soms niet?'

'Ja! Natuurlijk wel. Maar er is wel iets met je.' Roos keek haar van opzij bezorgd aan. Niemand kende Sprotje beter dan Roos. Niemand. Zelfs haar moeder niet. 'Het komt door je moeder hè?' vroeg Roos. 'Omdat ze met die rij-instructeur op vakantie gaat – en niet met jou. Ach joh, zes dagen, wat is dat nou? En je hebt ons. Het is toch hartstikke leuk hier, of niet soms?'

Roos gaf Sprotje een arm en trok haar mee terug naar het hek. Kolfinna stond er nog, ze hoopte vast dat ze weer een stuk brood kreeg. 'Hoe zou die heten?' Roos aaide de dikke manen van het paard.

'Kolfinna,' zei Sprotje.

'Hoe weet jij dat nou weer?' Roos keek haar verbaasd aan. 'Of verzin je het soms ter plekke?'

Sprotje schudde haar hoofd. 'Nee mens, zo'n naam verzin je toch zeker niet? Ik heb het van iemand gehoord.' Kolfinna draaide zich om en sjokte terug de wei in. In het donker kon Sprotje nog acht andere paarden onderscheiden.

'Je hebt het van iemand gehoord, aha.' Roos leunde met over elkaar geslagen armen op het hek en deed haar ogen dicht. 'Hmm, wat ruikt het hier lekker hè?'

Sprotje knikte – en wachtte nog steeds tot het tumult in haar binnenste tot bedaren kwam.

'Kom, laten we naar de anderen gaan,' zei Roos.

En dat deden ze, nadat ze in de keuken van Lola's kokkin nog een grote pot thee hadden gekregen. Herma heette ze en ze was bijna net zo breed als ze lang was. Ze gaf ook nog een schaaltje met koekjes mee, bij wijze van welkom, zei ze.

Het was allemaal heerlijk. Veel fijner dan Sprotje het zich had voorgesteld. Als die chaos in haar hart er nou maar niet was... Eén ding kon ze er met zekerheid over zeggen: dat het niets met haar moeder te maken had.

Sprotje sliep heel goed in het vreemde bed, met Roos links en Lisa rechts van haar. Toen ze haar ogen opendeed was het nog schemerig buiten, maar Roos was ook al wakker. Ze zat recht-op in bed haar rol uit haar hoofd te leren. Sprotje zag haar lip-pen bewegen. '*Terug, gij dwaze tranen, naar uw bron!*' hoorde Sprotje haar fluisteren. '*Uw druppels zijn de tol die droefheid eist, en die gij dwaasweg aan de blijdschap offert...*'

'Dat onthoud je nooit!' zei Sprotje.

Roos schrok op, alsof ze heel ergens anders was geweest. 'Jawel hoor!' antwoordde ze zacht. 'Ik ken het straks helemaal uit mijn hoofd, en dan sta ik in de aula op het toneel en kijkt iedereen naar me en kan ik me er geen woord meer van her-inneren!' Ze liet zich kreunend in haar kussen zakken en leg-de het geopende boek op haar gezicht. 'En Noor ziet er zo dom uit in die strakke broek,' hoorde Sprotje haar zeggen. 'Daar krijg je echt geen romantisch gevoel van.'

Een romantisch gevoel. Sprotje slikte en dacht aan gister-avond. Ach, ze was gewoon in de war geweest, vanwege haar moeder en die betweter. Daar kwam het natuurlijk door.

Roos haalde het boek van haar gezicht en ging rechtop zit-

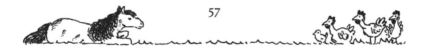

ten. 'Zullen we naar beneden gaan en in de keuken thee zetten?'

Sprotje keek op Kims wekker. Het was nog maar zeven uur. 'Waarom niet?' zei ze geeuwend. 'Lisa heeft volgens mij ook nog koekjes in haar tas.'

Zachtjes, zonder de anderen wakker te maken, glipten ze in hun kleren en liepen op hun sokken de trap af. Het was doodstil in huis. Alleen uit één kamer kwam gegiechel, en een geluid dat klonk alsof iemand een kussen tegen de deur gooide. En toen ze beneden door de hal liepen had Sprotje heel even het gevoel dat iemand over de balustrade op hen neerkeek. Maar toen ze zich omdraaide was er niemand te bekennen.

Om in de keuken te komen moesten ze door de eetkamer. Het ochtendlicht viel door de vensterruitjes op blauwe tafelkleden. De tafels waren al gedekt voor het ontbijt. Op een ervan stond een kip van stro.

'Die is vast voor ons,' zei Roos. 'Zo te zien heeft je moeder Lola van alles over ons verteld.' Ze deed de keukendeur open en bleef als aan de grond genageld staan, zo abrupt dat Sprotje bijna tegen haar op botste. Mike stond voor de koelkast, in een T-shirt en een gestreepte onderbroek.

'Morgen,' zei hij en hij ging met een hand door zijn haar, dat door het slapen nog alle kanten op stond. 'Zijn jullie echt zulke vroege vogels of hebben die verrekte kleuters jullie ook wakker gemaakt?'

'We...' Roos keek verlegen om naar Sprotje. 'We wilden thee zetten.'

'Thee? Krijgen jullie dat zo vroeg naar binnen?' Mike huiverde. 'Nou, doe wat je niet laten kunt.' Hij nam de dampende

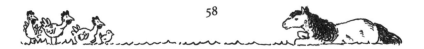

beker die op tafel stond en de yoghurt die hij uit de koelkast had gehaald en liep ermee naar de deur. Roos en Sprotje deden vlug een stap opzij. 'Tot straks dan,' zei hij, en hij laveerde voorzichtig met zijn beker tussen de tafels in de eetkamer door.

Sprotje keek hem na. Tot ze merkte dat Roos hetzelfde deed.

'Appel of rozenbottel?' vroeg Roos toen ze Sprotje zag kijken. Alsof ze ergens op betrapt was keerde ze zich van de deur af. 'Dat zijn de soorten die ze hier hebben. Dat zei Herma gisteravond al.'

'Appel,' mompelde Sprotje. Daar had je ze weer, die hartkloppingen. Kon je daar niets tegen doen? Diep ademhalen misschien. Sprotje probeerde het.

Roos zette de ketel op het fornuis, haalde twee bekers uit de kast boven de gootsteen en hing er theezakjes in. 'Ik ben benieuwd hoe jullie het doen bij de eerste les,' zei ze. 'Kim is geloof ik nog steeds bang dat ze het paard niet eens op komt.' Ze praatte en praatte. Roos praatte alleen veel als ze verlegen was. En ze was verlegen. Dat merkte Sprotje best.

'Ach, het zal allemaal wel meevallen,' mompelde ze. Ze keek naar buiten. Tessa en Lola waren al in de wei. Nu, bij daglicht, waren de paarden nog mooier dan gisteravond.

'Je zult zien, paardrijden is heerlijk. Ik weet zeker dat je het leuk vindt,' zei Roos. Zij had Mike ook nagekeken...

'Vast wel,' zei Sprotje. Maar haar gedachten waren heel ergens anders.

Ze pakten hun bekers en gingen terug naar hun kamer. Onderweg kletsten ze over van alles en nog wat, alleen niet

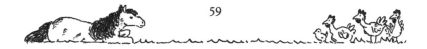

over hartkloppingen en knikkende knieën. Ook beste vriendinnen bespreken niet alles met elkaar. Uit de kamers op de eerste verdieping kwam nu al behoorlijk veel lawaai, en toen ze de trap naar zolder op liepen, hoorden ze Lisa door de hele gang schreeuwen: 'Die achterlijke kleuters! Die hersenloze kleine chimpansees! Ik draai ze de nek om.'

'Wat is hier aan de hand?' Kim en Melanie stonden net hun rijbroek aan te trekken toen Sprotje en Roos de kamer in kwamen. Van Lisa was geen spoor te bekennen.

'Wat hebben die ukkies uitgespookt?' vroeg Roos, die met haar thee op haar bed ging zitten.

'Ze hebben zwarte schoensmeer op de wc-bril gesmeerd.' Kim grinnikte en probeerde haar T-shirt in haar rijbroek te krijgen. 'Gelukkig hoefde ik niet als eerste. Jemig, ik zie eruit als een gestopte worst in die broek.'

'Lisa staat al vijf minuten te schrobben onder de douche,' zei Melanie, die haar haren zat te borstelen. 'Jouw broek is altijd nog beter dan de mijne. Ik heb hem van mijn nicht geleend en die heeft een kont als een walrus.' Nieuwsgierig draaide ze zich om naar Sprotje en Roos. 'Hebben jullie die broer van Tessa al gezien? Hoe ziet hij eruit?'

Ze gaven geen van beiden antwoord. Roos slurpte van haar thee en verstopte haar gezicht achter *Romeo en Julia*, en Sprotje keek aandachtig naar buiten, alsof bomen en weilanden iets heel nieuws voor haar waren.

'Ik heb hem gisteravond gezien!' Kim trok een trui over haar hoofd. 'Hij is best knap. Vind ik.'

'Ja, maar jij vindt zelfs die neef van je een stuk,' zei Melanie kattig. Intussen epileerde ze voor een piepklein zakspie-

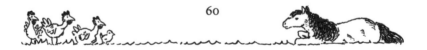

geltje haar wenkbrauwen. 'Ik wil hem eerst met eigen ogen zien.'

'Jeetje, Mel!' Roos kon haar ergernis niet verbergen. 'Ik dacht dat je met Willem was! Waarom moet je eigenlijk zo nodig weten hoe knap andere jongens zijn?'

'Macht der gewoonte,' mompelde Sprotje.

'Het heeft helemaal niets met Willem te maken,' viel Melanie uit. 'Ik heb hem gisteravond nog gebeld, stelletje koeien.'

'Kippen,' zei Sprotje. Ze zag Mike beneden over het erf lopen; bij zijn moeder bleef hij staan. Haastig, alsof hij haar zou kunnen ontdekken, ging ze bij het raam vandaan.

Melanie nam haar verwonderd op, maar gelukkig kwam Lisa net op dat moment de kamer weer in. 'Als ik ze te pakken krijg!' riep ze met een hoogrood hoofd. 'Mijn kont doet zo'n pijn van al dat schrobben, het lijkt wel alsof ik honderd uur op een paard heb gezeten.'

'Zal ik even kijken of het zwart er ook echt af is?' bood Melanie aan.

'Nee, bedankt.' Lisa trok haar laarzen aan en rukte een vest uit de kast. 'Ik wou dat ik wist wie van die kleine ettertjes het was.'

'Je kunt Tessa vragen wie het lef heeft voor zulke dingen,' stelde Kim voor.

Maar Tessa kon Lisa ook niet helpen. 'Er gebeurt altijd wel iets als er nieuwe komen,' zei ze, nadat ze bij de Kippen aan de ontbijttafel was komen zitten. Aan de tafel naast hen zaten drie van de mogelijke daders. Ze staken hun hoofden bij elkaar en begonnen hysterisch te lachen zodra er een Kip hun kant op keek. Lisa nam het drietal nijdig op, in de hoop dat

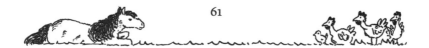

er eentje rood zou aanlopen als zij maar streng genoeg keek. Maar dat werkte niet.

'De laatste keer dat er nieuwe kwamen,' fluisterde Tessa, 'hebben een paar van die ukkies 's nachts hun handen in een kom met lauw water gehouden.'

Kim werd nog witter dan het tafelkleed.

'Hoezo, wat gebeurt er dan?' vroeg Lisa argeloos.

'Je plast in je bed,' zei Sprotje. 'Zo klein, en dan al van die rotgeintjes.'

Lisa keek om alsof ze net had gehoord dat er kannibalen aan de tafel naast haar zaten. 'Niet te geloven!' fluisterde ze verontwaardigd. 'Zoiets zou ik nooit doen.'

'Echt wel,' stelde Melanie droog vast. Intussen bekeek ze de meisjes aan de andere twee tafels. 'Zeven,' telde ze. 'Ze zijn duidelijk in de meerderheid. En nou maar hopen dat ze niet met z'n allen onder één hoedje spelen.'

Tessa nipte van haar thee. 'Nee hoor,' zei ze. 'Die vier daarachter...' ze wees naar de tafel bij het raam, '...zijn keurig opgevoed. Daar hebben we nog helemaal geen last mee gehad. Alleen krijgt Daphne 's avonds altijd heimwee, maar gelukkig laat ze zich makkelijk troosten. Maar die drie daar...' Tessa knikte naar het tafeltje naast hen, '...dat is een brutaal stelletje. Die kunnen alleen maar melig doen. Verena remt de anderen soms gelukkig nog een beetje, maar Lilli en Bob zijn hier al voor de derde keer en ik ben bang dat ze elke nieuwkomer als een indringer beschouwen. Dat met dat lauwe water, dat waren zij ook.'

Kim keek onbehaaglijk om. Onmiddellijk begon het drietal weer te giechelen.

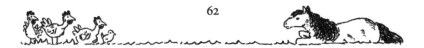

Melanie wierp ze een verachtelijke blik toe. 'Zeg alsjeblieft niet dat we samen met die drie monstertjes les hebben!' zei ze tegen Tessa.

Tessa haalde haar schouders op en nam nog wat thee. 'Dat hangt ervan af hoe goed jullie paardrijden. Die kleintjes zijn allemaal al best goed.'

Melanie, Kim en Sprotje keken elkaar gegeneerd aan.

'Wij, eh...' Melanie plukte aan haar geleende rijbroek, die inderdaad te groot voor haar was, '...wij kunnen het nog niet zo goed, ik bedoel, eigenlijk...'

'...kunnen we het helemaal niet!' vulde Sprotje aan.

Kim zuchtte en glimlachte verlegen naar Tessa.

'Op die manier.' Tessa probeerde een lachje te onderdrukken, maar dat lukte niet helemaal. 'Nou, dan krijgen jullie straks je eerste les van mijn moeder. Terwijl Lilli, Bob en de andere ukkies met mij een rit maken.'

'En je broer?' vroeg Roos, en meteen perste ze haar lippen op elkaar, alsof ze de vraag het liefst weer had ingeslikt.

'Mike? Geen idee. Die is 's ochtends altijd in de wei of in de stal bezig. En als hij klaar is met werken gaat hij meestal naar Barsingerberg, naar zijn vrienden.'

'Tessa?' Een van de meisjes van het andere tafeltje stond plotseling naast Tessa. 'Mogen wij kijken als die daar...' ze likte een beetje jam uit haar mondhoek, '...voor het eerst gaan rijden? Dat lijkt ons wel een grappig gezicht.' Haar vriendinnen vielen voorover in hun bord van het lachen.

'Nee, dat mogen jullie niet, Lilli,' antwoordde Tessa. 'Bij jullie heeft ook niemand staan kijken.'

'Dank je!' kreunde Kim opgelucht.

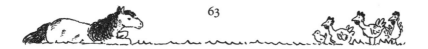

Na het ontbijt kwamen de ukkies met z'n allen om Tessa heen staan, want ze wilden allemaal op hun lievelingspaard rijden. Maar Tessa schreef de namen van de paarden op kleine stukjes papier, deed die zorgvuldig opgevouwen in een broodmandje en liet het mandje rondgaan. Daarna ging ze met Lisa en Roos naar de wei om ze hun paarden aan te wijzen. Melanie, Kim en Sprotje leunden tegen het hek en keken besluiteloos toe, tot Lola op hen afstapte.

Ze overhandigde hun alle drie een hoofdstel en een touw en zei: 'Jullie eerste paardrijles, dat is een spannende gebeurtenis. Zodra Tessa met de anderen weg is, halen wij de drie paarden die jullie het beste kunnen leren hoe je moet rijden.'

Het duurde eindeloos voor de groep van Tessa de paarden opgetuigd en gezadeld had, maar eindelijk was het dan toch zover. Roos reed als laatste het erf af. Ze draaide zich nog een keer om en zwaaide, waarna haar paard tussen de kleurige herfstbomen verdween.

'Je zou er jaloers van worden hè?' mompelde Melanie, terwijl Sprotje naar het hoofdstel in haar hand stond te kijken. Ze kon met de beste wil van de wereld niet bedenken hoe het om een paardenhoofd zou moeten passen.

'Maar wij gaan ook lol maken hoor,' zei Lola. Ze maakte het hek naar de wei open. Op een rijtje stapten ze door het korte gras. Helemaal achteraan, onder de bomen, stonden nog zeven paarden te grazen. Toen Lola met de meisjes dichterbij kwam, tilden er drie hun hoofd op.

'Voor die paar dagen dat jullie hier zijn,' zei Lola, 'kunnen jullie het best aan één bepaald paard wennen. Voor Melanie

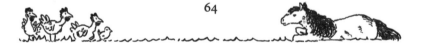

nemen we Fafnir, voor Kim Freya en Snegla gaat Charlotte leren rijden.'

Fafnir was Lola's enige schimmel. Freya was zo zwart als
roet en Snegla's vel was bruin, op de kleine gekartelde bles op
haar voorhoofd na, die wel een beetje op een S leek.

'Kolfinna is zeker nog te wild voor ons?' vroeg Sprotje. Ze
deed haar best om Snegla het hoofdstel om te doen zonder
haar oren dubbel te vouwen, maar dat viel nog helemaal niet
mee. De merrie trok steeds haar hoofd terug en keek Sprotje
aan alsof ze zoveel onbenul nog nooit had meegemaakt.

'Kolfinna?' Lola glimlachte en hielp Melanie Fafnir het
hoofdstel over de witte oren te leggen. 'Ja, die is inderdaad te
wild voor jullie. Heeft ze gisteren soms weer bij het hek staan
bietsen? Ze is van Mike en hij verwent haar veel te erg. Fafnir,
Freya en Snegla zijn ook wel eens brutaal, maar met begin-
ners hebben ze heel veel geduld. Dat betekent dat ze niet meteen gaan bokken of op hol slaan als je een fout maakt. In het
begin maak je bij paardrijden bijna alleen maar fouten, dat is
nu eenmaal zo, en het pijnlijkste voor een paard is als je aan
de teugels rukt. Aai je paard eens over zijn neus.'

De Kippen gehoorzaamden.

'Voelen jullie hoe zacht en gevoelig dat is? Denk daaraan
als je voor het eerst de teugels in je handen hebt.'

Lola nam Freya's touw van Kim over. 'Als je je paard uit de
wei haalt,' vervolgde ze, 'leid het dan zo dat het met zijn hoofd
naast je loopt. Straks laat ik jullie zien waar je allemaal op
moet letten als je buiten de manege bent.'

Sprotje probeerde het. Ze begon te lopen en Snegla sjokte
braaf met haar mee. Het was raar om zo'n groot dier naast je

65

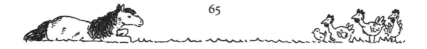

te voelen, zijn kracht en de warmte van zijn lichaam. Freya volgde Kim minder gedwee dan Snegla het bij Sprotje deed, maar na een tijdje stonden ze alle drie met hun paard voor het hek. Lola maakte het voor ze open en de vriendinnen leidden de paarden voorzichtig naar buiten, bonden ze vast aan een paal op het erf en lieten zich door Lola wijzen waar ze in de zadelkamer de poetsboxen konden vinden.

'Bij IJslandse paarden is poetsen niet zoveel werk,' legde Lola uit, toen Melanie hulpeloos de ene borstel na de andere in haar handen nam. 'Ze staan namelijk niet de hele dag op stal en ze hebben de andere paarden die in hun vel bijten. Ze rollen over de grond tegen het ongedierte en vinden het fijn om in de regen te staan. Eigenlijk borstelen jullie ze alleen maar om ze te leren kennen.'

Sprotje pakte een van de ruwe borstels. 'Goed, daar gaan we dan,' zei ze. Zorgvuldig borstelden de Kippen het vel en de dichte manen van de paarden. Alleen de staart durfden ze geen van drieën aan te raken.

'Je kunt ook met je handen in hun vel en hun manen "bijten", zoals ze het bij elkaar met hun tanden doen, zie je wel?' Lola boog haar vingers en ging zachtjes knijpend langs Fafnirs rug, tot hij begon te briesen. 'Horen jullie hoe lekker hij dat vindt?' Lola lachte zacht. 'Dan krijgen we nu de hoeven. En iets wat paarden minder lekker vinden.' Ze haalde een vreemd metalen ding uit de poetsbox, met aan de ene kant een krabbertje en aan de andere kant een klein borsteltje. 'Nu laat ik jullie zien hoe je voor en na het rijden de hoeven uitkrabt.'

'De hoeven?' Kim deed een stap naar achteren. 'Maar... schoppen ze dan niet?'

66

'Welnee.' Lola bukte zich, liet haar hand langs Fafnirs linkervoorbeen omlaag glijden en pakte de hoef, die hij gehoorzaam optilde. Ze krabde er aarde en kleine steentjes uit en liet Fafnir zijn hoef weer neerzetten. 'Bij de achterhoeven moet je natuurlijk voorzichtig zijn,' legde ze uit. 'Jullie kennen vast wel de regel dat je zelfs het makste paard beter niet van achteren kunt benaderen.'

De Kippen knikten. Daarna gingen ze aan het werk. Snegla trok meteen haar voorbeen uit Sprotjes handen. 'Geef haar een standje,' zei Lola. 'Ze probeert alleen maar uit hoever ze bij je kan gaan.'

Melanie kreeg bij het schoonmaken van Fafnirs rechterachterhoef een paardenscheet midden in haar gezicht – Lola vertelde dat dit bij het uitkrabben van de achterhoeven jammer genoeg vaak voorkwam – en Kim moest Sprotje vragen of ze Freya's staart vast wilde houden, anders sloeg de merrie haar er de hele tijd mee om de oren.

'Bitten en zadels hebben we nu nog niet nodig,' zei Lola toen de meisjes klaar waren met poetsen. 'We beginnen met de longe.' Ze verdween in de zadelkamer en kwam terug met een lange lijn en een brede leren riem. 'En, hebben jullie dit wel eens gezien?' vroeg ze, terwijl ze de riem om Fafnirs buik gespte. Er zaten twee met leer beklede handgrepen aan.

'Dat is ecn longeersingel,' antwoordde Kim, die voor de vakantie stapels boeken over paardrijden uit de bibliotheek had gehaald.

'Precies,' zei Lola. 'Zo leren jullie dat je ook zonder teugels en zadel heel goed op een paardenrug kunt blijven zitten. Wie wil het als eerste proberen?'

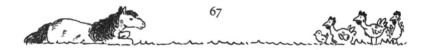

'Ik,' flapte Sprotje eruit. Verlegen keek ze de andere twee aan. 'Ik bedoel, als...'

'Best hoor, begin jij maar,' zei Melanie. 'Wij wachten wel, hè Kim? Of sta jij te springen om voor aap te staan?'

Kim lachte schuchter, friemelde aan haar oorbelletje en bekeek Fafnirs rug alsof ze zich niet kon voorstellen dat ze daar ooit op zou zitten.

'Oké, daar gaan we dan.' Lola maakte Fafnirs touw los en gaf het aan Sprotje. 'Snegla en Freya halen we straks.'

Met kloppend hart nam Sprotje Fafnir mee. De omheinde rijbaan lag achter de stal, maar Lola liep naar de ronde bak een paar meter verderop. Ze maakte het hek in de hoge omheining open en liet Sprotje met Fafnir naar binnen gaan.

'Goed opletten!' zei ze tegen Melanie en Kim, die buiten waren blijven staan. 'Straks zijn jullie aan de beurt.' Ze bevestigde de longeerlijn aan Fafnirs hoofdstel en hielp Sprotje op zijn witte rug. 'Alleen op je evenwicht letten,' zei ze, terwijl ze naar het midden van de bak liep. 'En wen maar aan de bewegingen van het paard.'

Sprotje knikte en klemde haar benen om het warme paardenlijf. Fafnir kwam met een ruk in beweging. Geschrokken klampte Sprotje zich aan de grepen van de longeersingel vast.

'Ontspannen!' riep Lola, maar dat was makkelijker gezegd dan gedaan. Sprotje had nooit geweten hoe glad het op de rug van zo'n paard was.

Pas na een paar rondjes vond ze haar evenwicht. Haar lichaam bewoog mee met de stappen van het paard en ze voelde zich opeens zo licht dat ze bijna duizelig werd van geluk.

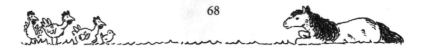

'Aha, je begint het leuk te vinden!' riep Lola. 'Mooi. Probeer dan maar eens één hand los te laten.'

Sprotje keek haar geschrokken aan. Maar toen knikte ze; ze perste haar lippen op elkaar en probeerde het. Weer gleed ze bijna van Fafnirs rug, maar de schimmel sjokte zo bedaard voort dat Sprotje haar evenwicht algauw hervond.

'Met één hand!' riep Melanie. 'Moet je zien, Kim. Dat doen wij de Opperkip voorlopig niet na.'

In het voorbijgaan stak Sprotje haar tong uit. Kims ogen waren bijna zo groot als haar brillenglazen.

Na nog wat wiebelige rondjes durfde Sprotje van hand te wisselen, en ten slotte lukte het haar zelfs een paar heerlijke tellen lang met beide handen los te rijden.

'Prima gedaan!' zei Lola toen ze haar hielp met afstijgen. 'Hoe vond je het?'

'Fijn. Heel, heel fijn,' mompelde Sprotje. Ze aaide Fafnir over zijn grijswitte neus. Het liefst was ze meteen weer op zijn rug geklommen, maar Melanie stond al voor het hek te wachten.

Terwijl Melanie met een wit gezicht haar eerste rondje reed, vroeg Kim: 'Was je erg bang?' Sprotje keek Fafnir verlangend na en schudde haar hoofd. 'Nee,' zei ze zacht. 'Na een tijdje... had ik het gevoel dat ik het al eeuwen deed...'

'Wat?' vroeg Kim.

'Nou, paardrijden!' Sprotje zag hoe Melanie aarzelend haar linkerhand losliet en trots naar hen lachte, voor ze vlug weer met beide handen de grepen vastpakte.

'Ik sta vast voor gek,' zei Kim somber. 'En dat terwijl ik het eigenlijk best graag zou willen kunnen.'

69

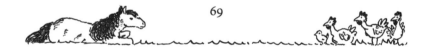

'Ach joh!' antwoordde Sprotje alleen maar, en Kim stond inderdaad helemaal niet voor gek. Bij Fafnirs eerste stappen keek ze nog een beetje bang, maar algauw verscheen er een voorzichtig lachje op haar gezicht, en na een tijdje durfde ze zelfs een hand los te laten om haar bril recht te zetten. Daarna reed ze net zoals de anderen met twee handen los. Ze lachte er zo gelukzalig bij dat Melanie grinnikend met haar elleboog in Sprotjes zij porde.

Na het longeren moesten ze Snegla en Freya zadelen. 'Faf-nir heeft eerst even pauze verdiend,' zei Lola. Ze liet de Kippen zien hoe je het zadel zo op de rug van het paard legde dat het paard er geen last van had, hoe je het bit in zijn mond stopte en de zadelriem een paar keer aantrok, tot hij stevig genoeg zat.

'Jeetje, het duurt wel een eeuwigheid voor je eindelijk kunt gaan rijden,' zuchtte Melanie terwijl ze de stijgbeugels op de juiste hoogte instelde.

'Klopt,' antwoordde Lola. 'En dat blijft ook zo, al word je er natuurlijk wel wat handiger in.'

'Neem het poetsen en zadelen altijd net zo serieus als het rijden zelf,' vervolgde ze, toen de meisjes met de paarden naar de rijbaan liepen. 'Je paard voelt het als je gestrest of ongeduldig bent en dan zul je bij het rijden weinig plezier aan hem beleven.'

'Niet zo woest!' waarschuwde Lola, toen Sprotje met een zwaai op Snegla's rug ging zitten. 'Een onervaren paard zou van schrik op hol slaan als je je zo plompverloren in het zadel laat vallen.'

Berouwvol aaide Sprotje Snegla's hals. 'Sorry,' mompelde

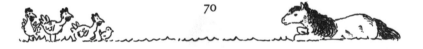

ze. Ze hoopte maar dat de merrie haar excuses accepteerde.

Sprotje had in stilte gehoopt dat Lola hen nu al zelf zou laten rijden, maar Lola verklaarde dat ze daar op zijn vroegst pas de derde les aan toe zouden zijn. En zo leidde zij Snegla met Sprotje door de rijbaan, en Melanie nam Freya, met de verzaligd lachende Kim op haar rug.

In het zadel zat je heel anders dan op een blote paardenrug. Sprotje had niet kunnen zeggen wat ze prettiger vond. 'Blijf voorlopig nog maar even van de teugels af,' zei Lola. 'Teugels zijn heel verleidelijk om je aan vast te houden, maar daarmee maak je je bij je paard niet populair. Denk maar aan wat ik over die zachte snoet vertelde.'

Ik stap nooit meer af, dacht Sprotje op een bepaald moment. Ik blijf gewoon voor eeuwig doorrijden. Maar natuurlijk was ook zij een keer aan de beurt om naast een paard te lopen. Ze had net de teugels van Freya overgenomen toen Mike de stal uit kwam. Hij zag hen bezig, slenterde naar de rijbaan en bleef tegen het hek geleund staan.

Sprotje probeerde er niet aan te denken dat hij er was. Een hopeloze zaak. Haar ogen dwaalden de hele tijd zijn kant op. Freya leek te merken dat Sprotje er met haar gedachten niet helemaal bij was en begon steeds harder te lopen, tot Lola moest ingrijpen.

'Mike, je stoort. We hebben geen publiek nodig!' riep Lola. 'Heb je Brunka haar medicijnen gegeven?'

'Allang!' antwoordde Mike. 'Volgens mij moet je de dierenarts nog een keer laten komen. Ze hoest nog best veel.'

Sprotje zag dat Melanie Mike onopvallend opnam, maar gelukkig gedroeg ze zich niet zoals ze vroeger altijd deed zo-

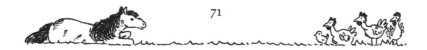

dra ze een mannelijk persoon in het vizier kreeg. Ze schudde niet eens met haar haren. Kim stond met Snegla's touw in de hand verlegen naar Mike te gluren. Zodra hij haar kant op keek, begon ze aan de manen van het paard te frunniken.

'Als jij de dierenarts nou eens belde?' riep Lola. 'Ik ben hier nog niet helemaal klaar.'

'Geen probleem!' antwoordde Mike. Hij zette zich tegen het hek af en slenterde terug naar de stal. Sprotje betrapte zich erop dat ze hem alweer stond na te kijken – tot Freya haar een duw tegen haar schouder gaf.

Lola liet ze nog een hele tijd rondjes rijden. Ze legde uit hoe je je in het zadel zwaar moest maken om het paard te laten stoppen en hoe je het zover kreeg dat het weer doorliep. Ze moesten met hun handen los rijden, zich in het zadel omdraaien, in de stijgbeugels gaan staan en weer gaan zitten. Toen Lola uiteindelijk 'genoeg voor vandaag!' riep, waren de drie Kippen gelukkig, maar moe. Hun benen deden pijn van de ongewone inspanning. Stram als ooievaars liepen ze met Snegla en Freya terug naar het erf, waar Fafnir ongeduldig aan de paal stond te wachten.

Na het borstelen kon Sprotje maar met moeite afscheid van Snegla nemen. Pas helemaal achter in de wei maakte ze het touw los. Een paar heerlijke tellen lang bleef de merrie naast haar staan. Ze keek Sprotje aan en snuffelde nieuwsgierig aan haar jas. Maar toen Sprotje geen brood of appel uit haar zak tevoorschijn toverde, draaide ze zich om en sjokte naar de andere paarden, die nog steeds onder de bomen stonden te grazen. In het korte gras, dat nog vochtig was van de ochtenddauw, stond Sprotje naar ze te kijken – hoe ze elkaar

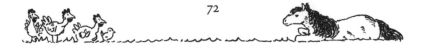

begroetten en in elkaars manen begonnen te bijten, hoe Fafnir zijn hoofd op Freya's rug legde.

'Hé Sprotje, je staat erbij alsof je van plan bent te gaan grazen!' riep Melanie bij het hek. Sprotje maakte haar blik met
tegenzin van de paarden los en liep door de wei terug naar de
anderen.

'Jullie hebben je dapper geweerd,' zei Lola, toen ze de poetsboxen naar de zadelkamer terug hadden gebracht en in een
emmer water de bitten schoonmaakten. 'Als jullie vanmiddag
niet al te veel spierpijn hebben, gaan we verder.'

'O, dat zal best meevallen,' zei Kim, die met een blij lachje
haar bril schoonwreef.

Nadat Lola naar binnen gegaan was, gingen de drie Kippen
naast elkaar op het hek zitten. Ze keken uit over de wei en zeiden een hele tijd niets. Maar in de lucht hing tevredenheid –
lome, zalige tevredenheid.

'Fafnir, Snegla, Freya,' mompelde Melanie, met haar
ogen knipperend tegen de herfstzon. 'Wie vinden jullie het
mooist?'

Sprotje kreunde. 'Typisch hoor. Nu begin je bij de paarden
ook al met die schoonheidsonzin van je.'

'Ik vind ze allemaal even mooi,' zei Kim geeuwend.

'Je zou hele mooie vlechten bij ze kunnen maken,' zei Melanie dromerig. 'Met die manen...'

'Als je het maar laat,' zei Sprotje.

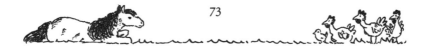

Een halfuur later kwamen de anderen terug van hun rit.

'O jee, ik heb pijn aan botten waarvan ik niet eens wist dat ik ze had!' Kreunend liet Lisa zich van haar paard glijden. Tessa had haar op Bleykja laten rijden, een lichtbruine merrie met een witte bles.

'Ja, als je ook meteen als een indiaan begint te galopperen,' zei Roos spottend. Haar paard heette Mimir en was zo grijs als rook. 'Lisa moest die ukkies zo nodig laten zien wie hier het beste is met paarden. Ze was jammer genoeg alleen even vergeten waar de rem zat.'

'Ja ja, ik weet het, dat brutale beest ging er met een rotgang vandoor,' mompelde Lisa, terwijl ze Bleykja's bezwete vel droogwreef. 'Ik wil wedden dat dit het brutaalste paard van stal is. Laat je niet in de maling nemen door die onderdanige blik van haar.'

'Geloof er maar geen woord van hoor. Het lag niet aan Bleykja. Lisa deed gewoon te wild.' Roos krabbelde Mimir over zijn grijze snoet en aaide teder zijn neusvleugels. 'Je mag blij zijn dat Tessa je inhaalde. En dat onze paarden niet ook op hol sloegen. Het scheelde een haar of je had een salto

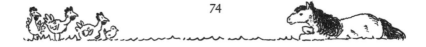

over Bleykja's oren gemaakt.'

'Welnee, ik had alles onder controle!' Lisa keerde Roos boos de rug toe en bukte zich om Bleykja's hoeven uit te krabben.

Toen stond Lilli plotseling voor haar.

'Mijn vriendinnen willen dat ik je iets vraag,' zei ze. 'Hang je bij het rijden altijd aan de zijkant van je paard?'

Heel even dacht Sprotje dat Lisa de cap van Lilli's hoofd zou slaan. Maar ze hield zich in. Met een dreigende blik op Bob en Verena, die zich giechelend achter een zwart paard hadden verstopt, bromde ze: 'Zeg maar tegen die twee lolbroeken daar dat ik ze met hun kleine ukkenkoppen in de mesthoop stop. En voor jou...' ze prikte met haar wijsvinger in Lilli's smalle borst, '...bedenk ik iets heel bijzonders, klein krengetje dat je bent.'

'Doe dat! Ik verheug me er nu al op,' zei Lilli. Ze grijnsde breed en huppelde terug naar haar vriendinnen.

Roos verstopte haar gezicht in Bleykja's manen, maar iedereen kon horen dat ze lachte. Sprotje, Kim en Melanie hielden hun hand voor hun mond, wat ook niet erg hielp.

'Stelletje dombo's,' bromde Lisa. Ze duwde Roos opzij. 'Ik dacht dat we een paar rustige dagen zonder Pygmeeën zouden hebben, en wat gebeurt er? Je krijgt het aan de stok met een zootje hondsbrutale strontvliegen. En je eigen vriendinnen gedragen zich als, als...' ze begon te stotteren van kwaadheid, '...als een stelletje kakelende... kippen.'

'Tja, we zijn nu eenmaal Kippen,' zei Melanie, die tegen de aanbindpaal geleund stond.

'Precies.' Roos deed haar paard het hoofdstel om. 'We zijn zelfs de enige echte Kippen.' Toen ging ze met Mimir op weg

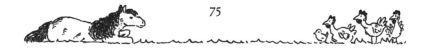

naar de wei. 'Weet je wat, Lisa?' riep ze nog. 'Lilli doet me heel erg aan jou denken.'

'Inderdaad,' zei Melanie. 'Je laat je te veel op stang jagen door die kinderen, vind ik. We zijn hier om paard te rijden, en als we ons met die dwerggeiten inlaten hebben we geen dag en geen nacht rust meer.'

'Over paardrijden gesproken...' Lisa keek de andere drie nieuwsgierig aan. 'Hoe was jullie eerste les? Wij kletsen aan één stuk door over onze rit en die brutale apen – en jullie vertellen helemaal niets.'

'Dat gaat ook moeilijk als jij de hele tijd aan het woord bent,' zei Sprotje. Ze stond alweer naar de paarden te kijken. Kolfinna was in het gras gaan liggen en Mimir rolde uitgelaten over de grond, alsof hij de geur van zadel en hoofdstel van zijn vel wilde schuren.

'Het was zo leuk!' zei Kim met een gelukzalige blik in haar ogen. 'Ik bedoel, "leuk" is eigenlijk niet het goede woord, ach, er bestaat helemaal geen goed woord voor...'

'Ik vond het ook gaaf, al hebben wij niet als indianen op onze paarden gezeten,' zei Melanie, met een blik op haar horloge. 'O shit, ik had Willem beloofd hem voor twaalven te bellen.' Haastig rende ze naar het huis.

'Alweer?' riep Lisa haar na, maar Melanie trok alleen een lelijk gezicht.

'Dat is nou echte liefde,' zei Roos. Ze keek er zo dromerig bij dat Kim haar verbaasd opnam. 'Ik ga tot aan het middageten nog een beetje oefenen. Doe je mee, Lisa? We kunnen naar de stal gaan, op de hooizolder luisteren die ukkies vast niet mee.'

76

'Straks misschien.' Lisa rekte zich geeuwend uit. 'Ik breng mijn paard naar de wei en dan ga ik eerst even liggen. Ik weet ook niet wat er aan de hand is. Ik ben doodmoe. Moet je Tessa zien!' Tessa maakte net het hek voor Verena en Daphne open. 'Ze heeft gereden als een gek, maar kennelijk wordt ze nooit moe.'

Sprotje keek om zich heen. Roos was al naar binnen om haar tekstboekje te halen. De kleintjes zaten op het hek rond de wei of stonden nog met hun paarden te knuffelen. Het was een prachtige dag. De koude wind die de avond tevoren was opgestoken, was weer gaan liggen, de bladeren van de lindebomen staken geel af tegen de blauwe hemel, alsof de zon zelf in hun takken verstrikt was geraakt, en opeens vond Sprotje vijf dagen verschrikkelijk kort.

Ze hadden nog bijna een uur voor het middageten. Kim ging naar de stal om te luisteren naar Roos, die haar rol aan het instuderen was.

'Volgens mij zou ze dolgraag zelf meespelen,' zei Lisa, toen zij en Sprotje naar het huis slenterden. 'Maar ze is bang dat ze op het toneel vreselijk voor gek staat.'

'Daar kan ik in komen,' mompelde Sprotje. 'Mij zouden ze met geen tien paarden een podium op krijgen.'

In de hal kwamen ze Melanie tegen, en zij aan zij liepen ze de trappen op naar hun kamer. Sprotje had de indruk dat er opeens drie keer zoveel treden waren. En de trappen waren ook een stuk steiler geworden. Hoe kon je op klaarlichte dag nou zo moe zijn?

'Willem mist me,' zei Melanie. 'Hij zegt dat hij zich verveelt zonder mij. En Fred vindt opeens dat vakantie zonder ons

toch niet je ware is. Maar de caravan vinden ze top.'

'O ja?' Sprotje fronste haar voorhoofd. 'Hoe gaat het met de kippen? Heeft je geliefde daar ook nog iets over gezegd?'

Melanie haalde haar schouders op. 'Hij zegt dat ze er allemaal nog zijn en dat ze zich vol vreten aan de groente die Fred uit de volkstuin van zijn opa meeneemt. O ja, en dan nog iets,' lachte ze, 'Fred heeft Steve een bloedneus geslagen omdat hij zei dat Freds opa een beetje moet opschieten met doodgaan, zodat ze zijn tuinhuisje eindelijk als clubhuis kunnen gebruiken.'

'Daar had ik Steve ook voor op zijn gezicht getimmerd,' zei Sprotje. 'Ik hoop alleen dat ze niet in onze caravan gevochten hebben.'

'Dat durven ze niet.' Lisa gaapte – en deed de deur van hun kamer open. 'Nee!' riep ze. 'Nee, nee, nee!'

Hun kamer was roze. Wc-papierroze. Iemand had de rol gevonden die Lisa's moeder voor haar had ingepakt en die Lisa beschaamd in de kast had gestopt. Lange repen hingen aan het plafond en de gordijnroede, waren om de lampen en de poten van de bedden gewikkeld. Zelfs Kims wekker was ingepakt.

'Allemachtig, wat een stelletje kleuters!' zei Melanie vol verachting, en ze begon meteen haar borstel uit te pakken.

'Opgepast!' Sprotje tilde haar kussen op. 'Ze hebben rauwe eieren in de bedden gestopt.'

'Getver!' Melanie gilde zo hard dat Lisa van schrik Kims ingepakte wekker liet vallen. 'Dat is niet grappig, dat is helemaal niet grappig! Er zit paardenpoep in mijn schoenen! Moet je die smeerboel nou eens zien!' Met een vies gezicht

viste ze haar schoenen uit de kast, haar mooie schoenen, die met de metersdikke zolen en het zilverkleurige leer.

De anderen keken er nieuwsgierig naar. 'Dat is echt vies,' stelde Lisa vast. 'Daar moeten ze voor boeten. Anders denken ze dat ze alles kunnen maken.' Met haar neus dicht vervolgde ze: 'Die zou ik nooit meer aantrekken, denk ik. Zullen we het tegen Lola gaan zeggen?'

'Natuurlijk niet! Dit regelen we zelf wel,' zei Sprotje. 'Trouwens, ik vond die schoenen toch altijd al spuuglelijk.'

'Wie vroeg jou wat?' Melanie zette het raam open en kieperde de paardenpoep resoluut naar buiten. De schoenen zette ze op de vensterbank om te luchten.

'Oké, laten we gaan,' zei Lisa grimmig. Van haar vermoeidheid was opeens niets meer te merken. 'Eerst moeten we uitvogelen in welke kamer die Lilli en haar vriendinnen zitten. Of zijn er nog andere verdachten?'

Melanie schudde haar hoofd.

'Oké, ga dat dan maar uitvogelen,' zei Sprotje. Ze duwde Melanie opzij en leunde uit het raam. 'Ik pas wel op dat ze intussen geen paardenpoep in Mels beautycase stoppen.'

Lisa keek haar verbaasd aan. 'Ga je niet mee?'

'Vanwege een beetje wc-papier? Nee hoor, en trouwens, zonder mij komen jullie er ook wel achter waar die drie kleuters zitten.' Sprotje leunde nog wat verder uit het raam en spuugde naar beneden.

'Ze wordt ziek,' constateerde Melanie. 'Zo duidelijk als wat.'

'Klets toch niet zo!' Sprotje draaide zich geïrriteerd om. 'Ik heb me nog nooit zo goed gevoeld. En daarom heb ik nu ook

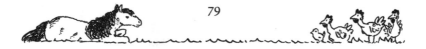

helemaal geen zin om me met die opdondertjes bezig te houden. Alleen vanwege een rol roze wc-papier en die gruwelijke schoenen van Mel. Als jullie willen help ik jullie na het middageten om Lilli in de mesthoop te gooien. En voor mijn part verzin ik ook nog een gemeen geintje voor vannacht, maar jullie gaan zonder mij uitvogelen waar ze zitten, oké?'

'Oké.' Lisa klonk nog steeds een beetje ongerust.

Toch sloop ze even later met Melanie de gang op. En Sprotje bleef voor het raam staan en ademde de herfstlucht in, die zo heerlijk zoet naar bladeren rook – en naar paardenpoep. Maar die stank kon ook van Mels schoenen komen.

De anderen hadden gelijk. Ze gedroeg zich vreemd. Ze voelde zich ook vreemd. Een beetje slaperig. Maar dat was niet de reden dat het wc-papier en de paardenpoep in Mels schoenen haar koud lieten. Nee. Het was zoals ze gezegd had: ze voelde zich goed. Ze had zich nooit beter gevoeld. Alles hier maakte haar blij, bijna alsof ze er heel lang naar op zoek was geweest: de weilanden, het uitzicht over de velden, zonder dat er één huis in zicht was, en de paarden, die prachtige paarden. Ze waren heel anders dan honden. Of kippen. Sprotje glimlachte. O ja. Ze waren echt heel anders dan kippen.

Tjonge, hoe lang doen ze er eigenlijk over om uit te vinden waar die kleuters zitten, dacht Sprotje toen de anderen na een tijdje nog steeds niet terug waren. Ze besloot bij Roos en Kim te gaan kijken. Onderweg naar beneden hoorde ze op de eerste verdieping een schel gekrijs, maar ze maakte zich er niet druk om.

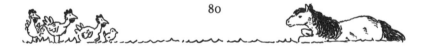

In de stal rook het naar vers hooi en het was er koeler dan
buiten in de herfstzon. Alle boxen waren leeg, op eentje na,
waarin een groot lichtbruin paard stond. Lola was bij hem.

'Hallo,' zei Sprotje. 'Waarom is dat paard niet bij de andere?'

'Ze hoest een beetje,' antwoordde Lola, terwijl ze een paar
maatbekers wit poeder in zijn voederbak strooide. 'Maar het
wordt al wat beter. Zoek je je vriendinnen? Ik geloof dat ze op
de hooizolder zijn.'

Op de hooizolder. Sprotje zag de ladder al van een afstand-
je. Hij was steil en hoog, nog hoger dan de ladder die naar de
boomhut van de Pygmeeën leidde. Sprotje had net zo'n hekel
aan ladders als aan balkons en uitkijktorens. Op de hooizolder repeteren! dacht ze, toen ze met opeengeklemde kaken de
wankele ladder op klom. Dat is typisch Roos. Ze vindt het natuurlijk vreselijk romantisch daarboven.

Ze kon Kims stem al horen. *'O god, wat doet mijn hoofd pijn!*
Wat een hoofd! Het klopt alsof het uit elkaar wil barsten. En hier,
mijn rug; au, au, mijn arme rug! O, God vergeve 't je, me zo doen
rennen; dat heen en weer gedraaf wordt nog mijn dood.'

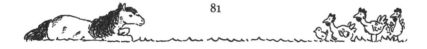

Kim speelde Julia's voedster. Zoveel wist Sprotje intussen wel. Julia had meer vertrouwen in de voedster dan in haar eigen moeder. Ze stuurde haar naar Romeo als ze hem in het geheim wilde ontmoeten, en nu was de voedster waarschijnlijk net weer terug van zo'n missie.

'*Het spijt me, dat je je niet wel voelt, heus,*' sprak Roos ongeduldig. '*Wat zegt mijn liefste, lieve, lieve voedster?*' Ze had haar rijbroek nog aan, maar om haar middel had ze een van Melanies zijden sjaaltjes geknoopt en haar donkere haar zat in een knot. Zo zag ze er heel anders uit. Veel volwassener. Kim had een schort voor. Die had ze vast uit de keuken gehaald. Toen ze Sprotje zag, lachte ze verlegen naar haar. Ze schraapte haar keel en concentreerde zich met gefronst voorhoofd weer op haar tekst.

'*Je liefste zegt, zoals een waardig man, en een hoffelijke, vriendelijke, knappe en, zonder de minste twijfel, deugdzame jongeheer – waar is je moeder?*'

'*Mijn moeder? Waar mijn moeder is?*' Roos pakte Kim bij haar schouders. '*In huis. Waar zou ze zijn? Wat is dat voor gek antwoord? Je liefste zegt, zoals een waardig man, "Waar is je moeder?"*'

Kim kreeg de slappe lach. 'Jeetje, Roos!' gierde ze. 'Dat doe je echt geweldig...'

'Nou, zeker,' wilde Sprotje zeggen, maar iemand anders was haar voor.

'Vind ik ook,' zei Mike, en hij klapte in zijn handen. Sprotje hield haar adem in. En daar zat hij, op een strobaal in de hoek, zijn lange benen gestrekt. Kim en Roos maakten spottend een buiging.

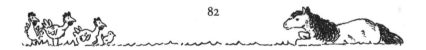

'Hebben jullie voor mij ook een rol?' vroeg Mike. 'Ik ken het stuk zelfs. Of zijn de mannenrollen al door jullie vriendinnen ingepikt?'

Roos keek Kim aan. 'Nee, maar... in deze scène komt geen man voor,' antwoordde ze aarzelend.

Zelfs in het schemerige licht zag Sprotje dat Roos bloosde. Ze streek zenuwachtig over haar haar en keek Mike strak aan.

'We kunnen toch een andere scène spelen, als hij mee wil doen?' stelde Kim voor. Ze hield Mike uitnodigend haar tekstboekje voor. Heel even aarzelde hij. Toen stond hij op.

'Hoi, Charlotte,' zei hij toen hij langs Sprotje schuifelde.

'Hoi,' mompelde ze. En daar waren ze alweer. Die stomme hartkloppingen. Mike ging naast Roos staan en keek haar aan. Met een verlegen blik op Kim en Sprotje haakte ze achter haar rug haar vingers in elkaar.

Kim ging naast Sprotje op de strobaal zitten. 'Kom op, Roos,' zei ze. 'Dit is je kans. Oefen met hem die scène waarin Noor altijd zo dom staat te lachen, je weet wel...'

Roos haalde haar tekstboekje uit haar broeksband en begon er met een rood hoofd in te bladeren. 'Ik weet niet,' mompelde ze.

'Welke scène is dat?' vroeg Mike. Sprotje zat naar ze te kijken, bijtend op de nagel van haar duim.

'Nou, die met die handen. Als ze elkaar voor het eerst zien, je weet wel. *Ontwijdt mijn hand vermetel dit altaar, dan doen mijn lippen nederige boete en staan ze beide als schuchtre pelgrims klaar...*'

'Ik kan het niet vinden,' zei Roos, die nog steeds in het boekje stond te bladeren. 'Speel jij het maar, jij...'

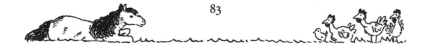

'Nee joh. Geef eens hier.' Kim sprong op en griste het verfomfaaide boekje uit Roos' hand. 'Hier, hier staat het,' zei ze. Ze gaf het boekje terug en hield haar vinger onder een regel. 'Bladzijde 24, vanaf daar, daar gaat Noor altijd lachen.'

'O die! Nee, die niet.' Roos schudde heftig haar hoofd. 'Niet die met die ku...' Ze schraapte haar keel en bladerde vlug verder. 'Deze hier, ja, die kan wel. Bladzijde 31.'

Mike zocht de bladzijde op en begon met gefronst voorhoofd te lezen. 'Waar moet ik beginnen?'

Weer kwam Kim hulpvaardig overeind. 'Daar, dat gepraat aan het begin kan je weglaten, daar heeft onze lerares toch het meeste van geschrapt.'

'Oké.' Mike haalde zijn schouders op en glimlachte naar Roos. 'Begin jij maar.'

Roos slikte en deed een stapje bij hem vandaan.

'*Zeg mij, hoe kom je hier, en met welk doel? De muur is hoog en moeilijk te beklimmen.*' Roos had een mooie stem. Als ze op school voorlas, werden zelfs de Pygmeeën stil.

'*En deze plek – bedenk toch wie je bent! – betekent dood, als een van mijn verwanten je hier zou vinden.*'

'*Op de lichte vleugels der liefde zweefde ik over deze muur.*' Mike vertrok geen spier bij die woorden. '*Geen stenen bolwerk kan de liefde weren.*'

Mat zou niet meer bijkomen van het lachen, dacht Sprotje. Maar Mike sprak die rare tekst uit alsof het de normaalste zaak van de wereld was. Hij praatte zacht, zo zacht dat Sprotje de woorden op haar huid meende te voelen.

'Dat klinkt echt heel anders dan bij Noor,' fluisterde Kim in haar oor.

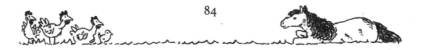

'Dat geloof ik graag,' mompelde Sprotje zonder Roos en Mike uit het oog te verliezen. Haar hart voelde zo gek aan. Zo pijnlijk.

'Roos?' riep een stem van beneden. 'Is Sprotje bij jullie?'

'Ja!' antwoordde Roos geërgerd. 'Verdorie, kun je hier dan nergens ongestoord repeteren?'

'Wie is Sprotje?' vroeg Mike.

'Nou, zij daar.' Roos wees naar haar. 'Sprotje – Charlotte.'

'Kom ik jullie speciaal zeggen dat we gaan eten, en wat krijg ik?' Boven aan de ladder verscheen het boze gezicht van Lisa. 'Als dank krijg ik een snauw naar mijn hoofd. Jullie mogen blij zijn dat ik jullie kom halen. Ik heb gehoord dat de kokkin heel link wordt als je te laat komt.'

Mike grijnsde. 'Ze gaat met aardappels gooien en doet rattengif in je eten. Grapje,' voegde hij er snel aan toe, toen hij Kims geschrokken gezicht zag.

'Nou, komen jullie nog?' vroeg Lisa ongeduldig. 'Straks kom ik ook nog te laat. Bovendien heb ik iets belangrijks met Sprotje te bespreken.'

'We zijn erachter waar die kleuters slapen,' fluisterde Lisa, toen ze voor Sprotje de ladder af klauterde. 'En vanavond gaan we ze leren dat je met de Wilde Kippen beter geen ruzie kunt zoeken.'

Sprotje knikte alleen maar. Mike kwam vlak achter haar de ladder af en om een of andere reden vond ze het niet prettig dat hij van hun club hoorde. Maar Mike had meegeluisterd.

'Wilde Kippen?' vroeg hij. 'Wat is dat?'

Opgelucht merkte Sprotje dat de vaste grond niet ver meer was. 'O, dat... dat is gewoon...' Ze sprong van de ladder, keek

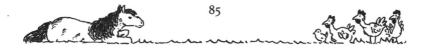

Mike aan en wendde haar blik vlug weer af.

'Dat is onze club,' verklaarde Lisa. Ze gaf Sprotje een arm en trok haar mee. 'Ik heb wel een paar ideetjes voor vannacht,' fluisterde ze in haar oor.

'Een club?' hoorde Sprotje Mike vragen. Roos lachte. 'Ja, een club,' zei ze. 'We horen er allemaal bij, Mel, Sprotje, Kim, Lisa en ik. Maar Lisa en Sprotje nemen het wel heel serieus.'

Sprotje had van schaamte wel door de vloer kunnen zakken.

Het middageten was best lekker, maar Sprotje zat lusteloos met haar vork te spelen.

'Wat is er met jou aan de hand?' vroeg Melanie.

'Het is heerlijk. Echt.' Roos keek Sprotje aan – en boog zich vlug weer over haar bord.

'Kijk nou eens!' Lisa viste een briefje uit haar jus. Het was van de tafel naast hen hun kant op gevlogen. Met een vies gezicht veegde ze de jus er met haar servet af, toen vouwde ze het briefje open. '*Kipen, w8 je voor de Wilde Kuikens!*' las ze hardop. 'Die opdondertjes zoeken ruzie.' Met een grimmig lachje vouwde ze het briefje weer dicht. 'Zal ik jullie eens wat zeggen? Ik verheug me nu al op vanavond.'

'Ik weet het niet hoor.' Kim dempte haar stem en keek bezorgd naar de tafel waaraan Tessa, Mike en hun moeder zaten. ''s Nachts moet het stil zijn, het schijnt dat Lola daar echt heel streng in is. Ik wil geen problemen, daar vind ik haar te aardig voor.'

Roos doopte nog een aardappel in de overheerlijke jus. 'Ik heb ook geen zin in die kinderachtige spelletjes,' zei ze. 'Ik

vind dat we daar nu wel een beetje te oud voor zijn.'

'Maar...' Lisa keek de anderen onthutst aan. 'Maar zulke streken kunnen we toch niet over onze kant laten gaan! Laten jullie je door die piepers in de maling nemen?' Hulpzoekend stootte ze Sprotje aan. 'Zeg jij nou ook eens wat.'

Sprotje keek op. Mike ging van tafel om zijn bord naar de keuken te brengen. 'Tja,' mompelde ze, en toen hij naar hun tafel keek boog ze vlug haar hoofd, 'misschien moeten we ze wel een keer een beetje aan het schrikken maken. Maar heel veel zin heb ik er ook niet in.'

Lisa keek haar aan alsof ze een verraadster was.

'Ik help je wel, Lisa,' zei Melanie met een minachtende blik op de tafel naast hen. 'Mijn schoenen stinken nog steeds en ik vind dat die ukkies daarvoor moeten boeten.' Lilli stak haar tong naar haar uit. Melanie trok geërgerd haar wenkbrauwen op en keerde haar de rug toe.

Lisa keek Sprotje van opzij aan. 'Nou, die ene in elk geval,' bromde ze.

'Oké, oké!' Sprotje liet haar vork vallen. 'Ik hou op de gang de wacht. Goed?'

Lisa straalde.

Ook 's middags vond Sprotje het paardrijden zo leuk dat ze het liefst nooit meer was afgestegen. Toen Tessa met haar pupillen terug was van haar rit, werd het werk verdeeld. Je kon kiezen waar je wilde helpen. Alleen Melanie en Verena kozen het huis, zij hielpen Herma met taart bakken. Roos, Sprotje, Lisa en Kim haalden met Tessa en de kleintjes de paardenpoep uit het gras en brachten het met kruiwagens naar de

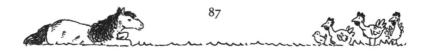

vier mesthopen aan de rand van de wei. Steeds legden ze hun hark even neer om een paard achter zijn oren of over zijn snuit te kriebelen. Gladur en Lipurta hadden vreemde ruwe plekjes tussen hun manen en bij de aanzet van hun staart. Toen Kim ze ontdekte, ging ze Tessa halen. Bezorgd vroeg ze haar wat dat kon zijn.

'Ze hebben zomereczeem,' legde Tessa uit. Ze haalde een klein blikje zalf uit haar jaszak en smeerde een beetje op Lipurta's ruwe plekjes. 'Kijk maar, ze hebben ook kortere manen dan de rest. Sommige IJslandse paarden krijgen eczeem zodra het lente wordt en er weer muggen zijn. Er is niet zoveel aan te doen, het is een allergie – tegen een bepaald soort muggen, te veel nieuw gras... er is jammer genoeg nog maar weinig over bekend. Soms schuren paarden bijna hun staart eraf, zo erg jeukt het dan. In deze tijd wordt het al minder, maar in de winter gaat het pas echt over.'

Kim aaide Gladur vol medelijden over het korstige achterlijf. 'Wat erg,' mompelde ze. 'Huiduitslag bij paarden.'

'Als je zin hebt,' zei Tessa, 'mag je wel een beetje voor ze zorgen: de korstjes uit hun manen borstelen, ze insmeren, hun medicijnen geven. Mike en ik redden dat niet elke dag, met al het werk hier.'

Kim vond het een prachtig voorstel. Ze ging meteen een touw en een hoofdstel halen en bracht Lipurta naar de stal om haar daar te verzorgen. Roos en Sprotje besloten hetzelfde met Gladur te doen, maar die liet zich het hoofdstel pas omdoen toen Sprotje hem met twee wortels omkocht.

De lucht werd al donker toen ze de twee paarden naar de stal brachten. Maar veel licht was er niet in de stal, de schaar-

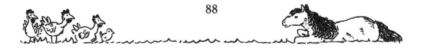

se lampen konden de schaduwen niet uit de boxen verdrijven en de meisjes gaven het verzorgen van de zieken algauw op, omdat ze de plekjes die ze moesten insmeren in het schemerduister bijna niet konden vinden. Ze aaiden de paarden nog even, borstelden ze en brachten ze terug naar de andere. Zelfs 's nachts bleven Lola's paarden buiten, de stal werd alleen gebruikt voor zieke dieren en als schuilplaats in de zomer. Want IJslandse paarden, had Lola uitgelegd, waren niet bang voor de winter, maar wel voor hete zomerdagen. Dan stond vaak de hele kudde voor het hek te dringen omdat ze allemaal naar de koele stal wilden.

Melanie zat op de bank in de hal toen de anderen binnenkwamen. Ze hield een gebloemd kussen tegen zich aan en staarde afwezig voor zich uit.

'Wat is er met jou aan de hand?' vroeg Roos, en ze ging naast haar zitten. Ginnegappend en met veel kabaal liepen de ukkies langs op weg naar de eetkamer. Lilli kon het niet laten om een lange neus naar de Kippen te maken.

'Ach, Willem... hij... is zo somber,' mompelde Melanie met haar kin in het kussen. 'Hij voelt zich eenzaam, zegt hij, en zijn vader doet ook weer zo akelig tegen hem.'

Roos sloeg een arm om haar schouders. 'En Fred en de anderen dan? Kunnen die hem niet een beetje opvrolijken?'

Melanie schudde haar hoofd. 'Die schijnen er ook maar wat bij te hangen. Stomme gasten – als we er zijn treiteren ze ons en als we dan een keer weg zijn, doen ze alsof ze zonder ons niet kunnen leven. En Freds opa is in het ziekenhuis opgenomen. Dat bevordert de sfeer natuurlijk ook niet echt.'

'Freds opa?' Sprotje keek Melanie bezorgd aan. Fred was

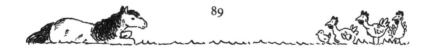

erg aan zijn opa gehecht, bijna elk weekend gingen ze samen naar zijn volkstuintje.

Melanie knikte en drukte het kussen weer tegen zich aan. 'Ik mis Willem ook,' zei ze zachtjes. 'Het is echt heerlijk hier, maar toch mis ik hem.'

Bij het avondeten kregen ze nauwelijks een hap door hun keel, ze waren allemaal hondsmoe.

'Dat komt vast door de buitenlucht,' mompelde Kim. Ze verslikte zich bijna in haar brood, omdat ze onder het kauwen zo moest gapen.

'Ja, dit is vast een overdosis,' zei Lisa. 'We zullen de wekker moeten zetten voor de kleuteractie.'

Roos rolde met haar ogen en keek onopvallend om. Sprotje wist waar ze naar keek.

'Hadden we jullie eigenlijk al verteld dat Mike bij onze repetitie voor Romeo heeft gespeeld?' vroeg Kim. 'Die jongen is een natuurtalent, echt waar.'

Melanie keek ongelovig van haar bord op. 'Mike? Romeo? De Romeo van Roos?'

'Nee, de Romeo van Shakespeare.' Sprotje keek Roos aan. Die was zo rood geworden als een tomaat.

'O, dat had ik dolgraag willen zien! Waarom hebben jullie me niet even geroepen?' Melanie draaide zich om en bekeek Mike alsof ze zich hem probeerde voor te stellen in de maillot die Noor op het toneel altijd droeg. Sprotje was blij toen ze eindelijk weer normaal ging zitten.

'Dat was voor Roos vast veel leuker dan dat geflikflooi met Noor,' fluisterde Melanie over tafel. 'Hij ziet eruit zoals een Romeo eruit hoort te zien, als je het mij vraagt.'

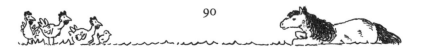

'Hou op zeg!' Roos schoof haar stoel naar achteren. 'Noor speelt haar rol best goed, vind ik. En nu ga ik naar boven, ik ben doodop.'

'Ze heeft gelijk, Noor is helemaal niet zo slecht,' zei Lisa. 'Ik zou die rol niet hoeven, dat kan ik je wel vertellen. Dan speel ik veel liever Mercutio. Al sterft hij wel een beetje snel. Laten wij trouwens ook maar naar boven gaan.' Haastig slurpte ze het laatste beetje chocolademelk uit haar kopje. 'Zolang die kleuters daar aan die tafel zitten kunnen we het moeilijk over onze kleuteractie hebben hè?'

Daar waren de anderen het mee eens. Maar toen ze langs de tafel van de ukkies liepen pakte Lilli Lisa bij haar mouw.

'Ben jij eigenlijk de Opperkip?' vroeg ze, terwijl Bob en Verena de oudere meisjes met een mengeling van bewondering en jaloezie zaten te bekijken.

'Daar doen wij niet aan,' antwoordde Lisa neerbuigend. 'En anders zou het Sprotje zijn.'

Drie paar ogen gingen naar Sprotje. 'Aha,' mompelde Lilli. 'En dat veertje om jullie nek, is dat het clubteken?'

Sprotje knikte. Ze moest haar best doen om haar lachen in te houden. Ze was nog nooit zo bewonderend bekeken als nu door de vriendinnen van Lilli.

'Ach.' Lilli haalde achteloos haar schouders op. 'Zoiets hebben wij nu ook.' Vol trots trok ze een touwtje uit de mouw van haar trui. Er bungelde iets vuilwits aan.

'Dat is een stukje eierschaal,' verklaarde Bob tevreden. 'Het gaat alleen wel makkelijk kapot en je krijgt er ook niet zo goed een gaatje in geprikt. Eerst wilden we paardenhaar nemen, maar dat past weer niet zo bij de naam van onze club.'

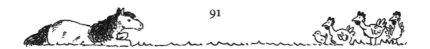

'Welke naam dan?' vroeg Lisa.

'De Wilde Kuikens!' antwoordde Verena trots.

Lisa tuitte minachtend haar lippen.

'Je hoeft niet zo te kijken!' snauwde Lilli. 'Jullie zijn trouwens wel een brave club zeg. Jullie...' ze wierp een blik op Lola's tafel en dempte voor alle zekerheid haar stem, '...jullie hebben nog helemaal niets uitgehaald.'

'O nee? Nou, wat jullie uitgehaald hebben weten we maar al te goed!' snauwde Melanie terug. 'Jullie hebben mijn schoenen verpest. Weten jullie al hoe jullie dat gaan betalen?'

Bob en Verena trokken geschrokken hun hoofd in, maar Lilli sloeg alleen haar armen over elkaar. 'Ja hoor, ze zijn niet eens kapot,' zei ze. 'Jullie kunnen ook nergens tegen.'

'O nee? We zullen nog wel eens zien waar jullie allemaal tegen kunnen,' zei Lisa en ze bracht haar gezicht dreigend naar dat van Lilli. 'En jullie zijn nog zielig ook. De Wilde Kuikens! Zal ik jullie eens wat zeggen? Jullie apen ons gewoon na, stelletje paardendrollen!'

'Hoezo apen wij jullie na?' siste Lilli. 'Zitten wij soms als een stelletje verliefde ezels naar Tessa's broer te loeren?'

Lisa stond sprakeloos. Ze zag niet dat achter haar twee Kippen eerst bleek en toen vuurrood werden. Melanie zag het heel goed en keek Sprotje ongelovig aan.

'Mijn moeder laat vriendelijk vragen of hier misschien een ruzie gesust moet worden,' zei Tessa, die haar handen op de rugleuning van Lilli's stoel legde.

Kippen en Kuikens keken haar allemaal even onschuldig aan. 'Nee hoor, Tessa,' zei Lilli. 'Niets aan de hand. Echt niet.'

'Oké, dan is het goed.' Tessa wendde zich tot Roos. 'Mike

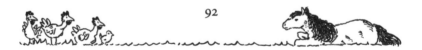

92

vertelde dat jullie voor een toneelstuk aan het oefenen zijn. *Romeo en Julia.* Mag ik een keer komen kijken als jullie repeteren?'

Roos gaf niet onmiddellijk antwoord, maar Lisa was de Wilde Kuikens op slag vergeten. 'Natuurlijk!' zei ze, terwijl Lilli nieuwsgierig haar oren spitste. 'Ik speel Mercutio. Als Mike ook een keer Tybalt wil doen, kunnen we zelfs het degengevecht laten zien. En de sterfscène.'

Tessa hield haar lachen in. 'Dat moet je aan Mike vragen. Misschien kom ik straks nog even naar jullie kamer, oké?'

'Ja hoor. Maar niet te laat alsjeblieft,' flapte Kim eruit. Toen ze de verwijtende blikken van de anderen zag, voegde ze er haastig aan toe: 'We, we... zijn namelijk best moe, ik bedoel, we gaan vanavond vast vroeg slapen... en...'

'Ach joh,' onderbrak Roos haar. 'Natuurlijk kan Tessa komen.' Ze lachte naar Tessa. 'Je bent altijd welkom.'

'Zijn wij ook welkom?' vroeg Lilli met de brutaalste grijns van de wereld.

'Kuikens moeten vroeg naar bed,' antwoordde Sprotje. 'Anders worden het nooit echte Kippen, en al helemaal geen Wilde.'

Toen Tessa aanklopte, met een dienblad vol speculaas en warme chocolademelk, had Roos de kaars voor het raam al aangestoken. Uit Melanies cd-speler kwam mierzoete zwijmelmuziek en Kim had wierookstokjes neergezet, maar die maakte ze snel weer uit, want ze stonken een uur in de wind.

Melanie zette het raam open om wat frisse lucht naar binnen en de rookwalmen naar buiten te laten. 'Het regent!' zei ze ongerust. 'Hopelijk kunnen we morgen wel paardrijden.'

'O, een beetje regen is niet erg,' zei Tessa, die bij Roos op bed ging zitten. Ze pakte Roos' tekstboekje van het nachtkastje aan het hoofdeinde en begon erin te bladeren.

'*Kom, milde nacht, kom, donkre liefdesnacht!*' las ze hardop. '*Geef mij mijn Romeo; en als hij sterft, versnipper hem in duizend sterretjes, dan maakt hij 's hemels aangezicht zo mooi, dat heel de wereld op de nacht verlieft en niemand de ijdle zon nog hulde brengt.* Wat mooi.'

Tessa sloeg het boekje dicht en legde het op Roos' schoot. 'Ik heb ook een keer toneelgespeeld,' zei ze. 'Op school. Het was maar een kerststuk hoor. Ik was een van de herders, met zo'n kriebelige baard.'

Kim nam een speculaasje. 'Lisa vertikt het om een baard op te plakken,' vertelde ze. 'Ze schminkt er altijd een, maar dat ziet er gek uit, vind ik.'

Het werd een gezellige avond.

De regen die op het dak boven hun hoofd kletterde maakte het bijna nog knusser. Kim vroeg bezorgd of ze de paarden niet beter naar de stal konden brengen, maar Tessa antwoordde lachend dat de paarden daar helemaal niet blij mee zouden zijn. Ze hielden juist van regen. 'Als het ze te nat wordt gaan ze wel onder de bomen staan,' zei ze. 'Maar dan moet het echt met bakken uit de hemel komen.'

Pas toen Melanie na elk tweede en Tessa na elk derde woord begon te gapen, besloten ze te gaan slapen. Maar op het moment dat Sprotje de deken behaaglijk over haar neus trok en haar knuffelkip tegen zich aan drukte sprong Lisa uit bed alsof er een schorpioen onder haar deken zat.

'De kleuteractie!' riep ze. Ze pakte haar broek en probeerde slaapdronken haar benen erin te krijgen.

Roos stopte kreunend haar hoofd onder haar kussen.

'Moet dat echt vanavond?' vroeg Kim mat. 'Morgen kan het toch ook?'

Maar Lisa schudde haar hoofd. 'We hebben lang genoeg gewacht. Eerst die stunt met dat wc-papier en Mels schoenen, en dan ook nog die brutale praatjes in de eetzaal. Wie weet wat ons morgen te wachten staat. Nee, we maken er vanavond nog een eind aan.'

Kim kwam gapend overeind. 'Bij de Pygmeeën heeft wraak nooit zo goed gewerkt,' mompelde ze. 'Als we wraak namen kwam er weer een volgende actie, dan moesten wij weer

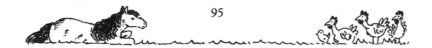

wraak nemen, enzovoort enzovoort...'

'Wil je de Kuikens nu al met de Pygmeeën vergelijken?' viel Lisa uit.

'Nou, mij doen ze anders heel erg aan de Pygmeeën denken,' zei Melanie. Ze zocht onder het bed naar haar tweede sok. 'Behalve dan dat het met jongens toch leuker is. Vinden jullie niet?'

'Leuk? Wat heeft het nou met leuk te maken?' riep Lisa verontwaardigd. 'Het is een kwestie van eer.'

'Jemig, Lisa!' Roos trok haar trui over haar hoofd. 'Speel je Mercutio nu ook al in het echte leven?'

'*O tamme, laffe, eerloze onderwerping!*' mompelde Kim. 'Lisa zou geweldig zijn als Tybalt. Veel beter dan die Lars uit de andere klas. *Knaap, haal mijn degen,*' bromde ze, terwijl ze haar voeten in haar laarzen wurmde. '*Durft die schelm het aan, hier met groteske tronie te verschijnen, om met ons feest te spotten, ons te honen? Bij de adel en de roem van mijn geslacht, wie hem van kant maakt heeft iets goeds volbracht.*'

'Kim!' Sprotje keek haar met grote ogen aan. 'Je kent dat hele stuk uit je hoofd. Je moet meedoen met de uitvoering!'

'Nee joh.' Toen ze zag hoe verbaasd de anderen naar haar stonden te staren wist Kim van verlegenheid niet waar ze moest kijken. 'Er hoeft maar één Pygmee op de eerste rij te zitten en ik kom niet meer uit mijn woorden.'

'Goed,' fluisterde Lisa toen ze zag dat iedereen aangekleed was. 'Ik vat het wraakplan nog één keer samen: we sluipen de trap af naar hun kamer, Sprotje en Roos houden op de gang de wacht en de anderen stoppen de eieren in hun rijlaarzen en smeren nagellak op de neuzen van die achterlijke piepers.

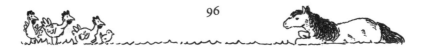

O ja, we zouden ons gezicht nog insmeren met die gezichts-klei van Mel.'

'Kunnen we niets iets anders nemen? Eigenlijk is dat spul daar te duur voor,' zei Melanie.

'Dat is zo,' zei Kim. 'Bovendien ben ik zo moe dat ik het toch alleen maar in mijn haar smeer.'

'Goed dan,' bromde Lisa, 'dan geen gezichtsmasker. Maar die paardenpoep hebben jullie hè?'

'Ja ja.' Sprotje stak een plastic tasje in de lucht. 'Een beetje uitgedroogd, maar nog wel lekker kruidig.'

Roos kon er niets aan doen, ze moest lachen, ook al trok Lisa een gezicht alsof het om leven en dood ging. 'Wat is dit kinderachtig,' giechelde ze. 'Ik hoop maar dat Tessa er niet achter komt.'

'Of Mike?' Melanie keek Roos en Sprotje veelbetekenend aan.

Gelukkig deed Lisa op dat moment de deur open. 'Kom op,' fluisterde ze en ze glipte de donkere gang op. 'De Wilde Kippen zijn weer op oorlogspad!'

De regen roffelde tegen de ramen toen ze de trap af slopen. De treden kraakten zo, het was net alsof het oude hout onder hun voeten tot leven kwam. 'Kunnen ze die trap niet een keer smeren?' fluisterde Melanie, wat Roos bijna weer de slappe lach bezorgde.

Op de eerste verdieping was alles stil.

'Net als vroeger hè?' fluisterde Kim. 'Weten jullie nog, toen met dat schoolkamp...' Natuurlijk wisten ze het nog. Ze hadden op spoken gejaagd en er zelfs een gevangen. 'Waar slapen Lola en Tessa en Mike eigenlijk?'

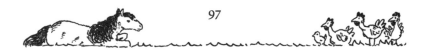

'Beneden.' Lisa legde een vinger tegen haar lippen en wees naar de derde deur. Er hing een briefje aan. Iemand had een kip op het papier gekrabbeld, op de vlucht voor drie gemeen ogende kuikens. '*Atensie! Hier wonen de Wilde Kuikens. Binenkomen gefaarluk, vooral voor Kipen,*' stond eronder.

'Ik zie het al,' zei Sprotje zacht. 'Het was écht lastig om erachter te komen waar die kleuters slapen.'

'Dat hing hier toen natuurlijk nog niet,' siste Lisa. Beledigd pakte ze Sprotje het tasje met paardenpoep af. Ze deed de deur een klein stukje open, zodat ze net naar binnen konden glippen. Sprotje en Roos gingen links en rechts van de deur op hun post staan.

'We kunnen het net zo goed laten,' fluisterde Roos tegen Sprotje. 'Dom gedoe om 's nachts een beetje door de gangen te gaan sluipen. Maar eigenlijk...' ze giechelde zachtjes, '...is het ook best leuk.'

Dat vond Sprotje ook. 'Hou je even alleen de wacht? Ik wil die gelakte neuzen wel eens zien,' fluisterde ze. Roos knikte. 'Ja hoor, maar daarna ben ik.'

'God, wat laat jij me schrikken!' siste Melanie toen Sprotje opeens naast haar in de pikdonkere kamer stond. 'Ik had die nagellak bijna over haar hele gezicht gekieperd.' Ze stond naast het bed van Bob, en Bob had een knalrode neus in haar vredig slapende gezicht. Melanie liet Sprotje het bijna lege flesje zien. 'Koraalrood,' fluisterde ze. 'Extra dekkend. Verena heb ik ook al gelakt. Nu alleen die brutale Lilli nog.' Op haar tenen sloop ze langs Lisa naar het achterste bed.

Lisa liet net een rauw ei in een rijlaars rollen, terwijl Kim

met een soeplepel, die Lisa uit Herma's keuken had gepikt, de paardenpoep onder de bedden schoof. Zij had weer eens het ondankbaarste klusje.

'Hé!' Bij het derde bed deinsde Melanie achteruit alsof Lilli aan een gruwelijke besmettelijke ziekte leed. 'Ze is er niet!' fluisterde ze. 'Het bed is leeg.'

Geschrokken keken de vier Kippen elkaar aan.

'Wegwezen!' siste Sprotje. 'Als Lilli ons betrapt schreeuwt ze misschien het hele huis bij elkaar.'

'Maar hoe moet het dan met die paardendrollen?' vroeg Kim beteuterd. 'Ik heb er pas drie...'

'Laat maar zitten verder,' fluisterde Sprotje. 'Kom op, weg!'

'Wat is er gebeurd?' vroeg Roos toen de anderen de kamer uit kwamen rennen.

'Lilli ligt niet in haar bed,' bromde Lisa spijtig. 'Zit vast op de plee. Die lacht zich natuurlijk dood omdat we uitgerekend haar niet te pakken hebben gekregen.'

'Ik ga wel even kijken,' bood Melanie aan, maar Kim hield haar tegen.

'Dat gaat te ver, vind ik,' zei ze. 'Of wil je haar bij het... je weet wel...' Ze staarde verlegen naar het tasje met paardenpoep in haar hand.

Lisa beet op haar nagels. 'Maar Lilli's neus moet gelakt worden,' zei ze zacht. 'Anders is onze mooie wraakactie helemaal mislukt.'

'Ga jij dan maar in de kast op haar zitten wachten,' zei Roos. 'Ik moet nu naar bed. Anders val ik morgen van mijn paard.' En zonder nog een woord te zeggen draaide ze zich om naar de trap.

99

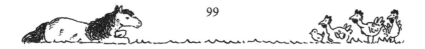

'Roos heeft gelijk, laten we naar bed gaan,' zei Melanie. 'Jammer van Lilli, maar het is niet anders.'

Kim aarzelde even; toen drukte ze Lisa het stinkende tasje in haar handen en ging achter Roos en Melanie aan. Alleen Sprotje bleef nog bij Lisa staan.

'Kom,' zei ze. 'Zelfs als Lilli nog opduikt zal ze je echt haar neus niet laten lakken. En er zit toch al een ei in haar laars?'

Lisa knikte en keek nog een keer de donkere kamer in, waar een van de Kuikens iets mompelde in haar slaap.

'Als die Lilli nog een keer een grote mond heeft,' fluisterde Sprotje terwijl ze Lisa meetrok, 'dan lakken we samen haar neus, dat beloof ik je.'

'Oké,' mompelde Lisa. 'Daar hou ik je aan.'

Toen ze boven kwamen stonden de anderen nog steeds op de donkere, tochtige gang.

'Waarom liggen jullie niet in bed?' vroeg Sprotje verbaasd. Zelf snakte ze naar haar bed. Ze kon zich niet herinneren dat ze ooit zo moe was geweest. Het moest echt aan de buitenlucht liggen.

'We komen er niet in,' zei Kim met trillende stem.

'Hoezo, jullie komen er niet in?' Lisa keek de anderen niet-begrijpend aan.

'Ja, wat denk je? De deur zit op slot!' viel Melanie uit.

Sprotje kreunde. Toen draaide ze zich met een ruk om. Een kleine donkere vlek schoot de badkamer uit. En het volgende moment hoorden de Kippen iemand de trap af rennen.

'Lilli!' riep Lisa, die even Lola's heilige nachtrust vergat. De Kippen stormden met z'n allen naar de trap, alleen om nog net een lichte nachtjapon om de hoek te zien verdwijnen.

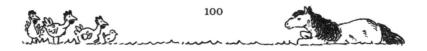

'Zij heeft hem!' hijgde Sprotje, terwijl ze met twee treden tegelijk de trap af rende. 'Zeker weten.'

Helemaal beneden ging een deur open. Geschrokken doken de Kippen achter de trapleuning. 'Wie daarboven ook rondrent,' riep Lola, 'je krijgt een minuut de tijd om je bed weer in te gaan!' Toen knalde de deur weer dicht.

'Zullen we niet liever weer naar boven gaan?' fluisterde Roos.

'En dan?' Sprotje luisterde of ze beneden nog iets hoorde. 'Wou je soms op de gang slapen?' Dat wilden ze geen van allen. Dus bleven ze nog een tijdje roerloos op de trap zitten. Daarna slopen ze, zo stilletjes als de krakende treden het toelieten, naar de eerste verdieping. De deur van de Wilde Kuikens zat natuurlijk op slot. Toen Sprotje haar oor tegen het hout legde, hoorde ze iemand lachen. Heel duidelijk.

'Doe open, Lilli!' siste ze. 'Geef onmiddellijk die sleutel terug of er zwaait wat!' Het klonk niet erg dreigend, moest Sprotje toegeven. En de deur van de Kuikens bleef dicht.

'Morgenochtend,' zei Lilli door het sleutelgat. 'Bij het ontbijt krijgen jullie hem terug. Slaap lekker!'

'Lilli!' Lisa's stem beefde van woede. 'Lilli, klein kreng dat je bent, geef die sleutel hier of...'

Maar van de andere kant van de deur kwam geen kik meer. Lilli was in haar warme bed gekropen. Radeloos keken de Kippen elkaar aan.

'En wat nu?' vroeg Kim zacht.

'Jij ook met je debiele wraakacties!' siste Melanie tegen Lisa.

'O ja, en die vieze stinkende tuttenschoentjes van jou dan?'

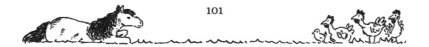

101

De tranen stonden in Lisa's ogen.

'Hou op!' Sprotje haalde ze uit elkaar. 'Lilli lacht zich slap als jullie elkaar hier voor de deur naar de keel vliegen. Kom eerst eens mee naar die badkamer daar. Als Lola ons nog een keer hoort zitten we echt in de problemen.'

'Misschien heeft Tessa een reservesleutel,' zei Roos toen ze in het donker in de badkamer stonden. Ze konden het licht-knopje niet eens vinden, zo donker was het.

'Maar haar kamer is beneden. Dan moeten we langs Lola's deur!' Kims brillenglazen schemerden in de duisternis.

'Hoe is die kleine rat eigenlijk langs ons gekomen?' mom-pelde Lisa. 'Ik snap er niets van.'

'Ze hoefde toch helemaal niet langs ons, als ze op de wc zat.' Sprotje leunde tegen de koude tegels. 'Ze kwam van de plee, zag Roos naast haar deur op de gang staan, begreep dat wij vast geen beleefdheidsbezoekje aan het brengen waren en is naar onze kamer gerend. Toen ze zag dat wij allemaal weg waren kon ze op haar dooie gemak iets geniepigs bedenken.'

'Maar heb je de trap dan niet in de gaten gehouden, Roos?' Lisa's stem sloeg bijna over.

'Nee, dat heb ik niet!' antwoordde Roos ongeduldig. 'Ik was zo moe, toen Sprotje naar binnen was ben ik tegen de muur gaan staan en heb ik mijn ogen dichtgedaan.'

'Mensen, wat ben ik moe,' mompelde Kim. 'Als het hier niet zo koud was zou ik zo op de grond gaan liggen.'

Een tijdje stonden ze besluiteloos te zwijgen.

'Oké, ik had jullie overgehaald,' zei Lisa uiteindelijk schuld-bewust. 'Dus sluip ik naar beneden om Tessa om de sleutel te vragen. Sluipen kan ik als de beste, dat weten jullie.'

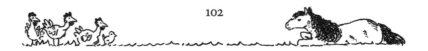

'Je bent de beste sluipster ter wereld,' zei Roos. 'Afgezien van een paar indianen.'

'Dank je,' mompelde Lisa. 'Tot zo.' En weg was ze.

'We kunnen jammer genoeg niet door het raam klimmen,' zei Kim tussen twee keer geeuwen door.

'Dat is ook best gevaarlijk op de tweede verdieping,' zei Sprotje.

Melanie begon te lachen. 'Als de Pygmeeën ons zo eens konden zien,' zei ze. 'Hoe we midden in de nacht in een koud washok staan omdat een ukkie van acht ons beetgenomen heeft.'

'Misschien moeten we Lilli en de anderen in onze club opnemen,' zei Roos. 'Als opvolgers. Wij worden geloof ik een beetje te oud voor dit gedoe.'

Het leek een eeuwigheid te duren voor Lisa terugkwam.

'Ik heb hem!' zei ze triomfantelijk. 'Tessa is hem in het kantoortje gaan halen. De reservesleutel van de Kuikens wilde ze me niet geven, jammer genoeg. Voor wraakacties is ze niet beschikbaar, zegt ze.'

Opgelucht gingen de Kippen weer naar boven.

'Laten we de Kuikens morgen grootmoedig vergeven,' zei Roos toen ze eindelijk weer in hun warme bed lagen. 'Anders gaat het straks elke nacht zo.'

'Nou, ik weet het niet,' antwoordde Lisa.

Van de anderen kwam geen reactie. Die waren al in slaap gevallen.

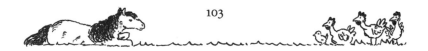

De volgende ochtend lag hun kamersleutel inderdaad voor de deur. Sprotje vond hem toen ze slaperig op weg ging naar de wc.

'We moeten dat ding voortaan niet meer in de deur laten zitten,' zei Lisa. Ze had de hele nacht van reusachtige kuikens met Lilli-koppen gedroomd. 'En we kunnen hem ook maar beter op slot doen als we weggaan.' Dat vonden de anderen ook, en Sprotje werd tot sleutelbewaarster benoemd.

'Zouden de Kuikens hun laarzen al aangetrokken hebben?' vroeg Melanie, die zoals elke ochtend eerst haar haren borstelde, vijftig keer aan de rechterkant, vijftig keer aan de linkerkant. 'Het is vast een heel vies gevoel als zo'n ei bij je tenen kapotgaat.'

'Heb je soms medelijden met ze?' vroeg Lisa. 'Het had niet veel gescheeld of we hadden de hele nacht op de gang gezeten.'

'Ach, vergeet die Kuikens nou maar. Hebben jullie gezien wat voor weer het is?' Roos stond voor het raam, met haar voorhoofd tegen het koude glas. De regen sloeg er zo hard tegenaan dat buiten alles wazig was.

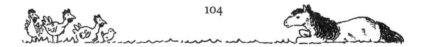

'Die paarden lijken de regen echt helemaal niet erg te vinden,' zei Roos toen Sprotje naast haar kwam staan. 'Zie je dat? Ze staan niet eens onder de bomen.'

'Maar ja, paardrijden wordt vandaag natuurlijk niets,' constateerde Melanie. 'Ik vind regen namelijk wél erg.'

'Het is niet eerlijk,' mompelde Kim. 'We zijn hier maar een paar dagen. Stel dat het nou de hele tijd blijft regenen?'

'Dan leert Melanie ons de twintig populairste vlechtpatronen voor paardenhaar,' zei Sprotje – en ze keek naar de deur. Er was aangeklopt.

In een flits stond Lisa bij de deur. 'Wie is daar?' vroeg ze met haar hand op de kruk.

'Ik ben het, Lola,' luidde het antwoord. 'Mag ik de reservesleutel die Tessa jullie gisteren geleend heeft?'

Lisa keek geschrokken naar de anderen en deed toen vlug de deur open. 'Hoi, ik bedoel, goedemorgen,' zei ze. Ze drukte Lola de sleutel in de hand.

'Ik zag toevallig dat hij er niet meer was,' zei Lola. 'Dat jullie niet denken dat Tessa jullie erbij gelapt heeft. Dat is niets voor haar.' Ze stak de sleutel in haar zak en keek de Kippen een voor een aan. 'Maar Verena zit huilend op haar kamer en wil er niet uit komen. Ik mocht niet eens naar binnen om haar te troosten, en Lilli en Bob willen niet zeggen wat er aan de hand is. Het is me wel opgevallen dat Bob een knalrode neus heeft. Hebben jullie vannacht misschien een tikkeltje overdreven?'

De Kippen keken elkaar beteuterd aan.

'De kleintjes hebben gisteren onze kamer... versierd,' zei Sprotje uiteindelijk, 'en paardenpoep in Melanies schoenen

gestopt. Toen hebben we iets teruggedaan.'

'We hebben alleen maar een beetje nagellak op hun neus gesmeerd,' mompelde Lisa.

'En de eieren teruggegeven die ze onder onze kussens hadden gelegd,' zei Kim.

Opgelucht zag Sprotje dat Lola moeite moest doen om niet te lachen. 'Hebben jullie de paardenpoep uit Melanies schoenen ook teruggebracht?' vroeg ze.

'Dat niet, die had Mel al uit het raam gegooid,' antwoordde Sprotje. 'Maar we hebben nieuwe gehaald.'

Lola zweeg. Ze zuchtte. 'Ik zou het fijn vinden als jullie vrede sluiten met Lilli en de anderen,' zei ze. 'Dat heb ik ook al tegen hen gezegd. Als er tranen vloeien moet het afgelopen zijn, vind ik. Vinden jullie niet?'

'Vind ik ook,' zei Roos. 'Zal ik eens proberen om Verena te troosten?'

'Daar is Roos heel goed in,' zei Kim.

'Probeer maar. Dan zien we elkaar bij het ontbijt.' In de deuropening draaide Lola zich nog een keer om. 'Het spijt me echt van het weer,' zei ze. 'Zelfs op IJslandse paarden kun je vandaag niet rijden, maar misschien kunnen jullie Tessa helpen de kleintjes bezig te houden.'

'Ja hoor!' Sprotje knikte en keek Melanie aan. 'Als jij ze die paardenvlechtpatronen nou eens leerde, Mel?'

Melanie antwoordde met een zuur lachje.

'Paardenvlechtpatronen!' Lola proefde het woord op haar tong. 'Nou, als dat ze niet bezighoudt... Dan kan ik mooi in alle rust boodschappen doen.'

Op de eerste verdieping stond Tessa voor de kamer van de Kuikens met engelengeduld tegen een dichte deur te praten. Berouwvol gingen de Kippen naar haar toe.

'Komt ze er nog steeds niet uit?' vroeg Roos.

Tessa schudde haar hoofd.

'Nou zeg, zo erg is een beetje nagellak op je neus nou ook weer niet!' vond Lisa.

Roos keek haar verwijtend aan en klopte op de deur. 'Verena?' riep ze. 'Ik ben het, Roos. Het spijt ons echt, van vannacht.'

'Maar niet heus,' fluisterde Lisa.

Sprotje gaf haar een waarschuwende por tussen haar ribben, maar Kim kon haar lachen niet inhouden.

'Verena, die nagellak bladdert heel snel weer af,' riep Melanie. 'Het is heel goedkoop spul. Ik geef je een flesje, dan kun je het zelf op je nagels uitproberen. Maar dan moet je wel de deur opendoen, oké?'

In de kamer bleef het stil, maar even later hoorden ze hoe de sleutel werd omgedraaid, en Verena verscheen met betraande ogen en een koraalrode neus in de deuropening. 'Het eerste ei zat uitgerekend in míjn laars,' snotterde ze, 'en toen had ik ook nog de dikste laag nagellak op mijn neus.' Ze keek Melanie aan. 'Krijg ik echt een flesje nagellak van je?'

'Natuurlijk,' zei Melanie. Verlegen keken de Kippen vanuit de deuropening naar de puinhoop in de kamer van de Kuikens: omgekeerde rijlaarzen, waarin iemand wc-papier had gepropt, natte washandjes met rode vlekken erop, en er hing een stank die duidelijk niet in een slaapkamer thuishoorde. De Kuikens hadden kennelijk nog niet alle paardenpoep gevonden.

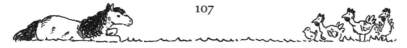

'Meteen na het ontbijt helpen we jullie met opruimen,' zei Sprotje.

'Een beetje,' voegde Lisa eraan toe. 'Jullie hebben ons tenslotte ook niet geholpen.'

'Dat is zo,' snufte Verena. Ze voelde aan haar neus. 'Bladdert het al een beetje af?'

'Kwestie van tijd!' Melanie hield haar vingers onder Verena's rode neus. 'Moet je mijn nagels zien!'

'Bob heeft haar huid er bijna afgeschrobd,' vertelde Verena toen ze met z'n allen naar beneden liepen. 'Maar die eieren in hun laarzen hebben ze niet kapotgemaakt. Dat deed ik alleen maar. Hoe moet ik dat vieze glibberspul er nou weer uit krijgen?'

Roos bood natuurlijk meteen aan de laarzen voor haar uit te soppen, Kim stelde voor ze met Melanies kleine reisföhn droog te maken, en Verena's gezicht stond bij elke traptree weer wat vrolijker.

'Zeg maar tegen je vriendinnen dat we bereid zijn vrede te sluiten,' zei Sprotje voor de deur van de eetkamer. 'We hebben hier wel wat beters te doen dan elkaar te pesten met paardenpoep en rauwe eieren.'

'Vind ik ook,' mompelde Verena.

'Nou, hopelijk vindt die Lilli dat ook,' fluisterde Lisa tegen Sprotje, voor ze in de eetzaal verdween. Door de geopende deur zag Sprotje hoe Lilli en Bob wantrouwig opkeken toen de Kippen aan hun tafel verschenen. Blijkbaar wist Roos ze snel in een vreedzame stemming te brengen, want even later begon Lilli te lachen, en Sprotje ging gerustgesteld op weg naar de telefoon.

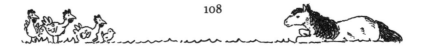

Ze wilde haar moeder bellen; die had tot nu toe niets van zich laten horen. Nou ja, ik heb natuurlijk zelf tegen haar gezegd dat ze niet hoefde te bellen, dacht ze, terwijl ze in het portemonneetje om haar nek naar geld zocht.

Maar misschien vindt ze het wel zo leuk om met de betweter op vakantie te zijn dat ze verder alles vergeet, ook haar dochter, fluisterde een gemeen stemmetje in haar hoofd. Sprotje besloot er niet naar te luisteren.

Toen ze bij de telefoon kwam legde Melanie net met een bezorgd gezicht de hoorn op de haak. 'Ik wilde Willem bellen,' zei ze. 'Maar zijn moeder zei dat hij met zijn vrienden weg is. Hopelijk heeft hij niet weer ruzie met zijn vader.'

'Joh, de jongens zijn vast weer op een van hun glorieuze kampeertochten,' probeerde Sprotje haar gerust te stellen.

'In deze regen?' Melanie leunde tegen de muur en keek naar buiten. De hemel drupte en droop alsof de zon in de grauwe wolken verdronken was.

'Misschien is het thuis wel droog.' Sprotje draaide het nummer van het pension dat haar moeder haar gegeven had en wachtte. 'Hallo? Met Charlotte Bergman, kan ik mijn moeder even spreken?'

Melanie staarde nog steeds uit het raam.

'Ja, mam?' Sprotje moest de hoorn stevig tegen haar oor drukken, want Lola's schoonmaakhulp kwam langs met een enorme stofzuiger. 'Jawel, het is hartstikke leuk.' Eigenlijk had ze dat niet willen zeggen, maar ze had er genoeg van om te doen alsof. 'Ja, bij ons regent het ook, maar dat geeft niet. Wat? Het gaat prima met ze. Ja, Lola is heel aardig. Gedraagt die betweter zich een beetje? O sorry, ik zou hem niet meer zo noemen.'

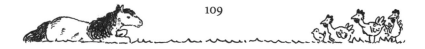

Melanie grijnsde.

'Echt? Aardig van hem. En verder? O ja? Oké, ik moet op-hangen, mam. Ik heb geen kleingeld meer. Nee, ik heb geen heimwee. Vertel ik nog wel. Veel plezier, mam, en de groeten aan die be... nou ja, je weet wel wie.' Sprotje hing op.

'Wat was aardig van hem?' vroeg Melanie.

'Hij heeft een kip voor me gekocht. Eentje die helemaal van schelpen gemaakt is. Hm.' Sprotje fronste haar voorhoofd. 'Misschien probeert hij zich populair te maken, omdat hij nu toch bij ons intrekt...'

'Misschien wel,' zei Melanie. 'Maar misschien wil hij ge-woon aardig voor je zijn. Hij hoeft toch geen monster te zijn, alleen omdat hij je moeder leuk vindt.'

'Dat zeg ik toch ook niet,' mompelde Sprotje, maar opeens bleef ze stokstijf staan. Bij de kapstok in de hal stonden Roos en Mike. Hij fluisterde iets in haar oor en Roos aaide hem la-chend over zijn wang.

'Hé, wat is er met je?' vroeg Melanie. 'Als we niet opschie-ten heeft Kim alle broodjes op.'

'O, ik... zag iets... buiten,' stotterde Sprotje. Ze dwong zich-zelf om niet nog een keer in de richting van de kapstok te kij-ken, maar Melanie liet zich niet zo makkelijk beetnemen. Die had verstand van verliefde blikken.

'Buiten, ja ja!' zei ze, terwijl ze de eetkamer in liepen. De meeste kinderen waren al klaar met ontbijten en dromden naar buiten, maar Kim en Lisa zaten nog aan hun tafeltje.

'Hé, je bent toch niet...' Melanie wierp Sprotje een veelbe-tekenende blik toe.

'Ik ben helemaal niets,' zei Sprotje geïrriteerd. Ze ging op

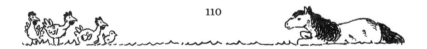

haar stoel zitten en probeerde zo neutraal mogelijk te kijken.

'Daar zijn jullie eindelijk,' zei Lisa. 'Kim en ik gaan zo naar boven om de Kuikens te helpen. Het zou leuk zijn als jullie een beetje dooreten en zo ook komen. Tenslotte was Sprotje zo royaal om onze hulp aan te bieden.'

'Ja ja, we komen eraan,' zei Melanie ongeduldig. Ze pakte een broodje en keek Sprotje spottend aan.

'Wat kijk je nou?' viel Sprotje uit. Lisa en Kim waren gelukkig al buiten gehoorsafstand.

Melanie nam grinnikend een hap van haar broodje. 'Dat ik dat nog mag meemaken,' zei ze. 'Wat er met Roos aan de hand is, dat hebben de Kuikens zelfs in de gaten, maar jij...'

Sprotje voelde hoe het bloed naar haar wangen steeg. Kon er niet eens een keer iemand iets uitvinden tegen rood worden?

'Weet Roos dat jij ook verliefd bent op Mike?' Melanie boog zich over de tafel. 'Dat is mij gelukkig nog nooit gebeurd, dat ik op dezelfde jongen verliefd was als mijn beste vriendin...'

'Laat Roos erbuiten!' Sprotje nam een hap van haar broodje, maar ze kreeg hem niet door haar keel. Haar gezicht gloeide alsof ze koorts had. 'Ik ben nooit verliefd,' zei ze. 'Dat weet je best. Verliefd zijn is jouw grote hobby.'

'O ja?' Melanie leunde nog verder naar voren. 'En Fred dan? Je valt al eeuwen op hem, dat weet iedereen. Je verbergt het alleen heel erg goed. Als Fred wist...'

Sprotje verslikte zich in haar chocolademelk. Ze moest zo hoesten dat Melanie haar op haar rug sloeg. 'Wat klets je nou!' riep ze toen weer lucht kreeg. 'Ik val op niemand, en op Fred al helemaal niet.'

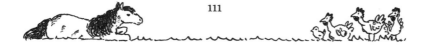

Melanie sloeg haar armen over elkaar en glimlachte alwetend. 'Nee, natuurlijk niet. Dan kan ik hem dus gerust vertellen dat je Mike leuk vindt.'

'Je vertelt hem helemaal niets!'

'Rustig maar.' Melanie likte een klodder jam van haar vinger. 'Natuurlijk vertel ik het hem niet. Maar misschien moet ik hem wel eindelijk eens aan zijn verstand brengen dat je al een eeuw gek op hem bent. Want jij slikt nog liever je tong in dan dat je dat tegen hem zegt. Daarom zul je ook op een dag oud en eenzaam sterven. Wedden?'

Sprotje wist niet wat ze moest zeggen, en dat overkwam haar niet vaak. Uiteindelijk schoof ze haar stoel naar achteren en stond op. 'Ik ga naar Lisa en Kim,' zei ze. 'Verzin jij intussen maar op welk paard je je vlechtwerk kunt demonstreren zonder dat je gebeten wordt. Er zijn er vast niet veel die hun hoofd daarvoor willen stilhouden.'

Melanie trok een lelijk gezicht. 'En verander jij niet weer in een zoutpilaar als je Roos en Mike samen ziet!' riep ze Sprotje na.

Sprotje had haar ter plekke kunnen vermoorden.

Lola nam een paar kleintjes mee toen ze boodschappen ging doen. De rest bleef bij Tessa. Verwachtingsvol verzamelden ze zich in de hal om te horen hoe ze van plan was hen op deze regenachtige dag bezig te houden.

'Tja,' zei Tessa, terwijl ze Lola's auto hoorden wegrijden. 'Wat doen we met deze kletsnatte dag? Wat denken jullie ervan om...'

Bob viel haar in de rede. 'Die daar kan paardenvlechten maken!' zei ze, wijzend naar Melanie. Iedereen keek naar Melanie, die zenuwachtig haar armen over elkaar sloeg. 'Nou ja, kunnen is een groot woord,' zei ze, 'ik dacht alleen, met die mooie manen...'

'Maar die zijn nu toch helemaal nat,' wierp Verena tegen.

'Natuurlijk. Dat is ook zo!' De opluchting viel van Melanies gezicht af te lezen. 'Dat gaat vandaag dus helemaal niet. Jammer...'

'We kunnen de manen toch föhnen,' stelde Lilli met een poeslief lachje voor.

'Wat?' Mike zat op de bank een kapot hoofdstel te repare-

ren. 'Jullie willen de manen van IJslandse paarden föhnen? Dat is dierenmishandeling.'

Roos draaide zich glimlachend naar hem om.

'Goed!' Tessa klapte in haar handen. 'Ik stel voor dat we een paar paarden uit de wei halen. Die twee met eczeem moeten mee, die kunnen we op zo'n dag eens mooi verwennen. Verder stel ik voor dat drie of vier vrijwilligers naar Herma in de keuken gaan om voor iedereen warme chocolademelk te maken. Misschien kunnen ze met Herma's hulp zelfs een taart bakken, zodat we straks een eersteklas stalpicknick kunnen houden. Wat denken jullie daarvan?'

'Ik geef me vrijwillig op voor de keuken,' zei Roos. 'We gaan de lekkerste taart bakken die de wereld ooit geproefd heeft. Wie heeft er zin om mee te doen?' Verena kwam meteen naast haar staan en ook Daphne gaf zich op.

'Ik blijf hier, ik moet nog een heleboel bitten en hoofdstellen nakijken,' zei Mike.

'Goed, dan gaat de rest met mij mee.' Tessa trok haar regenjas aan. Het duurde even voor ze allemaal wind- en waterdicht waren ingepakt. Toen Lisa de voordeur opendeed joeg de wind koude regen in hun gezicht. Met gebogen hoofd renden ze naar de stal. Ze haalden hoofdstellen en touwen uit de zadelkamer en holden ermee naar de wei, waar de grond onder de paardenhoeven langzaam maar zeker in blubber veranderde.

'Help, ik zak weg!' Melanie bleef al na twee stappen in de modder steken. Met vereende krachten trokken Kim en Sprotje haar er weer uit.

'Ik weet wel waarom Roos in de keuken wilde helpen,' hijgde Kim.

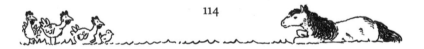

'Ik ook,' zei Melanie scherp. Ze keek snel even naar Sprotje. Die veegde de regen uit haar ogen en keek een andere kant op. Met hun natte vel zagen de paarden er heel anders uit. De bruine waren bijna niet van de zwarte te onderscheiden.

'Hebben ze het echt helemaal niet koud?' vroeg Kim ongelovig, toen ze met Lipurta en Gladur, Freya, Snegla en Mimir naar de stal terug ploeterden.

'Nou, ze hebben liever sneeuw dan regen,' antwoordde Tessa, die een paar druppels van Snegla's neus veegde. 'Je zou eens moeten zien hoe gelukkig ze daarin rondrollen.'

Met vier benen was het kennelijk al niet makkelijker om door het slijk te baggeren. De paarden kwamen in de drassige modderpoel maar moeilijk vooruit. Iedereen was blij toen ze eindelijk binnen waren.

Lisa inspecteerde haar laarzen. 'Goeie genade, één dag regen en het is nu al zo'n blubberbende!' kreunde ze. 'Hoe is dat dan wel niet in de winter?'

'Vreselijk,' antwoordde Tessa. 'Dan zijn we allemaal blij als het gaat vriezen. In de winter is het leven hier behoorlijk zwaar. Hard werken, weinig geld, de eerste rijlessen zijn pas weer in maart of april en de paarden doen niets anders dan eten.'

Sprotje streek de manen uit Lipurta's ogen. 'Doen jullie in de winter ook al dat werk alleen?' vroeg ze.

'Ja. Hulp kunnen we niet betalen,' antwoordde Tessa. 'Herma en onze schoonmaakster werken in de winter ook ergens anders.'

'Dan is het hier zeker ook best eenzaam hè?' vroeg Kim. Intussen deden ze hooi voor de paarden in de voederbakken.

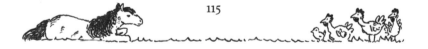

Tessa haalde haar schouders op. 'Niets aan te doen. Maar de lente is dan weer des te mooier. Bovendien...' Ze aaide de manen van Snegla en maakte haar touw los, zodat ze makkelijker bij het eten kon, '...hebben we deze hier nog. Maar ja, soms is het best eenzaam.'

Ze gingen op een paar lege emmers zitten en keken naar de etende paarden. Buiten rammelde de wind aan de deuren en het ruisen van de regen was zelfs in de stal duidelijk te horen.

'Een beetje koud om te picknicken hè?' zei Lisa na een tijdje. Ze stond op en begon op de plaats te huppelen om haar voeten weer warm te krijgen.

'Als we de deuren dichthouden wordt het door de lichaamswarmte van de paarden best warm in de stal,' antwoordde Tessa. 'En voor noodgevallen hebben we nog een klein oliekacheltje in de zadelkamer.'

Toen de paarden gegeten hadden haalden de meisjes de poetsboxen. Brunka, het paard dat moest hoesten, kreeg zoals elke dag haar poedertje in een extra emmer voer, iets wat de andere paarden jaloers gadesloegen.

'We hebben helemaal geen elastiekjes!' zei Melanie opeens. 'Hoe moeten we de vlechten dan vastmaken?' Ze zocht in haar poetsbox.

'Tja, normaal maken we nooit vlechten bij de paarden,' merkte Tessa op. 'Maar misschien hebben jullie zelf wel elastiekjes bij je?'

Lilli en Bob renden meteen weg – en kwamen met een rijke buit terug.

Sprotje en Kim besloten zich om de haarloze paarden te bekommeren. Gladur en Lipurta hadden hun manen in de

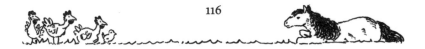

zomer zo kort geschuurd dat ze niet in aanmerking kwamen voor Melanies mooimaakbeurt. Ze bonden het tweetal een eindje bij de anderen vandaan vast, borstelden de korstjes uit hun manen en hun staart, smeerden goudsbloemzalf op de ruwe plekjes tussen het harde paardenhaar en behandelden de kale plekken op hun achterlijf met olie. De paarden lieten het geduldig over zich heen komen en protesteerden maar heel af en toe. Lipurta vond het niet fijn als je aan haar oren kwam, die er heel slecht uitzagen, en Gladur klemde zijn staart stevig tussen zijn achterbenen zodra Kim probeerde de korstjes eromheen weg te borstelen. Toen Kim Tessa te hulp riep pakte die de staart gewoon met beide handen beet, tilde hem op en draaide hem naar links en naar rechts.

'Dat ontspant,' legde ze de verbaasde Kim uit.

'Maar ik dacht dat je niet achter een paard moest gaan staan,' stamelde Kim.

Tessa lachte en liet Gladurs staart weer los, wat hij met een opgelucht briesen beantwoordde. 'Ik zou het ook niet bij elk paard doen,' zei ze. 'Maar deze twee doet het echt goed. Trouwens...' ze dempte haar stem en wees naar Melanie, die Lilli hielp een vlecht in Snegla's staart te maken, '...jullie vriendin is heel goed met die kleintjes. Heeft ze soms een klein zusje?'

'Nee.' Sprotje schudde haar hoofd en keek naar Melanie. 'Alleen een grote, maar daar heeft ze altijd ruzie mee.'

'Vooral sinds ze samen een kamer hebben,' voegde Kim er zachtjes aan toe. 'Hoe is dat bij jou en je broer?' Ze keek Tessa nieuwsgierig aan. 'Hebben jullie vaak ruzie?'

'Valt wel mee,' antwoordde Tessa. 'Eigenlijk niet. Ik maak meer ruzie met zijn vrienden. Dat zijn echt klieren.'

'Ja, van die klieren hebben wij thuis ook,' zei Sprotje. Ze voelde dat ze alweer rood werd, omdat ze moest denken aan wat Melanie over Fred had gezegd.

'Waar is je vader eigenlijk, Tessa?' vroeg Kim. Sprotje keek ongerust naar Tessa. Zelf vond ze het vreselijk als iemand naar haar vader vroeg. Maar als Tessa dat ook zo voelde, liet ze het niet merken.

'Mijn vader?' zei ze. Gladur begon nieuwsgierig aan haar jas te snuffelen en ze duwde zijn hoofd weg. 'We gaan wel eens naar hem toe, Mike en ik. Mijn ouders zijn al heel lang gescheiden. Maar Mike mist hem geloof ik meer dan ik. Het valt voor hem niet altijd mee om met twee vrouwen onder één dak te leven. Wij zijn altijd in de meerderheid, zogezegd.'

'Tessa!' Melanie klonk een beetje paniekerig. 'Je moet ons even komen helpen. Freya wil ons de hele tijd bijten!'

'Geen wonder,' fluisterde Sprotje. 'Dat is gewoon een slim paard. Ik zou me ook niet zo laten toetakelen.'

'Niet zo hard!' fluisterde Tessa voor ze Melanie te hulp schoot. 'Ik ben haar heel dankbaar voor dat vlechtwerk. Je wilt niet weten hoe lang zo'n regendag soms duurt als je de hele tijd activiteiten moet verzinnen.'

Freya was niet de enige die dat gefrunnik aan haar manen en staart steeds vervelender begon te vinden. Algauw stond ook Snegla te happen en Brunka schudde met haar hoofd tot de meisjes het opgaven.

'Eigenlijk zijn ze zo al best mooi,' stelde Lilli vast.

'Maar we zouden nog veel meer vlechten kunnen maken,' zei Bob, die spijtig naar de felgele elastiekjes in haar hand keek. 'Die twee daarachter...' ze wees naar Lipurta en Gladur,

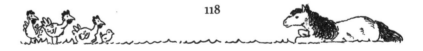

die net een paar wortels van Sprotje kregen, '...die hebben nog helemaal geen vlechten.'

'Die hebben ook helemaal geen manen,' antwoordde Sprotje. 'De mazzelaars.'

'Ik stel voor dat jullie de paarden nu weer naar de wei brengen,' zei Tessa. 'Wie gaat in de keuken vragen hoe het met onze picknick staat?'

Lisa ging op weg, met Lilli en Bob in haar kielzog. Ze kwamen terug met de mededeling dat de keukenbrigade liet vragen of ze alvast alles klaar wilden zetten voor de picknick. Toen Bob zag hoe Freya een van de poetsboxen met haar hoef bewerkte en Kim nog net op tijd een volle zak paardenkoekjes voor Brunka's hongerige lippen weg kon grissen, besloten ze maar op de hooizolder te gaan picknicken.

Ze bouwden een lange tafel van strobalen en sleepten er nog een heleboel meer aan om op te zitten. Toen Roos van beneden 'de picknick komt eraan!' riep, waren ze helemaal buiten adem. De taart, die de keukenbrigade met Herma's hulp had gemaakt, was bedekt met een vingerdikke laag chocolade. Er was ook een schaal slagroom, waarmee Mike nog bijna van de ladder viel, er waren twee kannen hete chocolademelk om warm te worden en er was rooibosthee voor wie geen chocolademelk lustte.

Van de taart bleef niets over, en jammer genoeg stootte iemand de tweede kan chocolademelk om. Daphne ging in de keuken nieuwe halen.

'En wat doen we na de picknick?' vroeg Bob.

'We zouden iets uit *Romeo en Julia* voor jullie kunnen spelen,' stelde Lisa voor. Roos en Kim werden bleek. Maar voor

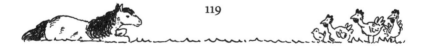

ze konden protesteren hoorden ze beneden in de stal opeens Daphnes stem. Ze klonk helemaal opgewonden.

'Tessa!' gilde ze. 'Mensen! Er zijn mensen op het erf.'

Eerst herkende Sprotje de vier kletsnatte figuren die hun zwaarbepakte fietsen Lola's erf op duwden niet. Maar toen waaide de capuchon van de voorste af en kwam Freds rode haar tevoorschijn.

'Dat geloof je toch niet!' stamelde Kim. Melanie drong tussen Sprotje en Tessa door, rende de stromende regen in en viel een van de figuren om de hals.

'Volgens mij kennen jullie die vier,' zei Tessa.

'Dat kun je wel zeggen,' mompelde Sprotje.

'Wat is er aan de hand?' Lisa probeerde over Sprotjes schouder naar buiten te kijken, maar ze was een kop kleiner dan Sprotje, en zelfs als ze een sprongetje maakte kreeg ze niet veel te zien. Lilli pakte het een stuk handiger aan, die glipte gewoon tussen de benen van de oudere meisjes door. 'Wie staat die blonde Kip daar te kussen?' vroeg ze verbaasd.

'Misschien begroeten Kippen mensen altijd zo,' zei Mike.

Roos gaf hem een duw. 'Dat is Willem, Melanies vriend,' verklaarde ze. 'Dus is er niets mis met die begroeting, of wel soms?'

'En die anderen, wie zijn dat?' vroeg Tessa.

Maar de nieuwkomers stelden zichzelf al voor.

'Hoi, Sprotje,' zei Fred, en hij maakte een overdreven buiging voor haar en Tessa. 'Hebben jullie hier misschien een droog plekje voor vier verzopen Pygmeeën?'

'Ja, alsjeblieft!' Mat kwam achter Fred staan en blies rillend in zijn koude handen. 'We voelen ons net een stelletje doorweekte verhuisdozen.'

'Pygmeeën?' Mike sloeg een arm om Roos' schouders.

Mats mond bleef openstaan. Hij schreef Roos dan ook nog steeds liefdesbrieven.

'Dat zijn...' begon Sprotje.

'...vrienden van de Kippen,' vulde Fred aan.

'Die niet meer lang te leven hebben als jullie ze hier laten staan,' zei Steve met een zwak stemmetje.

Melanie leek niet eens te merken dat het regende. Ze stond met Willem tegen de stalmuur, lachte naar hem en vertelde druk gebarend een of ander verhaal, dat waarschijnlijk met paarden of met Kuikens te maken had.

Tessa deed een stap opzij. 'Neem me niet kwalijk,' zei ze. 'Natuurlijk mogen jullie binnenkomen.'

Mike trok Roos aan de kant. Met een stuurs gezicht schuifelde Mat langs hen de droge stal in.

'Pygmeeën?' fluisterde Lilli tegen Sprotje. 'Wat is dat nou weer voor een naam? Zijn zij soms ook een club?'

'Klopt,' mompelde Sprotje. Lilli keek de vreemde jongens wantrouwig na.

'Wat doen jullie hier eigenlijk?' vroeg Sprotje aan Fred, toen hij naast haar bleef staan en de regen uit zijn haar schud-

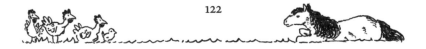

de. 'Dat komt hier zomaar binnenvallen!' Ze wilde boos klinken, maar om een of andere reden lukte dat niet.

'Willem miste Melanie zo.' Fred ging met een hand over zijn natte gezicht. 'En bovendien verveelden we ons dood, dus dachten we dat het wel een goed idee was om te gaan kamperen en meteen even bij jullie langs te gaan.'

'Maar intussen vinden we het helemaal niet meer zo'n goed idee,' zei Steve. 'We zijn namelijk zeker drie keer verkeerd gereden, we hebben een trein gemist, daarna nog een verkeerde genomen en toen kwam ook nog deze zondvloed.' Snotterend haalde hij een kletsnatte zakdoek uit zijn doorweekte jas – en toen bleef hij stokstijf staan.

'Wat is er?' Fred keek waar Steve zo geschrokken naar stond te staren.

'Die, die, die die... zijn helemaal niet vastgebonden,' stamelde Steve, wijzend naar de paarden die slaperig bij elkaar in de schemerige stal stonden.

'Natuurlijk niet,' zei Lisa spottend. 'Zal ik er eens eentje halen?'

'Nee, bedankt.' Steve verloor de paarden niet uit het oog. Voor de zekerheid ging hij half achter Fred staan.

'Ze eten bijna nooit mensen,' zei Mike.

Lilli gaf Bob giechelend een por in haar zij. 'Ben je soms bang voor paarden?' vroeg ze, en ze nam Steve zo laatdunkend op dat hij zenuwachtig zijn bril rechtzette.

'Natuurlijk. Ze zijn namelijk groter dan ik,' antwoordde hij geprikkeld. 'En ze hebben twee keer zoveel benen en grote gele tanden. Meisjes zijn niet bang voor paarden omdat ze kleinere hersens hebben dan jongens.'

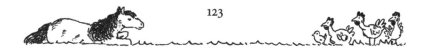

Daarvoor trapte Lilli hem op zijn tenen, hard en raak.

Steve begon te brullen alsof hij door een paard was geschopt. Met een van pijn vertrokken gezicht huppelde hij op één been rond. Hij hield pas op toen hij merkte dat de paarden nieuwsgierig zijn kant op keken.

'Dat heb je aan jezelf te danken, Steve,' vond Fred. 'Waarom kun je ook nooit je grote waffel houden?'

Tessa stelde de Pygmeeën voor om hun fietsen in de stal te zetten en hun spullen eerst maar eens in het huis te laten drogen. De jongens waren het er van harte mee eens, vooral toen ze hoorden dat er ook een kokkin was, die voor vier verkleumde jongens vast en zeker iets warms te drinken zou willen maken.

'Brengen jullie de paarden maar vast terug naar de wei,' zei Tessa tegen de kleintjes, voor ze met de Pygmeeën en de Kippen op weg ging. 'Maar haal eerst die elastiekjes uit hun manen, anders eten ze die straks nog op.'

Onderweg naar het huis vroeg Steve aan Kim of de paarden op deze manege altijd vlechten in hun haar hadden.

Binnen legden de Pygmeeën hun tent voor de verwarming in de gang op de grond; hun jassen hingen ze over de radiator in de eetkamer.

'Wie zijn dat nou weer?' vroeg Herma nors toen Tessa met ze de keuken in kwam.

'Natgeregende boskabouters,' antwoordde Sprotje, die samen met Tessa alvast twee theepotten uit de kast haalde.

'Sorry, maar kunnen we misschien ook koffie krijgen?' vroeg Fred. De andere Pygmeeën stonden nieuwsgierig om zich heen te kijken.

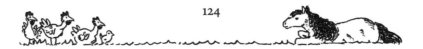

'Koffie? Zijn jullie daar niet een beetje te jong voor?' vroeg Herma.

'We zijn ouder dan we eruitzien,' zei Steve.

'Veel ouder,' voegde Mat eraan toe, maar hij klonk niet half zo vrolijk als normaal. De aanblik van Mikes hand op de schouder van Roos scheen hem nog steeds dwars te zitten.

De Pygmeeën kregen koffie, een hele pot vol. Ze kregen zelfs een paar plakken ontbijtkoek van Herma, omdat ze er zo nat en verkleumd uitzagen.

'Heeft een van jullie misschien droge spullen voor ons?' vroeg Fred toen ze met blote voeten aan een tafel in de eetkamer zaten. Hun schoenen en sokken lagen ook op de verwarming – en druppelden zachtjes op de grond.

'Het liefst degene met de grootste voeten,' bromde Willem. 'Mels sokken passen mij niet.'

'Ik haal wel iets van Mike,' zei Tessa. 'Maar ik weet niet of ik sokken zonder gaten kan vinden.'

'Maakt niet uit!' riep Steve haar na. 'Die dragen we zelf ook nooit.'

'Mike?' vroeg Mat toen Tessa weg was. 'Is dat die gast die niet met zijn handen van Roos af kon blijven?'

Melanie ging op Willems knie zitten. 'Mike is Tessa's broer, ze wonen hier,' legde ze Mat op neerbuigende toon uit. 'De manege is van hun moeder. En als je nu weer begint met dat jaloerse gedoe van je kun je gelijk weer op je fiets springen. We zijn namelijk niet van plan toe te kijken hoe jij de hele vakantie voor Roos verpest.'

'Als je dat maar weet!' zei Lisa, die zoekend om zich heen keek. 'Waar is Roos eigenlijk?'

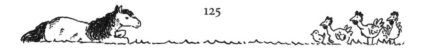

Melanie keek Mat vol leedvermaak aan. 'Ze helpt de kleintjes de paarden naar de wei te brengen. Samen met Mike.'

'Hou op, Mel!' zei Sprotje. Ze kreeg bijna medelijden met Mat, die als een hoopje ellende op zijn stoel hing en in zijn koffie roerde.

'*Liefde is een rook van saamgedreven zuchten, een heldre vuurgloed als de dampen vluchten,*' zei Steve, '*een zee van tranen als hij wordt verdrukt.*'

Fred gooide een suikerklontje naar zijn hoofd. 'De hele weg hierheen hebben we dat al moeten aanhoren,' mopperde hij. 'Naar de duivel met jullie toneelstuk!'

'Ja, het was echt niet uit te houden,' zei Willem. 'Steve heeft het namelijk niet helemaal goed begrepen. Hij heeft niet alleen zijn eigen rol uit zijn hoofd geleerd, maar ook alle andere.'

Melanie kneep in zijn hand. 'Net als Kim,' zei ze. 'Misschien moeten ze het hele stuk maar met z'n tweeën spelen.'

Maar Lisa keek Steve met grote ogen aan. 'Ken je ook de tekst van Tybalt?'

Steve haalde zijn schouders op. 'Ja.' Hij dempte dreigend zijn stem: '*Praat jij van vrede met getrokken zwaard? Ik haat dat woord, alle Montecchi's en ook jou zoals de hel. Lafaard, kom op.*'

Lisa straalde. 'Ja!' riep ze. 'Precies. Daar lopen de rillingen toch van over je rug, of niet?'

Steve stond op en maakte een buiging.

'Ga zitten, Steve,' bromde Fred. Hij schonk nog een kop koffie voor zichzelf in, maar Lisa kon van opwinding niet meer op haar stoel blijven zitten.

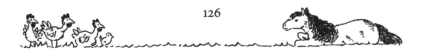

'Wil je met mij die scène oefenen waarin Tybalt en Mercutio met elkaar duelleren?' vroeg ze. 'Je weet wel, als Tybalt Mercutio doodt omdat Romeo ertussen springt en...'

Steve liet zich weer op zijn stoel vallen. 'Best, dat is een gave scène, maar dan hebben we ook nog een Romeo nodig.'

'Die speelt Mike!' riep Lisa. 'En hoe! Perfect gewoon.'

'Romeo, natuurlijk.' Mat gromde als een hondje dat de postbode ziet aankomen. Sprotje had echt met hem te doen.

De Pygmeeën zaten net Mikes sokken aan te trekken toen Lola thuiskwam. Voor ze het eerste krat met frisdrank de hal in had gesjouwd, had Bob haar al in geuren en kleuren over de nieuwe jongens verteld.

'Hebben jullie niet het verkeerde weer uitgekozen om te kamperen?' vroeg ze, nadat Sprotje en Melanie haar aan de Pygmeeën voorgesteld hadden. 'Ik bied jullie graag iets te eten aan, Herma kookt toch altijd te veel, maar jullie kunnen hier niet blijven slapen. Het huis is vol en in de stal wordt het 's nachts nu te koud.'

'Ach, het lukt best met die tent,' zei Fred.

De anderen keken naar het raam, waar de regen nog steeds langs stroomde. Steve zuchtte en ook de gezichten van de anderen verraadden weinig enthousiasme over de plannen van hun baas.

'We kunnen Jagerjagerman vragen of ze in zijn jachtjut mogen slapen,' zei Tessa opeens.

'Jagerjagerman?' vroeg Fred.

'Een buurman van ons,' legde Tessa uit. 'Vroeger was hij dol op jagen, daarom heeft hij die hut ook gebouwd, maar

127

sinds hij van de zomer bijna een wandelaar doodschoot komt hij er niet meer zo vaak.'

'Doodschoot? Een wandelaar?' Steve keek Tessa geschrokken aan.

'Per ongeluk,' zei Tessa lachend. 'Hij is intussen namelijk zo bijziend dat hij het verschil tussen zijn honden en zijn katten niet eens meer ziet.'

'Ja.' Lola knikte nadenkend. 'Die hut staat leeg. Voor een of twee nachten zou dat best gaan. Langer willen jullie toch niet blijven hè?'

Willem en Melanie wisselden een snelle blik, maar Fred schudde zijn hoofd. 'Nee, we wilden maar een paar dagen weg. Een of twee nachten is prima.'

'Jagerjagerman? Wat is dat nou weer voor een naam?' vroeg Mat wantrouwig.

Lola lachte. 'Zo noemen Tessa en Mike hem. Eigenlijk heet hij Erwin Raaphorst. Vroeger hadden we vanwege die jachtmanie van hem vaak ruzie, maar zoals Tessa al zei, sinds hij die wandelaar voor een wild zwijn aanzag raakt hij zijn geweren amper meer aan.'

Steve keek Fred hoopvol aan. 'Een hut klinkt een stuk beter dan een tent,' zei hij.

'Het is niet ver,' zijn Lola. 'Tessa of Mike kan jullie er wel heen brengen. Maar de hut ligt wel heel afgelegen in het bos. Alleen Jagerjagerman woont in de buurt...'

'Wij zijn niet zo bang uitgevallen hoor!' zei Fred schamper, al vertelden de gezichten van Mat en Steve iets heel anders. Willem keek meer alsof hij het maar niks vond dat hij nu alweer afscheid van Melanie moest nemen.

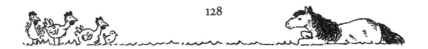

'Goed, dan zal ik Jagerjagerman even bellen.' Lola stond op. 'Kunnen jullie dan ondertussen de boodschappen uit mijn auto halen? Als jullie jassen tenminste al droog zijn.'

Dat konden de Pygmeeën. En de Kippen besloten te helpen.

'Hé, vertel eens,' zei Fred toen hij met Sprotje naar buiten liep. 'Hoe gaat het met paardrijden? Ben je er al een keer af gevallen? Alles nog heel?' Hij pakte Sprotje vast en betastte haar alsof hij op zoek was naar botbreuken.

Sprotje trok zich los. 'Laat dat!' riep ze, maar ze moest ook lachen. 'Je bent gek. Hartstikke gek.'

'Weet ik,' antwoordde Fred grijnzend. 'Ik heb iets voor je meegebracht,' zei hij bij Lola's auto. Mat tilde een doos vol blikjes uit de kofferbak en kibbelde met Steve over de vraag wie het zware ding naar binnen kon dragen.

'Iets meegebracht?' Sprotje veegde verlegen een regendruppel van haar voorhoofd.

'Ja.' Fred graaide in een zak van zijn nog klamme jas en haalde er een foto uit. 'Hier, als aandenken aan jullie kippen. Heb ik gistermiddag gemaakt. We hebben ze behoorlijk verwend. Ze zijn goed vet geworden, zie je wel?'

Sprotje keek glimlachend naar de foto. Maar opeens tilde ze geschrokken haar hoofd op. 'Wacht eens even!' riep ze. 'Wie past er dan nu op ze?'

'Hé, wind je niet gelijk zo op zeg!' zei Fred. 'Mijn vader geeft ze te eten. Hij gaat tegenwoordig met de fiets naar zijn werk. Vanwege zijn gezondheid en zo, en zodat hij niet te dik wordt. In elk geval komt hij 's morgens en 's avonds langs jullie caravan. En hij heeft verstand van kippen. Mijn opa had ze

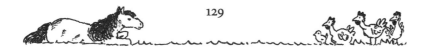

ook altijd toen mijn vader nog een kind was.'

'Oké, dan is het goed.' Sprotje stak de foto voorzichtig in haar jaszak. 'Hoe gaat het met je opa?'

Fred haalde zijn schouders op. 'Hij ligt in het ziekenhuis. Maar hij overleeft het wel.'

Hij zei het heel achteloos, maar Sprotje kende Fred goed genoeg om de bezorgdheid in zijn stem te horen.

'Hé Fred, kun je even helpen in plaats van met de Opperkip te flikflooien?' riep Mat, en hij zette een krat op zijn eigen voet.

'Niet zo brutaal hè!' riep Fred terug. Maar hij haalde toch maar een zak aardappelen uit Lola's kofferbak.

Sprotje draaide zich om en slenterde naar de wei. Ze leunde tegen het ruwe houten hek en keek naar de paarden. Een heel eind verderop hielp Mike Roos op Kolfinna's rug.

En opeens merkte Sprotje, diep vanbinnen, in het hoekje van haar hart dat de afgelopen dagen zo vaak zoveel pijn had gedaan, dat ze naar die twee kon kijken zonder dat het haar stak. Zonder dat ze zich klein en lelijk en nog niet half zo mooi als Roos voelde.

Ze was zo blij dat Fred gekomen was.

Jagerjagerman had er niets op tegen om zijn jachthut voor een of twee nachten aan vier natgeregende jongens af te staan. 'Ik hoop alleen dat ze de kachel aan krijgen!' baste hij in de telefoon. 'Anders vriezen hun billen eraf.'

Dus sjorden de Pygmeeën hun bagage weer op de fietsen. Het werd tijd om op te breken. De schemering hing al tussen de bomen en Fred wilde niet in het donker bij de hut aankomen. Het regende niet meer, maar het water druppelde nog uit de bomen en de wolken dreven als vuile watten langs de hemel.

Steve beloofde Lisa dat hij de volgende dag meteen na het middageten op de manege zou zijn. 'En dan verander ik in Tybalt, Koning van de Katten,' zei hij, 'en help ik je met mijn degen naar de andere wereld. Oefen dus maar vast met doodgaan, Waterpistolenkip.'

Lisa straalde.

'Verdorie, waar zit Willem nou weer,' mopperde Fred. 'Als we nu niet snel gaan moeten we in een stikdonker bos naar hout voor de kachel zoeken.'

'Een stikdonker bos?' vroeg Steve, slecht op zijn gemak.

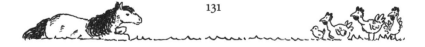

Lilli en Bob hadden zich uit hun schuilplaats in de box gewaagd en hingen nu voor de staldeur rond. Toen Fred naar Willem vroeg glimlachten ze veelbetekenend naar elkaar. 'Hé!' riep Lilli. 'De vriend van die blonde Kip bedoel je toch? Zullen we hem gaan halen?'

Zonder Freds antwoord af te wachten renden zij en Bob weg, naar de achterkant van de stal, waar Willem en Melanie uitgebreid afscheid van elkaar stonden te nemen. Hoe konden die twee Kuikens weten dat Willem ook wel Houdgreep-Willem of de Hulk werd genoemd, omdat hij altijd heel snel kwaad werd? Argeloos slopen ze op hem en Melanie af, en even later riepen ze keihard in koor: 'Tongen, tongen, tongen!' Willem kon er niet om lachen. Zonder een woord te zeggen liet hij Melanie los, nam Lilli onder zijn arm en liep met haar naar de mesthoop. Lilli krijste zo hard dat Lola geschrokken naar buiten kwam rennen – en nog net zag hoe Willem Lilli in het stinkende stro smeet. Voor Lola naar de reden van de ruzie kon vragen was Lilli alweer opgekrabbeld en stond ze paardendrollen naar Willem te gooien. Tot Lola tussenbeide kwam.

'Je had geluk dat die uk niet kon mikken,' zei Mat toen Willem op zijn fiets stapte.

Tessa en Mike zaten al op hun paarden, klaar om de Pygmeeën de weg te wijzen. Roos ging ook mee, op Bleykja. De merrie stond te popelen om te vertrekken. Ze brieste en schudde ongeduldig met haar hoofd. Sprotje zou ook heel graag meegegaan zijn, maar twee rijlessen waren niet genoeg voor een rit door het bos.

'Denk je dat wij op een dag ook zo paardrijden?' vroeg Melanie toen ze de paarden en fietsen tussen de bomen za-

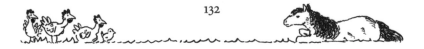

gen verdwijnen. Tessa reed als laatste het erf af; ze konden de hoefslag van haar paard op het natte asfalt horen. Mimirs vel was donker van de regen, maar zijn manen vormden een lichte vlek in de schemering.

'In die paar dagen dat we hier zijn leren we het vast niet,' zei Sprotje. Lipurta stak haar hoofd over haar schouder en brieste. Sprotje vond nog een stukje brood in haar zak en gaf het aan haar. Met haar ruwe en toch zachte lippen at de merrie het voorzichtig uit haar hand.

'Thuis is rijles vast te duur,' mompelde Melanie.

'Ach, volgens mij is het ook helemaal niet zo leuk om op een gewone manege te rijden,' zei Sprotje. 'Waar Roos vroeger les had moesten de paarden urenlang rondjes lopen, en de rest van de tijd stonden ze in hun box aan de deur te knagen omdat ze zich dood verveelden.'

Melanie keek naar Snegla, die behaaglijk door het gras rolde. 'Ja, vreselijk,' zei ze. 'Ik ben een keer gaan kijken. Maar ze hadden er wel mooie rijkleding.'

Sprotje verbaasde zich telkens weer over Melanies smaak.

Die avond bleef het rustig. Lilli was weliswaar allang weer bijgekomen van haar gevecht met Willem, maar kennelijk hadden de Wilde Kuikens desondanks geen zin om streken uit te halen. Hetzelfde gold voor de Wilde Kippen.

'Goh, die buitenlucht is echt heftig,' zuchtte Melanie toen ze al om negen uur slaperig op hun bedden lagen.

'Er zijn bijna geen wolken meer,' mompelde Kim. 'Ik denk dat we morgen eindelijk weer kunnen paardrijden.'

'Het lukt me niet eens om me uit te kleden,' zei Lisa, en ze

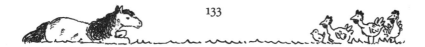

trok de deken op tot onder haar kin.

Tien minuten later sliepen ze alle drie. Alleen Sprotje lag nog wakker. Ze staarde door het raam naar buiten, waar de sterren helderder dan thuis aan de donkere hemel stonden. Roos was nog niet terug. Melanie praatte zachtjes in haar slaap, met haar kussen stevig in haar armen.

Melanie was nu al anderhalf jaar met Willem. Dat was een hele tijd. Andere stelletjes in hun klas waren meestal na een paar weken alweer uit elkaar. Sommige zeiden elkaar daarna niet eens meer gedag. Kims liefde voor haar neef leek ook als sneeuw voor de zon verdwenen. Sinds ze hier waren had Kim het nog niet één keer over hem gehad. De vorige herfst had Melanie nog geturfd hoe vaak Kim op een dag 'Paolo' zei. Voor zover Sprotje het zich herinnerde was het record drieendertig keer geweest. Roos en Mat hadden twee maanden verkering gehad, tot ze alleen nog maar ruzie konden maken. Maar ze hadden allemaal al een keer een vriendje gehad. Alleen ik niet, dacht Sprotje. Nou ja, Lisa was ook alleen. Maar Lisa was sowieso een geval apart. Sprotje keek naar het lege bed van Roos. Hoe kregen Melanie en Roos het toch voor elkaar dat die jongens...

De deur ging open en Roos schuifelde de schemerige kamer in. Op haar tenen sloop ze naar haar bed; ze neuriede zachtjes voor zich uit, haalde de speld uit haar haren – en zag dat Sprotje naar haar lag te kijken.

'Wat is er met de anderen?' fluisterde ze. 'Slapen ze allang?'

Sprotje schoof haar dekens opzij en ging rechtop zitten. 'Al een eeuw. Lisa was zo moe dat ze zich niet eens heeft uitgekleed.'

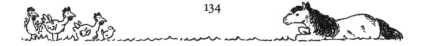

Lisa's voet bungelde uit haar bed, in een sok vol gaten. 'Als haar moeder dat wist!' fluisterde Roos. Ze keek Sprotje vragend aan. 'Ik ben nog helemaal niet moe. Zullen we nog even naar de paarden gaan?'

Sprotje knikte en raapte haar broek van de grond op. 'Best.'

Rillend stapten ze even later naar buiten. Het werd 's avonds al behoorlijk koud. Als de zon weg was voelde je dat de winter voor de deur stond.

In de stal stonden Brunka en Kolfinna in hun boxen te slapen. 'Mike heeft Kolfinna hier gelaten omdat Lola vroeg of hij meteen morgenochtend nog een keer naar de hut wilde gaan,' zei Roos. 'Hij moet de jongens nog een keer bij daglicht laten zien hoe ze moeten fietsen en vertellen waar ze boodschappen kunnen doen. Hij heeft er niet bijster veel zin in, vooral omdat Mat de hele tijd naar hem kijkt alsof hij hem elk moment naar de keel kan vliegen. Maar als Jagerjagerman ze uitlegt welke kant ze op moeten komen ze in Duitsland terecht, zegt Tessa.'

Sprotje leunde over de deur van Kolfinna's box en aaide haar manen. De merrie ging slaperig van het ene been op het andere staan, schudde haar hoofd en soesde verder.

'Je bent toch niet boos op me hè?' vroeg Roos opeens. Ze keek Sprotje van opzij aan. 'Ik bedoel, je bent mijn beste vriendin... mijn allerbeste...'

Sprotje schraapte haar keel. 'Natuurlijk. Waarom zou dat nu opeens niet meer zo zijn?'

Roos liep naar de box van Brunka. 'Dat weet je best,' zei ze.

Sprotje luisterde naar Kolfinna's rustige ademhaling, zag

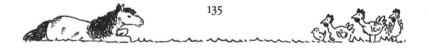

de witte, warme wolkjes in de koude lucht hangen en zweeg. Roos keek haar aan.

'Ik ben niet boos!' zei Sprotje. 'En kijk me niet zo aan.'

'Oké.' Roos stak een hand in haar broekzak. 'Ik moest je iets geven van Fred. Het is een soort van uitnodiging, geloof ik.'

Aarzelend nam Sprotje het verkreukelde papiertje aan. 'Tjonge,' mompelde ze, 'wanneer leert die nou eens zo te schrijven dat je het ook kunt lezen?'

Roos scheen met haar zaklamp op het papiertje. 'Niet in dit leven,' zei ze.

'*Omdat we op het moment over zo'n fantastisch huis beschikken,*' ontcijferde Sprotje, '*zou het ons een bijzonder genoegen zijn als wij, Kippen en Pygmeeën, morgenavond samen zouden kunnen dineren. Avondkleding is niet nodig. Voor eten en drinken zorgen wij. Ik hoop dat je de uitnodiging aanneemt, Opperkip. Fred.*'

Sprotje glimlachte. 'Wedden dat Steve dat gedicteerd heeft?' zei ze. 'Zo hoogdravend is hij anders nooit.'

'Vast,' zei Roos. 'Tessa en Mike zijn ook uitgenodigd, zegt Fred, maar ik weet niet of dat wel zo'n slim plan is.'

Ze gingen de stal uit, liepen over het maanverlichte erf en klommen over het hek van de wei. Thuis was de nacht nooit zo zwart. Maar hun ogen waren al aan het donker gewend en in de wei tussen de paarden waren ze er ook niet bang voor.

'Denk je dat Lola het goed vindt dat we morgenavond naar de jongens gaan?' vroeg Roos.

Sprotje haalde haar schouders op. 'Als we niet te laat terug zijn.'

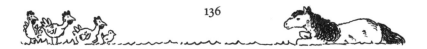

Ze bleven nog een hele tijd in de wei, liepen van het ene paard naar het andere en staken hun koude vingers tussen de dichte manen. In het huis brandde achter een paar ramen nog steeds licht. Veel van die ukkies deden het 's nachts niet uit, want ze sliepen slecht als het donker hun kamer binnendrong. Sprotje keek naar de verlichte ramen en probeerde het allemaal in haar geheugen te prenten: het huis tussen de zwarte bomen, het briesen van de paarden in de stille nacht en de sterren boven haar hoofd. Ze had nooit geweten dat het er zoveel waren.

De volgende ochtend was het weer bewolkt, maar het regende niet en af en toe liet de zon zich zelfs zien. Tessa ging met Roos, Lisa en de kleintjes weer een rit maken, en Lola gaf Sprotje, Melanie en Kim hun derde rijles. Weer oefenden ze eerst aan de longe, maar deze keer werd Fafnir gezadeld en na een paar bedaarde rondjes in stap liet Lola hem draven.

Sprotje klampte zich zo stevig mogelijk aan het zadel vast, maar dat hielp niet erg. 'Nee, dat voelt niet zo prettig hè?' riep Lola. 'Richt je met je bovenbenen op uit het zadel. Nu!'

Sprotje probeerde het, terwijl Lola het ritme aangaf: óp en weer neer. Het was moeilijk. En Sprotjes ritme klopte niet met dat van Fafnir. Maar na een tijdje lukte het haar opeens, en ze had het gevoel dat ze vloog op het dravende paard.

'Goed zo,' riep Lola. 'Dat doe je al heel goed.'

Terwijl Melanie zich op Fafnir door elkaar liet rammelen, leidde Sprotje Kim op Freya door de bak. Toen ook Kim had leren draven, mochten ze voor het eerst helemaal alleen rijden.

'Vergeet niet wat ik over paardenmonden heb gezegd!' riep Lola toen ze de teugels pakten. 'Oké, vooruit maar!'

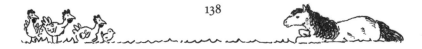

Het leer voelde lekker aan tussen je vingers. Sprotje zag hoe Snegla haar oren spitste, hoorde hoe ze haar hoeven in het vochtige zand zette – en wenste voor de zoveelste keer dat je een moment als dit kon bewaren, dat je het in een jampotje of een koekblik kon stoppen. Om er af en toe van te proeven, op andere, saaie grijze dagen, op dagen die niet naar paardenvel roken. Voor zoveel geluk had je wel een grote pot nodig, bedacht Sprotje, terwijl ze achter Kim aan reed. En ze stelde zich voor dat ze maar doorreed en doorreed, door een oneindig groot land, zonder hekken en zonder wegen.

Bij het afzadelen hoefde Lola niet meer te helpen.

Toen ze de hoofdstellen naar de zadelkamer brachten fluisterde Melanie tegen Sprotje: 'Heb je het al gevraagd van vanavond?'

'Wat gevraagd?' zei Lola, die de zadels op de houders tilde.

Sprotje schraapte haar keel. 'De Pymeeën... de jongens, bedoel ik...'

'Ja?' Lola draaide zich om. 'Wat is daarmee?'

'Ze hebben ons voor vanavond uitgenodigd in hun hut,' antwoordde Melanie. 'Mike en Tessa mogen natuurlijk ook mee. Zij zorgen voor iets te eten en, nou ja...'

Lola hing de bitten terug aan de haken. Elk paard had een eigen haak in de zadelkamer, met een naambordje eronder. 'Een uitnodiging voor het eten, zo zo,' zei ze. 'Goed, geen probleem, op een paar voorwaarden. Ten eerste: ik kom jullie om elf uur met de auto ophalen, ik wil niet dat jullie zo laat alleen door het bos lopen. Ten tweede: geen alcohol, op ons laatste feest hebben een paar lolbroeken rum in mijn onschuldige bowl gekieperd en heeft iemand de bank in de hal onder ge-

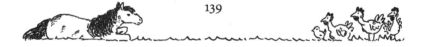

spuugd. Kunnen jullie met die voorwaarden leven?'

'Ja, natuurlijk,' antwoordde Melanie.

'Goed. Veel plezier dan maar.' Lola slenterde terug naar het huis. 'Als Mike terugkomt met jullie vrienden,' riep ze nog, 'zeg dan dat hij even naar mijn kantoortje moet komen, goed?'

'Doen we!' Melanie begon te lachen.

'Wat sta je nou weer te lachen?' vroeg Sprotje.

'Gaat je niets aan,' zei Melanie. Ze gaf Kim een arm en fluisterde: 'Wat denk jij? Zou Fred vanavond eindelijk het lef hebben om Sprotje te kussen?'

'Weet je wat, Mel?' Sprotje greep haar van achteren beet. 'Soms ben je irritanter dan alle vier de Pygmeeën bij elkaar.'

'Laat los, maffe Kip!' Melanie stikte bijna van het lachen. 'Kim! Kim, help me!' riep ze, terwijl ze zich uit Sprotjes omarming los probeerde te worstelen.

Kim snoot haar neus. 'Ik zou niet weten waarom,' zei ze.

Sprotje greep Melanie nog wat steviger vast. 'Kom op, Kim!' riep ze. 'We geven haar de kieteldood.'

Maar Melanie ontsnapte, al had ze van al dat lachen wel de hik. Het woord 'kieteldood' maakte haar zo sterk als een beer, ze rukte zich los, stak haar tong naar Sprotje en Kim uit en rende weg, zo hard dat haar achtervolgers haar bijna niet konden bijhouden. Na honderd meter liet Kim zich hijgend en met haar handen in haar zij tegen het hek op het erf zakken, maar Sprotje gaf het niet zo gauw op. Ze joeg Melanie drie keer om de stal, naar binnen en weer naar buiten, toen om het huis en over het erf. Ze hadden het zo druk met elkaar

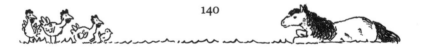

dat ze de Pygmeeën pas zagen toen die al met Mike op het erf stonden.

'Wat is hier aan de hand?' vroeg Fred, maar Sprotje en Melanie hadden niet genoeg lucht meer om antwoord te geven. Met knikkende knieën liepen ze naar het hek en leunden ertegenaan.

'Je hebt me niet te pakken gekregen,' bracht Melanie met moeite uit.

'Alleen omdat zij opeens opdoken,' hijgde Sprotje.

'Mag ik er even door?' Mike wilde er met Kolfinna langs. Sprotje stopte verlegen haar losgeraakte haren achter haar oren en keek hem na. Fred, die haar blik had gevolgd, keek met een frons in zijn voorhoofd naar haar om. Sprotje zag verbazing op zijn gezicht, en nog iets anders.

'Mike!' riep Melanie toen Mike al in de deur naar de stal stond. 'Je moeder wil iets van je! Ze zit in haar kantoortje.'

'Oké!' riep Mike zonder zich om te draaien. Mat staarde hem na tot hij in de stal verdwenen was.

'Bedankt voor jullie uitnodiging voor vanavond,' zei Kim. 'Lola vindt het goed dat we komen. Maar ze haalt ons om elf uur weer op.'

'Elf uur!' Mat haalde zijn neus op. 'Jullie zijn toch geen kleine kinderen.'

Sprotje voelde dat Fred nog steeds naar haar keek. 'Anders mag het helemaal niet,' zei ze, 'en we hebben Lola beloofd dat we geen alcohol drinken.'

'Als het maar niet verboden is om te zoenen.' Willem kwam naast Melanie tegen het hek staan en sloeg een arm om haar schouders.

'Behalve jij heeft niemand hier iemand om mee te zoenen,' bromde Mat. 'Of is die daar...' hij wees naar de stal, '...soms ook uitgenodigd?'

'Zijn zus in elk geval wel,' antwoordde Fred. 'En als hij mee- komt hou jij je gedeisd, gesnopen?'

'*Je zult hem dulden, hoor je?*' Steve stapte dreigend op Mat af. '*Hé, jongeman, je zult en daarmee uit. Ik ben hier de baas, niet jij, en daarmee uit.*'

'Steve, hou je mond,' viel Fred uit. 'Als je zo doorgaat ken ik dat verrekte stuk straks ook uit mijn hoofd.'

'Nou zeg,' bromde Steve gepikeerd.

Hij keek zoekend om zich heen. 'Waar is eigenlijk de Wa- terpistolenkip? Ik dacht dat we dat duel samen zouden oefe- nen.'

'Lisa en Roos zijn nog niet terug van hun rit,' zei Sprotje. 'Ze zijn met Tessa en de kleintjes mee. Ze komt straks vast wel met je oefenen. Ik betrapte haar vanochtend in de badkamer, toen ze aan het sterven was.' Sprotje greep naar haar hart en zakte voor het hek in elkaar. '*O, naar de duivel met je veten! Ze hebben wormenaas van mij gemaakt.*'

Fred klapte spottend in zijn handen. 'Jij speelt toch ook niet mee? Waarom eigenlijk niet?'

Sprotje kwam verlegen overeind. 'Ach, je moet dat allemaal maar uit je hoofd leren...'

'Ze heeft last van plankenkoorts, dat is het,' viel Melanie haar in de rede. 'En willen jullie weten waarom ik nooit, maar dan ook nooit Julia zou spelen? Omdat ik dan Noor moet kussen.'

'Ja, waarom speelt Willem eigenlijk niet voor Romeo?'

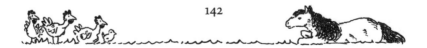

vroeg Mat. 'Die heeft er ervaring mee.' Hij kon zich nog net achter Freds rug verschansen voor Willem hem te pakken kreeg.

Sprotje maakte het hek open. 'Ik ga even kijken of de paarden nog genoeg water hebben,' zei ze.

'Wacht, ik help je!' Fred sprong van het hek in het vochtige gras. Toen hij Sprotje inhaalde zaten zijn cowboylaarzen onder de modder.

'Er valt niet veel te helpen,' zei ze met een blik op de waterbak naast de put. Hij zat nog halfvol, maar Sprotje schoof de plank die de put afdekte opzij en liet de emmer zakken. Terwijl ze het water in de bak goot, merkte ze hoe ongerust Fred naar de grazende paarden verderop stond te kijken.

'Ze bijten je niet hoor,' zei ze spottend. 'En ze komen ook niet zomaar op je af denderen om je onder de voet te lopen, als je daar soms bang voor was.'

'Hoezo, denk je dat ik bang ben voor die beesten?' Fred leunde nonchalant op de rand van de put – en draaide zich met een ruk om toen Brunka een paar meter achter hem begon te hoesten. Sprotje lachte.

'Je bent wel bang!' zei ze.

'Nee hoor.' Fred aarzelde even, maar toen stapte hij op de merrie af en klopte op haar hals – met zijn arm recht vooruit. Brunka draaide zich nieuwsgierig naar hem om en hapte naar zijn jas.

'Hé, zag je dat?' Fred sprong achteruit en veegde boos het paardenspeeksel van zijn jas. 'En jij zegt dat ze je niet opeten.'

'Tja, misschien vinden ze jou extra lekker,' zei Sprotje. Waarom zei ze dat nou weer? Ze draaide zich vlug om en liet

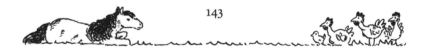

143

de emmer nog een keer in de put zakken.

'Ik denk eerder dat het door dat broodje in mijn zak komt,' antwoordde Fred. Hij slenterde naar een ander paard, naar Fafnir deze keer. 'Maar vertel nou eens,' zei hij. 'Wat vind je van dat paardrijden?'

Sprotje goot het water in de bak en schoof de plank weer over de put. 'Ik vind het hartstikke leuk.'

Fred legde voorzichtig een hand op de rug van Fafnir. 'Die Romeo van Roos...' zei hij, 'Mike... die kan echt goed rijden hè? Daarom kijken jullie natuurlijk allemaal zo tegen hem op.'

Sprotje beet op haar lippen en viste een paar verlepte bladeren uit de waterbak. 'Welnee, hij is gewoon... aardig.'

'Aardig.' Fred aaide Fafnirs hals en de hengst duwde vriendschappelijk met zijn hoofd tegen Freds buik. 'Ik ben toch ook aardig?'

Sprotje moest lachen. 'Ja, soms wel,' antwoordde ze, terwijl ze haar vingers door het koele water liet gaan. Ze zag haar spiegelbeeld glimlachen.

'En ik wil wedden,' zei Fred achter haar, 'dat ik ook best kan paardrijden.'

Sprotje draaide zich geschrokken om. Ze zag hoe Fred Fafnir bij zijn hoofdstel pakte en naar de put trok. Fafnir droeg meestal een hoofdstel, omdat je hem anders moeilijk te pakken kon krijgen.

'Fred, niet doen!' zei Sprotje. Maar Fred stond al op de rand van de put, en voor de hengst begreep wat hij van plan was zat Fred op zijn rug. Fafnir was wel wat gewend. Ontelbare kinderen hadden op zijn rug gezeten en er de vreemd-

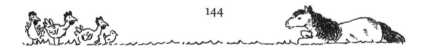

ste capriolen uitgehaald. Dat was Freds redding. Kolfinna of Lipurta hadden hem afgeworpen, maar Fafnir deed alleen schuw een stap opzij. Toen bleef hij gespannen staan, met zijn hoofd omhoog en zijn oren plat. Hij leek niet goed te weten wat hij moest doen.

'Fred, kom eraf,' zei Sprotje. Ze keek naar het erf, maar Lola was nergens te bekennen.

'Waarom? Het begint net leuk te worden.' Fred kroelde in Fafnirs dikke manen, klemde zijn benen om de rondgegraasde buik en grijnsde van oor tot oor. 'Zie je wel?' riep hij. 'Geen kunst aan.'

'Kom er onmiddellijk af!' riep Sprotje. Langzaam, om Fafnir niet nog meer aan het schrikken te maken, liep ze naar de hengst toe. Ze zag hoe zenuwachtig hij met zijn oren trok en hoe stijf hij zijn hals hield. 'Nooit op de wei rijden,' dat was een van de eerste regels die ze van Lola hadden geleerd. 'Als een paard begint te rennen gaat vaak de hele kudde erachteraan, en dan kun je maar beter niet in de wei zijn.' Sprotje keek nog een keer naar het huis. De anderen stonden nog steeds tegen het hek geleund. Ze hadden niets van Freds cowboystunt gemerkt. Sprotje hoorde ze lachen. Steve stond druk met zijn armen te zwaaien.

'Als ik hem straks bij zijn hoofdstel heb,' zei Sprotje, terwijl ze haar hand zo rustig mogelijk naar Fafnir uitstak, 'dan laat jij je eraf glijden. En wel meteen.' Als hij gaat steigeren, dacht ze, dan houd ik hem niet. Maar dat zei ze niet hardop.

'Hoezo?' vroeg Fred. Hij gaf een klopje op Fafnirs hals en lachte. 'Zie ik er niet uit als een echte cowboy? Hu!' riep hij, en hij drukte zijn hakken in Fafnirs flanken.

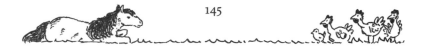

De hengst tilde zijn hoofd op, precies op het moment dat Sprotje haar hand onder de riem van zijn hoofdstel wilde steken. Fafnir deinsde terug, draaide zich om en ging ervandoor. Fred sloeg geschrokken zijn armen om de hals van het paard, probeerde ergens houvast te vinden. De andere paarden keken op. Gelukkig draafde Fafnir maar halfslachtig door de wei. Sprotje probeerde hem de weg te versperren, riep zijn naam, struikelde over een berg paardenpoep, krabbelde weer overeind en zag dat Fred nog steeds op de paardenrug hing.

'Hé, wat is daar aan de hand?' hoorde ze iemand roepen. Tessa was terug, met de kleintjes. Hun paarden verdrongen zich op het erf.

'Fred is op Fafnir geklommen!' riep Sprotje zo hard als ze kon. Maar ze wist zelf hoe moeilijk het was om te verstaan wat iemand over die enorme wei schreeuwde, als je zelf bij het hek stond. Toen ze zich weer omdraaide was ze Fafnir uit het oog verloren. Even later zag ze hem weer, een heel eind verderop, bij de bomen. Hij stond naast Freya te grazen. En er zat niemand op zijn rug.

Sprotje begon te rennen, al wist ze best dat je ook dat beter niet kon doen in een wei vol met paarden. Haar hart klopte in haar keel, bonsde in haar oren, maar Fred was nergens te bekennen. Ze zag alleen paarden, niets anders dan paarden. Steeds verder rende ze de wei in, het erf en het huis waren ver weg, ze hoorde stemmen, en toen ze omkeek zag ze Tessa en Lola aankomen.

Daar was Fred. Hij zat tussen de molshopen op de grond, wreef over zijn schouder en was zo bleek als ze hem nog nooit had gezien. Maar zo te zien leefde hij nog. En Sprotje was zo

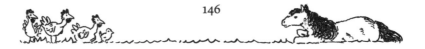

opgelucht dat ze bijna begon te huilen.

'Rot op!' snauwde hij tegen Snegla, die nieuwsgierig naar hem toe sjokte en aan zijn haar snuffelde. 'Wegwezen. Stelletje monsters!'

'Is alles in orde?' riep Lola over de wei.

'Ja!' riep Sprotje terug. Ze vertraagde haar pas en zette haar handen in haar pijnlijke zijden. Haar benen trilden toen ze eindelijk bij Fred was.

'Alles oké?' vroeg ze en ze knielde naast hem in het gras.

'Oké? Er is helemaal niets oké,' bromde hij met een hand op zijn schouder. 'Dat stomme beest heeft me niet eens afgeworpen. Ik gleed er gewoon van af, als een zak aardappelen. En toen kwam ik precies op mijn schouder terecht. Daar heb ik toch al de hele tijd gezeur mee.'

'Beter dan dat je op die domme kop van je terechtkomt,' antwoordde Sprotje. Bijna had ze haar hand uitgestoken om een paar blaadjes uit zijn haar te plukken. Bijna.

'Wat is hier verdorie aan de hand?' Hijgend liet Lola zich naast Sprotje in het natte gras zakken.

'Ik ben van het paard gevallen,' mompelde Fred.

'En, heb je ergens pijn? Hoofd, armen, benen, voelt het ergens gebroken?'

Fred schudde zijn hoofd en ging staan. Maar hij zag zo bleek alsof hij elk moment weer om kon vallen.

'Hij is op Fafnir geklommen,' zei Sprotje.

Lola kwam overeind. 'Fafnir? Nou, dan heb je in elk geval een vriendelijk paard uitgezocht. Ben je duizelig? Ben je op je hoofd gevallen?'

'Nee,' bromde Fred berouwvol. 'Alleen op mijn schouder.'

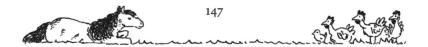

Lola zuchtte. Ze schudde haar hoofd. 'Dat was dus meer geluk dan wijsheid,' zei ze. 'Heb je hem niet verteld dat het streng verboden is om in de wei rijden?' vroeg ze aan Sprotje.

'Sprotje kan er niets aan doen,' zei Fred. 'Ik wilde alleen maar...'

'Zeg maar niets meer, ik weet wel wat je wilde,' onderbrak Lola hem. 'Kom mee, thuis heb ik zalf voor je schouder.'

Lola bekeek Fred heel aandachtig; ze scheen zelfs met een lampje in zijn ogen om zich ervan te overtuigen dat hij geen hersenschudding had. 'Het ziet ernaar uit dat je met de schrik en een gekneusde schouder vrijgekomen bent,' zei ze toen ze hem weer uit haar kantoortje liet. 'Als je over een week nog last hebt van die schouder moet je even naar de dokter.'

Maar Fred had meer last van het commentaar dat hij na zijn onvrijwillige rit moest aanhoren dan van zijn schouder. Het verhaal was natuurlijk als een lopend vuurtje door de manege gegaan, en toen Fred uit Lola's kantoortje kwam stonden in de hal niet alleen de Kippen en de Pygmeeën op hem te wachten, maar ook de Wilde Kuikens.

Bob en Verena stootten elkaar alleen giechelend aan, maar Lilli kon haar mond natuurlijk weer niet houden. 'En, goeie vlucht gehad?' vroeg ze.

'Pas op jij!' Willem wierp haar een blik toe die waarschijnlijk bedoeld was om haar aan de mesthoop te herinneren, maar Lilli stak haar tong naar hem uit en verdween met Bob en Verena in de eetzaal.

De Pygmeeën namen hun toegetakelde baas in hun mid-

148

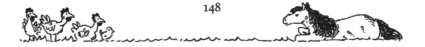

den en gingen met hem op de oude bank zitten. Sprotje vond dat ze echt hun best deden om niet te lachen. Maar Fred leek zich zelfs aan hun zwijgen te storen.

'De eerste die iets bijdehands zegt,' zei hij nors, 'krijgt van mij een dreun. Mijn linkerschouder is namelijk nog helemaal heel.'

'We zeggen toch ook niets, cowboy!' zei Steve verdedigend.

'Nee, geen woord,' zei Mat. 'Ook niet dat het behoorlijk achterlijk is om je nek te breken alleen om indruk te maken op een Kip. Zelfs al is het de Opperkip.'

Fred haalde naar hem uit, maar hij gebruikte zijn verkeerde arm en trok hem met een kreet van pijn weer terug.

'Als jullie uitgeruzied zijn,' zei Roos, die het allemaal niet zo grappig vond, 'dan kunnen jullie naar de eetkamer komen en een hapje mee-eten. Moest ik van Lola tegen jullie zeggen.'

'Aardig van haar,' bromde Fred. Zijn doodsbleke gezicht kreeg langzaam weer wat kleur. 'Maar we moeten ervandoor. Boodschappen doen voor vanavond.'

'En onze repetitie dan?' Lisa keek teleurgesteld naar Steve. Die stak hulploos zijn handen in de lucht.

'O ja, die repetitie!' Fred rolde geërgerd met zijn ogen. 'Oké Steve, jij blijft hier terwijl wij boodschappen doen. Dan komen we je later wel weer halen.' Met een zucht stond hij op van de bank. De hulpvaardige handen van Mat en Willem sloeg hij boos weg. 'Hé, laat dat. Ik ben geen invalide,' mopperde hij.

Sprotje was al met de andere Kippen op weg naar de eetkamer toen Fred zich bij de voordeur nog een keer naar haar

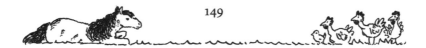

omdraaide. 'Tot ziens, Opperkip!' riep hij. 'Ik leer heus nog wel paardrijden. Wedden?' Toen ging hij met Willem en Mat naar buiten. En Steve sjokte achter de meisjes aan.

Het was al donker toen de Wilde Kippen die avond op weg gingen naar de Pygmeeën, hoewel het nog niet eens half zeven was. Ze hadden om zeven uur bij de hut afgesproken. 'Graag op tijd komen,' had Fred gezegd toen hij Steve kwam ophalen, en Tessa zei dat ze er te voet ongeveer een halfuur over zouden doen. Tessa ging zelf ook mee, alleen al om de weg te wijzen, maar Mike bleef thuis.

'Dat is denk ik ook maar beter,' zei Melanie toen ze in de hal hun jas aantrokken. 'Mat had vast de hele avond alleen maar rotopmerkingen gemaakt.'

'Hoe lang is het eigenlijk al uit tussen jullie?' vroeg Tessa aan Roos.

'Al meer dan een jaar.' Roos deed de voordeur open. 'En nu moeten we gaan,' mompelde ze in haar sjaal, 'anders komen we nog te laat.'

'O jee, o jee!' zei Kim toen ze buiten stonden. 'Ik had eerlijk gezegd niet gedacht dat het zo donker zou zijn.'

Tessa haalde haar schouders op. 'Noem je dat donker?' zei ze. 'Wacht maar af tot we in het bos zijn. Daar zie je geen hand voor ogen.'

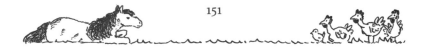

'In het bos?' Kim bleef geschrokken staan. 'Moeten we door het bos?'

'Een klein eindje maar,' zei Tessa geruststellend. 'Het grootste stuk kunnen we langs de weg. Mijn moeder wilde ons best brengen, want Mike is natuurlijk thuis om op de kleintjes te passen, maar het is wel genoeg als ze ons straks komt halen, dacht ik.'

'Natuurlijk, je hebt groot gelijk,' zei Lisa. Ze trok Kim mee. 'Kom op. Kijk niet alsof je al dood bent. We zijn met z'n zessen, in spoken geloven we niet en bovendien is het nog geen middernacht.'

'En niet te vergeten: Lisa heeft haar waterpistool bij zich.' Sprotje scheen met de enorme zaklamp die ze van Lola mee had gekregen over het donkere erf.

'Hé!' riep opeens een stem achter haar. Lilli leunde uit haar verlichte raam op de eerste verdieping. 'Waar gaan jullie heen?' riep ze. Naast haar verschenen de hoofden van Bob en Verena.

'Dat gaat jullie geen bal aan!' riep Lisa. 'Voor jullie is het namelijk bedtijd.'

'Jullie gaan zeker naar de jongens hè?' riep Lilli. Ze leunde zover uit het raam dat Sprotje bang was dat ze naar buiten zou vallen.

'Klopt als een bus!' riep Melanie.

'En wee je gebeente als je rottigheid in onze kamer uithaalt terwijl we weg zijn!' riep Lisa.

'Dat kan niet,' zei Sprotje. 'Ik heb de deur op slot gedaan.'

'Hoe laat komen jullie terug?' riep Bob.

Maar de Kippen zwaaiden alleen maar, en eindelijk gingen ze op weg.

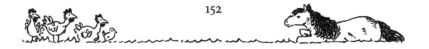

Ze konden inderdaad een heel eind langs de weg lopen. Sprotje was elke keer opgelucht als ze weer in de buurt van een lantaarnpaal kwamen, zo donker was het. Er kwam maar twee keer een auto voorbij, en zodra het geluid van de motor was weggestorven hoorden ze weer niets anders dan hun eigen voetstappen. Het hoefde maar te ritselen in de struiken of ze maakten een sprongetje van schrik. En dus kletsten en lachten ze de stilte weg; ze vertelden Tessa over de streken die ze met de Pygmeeën hadden uitgehaald en hoe die dan weer wraak hadden genomen, over hun caravan en de gekidnapte kippen van oma Bergman. Ze waren al twintig minuten onderweg toen aan de linkerkant van de straat een breed, onverhard pad het bos in liep.

'Daar moeten we in,' zei Tessa. Zonder aarzelen stapte ze tussen de bomen.

Sprotje had het gevoel dat het bos haar opslokte. Ze had niet gedacht dat het nog donkerder zou kunnen worden. Ergens riep een vogel en de wind blies door de zwarte boomtoppen boven hun hoofd. Dicht bij elkaar gingen de Kippen vlug achter Tessa aan.

'Vertel jij nu eens wat,' zei Melanie met een dun stemmetje.

En Tessa vertelde – over losgebroken paarden, over verkouden veulens en koetsritjes in de sneeuw. Terwijl ze de Kippen haar afschuwelijke gymlerares beschreef, begon in haar rugzak haar mobiele telefoon te rinkelen. Lola had erop gestaan dat Tessa die meenam, als ze dan zo nodig alleen door het bos wilden lopen.

'Ja mama, alles is goed,' zei Tessa. De Kippen stonden ril-

lend om haar heen. 'Ja, we zijn al in het bos. Doe ik. Beloofd. Dag.' Met een zucht stopte ze de telefoon weer in haar rugzak. 'Mike hoeft hem nooit bij zich te hebben,' zei ze verontwaardigd.

'Ach, je moeder is gewoon bezorgd,' zei Roos. 'Dat is toch lief?'

Tessa knikte en liep verder door het donkere bos. 'We zijn bijna bij de grafsteen,' zei ze. 'Dan is het niet ver meer.'

'Grafsteen?' Kim kwam nog wat dichter bij Sprotje en Roos lopen.

Tessa lachte. 'Zo noemt Mike hem. Eigenlijk is het gewoon een grote kei. Bij die kei is een driesprong. Als je hier in het bos de weg niet kent kun je makkelijk verdwalen, en die steen is zoiets als een wegwijzer.'

'Aha.' Kim keek alweer achterom.

Het woord 'verdwalen' klonk niet prettig tussen die donkere bomen.

'Nou, gelukkig is het niet ver meer.' Melanie trok haar muts dieper over haar voorhoofd. 'Die wind is verrekte koud, volgens mij word ik verkouden.'

Lisa keek opzij en bestudeerde haar gezicht. 'Klopt,' stelde ze vast. 'Je hebt een knalrode neus. Je schoonheid is verleden tijd, denk ik. Maar Willem blijft vast wel van je houden.'

'Stomme trut!' Melanie duwde Lisa weg, maar ze moest wel lachen.

'Daar!' Kim draaide zich geschrokken om en trok Sprotje aan haar mouw. 'Ik hoorde iets.'

'Kim!' Sprotje draaide zich geërgerd om en richtte haar zaklamp op het pad. 'Er is niets, oké?'

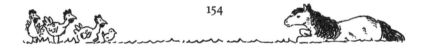

'Maar ik hoorde echt iets!' riep Kim. Met een bezorgd gezicht schoof ze haar bril omhoog en tuurde in het donker.

Lisa sloop naar haar toe en legde haar handen op haar schouders. '*Ik snap het al, Vrouw Mab heeft je bezocht,*' fluisterde ze in haar oor. '*Zij is de vroedvrouw van het feeënvolk en komt, niet groter dan een edelsteen, aan de wijsvinger van een burgemeester, en met een span van kleine zonnestofjes rijdt zij over de neuzen van de slapers.*'

Kim duwde haar met een nerveus lachje weg, maar Lisa kwam als een bochelige heks voor haar staan. '*De spaken,*' vervolgde ze met gedempte stem, terwijl ze om Kim heen sloop, '*zijn gemaakt van spinnenpoten, de wagenbak van dunne sprinkhaanvleugels, het tuig van allerfijnste spinnenwebben, de teugels van een zilvren manestraal, haar zweep van krekelbeen en grassprietvezel; en haar koetsier: een kleine mug in 't grijs, niet half zo groot als 't ronde wormpje...*'

'Ik vraag me af hoe ze dat allemaal onthoudt,' fluisterde Melanie. Lisa leek helemaal vergeten waar ze was. En die arme Kim stond daar maar, alsof Lisa haar benen met een kleverige draad van woorden bij elkaar had gebonden.

'*Haar wagen is een lege hazelnoot,*' riep ze, huppelend over het donkere bospad alsof ze op de bok van een koets zat, '*gemaakt door Meester Eekhoorn of Baas Worm, van oudsher...*' Toen overdreef ze met haar gehuppel. Ze struikelde over een boomwortel en viel languit op de grond.

Sprotje hielp haar overeind. 'De voorstelling is afgelopen, gek die je bent,' zei ze. 'Ik zou nog uren naar je kunnen luisteren, maar we worden ergens verwacht, of was je dat soms vergeten?'

155

'Ja ja, ik kom al,' mompelde Lisa, terwijl ze het zand van haar broek klopte. 'Hoewel er nog een paar mooie verzen achteraan komen.' Ontnuchterd liep ze achter de anderen aan. Maar Kim bleef besluiteloos staan en scheen met haar zaklamp langs de rand van het pad.

'Daar ritselt toch echt iets,' zei ze koppig. 'Luister nou eens.'

'Een konijn misschien. Of een wild zwijn!' zei Melanie. Ze pakte Kim ongeduldig bij een arm en trok haar mee.

'Een wild zwijn,' Kim bleef alweer staan. 'Vallen wilde zwijnen mensen aan?'

'Kim, je ziet spoken,' riep Sprotje, die rillend van het ene been op het andere hupte. 'Kom nou eindelijk mee of we gaan zonder jou verder.'

'Ik ga nooit meer 's nachts door het bos,' mompelde Kim. 'Nooit en nooit meer.' Haastig liep ze verder. Het pad werd breder en voor hen doemde de kei op waarover Tessa had verteld. Ervoor was een driesprong, precies zoals ze had gezegd – een vertakking ging naar links, een andere naar rechts en de derde verdween voorbij de kei in het bos. Sprotje liep naar de steen en bekeek hem met gefronst voorhoofd. Er waren pijlen in gekerfd, en kilometeraanduidingen.

'Moet dat een wegwijzer voorstellen?' mompelde ze. 'Er staat niet eens op waar die paden heen gaan.'

'Volgens mij ligt die steen daar alleen maar om mensen te laten verdwalen,' zei Kim.

'Maar wij verdwalen niet,' zei Tessa, 'want jullie hebben mij. Deze kant op.' Ze nam het linkerpad en de Kippen volgden haar. Algauw werd het pad zo smal dat de takken langs hun gezicht streken.

'Weet je wel zeker dat we zo goed gaan?' vroeg Melanie ongerust.

'Heel zeker,' antwoordde Tessa. Op hetzelfde moment zag Sprotje een lichtje tussen de bomen.

'Niet schrikken als jullie honden horen blaffen,' zei Tessa. 'Jagerjagerman heeft er nogal veel, maar jullie hoeven niet bang te zijn. 's Avonds laat hij ze bijna nooit buiten.'

'Hé, moet je zien!' Aan de bomen hingen briefjes met een kip die stomverbaasd naar een pijltje keek. Lisa trok er een los. 'Natuurlijk, die boskabouters denken weer dat we te stom zijn om ze te vinden.'

'Klopt.' Van achter een dikke boomstam dook het gezicht van Willem op. 'Fred heeft me al drie keer naar buiten gejaagd om te kijken waar jullie bleven.'

'Wat eten we eigenlijk?' vroeg Kim. 'Geen kip, hoop ik. Kip eten we namelijk niet meer sinds we zelf kippen hebben.'

'Nee, geen kip,' antwoordde Willem, die met grote stappen voor hen uit begon te lopen. 'Maar Mat heeft gekookt. Dus denk goed na of je het wel wilt eten.'

De hut waarin de Pygmeeën onderdak hadden gevonden was ruimer dan Sprotje zich had voorgesteld. In een van de hoeken bromde een koelkast, daarnaast stond een fornuis dat eruitzag alsof het al minstens vijfhonderd jaar in gebruik was. Er was geen tafel, maar wel een gootsteen, een oude fauteuil en een bed – daar sliep Fred natuurlijk in. De slaapzakken van de andere Pygmeeën waren zorgvuldig opgevouwen en dienden als zitkussens, want de jongens hadden voor de kachel gedekt: op het versleten tapijt stonden borden, kaarsen, kof-

fiekopjes en een enorme pan die minstens zo oud was als het fornuis en verleidelijk stond te dampen.

'Hé, dat ruikt behoorlijk pittig,' stelde Lisa vast. 'Jullie gaan ons toch niet vergiftigen, hè?'

'Wij waren ook al bang dat Mat zoiets van plan was,' zei Fred terwijl hij de kaarsen aanstak, 'maar het is helemaal niet zo vies.'

'Hij noemt het chili con carne.' Steve zat in kleermakerszit voor een bord. 'Maar wij hebben het omgedoopt tot chili con peper.'

'Moeten we helpen?' Roos keek om zich heen. 'Het is best...' ze aarzelde, '...gezellig hier.'

'Nee, jullie hoeven niet te helpen, jullie moeten gaan zitten,' zei Fred. Hij duwde haar en Sprotje naar een van de slaapzakken. 'Zo gezellig vinden we het hier eerlijk gezegd niet. Daarvoor ruikt het te veel naar Jagerjagermans pijptabak en opgezette dieren, maar wat maakt het uit?'

Sprotje moest Fred gelijk geven. Aan de met hout betimmerde muren hingen overal koppen: hertenkoppen en reebokkoppen, met grotere en kleinere geweien. Op planken boven de kachel stonden opgezette dieren: een marter en een klein bosuiltje. Kim keek er ongemakkelijk naar.

'Steve hangt 's nachts zijn kleren erover,' zei Willem, die naast Melanie ging zitten, 'anders kijken ze de hele tijd zo naar hem.'

Mat tilde het deksel van de pan. 'Nou, in mijn eten zitten alleen worstjes,' verklaarde hij trots.

'Fantastisch!' riep Steve. 'Wat zijn we nu blij. Want iedereen weet natuurlijk dat er in worstjes geen vlees zit.'

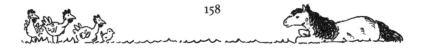

Mat wierp hem een boze blik toe en schepte een soeplepel vol op Roos' bord. Op dat moment werd er aangeklopt.

De meisjes draaiden zich geschrokken om.

Fred strooide nog wat zout over zijn eten. 'Steve, doe eens open, dat is vast Jagerjagerman,' zei hij. Steve kwam met een zucht overeind en slofte naar de deur.

'Die vent is zo nieuwsgierig als de allerergste roddeltante,' zei Fred met gedempte stem. 'En hij ziet eruit als de kippenmoordenaar van Barsingerberg.'

'Goedenavond,' zei Steve toen hij de deur opendeed. Een ijskoude tochtvlaag kwam de warme hut binnen. Voor de deur stond een oude man, een kop kleiner dan Willem en zo mager dat hij makkelijk twee keer in zijn jas had gepast. Over zijn schouder hing een geweer en zijn hoed was versierd met iets wat verdacht veel op tanden leek.

'Mijn honden blaffen als een gek. Hebben jullie soms bezoek?' De man tuurde met bijziende ogen langs Steve. 'Maar dat zijn meisjes!' Het kwam er zo verbaasd uit dat Melanie haar best moest doen om niet in de lach te schieten.

'Nou ja... ja.' Fred stond op en schoot Steve te hulp. 'Dat zijn vriendinnen van ons, ik bedoel, we kennen ze, ze zitten bij ons op school, maar nu logeren ze op de manege, u weet wel...'

'Bij Lola.' Jagerjagerman knikte en nam de meisjes een voor een op, tot Kim knalrood werd en zo moest lachen dat ze bijna stikte in Mats chili.

'Ach ja, daar is Tessa ook,' zei Jagerjagerman grijnzend. Sprotje had nog nooit zoveel gouden tanden in een mond gezien. De oude man duwde Steve opzij, stapte de hut in en

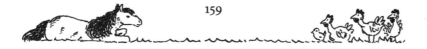

boog zich vol belangstelling over de volle borden. 'Aha, daarom hebben jullie meisjes uitgenodigd,' mompelde hij. 'Om een behoorlijke maaltijd voor jullie te koken. Dat zou ik ook wel kunnen gebruiken.'

'Nee hoor, ík heb gekookt!' protesteerde Mat gepikeerd.

'Jij?' Jagerjagerman hurkte naast hem op het tapijt, tilde het deksel van de pan en roerde er met de soeplepel in. Toen bracht hij de lepel naar zijn mond en nam een hap. Even keek hij alsof hij niet wist of hij het moest doorslikken of uitspugen, maar toen koos hij voor doorslikken. 'Heet,' zei hij en hij veegde de tranen uit zijn ogen. 'Maar wel lekker. Voor mijn honden is het niets, maar mij mag je best een bordje opscheppen.'

Mat stond op om een bord en een lepel voor hem te halen. Daarna keken de Kippen en de Pygmeeën zwijgend toe terwijl de oude man de ene lepel na de andere naar binnen slobberde. Hij maakte er behoorlijk veel geluid bij. Fred schoof onrustig heen en weer over het tapijt en keek de andere Pygmeeën smekend aan. Maar Willem, Mat en Steve wisten net zomin als hun baas hoe ze de oude man nu weer kwijt moesten raken.

Ook de Kippen keken niet al te blij. Zo hadden ze zich de avond niet voorgesteld, al hadden ze geen van allen kunnen zeggen wat ze dan wel hadden verwacht.

'Dit is echt prima eten, jongens,' zei Jagerjagerman toen hij zijn bord voor de derde keer naar Mat uitstak. 'Het brandt vast die verkoudheid weg die ik in mijn botten voel aankomen, maar dat daar...' hij wees naar de muur boven het enige bed, '...ik zeg het jullie in alle vriendelijkheid, dat kan echt niet.'

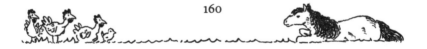

Verrast volgden de Pygmeeën zijn blik, en aan het gewei van een reebok zagen ze een onderbroek bungelen.

'O, dat!' Steve kwam haastig overeind en haakte de onderbroek van de korte hoorns. 'Ik weet ook niet hoe die daar terechtgekomen is.'

Jagerjagerman boog zich weer over zijn volle bord. 'Eeuwig zonde dat ik niet meer kan jagen,' bromde hij.

'Hoezo?' Willem legde zijn hand op Melanies knie. 'U heeft wel genoeg kapstokken, vind ik.'

Tessa proestte van het lachen in haar eten, zodat er allemaal rode spettertjes op Mats spijkerbroek terechtkwamen. Jagerjagerman deed zijn mond vol gouden tanden al open om iets terug te zeggen, toen Kim opeens een hoog gilletje slaakte.

'Daar! Er krabbelt iets aan de deur!' riep ze. 'Horen jullie dat?'

De anderen lieten hun lepel zakken en luisterden. Alleen Jagerjagerman at op zijn gemak door.

'Die Kip heeft gelijk,' zei Willem fronsend. 'Een vos misschien?'

Jagerjagerman lachte. 'Een vos? Vossen krabbelen toch niet aan de deur, stelletje stadskinderen. Dat zijn mijn honden. Ze willen naar binnen, maar dat gaat mooi niet door.'

Toch keek Roos angstig naar de deur. Sinds ze op haar vijfde door een hond in haar hand was gebeten, was ze niet zo dol op honden. Zelfs met Bella, de hond van Sprotjes oma, had ze maar aarzelend vriendschap gesloten.

'Zie je nou, Kim!' Lisa gaf haar een klopje op haar schouder. 'Alweer geen geest.'

Jagerjagerman pulkte met een knokige vinger iets tussen

zijn tanden vandaan en grijnsde. 'Nee, al zit het bos er natuurlijk vol mee.'

'Waarmee?' vroeg Kim met een bibberig stemmetje.

'Geesten natuurlijk! Ze jagen je soms de stuipen op het lijf, die griezels.'

Kim hield haar adem in en staarde hem met grote ogen aan.

Jagerjagerman schraapte zijn bord leeg. 'Je hebt bijvoorbeeld de Witte Man,' verklaarde hij. 'Die komt meestal op maandag. IJskoud wordt het als die kerel opduikt. De honden raken door het dolle heen als ze hem horen kreunen, maar meestal gooit hij alleen iets tegen de ramen en verdwijnt dan weer. Eén keer heeft hij zijn hand op mijn schouder gelegd, dat was wel even schrikken. Tja, en dan heb je nog die vrouw die altijd zo zucht, die zie je soms helemaal niet, maar als ze er is ruikt het naar viooltjes en ze vindt het leuk om dingen om te gooien...'

Er rinkelde iets. Ze krompen allemaal in elkaar van schrik, hoewel het een allesbehalve spookachtig geluid was.

'O jee!' Tessa sprong op. 'Ik had mijn moeder beloofd dat ik zou bellen zodra we bij de hut waren! Waar hebben jullie mijn rugzak neergezet?'

Fred ging hem halen. Haastig viste Tessa de nog steeds rinkelende telefoon eruit. 'Hoi, mam,' zei ze, 'ik was echt nog...' ze maakte haar zin niet af en luisterde. 'Wat?' De Kippen en de Pygmeeën keek haar vragend aan. Alleen Jagerjagerman kraste nog met zijn lepel over zijn bord.

'Echt?' Tessa liep met een bezorgd gezicht naar het raam en tuurde naar het donker buiten. 'Ja, natuurlijk. Oké. Doen we.

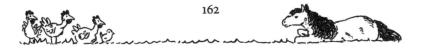

Ja, die is toch al hier.' Ze zette de telefoon uit en draaide zich naar de anderen om. 'Er zijn twee Kuikens verdwenen. Mijn moeder is er net pas achter gekomen.'

'Kuikens?' Jagerjagerman zette zijn lege bord weg. 'Wat voor kuikens? Sinds wanneer heeft Lola kippen?'

'Geen echte kuikens.' Tessa klonk ongeduldig. 'Twee van de jongere meisjes. Lilli en Bob. Ze moeten stiekem achter ons aan gekomen zijn.'

'In het donker?' Kim keek ongelovig naar buiten.

'Wel stoer van die kleintjes,' vond Fred.

'Dóm van die kleintjes!' zei Sprotje, en ze kwam al overeind.

'Moeten we die nu gaan zoeken?' Steve keek alsof hij al buiten in de koude wind stond. 'En als we nou geen Kuikens vinden, maar de Witte Man, of die vrouw die altijd zucht?'

Jagerjagerman richtte zich stram op. 'Ik pak mijn geweer en loop met de honden een rondje om de hut,' verkondigde hij. Maar voor hij bij de deur was hield Tessa hem aan zijn jas vast.

'Nee, nee, dat doen wij wel,' zei ze. 'Echt. Bob is bang voor honden.'

Fred zette zijn muts op. 'Schiet op, jassen aan,' zei hij tegen de andere Pygmeeën. 'Wie het eerste Kuiken vangt, krijgt als eerste een toetje.'

'Wat voor toetje?' vroeg Steve, die met tegenzin zijn jas aantrok.

'Tja, Stevie, dat hebben we stiekem gekocht,' zei Willem. 'Anders had jij het al opgegeten voor onze gasten kwamen.'

Steve verdiende geen toetje. Er waren namelijk geen Kuikens. De honden van Jagerjagerman snuffelden buiten rond en renden kwispelstaartend achter de Kippen en de Pygmeeen aan, die zoekend om de hut heen liepen. In de stille nacht schreeuwde Steve zo hard Lilli's naam dat de uilen in de bomen geschrokken opfladderden, maar uit het bos kwam geen antwoord.

Toen de stilte terugkeerde fluisterde Lisa ongerust: 'Waar zitten ze nou?'

'Misschien zijn ze ons bij de grafsteen kwijtgeraakt,' zei Melanie. 'Toen zijn we best hard gaan lopen, volgens mij.'

'Vanwege die Witte Man zeker hè?' zei Mat, maar niemand lette op hem. Ze luisterden aandachtig. En allemaal stelden ze zich voor hoe het moest zijn om daar ergens verloren rond te lopen.

'Ik ga wel even bij die steen kijken.' Fred keek naar Sprotje. 'Ga je mee?'

Sprotje knikte.

'Zullen wij ook meegaan?' vroeg Steve zonder veel enthousiasme.

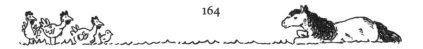

'Heb jij dan echt nooit iets in de gaten? Fred wil met de Opperkip alleen zijn,' fluisterde Mat. 'Net als Hans en Grietje.'

'Hou je kop, Mat,' zei Willem, en hij keek Fred vragend aan.

'Er moeten er nog twee of drie mee,' zei Fred. 'Dan kunnen we ons bij de steen opsplitsen en allemaal een andere kant op gaan.'

Uiteindelijk gingen ze met z'n zessen op pad: Sprotje, Roos, Lisa, Tessa, Fred en Willem.

'Shit, ik had me deze avond heel anders voorgesteld,' bromde Willem, die Melanie niet had kunnen overhalen om mee te gaan. 'Eerst vreet Jagerjagerman bijna al ons eten op en nu banjeren we door het bos. Fijn hoor.'

'Het belangrijkste is dat we ze vinden,' zei Tessa. 'Dit is nog nooit gebeurd, dat er 's nachts zomaar kinderen verdwijnen.'

Toen ze bij de grafsteen kwamen klom Fred erop om met zijn zaklamp tussen de bomen te schijnen, terwijl de anderen in koor naar Lilli en Bob riepen. Aan één stuk door, tot ze er een zere keel van kregen. En opeens hoorden ze iets: in het donker riep iemand met een dun stemmetje Tessa's naam.

Haastig klom Tessa naast Fred op de steen. 'Lilli!' schreeuwde ze. 'Lilli, waar zitten jullie?'

Er kwam antwoord, maar niemand kon het verstaan.

'Het klinkt alsof ze dat pad daar hebben genomen,' zei Willem. Hij wees naar rechts, maar Fred schudde zijn hoofd.

'Nee. Die stem komt daarvandaan,' zei hij. Hij richtte zijn zaklamp op het pad dat om de steen heen liep en daarachter in het bos verdween.

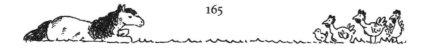

165

'Dat zou ik ook zeggen,' zei Sprotje.

'Oké.' Tessa sprong van de steen. 'Dan nemen jullie met Roos het middelste pad, en Willem, ik en Lisa gaan naar rechts. Het wordt tijd dat we ze vinden, anders liggen ze morgen met een longontsteking in bed.' Even later waren ze met z'n drieën tussen de bomen verdwenen. Fred, Roos en Sprotje gingen ook op weg.

Af en toe klonk Lilli's stem ijl door de nacht. Wat ze allemaal riep was niet te verstaan, op één woord na: help.

'Achterlijke kleutertjes,' mompelde Sprotje, terwijl ze naast Fred door het bos stapte. 'Midden in de nacht achter ons aan sluipen – helemaal gestoord.'

'Ja, het had zo een idee van jou kunnen zijn,' zei Roos. 'Toch, Fred?'

'Absoluut.' Fred liet de zaklamp zoekend links en dan weer rechts langs de struiken gaan. Om de paar stappen bleven ze staan om te roepen. En Lilli's stem kwam bibberig, maar steeds duidelijker terug. Het bos werd wat minder dicht en even later leidde het pad langs een poel. Het stonk er naar rottende bladeren, naar modder en slijk. En opeens zag Sprotje de Kuikens. Een paar stappen van de met riet begroeide oever, op de stam van een omgevallen boom, zaten twee kleine figuurtjes, bijna onzichtbaar in het donker. De boomstam was zo dik dat hun voeten boven de grond bungelden. Met hun zaklampen, die eenzame lichtvlekjes in het zwart van de nacht toverden, zagen ze eruit als verdwaalde glimwormpjes. Toen het schijnsel van Freds zaklamp op hen viel, begonnen ze wild te zwaaien.

'Verdomme, hoe konden jullie nou zo stom zijn?' riep Sprotje, terwijl ze zich door dode takken en verlepte blade-

ren een weg naar de boomstam baanden. 'In het pikkedonker door het bos gaan lopen dwalen...'

'We zijn alleen maar verdwaald omdat Bob in zo'n stomme molshoop stapte!' schreeuwde Lilli.

'Het was een vossenhol, en trouwens, ik kon er toch ook niks aan doen,' snotterde Bob.

'Het is al goed,' zei Roos toen ze eindelijk bij de Kuikens waren. Ze gaf Bob haar verkreukelde zakdoek. 'Dat mogen jullie straks allemaal uitleggen. Kom nu eerst maar eens naar beneden.'

Opgelucht liet Bob zich in haar armen glijden. Maar Lilli deed net of ze Freds armen niet zag en sprong zelf op de grond.

'Toen ik niet meer kon lopen zei Lilli dat we beter daarop konden gaan zitten,' zei Bob. 'Omdat we daar veilig waren voor roofdieren.'

Fred zette zijn muts op Lilli's hoofd. 'Wat voor roofdieren?' vroeg hij.

'Nou, vossen en zo.' Bob snoot luidruchtig haar neus en keek om zich heen alsof er een hele horde kinderlokkers tussen het riet op de oever zat.

'Vossen eten geen mensen, voor zover ik weet,' zei Sprotje.

'Nee, zeker niet,' zei Roos. 'En ik zou ook in het bos 's nachts het bangst zijn voor mensen. Laten we nu maar gaan.' Ze pakte Lilli's ijskoude hand. 'Ik voel zelf mijn tenen al niet meer. Waarom hebben jullie niet op z'n minst warme kleren aangetrokken, als jullie dan zo nodig achter ons aan moesten?'

'We hadden haast,' mompelde Bob. 'Anders waren jullie al weg geweest.'

Sprotje draaide zich hoofdschuddend om. 'Kom op!' zei ze. 'Ik wil nu eindelijk naar de warmte.'

'Hé, wacht nou even!' Lilli strompelde achter haar aan. 'Bob loopt mank. Ze heeft haar enkel verzwikt. Door die molshoop.'

'Het was een vossenhol, hoe vaak moet ik dat nog zeggen?' snikte Bob. Ze keek naar haar schoenen alsof ze niet zeker wist of haar voet er nog wel aan zat.

Fred slaakte een diepe zucht en ging voor Bob op zijn hurken zitten. 'Stijg maar op,' zei hij. 'Ik ben een ruiter van niks, maar als paard deug ik wel.'

Met een verlegen lachje klampte Bob zich aan zijn schouders vast en Fred liep, licht wankelend onder de last, terug naar het pad.

'Wat is er? Moet jij soms ook gedragen worden?' vroeg Sprotje aan Lilli, die bibberend naast haar stond.

'Laat maar,' antwoordde Lilli kortaf. Met grote stappen ging ze achter Fred aan.

'Doe toch niet zo bot tegen Lilli,' fluisterde Roos toen Sprotje en zij achter de anderen aan liepen. 'Ze is vast doodsbang geweest. Ook al doet ze alsof het haar allemaal niets uitmaakt. Ik moet er niet aan denken om urenlang door een donker bos te dwalen.'

Roos had het heel zacht gezegd, maar Lilli had het kennelijk woord voor woord verstaan. 'Zo bang waren we anders niet hoor,' zei ze bokkig. 'En als Bob haar enkel niet verzwikt had, dan waren jullie ook nog niet weg geweest toen wij bij die stomme steen aankwamen. En dan hadden we jullie en de jongens mooi de stuipen op het lijf gejaagd.'

'O, dus dat waren jullie van plan!' zei Sprotje. 'Wat aardig! Zal ik jou eens wat zeggen? We hadden jullie in het bos moeten laten zitten.' Roos gaf haar een por met haar elleboog.

'Dat had je rustig kunnen doen!' snauwde Lilli terug. Ze begon te rennen, tot ze Fred had ingehaald. Hoewel hij Bob op zijn rug had, zette hij er flink de pas in.

'Hé, Lilli,' hoorde Sprotje hem zeggen. 'Ben je soms familie van Sprotje? Jullie lijken ontzettend op elkaar, vind ik.'

'O ja, vind je dat?' vroeg Lilli, en hoewel ze boos naar Sprotje omkeek, klonk het gevleid.

Toen ze bij de grafsteen kwamen waren de anderen ook net terug van hun zoektocht. Tessa was dolblij om de Kuikens te zien. Willem werd het rijdier van Bob, en Tessa en Lisa namen de bibberende Lilli tussen zich in om haar zo goed en zo kwaad als het ging op te warmen. Maar toen ze eindelijk weer voor de hut van Jagerjagerman stonden waren ze allemaal moe en verkleumd. Lola's auto stond naast de hut, voor de deur lagen twee van Jagerjagermans honden. De honden sprongen blaffend op en meteen rukte Lola de deur open.

'Godzijdank. Jullie hebben ze gevonden!' riep ze. Ze zag dat Roos zich achter Sprotjes rug verstopte en trok de honden terug. 'Mijn hemel, wat heb ik me een zorgen gemaakt. Ik had hier al veel eerder willen zijn, maar ik moest eerst Verena troosten en intussen waren de anderen ook wakker, en een paar wilden niet alleen blijven... Hoe dan ook, toen ik hier aankwam waren jullie al weg.'

'Het eten staat alweer op, jongens,' riep Mat vanuit de deur-

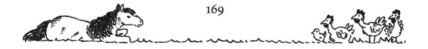

opening. 'Maar als jullie daar nog lang blijven staan brandt het aan.'

Rillend dromden ze de warme hut in. Een van de honden wist tussen alle benen door naar binnen te glippen, maar Jagerjagerman joeg hem weer naar buiten.

'Ach, ik wist het wel,' zei hij. 'Ik wist wel dat jullie het best alleen afkonden. Anders was ik natuurlijk achter jullie aan gekomen.'

'Natuurlijk.' Fred wurmde zich uit zijn jas en ging heel dicht bij de kachel zitten. 'Mat, geef me een groot bord chili con peper. Volgens mij zijn zelfs mijn botten bevroren.'

Lola ging met Lilli en Bob op het bed zitten en bekeek het tweetal van top tot teen. 'Alles goed met jullie?' vroeg ze bezorgd. De meisjes ontweken haar blik. Met gebogen hoofd zaten ze naar hun vieze schoenen te kijken.

'Mijn enkel is alleen ietsje verstuikt,' mompelde Bob. 'En misschien is mijn kleine teen er een beetje afgevroren.'

Lola hurkte voor haar en trok voorzichtig de schoen en de natte sok van haar pijnlijke voet. 'Jullie hebben het vast niet leuk gehad buiten in het bos,' zei ze. 'Dus het boos worden stellen we uit tot morgen. Maar denk niet dat je eronderuit komt. Wat jullie gedaan hebben was echt ontzettend stom.'

'Zo is dat!' Jagerjagerman had zich in de enige fauteuil laten zakken en pafte een pijp die nog erger stonk dan Lola's mesthoop. 'Stel dat de Witte Man of de zuchtende vrouw jullie te pakken had gekregen!'

'De Witte Man of de zuchtende vrouw?' Bob trok haar voet uit Lola's hand en keek de oude man geschrokken aan.

'Tja,' zei Jagerjagerman met de pijp tussen zijn lippen.

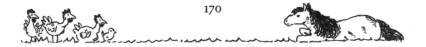

'Waar zijn jullie precies verdwaald geraakt?'

'Er was een meertje.' Bobs stem begaf het bijna. 'Zo'n stinkend meertje.'

Jagerjagerman nam de pijp uit zijn mond. 'Daar komt de Witte Man altijd bijzonder graag,' zei hij. 'Jazeker. Dat is zijn adem die zo stinkt.'

'Hou daarmee op, Erwin!' Lola gooide Lilli's natte sokken naar Tessa. 'We weten allemaal waarom jij altijd spoken ziet.'

Tessa hing de sokken grijnzend over de kachel.

'Maar het stonk er echt heel erg!' Bob keek angstig naar het raam, waarachter alleen maar donkere nacht te zien was.

'Moerasgas. Er vallen te veel bladeren in die poel, dat is alles.' Fred slofte naar het gasfornuis om zijn bord nog een keer vol te scheppen met botverwarmende chili. Sprotje ging voor zichzelf en Roos ook nog wat halen.

Toen ze weer tussen Lisa en Roos op het tapijt ging zitten voelde ze dat Fred naar haar keek. Maar toen ze haar hoofd optilde keek hij snel een andere kant op en begon hij afwezig in zijn eten te roeren.

'Hebben jullie misschien nog droge sokken voor twee paar koude voeten?' vroeg Lola aan de jongens.

'Ja hoor,' zei Steve. 'Mat, jij hebt de kleinste maat. Ga eens kijken of je er nog een paar hebt die niet al te erg stinken.'

'Je hebt het zeker over je eigen sokken,' mompelde Mat. Hij liep naar zijn tas en begon erin te graaien.

'Jeetje, jij hebt bijna net zoveel kleren bij je als Melanie,' zei Sprotje spottend.

'En jij hebt altijd dezelfde trui aan, Opperkip.' Mat gooide twee paar sokken naar Lola.

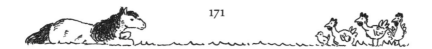

'Hij heeft wel gelijk, Sprotje!' grinnikte Melanie. 'Je hebt echt bijna altijd dezelfde trui aan.'

Sprotje perste haar lippen op elkaar en pulkte aan haar trui.

'En toch ziet ze er tien keer beter uit dan Mat,' bromde Fred zonder van zijn bord op te kijken.

Steve en Willem keken elkaar steels aan.

'Hé! Dat was een compliment, Opperkip!' zei Steve. 'Ik hoop dat je snapt wat een eer dat is. De chef doet anders nooit aan complimenten.'

Fred schopte naar hem. 'Hou je kop, Steve,' zei hij nors.

'Zo.' Lola kwam met een zucht overeind en pakte haar jas van het reebokgewei naast de deur. 'De avond heeft lang genoeg geduurd, vind ik. Voor Bob en Lilli zeker en voor de Kippen eigenlijk ook, nietwaar?' Ze keek de meisjes aan.

'Vind ik ook,' zei Lisa gapend. 'Ik heb het gevoel dat het al midden in de nacht is.' Kim moest ook gapen, maar zij hield beschaafd haar hand voor haar mond.

Sprotje zette haar lege bord op het fornuis. 'Passen we wel allemaal in de auto?' vroeg ze.

'Ja hoor,' antwoordde Lola, terwijl ze Bobs schoenen in haar jaszakken stopte. 'Mijn auto is groot genoeg, en in geval van nood moeten de Kippen Bob en Lilli maar op schoot nemen.'

'Op schoot?' Lilli fronste verontwaardigd haar voorhoofd. 'We zijn toch geen baby's.'

'Nee, die zijn niet zo stom om 's nachts door het bos te sluipen,' zei Lisa, alweer gapend. Lola hielp Bob overeind en droeg haar op haar rug naar buiten.

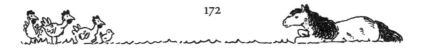

'We hadden ons de avond wel een beetje anders voorgesteld,' zei Fred toen de meisjes al in de deuropening stonden. 'We komen morgen nog even bij jullie langs. Als we 's middags naar huis gaan is het vroeg genoeg; deze keer zullen we heus niet honderd keer verkeerd rijden naar het station. Bovendien wil Steve per se nog een keer repeteren met de Spetterkip.'

'Oké.' Sprotje wikkelde haar sjaal om haar hals. Fred speelde met zijn oorbelletje.

'Tot morgen,' zei Melanie, en ze gaf Willem een kus.

'Van zoenen is het dus ook helemaal niet gekomen,' zei Steve. 'Die Kuikens hebben onze avond goed verpest.'

'Wat tragisch nu toch weer.' Lola stak haar hoofd naar binnen. Steve werd vuurrood. 'Eigenlijk wilde ik jullie nog eens bedanken, jongens, omdat jullie zo goed waren om het bos in te gaan en die twee weglopers te zoeken. Ik zal tegen Herma zeggen dat jullie een grote zak reisproviand verdiend hebben.' En weg was ze.

'Je hebt jezelf weer mooi voor gek gezet, Stevie,' zei Willem en hij bauwde Steve na: 'Van zoenen is het dus ook helemaal niet gekomen.'

Steve zette verlegen zijn bril af.

'Tot morgen dan,' zei Sprotje. Ze gaf Roos een arm en toen ze zich omdraaide hoorde ze dat Jagerjagerman luid begon te snurken.

'Hoe ze die ooit weer kwijtraken?' fluisterde Lisa.

Melanie wierp Willem nog een kushandje toe en daarna kropen ze een voor een in Lola's auto. Er was plaats voor iedereen, de Kuikens hoefden niet eens bij de Kippen op schoot.

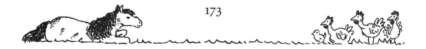

173

Toen Lola het weggetje naar de manege insloeg, lag Bob met haar hoofd op Roos' schouder te slapen.

'Het spijt me echt dat die twee jullie avond verpest hebben,' zei Lola zacht.

'Geeft niet hoor,' antwoordde Sprotje. En ze bedacht dat het helemaal niet zo erg was geweest om door het donkere bos te lopen. Met Roos... en met Fred.

De volgende ochtend bleven Lilli en Bob in bed, met krui-
ken en warme chocolademelk. 'Het lijkt wel een beloning,' zei
Lisa toen ze de paarden uit de wei haalden. Op hun vierde
dag op Lola's manege was er bijna geen wolk meer te zien en
de herfstbladeren straalden aan de bomen. Maar het was wel
koud, zo koud dat de meisjes steeds op de grond stampten
om hun tenen te warmen.

Tessa wilde die dag met haar groep langs de hekken rijden.
Je vond altijd wel een stuk dat gerepareerd moest worden,
legde ze de Kippen uit. Voor Sprotje, Melanie en Kim stond er
weer een les op het programma.

Deze keer liet Lola ze van paard ruilen. 'Zodat jullie merken
hoe verschillend paarden kunnen zijn,' zei ze. Melanie kreeg
Snegla, Kim Fafnir en Sprotje Freya. Alleen al het opstijgen
ging haar bij Freya een heel stuk moeilijker af dan bij Snegla,
en toen Sprotje de zwarte merrie met haar kuiten aandreef,
ging het niet half zo soepel als bij Snegla. Melanie, die bij Fafnir stevig had moeten drijven om hem op gang te krijgen,
viel juist bijna uit het zadel toen Snegla bij de minste druk
van haar kuit de pas erin zette. Maar toch: hoewel de paar-

175

den zoals gewoonlijk maar de helft deden van wat de meisjes wilden, hoewel Freya twee keer naar het midden van de bak sjokte om voortijdig een eind aan de les te maken, hoewel Fafnir twee keer bleef staan om demonstratief op de rijbaan te plassen, in plaats van zich door Kim tot draf te laten overhalen – hoewel, hoewel, hoewel – als Lola niet op een gegeven moment 'genoeg voor vandaag' had geroepen, waren de drie Kippen nog uren rondjes blijven rijden.

'Nog maar twee dagen,' mompelde Kim, terwijl ze de paarden naar de vastbindbalk brachten. 'Het is gewoon veel te kort! Konden we nog maar een paar dagen langer blijven.'

Melanie trok haar wenkbrauwen op. 'Zo te horen verheug je je er echt niet op om je neef weer te zien,' zei ze.

Kim gaf geen antwoord. Zwijgend schoof ze het hoofdstel over Fafnirs oren.

'Bingo.' Melanie waste de bitten in een emmer water, hing haar hoofdstel over de balk en gaf Snegla een stukje brood. 'Ach, misschien laait de liefde weer op als je hem ziet. Schrijven is toch iets heel anders dan het echte werk.'

'Hm,' mompelde Kim, maar erg hoopvol klonk het niet.

'Mijn ervaring...' begon Melanie.

'...en die is enorm...' voegde Sprotje eraan toe.

'Mijn ervaring is dat je pas bij het zoenen merkt of je echt verliefd bent,' ging Melanie onverstoorbaar verder. 'Dat is de enige test die honderd procent werkt. Als je bij het zoenen ook van die kriebeltjes op je huid voelt en je het helemaal warm krijgt, dan is alles oké.'

Kim tilde het zadel van Fafnirs rug en hing het over de balk. 'Aha,' zei ze zacht.

'Weet je, als Fred...' Melanie dempte haar stem, wierp Sprotje een spottende blik toe en fluisterde iets in Kims oor. Giechelend begon Kim Fafnirs witte manen te borstelen.

'Jullie zijn echt gek!' Sprotje keerde het tweetal boos de rug toe. 'Paarden zijn veel liever dan mensen,' fluisterde ze in Freya's harige oor. 'Veel, veel liever.'

'Ik heb gehoord dat Fred heel goed kan zoenen,' zei Melanie. 'Dat kun je niet van alle jongens zeggen.'

'Tja, jij kunt het weten,' mompelde Sprotje. Haar gezicht gloeide. Vlug stopte ze het in Freya's hals, maar de merrie schudde haar manen en duwde haar donkere hoofd tegen Sprotjes borst. Dat betekende: geef me nou eindelijk eens een stukje brood. Zoveel begreep Sprotje inmiddels wel van paardentaal.

'Ik weet het niet hoor, met die zoentheorie.' Kim bukte zich en krabde Fafnirs linkervoorhoef uit. Hij probeerde zijn been terug te trekken, maar Kim hield hem vast. Dat deed ze heel goed, veel beter dan de andere twee. 'Er is toch nog meer dan zoenen. Ik bedoel...' ze begon te hakkelen.

Melanie gooide haar borstel terug in de poetsbox. 'Meer?'

Kim plukte een blaadje uit Fafnirs manen. 'Nou ja, waar je van houdt en waar je niet van houdt bijvoorbeeld – films, muziek en al die dingen...'

'Aha, op die manier.' Melanie hield Kim haar hoefkrabber voor. 'Wil jij de achterhoeven voor me uitkrabben? Bij mij laten ze steeds winden, recht in mijn gezicht.'

'Nou en? Dat doen ze bij mij ook,' antwoordde Kim. Met een diepe zucht draaide ze zich om. 'Ik breng Fafnir alvast terug naar de wei,' zei ze. Ze maakte het touw los en trok de hengst mee.

177

Sprotje maakte Freya los. 'Je hoeft niet zo naar me te kijken,' zei ze tegen Melanie. 'Ik krab die hoeven ook niet voor je uit.'

'Je zou op z'n minst d'r staart even vast kunnen houden!' riep Melanie haar na. 'Ik haat het als ze je met dat ding om je oren slaan.'

'Het is geen ding!' riep Sprotje. 'En zulke goede vriendinnen zijn we nou ook weer niet.'

Nadat ze Freya naar de wei had gebracht ging ze naast Kim op het hek zitten kijken hoe Melanie probeerde om tegelijk Snegla's achterhoef op te tillen en de zwiepende staart uit haar gezicht te houden.

'Ik val nog van het hek van het lachen!' zei Kim. 'Dit zal ik echt missen als we weer thuis zijn.'

'Ja,' zei Sprotje. Ze draaide haar gezicht naar de herfstzon. De stralen gaven nog best een beetje warmte.

'Jammer dat de jongens vandaag naar huis gaan,' zei Kim. 'Eigenlijk hebben we altijd hartstikke veel lol met ze. En dat eten van Mat gisteren was echt lekker.'

'Waarom gaan ze eigenlijk al naar huis?' vroeg Sprotje. 'Mogen ze van Jagerjagerman niet langer in de hut slapen? Of is er een voetbalwedstrijd die ze niet mogen missen?'

'Nee, Freds opa komt uit het ziekenhuis.' Kim pulkte een paar zwarte paardenharen van het hek, die aan het hout waren blijven haken. 'Steve zegt dat het best goed met hem gaat, maar hij heeft nog hulp nodig met boodschappen doen en zo.'

'Aha.' Sprotje knikte. Freds opa – die was ze helemaal vergeten. Hij had Fred geleerd hoe je een boomhut bouwt, stevige

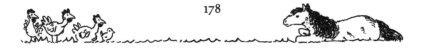

knopen legt en koffiezet. Ja, voor zijn opa zou Fred meteen naar huis gaan.

'Kunnen jullie tenminste even het hek voor me openmaken?' riep Melanie. Snegla stond geduldig achter haar en hapte naar haar haren. Geïrriteerd duwde Melanie haar weg, maar de merrie probeerde het meteen opnieuw.

'Kijk nou, zelfs paarden vinden haar haar onweerstaanbaar!' Sprotje sprong van het hek en maakte het open. Brunka wilde naar buiten glippen, maar Sprotje kon haar nog net bij haar manen pakken en joeg haar luid roepend terug.

'Het komt vast door haar shampoo,' zei Kim. 'Daar zit kokosmelk of zo in.'

'Ja hoor, dacht je dat ik naar kokosnoot wil ruiken?' Melanie deed Snegla het hoofdstel af. 'Het is rozenshampoo, als je het zo nodig moet weten.'

'O, rozenshampoo!' Sprotje rolde met haar ogen en klom weer op het hek, maar Melanie gaf haar van achteren zo'n duw dat ze eraf viel.

'Dat zou jij ook eens moeten gebruiken,' zei ze, 'dan zou Mike misschien met jou flirten in plaats van met Roos.'

Sprotje perste haar lippen op elkaar en deed alsof ze vuil van haar rijbroek klopte.

'Dat was gemeen, Mel,' zei Kim. 'Heel gemeen zelfs.'

'Ja, dat is zo.' Melanie tuurde naar haar laarzen. 'Oké, Sprotje mag mij ook een keer van het hek kieperen.'

'Ik weet iets beters.' Sprotje bukte zich, en voor Melanie begreep wat Sprotje opraapte plakten de paardendrollen al aan haar trui.

Melanie sprong van het hek. 'Smeerlap!' krijste ze. 'Ben je

helemaal gek geworden of zo?'

'Getver, Sprotje!' Kim moest zo lachen dat de tranen in haar ogen stonden. 'Nu zitten je handen onder de paardenpoep!'

'Dat heb ik er wel voor over,' zei Sprotje, terwijl ze haar vingers zo goed en zo kwaad als het ging aan haar zakdoek afveegde.

Melanie draaide zich om en beende met hoog opgeheven hoofd naar het huis. 'Dat zet ik je betaald!' riep ze. 'Als ik jou was zouden mijn knieën knikken, Opperkip.'

Kim zat nog steeds te lachen. 'Als ik jou was zou ik achter haar aan gaan,' zei ze. 'Mij heeft ze een keer iets betaald gezet door Steve een liefdesbrief te schrijven en mijn naam eronder te zetten. Ik schaamde me dood, dat kan ik je wel vertellen.'

'Echt waar?' Sprotje keek naar het huis, maar Melanie was al naar binnen. 'Daar heeft ze het lef niet voor,' mompelde ze.

Kim ging met een hand door haar korte haar. 'Ze heeft niet het lef om verse paardenpoep op te rapen,' zei ze. 'Maar verder durft ze zo'n beetje alles.'

Sprotje friemelde onrustig aan haar kippenveertje. Kim kon het weten, die was tenslotte jarenlang Melanies grootste fan geweest. Ze had liefdesbrieven voor haar doorgegeven en al haar geheimen met haar gedeeld. Tenminste, de geheimen die Melanie met haar had willen delen. 'Oké, ik ga voor de zekerheid toch maar even achter haar aan,' mompelde ze. Ze vroeg zich af wat ze erger zou vinden – als Melanie Mike een nepbrief zou sturen of Fred...

In de hal kwamen ze de Kuikens tegen. Lilli en Bob hadden alweer een behoorlijk brutale grijns op hun gezicht. Ze zaten met Verena op de bank, zwaaiden met hun benen en fluisterden verschrikkelijk grappige dingen tegen elkaar.

'Hé, Opperkip!' riep Lilli toen Sprotje en Kim naar de trap liepen. 'Komen jullie kaboutervriendjes vandaag nog langs?'

'Ja, maar vast niet omdat ze jullie zo missen!' Sprotje haastte zich de krakende trap op. Ze had nu echt wel andere dingen aan haar hoofd.

'O nee? Wie missen ze dan wel?' riep Bob haar na. 'Zal ik je eens wat zeggen, Opperkip? Volgens mij ben je verliefd op de kabouterbaas! Je weet wel, die met dat peentjeshaar. Lilli denkt het ook.'

Sprotje boog zich over de trapleuning. 'Nog één woord,' gromde ze, 'en ik drop jullie weer in het bos.'

De deur van hun kamer stond op een kier en Melanie zat op haar knieën voor haar bed te schrijven op een velletje papier met bloemetjes en hartjes en nog meer van dat soort onzin. Toen Kim en Sprotje binnenkwamen legde ze vlug haar hand erop. 'Wat moeten jullie?' zei ze. 'Komen jullie mijn trui wassen? Dat heb ik zelf al gedaan.'

Dat klopte. De trui hing druipend op een handdoek over de verwarming.

'Wat schrijf je daar?' vroeg Sprotje.

Melanie schreef achter haar hand verder. 'Gaat je geen bal aan,' antwoordde ze.

'Mooi wel.' Sprotje boog zich over haar schouder.

'Wat moet je nou?' Melanie legde haar hand weer op het

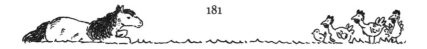

papier, maar Sprotje trok hem weg. Melanie gaf haar een duw. 'Verdorie, ben je wel helemaal lekker?' riep ze. 'Kijk nou, nu is ie helemaal verkreukeld.'

Berouwvol gaf Sprotje haar de brief terug. Hij was aan Willem gericht. Melanie had hartjes op de i getekend en met lippenstift een kus op het papier gedrukt. 'Sorry,' mompelde Sprotje. 'Maar Kim zei...'

'Wat zei Kim?' Melanie draaide zich naar Kim om.

'O, niets,' mompelde Sprotje. Kim stond alweer haar bril schoon te maken.

Melanie streek de brief glad. 'Laat me nu dan maar rustig verder schrijven,' zei ze. 'Daar heb ik jullie echt niet bij nodig. Willem krijgt de brief als de jongens vertrekken. Ga naar beneden en smeer iemand in met paardenpoep, als je je verveelt. Er ligt genoeg.'

Sprotje grijnsde. 'Nee joh, dat is alleen bij jou leuk,' zei ze. 'Je krijst zo lekker.'

Melanie trok een lelijk gezicht en begon weer hartjes te tekenen. Sprotje slenterde naar het raam. Kim ging op Lisa's bed zitten. 'Nog twee dagen,' zei ze. 'En Lisa heeft al die schoolboeken die ze meegesleept heeft niet eens ingekeken.'

'Apart hè?' Melanie drukte nog een kus onder aan de brief. 'Dat zal haar moeder niet leuk vinden.'

Sprotje leunde met haar voorhoofd tegen het raam. Voor het eerst sinds ze op Lola's manege waren moest ze aan haar verprutste proefwerk denken. Maar ze zette de gedachte meteen weer van zich af. 'Hé,' zei ze, 'daar komen ze, geloof ik.'

'De jongens?' Melanie vouwde haastig de brief op.

'Nee, Tessa en Lisa.' Sprotje fronste haar voorhoofd. 'Wat

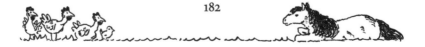

raar, Roos is er niet bij.'

'Dan is Mike er vast ook niet,' zei Melanie. Ze stopte Willems brief in een envelop en likte die zorgvuldig dicht. 'Het was ook wel heel opvallend dat hij vanochtend meeging.'

Toen ze het erf op kwamen waren de anderen nog bezig met afzadelen en borstelen. Tessa gaf aan Lola door welke hekken gerepareerd moesten worden. Vorig jaar, had Tessa de Kippen verteld, was een vreemde hengst dwars door het hek de wei in gekomen en had twee van Lola's merries gedekt.

Naast Tessa stond Lisa. Ze had die ochtend op Kraki gereden en fluisterde teder in zijn harige oor. 'Dit paard is het fijnste paard ter wereld,' zei ze toen de andere drie bij haar waren. 'Je kunt hem eindeloos lang aaien en hij heeft peper in zijn kont.'

'Hoe weet jij dat? Heb je alweer indiaantje gespeeld?' Sprotje klopte op Kraki's stevige hals. Hij was inderdaad heel mooi. Zijn vel was matzwart, zijn manen waren zo dik dat je allebei je handen erin kon steken en als de zon erop scheen lag er een rode glans over.

'Zo, is Lisa verliefd geworden op Kraki?' vroeg Lola, die met Tessa op hen afkwam.

'Reken maar,' zuchtte Lisa. 'Ik denk dat ik hem maar in mijn bagage stop en mee naar huis neem.'

Lola glimlachte en aaide de hengst over zijn donkere neus. 'Waar is Mike eigenlijk?' vroeg ze.

'Hij kijkt het hek van de zomerwei nog even na,' antwoordde Tessa.

'Met Roos?' Melanie kon haar mond weer eens niet houden. Het liefst had Sprotje haar weer met paardenpoep bekogeld.

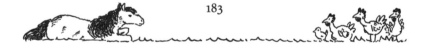

'Met Roos?' herhaalde Lola.

Tessa knikte. Haar moeder fronste haar voorhoofd en liet haar blik over de wei gaan. 'Schiet een beetje op met die paarden,' zei ze. 'Het eten is bijna klaar en jullie weten wat Herma doet als het koud is voor iedereen aan tafel zit.' Met die woorden liep ze peinzend naar het huis.

'Tessa?' vroeg Melanie toen ze met z'n allen de zadels naar de zadelkamer brachten. 'Vindt je moeder het niet goed dat Roos en Mike... je weet wel...'

Tessa haalde haar schouders op. 'Nou ja, ze is verantwoordelijk voor de meisjes die hier komen. En eigenlijk heeft Mike al een vriendin. Alleen is die nu op vakantie.'

'Wat zeg je nou?' Kim keek de anderen geschokt aan. Sprotje liet bijna het zadel uit haar armen vallen.

'Weet Roos daarvan?' vroeg ze.

Tessa haalde weer haar schouders op en hielp haar het zadel op de houder te tillen. 'Geen idee.'

De Kippen zwegen.

Lisa vond als eerste haar tong terug. 'Wij gaan het in elk geval tegen haar zeggen,' zei ze. 'Zeg dat maar tegen je broer.'

'Waarom?' vroeg Melanie. 'Overmorgen gaan we naar huis en dan zien ze elkaar toch nooit meer.'

'Hoe weet je dat zo zeker?' viel Lisa uit. 'Stel dat Roos hem toch nog een keer wil zien? En hem brieven gaat schrijven, terwijl hij allang weer met zijn vriendin is?'

Tessa plukte nadenkend een paar lichte paardenharen uit een borstel. 'Misschien heeft hij het haar wel verteld,' mompelde ze.

'Misschien,' zei Sprotje. 'Maar "misschien" is niet genoeg, vind ik.'

184

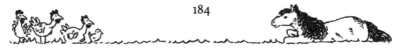

Roos was niet bij het middageten. Pas toen Lola allang in haar kantoor was verdwenen en de Kippen naar de stal slenterden om daar de middag door te brengen, reed ze met Mike het erf op. Ze keek zo gelukkig dat het Sprotje een klein steekje bezorgde, hoewel ze van Mike geen hartkloppingen meer kreeg. Ook hij zag er gelukkig uit. Onder het afzadelen stonden ze de hele tijd met elkaar te smoezen. Ze lachten – alleen zij wisten waarom – en lieten zich ook niet van de wijs brengen toen Lilli een rood hart, dat ze zelf getekend had, op Roos' rug plakte.

'Hé, Roos,' zei Lisa toen Roos haar paard het bit uitdeed en Mike naar de zadelkamer ging om brood te halen. Sprotje keek Lisa ongerust aan. Ging ze Roos over Mikes vriendin vertellen? Kennelijk waren de anderen daar ook bang voor, want Kim werd opeens bleek en Melanie draaide aan haar haar, wat ze altijd deed als ze zenuwachtig was.

Roos gaf Bleykja een kus tussen haar oren. 'Ja?'

Lisa stopte haar handen diep in haar jaszakken. 'Weet je nog die scène waarin Julia hoort dat Romeo haar neef heeft doodgestoken? Je weet wel, die met dat slangenhart?'

Roos keek haar niet-begrijpend aan. 'Ja, hoezo?'

185

'Slangenhart?' Mike gaf Roos een stukje brood aan en Bleykja draaide nieuwsgierig haar hoofd.

Lisa keek Mike vuil aan. 'Ja, slangenhart,' herhaalde ze. 'Hoe gaat dat stuk met dat slangenhart ook alweer, Kim?'

'*O slangenhart, met bloemen overdekt!*' declameerde Kim onzeker. '*Heeft ooit een draak zo'n mooie krocht bewoond? Stralende woestling, engelacht'ge duivel...*'

'Dat klinkt goed,' zei Mike.

'Ik breng Bleykja naar de wei,' zei Roos. Ze keek Lisa nog een keer verwonderd aan en liep weg. Mike slenterde achter haar aan. Lisa keek hem vijandig na.

'Wat klets je nou allemaal, Lisa?' vroeg Melanie zodra Mike buiten gehoorsafstand was. 'Probeer je Roos met Shakespeare-citaten over Mikes vriendin te vertellen?'

'Waarom niet?' antwoordde Lisa gepikeerd. Ze draaide zich op haar hakken om, beende naar de stal en riep: 'Kom mee, Kim. Wij beginnen alvast met repeteren. Steve zal zo wel komen.'

'Ik praat wel met Roos,' zei Sprotje toen ze op de hooizolder waren. 'Ze is al heel lang mijn vriendin en...'

'Als jij het tegen haar zegt denkt ze dat je het uit je duim zuigt,' onderbrak Melanie haar. 'Uit jaloezie. Omdat je ook verliefd bent op Mike.'

Sprotje keek naar het plafond. Waar moest ze anders naar kijken?

Kim kwam haar te hulp. 'Welnee, Roos weet best dat Sprotje dat nooit zou doen. Ik vind het een goed idee dat zij het vertelt.'

'Ik vind het ook best.' Lisa klom op het toneel van strobalen en gespte haar degen om. 'Als iemand het nu eindelijk maar eens doet.'

'Hé, Kippen!' riep iemand van beneden. Zo te horen was het Lilli. 'Zitten jullie daarboven?'

'Ja, wat is er?' riep Sprotje.

'Jullie Pygmeeënvriendjes zijn er. Jullie moeten nog niet beginnen, ze willen komen kijken.'

'Leuk!' Lisa's gezicht klaarde op. Ze trok de stok die ze als degen gebruikte uit haar riem en zwaaide er woest mee door de lucht. 'Eindelijk kan ik die sterfscène een keer spelen,' riep ze. '*O, naar de duivel met je veten! Ze hebben wormenaas van mij gemaakt!*' Ze wankelde van het toneel, haar hand klauwde krampachtig in haar trui. Naast de rekwisieten zakte ze kreunend in elkaar. Kim en Melanie klapten, maar Sprotje was met haar gedachten nog bij Roos.

'Snotverju!' Steve kwam hijgend de ladder op. 'Wie heeft bedacht dat we hier gingen oefenen? Deze ladder is nog wiebeliger dan die van onze boomhut.'

'Heb je een degen?' riep Lisa.

'Een degen?' Steve klom op het toneel, haalde een stok onder zijn jas vandaan en hield hem onder Lisa's neus. 'Natuurlijk. *Zoek je ruzie, meneer?*' bromde hij. '*Je zou ruziemaken met een man die een haar meer of een haar minder in zijn baard heeft dan jij. Je zou ruziemaken met een man omdat hij kastanjes pelt, enkel en alleen omdat je kastanjebruine ogen hebt. Je...*'

'Steve, wacht!' riep Fred. 'Je kunt toch niet beginnen als je publiek nog niet eens zit.' Met een diepe zucht liet hij zich naast Sprotje op het prikkende stro vallen. 'Dat was flink

187

ploeteren om die hut weer schoon te krijgen,' fluisterde hij. 'Die Jagerjagerman had steeds weer iets te mekkeren. Dat gewei daar hangt scheef, er ligt nog een blaadje op de grond, ontbreekt er niet een bord? Het was om gek van te worden.'

'Kunnen jullie daar nou eindelijk eens ophouden met dat gesmoes?' vroeg Lisa. 'Anders nemen we die strobalen in beslag en moeten jullie staan, net als de toeschouwers in de tijd van Shakespeare.'

'Lekker comfortabel,' bromde Willem, en hij trok Melanie op zijn schoot. Sprotje zag hoe ze de brief die ze voor hem had geschreven onder zijn jas stopte. De drie Kuikens waren ook de zolder op geslopen en gingen smiespelend op de stoffige grond zitten. Roos schuifelde met Mike langs hen. Voor het podium bleef ze staan.

'Mij hebben jullie voorlopig niet nodig, hè?' vroeg ze aan Lisa. 'Je wilt met Steve vast de sterfscène oefenen.'

'Ja,' antwoordde Lisa, maar ze keek haar niet aan.

Steve gooide zijn jas van het podium. 'Stilte in het publiek!' riep hij, en hij hing zijn stokdegen nog een keer recht. Toen stapte hij langzaam en dreigend op Lisa af. Op slag werd het stil op Lola's hooizolder.

'*Heren, goedenavond,*' zei Steve met zijn nog steeds een beetje vreemde zware stem. '*Een woordje met een van u.*'

'*Maar één woordje met een van ons?*' antwoordde Lisa, die zo dicht bij Steve kwam staan dat er nog net een laars tussen hen in had gepast. '*Voeg er nog iets bij, maak er een woord en een slag van.*'

Lisa was meer dan een kop groter dan Steve. Ze stond voor hem als een terriër die elk moment kon toehappen. Van Lisa

kende Sprotje dat wel, ook in het echte leven kwam ze vaak zo vechtlustig over, maar Steve verbaasde haar echt. Hij verbaasde hen allemaal. Die dikke, een beetje slome Steve wist zowaar een gevaarlijke indruk te maken – zijn hart zo zwart als roet, uit op vechten en doden. Hoe deed hij dat? Zelfs de Kuikens waren muisstil. Steve en Lisa kenden hun tekst goed.

'Steve kneep er vanmorgen steeds met zijn tekstboekje tussenuit,' fluisterde Fred tegen Sprotje. 'Terwijl wij schoonmaakten zat hij zijn rol uit zijn hoofd te leren.'

Mike sprong op het toneel. Hij moest zijn tekstboekje erbij houden, maar dat stoorde niet al te erg. Het werd tijd dat Romeo zich in de strijd mengde. Lisa en Steve vochten zo hevig met elkaar dat Lisa achterover van de strobalen viel en op Freds schoot belandde. Zo vlug als een kat klauterde ze weer het toneel op – klaar voor haar grote sterfscène.

Romeo sprong tussen de vechtersbazen, wat Sprotje best moedig van Mike vond. De achterbakse Tybalt stak zijn degen in Mercutio's borst en Lisa wankelde.

'*Gewond!*' hijgde ze. '*De duivel hale jullie vete! Het is met mij gedaan. En is hij weg, zonder één prikje?*'

'*Moed, man,*' zei Mike toen Lisa zich wankelend aan zijn schouder vastklampte en Steve de benen nam. '*De wonde kan niet erg zijn.*'

'*Nee, ze is niet zo diep als een waterput, en niet zo breed als een kerkdeur, maar het volstaat, ik heb mijn bekomst. Als je morgen naar me vraagt, zul je me een doodernstig man vinden.*' Langzaam zakte Lisa op één knie. '*Naar de duivel met jullie veten!*' bracht ze moeizaam uit, en ze duwde met haar hand op haar borst alsof het bloed eruit gutste. '*Vervloekt! Door een*

189

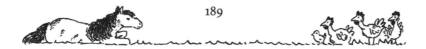

hond, een rat, een muis, een kat te worden doodgekrabd!'

Bob begon te giechelen, maar Willem hield een hand voor haar mond. Lisa viel van het podium en Kim kwam Romeo vertellen dat Mercutio dood was. Het was doodstil op zolder, alleen beneden in de stal brieste een paard. Tybalt kwam terug, nog even moordlustig, Mike kreeg Lisa's degen en wreekte haar.

'Mercutio's ziel zweeft nog boven ons hoofd, de jouwe zal haar gaan gezelschap houden. Of jij, of ik, of beiden gaan met hem.'

Deze keer had hij zijn tekstboekje niet nodig. En Steve stierf zo indrukwekkend dat Lisa bleek van jaloezie toekeek.

'Oké,' zei Fred, terwijl Steve nog als een gevelde boom op de strobalen lag, 'genoeg gestorven. We moeten gaan, Steve.'

Lola bood aan de Pygmeeën en hun fietsen met de paarden-aanhanger naar het station te brengen. De jongens namen het aanbod dankbaar aan, want het zag ernaar uit dat het weer zou gaan regenen. Willem, Steve en Mat begonnen meteen de fietsen in Lola's aanhanger te stouwen. En Fred kwam naar Sprotje toe.

'Lola zegt dat ik bij jullie kokkin de proviand moet halen die ze beloofd had,' zei hij. 'Ga je mee? Als jij erbij bent krijg ik misschien ook nog een thermoskan koffie bij haar los.'

'Ik zou er niet op rekenen,' zei Sprotje, maar ze ging toch mee. Herma had zoveel eetbaars voor de Pygmeeën ingepakt dat ze, zoals Fred vaststelde, er ook mee naar de Zuidpool hadden gekund. En zijn koffie kreeg hij ook.

'Nou, oké, Opperkip...' zei hij bij de voordeur. 'Ik...' Daphne kwam de trap af gehuppeld, keek even nieuwsgierig naar ze en huppelde de eetkamer in.

Fred stond zuchtend met zijn hand op de deurkruk tot Daphne weg was. Toen streek hij door zijn rode haar. 'Voor er weer iemand komt,' zei hij, en hij kwam een beetje dichterbij, 'wil ik dit nou eindelijk wel eens doen.' En voor Sprotje

wist wat haar overkwam had hij haar gekust. Recht op haar mond.

'Waar blijven jullie nou?' De deur ging zo plotseling open dat Fred hem bijna tegen zijn hoofd kreeg. Daar waren Lisa en Roos. 'Je ondergeschikten hebben alles ingeladen,' zei Lisa, die Roos naar binnen duwde.

'Lisa zei dat je me iets moest vertellen?' vroeg Roos. Ook dat nog! Sprotje wenste Lisa naar de andere kant van de wereld.

'Ik ga weer naar buiten,' zei Lisa. En Sprotje bleef alleen achter met Roos en het slechte nieuws dat ze te vertellen had. Dat ze zelf helemaal in de war was leek niemand in de gaten te hebben.

Sprotje voelde aan haar mond, alsof Freds kus duidelijk zichtbaar aan haar lippen kleefde.

'Nou, wat is er dan?' vroeg Roos. 'Is er iets met je moeder?'

'Mike heeft een vriendin,' zei Sprotje. Zonder inleiding, zonder waarschuwing, ze flapte het er zomaar uit. Er was ook niets wat het minder erg had kunnen maken, het was zoals het was.

Roos stond naar haar te kijken alsof ze het niet goed had verstaan.

'Dat vertelde Tessa.' Sprotje wist niet waar ze haar handen moest laten, ze wist ook niet waar ze moest kijken. Als het maar niet naar het verdrietige gezicht van Roos was.

Roos zei niets. Ze bestudeerde de jassen aan de kapstok, de vieze laarzen en de tekeningen aan de muur. Alsof ze het allemaal in haar geheugen wilde griffen. 'Bedankt dat je het me verteld hebt,' zei ze zonder Sprotje aan te kijken. 'Weten de anderen het ook?'

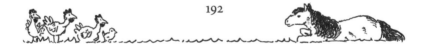

Sprotje knikte.

Roos kreunde en liep naar de trap. 'Zeg maar tegen Tessa dat ik vanmiddag niet meega,' zei ze. 'Ik ga naar bed. Ik ben doodop.'

Sprotje keek haar na, maar ze ging niet achter haar aan. Roos wilde nu alleen zijn, wist ze. Van je beste vriendin wist je zulke dingen...

Toen Sprotje het erf op liep stonden Kim en Melanie al op haar te wachten.

'En, heb je het haar verteld?' vroeg Melanie met gedempte stem.

Sprotje knikte.

'Is ze...' Kim keek haar met grote ogen aan.

'Ze overleeft het wel,' mompelde Sprotje met een blik op Lola's auto. Lisa stond druk met de Pygmeeën te praten. Sprotje vroeg zich af of het weer over toneelspelen ging toen Fred zich omdraaide en op haar afkwam. Het bloed steeg haar naar de wangen.

'Moet je horen.' Fred kwam naast haar staan. 'Lisa heeft ons verteld van Roos. Wat een schoftenstreek. Zullen we die zogenaamde Romeo eens een deuk in zijn trui slaan?'

'Lisa heeft wát?' vroeg Sprotje verbluft. Heel even vergat ze haar bonkende hart.

'Ze heeft ons van Roos verteld,' herhaalde Fred. 'Nou, zullen we hem in elkaar slaan?'

'Natuurlijk niet!' riep Melanie geschrokken. 'Wie heeft dat nou weer verzonnen? Willem zeker?'

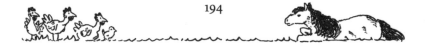

Willem gooide net zijn rugzak in Lola's auto. Hij zwaaide naar Melanie, maar ze zwaaide niet terug.

'Ja, het was Willems idee,' gaf Fred toe. 'Maar we vinden allemaal dat die gast dit niet ongestraft met Roos kan uithalen.'

'Mijn hemel!' Melanie rolde geërgerd met haar ogen. 'Volgens mij heb jij wel eens drie vriendinnen tegelijk gehad, en die wisten ook niets van elkaar.'

Fred keek betrapt naar zijn schoenpunten. 'Wie heeft je dat nou weer verteld?' bromde hij met een zenuwachtige blik op Sprotje.

'Ik heb zo mijn bronnen,' antwoordde Melanie bits. 'Dus doe nou maar niet zo schijnheilig. Er wordt hier niemand in elkaar geslagen. Of wel soms?' Ze keek de andere Kippen vragend aan.

Kim schudde heftig haar hoofd.

En Sprotje zei: 'Misschien dat we Lisa in elkaar slaan, omdat ze het aan jullie doorgebriefd heeft.' Drie vriendinnen, fluisterde een stemmetje in haar hoofd, drie vriendinnen tegelijk!

Fred haalde zijn schouders op. 'Zelf weten,' zei hij. 'Het was maar een aanbod. Omdat we oude vrienden zijn.'

Melanie keek hem minachtend aan. 'Ja, en ik wed dat Mat er maar al te graag op los had geslagen, nu hij Mike niet uit jaloezie in elkaar mocht timmeren.'

Fred gaf geen antwoord. Lola kwam met het autosleuteltje in haar hand naar buiten. 'Tijd om afscheid te nemen!' riep ze over het erf. 'Anders missen de heren hun trein.'

Toen ze in de auto stapten fluisterde Fred tegen de an-

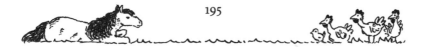

dere Pygmeeën: 'Actie Romeo afgeblazen.' Lola bekeek hem nieuwsgierig, maar tot Sprotjes opluchting vroeg ze niet wat die raadselachtige woorden te betekenen hadden. Lisa merkte dat haar vriendinnen haar allesbehalve vriendelijk aankeken, al leek ze zich van geen kwaad bewust. Melanie gaf Willem door het open autoraampje een kus toen Roos naar buiten kwam. Zonder naar Mike te kijken, die met Bob en Verena jerrycans met water naar de stal sjouwde, sprong ze van het trappetje af en liep naar Lola's auto.

'Goeie reis!' zei ze tegen de Pygmeeën – en ze lachte alsof er geen vuiltje aan de lucht was. Dat kende Sprotje wel van haar. Roos kon haar gevoelens zo meesterlijk verbergen dat zelfs Sprotje niet altijd wist of ze blij of verdrietig was.

'We zien elkaar in elk geval weer op school,' zei Fred, terwijl Lola de aanhanger vergrendelde. 'En we zullen de groeten doen aan jullie kippen, oké?'

Sprotje knikte.

'En breek je nek niet,' zei Willem tegen Melanie.

'Nee, we hebben namelijk geen zin om die kippen van jullie voor de rest van hun leven eten te geven!' Fred was als enige nog niet ingestapt. 'Laat je niet door die Kuikens op de kast jagen, Opperkip,' zei hij. Hij trok aan Sprotjes neus en stopte, zo snel dat zelfs Melanie het niet zag, een briefje in haar jaszak. Vlug sloot ze haar hand om het knisperende papier.

De Kippen zwaaiden toen Lola's auto slingerend het erf af reed. De Pygmeeën zwaaiden terug en even later waren ze weg. De meisjes bleven achter op het erf – en keken Lisa aan.

'Ben je helemaal gek geworden?' foeterde Melanie. 'Kun je

niet bedenken wat de jongens zich in hun hoofd halen als je ze zoiets vertelt?'

'Wat nou weer?' riep Lisa. Toen haar blik op Roos viel werd ze rood. 'Het ontglipte me gewoon,' hakkelde ze. 'Echt.'

'Wat?' vroeg Roos wantrouwig.

'O, niets.' Sprotje trok haar mee naar de wei, waar Bleykja zich net op de grendel van het hek stortte. Bleykja was het enige paard op de manege dat af en toe probeerde deuren open te maken. Tessa had verteld dat ze zelfs al een keer onder een hek door gekropen was.

'Wat heeft Lisa de Pygmeeën verteld?' vroeg Roos koppig.

'Dat de Kuikens ons buitengesloten hadden,' loog Sprotje. 'Je snapt wel hoe grappig ze dat vonden.'

'O, dat.' Roos klonk opgelucht. Haar blik dwaalde naar Mike, die met de kleintjes in de wei stond en haar kant op keek.

'*Geen braafheid, eer en trouw meer in de mannen,*' zei Lisa.

Melanie legde een hand op haar mond. 'Lisa!' fluisterde ze in haar oor. 'Vind je niet dat je een beetje begint te overdrijven met die citaten? En hou nou eindelijk eens op over dingen te praten waar je geen verstand van hebt.'

Lisa duwde haar hand geïrriteerd weg. 'Hoe bedoel je?' riep ze. 'Ik ben de enige die hier iets van jongens begrijpt. Omdat ik me namelijk niet met ze bemoei.'

Melanie had het antwoord al op haar tong, maar op dat moment kwam Verena op één been over het erf gehuppeld. Voor Kim en Lisa bleef ze staan. 'Gaan jullie vandaag weer toneelspelen?' vroeg ze.

'Nee,' antwoordde Lisa nors.

'Jawel,' zei Roos met een blik op Mike. 'We zouden die scène met het slangenhart kunnen repeteren.'

Lisa keek haar verrast aan. 'Oké, als Kim ook zin heeft. Ik ben al dood.'

'Je kunt Julia's moeder wel spelen,' opperde Kim.

'De moeder?' Lisa liet haar hand over het hek glijden. 'Julia's moeder is een gemeen kreng.' Met gefronst voorhoofd keek ze over de wei uit. 'Oké!' zei ze opeens. 'Ik ben de moeder. Ik ga mijn tekst uit mijn hoofd leren.' Ze draaide zich om en rende naar het huis. 'Over een uur ben ik zover!' riep ze voor ze naar binnen ging.

'Ik ga even mijn moeder bellen,' zei Sprotje. 'Dat ze ons overmorgen niet te vroeg komt halen. We zien elkaar in de stal.' Ze zei er natuurlijk niet bij dat ze nog een andere reden had om naar binnen te gaan. Toen ze zich bij de voordeur nog een keer omdraaide, omdat Lilli haar iets brutaals nariep, zag ze hoe Mike van de wei kwam en op Roos afstapte. Lisa ging meteen als een lijfwacht voor haar staan, maar Roos duwde haar opzij. Mike stond even met haar te praten; toen klom hij over het hek weer de wei in. En Roos ging achter hem aan. Zij aan zij liepen ze door het gras, terwijl Melanie, Kim en Lisa hen nakeken. De hemel had inmiddels zo'n dreigende kleur aangenomen dat zelfs de Kuikens naar binnen gingen. Alleen Mike en Roos leken er niets van te merken.

'Wat kijk je nou, Opperkip?' vroeg Lilli toen ze langs Sprotje het huis in glipte.

'Dat gaat je niets aan, Opperkuiken,' antwoordde Sprotje. Ze draaide zich om en liep naar de telefoon. Maar toen ze zag dat niemand op haar lette, schoot ze het toilet naast de tele-

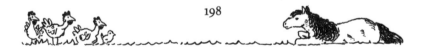

foon in. Ze deed de deur op slot, ging op de koude klep van de wc zitten en viste Freds briefje uit haar jaszak. Het was helemaal verkreukeld en zat onder de vieze vingers. Freds kriebelige handschrift was duidelijk herkenbaar en zoals gewoonlijk moeilijk te ontcijferen, maar Sprotjes mond vormde geluidloos elk woord dat hij geschreven had:

Als ik gedichten kon schrijven, zou ik iets over jou schrijven, over je haar of je ogen, maar mijn opstellen zijn altijd waardeloos, dus ik doe het maar liever niet. Mat jat nu van alles van Shakespeare als hij Roos met zijn liefdesbrieven lastigvalt. Dat doe ik ook maar liever niet. Hoewel het allemaal best mooi klinkt. Bijvoorbeeld waar staat dat Julia zo mooi is dat ze een lamp leert schijnen en dat ze straalt als een edelsteen in het gezicht van de nacht. Of zoiets. Dat is wel verrekte goed. Maar ik schrijf het niet. Ik teken een hart voor je, dat kan ik nog net.

Fred

PS Shit, wat een slechte liefdesbrief, maar beter kan ik het echt niet. Sorry.

'Hallo, zit daar iemand?' Er werd op de deur van de wc gebonkt. 'O, verdomme. Alsjeblieft, ik moet zo nodig!'

Sprotje stopte Freds briefje vlug weer in haar zak en deed de deur open. Bob stond met haar benen tegen elkaar geknepen op en neer te wippen. 'O, ben jij het,' kreunde ze, terwijl ze langs Sprotje de wc in schuifelde. 'Sorry. Ik heb gisteren op die boomstam blaasontsteking opgelopen.'

'Geen wonder.' Sprotje liet zich in de oude fauteuil naast de telefoon zakken.

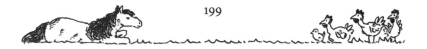

'Au, wat doet dat zeer!' hoorde ze Bob jammeren. Het duurde een tijdje voor ze met een ongelukkig gezicht weer tevoorschijn kwam. Ze wees naar de open deur. 'Jij mag,' zei ze verlegen.

'Niet nodig,' antwoordde Sprotje afwezig. 'Je moet aan Tessa een kruik vragen. Dat helpt.'

'Doe ik,' zei Bob. En weg was ze weer.

Sprotje zat in de versleten fauteuil – iemand had zijn naam op de armleuning geschreven – en wist niets meer, niet wat ze moest denken, niet wat ze moest voelen, niet wat ze moest doen als ze Fred weer zag. Melanie zou het vast wel weten. Zelfs Roos... Roos... ja, misschien kon ze met haar gaan praten. Roos lachte haar zeker niet uit en ze zou het ook niet verder vertellen...

Ik was van plan mama te bellen, dacht Sprotje. En toch zat ze daar maar. Ze liet Freds brief ritselen tussen haar vingers, vouwde hem dicht en weer open en glimlachte bij zichzelf. Ze had geen idee hoe lang ze daar zo zat. Maar opeens stond Lisa voor haar, met een frons in haar voorhoofd.

'En, wat heb je met je moeder afgesproken?' vroeg ze. 'Hoe laat komt ze?'

Sprotje stopte de brief zo diep mogelijk in haar broekzak. 'Ik heb haar nog helemaal niet gebeld,' zei ze.

'Waarom niet? Wat heb je dan al die tijd gedaan?' vroeg Lisa. 'Roos loopt eindeloos met Mike door de wei, al ziet de hemel eruit alsof hij de zon heeft opgegeten, en jij gaat bellen en blijft een eeuwigheid weg.'

'Nou en?' Sprotje stond op en nam de hoorn van de haak.

'Ja, dag,' zei ze toen ze het pension van haar moeder aan de

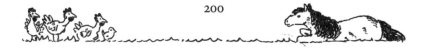

lijn kreeg. 'Mag ik mevrouw Bergman even spreken?'

'Roos liep zó achter hem aan,' fluisterde Lisa. Sprotje wachtte tot haar moeder aan de telefoon kwam. 'Alsof er niets gebeurd was. Nou, volgens mij maakt liefde niet alleen blind maar ook achterlijk...'

'Hoi mam.' Sprotje drukte de hoorn tegen haar oor en Lisa hield op met praten. 'Goed, dank je. En met jou? Nee, ik bel alleen even over het ophalen. Kan je alsjeblieft zo laat mogelijk komen?' Er verscheen een rimpel in haar voorhoofd. 'Dat is te vroeg! We moeten nog afscheid nemen van de paarden en, en...' Ze luisterde. Lisa keek haar vragend aan. 'Oké,' mompelde Sprotje. 'Ja... Hoe is het met die bet... wijsneus? Gedraagt hij zich nog een beetje? Oké, tot overmorgen. Veel plezier. Ik jou ook.' Met een zucht hing ze op. 'Ze komt al na het ontbijt,' zei ze tegen Lisa. 'Later kan niet, ze moet 's middags alweer werken.'

Samen gingen ze naar buiten. Het begon al donker te worden. De wind blies koude druppels in hun gezicht, maar ondanks de dikke zwarte wolken regende het nog steeds niet echt. In de wei hadden twee paarden ruzie met elkaar. Hun hese gehinnik klonk dreigend, ze schopten kwaad naar elkaar. Sprotje had altijd gedacht dat paarden heel vredelievende dieren waren, maar ruzies om wie de baas was kwamen in Lola's kudde dagelijks voor. Sommige paarden mochten elkaar en stonden vaak samen, andere beten en trapten elkaar. Maar meestal zag het er gevaarlijker uit dan het was.

'Zouden ze nou nog steeds daarbuiten zijn?' vroeg Lisa, die ingespannen naar de wei tuurde.

'Wie?' vroeg Sprotje.

'Roos en Mike natuurlijk!' Lisa keek haar wantrouwig aan. 'Wat is er met jou aan de hand? Ik heb het gevoel dat je heel ergens anders bent. Op de maan of zo. Of nog verder weg.'

'Welnee.' Sprotje merkte dat ze met de punt van haar schoen een hart in de vochtige aarde had getekend. Vlug veegde ze het met haar voet weer uit. Ze had het gevoel dat ze zo meteen in zingen zou uitbarsten, of over het erf zou gaan dansen. Ze draaide zich om en liep naar de stal.

Tessa had van Lola een paar looplampen gekregen en deze rond het podium van strobalen opgehangen. Ze waren er bijna allemaal, dicht opeengepakt, want het was koud in de stal. Zelfs Lola zat op een van de strobalen, tussen Verena en Daphne in. Ze had haar armen om de meisjes heen geslagen en samen luisterden ze naar Roos, die er echt prachtig uitzag, zoals ze op haar knieën op het toneel zat. Hoewel ze haar dikke jas aanhad en de modder van de wei nog aan haar laarzen kleefde, was ze voor iedereen die daar om haar heen zat Julia, dochter van de machtige en vooraanstaande Capulets, die verliefd was op de zoon van de Montecchi's, de aartsvijanden van haar familie.

'*Kom, nacht! Kom, Romeo! Kom, jij dag bij nacht,*' zei ze toen Sprotje en Lisa zachtjes naast Tessa gingen zitten. '*Die op de vleugels van de nacht zult rusten, blanker dan verse sneeuw op ravenrug.*'

Sprotje hoorde de woorden, luisterde en luisterde toch ook niet. Ze zat op het stro, met in haar rug een van de dikke houten balken die het dak steunden, en in haar zak de brief van Fred, en ze wist zeker dat ze zich dit moment ook nog zou

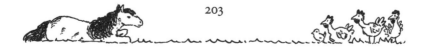

herinneren als ze honderd jaar was. Ze zou nog precies weten hoe het op de zolder van Lola's stal had geroken, naar stro
en hout, naar regen en natte paarden. En ze zou zich nog iets
anders herinneren – dat ze nooit eerder in haar leven zo volmaakt gelukkig was geweest.

'Doet Roos dat niet geweldig?' fluisterde Lisa in haar oor.
'Ongelooflijk. Hopelijk doet ze het ook zo goed als Noor weer
Romeo speelt.'

Sprotje keek naar Mike, die pal naast het podium zat. Toen
Kim op het toneel klom wierp Roos hem een snelle blik toe, en
Sprotje wist meteen dat ze het weer goed hadden gemaakt.

Lisa had het kennelijk ook gezien. 'Wat heeft hij tegen haar
gezegd, dat ze weer zo gelukzalig naar hem kijkt?' fluisterde
ze.

'Sst!' siste Lilli achter hen, en ze legde een vinger tegen haar
lippen. Lisa trok een gezicht naar haar, maar vanaf dat moment was ze stil.

Tot ze het toneel op moest om Julia's harteloze moeder te
spelen.

'O, in de aula gaat het nooit zo goed lukken als hier!' zuchtte Kim toen ze die avond op hun kamer zaten. Het regende
niet meer, het noodweer was overgewaaid en Sprotje had het
raam wijd opengezet om de frisse, koude lucht naar binnen
en de geur van Melanies parfum naar buiten te laten.

Melanie trok haar dekens over haar schouders. 'Straks hebben we allemaal een longontsteking,' mopperde ze.

'Besproei jezelf dan niet de hele tijd met dat stinkspul! Willem is weg, wie wou je verder nog bedwelmen?' Lisa lag op
haar bed in haar scheikundeboek te staren. Haar Franse boek

lag naast haar kussen, het wiskundeboek had ze ook al doorgebladerd. En met een diepe zucht weer weggelegd.

'Ach, jij hebt gewoon de pest in omdat je tot nu toe nog niet één keer je schoolboeken hebt ingekeken!' Melanie liep naar het raam en gooide het met een klap dicht. 'Je moeder overhoort je al op weg naar huis hè?'

Lisa gaf geen antwoord.

'Laat haar met rust, Mel,' zei Roos, die naar het plafond lag te staren. Ze lag daar al sinds ze na het avondeten naar boven waren gegaan.

Kim zat weer op de tekst te studeren. '*O, ze zegt niets, heer, maar ze huilt en huilt,*' mompelde ze, met een vinger in haar verfomfaaide tekstboekje. '*Nu valt zij op haar bed, dan springt zij op, roept Tybalts naam, en jammert dan om Romeo, en valt weer op haar bed.*' Ze kneep haar ogen dicht, herhaalde zacht de woorden en bladerde verder.

'Shit!' Lisa sloeg haar scheikundeboek dicht. 'Kon ik die formules nou maar half zo goed onthouden als woorden.'

'Zal ik je overhoren?' bood Kim aan.

'Nee.' Lisa stopte het boek terug in haar tas en ging rechtop zitten. 'Het is onze een na laatste avond. Die ga ik toch niet verpesten met scheikunde. Gisteravond was ook al zo'n mislukking.'

Kim grinnikte. 'Och, zo erg was het nu ook weer niet.'

'Hé, Sprotje!' Melanie gooide haar kussen op Sprotjes gezicht. 'Heb jij geen leuk voorstel voor onze een na laatste avond? Waar blijven die beroemde ideeën van je?'

Sprotje gooide het kussen terug en kwam overeind. 'Misschien ga ik nog even naar de paarden,' zei ze.

'Met dit weer?' Melanie rilde. 'Nee bedankt, ik ben gisteren al half bevroren, en toen had ik tenminste Willem nog om me op te warmen.'

'Jeetje, Mel!' Lisa liet zich kreunend weer op haar bed vallen.

'Jeetje, Lisa!' aapte Melanie haar na.

'Ga nou alsjeblieft geen ruzie maken.' Roos draaide zich op haar buik en duwde haar gezicht in haar kussen. De anderen keken bezorgd naar haar.

'Wat heeft zij?' vroeg Lisa zacht. 'Huilt ze nou?'

'Nee, ik huil niet, verdomme,' antwoordde Roos zonder haar hoofd op te tillen.

'Ik denk dat het goed is dat we overmorgen naar huis gaan,' zei Melanie, alsof ze er alles van af wist. 'Ik weet dat je het op het moment niet zo ziet, maar dat met jou en Mike zou toch wel een beetje ingewikkeld worden.'

'Er is niets ingewikkelds aan,' snotterde Roos. Ze kwam abrupt overeind, trok haar laarzen aan en liep naar de deur. 'Ik kan alleen wel janken van ellende. Zo, nu weten jullie het.' En ze smeet de deur al achter zich dicht.

'Ga achter haar aan, Sprotje!' zei Kim geschrokken.

'Ja, schiet op, jij bent haar beste vriendin!' Lisa holde naar het raam en keek naar buiten. Maar Roos was nergens te zien.

Sprotje zat besluiteloos op haar bed met haar kippenveertje te spelen. Wat moest ze tegen Roos zeggen? Ze had het druk genoeg met haar eigen hart. 'Volgens mij wil Roos alleen zijn,' mompelde ze. 'Geloof me, ik ken haar.'

'Alleen?' Lisa drukte haar neus tegen het raam. 'Ze is anders helemaal niet alleen. Moet je zien. Ik snap er niets van.'

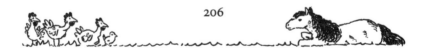

De anderen verdrongen zich naast haar. Roos stond beneden op het erf. Met Mike. Ze hadden hun armen zo innig om elkaar heen dat je niet kon zien waar Roos ophield en Mike begon.

'En hoe zit het nou verdorie met die vriendin van hem?' riep Lisa verontwaardigd. 'Waarom hebben we het haar eigenlijk verteld, als het toch geen bal uitmaakt?'

Melanie trok haar bij het raam weg. 'Het is onze zaak niet,' zei ze. 'En overmorgen is het toch afgelopen.'

'*Vraag het eens,*' mompelde Kim met haar voorhoofd tegen het koude raam. '*En is zijn hart elders gebonden, dan wordt mijn graf wellicht mijn huwelijkssponde.*'

'Het komt door ons stuk,' zei Lisa somber. 'Het is Roos in haar bol geslagen. Nog even en ze gaan stiekem trouwen.'

De anderen keken haar verbijsterd aan.

Even later werd er aangeklopt en stak Tessa haar hoofd naar binnen. 'Hebben jullie zin om me te helpen?' vroeg ze. 'We geven morgen een afscheidsfeestje, omdat iedereen weer weggaat. Voor de kleintjes moet het een verrassing zijn, maar jullie willen misschien wel helpen met versieren? Anders doen Mike en ik het altijd, maar...' Tessa stokte en keek naar het bed van Roos. 'O,' zei ze. 'Roos is er ook niet.'

De Kippen staarden naar het bed alsof ze nu pas merkten dat Roos weg was.

'Ze... is nogal van streek,' zei Sprotje, 'omdat we overmorgen naar huis gaan.'

'Dat van Mikes vriendin heeft geen indruk op haar gemaakt,' voegde Lisa er pinnig aan toe.

Tessa leunde tegen de deurpost. 'Volgens mij heeft Mike

haar beloofd dat hij het uitmaakt met zijn vriendin,' zei ze.

'Wat?' Melanie trok ongelovig haar wenkbrauwen op. 'Hoe-zo? Roos gaat toch bijna weg.'

Tessa haalde haar schouders op. 'Ze hebben het allebei zwaar te pakken, geloof ik.'

Kims zucht klonk bijna een beetje jaloers. 'Arme Roos,' mompelde ze.

Tessa draaide zich om. 'Met mijn broer gaat het ook niet al te best,' zei ze. 'Gaan jullie mee? We geven het feest altijd in de stal,' vertelde ze, terwijl ze zachtjes de trap af liepen. 'We zetten een kacheltje neer, halen een paar paarden naar binnen, sluiten een cd-speler aan – en Herma maakt warme soep.'

'Klinkt goed,' fluisterde Melanie.

Op de eerste verdieping deden ze extra zachtjes, maar die moeite hadden ze zich net zo goed kunnen besparen.

Lilli en Bob stonden al in de hal te wachten. 'Dacht ik het niet!' riep Lilli zachtjes. 'Er komt weer een feest hè?'

'Natuurlijk,' antwoordde Tessa. 'Maar deze keer helpen alleen de Kippen met versieren. Jullie weten wel waarom.'

Lilli en Bob keken elkaar schuldbewust aan. 'Om vorig jaar? Maar toen waren we nog een stel kleuters,' pruilde Lilli. En Bob zei met een smekende blik in haar ogen: 'Alsjeblieft, Tessa. We beloven dat we niets stoms zullen uithalen.'

Maar Tessa liet zich niet vermurwen. 'Nee,' zei ze hoofd-schuddend. 'Misschien volgend voorjaar. Als jullie dan weer komen.'

'Natuurlijk komen we dan weer.'

Lilli wierp de Kippen een jaloerse blik toe en slenterde te-rug naar de trap. 'Kom mee, Bob,' zei ze. 'Er is toch niets aan,

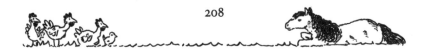

aan crêpepapier ophangen, en van ballonnen opblazen krijg je hoofdpijn.'

'Jullie mogen overmorgen de ontbijttafels versieren!' riep Tessa hun na, maar Lilli en Bob liepen met opgeheven hoofd de trap op, zonder nog een keer om te kijken.

'Wat hebben ze vorig jaar dan uitgehaald?' vroeg Kim, terwijl ze dozen vol crêpepapier, ballonnen en slingers naar de stal sjouwden.

'Ach, allerlei flauwekul,' antwoordde Tessa. 'Eerst wikkelden ze alleen maar crêpepapier om de benen van de paarden, maar toen kwamen ze op het idee met een mestvork ballonnen stuk te gaan prikken. De paarden werden bijna gek, Kolfinna begon te steigeren en ik kreeg bijna een hoef tegen mijn hoofd. Zelfs Mike kon haar niet kalmeren. Ze heeft allebei haar voorbenen opengehaald aan een boxdeur, en ik kon nog net voorkomen dat Mike Lilli een pak slaag gaf.'

'Mij had je niet tegengehouden als ze dat met mijn paard geflikt had,' zei Lisa, die de deur van de stal voor de anderen openhield. 'Misschien moeten we die ballonnen maar laten zitten.'

'Ja, dat is misschien wel beter,' antwoordde Tessa. Ze keek nadenkend om zich heen. 'Eerst halen we de lampen van zolder.'

Bijna een uur lang waren ze bezig de slingers op te hangen, kleurige lichtsnoeren te spannen en elke haak en elk uitsteeksel dat ze maar konden vinden met crêpepapier te versieren.

'Het zou leuk zijn als we ook nog bloemen hadden,' zei Kim toen ze tevreden naar het resultaat stonden te kijken.

'Die zouden de paarden meteen opeten,' antwoordde Tes-

sa. 'Mijn moeder kreeg een keer een gigantische bos bloemen en Brunka stak haar hoofd over het hek en nam zo een hap. Van die bos bleef niet veel over.'

Tessa sloot de stal af en ze liepen over het verregende erf terug naar het huis.

'Als mijn moeder overmorgen komt,' zei Lisa, 'dan verstop ik me gewoon op zolder. Die ladder durft ze toch nooit op. Jullie zeggen tegen haar dat ik in het niets verdwenen ben, en als ze weg is vraag ik aan Lola of ze nog een stalknecht nodig heeft.'

Tessa glimlachte. 'Er zijn er al meer die dat bedacht hebben,' zei ze met een blik op de wei. In het donker was van de paarden bijna niets te zien.

'Ach kom Lisa, thuis is het toch ook niet zo erg,' zei Melanie. 'Denk aan de caravan, de wafels die Roos bakt...'

'De Kippen, de clubbijeenkomsten...' vervolgde Kim.

'En jullie opvoering,' voegde Sprotje eraan toe. 'Je wilt je grote optreden toch niet mislopen?'

Lisa zuchtte. 'Nee,' zei ze. 'Het was zomaar een idee.'

'Hoe zou je het vinden om in de voorjaarsvakantie een weekje met me te ruilen?' Tessa liep het trappetje naar de voordeur op. 'Jij neemt mijn werk hier over en ik ga die caravan eens bekijken en speel een weekje voor Wilde Kip.'

'Geen gek idee,' antwoordde Lisa.

Rillend dromden ze het stille huis in. Ze trokken hun jassen en schoenen uit en warmden hun handen boven de verwarming.

'Maar dan moet Tessa ook Lisa's taken overnemen,' zei Sprotje.

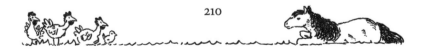

'En dat zijn?' Tessa leunde met haar rug tegen de verwarming.

Lisa noemde ze op: 'Het clubboek bijhouden, de clubkas beheren en het allerbelangrijkste: de Pygmeeën bespioneren.'

'Dat moet wel lukken,' zei Tessa. 'Maar nu wil ik eerst iets warms. Jullie ook?'

Ze gingen in de keuken zitten, zetten thee, aten biscuitjes – Tessa wist natuurlijk precies waar Herma haar voorraden verstopte – en fantaseerden erover hoe het zou zijn om samen net zo'n manege te hebben als Lola. Zonder volwassenen erbij natuurlijk, zonder moeders, vaders, leraren, lastige oma's en, zoals Sprotje er nog aan toevoegde, beweterige rij-instructeurs en wannabe stiefvaders. Haar moeder zou Sprotje er eigenlijk best bij willen hebben, maar dat zei ze niet hardop. 'Zonder volwassenen' betekende ook geen aardige moeders.

Ze bespraken net hoeveel paarden ze zouden kopen, welke kleur hun vel en hun manen moesten hebben en of ze voor dat eeuwige paardenpoep scheppen geen Pygmeeën in dienst konden nemen toen Lola de keuken in kwam, in haar ochtendjas en met een slaperig gezicht.

'Ik dacht dat het feestje morgen pas was,' zei ze, en ze schonk zich een glas melk in.

'De Kippen hebben geholpen met versieren,' legde Tessa uit.

'Aardig van ze.' Lola deed de koelkast dicht en leunde tegen de deur aan. 'Doet Mike dat niet altijd?'

Tessa keek naar de Kippen en de Kippen keken naar Tessa. 'O, die...' mompelde ze. 'Die...'

Lola zette haar glas melk op de koelkast. 'Zeg niet dat hij

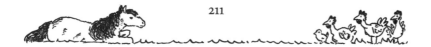

alweer midden in de nacht is gaan rijden. Ik heb hem al wel honderd keer gezegd dat ik dat niet wil hebben. Kolfinna heeft...' Ze stokte en liet haar blik langs de vijf gezichten glijden. De vriendinnen bogen zich over hun dampende theekoppen. 'Waar is Roos?' vroeg Lola met een zucht.

'Die... is al gaan slapen,' zei Melanie. Sprotje hield haar adem in en Kim keek Melanie geschrokken aan, alsof zijzelf zo'n leugen in geen honderd jaar over haar lippen had kunnen krijgen. Tessa roerde in haar thee.

'Kom op zeg, ik ben niet achterlijk,' zei Lola. 'Als jullie tegen me willen liegen, moeten jullie een beetje beter je best doen. Nietwaar, Tessa?'

Tessa zuchtte. Toen knikte ze. 'Mijn moeder ruikt het als je liegt. Dat is in elk geval Mikes theorie.'

Lola moest lachen. Ze dronk zwijgend haar melk op en zette het glas in de afwasmachine. 'Ik geloof dat ik voor de verandering blij ben dat Mike morgenochtend door zijn vader wordt opgehaald,' zei ze. 'Hoe eerder er een einde komt aan het hartzeer, hoe beter, vinden jullie ook niet?'

De meisjes gaven geen antwoord.

'Morgen al?' Kim keek Sprotje aan.

'O jee,' mompelde Melanie. 'Het is nog erger dan we dachten. Arme, arme Roos.'

'Lief dat jullie zo bezorgd zijn om jullie vriendin,' zei Lola.

'Allen voor één, één voor allen,' mompelde Sprotje.

'Is dat ook uit *Romeo en Julia*?' vroeg Tessa.

Lola lachte. 'Nee. Dat zeggen de drie musketiers altijd. Hoe heetten ze ook alweer, ach, ik ben de namen vergeten.' Ze gaapte. 'Ik ga weer naar bed,' zei ze. 'Als Romeo en Julia nog

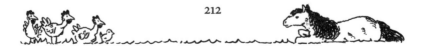

opduiken, stuur Romeo dan even naar mij toe, oké?'

Tessa knikte.

Even later gingen de meisjes ook naar bed. Lisa, Melanie en Kim vielen meteen in slaap. Alleen Sprotje bleef wakker. Ze wachtte op Roos. Maar toen ze haar ogen niet meer open kon houden was het bed van Roos nog steeds leeg.

Toen Sprotje de volgende ochtend wakker werd zat Roos op haar bed in gedachten verzonken haar oorbelletjes in te doen. De andere Kippen waren ook al wakker. Lisa stond voor het raam bezorgd naar de lucht te kijken.

'O wee als het vandaag gaat regenen,' mompelde ze, alsof ze met dat dreigement de grijze wolken kon verjagen.

'Al regent het pijpenstelen,' zei Kim, die haar warmste trui over haar hoofd trok, 'we gaan vandaag paardrijden. Het is tenslotte onze laatste dag.' Kippig keek ze om zich heen. 'Heeft iemand mijn bril gezien?'

Sprotje zwaaide haar benen uit bed en ging met haar vingers door haar warrige haar. Intussen keek ze onopvallend naar Roos. Die zag haar kijken, glimlachte en deed alsof ze druk bezig was haar nagels schoon te maken.

Lisa raapte Kims bril van de grond op. 'Neem deze maar,' zei ze. Toen bukte ze zich nog een keer en hield een verfrommeld briefje omhoog. 'Wat is dit?'

'Dat is van mij. Geef hier!' Sprotje graaide naar het briefje, maar Melanie was sneller.

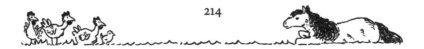

'Van jou?' Ze gooide haar borstel op het bed en vouwde Freds briefje open.

'Geef hier!' Sprotje probeerde het briefje uit haar vingers te grissen, maar Melanie liet het niet los.

'Dat geloof je toch niet. Onze Opperkip heeft een liefdesbrief gekregen!' riep ze. Maar voor ze Freds gekriebel kon lezen pakte Roos haar vast en kietelde haar net zolang tot ze het briefje liet vallen. Sprotje raapte het op en stopte het vlug in haar broekzak.

Melanie duwde Roos op het dichtstbijzijnde bed. 'Gadverdamme, Roos,' hijgde ze. 'Jullie nemen het altijd voor elkaar op! Altijd.'

'Inderdaad,' zei Roos, die lachend weer overeind kwam.

'Maakt niet uit.' Melanie streek haar haren uit haar gezicht en begon weer van voor af aan met haar ochtendlijke hoogglansborstelbeurt. 'Ik herkende het handschrift toch meteen.'

'Mel, je speelt met je leven,' zei Sprotje.

'Is het echt een liefdesbrief?' vroeg Kim. Achter haar bril werden haar ogen zo groot als schoteltjes. 'Sorry,' mompelde ze toen ze Sprotjes ijzige blik opmerkte. 'Het gaat ons helemaal niet aan.'

'Hij kan ook maar van één iemand zijn, of niet soms?' zei Lisa minachtend.

Sprotje keerde ze allemaal de rug toe en trok haar laarzen aan. Ze wist zeker dat haar hoofd net zo rood was als Melanies nagellak.

'Volgens mij is hier de liefdesziekte uitgebroken of zo,'

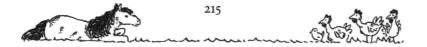

mompelde Lisa. 'Ben jij soms ook verliefd, Kim? O nee, jij hebt je neef al.'

Kim zei niets terug. Ze stond op en ging achter Sprotje aan de kamer uit. Op de trap was ze haar nieuwsgierigheid nog de baas, maar toen ze de eetkamer in liepen hield ze het niet meer. 'Ik vind Fred de aardigste jongen van de klas,' fluisterde ze in Sprotjes oor. 'Dat briefje was toch van hem hè?'

'Geen commentaar,' zei Sprotje, en ze maakte dat ze bij hun tafeltje kwam.

'Ik weet dat het jullie stemming bederft als ik het zeg,' zei Lola toen ze allemaal achter hun bord zaten, 'maar de meesten van jullie worden morgen meteen na het ontbijt opgehaald, dus zoek alsjeblieft vanmiddag je spullen alvast bij elkaar. Hang over de verwarming wat nat is, kijk in de badkamers wat er nog aan borstels en elastiekjes rondslingert en vergeet niet jullie lievelingspaard op de foto te zetten. Voor het geval jullie dat nog niet gedaan hebben.'

Aan de tafels werd het stil. Lola's woorden maakten iedereen voorgoed en onbarmhartig duidelijk dat dit de laatste dag op de manege was.

'We blijven gewoon allemaal hier,' zei Bob zachtjes.

'Ja, we verkleden ons als paard,' zei Lilli, 'en gaan helemaal achter in de wei staan. Daar vinden ze ons nooit.'

Aan de tafel naast hen giechelde Daphne boven haar chocolademelk. Maar de drie die bij haar zaten – Sprotje vergat steeds hoe ze heetten – keken verdrietig naar buiten, alsof ze nu al afscheid moesten nemen.

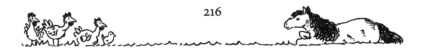

Roos snoot haar neus in haar servet. Sprotje zag dat ze tranen in haar ogen had.

'Wil je chocolademelk?' vroeg ze. Roos knikte en wreef met de rug van haar hand over haar ogen.

'Waar is Mike?' fluisterde Kim tegen Sprotje, maar Roos hoorde het ook.

'Hij is aan het pakken,' snufte ze. 'Zijn vader komt hem zo halen.'

Kim keek haar vol medeleven aan. 'O ja, dat is ook zo,' mompelde ze.

Roos stak een lepel cornflakes in haar mond en staarde naar haar bord. Maar opeens legde ze de lepel neer en schoof haar stoel naar achteren. 'Ik heb geen honger,' zei ze, en voor de anderen iets konden zeggen was ze in de hal verdwenen.

'Allemachtig,' zei Kim, die zich met een somber gezicht weer over haar cornflakes boog, 'verliefd zijn is toch wel iets verschrikkelijks.'

'Dat zeg ik toch,' zei Lisa.

'Tja, vooral als je verliefd bent op iemand die meer dan honderd kilometer bij je vandaan woont.' Melanie depte de melk van haar lippen en schoof haar bord aan de kant. 'We hebben bij Kim gezien hoe dat afloopt. Dan zijn Sprotje en ik een stuk slimmer hè, Opperkip?'

Sprotje negeerde die laatste opmerking en stond op. 'Ik ga achter Roos aan,' zei ze.

'Ik dacht dat ze liever alleen was?' riep Lisa haar na.

Maar Sprotje had het gevoel dat Roos nu wel wat troost kon gebruiken. Toen ze buiten adem bij hun kamer aankwam zat de deur op slot. Sprotje aarzelde even, maar klopte toch aan.

'Wie is daar?' vroeg Roos.
'Ik ben het,' zei Sprotje.
En Roos deed open.

Een uur later kwam Mikes vader. Niemand zag hoe Roos afscheid van Mike nam. Toen hij bij zijn vader in de auto stapte liet ze zich niet zien. Maar zodra hij weg was liep ze met rode ogen van het huilen de wei in, en ze kwam pas terug toen Tessa en de kleintjes voor de tocht van die ochtend hun paarden aan het zadelen waren. Roos ging met ze mee en Lola haalde Kim, Melanie en Sprotje op voor hun een na laatste paardrijles.

Deze keer was Sprotjes geluk niet zo volmaakt als anders, want ze moest steeds aan het verdrietige gezicht van Roos denken – en aan morgen, als ze naar huis moesten. Kim en Melanie dachten vast aan hetzelfde.

'Bij de caravan zouden we ook best een paard kunnen houden,' zei Kim toen ze hun paarden weer naar de wei brachten. 'Daar is het grasveld groot genoeg voor.'

'En waar wou je al die paardenpoep laten?' vroeg Melanie. 'Trouwens, we zouden alleen maar ruzie krijgen over wie er op het paard mag.'

'En hij zou eenzaam zijn,' voegde Sprotje eraan toe.

Kim zag hoe Gladur zijn hoofd op Freya's rug legde en knikte. 'Dat is zo,' zei ze. 'We moeten er vijf hebben. Op z'n minst.'

'Hopelijk gaat het straks weer een beetje beter met Roos,' zei Sprotje toen ze op weg terug waren naar het huis.

'Hoe kan dat nou?' vroeg Melanie. 'Mike is weg.'

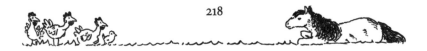

Die dag was Roos bijna niet aanspreekbaar. Zelfs Sprotje kon haar niet opvrolijken. Pas 's avonds op het afscheidsfeest vergat ze haar verdriet. Ze liep met de Kuikens in polonaise door de stal en gaf met Lisa een paar stukjes *Romeo en Julia* ten beste. De enige die weinig plezier beleefde aan het feest was Melanie, want die verstuikte bij de polonaise haar enkel en zat de rest van de avond op een omgekeerde emmer. Lilli maakte van de gelegenheid gebruik door op Melanies lange haar de vlechten te oefenen die ze met de manen van de paarden geleerd had. Toen de kleintjes misselijk van alle chips naar hun bed begonnen te verlangen, verklaarde Lola dat het feest ten einde was. De Kippen hielpen Tessa nog de paarden terug naar de wei te brengen, terwijl Lola met de kleintjes naar het huis ging en ervoor zorgde dat ze allemaal in het goede bed terechtkwamen. Tessa was van plan de stal de volgende dag in haar eentje op te ruimen, zodra iedereen weg was en de nieuwe kinderen nog niet waren aangekomen, maar de Kippen wilden haar per se ook daarmee helpen. Met z'n zessen stopten ze stroken crêpepapier, lege chipszakken, kartonnen bekertjes en stukgekauw-

de rietjes in vuilniszakken en brachten ze Herma's leegge-
schraapte schalen terug naar de keuken. Daarna maakten ze
nog een laatste wandeling over de donkere wei, en ze voelden allemaal hetzelfde – dat ze dolgraag nog een tijdje zouden blijven.

Toen ze weer over het hek klommen vroeg Sprotje aan
Tessa: 'Wanneer komen de nieuwe eigenlijk?'

'Zondag,' antwoordde Tessa.

'Die zijn vast niet zo leuk als wij,' zei Melanie.

'Vast niet,' antwoordde Tessa lachend.

Ze slenterden over het erf. Boven het huis hing een bleke
maan en door de ramen scheen licht in de donkere avond.

'We moeten echt nog een keer komen,' zei Kim. 'Dat móét
gewoon.'

'Zeker weten. Onze clubkas heet vanaf nu de Lola-kas,' zei
Lisa, 'en we sparen al ons zakgeld op, alleen hiervoor.'

'Goed idee,' zei Melanie. 'Wat vind jij ervan, Roos?'

Roos zei niets. Sprotje hoorde haar diep ademhalen. 'Ik
denk niet dat ik nog een keer terugkom,' zei ze zachtjes. 'Dat
heeft toch geen zin.'

'Ach joh!' Melanie sloeg een arm om haar schouders en
drukte haar tegen zich aan. 'Het gaat wel weer over, geloof
me. Hoe zeg je dat ook alweer: de tijd heelt alle wonden of
zoiets. Volgend voorjaar lach je erom.'

Maar Roos schudde haar hoofd. 'Volgend voorjaar heb
ik mijn hart misschien net weer aan elkaar gelijmd,' zei ze.
'Dan kom ik echt niet terug om het weer in stukken te laten
breken.'

Ze wisten geen van allen wat ze daarop moesten zeggen.

Zwijgend gingen ze naar binnen. Maar toen de Kippen al op de trap stonden zei Tessa opeens: 'Mike komt bij je langs. Misschien zou ik het niet moeten zeggen, maar hij is het vast van plan.'

Roos bleef als aan de grond genageld staan. 'Zei hij dat?'

Tessa knikte. 'Hij vermoordt me als hij hoort dat ik het tegen je gezegd heb. Maar ik dacht, misschien voel je je beter als je het weet.'

Roos glimlachte. Ze glimlachte zoals ze anders alleen maar deed als haar kleine broertje op haar schoot klom om haar een plakkerig kusje te geven. 'Wanneer komt hij dan?' vroeg ze onzeker.

Tessa haalde haar schouders op. 'Dat heeft hij niet precies gezegd. Ik weet alleen dat hij naar jullie uitvoering wil komen kijken.'

'Nee!' Lisa zocht geschrokken steun bij de trapleuning. 'Dat kan niet. Dat mag niet.'

'Wat klets je nou?' Melanie gaf haar een duw. 'Natuurlijk mag hij komen kijken.'

'Dat mag hij niet!' riep Lisa. 'Roos krijgt toch geen woord meer over haar lippen als Mike op de eerste rij zit?'

'Sst!' klonk het vanuit Lola's kamer. 'Kunnen jullie dat misschien een beetje zachter bespreken?'

'Sorry, mam,' riep Tessa zachtjes terug. Kim sloeg geschrokken een hand voor haar mond.

'Wat een onzin,' fluisterde Roos zodra Lola's deur weer dicht was. 'Natuurlijk mag hij komen. Hier was hij er toch ook steeds bij?' Met een bezorgd gezicht leunde ze over de trapleuning. 'Heeft hij echt gezegd dat hij komt?'

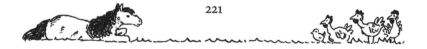

Tessa geeuwde. Toen knikte ze. 'Tot morgen,' zei ze, alweer geeuwend. Ze zwaaide nog een keer naar de Kippen en verdween in haar kamer.

Die laatste nacht sliepen ze allemaal slecht. En toen ze de volgende ochtend uit hun warme bed kropen stond de zon aan een stralend blauwe hemel, alsof hij het afscheid nog moeilijker wilde maken.

'Moet je nou eens zien!' riep Lisa. 'Dat is toch niet eerlijk.'

'Pak je tas in,' antwoordde Sprotje alleen maar. 'Jouw moeder staat vast als eerste voor de deur.'

Lisa kwam met een somber gezicht bij het raam vandaan en stopte haar nachtjapon in haar allesbehalve onberispelijk gepakte tas.

'We zeggen wel tegen haar dat je elke avond hebt zitten leren,' zei Melanie.

En Sprotje herinnerde zich opeens haar onvoldoende voor Engels, maar ze besloot weer eens dat het in de vakantie verboden was om aan school te denken. Ook al had ze het onaangename gevoel dat dat niet zo'n wijs besluit was.

'Lisa hééft toch ook de hele tijd zitten leren,' vond Roos. 'Dat het alleen maar haar rol was hoeven we er niet bij te vertellen.'

'Nee, want dan zou haar moeder vast ongeveer zoiets zeg-

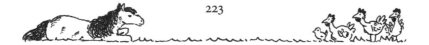

gen.' Kim sloeg haar armen over elkaar en keek Lisa streng aan: '*Praat niet met mij; ik zeg geen enkel woord meer; doe je eigen zin, bij mij heb je afgedaan.*'

'Nee, dat is veel te mild. Ze zou eerder tekeergaan zoals Julia's vader.' Lisa haalde het tekstboekje weer uit haar tas en sprong op haar bed. '*Loop naar de bliksem, jij weerspannig nest,*' riep ze. '*Zwijg, hou je mond, ik wil geen woord meer horen, mijn vingers jeuken. Vrouw, we dachten dat de hemel ons niet mild gezegend had, omdat hij ons maar één kind had geschonken, en kijk, dat ene blijkt nog één te veel, dat kind is ons geen zegen maar een vloek. Jij nest!*' Lisa sloeg de bladzijde om. '*Vertrek, ga beedlen, honger, sterf op...*'

'Hallo?' Verena stak voorzichtig haar hoofd om de deur. 'Tessa zei dat ik jullie moest halen voor het ontbijt. Ze zegt dat jullie moeders vast al onderweg zijn.'

Met een zucht stapte Lisa weer van haar bed. 'Ik denk dat ik me toch maar in de stal verstop,' mompelde ze.

In de eetkamer was het stiller dan anders. Zelfs Lilli zat zwijgend op haar stoel en kauwde lusteloos op een broodje. Bob tekende met een viltstift paarden op haar servet.

'Nog steeds misselijk van al die chips die jullie naar binnen gewerkt hebben?' vroeg Sprotje toen ze langsliep.

'We hebben besloten ook een echte club op te richten als we weer thuis zijn,' antwoordde Lilli. 'De Wilde Kuikens was maar een soort vakantieclub. Misschien noemen we ons wel de Wilde Kippen. Er kunnen best twee clubs zijn die zo heten.'

'O, vinden jullie dat?' Lisa boog zich over Sprotjes schouder. 'Hebben jullie ook al Pygmeeën?'

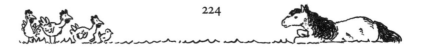

Bob fronste haar voorhoofd. 'Nee. Maar die zijn ook niet zo belangrijk.'

'Wat? Die zijn juist heel belangrijk!' Lisa schudde haar hoofd om zoveel onbenul. 'Wie willen jullie anders bespioneren en wie moeten jullie anders op de kast jagen?'

'Luister maar niet naar ze hoor,' zei Roos, terwijl ze Sprotje en Lisa ongeduldig voor zich uit duwde. 'Je kunt ook best zonder Pygmeeën. Maar een clubhuis, dat is wel belangrijk.'

Lilli wapperde met haar hand. 'Dat hebben we al,' verklaarde ze met volle mond. 'Bobs ouders hebben zo'n tuinhuisje, dat nemen we.'

Bob fronste haar voorhoofd, maar ze sprak Lilli niet tegen. Verena keek smachtend naar de twee vriendinnen. Zo te zien had ze dolgraag ook bij Lilli's club gehoord, maar helaas woonde ze in een andere stad.

'Je kunt toch een correspondentiekip worden,' zei Lilli, alsof ze Verena's gedachten had gelezen. 'We leren je onze geheimtaal en jij stuurt ons voor elke bijeenkomst een brief.'

Verena glimlachte. 'Doe ik,' zei ze, maar meteen spitste ze bezorgd haar oren. Ze hadden het toeteren allemaal gehoord. De eerste moeder was er al.

De kleintjes sprongen op en renden naar het raam. Maar de Kippen bleven zitten.

'Waarom blijf je nou zo rustig zitten? Het wordt tijd om je te verstoppen,' zei Sprotje tegen Lisa. 'Misschien laat Herma je door de keukendeur naar buiten.'

Maar Lisa's moeder was niet de eerste. Eerst verschenen de ouders van Verena, met een reusachtige hond die Roos de stuipen op het lijf joeg. Daarna kwamen de ouders van Bob.

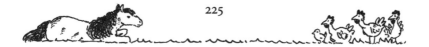

Ze zouden Lilli ook meteen meenemen, maar ze moesten de twee Kuikens eerst in de stal onder het stro vandaan halen. Daphne omhelsde haar moeder alsof ze haar nooit meer los wilde laten, en daarna verklaarde ze dat ze alleen mee naar huis ging als ze Freya voor Sinterklaas kreeg. Lola stond Daphne net uit te leggen dat ze Freya niet kon missen toen Sprotjes moeder het erf op reed. Sprotje was op dat moment met Roos in de wei om afscheid te nemen van Snegla en Fafnir.

'Tot de volgende keer schatje,' zei ze en ze aaide de merrie over de kleine bles op haar voorhoofd. Snegla boog haar hoofd en gaf Sprotje zo'n harde duw tegen haar borst dat ze bijna omviel. 'Hé, ik kan er toch ook niets aan doen dat ik weg moet.' Lachend gaf Sprotje Snegla nog een kus op haar neus.

Roos had een arm om Fafnirs witte hals gelegd en ging met haar vingers door zijn manen. 'Ik moet goed onthouden hoe dat voelt,' zei ze. 'Wie weet wanneer we weer een paard aaien.'

Sprotjes moeder liep naar de wei, wisselde een paar woorden met Melanie en Kim, die tegen het hek geleund stonden, en zwaaide naar Sprotje. Sprotje zwaaide terug. 'Ik zie die betweter helemaal niet,' zei Roos.

'Die zit vast in de auto,' mompelde Sprotje. Heel langzaam slenterden ze terug naar het hek, alsof ze het afscheid van Lola's manege zo lang mogelijk voor zich uit wilden schuiven.

'Misschien kan ik mijn oma zover krijgen dat ze een paard neemt,' zei Sprotje. 'Dat kippenhok van haar staat toch leeg.'

Roos lachte. 'Dan zet je moeder er nog eerder een bij jullie in de gang,' zei ze. 'Je oma wil alleen dieren die ze op kan eten.'

'Of dieren die haar kostbare koekjes kunnen bewaken.' Sprotje draaide zich nog een keer om. Kolfinna tilde haar hoofd op en keek haar bedaard aan, en onder de bomen lieten Kraki en Fafnir speels hun tanden zien, happend in elkaars dikke manen.

'Kom mee, je moeder staat te wachten,' zei Roos. 'Dat is weer echt iets voor jou: eerst wilde je hier niet heen en nu wil je niet meer weg. Weet je wat?' Ze sloeg haar arm om Sprotjes schouders. 'Zodra we klaar zijn met school koop je samen met Fred ook zo'n manege en dan...' Verder kwam ze niet. Sprotje kietelde haar onder haar armen tot ze lachend op de vlucht sloeg.

'Goedemorgen,' zei Sprotjes moeder toen Roos haastig over het hek klom en zich achter haar verstopte. 'Is mijn dochter weer eens brutaal?'

'Zoals gewoonlijk,' antwoordde Roos.

'En Roos is smoorverl...'

Roos kon nog net op tijd haar hand op Melanies mond leggen. 'Als je het maar laat!' zei ze.

Sprotje ging op het hek zitten en bekeek haar moeder met een schuin hoofd. 'Je ziet er goed uit,' zei ze. 'Vakantie zonder mij heeft je goedgedaan, zo te zien.'

'O ja!' Haar moeder kwam voor haar staan en legde haar handen op haar knieën. 'En jij... ik geloof dat jij het ook best naar je zin hebt gehad.'

Sprotje snuffelde aan haar vingers. Ze roken naar paardenstal. 'Ja hoor, het ging wel,' zei ze.

'Het ging wel?' Lisa klom naast haar op het hek en keek haar hoofdschuddend aan. 'Het was te gek,' zei ze. 'De leuk-

ste vakantie die we ooit gehad hebben. En daarom hebben we besloten bij Lola in te trekken en hier als stalknechten aan het werk te gaan.'

'Aha.' Sprotjes moeder keek om naar Lola, die net afscheid nam van Bob en Lilli.

Lilli vergoot een emmer vol tranen, hoewel haar moeder haar alweer had aangemeld voor de voorjaarsvakantie.

'Jammer,' zei Sprotjes moeder. Ze draaide zich om en slenterde naar de taxi waarmee ze gekomen was. 'Nou ben ik expres met een grotere auto gekomen, zodat jullie er allemaal in passen, en dan willen jullie niet mee.'

Sprotje sprong van het hek en liep achter haar aan. 'Waar is die bet... wijsneus?' vroeg ze, loerend door het autoraampje.

'Ik ben alleen.' Haar moeder maakte de kofferbak open. 'Ik dacht dat je dat wel fijn zou vinden.'

Sprotje keek haar aan. Toen glimlachte ze. 'Is ook zo,' zei ze. 'Dan gaan we toch maar mee, denk ik. Wat vinden jullie ervan?' Ze draaide zich om naar de anderen.

Melanie liet zich van het hek glijden. 'We gaan de tassen halen,' zei ze. Samen met Kim en Roos liep ze naar het huis. Alleen Lisa bleef aarzelend naast Sprotje staan. 'Heel aardig dat u voor die grote auto gezorgd hebt, mevrouw Bergman,' zei ze, 'maar mijn moeder laat me vast niet met u meerijden.'

'Jawel hoor,' antwoordde Sprotjes moeder. 'Want ik heb tegen haar gezegd dat het onzin is om allebei te rijden.'

Lisa's gezicht klaarde op. Voor het eerst die ochtend.

Nadat de Kippen hun tassen en rugzakken in de kofferbak van de grote taxi hadden gestouwd dronk Sprotjes moeder nog een kop koffie met Lola en namen de Kippen afscheid

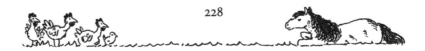

van Herma en Tessa. 'We zien elkaar gauw weer,' zei Tessa toen ze met z'n allen terugliepen naar de auto. 'Sprotjes moeder komt in het eerste weekend van december bij ons op de koffie. Dan komen jullie toch gewoon allemaal mee?'

Kim keek Roos aan. 'Graag, als...'

'Doen we,' zei Roos.

'Is jullie opvoering dan al geweest?' vroeg Tessa.

Lisa knikte. 'Over een maand is het zover. Ik moet er niet aan denken, anders word ik misselijk van de plankenkoorts.'

'Geloof er maar niets van hoor,' zei Melanie tegen Tessa. 'Lisa weet niet eens wat plankenkoorts betekent.'

'En jij?' Sprotje gaf een tikje tegen Tessa's borst. 'Gaat het nog door? Jij komt in het voorjaar in Lisa's plaats voor Wilde Kip spelen?'

Tessa glimlachte. 'Als mijn moeder het goed vindt.'

'Ach, dat vindt ze vast wel goed,' zei Melanie. 'Tenzij Lisa ook nog verliefd wordt op Mike. Maar Lisa is toch immuun voor jongens.'

Lisa werd knalrood. 'Als dat nog eens verandert ben jij de laatste die het hoort,' gromde ze.

'Geen ruzie maken,' zei Roos, die tussen hen in ging staan. Op hetzelfde moment kwamen Sprotjes moeder en Lola naar buiten.

'Tot ziens,' zei Lola, toen de Kippen verlegen gedag zeiden. 'Ik hoop in elk geval dat jullie nog een keer terugkomen. We zijn tenslotte nog maar net begonnen met paardrijden.'

'We komen zeker nog een keer,' zei Sprotje. 'Hoe dan ook.'

'Mooi, en om het geluk een handje te helpen...' Lola hield hun een zak voor, '...pak maar. Er is er voor ieder één.'

Kim stak als eerste haar hand in de zak. 'Een hoefijzer!' Ze bekeek het stuk oud ijzer alsof het van goud was en bezet met diamanten, in plaats van kromme spijkers.

'Jullie weten dat je ze met de opening naar boven moet ophangen hè?' zei Lola. 'Anders valt het geluk er aan de onderkant weer uit.'

'Mag je zelf wensen wat voor geluk erin blijft hangen?' vroeg Lisa. Maar dat was zelfs voor Lola een te moeilijke vraag.

Met het hoefijzer in hun hand klommen de Kippen in de taxi. Sprotje ging naast haar moeder zitten. 'De betweter was zeker boos dat je zonder hem ging?' vroeg ze terwijl ze haar gordel vastmaakte.

Haar moeder zwaaide nog een keer naar Lola en trok het autoportier dicht. 'Nee, helemaal niet,' antwoordde ze met een blik in de achteruitkijkspiegel. 'Heeft iedereen zijn gordel vast?' Toen startte ze de motor.

Sprotje keek nog een laatste keer naar de paarden, die van het hele afscheid en al die bezwaarde harten niets leken te merken. Met hun hoofd diep gebogen en hun neus in het gras stonden ze daar, en ze keken pas op toen Sprotjes moeder toeterend het erf af reed.

'Het was zooooo heerlijk,' mompelde Kim.

'Dat was het zeker,' zei Melanie met een zucht. 'Geen grote zussen...'

'Geen ouders die over huiswerk zeuren,' voegde Lisa eraan toe.

Daarna zaten ze allemaal een tijdje zwijgend voor zich uit te kijken.

'Mam, in het voorjaar wil ik weer naar Lola,' zei Sprotje na

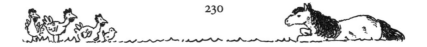

een poos. 'Dan mag jij weer met die je-weet-wel op vakantie.'

'O, mag ik dat?' zei haar moeder. 'En als ík daar nu eens een keer geen zin in heb?'

De aula zat stampvol, zo vol als Sprotje nooit eerder had meegemaakt. Alleen op de eerste rij waren nog een paar stoelen
vrij, en ze hoefde maar naar de jassen over de rugleuningen te
kijken om te weten wie die plaatsen bezet hadden.

'Ik ga dood! Ik ga dood van de zenuwen,' fluisterde Roos.

Ze duwde Sprotje nerveus opzij en gluurde tussen de gordijnen door. 'Shit, mijn broer zit op de tweede rij. En hij had
me nog wel beloofd ergens te gaan zitten waar ik hem niet
kon zien.'

Sprotje trok Roos' sluier recht. 'Sinds wanneer houdt jouw
broer zich aan zijn beloften?' vroeg ze. Ze wist best dat Roos
niet tussen de gordijnen door keek om te zien of haar broer
of wie dan ook in de zaal zat. Vanavond was er maar één persoon naar wie Roos uitkeek.

'Wat zeggen jullie daarvan?' Lisa had een fantastisch lijk
kunnen spelen, zo bleek zag ze. 'Het is uitverkocht! Alle leraren zijn er!'

'Ben je daar soms blij om?' Roos beet op haar lippen en
liet haar blik langs de verwachtingsvolle gezichten in de aula
gaan.

'Zo gaat je lippenstift eraf,' merkte Lisa op.

Roos liet het doek vallen en draaide zich naar haar om. 'En jouw baard laat los, Mercutio,' zei ze.

Lisa voelde geschrokken aan haar kin. 'Verdomme, ik zei toch al dat ik een getekende baard wilde,' mopperde ze.

'Dat ziet er nog stommer uit.' Roos plakte Lisa's baard weer vast. 'Misschien moet je hem helemaal weglaten.'

'Daar is het nu te laat voor,' mompelde Lisa. Toen ze in de coulissen verdween botste ze bijna tegen Steve op. Hij had een monnikskap op zijn hoofd en droeg een pij, waaronder een enorme buik opbolde.

'Wat vinden jullie?' vroeg hij, en hij likte zenuwachtig langs zijn lippen. 'Ben ik dik genoeg voor een monnik uit Verona?'

Sprotje boorde haar vinger diep in zijn nepbuik. 'Absoluut,' zei ze. 'Als dat ding straks maar niet op het toneel valt.'

'Welnee.' Steve trok aan de gordel waarmee hij zijn dikke buik had vastgesnoerd en liep naar het doek om naar het publiek te kijken. Op dat moment kwam ook Melanie het toneel op gerend, nog zwaarder opgemaakt dan de acteurs. 'Romeo is er!' fluisterde ze.

'Welke?' vroeg Sprotje. Roos keek Melanie met grote ogen aan.

'Ja, welke denk je?' Melanie trok haar kippenveertje uit haar decolleté. 'Mike natuurlijk, maar ik zeg niet waar hij zit. Of wil je het weten?' Ze keek Roos vragend aan, maar die schudde haar hoofd. Toen verscheen er een glimlach op haar gezicht.

'Zo blij mag je straks niet kijken hoor,' zei Lisa bezorgd. 'We spelen een treurspel, weet je nog?'

233

Roos knikte en keek verlangend de zaal in.

'Hoe gaat het eigenlijk met jullie Romeo?' vroeg Melanie.

'Noor?' Lisa haalde haar schouders op. 'Best hoor. Ze zou alleen een beetje beter moeten leren schermen. Tybalt moet echt zijn best doen om doodgestoken te worden.'

'Wat is dit voor een oploopje?' Mevrouw van Dam, de leidster van de toneelgroep, kwam op een holletje uit de coulissen. Haar gezicht zat onder de rode vlekken van de stress. 'Iedereen die niet meespeelt naar de aula, alsjeblieft! Mijn hemel, Roos, je lippenstift zit overal! En jij, Lisa, kijk nou eens hoe je baard zit!' Ongeduldig trok ze Roos en Lisa mee.

Melanie en Sprotje maakten dat ze weer in de aula kwamen. Kim verdedigde hun stoelen met een knalrood hoofd tegen twee jongens uit de bovenbouw.

'Waar bleven jullie nou?' riep ze boos, terwijl Melanie en Sprotje zich een weg naar haar toe baanden. 'Ik dacht al dat ze gewoon boven op me zouden gaan zitten. Hebben jullie Mike en Tessa gezien?'

'Ja. En Lola is er ook.' Melanie zwaaide naar ze. Op de een na achterste rij hadden ze nog net drie plaatsjes weten te bemachtigen.

'We zien elkaar straks!' riep Lola over de hoofden heen tegen Sprotje. 'Ik heb mezelf bij jullie thuis uitgenodigd.'

'Dat zei mama al!' riep Sprotje terug. Ze keek zoekend om zich heen, maar haar moeder was nog nergens te bekennen. Uitgerekend vandaag moest ze die betweter naar het station brengen, omdat hij ergens een cursus had. Maar de Pygmeeen zag Sprotje wel. Ze stonden pal voor het toneel.

Melanie wierp haar een spottende blik toe. 'Drie keer ra-

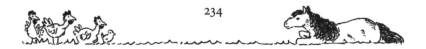

den naar wie onze Opperkip daar zo ingespannen staat te turen!' fluisterde ze tegen Kim.

Het geroezemoes in de aula werd steeds harder, maar Sprotje had Melanie best verstaan. 'Hou je grote mond, Mel,' zei ze, zonder haar een blik waardig te keuren. 'Ik sta gewoon om me heen te kijken.'

'Natuurlijk!' Melanie glimlachte veelbetekenend en zwaaide naar Willem, die net op zijn plaats ging zitten. Fred stond nog en riep iets naar Steve, die alweer zijn hoofd door het gordijn stak.

'Waarom hebben zij eigenlijk plaatsen op de eerste rij en wij niet?' vroeg Melanie.

'Omdat Steve ze bezet heeft gehouden,' antwoordde Sprotje. 'Dat is Roos van de zenuwen helemaal vergeten.' Gespannen streek ze haar haar naar achteren. Fred kwam op haar af. Toen hij bijna bij haar was pakte Pia, een meisje uit een andere klas, hem bij zijn jas. Sprotje probeerde niet te kijken en bekeek aandachtig het programmaboekje dat op haar stoel had gelegen. Maar haar blik dwaalde steeds naar Fred.

'Hé, Pia zit zo te zien achter Fred aan!' fluisterde Melanie. 'Zien jullie hoe ze met haar wimpers knippert? Bij Willem heeft ze het ook al een keer geprobeerd. Maar ja...' ze haalde haar schouders op, '...Fred heeft officieel natuurlijk ook geen vriendin, zolang jullie er zo belachelijk geheimzinnig over blijven doen.'

Sprotje sloeg het programmaboekje dicht.

'Tja, niet iedereen gaat midden op het schoolplein staan zoenen,' zei Kim, terwijl ze met een onschuldig gezicht met haar oorbelletjes zat te spelen.

235

Geërgerd draaide Melanie zich naar haar om. 'Bedoel je daar soms een bepaald iemand mee?'

Kim hoefde gelukkig geen antwoord te geven, want Fred schuifelde langs de rij naar hen toe en liet zich op de lege stoel naast Sprotje vallen.

'Die is bezet,' zei een vrouw in de rij achter hen pinnig.

'Ik ben zo weer weg,' antwoordde Fred, grijnzend naar Sprotje. 'Hoe gaat ie, Wilde Kip?' vroeg hij. 'Ga je morgenochtend mee naar mijn opa? Hij heeft een heleboel kool voor jullie kippen.'

'Best.' Sprotje probeerde zo onverschillig mogelijk te kijken. Ze kon gewoon niet naar Fred lachen, nu Melanie haar zo van opzij zat te bekijken. Sprotje had toch al het gevoel dat de hele school haar aanstaarde als Fred met haar praatte. Maar op dit moment waren alle ogen op het doek gericht.

Het licht in de aula ging uit en de schijnwerpers boven het toneel sprongen aan.

Een dikke man wurmde zich langs de rij en bleef met een misprijzend gezicht voor Fred staan.

'Tot straks,' fluisterde Fred tegen Sprotje. Hij glipte langs de dikke man en maakte dat hij weer op zijn plaats kwam.

Op het toneel bewoog iets achter het doek en een blond meisje trad aarzelend in het licht van de schijnwerpers. Mathilde zat ook bij Sprotje in de klas. Haar moeder had de kostuums gemaakt, maar Mathilde had geen rol durven spelen. Wel had ze zich door Roos laten overhalen om de proloog voor te dragen. In Sprotjes ogen was dat al behoorlijk dapper.

'Naar Freds opa, zo zo,' zei Melanie heel zacht. 'Als dat niet

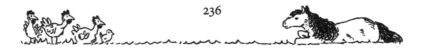

romantisch is...' Sprotje strafte haar met een geringschatten-
de blik.

Het was inmiddels doodstil in de aula, er huilde alleen ergens een baby. Toen het kindje weer stil was liep Mathilde
naar de rand van het toneel.

'*Twee huizen, even hoog in macht en stand, in 't mooie Verona*,' begon ze. Bij de eerste woorden beefde haar stem nog een
beetje, maar daarna klonk ze met elk woord zelfverzekerder.
'*Waar dit stuk u brengt – zien oude wrok tot nieuwe strijd ont-
brand en burgerbloed door burgerhand geplengd.*'

Sprotje zag Kims mond bewegen. Ze sprak Mathildes tekst
woord voor woord mee, zonder geluid te maken. Vol verlangen keek ze naar het podium.

Mathilde verliet onder luid applaus en met een hoogrood
hoofd het toneel en het doek ging op voor de eerste scène.
Een halfjaar lang had de hele onderbouw tijdens de tekenles
op grote stukken karton de huizen van Verona geschilderd.
Ze zagen er prachtig uit en de wapenknechten van de Montecchi's en de Capulets stapten uit hun schaduw en begonnen
met veel omhaal van woorden ruzie te maken.

Het werd een fantastische uitvoering. Maar vier, misschien
vijf keer struikelde er iemand over zijn tekst en was de hulp
van mevrouw Van Dam nodig, die als souffleuse op de eerste
rij zat. Bij het duel tussen Tybalt en Mercutio ging Lisa zo wild
tekeer dat haar baard toch nog losliet, maar dat merkte niemand, zo dramatisch slingerde ze met brekende stem '*Naar
de duivel met jullie veten!*' de zaal in. En Roos, Roos speelde
het mooist van allemaal. Sprotje wist zeker dat niet alleen zij
dat vond, omdat Roos nu eenmaal haar beste vriendin was.

237

Als Roos opkwam werd het meteen stil. Ze wás Julia. Noor deed het als Romeo ook niet slecht, tenslotte was het een ondankbare rol om als meisje een verliefde jongen te moeten spelen. Maar Sprotje wist dat Roos niet Noor, maar iemand anders voor zich zag als ze al die prachtige dingen over de liefde zei.

Aan het eind werd er zo hard geklapt dat Noor en Roos afwisselend rood en wit werden. Zij aan zij stonden ze met de andere acteurs op het toneel om het applaus in ontvangst te nemen. Steve trok de monnikskap van zijn hoofd en gooide hem in het publiek en Lisa stond trots en kaarsrecht voor het doek, alsof ze nog steeds Mercutio was.

Toen het applaus eindelijk was weggestorven en ze de aula weer uit schuifelden zei Melanie: 'Ik weet niet, misschien doe ik volgend jaar ook wel mee. De kostuums waren echt heel mooi en dan dat applaus – dat moet wel een heerlijk gevoel zijn.'

'Dat applaus moet je eerst verdienen,' zei Sprotje, die zag dat haar moeder al in de hal stond, met Lola, Tessa – en haar leraar Engels. Geschrokken bleef ze staan. Ze had haar moeder nog steeds niet over die drie min en die twee plus verteld, die ze vóór de vakantie had opgelopen. Voor het proefwerk dat ze net had gemaakt hoopte ze namelijk op een zeven, maar als haar moeder nu van haar leraar hoorde... 'Gaan jullie maar vast,' zei ze tegen Melanie en Kim. 'Ik moet heel nodig naar de wc.'

Ze baande zich een weg door het gedrang, zag hoe Roos in haar kostuum op Mike afliep – en botste bijna tegen Fred op. Hij stond helemaal in zijn eentje bij de frisdrankautomaat; de

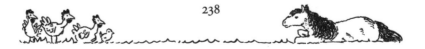

andere Pygmeeën waren nergens te bekennen.

'Je hoeft niet zo wantrouwig om je heen te kijken,' zei hij. 'De anderen zijn nog met Steve achter het toneel. Hij laat ze zijn nepbuik en Lisa's baard zien. En Mat wil per se kennismaken met dat meisje dat Julia's moeder speelde. Je weet wel, die uit de tweede.'

'Goed nieuws voor Roos.' Sprotje bleef besluiteloos bij hem staan. 'Misschien gaat Mat dan eindelijk iemand anders liefdesbrieven schrijven,' zei ze. Ze keek om zich heen, maar niemand lette op haar, ook al had ze weer eens dat gevoel.

'Kom mee,' zei Fred, alsof hij haar gedachten gelezen had. Hij nam haar bij de hand en trok haar achter zich aan. 'Ik heb frisse lucht nodig. Jij niet?'

'Ja,' zei Sprotje. Ze liet zijn hand niet los. Zelfs niet toen Melanie hun kant op keek.

BLOEM VAN JE HART

IETJE LIEBEEK-HOVING

Bloem van
je hart

MIJN ZUSTER NADIA

BLOEMEN IN DE NACHT

MEER DAN EEN NAAM

Zomer & Keuning familieromans

ISBN 90 5977 030 7

NUR 344

Omslagontwerp: Hendriks grafische vormgeving

Oorspronkelijke uitgave: *Mijn zuster Nadia* © 1998,
Bloemen in de nacht © 1999, *Meer dan een naam* © 2000

Mijn zuster Nadia

Proloog

NATUURLIJK IS ZE MIJ WEER VOOR, NADIA. TERWIJL ZE TOCH KON WETEN dat ík de deur voor Joshua open wilde doen.

'Laat maar, Dorijntje, dan hoef je tenminste niet zo te rennen!' zegt ze. O, ze is zo lief en zo aardig, mijn zus. Een voorbeeld, zegt mam altijd. Ik zou eigenlijk een hekel aan Nadia moeten hebben, maar dat gaat domweg niet. Het is écht een schat, en dat maakt het juist zo verdraaide moeilijk!

Tja, daar zit ik dan weer eens, uitgerangeerd, op de bovenste trede van onze chique, brede marmeren trap. Net uit het zicht van onze bezoeker. We hebben altijd veel aanloop, vooral in het weekend. Nadia heeft ontzettend veel vrienden en vriendinnen, en de halve klas van m'n broertje Fil loopt hier ook in en uit. Bovendien is onze moeder ook een heel sociaal type. Alleen pa en ik passen niet in het rijtje.

Onze namen alleen al... Pa heet gewoon Johan. Mijn doopnaam is Dorina, maar ik word Dorijn genoemd. Fil heet voluit Philip Ferdinand Alexander, en mijn zus heet Nadia Rosanna. Ach, ja, ouwe omi Doortje moest natuurlijk ook vernoemd worden en toen viel ik in de prijzen. Mijn adellijke grootmoeder van vaderskant, Nadia Rosalie Terborghe van Heenvliet, moest uiteraard het eerst vernoemd worden, en bij de komst van onze benjamin was grootvader, de eerwaarde baron, aan de beurt. Eigenlijk vind ik het wel best, want omi Doortje is een schat, maar grootmoeder is nogal afstandelijk en ze is zich akelig bewust van haar status. Nee, dat is niet helemaal eerlijk, bij haar is dat gewoon aangeboren. Maar zij en grootvader kunnen zich zo moeilijk in een gewoon mensenleven verplaatsen. Dat kennen ze alleen van horen zeggen. Lollig eigenlijk dat ze hun enige zoon, hun trots en glorie, gewoon Johannes hebben genoemd. Natuurlijk komt die naam al vanaf de vijftiende eeuw voor in het geslacht Terborghe, maar toch. Omi Doortje vindt dat ik die naam onderschat. 'Johannes heeft een rijke, bijbelse betekenis, hoor,' zegt ze dikwijls.

Nou zijn wij hier thuis niet echt met de bijbel opgegroeid, maar ik weet er best een en ander van af, vooral door omi. Daarnaast hebben onze ouders destijds besloten ons op christelijke scholen te doen, zodat wij later zelf kunnen kiezen. Nadia heeft al gekozen. Die heeft haar hart aan de Here Jezus gegeven, zoals ze dat in bepaalde kringen formuleren. Ze galmt wekelijks mee in een jeugdkoor, net als Joshua. Nadia heeft inderdaad een prachtige stem.

Eigenlijk is álles aan haar prachtig. Dat vindt Josh ook, dat is te zien aan de manier waarop hij naar haar kijkt. Mij ziet hij niet staan. Dat is niet zo verwonderlijk, want bij Nadia vergeleken ben ik maar een klein, onaanzienlijk propje.

Nadia lijkt op moeder, alleen de donkere haren heeft ze van pa. Ze is lang en superslank en ze heeft de mooiste blauwe ogen die je je maar kunt voorstellen. De tandarts heeft nog nooit iets voor haar kunnen doen, hoewel ze toch al tweeëntwintig is. Ze heeft een schitterend gebit, en omdat ze vaak lacht, valt dat extra op. Ze gebruikt zelden make-up. Dat heeft ze ook niet nodig, want haar lippen zijn goedgevormd en helderrood. Net zoals mam is ze bovendien gezegend met een vrij donkere huidskleur.

Ik hoor het al jaren. 'Wat een plaatje, die donkere krullen en dan die schitterende ogen! En ze kan nog goed leren ook. Nora, je mag je handjes dichtknijpen met die dochter van je. En ze blijft er zo normaal onder, hè. Geen wonder dat ze zo'n beetje alle jonge mannen achter zich aan heeft.' Dat speelde al toen ze nog maar elf, twaalf jaar was, al ging het toen natuurlijk nog maar om schooljongens. En ik? Ik was beretrots op haar, ben ik trouwens nog. En wat mijn gevoelens voor Joshua betreft, dat is mijn geheim. Ik kan haar daarom niets kwalijk nemen, ze heeft er geen idee van dat ik verliefd op hem ben.

Wat mijzelf aangaat... dat is een heel ander verhaal. Hoewel ik bijna zeventien ben, zie ik eruit als een puber van vijftien. Mijn haar is een regelrechte ramp. Het heeft een nogal onbestemde donkerblonde kleur en het wil nooit goed zitten. Na een paar mislukte pogingen een fraaie,

lange haardos te kweken, draag ik het daarom maar kort. Heb ik tenminste ook geen last van dooie punten en pieken. Met pijn en moeite
heb ik de mavo gedaan en daarna ben ik gaan werken als caissière in
de plaatselijke supermarkt. Op zich is daar niets mis mee, maar het
steekt wel erg af bij Nadia, die al bijna haar doctoraal psychologie heeft.
Ze heeft een tijdje op kamers gewoond in Leiden, maar dat drukke
leventje beviel haar niet. Ze wil rustig kunnen studeren, en dat is nogal
lastig als je om de haverklap mensen over de vloer krijgt. Thuis kan ze
bovendien regelmatig spelen op de vleugel. Prachtig is het. Soms sta ik
tijden stil te luisteren en af en toe heb ik natte wangen als ik zachtjes
wegsluip, zó diep raakt ze mij met haar muziek. En je zou het niet geloven, maar ze maakt prachtige kunstwerken van marmer en brons, en
daarbij schildert ze ook nog niet onverdienstelijk.
Ik heb een blauwe maandag pianoles gehad, maar die juffrouw zei tegen
mam dat het verspilde moeite was. Ik ging er telkens in tranen naartoe,
en zij werkte zich al in het zweet om mijn vingers in de juiste stand te
krijgen. Ook een cursus tekenen is op niets uitgelopen. Volgens omi heb
ik wel aanleg, maar kijk ik te veel naar Nadia. Ik krabbel inderdaad nog
steeds in de marges van kranten en tijdschriften – dit tot grote ergernis
van mam – maar het is net alsof er iets in mij geblokkeerd is.
Met mijn moeder leef ik al jaren op voet van oorlog, hoewel gewapen-
de vrede misschien toepasselijker is. Zo lang als ik me kan herinneren,
is het: 'Maar kind, waarom ben je toch zo lomp? Kijk eens naar je zuster!
Maar Dorijn, hoe kom je toch aan al die onvoldoendes, dat heeft Nadia
nooit gehad.' En: 'Loop toch eens rechtop, je zuster heeft zo'n fiere houding. Neem daar toch eens een voorbeeld aan!' Ach, zo kan ik nog wel
uren doorgaan...
Fil is een heerlijk joch. Hij kan goed meekomen op school, en hij ten-
nist redelijk, maar voor de rest is het geen uitblinker. Fil is gewoon Fil,
dol op Nadia, dol op mij. Goeie maatjes met omi Doortje, maar evengoed met grootvader en grootmoeder Terborghe.
Plotseling hoor ik het zachte gemurmel van stemmen beneden in de

vestibule. Ik wil niet luisteren en begin de houten leeuwenkopjes van de trapleuning te tellen. Maar dat werkt niet, ik weet namelijk dat het er zesentachtig zijn. Ik wil naar m'n kamer gaan, maar toch blijf ik zitten. Ik wil niet horen wat die twee zeggen, maar toch luister ik.

'Nadia, alsjeblieft! Morgenavond dan? Jammer. Ik snap best dat je studie erg zwaar is, en ik weet dat je met de laatste loodjes bezig bent. Maar iemand met jouw capaciteiten...' Zijn stem daalt, de stem van Joshua Kamerling.

Ik buig me iets naar voren. Het zachte gepraat van mijn zus is niet te volgen, tot ze ineens fel uitschiet. 'Joshua, begrijp het nu eindelijk eens. Ik voel niet voor jou wat jij voor mij denkt te voelen!'

Ik kan een kreet van schrik niet binnenhouden. Nadia die schreeuwt, dat is bij mijn weten nog nooit voorgekomen. Dan hebben ze natuurlijk door dat ik daar zit. Het lijkt wel of ik daar op die bovenste trede vastgeplakt zit. Ik zou willen opstaan en mijn toevlucht willen zoeken in mijn kamer; mijn eigen veilige plek, waar ik goed ben zoals ik ben.

Nadia rent huilend langs me heen en Joshua kijkt mij kwaad aan. 'Zit jij daar een beetje voor luistervink te spelen? Dat valt me erg van je tegen, Dorijn! Nou, ik ga. Laat Nadia alsjeblieft met rust! Ze moet even tot zichzelf komen.'

Eindelijk vind ik de kracht om op te staan. 'Nadia, altijd maar Nadia!' De tranen lopen zomaar over mijn gezicht en Joshua ziet het, want hij is langzaam de trap op gekomen.

'Jij bent een jaloers krengetje, Dorijn Terborghe. Je moest eens een voorbeeld nemen aan je zus, die...'

Ik sla hem in zijn gezicht, dat lieve gezicht met die zachte ogen, die nu ineens staalgrijs worden. Hij pakt me bij mijn pols en doet me pijn. Plotseling verandert zijn gezichtsuitdrukking, alsof hij ineens verder kijkt dan mijn schamele buitenkant. Alsof hij te doen heeft met de persoon diep in mij.

'Ach, Dorijn... sorry. Ik wist niet... Ik bedoel, jij...' Hij aarzelt.

'Laat maar,' zeg ik hees. 'Laat maar. Wil je nu mijn hand alsjeblieft loslaten? Dan kan ik naar mijn kamer. Ben ik meteen uit jouw gezichtsveld verdwenen, dat zul je vast wel prettig vinden,' voeg ik er cynisch aan toe. Joshua laat me los en ik draai mij om. Ik voel zijn ogen, zijn wétende ogen in mijn rug prikken. Maar ik kijk niet om, hij heeft al te veel gezien.

'Ik vond het nogal storend, Dorijn. Je weet dat ik niet van ordinair geschreeuw houd.' Mam legt haar vingertoppen in een ó zo vertrouwd gebaar tegen haar rechterslaap, dat wordt migraine. En natuurlijk is het weer mijn schuld.

'Ik schreeuwde, mamsie,' zegt Nadia zacht. 'Ik ben er zelf ook van geschrokken, heus. Ontspan je nu maar, anders heb je morgen hoofdpijn.'

Mam glimlacht dankbaar naar haar geliefde oudste dochter. Eigenlijk zou ik blij moeten zijn dat Nadia de aandacht van mij heeft afgeleid, maar ik ben het niet. Wat ik precies wil, kan ik niet onder woorden brengen, daarvoor zijn mijn gevoelens te tegenstrijdig.

'Wat doen jullie raar,' zegt Fil droog, terwijl hij een onbeschoft grote hap van zijn biefstuk neemt. Dit komt hem vanzelfsprekend op een vermaning van mijn moeder te staan. Hij buigt zijn blonde hoofd, maar de grijns om zijn brede, olijke mond ontgaat mij niet.

Ik onderschep Nadia's knipoog, zij heeft het ook in de gaten.

Nadia... je bent zo'n prachtzus, waarom haat ik je dan? Nee, dat is niet waar, ik hou van je, alleen... Ach, ik weet het niet.

'Zit niet zo met je servet te friemelen, kind,' zegt mam beheerst maar streng.

Ik knik alleen maar, terwijl ik zoveel zou willen zeggen. Dat ik geen kind meer ben, dat ik hier stik, dat ik weg wil. Desnoods neem ik mijn intrek in een kartonnen doos tussen stinkende zwervers. Weg, ik wil hiervandaan! Om het eeuwige 'neem een voorbeeld aan Nadia' uit te bannen en... om haar niet elke dag te hoeven zien, dat bijna volmaakte wezen, dat grote licht, dat mij altijd maar weer in de schaduw plaatst.

Gedachten zijn er, rotgedachten: ik wilde dat ze van de trap rolde, pats, op dat mooie smoeltje... Gedachten die komen als ongenode gasten. Maar toch... ik zou haar niet kunnen missen. Haar lieve lach, haar zachte stem, haar armen om me heen. Nadia, mijn zuster... wat moet ik toch met je beginnen?

1

'DORIJNTJE, M'N KLEINTJE!' KLONK HET VROLIJK BOVEN AAN DE TRAP.
Dorijn keek op naar haar grote sterke vader, die haar kamer binnen-
kwam en legde meteen haar boek weg.
'Zo, ben jij weer letters aan het eten, liefje?'
Ze keek stralend naar hem op. 'O, papa, het is zo'n mooi boek, maar ik
word er een beetje verdrietig van. *Het nichtje van de stroper* heet het. Ik
moet er eigenlijk om huilen en toch vind ik het mooi. Is dat raar, papa?'
Johannes Terborghe keek haar eens aan. Zijn kleine Dorijntje-mijntje,
met haar sluike haren en haar mollige lijfje. 'Nee, Dorijn, dat is niet raar.
Je kunt best iets mooi vinden en desondanks toch ook treurig.'
Ze sprong op van haar bed en sloeg haar armen om hem heen. De grote,
sterke vader, die niet altijd zei: 'Wat doe je toch dom, neem eens een
voorbeeld aan Nadia!'
'Papa, vindt mam mij eigenlijk wel net zo lief als Nadia?'
Johan Terborghe zuchtte heimelijk. 'Natuurlijk, schat. Mama houdt van
je, net als van Nadia en Fil. Waarom denk je dat ze jou niet lief vindt?'
Dorijn haalde haar schouders op. 'Ik weet het niet... Omi zegt altijd dat
iedereen bijzonder is, dat je tevreden moet zijn, omdat de Heer je zo
heeft gemaakt. Is dat zo, papa?'
Hij knuffelde haar. Zijn kleine meid moest altijd maar in de schaduw
leven van haar grote, aantrekkelijke, intelligente zuster. Kon hij Nora er
maar van overtuigen dat ze verkeerd bezig was. 'Jij bent uniek, Mijntje,'
fluisterde hij in haar oor en hij kuste haar op haar bolle wangen.
'Uniek?' herhaalde Dorijn, 'wat is dat, papa?' Ze keek hem vragend aan.
'Dat betekent dat er niemand is zoals jij,' legde hij uit. 'Het wil zeggen
dat je een bijzonder iemand bent.' Hij keek haar even indringend aan, en
liet haar toen los. 'Zo, genoeg geknuffeld voor vandaag, schatje, we gaan
zo eten.'
'Ik heb geen trek, papa, er zit een knoop in mijn buik. En ik kan ook niet
goed slikken, dat komt door grootmoeder. Ze zei dat ik smakte, maar ze

had zelf die lekkere bonbons meegenomen. Ze zei ook dat Nadia tenminste manieren heeft. Wat bedoelt ze daarmee, papa?'
Weer onderdrukte Johan een zucht. Hij fronste zijn wenkbrauwen. 'Jij
hebt óók manieren, Dorijntje, net zo goed als je zus. Alleen... grootmoeder houdt van netjes, en jij...' Johan haalde zijn schouders op. Hij wist
niet hoe hij het moest uitleggen. 'Kom, ik neem je op mijn rug. We gaan
samen de trap af. Nu kan het nog, volgend jaar ben je te zwaar.'
Dorijn schaterde en zei: 'Ik ben nou al een kamerolifantje, zei grootmoeder. Maar jij bent sterk, hè, papa?'
Ik moet nodig eens met Nora praten, dacht Johan Terborghe, dit wordt
te gek. Moeder en zij zullen moeten beseffen dat ze verkeerd bezig zijn.
Ze moeten ophouden om Nadia altijd maar als het grote voorbeeld te
gebruiken.

'Wat zeur je nou toch, Johan! Natuurlijk geef ik om Dorijn, maar...'
'Juist, en daar wringt hem nu de schoen, Nora! Dat "maar" van jou. Het
kind is nu zeven, en ze gaat vragen stellen. Ze kan niet alles verwoorden
wat ze voelt, maar ze weet gewoon dat jij meer om Nadia geeft. Dat kan
niet; Dorijn is goed zoals ze is! Zadel haar alsjeblieft niet op met een
minderwaardigheidsgevoel! Straks is het te laat, dus houd ermee op voor
je onherstelbare schade aanricht.'
Nora zuchtte, ondertussen voelde ze of haar kapsel nog in orde was. Ze
moesten zo meteen naar die receptie, waar ze belangrijke mensen zouden ontmoeten. Bah, waarom begon Johan nu over Dorijn? 'Jij altijd! Je
ziet beren op de weg. Ik krijg trouwens steeds vaker het vermoeden dat
jouw hart meer uitgaat naar Dorijn dan naar Nadia en Fil!' Ze besefte
dat ze nu schreeuwde, en plotseling liet ze haar stem dalen tot ze bijna
fluisterde. 'Zullen we er nu verder over zwijgen, Johan? We moeten
gaan, ik wil niet de eerste zijn bij de familie Hoeve, maar zéker niet de
laatste. Zit je das niet wat scheef? En ik, zie ik er goed uit?'
Johan keek ietwat bedrukt. Hij haalde zijn schouders op en zei: 'Je weet
best dat je er fantastisch uitziet. Je bent een hele mooie vrouw, Noralief,

maar... Er zijn belangrijker zaken. Wanneer praten we nu echt samen? Over wezenlijke dingen, over levensvisie, onze kinderen? Maar je hebt gelijk, we moeten gaan. Charlotte zal zoals gewoonlijk goed voor de kinderen zorgen. Ik ben blij dat ze Dorijn zoveel aandacht geeft, het kind is ook helemaal weg van haar! Weet je, laatst zag ik een tekening liggen op de kinderkamer. Ik dacht dat Nadia hem had gemaakt, maar Charlotte vertelde me dat het Dorijntjes werk was! Heus, Nora, dat kleintje heeft meer in haar mars dan jij denkt. Begrijp me goed, ik ben dol op Nadia, en reuzetrots op haar ben ik ook. Maar te veel aandacht en complimentjes zouden haar kunnen bederven. Ze zou dan weleens een onuitstaanbaar krengetje kunnen worden. Dat moeten wij als ouders zien te voorkomen!'

'Niet zo hard praten, Johan.' Nora bracht haar hand alweer naar haar slaap.

Dorijn keek haar ouders na vanachter het hoge venster. Wat gek, dacht ze, ze lopen dicht bij elkaar en toch is het of er iets tussen hen zit. Iets wat koud is en leeg en een beetje griezelig. Haar vader keek nog even om en ze zwaaide naar hem met langzame bewegingen. Het was net of haar handen vastzaten.

In de loop der jaren veranderde er ogenschijnlijk niet veel. Het gezin Terborghe werd gerespecteerd door de meeste dorpsbewoners. Er was ook jaloezie. Bij die lui gaat alles maar van een leien dakje. Ze zijn rijk, ze hebben een schitterend huis, een goed huwelijk en een paar schatten van kinderen. Vooral die oudste, het is een plaatje, en zo begaafd. Nee, die Dorijn kan niet aan haar tippen. Ze ziet er altijd wat verwilderd uit en klimt onbekommerd in de hoogste bomen. Ze speelt vrijwel uitsluitend met jongens. Tja, aan haar kunnen de Terborghes hun handen nog weleens vol krijgen. Maar die Fil was zo'n aardige knul. Leuk om te zien, met die schitterogen en dat bijna witblonde haar. En dan die baan van Johannes Terborghe... op het Ministerie van Buitenlandse Zaken. Wat hij daar precies deed, wist eigenlijk niemand, wél dat hij een hoge piet was.

Daarnaast had je in dit ietwat slaperige dorp nog enkele notabelen. De burgervader, de notaris, twee predikanten, de pastoor en niet te vergeten de huisarts. Eigenlijk waren het stuk voor stuk doodgewone lui, aardig en helemaal niet bekakt, vond men. Hoewel, mevrouw Katz van de dokter kon weleens wat hautain overkomen. Maar dat kon komen doordat haar huwelijk niet helemaal goed was. Je weet maar nooit waarom mensen doen alsof ze meer zijn dan een ander. En achter elke deur gaan immers geheimen schuil? Geheimen die ooit geen geheimen meer zouden zijn, hoopte menigeen.

Ja, er werd heel wat afgeroddeld in dat lieve, slaperige dorp Klarenoord, maar van laster was zelden of nooit sprake. Tot die dag dat Dorijn Terborghe aan de juf op school vertelde dat haar moeder haar sloeg, en dat ze vaak zonder eten naar bed moest.

'En ik had niks verkeerd gedaan, juf! Mijn zuster Nadia, die doet stoute dingen, en ze is gemeen, want ze geeft mij de schuld. Mijn vader houdt wél van me, maar die is bijna nooit thuis. Ik denk dat ik ga weglopen, naar een plekje waar niemand me kan vinden. U zult mij toch niet verraden, juf?'

Maar dat kon juffrouw Altena natuurlijk niet beloven en na enig aarzelen besloot ze binnenkort maar eens een afspraak te maken met de ouders van Dorijn. Ze had zo haar twijfels.

Nadia, inmiddels dertien jaar oud, had op school nooit problemen gegeven, terwijl Dorijn nog weleens iets uitspookte wat niet door de beugel kon. Nee, noch qua gedrag, noch qua prestaties kon Dorijn in de schaduw van haar zuster staan.

Maar al die jaren moest Dorijn zien te overleven in Nadia's schaduw, die steeds groter leek te worden en haar dreigde te verstikken...

Hoi Merlin,
Even wat stoom afblazen! Ik hoop dat het jou beter vergaat dan mij. De laatste dagen is er continu heibel, ik kan er niet meer tegen. Ik baal ervan dat ik niet zomaar even bij jullie thuis kan binnenwippen, je zit veel te ver weg!

Wat hebben we een lol gehad samen, toen jij nog in ons kikkerlandje woonde. Soms zou ik naar je toe willen vliegen, om warmte te vinden. Letterlijk en figuurlijk.

Over de situatie hier thuis: om eerlijk te zijn is het eigenlijk allemaal mijn schuld. Alles wat er misgaat, heb ik op m'n geweten. Dat is ook altijd al zo geweest. Maar nu... Ik heb weer eens gelogen om Nadia in een kwaad daglicht te stellen. Ik zal je uit de doeken doen wat er aan de hand is. Laatst, toen we op bezoek waren op Heenvliet, ben ik naar boven gevlucht. Die enorme zolder intrigeert me nog steeds. Vroeger mochten we er zo nu en dan verkleedpartijen houden, dat wil zeggen, als Nadia erbij was om de boel een beetje in 't gareel te houden. Destijds was ik al nieuwsgierig naar wat er achter die luiken schuilging, en dat weet ik nu. Dat wil zeggen, gedeeltelijk. Ik heb er twee enorme, schitterend versierde trommels ontdekt, vol met brieven. Een paar heb ik er gelezen, met rode oortjes mag ik wel zeggen. Ik wilde juist aan de vierde brief beginnen toen ik iemand de trap op hoorde komen. Gauw las ik nog de eerste regels. 'Niemand mag ooit te weten komen wat er met Rebecca gebeurd is, het zou onze reputatie in één klap vernietigen! We moeten al het bewijsmateriaal verbranden en...'

Toen stond Nadia voor mijn neus. Ik begon te gillen en rende naar de trap. Grootmoeder verscheen buiten adem op de tweede etage, met grootvader en onze ouders in haar kielzog. Fil zat inmiddels al op zolder, die glipte zomaar langs me heen. Ik zie nog die blik in zijn guitige ogen: hè, lekker, er gebeurt weer eens iets!

Op dat moment, toen grootmoeders ijzige blik zich in mij leek te boren, hoorde ik mezelf zeggen: 'Ik was net aan het opruimen, grootmoeder, die verkleedkleren bedoel ik. Toen hoorde ik een geluid en ik zag ineens Nadia achter het luik vandaan komen, met een rood hoofd. Ik schrok zo dat ik begon te gillen, het spijt me...'

'Maar... dat kan niet. Nadia speelde net nog piano,' zei moeder verbijsterd.

'Ja, tot een kwartier geleden,' zei ik, en ik schrok van die schrille klank in mijn stem. Ik had alweer spijt, maar het was al te laat. Nadia stond gebogen in de schaduw van de aansluipende schemering, de verpersoonlijking van schuld. Ze

zei niets, ook niet toen grootmoeder haar vroeg of mijn verhaal klopte.

We stonden daar met z'n allen heel dwaas op een kluitje. 'Bizar,' zou Laurian zeggen. Je weet toch dat ik nog regelmatig contact met haar heb? Schrijft ze jou nog weleens?

Wat een idioot stel waren we eigenlijk, hè, samen met Mogens de Beer. Sinds hij en zijn ouders terug zijn gegaan naar Denemarken, heb ik geen contact meer met hem. Weet jij eigenlijk zijn echte achternaam? We noemden hem allemaal de Beer, Mogens met zijn grote vierkante lijf en zijn kleine hartje. Maar goed, ik dwaal af. Bizar dus, die situatie.

Er viel een lange stilte, die pijn deed aan mijn oren. Grootmoeder zag grieze-lig bleek, en moeder stond – uiteraard – met haar hand aan het gepijnigde hoofd voor zich uit te staren. Haar ogen leken net knikkers, zo wezenloos stond ze erbij.

Ik dacht dat ik me nooit meer zou kunnen bewegen. Ik hoopte dat Nadia zich zou verdedigen, maar dat deed ze niet. Grootvader was boos. Hij vroeg haar wat ze te zoeken had in hun persoonlijke papieren en zei dat ze hem ontzet-tend tegenviel. 'Je bent te veel in de watten gelegd, Nadia, je bent een over het paard getild schepsel. Niet dat dit jouw schuld is, maar nu plukken we er alle-maal de wrange vruchten van! Nou, zeg eens iets. Ik wil weten wat jij allemaal gelezen hebt, en waar jij met je gesnuffel achter bent gekomen! Ik...' Groot-moeder onderbrak hem en zei hem te zwijgen, en wel onmiddellijk. Dat deed hij ook prompt.

Moeder begon te huilen en ik ving Fils sensatiebeluste blik op. Maar wat ik ook bij hem signaleerde, was ongeloof. Terecht, maar ik had de moed niet een en ander recht te zetten. Nee, dat is te zwak uitgedrukt. Ik wilde dat niet doen en ik voelde iets waar ik me achteraf erg voor schaam. Leedvermaak. Nu stond Nadia eens goed voor schut! Nu zou niemand kunnen zeggen dat ik maar eens een voorbeeld aan haar moest nemen. Zó voelt dat, kreng, dacht ik.

Grootmoeder was ten slotte degene die vond dat we het incident maar als geslo-ten moesten beschouwen, en ze stelde voor dat we naar de salon zouden gaan voor een aperitief. 'Maar laat één ding duidelijk zijn, deze zolder is vanaf nu verboden terrein!'

Ik was niet van plan me daar veel van aan te trekken. Na een korte afkoelingsperiode zou ik mijn onderzoek voortzetten; ik wilde weten wat er met die Rebecca was gebeurd.

Men probeerde de rest van de avond normaal te doen, en dat lukte vrij aardig. Iedereen trok zijn gezicht in een beschaafde plooi, en viel terug op de door grootmoeder zo geprezen etiquette.

Maar wat nu? Ik voel me echt schuldig. Nadia heeft met geen woord meer gesproken over die akelige gebeurtenis, maar ze ontwijkt me. Bovendien is ze meestal erg stil en bleekjes, en met haar studie lukt het momenteel ook niet echt. Niet dat ze haar tentamens niet haalt, maar de cijfers zijn beduidend lager dan normaal.

Nou, ik heb mijn hart geluchht. Ik denk dat ik vanavond maar met Nadia ga praten en dan... Ach, we zien wel. Misschien kan het onder ons afgehandeld worden, zodat moeder mij niet op het matje zal roepen en me zal straffen omdat ik haar geliefde dochter Nadia in een kwaad daglicht heb gesteld.

Je weet toch dat ik nu bij de plaatselijke supermarkt werk?

Verder is er weinig veranderd. Ik ben nog steeds klein en dik en rijkelijk voorzien van puistjes. En dat terwijl ik al achttien ben! Gelukkig heb jij daar nooit een punt van gemaakt. Jij werd gepest met je kroeshaar, ik met mijn pukkels. Maar dat hebben we er wel uit geramd! Schrijf me alsjeblieft gauw terug. Ik ben zó benieuwd of jij terugkomt naar Nederland voor je studie! Heb je trouwens al verkering, Merlin de Schone? Grapje! Hoewel ik me best kan voorstellen dat er meisjes zijn die smelten als je ze met die grote bruine ogen van je aankijkt.

Hé, krullenbol, ik stop ermee. Tot schrijfs en een stevige schouderklop van je kameraad,

Dorijn

Later, na uren wakker te hebben gelegen, droomde Dorijn over Merlin Wijntak. Merlin kwam op haar af in een spierwit pak. In zijn lange donkere handen hield hij de mooiste orchidee die zij ooit had gezien. Er was liefde in zijn ogen en zij stak haar armen al uit. Maar Merlin zag haar niet, hij liep haar rakelings voorbij en zij kon met ogen op haar rug zien hoe hij Nadia in zijn armen nam. Zijn stem echode: 'Jij bent de mooiste, de liefste. Je bent een voorbeeld, Nadia! Wees maar blij dat dat monstertje van een Dorijn dood is, zonder haar is iedereen beter af. Nu vraag ik je mijn vrouw te worden en deze bloem zal nooit verwelken, noch mijn liefde. Alle lelijke dingen sterven af, zoals Dorijn... Dorijn... Dorijn!' Hijgend schoot ze overeind, en ze knipperde met haar ogen tegen het vale oktoberlicht.

'Opstaan, je moet nog ontbijten!' Het was de stem van haar moeder.

Mam ziet me, dacht ze dwaas, en ze huiverde.

'Hoor je me?'

'Ja, natuurlijk, ik ben niet doof! Ik heb rot gedroomd, dat is alles.'

Na een berisping over Dorijns taalgebruik vertrok Nora naar beneden. Dorijn dacht somber: inderdaad, die droom zei alles. Ik ben niets waard, niemand zal me missen... Ze merkte pas dat ze huilde, toen ze het zout op haar lippen proefde.

2

DORIJN SLAAKT EEN DIEPE ZUCHT ALS ZE ZICH INSTALLEERT IN DE VRIJWEL lege coupé. Dat is het voordeel als je eersteklas reist, denkt ze, en ze kijkt meteen naar wat er boven de deur staat. Gelukkig, het is een rookcoupé. Ze heeft veel behoefte aan een sigaret. Ze haalt een pakje en haar gouden aansteker – een cadeau van grootmoeder en grootvader Terborghe – te voorschijn, en het tijdschrift dat ze zojuist in de kiosk gekocht heeft.

Nog even staat ze op om een blik in de spiegel te werpen. Flets staren haar ogen haar aan, en haar korte haar piekt, ondanks de gel die ze er rijkelijk in gesmeerd heeft. Wat mismoedig gaat ze weer zitten. Het enige wat ermee door kan, is haar huid, sinds ze bij die dermatoloog geweest is. En ze snoept minder chocola, dat zal er ook wel mee te maken hebben. Maar welbeschouwd ziet ze er nog steeds niet uit, ook al is ze dan uiteindelijk nog wat in de lengte gegroeid en tegelijkertijd vier kilo afgevallen.

Nee, een schoonheid als Nadia zal zij nooit worden. Hoewel Nadia de laatste maanden niet meer dezelfde uitstraling heeft als vroeger. Het is nog altijd een schoonheid, nog altijd moeders lieveling, maar iets in haar ogen verraadt dat ze ongelukkig is. Hoe kan dat nou, denkt Dorijn, terwijl de trein zich langzaam in beweging zet. Wat komt haar zus in vredesnaam tekort? Ze heeft haar bul op zak, Joshua is er altijd voor haar en ze heeft na de eerste de beste sollicitatie een prachtbaan als klinisch psychologe in het AMC. Bovendien heeft zij immers de Heer gevonden? Wat heeft zij dan nog te klagen? Ja, ze zeurt weleens over vermoeidheid, en ze is momenteel wel erg smalletjes. Maar dat is niet zo verwonderlijk met zo'n drukke baan. Ze reist ook nog eens elke dag heen en weer van Klarenoord naar Amsterdam.

Wrevelig trekt Dorijn met haar schouders. Nu even niet denken aan Nadia, ze moet zich concentreren op haar logeerpartij bij Laurian Welstar. Ze heeft er zó naar uitgekeken.

Even weg uit die verstikkende situatie thuis, weg van alles wat haar beklemt! Weg van die hartverscheurende stilte rond Nadia, van mams eeuwige migraine. En niet te vergeten van het dorpsgeroddel. Steeds vaker vallen de gesprekken stil als ze zich bij de bakker of de slager vertoont. Steeds vaker is er ook die meewarige blik als mensen haar vragen hoe het nu gaat thuis. Terwijl ze echt goed weten dat het helemaal niet gaat! Dat Nadia haar fleurige zelf heeft afgelegd, dat Fil de ene streek na de andere uithaalt... Wat zullen die lui het heerlijk vinden, dat nu ook bij de Terborghes eens van alles misgaat!

Eigenlijk blijft alleen Emmy Hassing hartelijk doen, dat pure spontane kind met haar gulle lach. Sommigen hebben medelijden met haar, omdat ze het syndroom van Down heeft. Medelijden met Emmy? Absoluut overbodig! Emmy is van Nadia's leeftijd. Ze kan uitstekend lezen, ze speelt al tien jaar piano en ze is altijd in voor een geintje. Rekenen kan ze niet. Nou, dat maakt toch niets uit? Ze wordt ook niet gehinderd door allerlei getob. Ze neemt de dingen zoals ze zijn, ze geniet van het leven en deelt ruimschoots uit van haar geluk. Natuurlijk huilt ze weleens. Laatst nog, toen de kat van hun buren was doodgereden. Maar lang had ze niet getreurd, twee dagen later had ze met een schattig klein poesje bij de familie Meynaerts op de stoep gestaan. Tja, Emmy...

Soms is ze weleens een beetje jaloers op haar. Nou ja, ze is natuurlijk blij dat ze zelf 'goed bij haar verstand' is, daar niet van, maar een studiehoofd is ze beslist niet. Helaas belet haar dat niet te piekeren als de slaap niet wil komen. En 's ochtends wordt ze altijd weer met een schok wakker. Bah, weer een dag achter die stomme kassa. Haar avondjes bij omi zijn dan ook steeds weer een verademing. En in de weekends zijn er de verplichte bezoekjes op Heenvliet, meestal op zondag na de kerk. De zaterdagen – als ze vrij heeft – zijn wel aangenaam; dan fietst ze vaak in de polder, de wind om haar oren, de roep van verre vogels, een mild en verkwikkend regenbuitje. Maar soms heeft ze liever een felle, striemende regen. Het is dan net of ze schoon wordt vanbinnen. Het gemopper van moeder als ze weer eens doornat thuiskomt, raakt haar niet, ze gaat er gewoon nooit op in. Waarom zou ze ook? Ze is immers al lang en breed volwassen? Ze had allang de deur uit kunnen zijn. Wat houdt haar dan tegen? Ze weet het niet.

Hoewel, als ze heel eerlijk is, weet ze het best. Het is om Nadia. Nadia, die ze denkt te haten, maar die ze tegelijkertijd nooit zou willen missen. Nadia, tegenover wie ze zich zo schuldig voelt. Nooit heeft haar zus haar verraden, al kijkt ze Dorijn soms licht verwijtend aan. Of verbeeldt ze zich dat, is het haar eigen geweten dat haar aanklaagt? De vraag stellen, is haar beantwoorden. Dan is er Fil, die zich de laatste tijd van haar lijkt af te keren. Niet alleen van haar, trouwens. Hij is obstinaat en brutaal, en zijn schoolprestaties zijn achteruitgehold. Soms kan ze hem wel achter het behang plakken, aan de andere kant heeft ze sterk het gevoel dat

hij haar nodig heeft. Dat wil ze zo graag, iemand die haar nodig heeft...
'Uw kaartje graag.'
Ze schrikt op en bloost. Ook al zo'n leuke eigenschap. Na wat gerommel vindt ze het kaartje, en ze kijkt weg van die mooie jonge conductrice. Op haar vriendelijke groet antwoordt ze met een vaag gemompel. Wat zit ze nu toch weer zielig te doen, en dat terwijl ze zich zo had voorgenomen te genieten van dit weekend. Ze schudt haar hoofd, en recht haar schouders. Vanaf dit moment zál het leuk worden, hoe dan ook! Ze bladert door het tijdschrift en verdiept zich in een artikel over schizofrenie. Een moeder vertelt over het lijden van haar zoon, en over haar onmacht. Maar ook over het contact dat ze heeft met lotgenoten via een vereniging voor ouders van kinderen die lijden aan die afschuwelijke ziekte. Als Dorijn het stuk gelezen heeft, legt ze het blad met een peinzende blik in haar ogen weg en steekt een nieuwe sigaret op. Ze heeft erover gehoord en gelezen, en naar televisieprogramma's over dit onderwerp gekeken.
'Kind, wat moet je daar nu mee? Ik begrijp die fascinatie niet, hoor!' Ach, ze had ook niet verwacht dat mam het zou begrijpen, die vindt het veel belangrijker dat haar kapsel goed zit, en dat ze volgens de laatste mode gekleed is als ze weer eens een party hebben. Vooral als ze uitgenodigd zijn in Den Haag, in verband met papa's functie, heeft ze het reuze druk met alle voorbereidingen. Dan gaat ze naar de kapper en bezoekt ze de schoonheidsspecialiste en een heel chique modezaak in het naburige stadje.
Dorijn moet grijnzen. Papa ziet er bij die gelegenheden altijd uit alsof hij naar de tandarts moet, voor hem hoeft het allemaal niet zo nodig. Zijn motto is: doe maar gewoon, dan doe je al gek genoeg! Maar daar trekt haar moeder zich niets van aan. Die recepties en party's horen nu eenmaal bij zijn functie. Einde discussie. En papa legt zich erbij neer, hij gaat conflicten nu eenmaal liever uit de weg. Waarom heeft ze de laatste tijd het sterke, niet te negeren gevoel dat haar vader iets dwarszit? Waarom ziet hij niet dat zij hunkert naar zijn schouderklopjes, zijn blik-

ken van verstandhouding? Een huivering trekt langs haar ruggengraat en opnieuw geeft ze zichzelf een standje. Zit ze hier nu alweer te piekeren!

Daar komt het rijdende buffet; de geur van verse koffie prikkelt haar reukorgaan. 'Koffie, graag, zwart, zonder suiker. Doet u er maar een grote Mars bij.' Kan haar het wat schelen, dan maar een paar extra pukkels. Laurian zal haar er niet op beoordelen, die kijkt dieper dan de oppervlakte. Laurian, haar vriendin sinds haar kindertijd. Wat hadden ze het beiden te kwaad gehad toen de familie Welstar moest verhuizen omdat Laurians moeder promotie had gemaakt.

De familie Welstar was destijds een hoofdstuk apart in het dorp. Mia Welstar had duidelijk de broek aan, en haar man Pieter was een regelrechte pantoffelheld, ondanks zijn brede bouw en zijn respectabele lengte. Zij bracht het geld binnen, hij was de huisman. Maar ondanks al het geroddel moest iedereen toegeven dat hij zich bijzonder goed van zijn taak kweet. Alleen het feit dat Mia per se haar meisjesnaam wilde blijven gebruiken en haar kinderen ook nog eens onder haar eigen naam bij de burgerlijke stand liet inschrijven, ging de dorpelingen toch wel wat ver. Weliswaar moest Pieter met de naam Piest door het leven, maar die Mia was veel te dominant. Een echte carrièrevrouw. Mevrouw de rechter! Ja, ja, maar zonder Pieter zouden die zes kinderen het slecht getroffen hebben, en had Mia haar glanzende loopbaan wel kunnen vergeten! Zo dacht men erover in Klarenoord, want in dat dorp hechtte men aan tradities en was men wars van alles wat ook maar een beetje 'anders' was.

Dorijn glimlacht bij de herinnering. Het was ook een merkwaardig gezin, net als de familie Wijntak, maar zij had zich er altijd als een visje in het water gevoeld. Er was daar niemand die haar ten voorbeeld werd gesteld. Iedereen had gewoon zijn of haar eigen verdiensten en tekortkomingen, en daar werd heel soepel mee omgegaan. En dan die pa van Laurian... Als je hem niet kende, zou je 's avonds maar liever een straatje omlopen! Breedgeschouderd, een laag voorhoofd, bijna twee meter lang, en een neus als een overrijpe tomaat. Maar wat een prachtvader! En dat niet alleen voor zijn eigen zestal, werkelijk alle kinderen van het dorp waren dol geweest op die man. Sommige ouders hadden destijds geprobeerd hun kinderen bij die gekke familie vandaan te houden, maar langzamerhand kreeg men toch de indruk dat alles daar wel in orde was. Niettemin bleef het dorp vinden dat ze enigszins uit de toon vielen.

Juist dat had haar altijd zo aangetrokken. Dat grote, ietwat verveloze huis, die enorme tuin. Een wildernis, waarin je zo heerlijk verstoppertje kon spelen. De woonkamer werd gedomineerd door een enorme open haard met een marmeren schouw en een antieke kast van onwaarschijnlijke afmetingen. Er stonden grote stoelen met slijtageplekken, er was een kale planken vloer, en onder elke brede vensterbank stonden eindeloze rijen boeken. Overal in het rommelige huis waren boeken, tot aan de overlopen toe. Op de enorme zolder hadden ze uren gespeeld. Soms alleen Laurian en zij, maar vaker nog met een hele club.

Tot pa riep: 'Pannenkoeken, een heleboel!' En dan zaten ze met elkaar om die enorme eettafel – geblutst en oerlelijk – met daarboven die schitterende kroonluchter. Dat waren tijden om nooit te vergeten. Niemand die zei dat je niet met je handen mocht eten, niemand die erop lette of je rouwrandjes onder je nagels had... Dorijn had zich gekoesterd in die sfeer van warmte en geborgenheid. Je was daar goed zoals je was. Het was letterlijk een andere wereld, een wereld waarin zij zich goed had gevoeld en gelukkig.

Er was eigenlijk maar één vergrijp waar straf op stond: het betreden van de studeerkamer van mevrouw Welstar. Dat was haar heiligdom, daar was alles onberispelijk en chic. Kinderhanden – zeker vieze – mochten daar nooit ofte nimmer ook maar het kleinste voorwerp aanraken. Drie keer waren zij en Laurian daar stiekem geweest. Twee keer ging alles goed, en Dorijn zal nooit vergeten hoe ze zich vergaapt had aan al die pracht en praal, vooral die smetteloosheid. Het deed haar sterk denken aan Heenvliet, en ze voelde zich er niet bepaald op haar gemak. Laurian had haar erom uitgelachen. Ze hadden gefluisterd, en Laurian had fraaie kristallen voorwerpen uit de vitrinekast gehaald, maar Dorijn had ze niet aan durven raken. En de derde keer werden ze op heterdaad betrapt. Door mevrouw Welstar zelf.

Wat gek, had Dorijn gedacht, toen de statige verschijning als ingelijst in de deuropening stond, dat zij met pa Welstar getrouwd is. En toen had ze gedacht: o nee, met Pieter Piest. Tegen wil en dank was ze in de lach geschoten. Laurian had naast haar gestaan als de vermoorde onschuld en de aandacht van haar afgeleid door te zeggen dat ze van haar vader foto-albums mochten bekijken. Met opgestoken zeil was Laurians moeder de gang in gelopen en had Pieter ter verantwoording geroepen. 'Miep heet ze eigenlijk,' had Laurian eens gniffelend gezegd, 'maar dat vond ze natuurlijk niet bij haar functie passen.'

Pieter had het over zich heen laten komen, maar hij was er later wel op teruggekomen. 'Ik begrijp veel, Laurian, maar reken er niet op dat ik opnieuw voor jou ga liegen. Dorijn, hou jij dat lieve spook van me een beetje in de gaten? Oké, zand erover dan.'

Wat had zij zich toen trots gevoeld, net of ze groeide. Dat zij nu eens als voorbeeld werd gesteld! Nee, zo was het niet precies, maar het gaf haar toen wel hetzelfde gevoel. Zíj moest Laurian weerhouden van nog eens zo'n uitstapje, en Laurians vader vertrouwde erop dat zij daartoe in staat zou zijn. Ze had gegloeid van trots, en ze had haar belofte gestand gedaan.

Veel later had Laurian wel begrip kunnen opbrengen voor haar weigering nogmaals het 'heiligdom' te betreden. Laurian kende de situatie in huize Terborghe vrij goed. Bovendien was ze in feite heel gevoelig, en begreep ze veel meer dan ze destijds onder woorden kon brengen.

Dorijn schrikt op uit haar overpeinzingen. De trein staat stil, zou ze al... Nee, gelukkig, ze heeft nog twee stations te gaan. Ze is ineens zo moe, en tegen wil en dank gaan haar gedachten terug naar Nadia, en naar het vreemde gedrag van haar vader. Ze is blij als ze op Amsterdam Centraal arriveert en ze Laurians geestige snuitje ontwaart. Alle zorgen lijken van haar af te glijden. Ze vliegt haar vriendin in de armen, zó wild dat ze bijna samen tegen de grond gaan. Ze beginnen meteen te giechelen als schoolmeisjes.

Wat later genieten ze van een kop koffie en een flinke punt appelgebak met slagroom in de stationsrestauratie. 'Je ziet er goed uit, Dorijn, en wat ben je lang geworden. Meid, je bent echt wat sommige kerels "een lekker ding" noemen! Je bent zo slank en dan je huid! Zo gaaf. Niet dat ik je vroeger niet gaaf vond, maar toch.'

Dorijn haalt haar schouders op en bloost. 'Ik weet het niet... Het is leuk dat je het zegt, Lauri, maar vanbinnen voel ik me... Tja, hoe zal ik het zeggen?'

Laurian buigt zich voorover en knikt haar bemoedigend toe. 'Zeg het maar.'

'Leeg, down, waardeloos...' Dorijn zwijgt. Ze wil niet somber doen, maar het is sterker dan ze zelf is.

Laurians ogen sperren zich wijd open. 'Is het zo erg? Meid, het is echt hoog tijd dat we weer eens bijpraten. Trouwens, we gaan dit weekend ook een heleboel plezier maken, hoor. Ik wil die ondeugende grijns van je zien, eerder laat ik je niet gaan. Voor mijn part zetten ze dan maar een robot achter die kassa van je.'

Dorijn proest het uit. Even lijkt die lach haar ogen te raken, maar dan staan ze weer even triest en flets als voorheen.

Laurian ziet het wel, maar ze zegt er niets van. Er is nog tijd genoeg om erachter te komen wat Dorijn dwarszit. Ach, ze weet het zo ook wel. Het is dat eeuwige minderwaardigheidsgevoel, dat is er kennelijk niet uit te branden. Maar ze vermoedt dat er meer aan de hand is.

'Dus jij woont ook nog steeds thuis, Lau? Wij met onze twintig jaren, nog steeds bij moeders pappot. Nou ja, in jouw geval bij die van je pa. Is het nog altijd zo'n gezellig zooitje bij jullie?'

Laurian glimlacht. 'Nog altijd, ja! Ik heb voorlopig nog geen behoefte om het vaderlijk huis te verlaten. Thirza en Davita zijn ook nog thuis, en Asjer laat zijn forse neus ook nog heel regelmatig zien. Weet je trouwens dat hij vroeger een oogje op jou had? Zo'n stoere meid, zei hij, kun

je tenminste lekker mee stoeien zonder dat ze meteen begint te piepen!'
Verbaasd kijkt Dorijn haar aan. 'Een oogje op míj? Op Nadia zul je
bedoelen! Ik was er toch zelf bij om vast te stellen hoe hij naar haar
keek? Nee, Lauri, je vergist je, hoor.'
'Mens!' snauwt Laurian bijna, 'doe nou niet zo negatief! Ik weet wat
Asjer gezegd heeft. Niet eenmaal, niet tweemaal... nee, wel tien keer, als
het niet vaker is!'
'Hij zag me gewoon als een van zijn vrienden, met wie je ruige spelletjes kon spelen, belletje trekken en in bomen klimmen. Dat is alles,
Lauri. Heus, geloof me. Neem nou Nadia, zij is toch veel...'
'Kop dicht!' onderbreekt haar vriendin haar cru. 'Hou nu eens op met
dat eeuwige gemekker over Nadia! Het is dat ik haar graag mag,
anders...'
'Wat anders? Iedereen mag Nadia. Zij is nu eenmaal overal beter in dan
ik, en het is nog een schoonheid ook. Lau, je bent een lieverd, maar je
kunt niet in tien minuten op Amsterdam Centraal iets uit m'n hoofd
praten wat er dag in dag uit in geramd is. Alleen papa, die... en Fil... Maar
dat was vroeger. Nu ligt het allemaal anders. De enige in het dorp bij
wie ik steun vind en warmte is omi Doortje. Ik ben blij dat ik naar dat
lieve mens vernoemd ben. Alleen met dat rotsvaste geloof van haar kan
ik geen kant uit.' Cynisch vervolgt ze: 'En Nadia is ook nog altijd "in de
Heer", samen met Joshua. Nadia heeft een stem gehoord, die haar zei
dat het goed was om met Josh verder te gaan.' Ze lacht wat schamper.
'Geloof jij daarin, een stem uit de hemel?'
Laurian trekt wat met haar schouders. 'Ach, ik weet het niet... Ik geloof
wel dat er iets is, of iemand... Maar ik moet niets hebben van die zweverige toestanden. Ik geloof in het goede in de mens, het is mij te gemakkelijk om alles maar aan Gods wil toe te schrijven.'
Dorijn buigt het hoofd. Na enkele minuten van pijnlijk stilzwijgen heft
ze haar gezicht op naar haar vriendin en zegt schril: 'Ik wilde dat ik kon
geloven als een kind. Net als omi, of Nadia... Het zou me zo'n veilig en
geborgen gevoel geven. Het belangrijkste zou dan de wetenschap zijn

dat God je goed vindt zoals je bent. Als ik dat toch eens zou kunnen geloven, Lauri!'

'Je appeltaart,' zegt Laurian droog.

Prompt schiet Dorijn in de lach. 'Je hebt gelijk, dat gezeur van mij ook!' Meteen neemt ze zo'n grote hap dat ze zich verslikt. Ze hoest terwijl de tranen haar in de ogen schieten.

Laurian ziet hoe haar lach wordt verstikt door tranen. Tranen om eindeloos veel onuitgesproken verdriet. 'Kom,' zegt ze, als Dorijn weer wat gekalmeerd is, 'we gaan naar huis.'

Naar huis, denkt Dorijn wat vertwijfeld. Waar ben ik thuis? God, help me alstublieft!

3

DORIJN, DIE TOCH WEL WAT WAS GEWEND WAAR HET DE FAMILIE WELSTAR betreft, komt ogen tekort.

Het grachtenpand dat zij sinds kort bewonen, is schitterend gelegen en oogt aan de buitenkant behoorlijk chic. Enigszins onder de indruk was Dorijn haar vriendin gevolgd, het kleine bordes op, door de imposante voordeur. En daar kijkt ze nu lichtelijk verbijsterd om zich heen.

'Pas op,' zegt Laurian, 'struikel niet over de troep.' Dorijn knikt wat afwezig, dan kijkt ze omhoog en ze herkent onmiddellijk de enorme kroonluchter. Vervolgens dwaalt haar blik naar de trap, die tot en met de vijfde trede bedolven is onder stapels oud papier, schoenen, handdoeken, jassen en boeken. Alles door elkaar. Ook vlak voor haar voeten ligt een stapel jassen en een bonte verzameling van laarzen, schaatsen, dassen en wanten.

Laurian schatert als ze Dorijns stomverbaasde blik volgt.

'Wat een zooitje, hè? Stap er maar overheen, in de woonkamer is het iets beter.'

Dat blijkt inderdaad het geval, hoewel Dorijn zeker weet dat grootmoeder Terborghe een rolberoerte zou krijgen als ze deze 'salon' in ogenschouw zou nemen.

Pieter staat in zijn volle lengte voor het raam, hij keert zich naar hen toe als hij de deur hoort. Met wijd uitgespreide armen loopt hij op hen toe, stopt halverwege om een stapel wasgoed en boeken van de enorme sofa te vegen, en omhelst dan beide meisjes in één grote, hartelijke greep. 'Ha, Dorijntje! Daar doe je goed aan, kind! Lang niet gezien, is alles oké? Zin in snert? Ik heb een enorme pan staan, dus schroom niet! De woonkeuken zit overigens wel stampvol, allemaal kinderen uit de buurt. Die komen hier regelmatig pannenkoeken eten, boerenkool of snert. Je weet, ik ben een goede kok, en altijd berekend op een groot aantal eters. Vandaar al die jassen en schaatsen in de gang. Die moet ik wel even wegwerken voor onze Mia thuiskomt, ze zou haar mooie nekje eens kunnen breken.'

'Snert!' zegt Dorijn gretig, 'ja, graag!'

'Weet je wat?' zegt pa Pieter opgewekt, 'ga maar vast naar Lautjes kamer, dan krijgen jullie roomservice. Je ziet eruit of je wel wat rust kunt gebruiken, Dorijn! Goed, dat is dan geregeld. Over vijf minuten hebben jullie je snert, een toetje, en een glas wijn. Een gekke combinatie misschien, maar wel een goeie, hoor. Ik spreek uit ervaring.'

'Gezellig heb je het hier,' zegt Dorijn vergenoegd als ze zich op Laurians kamer geïnstalleerd hebben. 'En lekker warm, ik heb het de laatste tijd zo vaak koud.'

'Vanbinnen, dat bedoel je toch?' Laurian klinkt ietwat bezorgd.

Dorijn haalt haar schouders op en trekt haar benen onder zich in de royale fauteuil. 'Och...' zegt ze quasi-nonchalant.

'Ja dus,' concludeert haar vriendin. 'Maar ik begrijp ook dat je er nu even niet over wilt praten. Laten we eerst maar genieten van ons samenzijn en straks van een kop gezonde Hollandse soep.'

Op dat moment wordt er geklopt. Pieter komt binnen met een enorm dienblad. Een grijns van voldoening ligt op zijn gezicht. 'Zo, dames, hier is jullie maal. Inclusief de beloofde hartversterking. Je hebt alweer wat meer kleur, Dorijntje! Eet maar lekker, en als jullie zin hebben, is er om half negen koffie. Tante Does is er ook. Mijn zusje logeert hier een paar weken. Ik denk trouwens dat ze Kerst en oud en nieuw graag hier mee wil vieren. Niet dat ze zich niet vermaakt in haar aanleunwoning, want tante Does verveelt zich nooit. Maar ze houdt nu eenmaal van veel mensen om zich heen.'

Als hij de kamer verlaten heeft, toasten Dorijn en Laurian. 'Op onze vriendschap en op tante Does!'

'Tante Does,' zegt Dorijn verwonderd, 'dat zij nog leeft! Hoe oud is ze inmiddels al wel?'

Lauri grijnst breed. 'Vijfenzeventig. Zegt ze. Dat is ze al sinds jaar en dag. Maar ik weet wel beter, hoor, ze wordt volgende week achtentachtig! Maar laat alsjeblieft niet merken dat je dat weet, Doortje. Dan is zelfs ons huis te klein!'

Dorijn grinnikt, ze zet haar glas neer en blaast in de erwtensoep. 'Ruikt heerlijk. Nou merk ik pas dat ik trek heb. Maak je niet druk, voor mij is en blijft tante Does vijfenzeventig. Is ze nog steeds zo eh...?'

'Zo gek als een deur?' vult Laurian aan. Ze neemt een fikse hap. 'Oef, nog een beetje te heet. Tante is eigenlijk niks veranderd. Nog altijd even fier, twee keer per week gaat ze naar de kapper voor wassen en watergolf en één keer per twee maanden voor een blauwgrijze spoeling. Hoe ze het voor elkaar krijgt, weet ik niet, maar ze ziet nog steeds kans zich elegant voort te bewegen op van die onmogelijke naaldhakken. Verder is ze nog helemaal bij de tijd, ze bemoeit zich altijd met alles en iedereen en... Nee, dat zeg ik niet. Dat zie je straks zelf wel.'

Dorijn weet dat het geen enkele zin heeft om te proberen verder nog iets uit haar vriendin te krijgen en ze concentreert zich daarom op de overheerlijke snert. 'Jouw vader is toch wel heel bijzonder, Lau. Veel mannen vinden zichzelf al behoorlijk geëmancipeerd als ze een keer stofzuigen of de afwas doen, maar jouw pa is zonder twijfel een allround huisman.'

Laurian knikt met volle mond. Ze lepelt haar bord verder leeg en zegt dan: 'Je hebt gelijk, hij is uniek, al heeft hij heus niet alles op orde. Maar eigenlijk is het toch gek dat iemand als mijn lieve paatje om zijn huishoudelijke talenten geprezen wordt, terwijl het gros van de vrouwen die taak nog altijd voor een groot deel op de schouders neemt. En dat vaak naast een parttimebaan buitenshuis. Die moeten zich waarmaken, dag in, dag uit. En het wordt eigenlijk doodnormaal gevonden dat het huishouden dan ook nog op rolletjes loopt en eventuele kinderen niets tekortkomen.'

Dorijn haalt haar schouders op. 'Ach, ik ben niet zo feministisch. Ik vind de rolverdeling tussen jouw ouders gewoon heel apart; het was en is bij jullie thuis altijd gezellig. Je struikelt af en toe over de troep, maar daar krijg je zoveel voor terug dat je daar zonder meer overheenstapt.'

Laurian schiet in de lach. 'Net als daarstraks in de hal!'

Ze eten hun toetje en drinken ten slotte nog een glas wijn. Dorijn ziet dat Laurians ogen opeens wat treurig staan en denkt bij zichzelf: ik mag dan wel denken dat hier alles volmaakt is, maar dat kan ik wel vergeten. Overal is wel iets.

Net als ze wil vragen wat Laurians zonnige stemming heeft doen omslaan, zegt haar vriendin: 'Ik ben bang dat jij ons gezin idealiseert, Door. Weet je, jouw moeder mag dan zo haar fouten en gebreken hebben, zij was er altijd voor jullie. En nóg, neem ik aan. Stil nou even, begin nou niet meteen weer over Nadia te zeuren! Laat ik het zo stellen: er zit misschien wel het een en ander scheef bij jullie thuis, maar jouw ouders hebben beiden hun aandeel in jullie opvoeding gehad. En voor Fil geldt dat nog steeds.

Kijk, wij hebben een heerlijke jeugd gehad. Bijna alles kon en iedereen kwam graag bij ons over de vloer. Dat is trouwens nog zo. Maar... een moeder heb ik nooit gehad, Dorijn. Ik heb haar ook nooit zo aangesproken. Sinds een aantal jaren noem ik haar gewoon Mia, dat weet je. Nou, dat geeft precies onze relatie weer. Zij is Mia Welstar, de carrièrevrouw, die als het haar zo eens uitkomt met haar man en kinderen van gedachten wisselt. Op precies dezelfde manier als ze dat doet met haar collega's en kennissen. Ruzie hebben we nooit, want daar kan ze niet tegen. Zodra er iets van een conflict dreigt, licht ze haar hielen. En uiteraard heeft ze altijd een excuus: de plicht roept! Dan vertrekt ze weer, onberispelijk gekleed in een van haar vele mantelpakjes, gewapend met haar diplomatenkoffertje.

Ik ben heus wel trots op haar, hoor, ze heeft een geweldige reputatie opgebouwd. Maar een echte moeder? Nee. Soms kan ik me zo kwaad maken als ze commentaar heeft op wat m'n vader allemaal doet. Of nalaat. Oké, het is vaak een rommeltje, maar hij zorgt ervoor dat het sanitair altijd schoon is, dat er boodschappen worden gedaan, hij kookt voortreffelijk en al de rest. Hij staat altijd vroeg op, brengt Mia haar ontbijt op bed, vouwt fluitend enorme stapels was op en ga zo maar door. Maar dan kan zij af en toe van die rotopmerkingen maken. Zo denigrerend, dan kan ik haar wel wat doen! Pa laat het allemaal maar over zich heen komen en lijkt er totaal geen moeite mee te hebben dat hij "de man van mevrouw Welstar" is. Terwijl hij degene is die ons nestwarmte heeft gegeven, pleisters op onze knieën heeft geplakt, en zich het vuur uit de sloffen heeft gelopen om alle ouder- en schoolavonden te bezoeken. En – dat weet je vast nog wel – hij zat altijd in diverse commissies, organiseerde bazaars voor goede doelen, en draaide hele schoolmusicals in elkaar... Maar voorzover ik mij kan heugen, heeft hij voor al die activiteiten nog nooit een waarderend woord van haar gehad.'

'Heb jij óók een hekel aan je moeder?' De vraag ontsnapt Dorijn tegen wil en dank. Vreemd, denkt ze, ik heb het nog nooit hardop durven zeggen. Het is net of dat gevoel nu onomkeerbaar is.

'Een hekel aan Mia?' Laurian knijpt haar ogen samen en bijt nadenkend op haar lippen. 'Nee, dat is het niet. Het is erger, Door. Mia laat mij koud. En dat is veel erger dan een hekel hebben aan iemand. Het feit dat jij je zo druk maakt om de houding van jouw moeder betekent dat je nog om haar geeft. Nu zul je misschien zeggen dat Mia mij ook niet onberoerd laat, maar in mijn geval ligt het toch anders. Het gaat mij erom hoe pa dat allemaal verwerkt. Ik begrijp niet hoe hij zich al die jaren zo coulant heeft kunnen opstellen. Dat hij nooit eens heeft gezegd: je bekijkt het maar, nu doe ik eens gewoon wat ík wil. Je weet toch dat hij bioloog is, en ik weet dat hij alle kansen heeft gehad om zich verder in die richting te ontplooien. Nu is het sinds jaar en dag een hobby voor hem, en hij heeft zijn kinderen ontzettend veel liefde voor de natuur bijgebracht. Maar wie weet hoe graag hij zich daarin verder had willen bekwamen. Hij houdt wel zo veel mogelijk zijn vakliteratuur bij, maar hoe je het ook wendt of keert, hij staat aan de zijlijn. Of hij dat zelf zo ziet, weet ik niet. Als ik hem er rechtstreeks naar vraag, maakt hij zich er met een kwinkslag van af. Maar het verlangen in zijn ogen – dat ik soms signaleer als hij zich onbespied waant – spreekt voor mij boekdelen!'

Als Dorijn op Laurians litanie wil ingaan, wordt er hard geklopt en voor haar vriendin de kans krijgt 'ja' te roepen, staat Asjer al binnen. Onmiddellijk verstijft Dorijn als hij haar peilend aankijkt met zijn donkerbruine ogen. Maar zij slaat haar blik niet neer, al voelt ze hoe de hitte vanuit haar hals omhoogkruipt langs haar wangen. Nee, denkt ze verbeten. Nee, Asjer Welstar, de tijd is voorbij dat ik me door jou laat intimideren!

'Hoi, mag ik de dames uitnodigen om beneden koffie te komen drinken?' Hij heeft een prachtige stem, donker en warm. Hoewel hij klein van stuk is, oogt hij lang. Dat komt door zijn fiere en zelfbewuste houding. Precies de houding van zijn moeder, denkt Dorijn een beetje schamper. Wat verbeeldt hij zich eigenlijk wel? Hij doet het weliswaar uitstekend als rechtenstudent, maar ze vraagt zich af of zijn houding niet meer gebaseerd is op de status van Mia, die hem min of meer gepusht heeft om hetzelfde te gaan studeren als zij destijds heeft gedaan.

Laurian is spontaan opgesprongen en omhelst haar broer. 'Fijn, joh, ik wist niet dat je vanavond thuis zou komen! Is tantetje al beneden, en de rest?'

Asjer glimlacht naar Dorijn. 'Gek, hè? Ze ziet me zo ongeveer om de dag, en altijd gedraagt ze zich alsof ik maandenlang weg ben geweest als ik me hier vertoon.' Hij kust zijn zus hartelijk op haar wang, maakt zich van haar los en strekt zijn armen dan uit naar Dorijn, die zich intussen enigszins hersteld heeft.

Niet doen, zegt haar verstand, wat denkt die verwaande kwast wel! Maar haar voeten dragen haar naar hem toe en ze laat zich omhelzen. Ze voelt zijn lichaamswarmte en ze weet zich geen raad met haar houding.

'Je ziet er perfect uit, Dorijn. Leuk je weer eens te zien! Hoe gaat het in Klarenoord? Is je zuster nog altijd zo...'

'Já!' snauwt ze fel. 'Nadia is nog steeds even mooi, slim en populair als voorheen. Dat wilde je toch weten, hè?'

Asjer trekt nauwelijks waarneembaar zijn donkere wenkbrauwen op. 'Dorijntje toch, hoe heb ik het nou met je? Ik heb gewoon belangstelling voor jou en je familie, wat is daar mis mee? Ik wist niet dat jij zo'n kruidje-roer-mij-niet was. Voor mij ben jij nog altijd die toffe meid die voor geen kleintje vervaard was, die alle schaatswedstrijden won en kon wedijveren met elke jongen uit de buurt wat boompje klimmen en belletje trekken betrof.'

Dorijn geneert zich voor haar gedrag en knikt. 'Sorry,' zegt ze dan wat moeilijk, 'het is thuis bij ons momenteel wat eh... Nou ja, er zijn wat problemen met Fil en ook met Nadia. Ik maak me zorgen om haar, ze is de laatste tijd zo stil.'

'Maar ze was toch nooit zo'n druktemaker?' vraagt Asjer verwonderd.

Dorijn schudt wat geïrriteerd haar hoofd. 'Nee, die druktemaker was ik. Dat bedoel je toch? Laten we nu maar naar beneden gaan, koude koffie lust ik niet.'

Quasi geschrokken deinst Asjer achteruit, zijn handen voor zich uitgestrekt. 'Neem me niet kwalijk, freule, ik wilde je gevoelens niet kwetsen. Vergeef me, ik loop wel vaker met m'n platvoeten over tere zieltjes heen. Zo zie je maar, ik heb ook nog een boel te leren!'

Dorijn hapt naar adem om hem van repliek te dienen, maar Laurian grijpt in. 'Kom op. Je hebt gelijk, Dorijn, de koffie wordt koud. Asjer, die club snerteters is toch zeker al wel vertrokken?'

Asjer knikt. 'Die zijn keurig door tante Does verwijderd.'

Tegen wil en dank schiet Dorijn in de lach, dan zegt ze: 'Goed, genoeg gepraat. Het wordt hoog tijd dat ik tante weer eens zie!'

In goede harmonie lopen ze gedrieën de brede trap af. Juist als ze beneden arriveren, zwaait de deur van de huiskamer open. Daar staat tante Does in eigen persoon.

'Zo, dat werd tijd! Ik heb zin in koffie. Dorijn, kind, hoe gaat het met jou? Je ziet eruit alsof je water ziet branden. Kom, schiet op! Pieter heeft een heerlijke cake gebakken. Davita en Thirza hebben van tevoren alweer een stuk gejat, die apen. Hup, naar binnen! We stoken hier niet voor de vogeltjes, nietwaar, Pieter?'

Ze wiebelt de grote, hoge huiskamer binnen met Dorijn in haar kielzog. Deze vergaapt zich aan het knalrode gewaad waarin tante Does zich heeft gehuld; het geval slobbert om haar tengere figuur, maar wekt toch de indruk van elegantie. Ze ziet hoe tante zich installeert in de grote leren stoel bij de open haard, en spert haar ogen wijd open als ze toekijkt hoe de oude dame met resolute bewegingen een dikke sigaar opsteekt. Heel geroutineerd, en alsof het de gewoonste zaak van de wereld is.

'Dát bedoel ik dus,' fluistert Laurian giechelend achter haar rug.

'Wat zeg je, Laurian? Ik ben niet doof, hoor!' snerpt tante Does. 'O, die sigaar bedoel je? Nou, kind, ik kan je verzekeren dat het puur genieten is, en veel beter voor je gezondheid dan sigaretten. Ga toch zitten, kinderen. Zeg, Pieter, schenk voor mij eens een glas cognac in. Het is er echt weer voor.'

Dorijn laat zich sprakeloos neervallen op de enorme bank, die overduidelijk betere tijden heeft gekend. Laurian gaat op het kleed voor de haard zitten en Asjer nestelt zich tussen Davita en Dorijn in.

Ik moet toch iets zeggen, denkt Dorijn koortsachtig en dan flapt ze eruit: 'Hoe komt u eigenlijk aan die rare naam, tante?'

Tante Does lacht met hoge uithalen.

Terwijl haar broer haar een enorme bel cognac aanreikt, zegt ze hinnikend: 'Dat stamt uit de tijd dat je nog van die stijve permanentjes had.

Je weet wel, kind, zo'n kroeskop. Daar liep je dan wéken mee rond. Tja, en toen werd het tante Does. Zonde eigenlijk, als je bedenkt dat ik Anastasia heet. Wie weet ben ik wel de enige nog levende nazaat van de Romanows. Maar dat zal wel niet, ik moet het doen met de fraaie naam Piest.' Weer lacht ze hoog en kakelend. 'Wil je ook eens zo'n lekker sigaartje proberen, Dorijn?'

Asjer port met zijn elleboog in haar zij. 'Doen, meid. Staat vast hartstikke tof!'

Dorijn fronst en schuift van hem weg. 'Nee, dank u, tante, ik steek liever een sigaretje op.' Was Asjer maar weggebleven, denkt ze, ik heb geen behoefte aan zijn zogenaamd geestige opmerkingen. Gaandeweg ontspant ze zich echter, en warmt ze zich aan de prettige sfeer die hier de boventoon voert. Er komen nog wat vriendinnen en vrienden van Davita en Thirza langs, en tegen half twaalf komt er nog een oude heer 'buurten'. Meneer Van Everdingen woont iets verderop aan de gracht en is een graag geziene gast in huize Welstar. Laurian knipoogt veelbetekenend naar Dorijn. Hij heeft een oogje op tante Does! Dorijn hoest haar lachkriebels weg en geniet.

Heel even, rond een uur of twaalf, laat Mia Welstar zich zien. Ze drukt Dorijn vormelijk de hand, zegt dat ze nog veel werk te doen heeft en verdwijnt weer uit de huiselijke kring. Alsof er een kille bries met haar de deur binnenkwam, denkt Dorijn. Ze huivert.

'Ben je moe?' vraagt Asjer met oprechte belangstelling.

'Ja, ik heb slaap.' Dorijn stelt in stilte vast dat ze Asjer toch wel mag. Hij heeft alleen iets wat haar onzeker maakt, nog onzekerder dan ze al is.

Later, in Laurians kamer, kletsen ze nog tot in de kleine uurtjes. De slaap trekt zich bescheiden terug.

'Heerlijk is het hier!' verzucht Dorijn. 'Dit moeten we vaker doen.' Ze krijgt geen antwoord, Laurian slaapt. Dorijn glimlacht tegen de maan, die zich door een kleine opening in de gordijnen laat zien. Dan rolt ze zich behaaglijk op onder het veren dekbed en koestert zich algauw in Morpheus' armen.

Die zaterdag ziet Dorijn kans alle zorgen voor even te verdrijven. Laurian levert daaraan een grote bijdrage. Ze neemt haar vriendin mee op sleeptouw, de stad in. Ze winkelen uitgebreid en als ze tegen sluitingstijd bekaf in een klein café, ergens in een steegje aan de bar schuiven, zegt Dorijn voldaan: 'Hè, wat is dat heerlijk, zomaar een smak geld uitgeven aan dingen die je niet eens echt nodig hebt!'

Laurian knikt vergenoegd. 'Ja, dat kan ik me voorstellen. In Klarenoord valt er weinig te winkelen, de Hoofdstraat heb je in een kwartier gehad. Nee, geef mij maar Amsterdam!'

Dorijn lacht. 'Da's een populair liedje, toch? Dus jij zou nooit terug willen?'

'Zo, dames, wat zal het zijn?' De breedgeschouderde barkeeper kijkt hen vrolijk aan. Dorijn moet glimlachen om de manier waarop hij zijn wenkbrauwen tot twee perfecte boogjes optrekt.

'Doe maar twee pilsjes,' zegt Laurian gedecideerd.

'En twee mokkapunten,' vult Dorijn aan.

De jongeman geeft de bestelling door aan zijn collega in onvervalst Amsterdams.

Ze grinniken. 'Wonderlijke combinatie,' zegt Dorijn, 'bier en mokkataart.'

'Ach, leuk juist!' zegt Laurian. 'Net zoiets als snert met wijn.'

Daar moeten ze zo onbedaarlijk om lachen, dat de barkeeper vraagt of hij mag meegenieten, terwijl hij geroutineerd twee biertjes tapt en voor hen neerzet.

'Valt niet uit te leggen,' zegt Laurian hikkend van de lach, 'laat u ons maar even!'

'Goed, jij je zin, meissie!'

Buiten valt de kou snijdend op hen aan. Zwijgend zwoegen ze tegen de wind in naar de tramhalte, onhandig manoeuvrerend met hun tassen en pakjes.

Een broodmagere man in een veel te dunne regenjas klampt Dorijn plotseling aan. Ze verstijft van schrik. Als hij haar om geld vraagt, trekt Laurian haar mee.

'Doorlopen,' sist ze, 'da's een junk!'

De man schreeuwt hen op luide toon verwensingen achterna, die langzaam wegsterven in de verte.

Pas als ze zich in de tram geïnstalleerd hebben, kijken ze elkaar weer aan. 'Toffe stad, vind je niet?' zegt Laurian cynisch. Dorijn trekt kleumerig haar schouders op.

'De zelfkant van de grote stad,' vervolgt Laurian. 'Die man... zo zijn er hier duizenden. Ik hoef jou toch niet te vertellen van de drugsscene, van de zwervers die weer eens een opvang uit geschopt zijn?'

'Ik heb gisteren een heel artikel over schizofrenie gelezen,' zegt Dorijn dan. 'Veel van die mensen gaan op den duur op straat leven. Ze vinden zo nu en dan onderdak bij het Leger des Heils, ze worden soms opgenomen, en vervolgens weer ontslagen. En dan krijg je het hele verhaal opnieuw...' Ze zucht bedrukt.

Laurian stoot haar zachtjes aan. 'Er is een heleboel rottigheid, Doortje, maar laten we het gezellig houden. Probeer dat voorval met die kerel uit je hoofd te zetten. Vroeger kon je je de dingen ook zo aantrekken, al liet je dat zelden blijken. Alleen Merlin en ik wisten eigenlijk hoe je echt was. In elk geval niet de stoere meid met de grote bek, die er regelmatig op los timmerde. Als iemand Merlin te na kwam, of mij... nou, dan kon je je maar beter bergen!'

Dorijn glimlacht. 'Je had psycholoog moeten worden, Lau, net als Nadia. Trouwens, jij bent ook niet alleen maar die vrolijkerd voor wie men je aanziet, toch?'

'Help, we moeten eruit! Wij ook met ons gefilosofeer.'

Bij het uitstappen verliest Dorijn een paar pakjes en als Laurian ze probeert op te vangen, liggen haar tassen ineens verspreid over de stoep. Ze bukken zich tegelijk, stoten hun hoofd en gillen van de lach.

Een keurig geklede jongeman staat stil en zegt rustig: 'Zal ik even helpen, zusje? Hallo, Dorijn, leuk jou ook weer eens te zien.'

'Ruben!' schreeuwt Laurian. 'Te gek, joh!' Ze omhelst haar oudste broer onstuimig.

'Zullen we eerst even de spullen bij elkaar rapen?' stelt Ruben droogjes voor.

Opnieuw schieten Dorijn en Laurian eendrachtig in de lach. 'O, Ruben,' zegt Dorijn, 'je zult wel denken!'

Ruben grijnst breed. 'Ja, ik denk van alles, maar dat ga ik jullie niet aan je kouwe neuzen hangen. Kom op, geef mij maar wat tassen. Even stevig doorlopen, dan zijn we binnen vijf minuten thuis. Pa zal de koffie wel klaar hebben.'

Die avond is het een drukte van belang in huize Welstar. Voor Ruben, die onverwacht is aangekomen vanuit Groningen, waar hij Nederlands studeert, wordt door Davita en Dorijn een matras met toebehoren op zolder klaargelegd.

Onder het genot van een hapje en een drankje zit de hele club een tijdje later aan tantes lippen gekluisterd. Zij kan vertellen als geen ander, en zo, dat je gelooft dat het allemaal echt gebeurd is. Dorijn ziet op een gegeven moment dat tantes felle ogen zich naar binnen lijken te keren, terwijl ze vertelt over een jong meisje dat in één klap beide ouders verloor en in een kindertehuis terechtkwam. Aan tantes stem is niets te merken, maar Dorijn realiseert zich dat dit verhaal niet verzonnen is. Dit is tante Does zélf overkomen. En ook Pieter natuurlijk. Al met al wordt het een fijne avond. Alleen Mia laat zich niet zien.

En er is niemand die haar mist, peinst Dorijn. Vreemd, waarom is een vrouw als Mia ooit getrouwd? vraagt ze zich opeens af. Ze zal op haar manier wel van haar man en haar kinderen houden, maar kennelijk gaat haar werk boven alles. Ze weet niet wat ze mist, denkt Dorijn. Later in bed begint ze erover tegen Laurian, maar die gaat er nauwelijks op in. Dan toch maar liever moeder. Moeder, die er altijd is. Ze heeft dan wel veel op haar aan te merken, maar ze is niettemin zorgzaam. Vroeger, toen ze haar kinderziektes doormaakte, dat waren eigenlijk de fijnste

periodes. Mam was dan zorgzaam en liefdevol. Ze liet haar huishoude-
lijk werk dan soms uren voor wat het was om haar voor te lezen.

Voor ze in slaap valt, denkt Dorijn: het kan ook wel aan mij liggen,
waarschijnlijk ben ik gewoon jaloers op Nadia en zie ik dingen die er
niet zijn. Ik zal me vanaf nu anders gaan opstellen, niet zo kritisch. Dat
is prettiger voor mam en uiteindelijk ook voor mijzelf.

Zondagochtend gaat heel vroeg de telefoon in huize Welstar.
'Voor jou, Door,' zegt Laurian slaperig. 'Het is je pa.'
'Dorijn, je moet onmiddellijk terugkomen! Nadia ligt in het ziekenhuis,
je moeder is bij haar.' Haar vaders stem slaat over als hij eraan toevoegt:
'En Fil is spoorloos. Ik weet me geen raad, Doortje. Kom snel terug. Ik
heb je nodig!'

4

'IK GA MET JE MEE,' HAD LAURIAN GEDECIDEERD GEZEGD. DORIJN HAD
nauwelijks gereageerd, ze was als verdoofd geweest door haar vaders
noodkreet. Maar nu ze in de trein zitten, is ze blij dat ze niet alleen is
gegaan.
'Nadia... Lauri, ik ben zo vaak jaloers op haar geweest. Ik heb zo vaak
gedacht: ik haat je. Maar geloof me, ik houd van haar en ik kan niet zonder haar... En ik had meer aandacht aan Fil moeten besteden. Er waren
signalen. Ik had ze best kunnen ontcijferen, als ik niet altijd maar met
mezelf bezig was geweest, als ik niet...'
'Stil, hou op met die zelfbeschuldigingen, daar is niemand mee geholpen. Je moet nu flink zijn, Dorijn. Je vader heeft je nodig. Ze hebben je
thuis allemaal nodig. Denk daaraan. En ik ben er om je te steunen,
zolang het nodig is. Wat m'n studie betreft, maak je daarover geen zorgen, dat haal ik wel weer in.'
Dorijn staart voor zich uit, de woorden van haar vriendin lijken haar

41

niet te bereiken. Nadia... Ze zag de laatste tijd zo bleek, en haar glimlach had nooit meer dat zonnige gehad. Al die tekenen. En zij was eraan voorbijgegaan, omdat ze vol was van zichzelf. Ze had zich laten verteren door jaloezie, omdat Joshua niet voor Dorijn Terborghe gekozen had. Nee, hij had gekozen voor haar zuster, die tot nu toe alles mee had gehad in het leven. Maar Nadia had eerst een stem uit de hemel moeten horen om te aanvaarden waar zij, het onaanzienlijke zusje, zo op gehoopt had. Nu vraagt ze zich af: was ik eigenlijk wel verliefd op Josh, of wilde ik gewoon dat wat Nadia in eerste instantie weigerde? Nadia, die haar hart aan de Heer had geschonken... Zou ze daar nu ook iets aan hebben?

Gek, ze zou nu willen bidden, maar ze durft niet. Wat zou ze moeten vragen? 'Heer, hier ben ik, ik geloof niet in U, maar wilt U me helpen?' Net als een fragment dat ze eens gelezen had in een boek van Renate Rubinstein. Die schreef een brief aan God, een soort gebed, uit ongeloof geboren. Of hoopte ook zij dat ze tóch antwoord zou krijgen? Eerst zien en dan geloven? Nee, Nadia zei immers dat geloven juist betekende: aanvaarden zonder bewijzen? Kan zij dat opbrengen, wil ze dat überhaupt? O God, help me, ik weet het niet meer! Maak Nadia alstublieft beter en breng Fil veilig thuis! Ze schrikt op en spert haar ogen wijd open. Nu bidt ze tóch!

'Wat is er?' vraagt Laurian gealarmeerd.

Het is Dorijn te moede of er een dam doorbreekt. Ze huilt, vrijwel geluidloos maar met een niet te stuiten stroom van tranen.

'Kijk voor je!' snauwt Laurian tegen een oudere vrouw die voor haar gevoel te nieuwsgierig naar de snikkende Dorijn kijkt.

'Sorry, hoor. Ik dacht dat ik misschien kon helpen, al was het alleen maar met een pakje tissues,' zegt de vrouw vriendelijk.

Laurian schaamt zich onmiddellijk voor haar uitval. 'Eh, graag. Het spijt me, ik dacht...'

'Laat maar,' zegt de vrouw, en ze overhandigt haar de papieren zakdoekjes.

Dorijn kijkt naar de vrouw en produceert een waterig lachje. Een onbekende, denkt ze verward, een vreemde. Maar wel iemand die mijn tranen serieus neemt. Ze hiklacht en voelt hoe ze de controle over zichzelf dreigt te verliezen. Ik moet me ergens op concentreren, denkt ze, en ze richt haar blik op de nummers boven de deur van het compartiment. Tachtig eenendertig, tachtig eenendertig, tachtig... Ze haalt diep adem en kijkt opzij als de trein stopt. Zomaar midden in het weiland. Opnieuw dreigt ze in paniek te raken. 'Lau, waarom stoppen we? Ik móet naar huis!'

Met een halfuur vertraging komen ze eindelijk in Klarenoord aan. Op een klein stationnetje, 's morgens in de vroegte... denkt Dorijn dwaas. Opnieuw moet ze tegelijk lachen en huilen.
'Dorijn! Doe nou even normaal, zo heeft niemand iets aan je!' zegt Laurian vermanend.
Dorijn wil haar vriendin de huid vol schelden, maar dan ziet ze de oprechte bezorgdheid en genegenheid in die bruine kijkers. 'Je hebt gelijk, Lauri. Kom, rennen, de bus staat al klaar. Over tien minuten kunnen we in het ziekenhuis zijn!'
Laurian aarzelt even, en zegt dan vastberaden: 'Als jij denkt jezelf in de hand te kunnen houden, wil ik het als volgt doen: jij pakt die bus en ik ga op zoek naar Fil.'
Dorijn denkt razendsnel na en knikt dan. 'Oké, doe maar!' Meteen begint ze te hollen.
Ze ziet nog net kans de bus te bereiken voordat de chauffeur optrekt. Het is Cees de Haan, ziet ze. Tja, hier kent iedereen elkaar. Althans, men méént elkaar te kennen...
'Wat een haast, Dorijn,' zegt Cees vrolijk.
'Nadia ligt in het ziekenhuis,' zegt ze kortaf, en ze legt haar strippenkaart neer om hem te laten afstempelen.
Cees spert zijn ogen wijd open. 'Maar Dorijn, wat is er dan gebeurd? Weet je trouwens wel zeker dat ze in Klarenborg is opgenomen? Ik

bedoel, als het ernstig is – en zo ziet het er wel uit – zouden ze haar dan niet naar Amsterdam hebben gebracht?'

Dorijn slaat haar hand van schrik voor de mond. 'O Cees, ik weet het niet! M'n vader zei... Ik ben vanochtend heel vroeg gebeld, bij Laurian Welstar, je weet wel. Ik ben er toen van uitgegaan dat ze hier is opgenomen. Wat moet ik nou?' Weer worden haar ogen vochtig.

'Wacht,' zegt Cees, 'ik bel even hiertegenover bij café Oost-West, Jochem van Lier... Waarschijnlijk weet hij wel... Nou ja, wacht maar even.'

De weinige medepassagiers kijken Dorijn vol medeleven aan. 'Ik dacht de laatste tijd al... Nadia heeft vast iets onder de leden,' zegt juffrouw Orbach. 'Gek dat ik nog niet wist dat ze in het zie...'

'U zou het anders snel genoeg geweten hebben in dit roddelgat!' snauwt Dorijn. Juffrouw Orbach, bah, dat ze nu net haar hier moet aantreffen! Het wandelende nieuwsblad. Ach, eigenlijk is het een treurig type, met haar drie hondjes en haar tien katten. Als het er inmiddels niet meer zijn... Ooit, voordat Dorijn werd geboren, had Nel Orbach voor niets staan wachten op haar bruidegom. Die had haar voor schut laten staan, en was met de noorderzon vertrokken naar God weet waar... hier stokken Dorijns gedachten. God wéét waar. Hij weet ook waar Nadia is, Hij weet... Ze schudt het hoofd, en springt op als Cees de bus binnenstapt.

'Je hebt geluk. Ze ligt hier, in het Julianaziekenhuis in Klarenborg. Maar ik heb wel begrepen dat ze haar morgen willen overbrengen naar het AMC. Het is... eh, het gaat niet zo best met je zuster, al weten ze nog niet precies wat er...'

'Laat maar,' zegt Dorijn bits. 'Schiet maar op, je bent al vijf minuten te laat!'

Cees haalt zijn schouders op. Hij zal er maar niet op ingaan, en gewoon accepteren dat dat kind van Terborghe zo onredelijk doet. Dat is ook wel begrijpelijk, gezien de situatie. Hij schuift snel op de bestuurdersplaats, start de motor en trekt zo snel op dat de bus met horten en stoten op gang komt.

'Kijk een beetje uit!' gilt juffrouw Orbach. 'Ik heb een bijzonder gevoelige maag, dat weet jij al jaren, Cees. Moet je nou ineens om dat onhebbelijke kind ons als keurige passagiers de dupe laten worden?'

Cees ziet in het spiegeltje haar verontwaardigde ogen en vertrekt zijn mond tot een grimas. Laat dat mens maar kletsen, als het erop aankomt, is het maar een stakker. En neem nou dat kind van Terborghe... Rijkdom, een leuk koppie, prima ouders... Ach, wat zegt het allemaal? Nee, Cees weet inmiddels wel dat je verder moet kijken dan je neus lang is, en dat er achter elke deur wel wat is.

Ach, hij hoopt dat Nadia binnenkort weer vrolijk door de straten van het stadje zal gaan. Dorijn is toch heel anders...

Het is vast wel moeilijk voor dat meisje, altijd maar het lelijke eendje te moeten zijn. Hoewel, lelijk is ze bepaald niet, maar bij haar zus kan ze natuurlijk niet in de schaduw staan.

'Mijn zuster, Nadia... waar ligt ze?' Hoog en onnatuurlijk klinkt haar stem. Dorijn hoort het geluid als van een afstand.

'Ach, Dorijn... goed dat je meteen gekomen bent. Ze is nu nog hier, je moeder is in alle staten. Over twee dagen wordt ze overgebracht naar het AMC.'

'Ja, ja, maar waar ligt ze?' zegt Dorijn ongeduldig.

De receptionist raadpleegt zijn gegevens. 'Op interne A, kamer 3. Maar het bezoekuur...'

Dorijn hoort het al niet meer, zo'n haast heeft ze om bij Nadia te komen. Ze ziet nog net kans de lift naar de derde verdieping binnen te glippen.

'Goeie help, wat zie jij eruit!' zegt een bekende stem.

Ook dat nog, denkt ze. Nelis van Amerongen! Ze treft het wel vandaag. Eerst Nel Orbach, nou hij weer! Nelis loopt hier de deur plat sinds hij met pensioen is. Hij bezoekt alle patiënten in zijn hoedanigheid als 'broeder van het kerkelijk contact'.

Dorijn zucht eens diep en denkt dan beschaamd: eigenlijk is het een fantastische kerel, hij staat immers altijd klaar voor iedereen die hulp nodig heeft. Dan vertelt ze hem van Nadia, van haar angst om haar en om haar broertje Fil.

Hij luistert, met een meelevende blik in zijn ogen. 'Sterkte, kind, ik zal voor jullie bidden. En als ik iets kan doen...'

De lift stopt. 'Bedankt, Nelis! Ik moet er hier uit. Misschien dat je m'n vriendin Laurian, je weet wel, kunt helpen zoeken naar Fil? Zij is met me meegekomen uit Amsterdam.'

Hij knikt en roept door de dichtschuivende liftdeur: 'Komt voor elkaar, Dorijn! En beterschap voor je zuster!'

Even later wipt ze de kamer van haar zusje binnen. De schrik slaat haar letterlijk om het hart bij de aanblik van de zieke Nadia. Ze is zo bleek, zo stil! Verstard staat Dorijn aan het bed en even gaat het door haar heen: ze is dood, Nadia is dood! Nu kan ik het nooit meer goedmaken, nu is het voorgoed te laat!

Dan slaat haar zus onverwacht de ogen op. 'Dorijn,' fluistert ze, 'wat fijn dat je gekomen bent.' Ze beweegt het puntje van haar tong langs haar droge lippen en Dorijn ziet hoe zelfs dát haar zusje moeite kost. Zweetdruppeltjes parelen op haar voorhoofd.

Albast, denkt Dorijn, haar voorhoofd heeft de kleur van albast. Zo teer, zo koud, zo...

'Zeg maar niets, Dorijn,' fluistert Nora. Ze zit als een standbeeld naast het bed. Haar gemanicuurde hand met de felgelakte nagels rust op de kleine, witte hand van Nadia.

Net een klauw, denkt Dorijn. Woede snoert haar bijna de keel dicht. Wat ik denk of voel, dat doet er niet toe! Het is weer het oude liedje. Zwijgen moet ze, terwijl ze barst van de vragen. Wat is er gebeurd? Hoe kan Nadia ineens zo ziek zijn? Wat gaan ze met haar doen? Waarom moet ze naar het academisch ziekenhuis? Ze klemt haar mond samen tot een smalle streep. Haar moeder negerend loopt ze naar voren, ze neemt een tissue en veegt het zweet van Nadia's voorhoofd. Dan drukt zij er zacht een kus op en fluistert: 'Vergeef me, Nadia. Alsjeblieft, vergeef me.'

Nadia opent opnieuw haar ogen en glimlacht. 'Alles... is al... vergeven.'
Dorijn ziet de woorden meer dan ze ze hoort, maar het is genoeg. Voor
dit moment is het genoeg. Ze knielt en legt haar hoofd naast dat van
haar zuster. De stem van haar moeder komt als van heel ver. Nee, ze
hoeft niet te luisteren, want ze is nu samen met Nadia. Samen met haar
zus, op een eiland van rust, een eiland van vrede en begrip. Woorden
zijn hier overbodig.

5

'DIE ENORME VERBONDENHEID, JOHAN... IK STOND ER EVEN HELEMAAL
buiten toen Dorijn bij Nadia zat. Ze begrepen elkaar zonder woorden...'
Nora kijkt stomverbaasd.
'Wees daar maar blij mee,' zegt haar man kort. 'Ze houden van elkaar,
wat is daar mis mee? Nu het erop aankomt, vergeet Dorijn gelukkig dat
jij haar Nadia altijd ten voorbeeld stelt. Spreek me niet tegen, je weet
zelf ook heel goed dat het zo ligt en niet anders. Dat Dorijn nog altijd
zoveel om Nadia geeft, mag een wonder heten. Want wees nou eens eerlijk, Nora, Nadia is altijd jouw lieveling geweest. Je zegt wel dat je van
alle drie evenveel houdt, maar tóón dat dan ook. Door je houding heb
je hun vaak het gevoel gegeven dat zij op de tweede plaats komen. Dat
valt niet goed te praten. Ik ben er te weinig tegenin gegaan, maar ik heb
wel altijd geprobeerd er voor hen allemaal te zijn. Zonder aanzien des
persoons.'
Nora zwijgt, haar lippen zijn stijf samengeknepen tot een smalle streep.
'Ach!' zegt Johan, terwijl hij abrupt opstaat, 'al dat gefilosofeer... Wat
heeft het voor zin? Fil is nog steeds spoorloos, Dorijn is volledig dicht-
geklapt, en wij... Wij zitten hier maar af te wachten en te niksen!'
'Over een uurtje gaan we weer naar Nadia,' zegt Nora dan zacht.
Woedend kijkt Johan haar aan. 'Jij bent ziende blind en horende doof!'
schreeuwt hij. 'Ik had het over onze andere twee kinderen! Ben jij dan

helemaal niet bezorgd om Fil? Dat kind is nog maar elf jaar, wie weet wat hem is overkomen? En Dorijn heeft nu weliswaar ontzettend veel steun aan Laurian, maar die kan hier ook geen weken blijven. Dat kind moet ooit verder met haar studie. En als zij vertrokken is, wat is Dorijn jou dan waard? Nou?!'

Nora trekt wat met haar schouders. 'Doe niet zo dramatisch, alsjeblieft! Fil komt heus wel terecht. En Dorijn? Ach, die redt zich wel. Die wil niet eens door mij bemoederd worden.'

'Vind je het gek? Ik weet best dat je ook om háár geeft, maar Dorijn heeft daar zelf nooit veel van gemerkt. Nadia komt bij jou immers altijd op de eerste plaats? We moeten juist nu aan Dorijn en Fil laten merken dat zij voor ons net zoveel betekenen als hun oudste zuster. Fil... Waar zit dat joch? Ik denk dat het tijd wordt om de politie te...' De telefoon rinkelt en Johan vliegt overeind. Zo snel dat hij er duizelig van wordt. Toch ziet hij kans om kalm op te nemen. 'Terborghe.'

Nora ziet zijn gespannen blik. Ze ziet hoe hij plotseling lijkbleek wordt. 'Nadia!' krijst ze, 'is Nadia...'

Haar man legt haar met een kort gebaar het zwijgen op. Ze schrikt van die koude, afstandelijke blik.

'Dat was Laurian,' zegt Johan hees. 'Ze hebben Fil gevonden in het park, met een stel knullen van een jaar of zeventien. Hij zat daar te blowen – je weet wel, marihuana of hasj – tot hij hondsberoerd werd en vreselijk moest overgeven. We kunnen hem nu van het politiebureau gaan halen. En als jij niet mee wilt – je moet toch zo nodig naar Nadia – dan ga ik wel alleen.'

'Gelukkig,' zegt Nora, 'Fil is dus terecht. Nou, die heeft z'n lesje wel geleerd, denk ik zo. Het is maar goed dat hij zo beroerd geworden is van dat spul. Hoe komt die knul erbij die troep te roken, hij is nog maar elf!'

'Ja,' zegt Johan zacht, 'hij is nog maar elf... Gek, hè, hoe komt zo'n joch daar nou toe? Denk daar maar eens over na, Nora.' Hij loopt naar de kamerdeur en zegt: 'Ik ga nu naar Fil. Doe de groeten aan Nadia en zeg haar dat ik later nog even langskom.' Met een klap gooit hij de deur dicht. Nora ervaart het als een afscheid, als iets onherroepelijks. Maar wat moet zij dan? Ze kan Nadia toch niet alleen laten, nu zij zo ziek is? En Johan weet toch dat ze net zoveel van Dorijn en Fil houdt? Maar diep in haar hart is er die angstige zekerheid dat hij gelijk heeft. Ze geeft meer om Nadia, ook al zal ze dat nooit ofte nimmer hardop uitspreken. Ze zucht eens diep, en sleept zichzelf dan de trap op. In de badkamer staren haar ogen haar flets en moedeloos aan. Dan herneemt ze zich, ze stift haar lippen en brengt wat rouge aan. Zo, nu nog wat oogschaduw en mascara, dan lijkt het tenminste weer wat. Haar kapsel zit gelukkig nog perfect. Ze zal dat chique korte jasje aantrekken over haar eenvoudige, grijze jurk, en dan haar nieuwe pumps erbij. Ze glimlacht even later naar haar spiegelbeeld. Ze kan er weer mee door, mevrouw Terborghe. Snel wendt ze haar blik af van de spiegel om de blik in haar ogen niet te hoeven zien. Zelfverwijt... ze wil en kan er niet aan toegeven. Ze moet nu gaan. Nadia, haar lieve mooie dochter, die ineens zo vreselijk ziek is!

In de auto, onderweg naar haar dochter, zet ze alle gedachten aan Dorijn en Fil van zich af. Haar oudste kind heeft haar nu het meeste nodig. Keurig parkeert ze haar wagentje even later op het parkeerterrein bij het ziekenhuis. Recht en statig begeeft ze zich naar de ingang, en sluit ze zich aan bij de rij wachtende bezoekers. Ze knikt eens vriendelijk naar deze en gene en beantwoordt rustig de diverse vragen over Nadia's toestand. Even later stapt ze kalm en waardig de lift binnen. Niemand zal kunnen zeggen dat ze zichzelf niet in de hand heeft! Dat ze vanbinnen verscheurd wordt door schuldgevoel, hoeft niemand te weten. Ze zal zich sterk tonen, zodat Nadia zich aan haar kan optrekken. Aan haar liefde en aan haar wilskracht!

'We redden het wel, kindje,' zegt ze even later tegen haar stille, bleke dochter, die achterovergeleund in de kussens ligt.

'Maar niet zonder Gods hulp,' fluistert Nadia.

Ongeduldig schuift Nora heen en weer op haar stoel. Dat halfzachte gepraat! Maar ze zwijgt en glimlacht slechts. Dan legt ze haar koude hand op Nadia's gloeiende handen. Haar ogen lijken iets te willen zeggen, maar Nora schenkt er geen aandacht aan. Ze heeft nu eenmaal geen boodschap aan het evangelie, zij gelooft in zichzelf. Vol liefde zegt zij: 'Sluit je ogen, meisje, en wees niet bang. Ik zal er altijd voor je zijn!' Er zijn tranen op Nadia's wangen en Nora vermoedt wel waarom Nadia huilt. Maar ze gaat er opnieuw aan voorbij en streelt liefdevol en teder de sporen weg. De sporen van een onuitgesproken verdriet.

'Moeder, ik ben zo bang!' zegt Fil met grote, angstige ogen.

Verstrooid kijkt Nora op. 'Waarom, lieverd? Je bent nu toch weer thuis? En je zult toch nooit meer zulke domme dingen doen?'

'Ik ben tóch bang!' Fil snottert en veegt langs zijn neus met de mouw van zijn trui.

'Niet doen, jochie, dat is smerig. Pak even een zakdoek.'

Dorijn springt op, ze is furieus. 'Je snapt er niks van, mens! Dat kind heeft je nodig. Hij is bang, bang om in de steek gelaten te worden! Je denkt toch niet dat hij gek is. Hij voelt precies aan waar jij met je gedachten zit: bij Nadia, alleen maar Nadia! Ik voel dat ook, en ik probeer het te begrijpen, maar dat kun je van Fil niet verwachten! Wat ben jij eigenlijk voor een moeder!'

Nora's hart slaat op hol, maar ze weet zich te beheersen. 'Gedraag je een beetje, Dorijn! Je bent bepaald geen goed voorbeeld voor je broertje met je geschreeuw. En mij "mens" durven noemen en ongevraagd tutoyeren! Laat het voor eens en altijd tot je doordringen dat ik me door jou niet de les laat lezen! Een beetje respect zou wel op z'n plaats zijn, dacht ik zo.'

'Respect,' zegt Dorijn smalend, 'hoe durf je dat woord in je mond te nemen! Heb je dan niet door waar je mee bezig bent? Ben je dan echt stekeblind?' Dorijn barst in snikken uit.

'Je bent hondsbrutaal, Dorijn. Als je zo doorgaat, vertrek je maar naar je eigen kamer. Ik kan dit nu niet aan. Je weet dat we vanmiddag de uitslag krijgen van dat bloedonderzoek. Doet dat jou dan helemaal niets?

Je bent een vreselijke egoïst, ga alsjeblieft uit m'n ogen! Sorry, Laurian, ik hoop dat je...'

'Ik heb de boodschap doorgekregen, luid en duidelijk,' zegt Laurian ijzig. Ze staat op, slaat haar arm om de schouders van haar huilende vriendin en verlaat met haar de woonkamer. Op de trap treffen ze Fil aan, wezenloos voor zich uit starend.

'Kom op, joh,' zegt Laurian, opgewekter dan ze zich voelt. 'Wat dacht je ervan om pannenkoeken te gaan bakken? Ik breng Dorijn even naar boven en dan duiken wij samen de keuken in, oké?' Hij knikt en produceert een waterig lachje.

Lieve Merlin,

Bedankt nog voor je gezellige brief. Je moest eens weten hoe blij ik ben dat je binnenkort terugkomt naar dit kikkerland, want ik weet me geen raad! O, Mer, 't is echt vreselijk. Heel ons leven is overhoop gegooid. Nadia is ernstig ziek, al zijn de artsen er nu nog niet precies achter wat de oorzaak is. Maar ik ben bang, Merlin, doodsbang. Bang voor de DOOD! Ik voel het, dit komt nooit meer goed! En ik ben altijd maar jaloers geweest op Nadia. Die mooie, zachtaardige, getalenteerde Nadia. Die ik liefheb, met heel m'n hart, maar die ik tegelijkertijd haat. Zo, dat staat er. Zwart op wit. En ik laat het staan ook, want feiten vallen niet uit te wissen. Ik heb het eigenlijk nog nooit zo keihard onder woorden gebracht, maar waarom zou ik mezelf voor de gek houden? Alleen had het allemaal niet zo hoeven te lopen. Het komt door m'n moeder, die Nadia altijd en eeuwig als voorbeeld gebruikte. Ik heb ermee leren leven. Tenminste, dat dacht ik. Want op de keper beschouwd, is dat een leugen. Dat besef ik glashelder nu die dreiging er is, die slagschaduw van het onverbiddelijke, van het einde.

'Alles is al vergeven,' zei Nadia, maar zij heeft haar geloof. Zij gelooft in God, in een trooster die vergeeft, die zelfs vergeet wat je fout hebt gedaan. Ik kan daar nu eenmaal niets mee. Intussen zit ik bekneld tussen haat en liefde, tussen geloof en ongeloof (dus toch...), tussen wie ik ben en wie ik denk te zijn. Ik kom er niet uit, Merlin. Ik ben trouwens niet de enige die de weg kwijt is. Onze Fil,

die altijd opgewekt, altijd meegaand en gezellig was, die Fil is weg. Gaat schuil
achter een grote bek, achter allerlei ongein. Hij is van huis weggelopen en heeft
zelfs stickies gerookt... En hij is nog maar elf! Prachtig gezinnetje, die
Terborghes. Nou, mooi niet dus!

Laurian is net weer vertrokken naar Amsterdam. Ze is hier een aantal dagen
gebleven, als morele steun en nog veel meer. Maar ik kan natuurlijk niet van
haar verwachten dat zij haar studie verwaarloost om als mijn persoonlijke
steunpilaar te fungeren.

Hoe dan ook, ik moest mijn verhaal even kwijt, of eigenlijk ons verhaal: de
teloorgang van het geslacht Terborghe van Heenvliet. Om je te begillen toch?
En straks, als Nadia dood is, wat moet ik dan, Mer? Wat móet ik dan? Ik mag
dan kwaad zijn op moeder, maar daarnaast is er het onuitroeibare gevoel dat
ik iets heb goed te maken. En als dat waar is, dan zal ik mijzelf moeten opge-
ven om in Nadia's voetsporen te treden. Misschien verf ik m'n haar dan wel
donker... Sorry voor de vlekken. Tot gauw, hoop ik.

Je Dorijn

'Dokter Springer, u deed de vorige keer enigszins vaag over de uitslag
van dat bloedonderzoek. En nu gebruikt u opnieuw van dat, eh, wat
ondoorzichtige jargon. Neemt u mij alstublieft niet kwalijk, dokter,
maar ik wil graag weten waar we aan toe zijn, en Nadia ook.' Johan voelt
het zweet in zijn ogen prikken, nu hij zich zo recht voor z'n raap heeft
uitgelaten. Toch heeft hij er geen spijt van. Hij wordt gek van onzekerheid, en die arts moet dat gewoon maar begrijpen.

Nora zit star en recht naast hem. Onbereikbaar, denkt Johan treurig, zo
ver weg, al zit ze nog geen armlengte bij me vandaan. We zijn als het
erop aankomt allemaal alleen, op onszelf aangewezen.

Hij kijkt opzij. Nog steeds zit Nora roerloos als een wassen beeld. Maar
haar ogen! Pure angst leest hij daarin, en impulsief pakt hij haar smalle
hand met de felgelakte nagels. Ze rukt zich los en kromt haar vingers.
Altijd als ze gespannen is of boos, doet zij dat, realiseert Johan zich. Gek,

dat je je dat pas echt bewust wordt als je al ruim vijfentwintig jaar bent getrouwd. Hij kijkt naar die vlijmscherp gevijlde lange nagels, en een vreemd soort helderheid komt over hem. Hij denkt: dat doet ze elke dag. Ze is dagelijks minstens een uur bezig met het verzorgen van huid en haar en...

Hij voelt opeens een onbedwingbare lachkriebel opkomen, slaat zijn hand voor de mond en hoest. Het klinkt hem in de oren als het geblaf van een eenzame hond. Gek, zoveel gedachten in slechts enkele seconden. Wat zegt die man nou toch? Hoort hij het goed? Leukemie? Dat kan toch niet waar zijn?

Een schreeuw. Verdwaasd kijkt hij zijn vrouw aan. Waarom schreeuwt zij nu zo indringend, zo hartverscheurend? Wat is er met haar stem gebeurd? Die klinkt opeens zo schril, zo... Een hand wordt op zijn schouder gelegd. 'Probeert u zich te beheersen, meneer Terborghe. Ik weet het, dit is gruwelijk, maar u hebt het zelf gevraagd.'

Hij ziet zichzelf daar zitten, Johan Terborghe. Hij ziet de dokter, en hij ziet zijn Nora. Een wonderlijk schouwspel. Gelukkig dat na het dromen het ontwaken zal volgen. Waarom duurt het zo lang voordat hij wakker wordt? Zou er ooit een einde komen aan deze nacht? Dan hoort hij iemand huilen. Een vrouw. Het geluid snijdt als een mes door de nacht. Hij wil het niet horen, maar het gehuil dringt door alles heen.

Tranen, zoveel tranen...

Joshua Kamerling staat op. Bleek en beheerst recht hij zijn schouders. 'Ik moet naar haar toe, nu meteen. Waarom heeft u mij niet eerder gebeld?'

Dorijn kijkt naar haar moeder. Nee, van haar hoeft Josh geen antwoord te verwachten. Ze zit daar nu al uren zo, zwijgend, af en toe huilend. En het is zo kil in deze kamer, waarin ineens alles zo vreemd is geworden. De meubels lijken anders, de spiegels grijnzen. En ondanks die intense kilte is het zo vreselijk benauwd! Dorijn springt op, ze strekt haar armen uit naar Joshua. En dan trekt hij haar tegen zich aan.

'Stil maar, Dorijntje, ik... ik heb het aan mezelf te wijten. Ik moest en zou vandaag dat symposium over aids bijwonen. En dat terwijl mijn liefste, mijn godsgeschenk...'

Hij snikt en Dorijn streelt met zachte, regelmatige bewegingen zijn rug. Dit voelt goed, denkt ze helder. Zo hoort het. Ik hoor bij hem. Als Nadia dood is... Wild rukt ze zich opeens los, ze stapt achteruit en krijst: 'Nou, wat sta je daar nu nog? Ga naar je godsgeschenk voor het te laat is! Of wacht je op een stem uit de hemel? Man, doe iets, ze heeft je nodig!'

Zijn ogen, er is iets met zijn ogen. Wat wil hij haar zeggen? Dat hij van haar houdt? Of is de wens hier de vader van de gedachte? Liefde voor haar, voor iemand die haar zuster dood wenst om zich te kunnen geven aan hem? Wat is zij eigenlijk voor iemand?

'Ga je mee, Dorijn?' Het klinkt aarzelend.

Ze kijkt van hem weg en schudt het hoofd. 'Nee, jullie moeten nu eerst een poosje samen zijn. Nu het nog...'

'Zwijg, akelige meid. Zwijg of verdwijn uit m'n ogen!' Nora is uit haar lethargie ontwaakt en felle blossen tekenen zich plotseling af op haar asgrauwe gelaat.

'Je moet de waarheid onder ogen durven zien, moeder,' zegt Dorijn koud. 'Ik ben niet van plan te doen of er niets aan de hand is. Je kunt Nadia's ziekte wel doodzwijgen, maar ze wordt er niet beter van! Mam, Nadia heeft leukemie en dat kan haar dood betekenen. Dat moeten we onder ogen zien. Wij allemaal! Hoe kunnen wij haar anders tot steun zijn?'

Zwijgen is het antwoord, en die neergetrokken mondhoeken.

Dorijn signaleert – net als haar vader eerder deze dag – dat de handen van haar moeder zich krommen tot klauwen. Ze wendt haar blik af en zegt hard, voor ze de kamer verlaat: 'Was ik het maar geweest, hè? Dan was je er uiteindelijk wel weer overheen gekomen.'

Twee handen als klemmen rond haar armen. 'Zeg zoiets nooit meer, Dorijn Terborghe. Nooit meer!' Tegelijk met haar laat Joshua die koude benauwende kamer achter zich. Zacht sluit hij de deur.

De verpleegkundigen van de afdeling interne maken zich zorgen over het gedrag van Nadia Terborghe.

Zij ligt maar stil voor zich uit te staren, en heeft na het vonnis nog geen woord gesproken. Evenmin heeft ze gehuild. Als tegen twaalf uur de bladen met de warme maaltijden worden rondgebracht, schudt zij haar hoofd.

Leontien, een pittige meid, zegt zo achteloos mogelijk: 'Kom even aan tafel zitten, Nadia, en probeer in elk geval iets te eten.' Ze schrikt van de lege blik in die donkere ogen, en ze doet een stap naar voren.

'Laat maar, ik red me wel,' zegt Nadia vlak, en ze slaat de sprei terug. Kalm stapt ze in haar slippers en kalm schuift ze aan.

'Kind toch, is het niet vreselijk,' zegt mevrouw Alderliesten. 'Zó jong en dan dit... Och, arm schaap.'

Leontien houdt haar adem in. Ze vraagt zich angstig af hoe Nadia hierop zal reageren. Ze is doodsbang voor een uitbarsting. Als Nadia echter totaal geen respons geeft, beseft ze dat dit nog veel erger is. Dit kan niet zo blijven doorgaan, dit gaat helemaal fout! 'Nadia!' Scherp klinkt haar jonge stem. 'Nadia, luister. We leven hier allemaal met elkaar mee en de meesten van ons kennen jou als een spontane meid. Deze houding past niet bij je. Toe, laat je gerust gaan. Schreeuw voor mijn part, of jank, maar in vredesnaam, doe iets, zeg iets!'

'De lichtjes in haar ogen zijn gedoofd,' zegt een rustige stem opeens.

Met een ruk draait Nadia zich om naar de oude mevrouw Plesman, die nu al maandenlang geduldig en zonder klagen op haar einde ligt te wachten.

De stilte verdiept zich, het is of alles en iedereen op de zaal de adem inhoudt. Dan wordt de dam van het angstige zwijgen eindelijk doorbroken. Nadia staat op, knielt naast het bed van de oude vrouw en huilt dan, zacht en klaaglijk. Steeds maar weer herhaalt ze: 'Bid voor mij, mevrouw Plesman. Bid voor mij, want zelf kan ik het niet meer. Het is stikdonker! Help me alstublieft, help me dan toch. Ik wil licht, ik wil leven!'

De oudere vrouw legt haar hand op het gebogen hoofd met het nu doffe, donkere haar.

Leontien gebaart dat de anderen maar vast aan hun eten moeten beginnen. Ze verlaat de zaal om te rapporteren dat er eindelijk een doorbraak is. Nu de jonge vrouw over de gang loopt naar de verpleegpost, dringt het pas in volle omvang tot haar door. Nadia is tweeëntwintig en heeft leukemie. Zij is zelf ook tweeëntwintig. Het had net zo goed haarzelf kunnen overkomen, realiseert ze zich. Ze huivert en veegt snel langs haar ogen.

6

'DORIJN, MEISJE!' MERLIN WIJNTAK TREKT HAAR TEGEN ZICH AAN EN streelt haar sluike haren. Zij huilt en de grote aankomsthal op Schiphol vervaagt. Nu is ze veilig, hier, in Merlins armen. Merlin, de vriend van haar jeugd, de grote broer die ze nooit gehad heeft.

Merlin laat haar begaan, hij schenkt haar zijn warmte en probeert zijn gedachten over haar uit zijn hoofd te zetten. Zijn hart vertelt echter een ander verhaal. Het bonkt met felle slagen. Moest hij werkelijk eerst zo'n lange tijd naar zijn moederland om erachter te komen wat zij voor hem betekent? Toen hij destijds vertrok, was zij nog een kind, een stoere meid die het liefst met jongens speelde.

'Ik leg je over de knie,' had hij een keer gezegd toen ze een jaar of twaalf waren. 'Nou, zie maar dat je dat voor elkaar krijgt!' Ze was weggerend, uitdagend omkijkend. Ze kon rennen, die meid, maar hij had haar uiteindelijk toch ingehaald. Achter het schuurtje van 'de boze buurman', die feitelijk zo kwaad niet was, had hij haar te pakken gekregen. Toen was dat griezelig fijne gebeurd in zijn lijf. En haar ogen... die hadden ineens zo geglansd. Die ronde, felgrijze ogen! Hij had haar zachte volle lippen aangeraakt met zijn harde mond en de lucht tussen hen leek te trillen. Die 'stoere Doortje' had zich stijf tegen hem aan gedrukt. Dat moment leek wel uren te duren. Tot zij zich had losgerukt en als een pijl uit een boog was verdwenen. Daarna hadden ze nooit meer gestoeid, al had hij vaak over haar gedroomd. Ze bleven vrienden, ook toen hij 'verkering' kreeg met Sonja, een teer poppetje met blonde krullen en ogen als sterren.

Dat was ook weer voorbijgegaan en nu is daar Ricarda, die mooie jonge vrouw in Suriname. Ricarda, met ogen vol beloften. Ricarda, hulpvaardig, lief en zacht. Zo zacht, als zij zich aan hem geeft. Nee, niet helemaal. 'Dat is voor na ons huwelijk, Merlin, dat wil ik voor jou bewaren tot we getrouwd zijn.' Hij respecteert haar, maar o, wat is dat moeilijk, die strijd!

'Wanneer kom je me halen, liefste?' had ze gevraagd bij hun afscheid. En hij had haar beloofd alles op alles te zetten om haar dit jaar nog naar Nederland te halen als zijn bruid. Dit jaar... Dat betekent dat hij nog tien maanden heeft om alles op een rijtje te zetten, want wat zijn hart hem nu vertelt...

Hij vermant zichzelf. Wat zijn dit voor idiote gedachten? Dorijn heeft hem nodig, maar niet als man. Als vriend, als broeder in nood! Haar zuster is ernstig ziek. Nadia, die prachtige, lieve meid... ten dode opgeschreven? Ach, Heer, nee! Waar komt dan toch die wrevel vandaan als hij aan haar denkt? Alles was te veel aan haar. Ze was te mooi, te lief, te... Was dat haar schuld? Nee, dat kwam door die moeder, die Dorijn altijd op het tweede plan had geschoven.

'Wat is er nou, Mer?' Dorijn snikt nog wat na, en wrijft haar ogen droog met het restant van een tissue.

'Ach, Dorijn, zoveel... Er komt ineens zoveel op me af. Kom, laten we eerst eens koffie gaan drinken, daar ben jij vast ook wel aan toe. Ik trouwens ook, hoor, vergeet mijn "jetlag" niet! Wat ben je trouwens lang geworden, ik wist niet dat meisjes na hun achttiende nog in de lengte groeiden. En slank ben je ook! Je bent mooi, Doortje. Je huid is gaaf, je...'

'Ja, hou maar op!' snauwt Dorijn plotseling en ze rent van hem weg. Verbouwereerd kijkt hij haar na. Dan zet hij zich in beweging en haalt haar al spoedig in. Hij pakt haar bij haar elleboog en zegt verwonderd: 'Wat is dat nou, meisje? Ik mag je toch wel een compliment maken?' Opnieuw veegt Dorijn langs haar ogen, ze kijkt hem wat schuw van terzijde aan. 'Ik ben helemaal niet langer geworden, ik draag sinds ort schoenen met hakken. Die staan me wel, toch?' vraagt ze wat onzeker.

Hij kijkt doordringend terug en knikt dan langzaam. 'Ja, het staat je zeker. Vooral bij dat vlotte korte rokje. Maar... Nou ja, het past niet echt bij je. Begrijp me nou niet verkeerd, het staat je echt fantastisch, alleen vraag ik me af...'

'Zeur nou niet, er zijn afgezien van mijn uiterlijke verschijning al vragen genoeg,' zegt ze wat cru, maar er is desondanks een begin van een lachje in haar ogen. Dan grijnst ze breeduit, en zegt: 'Kom joh, op naar de koffie!'

'En een saucijzenbroodje,' vult Merlin aan. Eendrachtig koersen ze naar het grote restaurant van de luchthaven.

Op de terugweg naar Klarenoord is Dorijn zwijgzaam. Mistflarden maken het zicht af en toe nogal beperkt, ze moet zich nu volledig concentreren op het rijden. En niet denken aan dat verwarrende gevoel toen Merlin haar in zijn armen sloot.

'Al ben je dan gewoon het meisje achter de kassa van de plaatselijke supermarkt, een eigen wagentje zat er toch wel in voor mejuffrouw Terborghe van Heenvliet.' Waarom zegt hij dat nou? Hij wil haar immers geen pijn doen, ze heeft zo al genoeg te verduren! Merlin bijt op zijn onderlip.

Dorijn reageert met een lichte frons en blijft volharden in haar stilzwijgen.

'Sorry, Dorijn, dat was flauw van me. Misschien ben ik gewoon jaloers. Wij hebben het thuis helemaal niet breed. Nooit gehad ook, dat weet je. Die studie van mij heeft m'n ouders menige zweetdruppel gekost, en mijzelf ook. Het lijkt soms zo oneerlijk verdeeld allemaal. Ik weet dat de vraag naar het "waarom" voor een christen niet zo relevant is, maar dat neemt niet weg dat ik...'

'Waarom zou een christen daar niet mee zitten?' Haar vraag klinkt scherp en voor hij kan antwoorden, gaat Dorijn fel verder: 'Je weet toch dat Nadia in de Heer is? Nou, daar is momenteel weinig of niets van te merken. Het enige wat ze steeds maar vraagt, is: bid voor mij! Je mag best weten dat ik dat ook doe – op mijn manier – maar een antwoord krijg je toch niet. Nooit. Zelfs Joshua komt om in de vragen, heeft-ie me zelf gezegd. En dat terwijl hij altijd alles zo zeker wist. Tot er struikelblokken op zijn weg kwamen. Ik weet het niet, Merlin. Ik weet niet wat ik moet geloven, laat staan of ik iets moet geloven...'

'Je mag geloven,' zegt Merlin ietwat beschroomd.

Dorijn reageert niet, ze knijpt haar ogen tot spleetjes als ze opnieuw in een melkwitte mistvlaag verzeild raken. Merlin besluit voorlopig maar te zwijgen. Pas als ze de oprijlaan van Dorijns ouderlijk huis in draaien, zegt zij zacht en lief: 'Je bent voorlopig welkom onder ons dak, Merlin. Over twee weken hoef je pas te beslissen wat je gaat doen: bij ons blijven of kamers zoeken. Wat mij betreft blijf je. Je mag dan voor het op en neer rijden naar Amsterdam best mijn wagentje gebruiken, hoor. Gaaf trouwens, Merlin Wijntak, associé van een gerenommeerd advocatenkantoor in onze hoofdstad!'

'Ja,' zegt Merlin, 'maar eerst nog dat beslissende gesprek!'

Eenmaal binnen wordt Merlin hartelijk begroet door Nora, Johan en Fil.

'Je blijft toch, Mer?' vraagt Fil.

Merlin gooit Fil in de lucht alsof hij een veertje is. 'Als jij je gedraagt, jongen!'

Fil lacht, hoog en vrolijk. In een flits ziet Dorijn de pijn in de ogen van haar moeder.

Johan heeft het ook gezien. 'Merlin, welkom! Fijn dat je bij ons bent. Ik sluit me aan bij onze zoon: blijf zolang je wilt. Vervoer hoeft geen probleem te zijn als je binnen afzienbare tijd begint als meester M. Wijntak.'

Merlin zet Fil neer. 'Sorry, ik was wat te uitbundig. Ik ben ook zo blij jullie weer te mogen zien. Ik wil ook zo snel mogelijk naar Nadia...'

'Hé,' roept Dorijn dan verrast uit. 'Asjer, wat doe jij hier?!'

Asjer, die zich tot dan toe wat op de achtergrond had gehouden, staat langzaam op. Er vonkt spot in zijn ogen. 'Ik ken mijn plaats, Dorijn, en ik begrijp dat je verrast bent. Maar ik wilde heel graag jullie én Nadia bezoeken, en je ouders vinden dat goed.'

De hint is duidelijk en Dorijn bloost hevig. 'Sorry,' stamelt ze, 'er gebeurt ook zoveel de laatste tijd.' De tranen springen haar in de ogen en als Asjer vervolgens op zijn wat slepende manier zegt: 'Allemachtig, Doortje, wat sta jij nou toch raar te wiebelen op die hoge hakken?' heeft ze het wel gehad voor vandaag. Ze vlucht de kamer uit.

Op haar kamer fluistert ze tegen haar spiegelbeeld: 'Het lukt je nooit, Dorijn, je kúnt niet in Nadia's voetsporen treden! Je hebt er te grote voeten voor, en bovendien... Ik ben Dorijn, ik ben Dorijn!' Met droge ogen staart ze naar haar spiegelbeeld. 'Maar morgen ga ik naar de kapper, dan laat ik m'n haar krullen en verven. Misschien kan ik Nadia niet worden, maar ik kan ten minste proberen zo veel mogelijk op haar te lijken! En Asjer moet z'n kop houden! Waar bemoeit die opgeblazen figuur zich mee?' Nee, dan Merlin. Die begrijpt haar tenminste, die neemt haar zoals ze is.

Zoals ze is... Maar wie is zij? Is ze dan alleen maar het zusje van Nadia? Verder niets? Ze zou willen schreeuwen, maar ze weet zich nog net te beheersen. Dat zou Nadia immers ook doen? Nadia weet hoe ze zich behoort te gedragen. Nadia treft altijd de juiste toon, Nadia... 'Nadia gaat dood.' Hard en vlak komen de woorden uit Dorijns mond.

Dan staat Asjer plotseling in de deuropening. 'Kom je beneden? We gaan zo eten. Over een halfuur moeten we de deur uit om Nadia te bezoeken. Zeg dit soort dingen maar niet waar je moeder bij is.'

Zij keert zich met een ruk om. 'Kun je niet eerst fatsoenlijk kloppen?'

'Heb ik gedaan,' zegt Asjer Welstar onverstoorbaar, 'maar ik kreeg geen reactie.'

Ze kijkt hem woedend aan. 'Jij hoeft me de les niet te lezen, Asjer! Ik snap niet dat Laurian jouw zus is. Die heeft tenminste begrip, en fatsoen en...'

'Ja,' onderbreekt Asjer, 'dat is zo. Maar wat je niet wilt zien, dat zie je niet, Dorijn. En zeur nou niet langer, je ouders hebben het zo al moeilijk genoeg. Merlin is trouwens een hele kerel geworden, zeg. En zal ik jou eens wat zeggen? Hij is gek op jou, dat ziet zelfs een botterik als ik.'

'Je kletst uit je nek!' zegt Dorijn opeens fel. 'We zijn gewoon vrienden, meer niet. Bovendien is hij verloofd met een Surinaamse. Zet dat idee dus maar uit je bolle hoofd, Asjer!'

Waarom reageert ze nu zo overspannen? Ze zijn toch ook gewoon vrienden?

'Wat zeg je, een meisje in Suriname?' Asjer zet grote ogen op, alsof hem een lichtje opgaat. 'Ach, het arme kind! Doortje, wat ben jij toch blind. Snap je dan niet dat...'

'Ik snap zoveel niet!' schreeuwt ze, en ze schrijdt langs hem heen, statig als een ijsprinses. Alleen jammer dat ze met haar naaldhak achter het kleed in de gang blijft haken. Asjer kan haar nog net opvangen. Ze ligt even in zijn armen en lacht dan hysterisch. 'Laat me los!' zegt ze met verstikte stem.

Asjer voelt zich prompt schuldig. Waarom gedraagt hij zich toch altijd zo bot tegen dit kind? Zonder het te weten denkt hij hetzelfde als Merlin die middag: maar het is geen kind meer! En ze is mooi, Dorijn, al zal ze dat nooit geloven. Want wie kan er in de enorme schaduw van Nadia Terborghe gedijen? Hij laat Dorijn voorzichtig los en zet haar op haar benen. 'Het spijt me,' zegt hij kleintjes.

'Oké.' Dorijn voelt de paniek weer zakken en haalt diep adem. Samen gaan ze de trap af. De boze blik in Merlins ogen is Dorijn een raadsel.

Met de hele club gaan ze die avond naar Nadia. Natuurlijk gaan ze niet allemaal tegelijk naar binnen. Als ze allemaal even bij haar zijn geweest, komt Joshua. Zijn ogen zijn rood van verdrongen tranen.

Onhandig maar gemeend slaat Merlin hem op zijn schouder. 'We leven met je mee, joh!'

Josh knikt en verdwijnt dan in de zaal waar Nadia ligt. Nadia... zijn bloeiende bloem, zijn alles! En nu? Bleek en verlept ligt ze daar, treurig staan haar donkere ogen.

'Dorijn ziet er mooi uit,' zegt Nadia zacht, als hij de stoel dicht bij haar bed schuift.

'Jij ook,' fluistert hij. 'Jij bent de mooiste, de liefste, Nadia. Jij bent alles voor mij! Ik kan niet...'

Ze legt haar tengere hand over zijn lippen. 'Niet zeggen.' Dan is het net alsof ze bij zichzelf naar binnen kijkt. Het blijft heel lang stil. Na een hele poos zegt ze: 'Ze was altijd al leuk, mijn zusje. Maar moeder zag alleen maar mij. En moet je nu eens zien! Ik ga dood, Josh, en ik ben bang. Ik ben zó bang!' En dan begint ze te schreeuwen, hoog en schril. Ze komt pas tot rust als een arts haar een kalmerend middel heeft toegediend. Joshua Kamerling voelt zich machteloos. En wat erger is: van God en mensen verlaten.

Dorijn weet geen raad met haar gevoelens. Merlin is zo goed voor haar, toch mijdt ze hem. Terwijl Asjer, die allang weer vertrokken is naar Amsterdam, maar door haar gedachten blijft spoken. En door haar dromen. Dromen waarvoor ze zich schaamt, en die ze zo snel mogelijk wil vergeten. En dan is daar nog Joshua, op wie ze dacht verliefd te zijn. Joshua Kamerling, een schaduw van zijn oude zelf...

Wat haar nog het meest ergert, is de vraag hoe zij zich druk kan maken om dergelijke zaken terwijl het met Nadia steeds slechter gaat. Ze hebben waarschijnlijk toch gelijk, de mensen. En haar moeder ook. Ze is niet onbaatzuchtig, ze is een egoïst, die zelfs nu haar zuster doodziek is alleen aan zichzelf denkt. Voor de buitenwacht lijkt alles anders. Ze heeft haar baan in de supermarkt eraan gegeven, en werkt nu in de ochtenduren in Hotel Meander, zodat ze elke middag thuis kan zijn om haar moeder te vergezellen naar het ziekenhuis. Ook 's avonds gaat ze met Nora mee. Een eigen sociaal leven houdt ze er niet meer op na. Nadia gaat voor!

'Toch ook een schat van een meid...' 'Gaat zo op Nadia lijken...' 'Die Terborghes hebben het toch wel getroffen met hun dochters...' 'Alleen jammer dat dat joch zo dwarsligt...'

Dorijn hoort alles, haar oren staan op scherp, elke keer dat ze in het dorp boodschappen doet. De mensen moesten eens weten... Ze zal immers nooit aan Nadia kunnen tippen? Ook al draagt ze nu elegante kleren, ook al heeft de kapper zich uitgeleefd op haar haren. Het hangt nu tot op haar schouders, het krult en het is nog donker ook. En dan haar stem... ze heeft zichzelf aangeleerd haar stem te dempen, zodat die bijna dezelfde lieflijke klank heeft als die van Nadia.

Hoewel... Nadia's stem is gebroken. Voorgoed. Ze is levend dood. Al weken ligt ze nu in het AMC, en hoewel iedereen weer hoop kreeg na de eerste chemokuur, gaat de lente aan haar zuster voorbij. Haar lieve stem raakt steeds meer die warme, zachte klank kwijt. En in huize Terborghe heeft zo langzamerhand ook alles zijn glans verloren.

Geen wonder dat Fil steeds uithuiziger wordt. Door alle toestanden rondom Nadia heeft bijna niemand meer oog voor hem. Hele dagen zwerft hij over straat, de school heeft hij al tijden niet meer vanbinnen gezien. Alleen Johan gaat soms naar hem op zoek en probeert dan met de jongen te praten. Dan gaat het een paar dagen goed, tot Fil weer de hort op gaat.

En Dorijn? Zij leeft zich steeds meer in in haar rol van 'Nadia de twee-de'. Want de eerste zal zij nooit worden, dat beseft ze maar al te goed. Naarmate de lente vordert en zich manifesteert in alle denkbare geuren en kleuren, raakt Dorijn steeds meer zichzelf kwijt. Ze verliest zich in het behagen van haar moeder, het troosten van haar vader en het opvangen van haar broertje.

Fil, de schrik van de buurt, zo staat hij nu al te boek. Er is ook werkelijk geen land met hem te bezeilen, en niemand heeft vat op hem. Alleen naar Dorijn wil hij nog weleens luisteren. Soms ziet zij de angst achter zijn bravoure. Maar huilen doet hij nooit meer, terwijl hij nog niet zo lang geleden een keel kon opzetten bij het minste of geringste. 'Ik kan niet meer huilen, Door,' zei hij onlangs tegen haar. 'Nooit meer!' En hoe hij haar toen aankeek... Dorijn huivert op deze warme junidag als zij daaraan denkt. Nee, hij huilt nooit meer. En zijn stem is die van een man geworden. Nog maar net twaalf jaar is hij, en binnen een half-jaar is hij haar en zijn ouders boven het hoofd gegroeid. Zijn armen en benen lijken te lang, hij weet zich er vaak geen raad mee. Ja, als er iets uit te vechten valt, dan weet hij rake klappen uit te delen!

En Nora's rug lijkt steeds krommer te worden. Haar handen lijken zich voorgoed gevormd te hebben tot klauwen. Klauwen die echter niets uit-richten, wapens zonder munitie. Alleen haar tong blijft scherp en dat betekent dat noch Johan, noch Fil ooit een goed woord van haar krijgt. Terwijl ze zich op een manier die haar begint te benauwen, vastklampt aan Dorijn. Nu ben ik goed genoeg, denkt ze vaak schamper. Nu ik een beetje begin te voldoen aan het beeld van haar liefste dochter. Liefde? Welnee! Surrogaat is zij, meer niet. Maar ze is vaak meer kwaad op zich-zelf dan op Nora. Zij past zich aan, ze geeft haar eigenheid op. In zo'n mate dat ze zichzelf niet meer kan terugvinden. Een verdwaald men-senkind, gehuld in de gestalte van een ander. Doortje, die sportieve meid, is compleet verdwenen. Door het harde werken in het hotel is ze opnieuw een aantal kilo's afgevallen. Inmiddels is ze ook gewend aan haar hoge hakken, behalve dan op haar werk.

'Waar ben jij eigenlijk mee bezig, Dorijn?' had Merlin haar laatst zacht maar dringend gevraagd. 'Wat probeer jij te bewijzen en aan wie?'

Ze had hem kortaf geantwoord en hem te verstaan gegeven dat hij zich maar met zijn eigen zaken moest bemoeien. 'Die Ricarda van jou is ook niet te benijden,' had ze hem hatelijk toegevoegd. 'Jij speelt met haar gevoelens en wekt verwachtingen die je niet waarmaakt. Wat misselijk, en dan mij durven bekritiseren!'

Terwijl Dorijn langzaam naar huis fietst, omdat Merlin inderdaad van haar aanbod gebruik heeft gemaakt om voorlopig met haar auto heen en weer te rijden, gaan al die akelige gedachten door haar heen. Terwijl de lente rond haar danst, voelt zij zich vanbinnen grijs. En moe, eindeloos moe.

Ach, Merlin.. wat heeft hij veel van haar te verduren! En hij pikt alles! Deed hij dat maar niet, dan kon ze hem eens fijn de huid vol schelden. Niet dat ze dat nooit doet, maar als je geen tegengas krijgt, is de lol er wel heel gauw af.

Merlin... Hij fungeert zo'n beetje als buffer bij hen thuis. Hij tracht iedereen op te vangen, de boel een beetje op de rails te houden. En dat terwijl zijn drukke werkkring al veel van hem vergt. En het resultaat? Onwillekeurig grijnst Dorijn, het is geen vrolijke glimlach. Het resultaat is dat er tenminste niet iedere avond een scène is, dat de ruzies niet elke keer escaleren. Maar er blijft nog genoeg ellende over in hun prachtige huis. Het leed om Nadia heeft hen als gezin niet dichter bij elkaar gebracht. Integendeel...

Ze schrikt op als een politiewagen langs haar scheurt. Meteen daarop klinkt het doordringende geluid van een sirene en een brandweerwagen passeert haar in volle vaart. Een angstig voorgevoel bekruipt haar en haar knieën worden week. Haar fiets begint te slingeren en met een flinke klap belandt ze met haar fiets over zich heen op de rand van de stoep. Een stekende pijn in haar hoofd beneemt haar even de adem. Als ze overeind probeert te komen, begint alles te draaien en kreunend laat ze zich weer vallen. Waar komen ineens al die mensen vandaan? Wat is er toch? Ze kan niet meer helder denken en haar hoofd bonkt zo ontzettend. Het geluid wordt steeds harder. Ze moet plotseling overgeven. Er klinken stemmen, bezorgde, angstige stemmen door elkaar. En juffrouw Wessels van de handwerkwinkel gilt.

Nu hoor ik bewusteloos te raken, denkt Dorijn vreemd helder, nu hoort alles zwart te worden en geluidloos. Maar alles is er, in volle hevigheid; alle pijn, schrik en angst. Ja, ook angst. Niet om wat haar overkomt, maar angst omdat ze weet dat er iets vreselijk mis is met Fil. En Nadia... Ze huilt als ze denkt aan haar zuster met het smalle, bloedeloze gezichtje en haar kale hoofd. Wie schreeuwt daar nu zo idioot hard, nog boven dat mens van Wessels uit?

'Rustig maar, Dorijn,' zegt opeens dwars door het tumult heen de stem van bakker Willemsen. 'Er is al gebeld, de ziekenwagen komt zo.'

Ze klemt haar kaken op elkaar en begint te trillen. 'Ziekenwagen? Hoeft niet, ik moet naar huis, naar m'n moeder. En Fil...'

Dan klinken er ineens gierende remmen, er komen sterke armen die haar optillen en op een brancard leggen. Harde stemmen die steeds verder weg klinken, licht dat steeds grauwer wordt. Schimmen, en dan toch het zalige niets.

Als ze enige tijd later in het ziekenhuis bijkomt, en allemaal witte figuren om zich heen ziet en allerlei apparaten, denkt ze verdwaasd: wat een kouwe drukte. Is dat allemaal voor mij? Ik ben toch maar gewoon Dorijn?

7

'IK KAN HET NIET OPBRENGEN, JOHAN,' ZEGT NORA TERBORGHE KLAAGlijk. 'Ik zou het wel willen, maar het gaat gewoon niet! We moeten Nadia blijven bezoeken, dat snap je toch wel? En volgens mij heeft Dorijn daar meer begrip voor dan jij!'

Niet kwaad worden nu, denkt hij, en hij bijt zich op de lippen. 'Ja, Dorijn begrijpt het wel,' beaamt hij mat. Ze begrijpt veel te veel, denkt hij. Wat is er nou nog helemaal over van die vrolijke meid? Ze gaat volledig op in haar zorg voor dit gezin, dat op zo'n afschuwelijke manier uit elkaar wordt gescheurd. Ze levert zichzelf in, zijn Doortje, en hij is niet bij machte daartegen iets te ondernemen.

'Ik ga vanavond wel naar Dorijn,' zegt Merlin rustig. Maar zijn bloed kookt ondertussen. Is dat mens dan stekeblind? Ziet ze dan niet dat ze bezig is twee van haar kinderen op te offeren aan haar meest geliefde dochter? Hij legt zijn handen in zijn nek en buigt zijn pijnlijke hoofd naar achteren. Was ik maar gewoon in Amsterdam op kamers gegaan, denkt hij, dan had ik tenminste rust gehad! Maar dan corrigeert hij zich-zelf: dan zou er immers niemand meer zijn die omkeek naar Dorijn en Fil?

Hij zucht bekommerd. Fil... wat moet er van dat joch worden? Op de dag dat Dorijn zo lelijk was komen te vallen, had hij met een paar zoge-naamde vrienden – drie knullen van rond de zeventien – brand gesticht in een leegstaande fabrieksloods op het industrieterrein. Er hadden zich gelukkig geen persoonlijke ongelukken voorgedaan, maar tóch... Die jongen schreeuwt om aandacht. Aandacht van zijn moeder. Maar dat zit er niet in, zelfs na zijn strafbare daad heeft ze hem nauwelijks een blik waardig gekeurd. Ze had hem alleen maar verweten dat hij hun verdriet zo nog groter maakte. 'Als je zo doorgaat en met verkeerde vrienden blijft omgaan, sturen we je naar een strenge kostschool, reken daar maar op!'

En Fils vader? Ach, hij probeert naast zijn drukke werkkring ook zijn verdwaalde zoon op te vangen en met hem te praten. Ook voor Dorijn probeert hij er te zijn. Maar Merlin moet constateren dat zijn vrouw hem dit niet in dank afneemt. Zij claimt hem, daarbij komt natuurlijk dat ook Johan Terborghe kapotgaat aan het lijden van Nadia.

Ondanks alle narigheid heeft hij een binnenpretje: Dorijn heeft over bezoek bepaald niet te klagen. Meneer Van Amerongen komt steevast iedere dag en ook juffrouw Orbach laat zich niet onbetuigd. Zij laat vrijwel elke avond haar steekneus zien in het Julianaziekenhuis en houdt de goegemeente op de hoogte; deels spreekt ze de waarheid, maar voor een nog groter deel gaat haar fantasie met haar op de loop. Merlins glimlach verstart als hij denkt aan haar laatste roddel: Dorijn zou een miskraam hebben gehad! Tja, dat krijg je als je de kat op het spek bindt; die jongen van Wijntak woont immers met haar onder één dak, en die ouders zijn er bijna nooit. Geen wonder dat dit meisje haar troost zoekt in de armen van die zwarte jongeman. Vroeger zaten ze ook altijd al samen in het bos, het moest er natuurlijk een keer van komen...

Merlin was op een avond samen met haar het ziekenhuis uit gelopen en had haar vriendelijk voorgesteld een kopje koffie te drinken in het restaurant beneden. Na enig tegensputteren had ze toegestemd.

Hij had gedaan of zijn neus bloedde en gezegd dat er nogal geroddeld werd over de familie Terborghe. In het bijzonder over Dorijn. Wist ze daar iets van? Juffrouw Orbach was vuurrood geworden en had gestameld dat ze er niets van afwist. 'Ook niet van die roddel over Dorijns miskraam?' had Merlin aangedrongen. Ze was opgestaan en had gezegd dat ze thuis nog veel te doen had. 'Weet u zeker dat ik u niet thuis moet brengen? Het is tegenwoordig niet meer zo veilig met al dat gespuis op straat.' Een priemende blik was haar antwoord, en ze had zich uit de voeten gemaakt alsof de duvel haar op de hielen zat. Even grinnikt hij als hij zich het tafereel weer voor de geest haalt. Maar hij voelt ook woede, want Merlin weet wat types als juffrouw Orbach zeggen over kleurlingen als ze veilig in hun eigen huisje zitten. Onder elkaar, achter een dampend kopje thee.

Nora brengt haar hand in dat voor haar zo karakteristieke gebaar naar haar hoofd. 'Wat valt er nou te lachen, Merlin?' vraagt ze scherp.

Dan doet hij verslag van zijn 'aanvaring' met juffrouw Orbach, op zo'n ludieke manier dat zelfs die gekwelde vrouw even moet lachen. Het klinkt vreemd, alsof haar stembanden niet meer gewend zijn aan dat soort 'uitspattingen'.

Johan knikt hem dankbaar toe. Even weer die andere Nora, de vrouw die hij ondanks alles liefheeft! Dan vraagt hij hem recht op de man af: 'Voel jij iets voor Dorijn, Merlin?'

Hij buigt verlegen zijn hoofd en knikt. 'Maar die smerige praatjes zijn domweg niet waar! Ik hoop dat u dat van me aanneemt.'

'Maar hoe zit dat dan met die vriendin van je in Suriname?' zegt Nora achterdochtig. Het milde is weer uit haar blik verdwenen.

Merlin haalt zijn schouders op. 'Ik weet het niet, ik weet het niet...' fluistert hij.

Verdere uitleg wordt hem bespaard als Fil komt binnenstormen en schreeuwt: 'Iemand heeft m'n werkstuk over biologie gejat! Jullie geloven me natuurlijk niet, maar het is echt waar! En morgen moet ik het inleveren. Wat moet ik nou, papa?'

Johan slikt en zegt moeilijk: 'Ik weet het niet, jongen, ik kan je niet helpen.'

'Nee, natuurlijk niet,' zegt Fil smalend. 'Voor jou en mama is het alleen maar Nadia! Altijd alleen maar Nadia. Nou, als je maar weet dat ik vanavond naar Dorijn ga!'

'Ik ga ook,' zegt Merlin zo kalm mogelijk. Fils ogen lichten even op, dan kijkt hij weer even somber en nors als voorheen.

Later, op weg naar het ziekenhuis, vraagt Merlin Fil recht op de man af: 'Die vrienden van jou, zetten die je op de een of andere manier onder druk?'

Het blijft lang stil. Merlin hoort dat Fil een paar keer slikt. Dan zegt de jongen moeilijk: 'Ik weet iets... Ze zijn weer iets van plan. Ik heb gezegd dat ik niet van de partij zal zijn, maar dat pikten ze niet. Toen is Floor, een van die gasten, gaan dreigen. Hij was gisteren bij me op m'n kamer en ik moest beloven dat ik mee zou gaan om een inbraak te plegen, maar dat heb ik dus niet gedaan. Voor Dorijn, voor Nadia... Nou ja, je snapt wel. Na die brand... ik moet hartstikke op m'n tellen passen. En ik denk dat hij toen... dat Floor m'n werkstuk heeft meegenomen. En daar baal ik van, want ik had eindelijk weer eens iets goeds gemaakt!'

Hij huilt niet hardop, denkt Merlin, maar vanbinnen wel. Hij zou willen janken als een klein kind met een zere knie. Een pleister erop en een kusje van mama, dan zou alles weer oké zijn. Maar zo liggen de zaken niet, niet voor Fil Terborghe.

'Ik denk er soms over bij opa en oma Terborghe te gaan wonen,' zegt Fil, 'of bij omi Doortje. Thuis hou ik het echt niet langer uit. En op school kunnen ze me wel schieten. Niet zo gek, hoor. Ik vreet van alles uit. En dat komt ook door die eh...'

'Zeg het maar, je blowt nog regelmatig, nietwaar, Fil?'

De jongen knikt, z'n schouders hoog opgetrokken. 'Het is zo lekker, Mer, net of al je problemen verdwijnen. Dat van Nadia... Ik kan gewoon niet geloven dat ze dood zal gaan. Heb jij gezien hoe ze eruitziet? Haar mooie bruine krullen, er is niets van over na die chemotherapie! Het is echt afschuwelijk om te zien.'

'Ik kom regelmatig bij haar,' zegt Merlin vlak, 'ik zit dicht bij het AMC, dus als het even kan...'

'Wat vind jij van haar, Merlin? Denk je dat ze nog beter kan worden? Ik bedoel, er gebeuren soms toch nog wel wonderen? Ik ga weleens naar die avonden van Open Huis. Dat is een soort bijbelclub. Niet vertellen, hoor, aan niemand! Dorijn weet het wel, maar ik schaam me er eigenlijk voor. Ze bidden met je, en die lui daar zeggen dat God doodzieke mensen kan helpen. Soms door ze naar de hemel te halen, maar ook weleens door ze echt beter te maken.'

Merlin gaat er niet meteen op in, hij heeft nu z'n aandacht nodig bij het parkeren. Als het wagentje eenmaal staat, wendt hij zich in het halfdonker naar Fil. Fil, twaalf jaar, maar nu al stikvol vragen. Levensvragen. Fil, die eruitziet als vijftien, maar toch nog zo jong is. Te jong voor alle afschuwelijke dingen die zich de laatste tijd in zijn leven voordoen. Hij herinnert zich zo goed het vrolijke joch, altijd in voor een geintje, geliefd bij zijn familie en zijn vrienden. En moet je nou eens zien... Die ogen staan vaak zo vreemd, alsof hij bij zichzelf naar binnen probeert te kijken en lijkt te schrikken van wat hij dan allemaal tegenkomt.

Merlin legt een hand op Fils schouders. 'Ik geloof dat er soms wonderen gebeuren, Fil, en ik geloof ook in God, die alles in Zijn hand houdt. Jouw leven, mijn leven en dat van Nadia... Maar Fil, het is niet zo dat als je om een wonder bidt, het dan altijd gebeurt. Snap je wat ik bedoel? Soms heeft die Vader daarboven andere dingen met ons voor dan wij zouden willen...'

'Dorijn gelooft niet, ze zegt dat mensen van alles verzinnen om, nou ja, om de dingen te kunnen begrijpen. Er is zoveel oorlog en narigheid, zegt ze, en zij denkt dat de mensen elkaar dat aandoen. Dat het te gemakkelijk is om alles maar op God te schuiven.' Fils stem schiet opeens uit. 'Weet je dat papa en mama nooit over die dingen gepraat hebben met ons? Ja, wel dat je je fatsoenlijk moet gedragen, dat je respect moet hebben voor andere mensen en zo. Ze hebben ons weliswaar naar een christelijke school gestuurd, maar verder zijn ze net als opa en oma Terborghe, die laten ook iedereen "in hun waarde", zoals grootmoeder dat zo mooi zegt.

Omi Doortje is heel anders, die heeft soms zo'n glans in haar ogen als ze over Jezus praat, en over de bijbel. Nadia had dat ook, maar nu niet meer. Ze zegt dat ze niet meer kan geloven. Joshua wil ze niet meer zien, omdat hij zegt dat alles een bedoeling heeft en dat God weet wat het beste voor je is. Hoe kan het nou goed zijn dat Nadia doodgaat? Ik wil zo graag zeker weten dat niks zomaar gebeurt...'

Merlin zucht diep. 'Dat zijn heel veel vragen, Fil, en ik heb echt niet overal een antwoord op. Ik weet het ook niet, alleen dat er voor Nadia toch nog hoop op herstel is. Laten we nu maar naar Dorijn gaan, anders is het bezoekuur voorbij.'

Fil maakt aanstalten het portier aan zijn kant te openen, maar voor hij uitstapt, zegt hij somber: 'En dan te bedenken dat het mijn schuld is, Dorijn is zich lam geschrokken van die sirenes. Als ik toen niet had meegedaan...'

'Dat is nakaarten,' zegt Merlin kort. 'Kom op, joh, laten wij samen proberen ons Doortje een beetje op te vrolijken!'

Even later in de lift beseft Merlin dat Fil – al mag hij dan veel te wijs zijn voor zijn jaren – ook nog gewoon een jonge knul is als hij, te midden van een aantal andere bezoekers, vraagt: 'Hé, Mer, ben jij eigenlijk verliefd op Dorijn? Zou wel tof zijn, hoor. En als zij het nu ook op jou is, dan krijgen jullie later van die leuke kinderen met bruine ogen en misschien wel blonde krullen. Ja, dat kan toch? Dorijn is...'

'Hou eens op!' sist Merlin, hij doet alsof hij de gekwetste blik in Fils ogen niet ziet.

Vlak voor ze de zaal waar Dorijn ligt binnengaan, zegt Fil pesterig: 'En toch weet ik zeker dat jij op haar valt. Geef je haar zo meteen een zoen? Een echte, bedoel ik, dan kan ik meteen kijken hoe dat moet. Over een poosje vraag ik Sanna namelijk of ze verkering met mij wil, en dan kan ik maar beter weten...'

Merlin geeft hem een duwtje en lacht zuinig. 'Hou je gedachten verder maar voor je, vriend, het gaat nu om Dorijn. En rustig, hè, want ze heeft erg veel last van hoofdpijn.'

Fil grijnst breed. 'Goed, meneer Wijntak!'

Merlin schrikt van Dorijn. Niet dat ze er vreselijk ziek uitziet, maar de blik in haar ogen is zo leeg, zo... dood! Hij kust haar voorzichtig op beide wangen.

Fil mept haar tamelijk onzacht op haar schouder. Dorijn reageert nauwelijks, maar hij ziet dat er een trek van pijn rond haar mond verschijnt. 'Sorry,' zegt hij schor.

'Doortje,' zegt Merlin dringend. 'Doortje, hoe gaat het nu met je? Wees maar eerlijk tegen mij, ik zie best dat...'

'Jij ziet helemaal niks!' Dorijn schiet overeind en trekt wit weg. Haar lippen verliezen alle kleur.

Fil kijkt er gefascineerd naar en denkt akelig helder: straks gaat Door ook nog dood!

'Rustig, meisje!' sommeert Merlin. 'Ga eens liggen, toe. Ik zie dat je je niet goed voelt, dat is toch niet zo gek?'

'Het spijt me,' fluistert Dorijn, 'ik wilde helemaal niet zo tegen jou uitvallen. Het is alleen...'

'Alleen maar Nadia!' zegt Fil opeens scherp. 'Moeder denkt alleen maar aan Nadia en papa is een softie, die durft niet eens tegen haar in te gaan. Wat heb je nou aan zulke ouders?'

Dorijn schrikt van zijn bittere toon. Fil is geen klein kind meer, beseft ze. Ik moet hem nu in elk geval het gevoel geven dat hij veel voor mij betekent. Dat ik blij ben dat hij steeds blijft komen. Ach, die arme jongen. Wat moet er toch van hem worden?

'Overmorgen mag ik naar huis,' zegt ze zo opgewekt mogelijk. 'Fil, jij moet taart halen en bloemen. 't Is toch niet niks dat je grote zus weer thuiskomt uit het ziekenhuis?'

Fil reageert nors: 'Thuis zijn ze pas echt blij als Nadia weer beter wordt.' Er valt een pijnlijke stilte. Verwarrende gedachten schieten door Dorijns pijnlijke hoofd. Zou hij gelijk hebben? Betekent zij dan echt niets voor haar ouders? En Nadia... Nadia is zo onbereikbaar, zij kan haar nu niet bezoeken en... Ze huilt plotseling. Geluidloos, maar met een stroom van tranen.

'Ach, liefje,' zegt Merlin aangedaan, 'het is ook allemaal zo moeilijk, ik wilde dat ik meer voor je kon doen. Dorijn, ik geef ontzettend veel om je. Vergeet dat nooit! En je ouders evengoed, al laten ze daar nu maar weinig van merken.' Hij legt zijn warme hand op haar verkleumde, samengebalde vuisten. 'Dus overmorgen laat je dit hier achter je, dat is in elk geval iets. Maar je moet me wel beloven dat je de instructies van je artsen ook thuis nauwkeurig opvolgt, Doortje. Ik vind je veel te mager. En ik zou je ogen weer zo graag zien stralen...'

Als Dorijn niet reageert, voegt hij er zacht aan toe: 'En Nadia heeft jou ook nodig, meer dan je beseft. Joshua durft haar niet meer te bezoeken, ze doet zo bitter. Ze laat amper jullie ouders toe. Ik ga bijna dagelijks, dat weet je, maar het is alsof het haar niet interesseert. Ze zwijgt soms tijden, en het is net of ze dwars door me heen kijkt. Alleen laatst... Toen ik wilde vertrekken, greep ze opeens m'n hand. Ik had niet gedacht dat ze nog zoveel kracht had. Of ik toch alsjeblieft wilde blijven komen, dat vroeg ze. Vreemd toonloos, maar tegelijk toch heel nadrukkelijk. En dat ze zo naar jou verlangt, Dorijn...'

Dorijn schokschoudert. 'Zelfs jij begint weer over Nadia...' Ze laat zich achteroverzakken in haar kussens en fluistert: 'Ga maar, ga, alsjeblieft. Ik wil alleen zijn, ik wil nadenken. Over wie ik eigenlijk ben.' Dan schiet ze overeind en schreeuwt: 'Weg! Uit m'n ogen, Merlin, en neem Fil alsjeblieft mee. Ik hoef voorlopig niemand meer te zien!'

Als Merlin geschrokken zijn hand op de hare legt, slaat ze hem weg. Haar hoofd bonkt, alles wordt zwart voor haar ogen, en alsof ze in trance verkeert, mompelt ze. 'Alleen maar Nadia, alleen maar Nadia, alleen maar...'

Merlin rent de zaal af en roept om een zuster. Een pittige tante komt aansnellen en zegt luchtig: 'O, gewoon een flauwte. Ze heeft zich kennelijk te druk gemaakt.' Ze werpt een verwijtende blik op Merlin. Als hij wil protesteren, zegt ze: 'Het is beter als u nu vertrekt, meneer, dan kan ik uw vriendin wat proberen te kalmeren.' Ze buigt zich over Dorijn en lijkt Merlin geheel te zijn vergeten.

Met gebogen schouders verlaat hij de zaal, met Fil in zijn kielzog. Uw vriendin... was het maar zo! Nee, wat dat betreft heeft hij niets van Dorijn te verwachten, dat is hem nu wel duidelijk geworden.

Fil geeft hem een bemoedigende por in de zij. 'Kom, we gaan! Voorlopig ziet ze mij in elk geval niet meer terug. Maar wat één ding betreft heeft ze gelijk, het draait allemaal om Nadia, en wij bungelen er maar zo'n beetje bij. Ik ben het allemaal spuugzat!'

Op de terugweg zegt Merlin: 'Ik blijf de eerste dagen ook maar uit Dorijns buurt. Ik wil nu eigenlijk naar omi Doortje, even praten. Ga je mee?'

'Nee,' zegt Fil schor, 'laat me er hier op de hoek maar uit. Ik ga naar m'n vrienden.'

Merlin remt voor het stoplicht en maakt een korte hoofdbeweging. 'Stap maar uit, toe dan! Ga maar naar die fijne maten van je. En veel plezier!' voegt hij er ironisch aan toe.

Na een korte aarzeling opent Fil het portier en voor hij uitstapt, zegt hij: 'Ik weet allang dat ik nergens voor deug, maar ik zoek m'n eigen weg wel.' Zijn ogen glinsteren verdacht. Hij gooit het portier dicht en rent weg.

Achter Merlin wordt luid getoeterd. Snel trekt hij op. Hij ziet nog net hoe Fil, onverschillig met zijn lange armen bungelend, in een donkere steeg verdwijnt.

Hij zucht diep en prevelt voor zich uit: 'Heer, help ons, alstublieft. Want wij maken er zo'n puinhoop van!' Het mag een wonder heten dat hij zonder brokken te maken huize Terborghe bereikt.

Die avond komt Fil niet thuis.

'Dat jij hem nou niet tegengehouden hebt, Merlin!' zegt Nora klaaglijk, met haar hand tegen haar slaap.

Merlin voelt dat hij kwaad wordt, maar hij houdt zich in ter wille van de vader, die er ineens zo doodmoe uitziet, en oud. Alsof een te zware last hem terneerdrukt. En is dat ook niet zo? 'Als ik Fil mee had gekregen, zou hij toch wel weer zijn vertrokken,' zegt hij beheerst.

'Ach, ja.' Nora zucht. 'Het spijt me, jou treft geen verwijt. En wat Fil betreft, die komt wel weer boven water.'

Plotseling staat Johan groot en dreigend voor haar. 'Wat bén jij eigenlijk voor een moeder? Weet je wat het met jou is? Je bent verwend door het leven, tot Nadia ziek werd. Maar of je echt om haar geeft, is voor mij nog de vraag! Een pronkstuk is ze voor jou, en nu dat wegvalt... Bah, Nora, je valt me ontzettend tegen! Ik ga op zoek naar Fil. Merlin, wil jij meegaan?'

Merlin knikt en zwijgend verlaat hij met Johan de riante woonkamer. Een fraaie kamer, denkt hij, maar een zonder ziel. Het hartbrekende gesnik van Nora laat hem koud.

'Pas op voor je make-up!' snauwt Johan nog, voordat hij met een klap de deur achter hen dichtslaat.

Rond vier uur in de ochtend vinden ze Fil, lallend te midden van een stel eveneens dronken knapen. Allemaal stukken ouder dan hij. Als de jongen Merlin en zijn vader in het oog krijgt, begint hij te lachen. 'Ha, daar heb je mijn persoonlijke lijfwachten. Te gek, zeg!' Later in de auto lacht hij nog steeds, Fil Terborghe. Hij lacht zich te pletter en kan niet meer ophouden. Thuisgekomen kotst hij op het dure Perzische tapijt in de vestibule.

Als een spookverschijning duikt Nora op, boven aan de brede trap. 'Bah!' zegt ze hartgrondig, 'wat een smeerboel! Nou, je ziet maar dat je het schoon krijgt. Ik maak mijn handen daar niet aan vuil!' Ze draait zich om en verdwijnt verontwaardigd in de slaapkamer.

Geen woord van medelijden, denkt Johan bedroefd. Geen enkel teken van vreugde dat haar jongste weer thuis is. Dit alles benauwt hem ontzettend. Met moeite herstelt hij zich. Hij zorgt voor Fil en maakt later samen met Merlin het kleed schoon. Maar de zure lucht blijft hangen. Een geur die past bij zijn gemoedsgesteldheid. De rest van die nacht slaapt hij in de logeerkamer.

8

LIEVE LAURIAN,

Om maar met de deur in huis te vallen: ik ben ontslagen.

Nou moet ik eerlijk zeggen dat ik de laatste tijd ook niet bepaald goed functioneerde. Ze waren bij het hotel nog wel zo vriendelijk me een goed getuigschrift mee te geven. Dat was omdat ik voor die hersenschudding wel goed werk leverde, denk ik.

Maar voor mij betekent dit een doorbraak. Ik speel namelijk al dit hele lamlendige voorjaar met de gedachte om vanhier te vertrekken. En nu is de kogel door de kerk, ik ga werk zoeken in Amsterdam. Zou ik, tot ik een kamer gevonden heb, bij jullie terecht kunnen, als 'betalend kostganger', zal ik maar zeggen? Ik hoop het! Ik stik hier, in dit roddelgat. En thuis is thuis niet meer. Met Fil gaat het helemaal fout, en m'n ouders leven als twee ijzig beleefde vreemden naast elkaar. Daar komt nog bij dat ik Nadia te weinig zie. Ik heb er eigenlijk nooit zin in met m'n ouders mee te rijden en die eeuwige jammerklachten van m'n moeder te moeten aanhoren en alle verwijten aan het adres van m'n vader. Hij laat alles maar over zich heen komen. De enige die ik echt zal missen, is omi Doortje. Maar och, zo groot is de afstand van Klarenoord naar Amsterdam ook weer niet.

Wat Merlin betreft... Ik kan niet echt hoogte van hem krijgen. Hij blijft voorlopig bij m'n ouders wonen. Hij heeft nog steeds de beschikking over mijn wagentje en zegt het op en neer pendelen niet erg te vinden. Ik vermoed dat hij vooral om Fil blijft, met wie ik geen raad meer weet. Het enige wat ik van hem krijg, is een grote bek. Merlin is veel geduldiger, hoewel het hem af en toe ook zichtbaar moeite kost zich in te houden.

Hij heeft mij gevraagd niet weg te gaan. Toen ik hem recht op de man af vroeg waarom niet, zei hij dat hij van me houdt. Hij wil graag een toekomst met mij opbouwen. In de eerste plaats zie ik helemaal geen toekomst, in de tweede plaats geef ik niet op zo'n manier om hem. Dan is er ook nog Ricarda. En verder... Nou ja, jij bent de enige die het wel mag weten. Ik ben verliefd op Joshua! Al een hele tijd. Wist je dat hij bijna nooit meer op bezoek gaat bij Nadia? Hij kan het niet meer aan steeds maar door haar afgewezen te worden. Terwijl ik ervan overtuigd ben dat hij nog steeds van haar houdt.

Ik moet je eerlijk bekennen dat ik niet bepaald trots ben op mezelf. Ik dring me min of meer aan hem op, wetend dat hij behoefte heeft aan troost. En gisteravond, op mijn kamer, heb ik hem zover gekregen dat hij me kuste. Niet zomaar een zoentje, o, nee! En het ging nog wel wat verder ook. Ik krijg het nog warm als ik eraan terugdenk. Enerzijds omdat het me zo goeddeed door hem gestreeld en aangeraakt te worden, anderzijds omdat ik me schaam. Ik maak misbruik van zijn kwetsbaarheid. En juist omdat hij nu zo ontvankelijk is voor liefdevolle aandacht, kon hij de verleiding niet weerstaan. Maar voor hij me alleen liet, zei hij iets wat me ontzettend veel pijn deed, maar tegelijk het slechte in mij naar boven haalde. 'O Dorijn, het spijt me zo. Ik had dit nooit mogen doen, maar je begint zoveel op haar te lijken. Op Nadia toen ze nog gezond was.'

Surrogaat dus. Nou ja, voorlopig moet ik me daarmee maar tevredenstellen. Wat dat 'slechte' in mij betreft, ik zal geen gelegenheid onbenut laten hem opnieuw te 'troosten'. Ervaar ik tenminste ook eens hoe het is om door een man begeerd te worden! Ja, Lau, zo iemand ben ik dus. Maar wees nou eerlijk, als je leven toch een en al ellende is, mag je je dan ook eens laten gaan? En ik kwets er toch niemand mee? Hooguit mezelf op den duur, als Josh in de gaten krijgt waarmee ik bezig ben. Hoewel hij zich bepaald niet onbetuigd laat, dat moet ik er wel bij zeggen!

Ik leef in elk geval niet meer constant in Nadia's schaduw, dat is tenminste één positief gevolg van haar ziekte. Ach, arme Nadia... zij is nog maar een schaduw van wie ze ooit was. Dat jubelgeloof heeft niet mogen baten. Zo zie je maar, je kunt beter met beide benen op de grond blijven staan, dan val je ook niet zo diep. En Joshua met z'n hoogstaande principes blijkt toch ook maar een wankele ridder te zijn. De enige van wie ik kan verdragen dat ze over God spreekt, is omi Doortje. Op haar heeft het geloof een positief effect. Ze straalt iets uit wat ik niet onder woorden kan brengen. Eerlijk gezegd ben ik er wel-eens jaloers op. Maar wat weet ik er nu helemaal van? Jij moet mij als aankomend theologe maar eens wat bijspijkeren. Als je dat wilt natuurlijk. Hoewel... jij ziet het als een pure wetenschap... Ik heb me verdiept in allerlei brochures over kanker. Met m'n vader kan ik er wel over praten, met m'n moeder absoluut niet. Het onderwerp is voor haar taboe. Ze sluit haar ogen voor de realiteit. De vooruitzichten voor Nadia zijn niet zo best, maar mam wil er niet aan. Haar lieve Nadia zal beter worden, en alles zal weer zijn als vroeger! Soms haat ik die vrouw, maar vaker nog heb ik medelijden met haar. Pap schuift zichzelf steeds verder naar het tweede plan. Ik denk dat zijn werk momenteel z'n redding is. Mijn grootouders Terborghe gaan regelmatig bij Nadia op bezoek, net zoals omi Doortje. Maar in tegenstelling tot dat van haar gaat hun leventje gewoon verder. Blijkbaar is er meer voor nodig dan een doodziek kleinkind om ze van hun stuk te brengen. En de roddelende dorpsgenoten genieten natuurlijk volop!

Goed, ik zet er een punt achter. Een gezellige brief is het niet geworden. Sorry. Evengoed liefs en 't beste met je studie!

Je Dorijn

P.S. Hoe gaat het met tante Does? Doe haar mijn hartelijke groeten en zeg erbij dat ik nog weleens een sigaartje met haar wil roken. En mocht je Asjer binnenkort spreken, waarschuw hem dan vast voor mijn komst. Dan kan hij de pijlen op z'n sarcastische boogje alvast wat aanscherpen!

See you!

Joshua Kamerling ligt zwaar met zichzelf overhoop. Zijn studie medicijnen staat hem de laatste tijd tegen nu zijn vriendin zo ernstig ziek is.

Desondanks weet hij nog redelijke resultaten te behalen, als het ware op de automatische piloot. Maar er is iets wat hem nog veel meer dwarszit: hij is de weg kwijt. Ja, met de mond belijdt hij nog steeds zijn liefde voor de Heer, maar zijn hart blijft er koud onder. En terwijl hij Nadia ziet wegkwijnen, vrijt hij met haar zusje, en hij geniet er nog van ook. Dorijn... Hij droomt over haar, en stelt zich voor hoe het zal zijn als hij... Steeds probeert hij die gedachten een halt toe te roepen, en als hij hard studeert, lukt hem dat ook wel. Maar dan komen de nachten, waarin hij zijn fantasie de vrije loop laat. Dan zijn er ook die dromen vol passie, dromen die hem het hete bloed naar de wangen stuwen als hij ontwaakt. Maar hij verzet zich er niet tegen, want hij is een lafaard, niet waardig een kind van God genoemd te worden.

Het was al misgegaan voordat Nadia ziek werd. Toen had hij zich al gerealiseerd dat hij veel dacht aan het 'domme, lelijke zusje'. Zo had hij haar altijd beschouwd, ook door de houding van Nora Terborghe jegens haar beide dochters. Maar gaandeweg waren zijn ogen opengegaan. Dorijn is helemaal niet dom, en evenmin lelijk. Eigenlijk vindt hij het jammer dat ze de laatste tijd zo op Nadia probeert te lijken. Hij vond haar leuker toen ze nog die sportieve meid was, met haar eeuwige spijkerbroek en slobbertrui. Met haar warrige blonde haren. Nu is ze haar eigenheid aan het verliezen.

Destijds, toen ze nog zichzelf durfde te zijn, had hij haar herhaaldelijk afgebekt, haar duidelijk laten merken dat hij Nadia ver boven haar stelde. Soms was hij zelfs ronduit grof tegen haar geweest. Achteraf ziet hij in dat hij zich op die manier had gepantserd tegen zijn ware gevoelens. Hij had zichzelf voor de gek gehouden... Ook Nadia. Arme lieve Nadia... Hij houdt van haar, dat wel, maar hij is niet verliefd op haar. Zijn schuld schuilt hierin dat hij haar steeds die indruk had gegeven, haar gedwongen had om te bidden. Tot zij uiteindelijk Gods stem hoorde, die haar zei dat zij bij elkaar hoorden, als man en vrouw.

Wat hij nu nog voor haar voelt, is vooral medelijden. Elke keer als hij haar ziet, schrikt hij. Hij schrikt van haar doorschijnende bleekheid, en haar dunne, breekbare polsjes. Maar het meeste nog van haar ogen, die steeds groter lijken te worden. Ogen die spreken van angst, doodsangst. Hij vindt het steeds moeilijker worden om haar te bezoeken. Heeft zij dat gevoeld, vermoedt zij iets omtrent zijn gevoelens voor Dorijn? Hij weet het niet. Nu gaat hij nog maar zelden. Ze heeft het hem makkelijk gemaakt door hem te kennen te geven dat ze hem niet te vaak meer wil zien.

Met een bruusk gebaar schuift hij zijn studieboeken weg. Hij plant zijn ellebogen op de tafel en woelt met beide handen door zijn haar. Wat voor nut heeft het allemaal nog? Nadia wordt nooit meer beter, en Dorijn wordt steeds meer een kopie van haar zus. Er komt een tijd dat hij ze allebei kwijt zal zijn. En wie weet ook zijn geloof, waarbij hij zich toch zo veilig had gevoeld, onkwetsbaar zelfs. 'Ik ben de Weg, de Waarheid en het Leven,' zegt Jezus. Hij, Joshua, is de weg kwijt. Hij dwaalt in een doolhof zonder uitgang. En zaterdagavond staat hij weer braaf mee te blaten met het kerkkoor in Klarenoord, want hij is te laf om op te zeggen. Evenmin heeft hij de moed Dorijn te vertellen wat hij werkelijk voor haar voelt.

Moedeloos haalt hij zijn schouders op en trekt een van de boeken weer naar zich toe. Hij slaat de pagina om en dan vliegen de woorden hem naar de keel: acute lymfatische leukemie. De letters lijken groter te worden, ze nemen wanstaltige vormen aan. Dit is de diagnose die bij Nadia gesteld is! Hij dwingt zichzelf verder te lezen, maar na een poosje houdt hij op. Een zwarte waas verschijnt tussen hem en het boek, en vol afgrijzen smijt hij het van de tafel. Dit gaat niet over Nadia, dit heeft niets met dat mooie meisje van doen. Dat kan niet en dat mag niet. Die kille, klinische woorden... Wat moet hij daarmee?! Een hand wordt op zijn schouder gelegd. Met een schreeuw springt hij op.

'Rustig maar, Josh. Ik ben het maar, hoor.' Hij keert zich om en kijkt in het lieve, bezorgde gezichtje van Laurian Welstar. 'Ga zitten, joh,' zegt ze, 'je ziet zo bleek. Het spijt me dat ik je zo aan het schrikken heb gemaakt.'

Verdwaasd kijkt hij om zich heen. Nu wordt hij zich pas weer bewust van de omgeving. De universiteitsbibliotheek. Hij laat zich langzaam terugzakken op zijn stoel en ziet hoe Laurian het gewraakte boek opraapt en weer op de tafel legt. 'Hoe? Waarom...?'

'Ik zie je bijna nooit meer bij Nadia, daarom ben ik een paar keer bij je aan de deur geweest. Maar ik trof je nooit thuis, toen kreeg ik het heldere idee dat je weleens hier in de UB je heil gezocht kon hebben.'

'M'n heil?' zegt hij op een schampere toon. 'Waarom moest je mij zo nodig spreken? Wie zegt dat ik er behoefte aan heb met jou te praten? Nou?' Het klinkt ietwat agressief.

Onverschrokken kijkt Laurian hem aan. 'Och,' zegt ze dan luchtig, 'we kennen elkaar immers al vanaf de zandbak. Bovendien zijn Nadia en Dorijn vriendinnen zowel van jou als van mij.'

'Wat wil je daarmee insinueren?' vraagt hij achterdochtig.

Nog steeds blijft ze rustig. 'Niets, helemaal niets. Maar goed, de boodschap is duidelijk. Ik ga al. Ik dacht dat we misschien wat hadden kunnen drinken in de kantine en ik had je willen uitnodigen om bij ons thuis langs te komen. Maar ik...'

Hij grijpt haar hand. 'Nee, Lautje, loop niet weg! Het spijt me, ik...'

'Beetje zachtjes!' wordt er aan een tafel verderop gemompeld. Snel graait Josh zijn spullen bij elkaar, hij propt ze in zijn tas en voert Laurian aan haar elleboog de bibliotheek uit.

'Heb jij straks nog college?' vraagt Laurian, alsof ze gewoon over koetjes en kalfjes hebben zitten praten. Hij schudt zijn hoofd. 'Ik heb het ook wel gezien voor vandaag. Nou, ga je dan mee? Naar mijn huis, bedoel ik.'

Hij knikt. 'Daar heb ik inderdaad wel behoefte aan. Die pijpenla van een kamer trekt me op dit moment totaal niet en bij jullie is het meestal zo bedrijvig dat je aan gepieker niet toekomt.'

'Precies,' zegt Laurian. 'En daar komt als extraatje nog bij dat tante Does weer eens van de partij is. Kom op, we gaan. Het wordt de hoogste tijd dat ik jou weer eens een keertje hoor hinniken.'

Even kijkt hij haar verwonderd aan. 'Wat bedoel je?'
'Nou, als jij lacht, moet ik altijd aan een paard denken,' antwoordt Laurian droogjes. Prompt schiet Joshua in de lach en Laurian zegt: 'Dát bedoelde ik dus.'
Wat later fietsen ze gezamenlijk langs de grachten in zomerse tooi en voor het eerst sinds tijden is er weer iets van blijdschap in Joshua's hart.

Op een druilerige dag begin juli neemt Dorijn afscheid van haar ouderlijk huis. Laurian had per kerende post op haar brief gereageerd en haar namens de hele familie gezegd dat ze zeer welkom was. 'En naar andere huisvesting hoef je wat mij betreft voorlopig niet uit te kijken, blijf gewoon een tijdje hier.'
Diezelfde avond nog had Dorijn haar ouders voor een voldongen feit gesteld. Ze had niet verwacht dat ze haar zonder slag of stoot zouden laten gaan, maar het onweer dat in huize Terborghe boven haar hoofd was losgebarsten, overtrof haar stoutste verwachtingen. Het zal haar dan ook nog lang heugen. Haar moeder had haar uitgescholden voor egoïst. Ze had woorden gebruikt waarvan Dorijn niet eens wist dat haar beschaafde moeder ze überhaupt kende. Haar vader had zich zoals gebruikelijk weer op de achtergrond gehouden.
Dorijn was zelf wonderbaarlijk kalm gebleven. 'U gedraagt zich als een klein kind dat zijn zin niet krijgt,' had ze tegen haar moeder gezegd. 'Bovendien ben ik lang en breed volwassen, je kunt me niet verbieden het huis uit te gaan. Trouwens, wat maakt het jou uit, je hebt toch nooit écht om mij gegeven? Ik was toch altijd maar gewoon Dorijn, het domme zusje van Nadia?'
'Je bent vreselijk brutaal!' had Nora gekrijst. 'Respect! Weet jij eigenlijk wel wat dat woord betekent? En hoe had je je dat financieel eigenlijk voorgesteld? Je hebt geen baan, alleen maar een miezerig uitkerinkje. Hoe kom ik aan zo'n dochter als jij? Ga maar, aan jou valt toch geen eer te behalen. Wat mij betreft gaat Fil ook meteen de laan uit. Laat hem maar bij die fraaie junks intrekken, mij kan het niet meer schelen!'

Toen had ze zo gruwelijk gevloekt dat Johan eindelijk zijn passieve houding had laten varen. Met een spierwit gezicht was hij op zijn vrouw toegelopen en had haar tweemaal geslagen. Vervolgens was hij overstuur de kamer uit gerend.

Nog ziet Dorijn de grote rode vlekken op de spierwitte wangen van haar moeder, nog ziet ze de totale verbijstering in die ogen. Ze was als in slow motion neergevallen op de bank en toen had ze hartverscheurend gehuild.

'Je mascara loopt door,' had Dorijn toonloos opgemerkt. 'En je haar zit voor geen meter. De maskerade is voorbij, moeder. Die benaming verdien je wat mij betreft niet eens meer. Alleen voor Nadia ben je een echte moeder, hoewel ik denk dat daar ook heel wat egoïsme achter schuilgaat. Ik ben blij dat jij ook eens voelt hoe het is om vertrapt te worden en vernederd. Ik ben oprecht blij dat vader je eindelijk eens lik op stuk heeft gegeven!'

Nu staan ze tegenover elkaar als vreemden.

'M'n bus gaat over tien minuten, ik moet gaan. Ik zie jullie vast nog weleens bij Nadia. Reken er niet op dat ik hier nog een voet over de drempel zet. Voorlopig niet, tenminste. Er is te veel stuk. Als ik een keertje terugkom in dit dorp, is het om omi Doortje te bezoeken, die draagt mij tenminste een warm hart toe. Ook al ben ik dan niet zo mooi en slim als Nadia was.'

'Verleden tijd,' zegt Johan dof. 'Ze is niet langer mooi, en aan haar prachtige opleiding heeft ze niets meer. Niets. Waar ze eens werkte, ligt ze nu dood te gaan. Ik breng je even naar de bushalte, die twee koffers zijn te zwaar voor jou alleen.'

Haar moeder zegt niets. Ze staat in de deuropening als een willoze pop. Bleek en slap. Haar ogen lijken naar iets in de verte te staren.

Waarom willen m'n armen nu niet omhoog? denkt Dorijn angstig. Waarom kan ik niet die ene stap zetten en haar ten afscheid kussen? Een paar seconden kijken ze elkaar aan, seconden die zich lijken uit te rekken tot vele minuten. Dan is het wonderlijk genoeg Nora die die stap neemt, en haar handen uitstrekt. Heel even omarmen zij elkaar. Even voelt Dorijn zich als een klein meisje dat nog niet op eigen benen kan staan. Abrupt maakt ze zich los, ze pakt een van de koffers en wendt zich van haar moeder af.

'Tot ziens,' zegt ze dof. Dan valt de deur achter haar in het slot. De deur naar het ondanks alles veilige verleden. Een verleden waarin ze zich toch ook vaak gelukkig had gevoeld. Maar, weet ze, er is geen weg terug. Nu moet ze vooruitkijken.

Bij de bushalte zegt Johan: 'Laat alsjeblieft iets van je horen, Doortje. Kijk, daar komt je bus al. Nog één ding: ik wil dat je weet dat ik om je geef zoals je bent. Probeer weer jezelf te worden, liefje.' Als ze elkaar omhelzen, zijn er tranen. Nu is het Johan die haar van zich los moet maken. 'Kom, instappen, meisje. Goeie reis, en je weet, Merlin komt binnenkort de rest van je spullen brengen.'

Dorijn zwaait naar hem tot de bus de bocht naar het station neemt. Hoewel ze haar ogen heeft gedroogd, huilt ze vanbinnen. Ze huilt om alles wat fout is gegaan. Als ze later op Amsterdam Centraal arriveert, is het Joshua die haar staat op te wachten. Zodra ze met haar koffers op het perron staat, neemt hij haar gezicht in zijn handen en kust haar vol op de mond. Even voelt Dorijn iets van weerstand, maar dan geeft ze zich over aan zijn kus en voegt ze haar lichaam naar het zijne.

Ze heeft het gevoel dat ze eindelijk, na een vermoeiende reis vol ontberingen, is thuisgekomen.

9

ZE HAD HET ALS KIND GOED GEHAD THUIS. VADER HAD EEN KLEINE KRUI-denierszaak en ze hadden het niet breed, maar Noortje Krijgsheld had daar nooit onder geleden. Moeder werkte wel vaak mee in de winkel, maar ze kon altijd bij haar terecht. Moeder Doortje... Ze had haar enige kind niet verwend, maar wel alle liefde gegeven die in haar was. Vader was haar grote vriend geweest, haar sterke kameraad, die haar voor elk onheil zou behoeden! Ach, hij leek zo onverwoestbaar, met zijn forse gestalte en zijn altijd opgewekte humeur. Iedereen winkelde graag bij Krijgsheld, want naast je boodschappen kreeg je altijd nog een portie aandacht en vriendelijkheid gratis.

Op een dag had Noortje hem achter in het magazijn gevonden. Hij lag daar zo stil. Vreemd, want haar vader sliep immers nooit midden op de dag? Ja, op zondagmiddag, voor ze naar de kerk gingen, deed hij altijd een dutje in zijn grote rookstoel. De kleine Noortje had altijd plezier gehad met haar moeder over de diepe snurkgeluiden die hij dan voortbracht. Die vreselijke dag in december, vlak voor de kerstdrukte, zal Nora nooit vergeten. Hij had niet geslapen. Hij had helemaal niet meer geademd, en zij had gegild. 'Moeder, moeder, papa is zo stil!'

Wat er toen was gebeurd, kan ze zich na zoveel lange jaren niet meer precies herinneren, alleen dat moeder heel wit was geworden in haar gezicht. Later was de dokter gekomen.

Toen zij na lange tijd wakker werd, had moeder naast haar bed gezeten, met dikke ogen van het huilen. Maar toch ook met die lieve lach rond haar lippen. 'Vader is nu voorgoed bij God, onze Vader in de hemel.'

Noortje Krijgsheld wist wat zij bedoelde, hij zou nooit meer terugkomen in het kleine huis. Hij zou haar nooit meer op zijn sterke schouders zetten en met haar rondspringen. En zij zou nooit meer achter de toonbank zitten met haar eigen weegschaaltje en nadoen wat hij deed. Nooit meer! Hij was pas vijfendertig.

'God is niet lief,' had ze gezegd, en vanaf dat ogenblik had ze haar hartje gesloten voor de trouwe Vader uit haar kinderjaren. Ze was elf toen haar vader plotseling uit haar leventje verdween, en ze had niet bij de begrafenis kunnen zijn omdat ze te ziek was. Moeder mocht dan troost vinden in haar geloof, zíj zou andere wegen vinden om gelukkig te worden. Zij zou iemand worden in deze maatschappij!

Gelukkig kon ze goed leren, en mocht ze na de lagere school verder leren. De hbs had ze met gemak doorlopen. En hoewel moeder trots op haar dochter was geweest, had ze zo nu en dan die vreemde bezorgde blik in haar ogen gehad. Soms zei ze weleens iets waarover Nora, zoals ze zich op de middelbare school had laten noemen, diep na moest denken, of ze wilde of niet. 'Kindje, het gaat in het leven niet alleen maar om wat je presteert, maar vooral om wie je bent! Het is fijn dat je goed kunt leren, en ik zal je ook zo veel mogelijk daarin steunen, maar verlies niet uit het oog dat er meer is in het leven!'

Moeder was een schat, en ze had het ongetwijfeld goed bedoeld, maar Nora Krijgsheld zou haar achternaam waarmaken! Zij had ambities.

Toen ze Engels was gaan studeren, had ze op een feestavond van haar studentenvereniging Johan Terborghe van Heenvliet leren kennen. Hij was misschien wat smalletjes, en blaakte niet echt van zelfvertrouwen, toch was hij de moeite waard. Zijn heldere verstand en zijn adellijke titel hadden Noortje van de kruidenier enorm geïmponeerd. Maar ze had het niet laten merken. Zonder al te veel moeite had ze zijn aandacht weten te trekken. Ze zag er goed uit en ze had een vlotte babbel. Wat had ze nou helemaal te verliezen? Over haar achtergrond zou hij vermoedelijk niet moeilijk doen. Waarschijnlijk vond hij dat totaal onbelangrijk. En inderdaad... hij was van meet af aan gek op haar. Nora had in eerste instantie bewust wat gereserveerd gedaan, dat maakte haar immers nog begerenswaardiger? En ze moest toegeven dat ze op haar beurt wat voor die jongeman begon te voelen, ook al had ze dan niet direct vlinders in haar buik.

Hij had haar gevraagd zijn partner te zijn op een studentenbal en natuurlijk had zij ja gezegd! Langzamerhand had hij haar weten te veroveren, hoewel ze het hem niet gemakkelijk had gemaakt. Ze wist hoe ze hem moest prikkelen, om vervolgens de boot af te houden. Ze was toch immers een keurig meisje, dat zich niet zomaar gaf? Johan had dat gerespecteerd.

Voor Nora was het helemaal niet zo moeilijk geweest als ze had doen voorkomen. Ze stond wat huiverig tegenover lichamelijke intimiteiten; ze vond het al eng als hij bij het zoenen met zijn tong haar mond binnenging! Maar ze had hem laten begaan, ze had haar afkeer van zijn opwinding weten te overwinnen. Johan zou alleen maar meer naar haar gaan verlangen zolang ze de boot afhield. Hij had er trouwens nooit op aangedrongen om met haar naar bed te gaan, wel had hij haar verteld dat hij er hevig naar verlangde.

'O liefste, wat dacht je van mij!' had ze dan quasi smachtend geantwoord. Ondertussen had ze gedacht: gelukkig, dat blijft me voorlopig bespaard! Als we eenmaal getrouwd zijn, zal hij merken dat ik de dienst uitmaak. Ik zal mijn echtelijke plichten nakomen, maar niet te vaak. Ze had gerild van afschuw bij de gedachte alleen al. Ze vroeg zich weleens af of ze eigenlijk abnormaal was waar het haar seksuele gevoelens betrof. Maar toch had ze er nooit echt van wakker gelegen. Nou ja, als ze eenmaal getrouwd waren, zou de rest vanzelf wel in orde komen...

Nora huivert als ze terugdenkt aan hun huwelijksnacht. Ze had hem laten begaan, ze had als van een afstand meegemaakt wat hij met haar deed. Maar één gedachte had steeds overheerst: dat hierover zoveel geschreven is, dat zoveel mensen dit gedoe als iets geweldigs beschouwen! Ze had met moeite haar afkeer weten te bedwingen, ze had zelfs lieve woordjes gefluisterd. Maar ze had niets gevoeld van de passie die hem overduidelijk had beheerst. Nee, ze zou het nooit begrijpen. Nooit! Die nacht had Johan niets gemerkt van haar reserves tijdens het liefdesspel, maar al snel had ze hem duidelijk gemaakt dat zij het hele gebeuren maar laag-bij-de-gronds vond en dat hij maar niet te veel van haar moest verwachten op dat gebied.

Nora zucht diep en opnieuw gaat er een huivering door haar lichaam. Wat had ze hem toch vaak tekortgedaan! Maar nooit was hij haar ontrouw geweest, altijd had hij haar wensen boven de zijne gesteld. Vanzelfsprekend had ze zich zo nu en dan aan hem gegeven, zonder haar aversie te laten blijken. Zij kende toch haar plichten als vrouw? Uit hun schaarse intieme momenten waren hun drie kinderen voortgekomen: Nadia, Dorijn en Fil. Daarna was ze hem ook nog regelmatig ter wille geweest, maar wel had ze hem gezegd drie kinderen al een heel zware belasting te vinden. En hij had haar ontzien in haar vruchtbare periodes. 'Ik ben moe, Johan. Ik heb hoofdpijn, lieverd. Ik heb mijn menstruatie, schat.' Soms had ze glashard gelogen om dat maar niet te laten gebeuren. Alleen toen ze van Dorijn in verwachting was, had ze iets van lust ervaren tijdens het vrijen. Achteraf had ze zich geschaamd voor haar hartstocht, haar uitdagende houding als hij vol verlangen naar haar keek en liefdevol haar zwellende buik streelde. Zou het daardoor komen dat ze niet met hart en ziel van Dorijn heeft kunnen houden? Haar jongste dochter herinnerde haar immers altijd aan haar hartstocht, haar lusten. Toen Nadia verwekt was, had zij zich ingetogen gedragen. Liefdevol, dat wel, maar decent. Dat andere was verkeerd, dat was...

De telefoon verstoort haar gedachten. Verwilderd staat ze op. Ze wankelt even, maar hervindt dan haar gebruikelijke kalmte en zegt beheerst: 'Met mevrouw Terborghe van Heenvliet.' Ze verbleekt als ze de sonore en rustige stem van Nadia's arts hoort. 'Dokter Henegouwen, zegt u het maar! Het is helemaal mis, nietwaar? Ze gaat dood, hè, Nadia!'

'Mevrouw Terborghe, ik heb juist een heel goed bericht voor u! Nadia is in remissie, dat wil zeggen, ze gaat de goede kant op. Ik wil geen valse hoop wekken, maar de chemotherapie is aangeslagen. Het onderzoek dat we verricht hebben, leverde positieve resultaten op...'

Nora valt de arts in de rede. 'O dokter, bedoelt u werkelijk dat er nog hoop is? Dat mijn meisje beter kan worden? Wat heerlijk! Ik zal meteen mijn man bellen, die vergadering moet hij dan maar laten voor wat het is. Dit is immers zo ontzettend belangrijk! Wij komen...'

'Mevrouw!' zegt de arts vermanend om haar tot de orde te roepen. 'Mevrouw Terborghe, dit is inderdaad goed nieuws. U moet zich echter wel realiseren dat er een terugval kan optreden. Ik wil dat u dat goed tot u door laat dringen. Het zou niet verstandig zijn als u aan uw dochter ging vertellen dat alle leed definitief geleden is.'

Nora zwijgt even, haalt dan diep adem en zegt: 'Maar niettemin begrijp ik uit uw woorden dat we voorzichtig blij mogen zijn om deze ontwikkeling?'

'Ik zou het niet beter kunnen zeggen,' antwoordt de dokter. 'Ik ben blij dat u inziet dat we geen genezing kunnen garanderen. Dat zou niet fair zijn, onethisch zelfs. Ten opzichte van u, als moeder, maar zeker ook ten opzichte van Nadia. We hebben al uitgebreid met haar gesproken en ik moet u zeggen dat haar reactie – na de aanvankelijke vreugde – ons enigszins verontrust heeft. Ze heeft zich teruggetrokken in een soort cocon van zwijgzaamheid. Mocht u dus vanavond op bezoek willen komen, houdt u daar dan rekening mee. Ze vroeg overigens nadrukkelijk naar haar zus, Dorijn...'

Nora valt hem wat bot in de rede. 'Dorijn is het huis uit, ze wil zo min mogelijk met ons te maken hebben. Maar ik kan haar bellen op haar adres in Amsterdam. Verder kan ik u niets beloven. Zij denkt altijd voornamelijk aan zichzelf, ziet u...'

Dokter Henegouwen geeft niet onmiddellijk antwoord. Zijn lange ervaring met patiënten en hun familie en vrienden heeft hem een grote dosis mensenkennis gegeven. Die scherpe blik heeft hem al snel doen inzien dat mevrouw Terborghe dweept met haar oudste dochter, ten koste van de andere twee kinderen. Graag zou hij eens met die Dorijn praten, misschien...

'Bedankt, dokter, voor het goede bericht. Fijn dat u de tijd nam om mij hierover te bellen!'

'Graag gedaan, mevrouw Terborghe. Ik vind het niet meer dan normaal om u van deze ontwikkelingen persoonlijk op de hoogte te stellen. Ten slotte wens ik u veel sterkte, ook wat betreft het opvangen van uw andere kinderen.' Het klinkt scherper dan hij bedoelde, maar hij heeft er geen spijt van.

Ze lacht schamper als ze de hoorn op de haak legt. Die twee zijn daar helemaal niet van gediend! Ze vinden hun eigen weg wel, zonder haar bemoeienissen. Hoewel... Fil is nog maar een kind, al heeft hij dan nog zo'n grote mond. Een uit z'n krachten gegroeide puber, die het zichzelf en zijn omgeving allesbehalve gemakkelijk maakt.

Nora huivert. Ze werpt wat houtblokken in de open haard. Het mag dan volgens de kalender hoogzomer zijn, de laatste dagen is het kil en regenachtig. Ze zal een prettig muziekje opzetten, daar heeft ze nu wel behoefte aan. En een glas cognac kan ze nu ook wel gebruiken. Johan mag dan beweren dat drank niets oplost, maar daar denkt zij anders over. Drank maakt dat de scherpe kanten een beetje van de narigheid af gaan. Het maakt dat ze zich wat rustiger voelt, en niet zo schuldig. Schuldig! Waarom komt dat woord nu bij haar op? Wat heeft ze dan verkeerd gedaan? Heeft ze haar kinderen soms niet alle kansen gegeven? Heeft ze niet altijd voor hen klaargestaan? Zij had ervoor gekozen thuis te blijven, als ouderwetse moeder achter het theelichtje, om hun verhalen aan te horen, om ervoor te zorgen dat ze er altijd schoon en verzorgd uitzagen. Nee, ze hoeft zich nergens voor te schamen. Ze gaf haar man wat hem toekwam en haar kinderen had zij de beste opvoeding gegeven die er maar te bedenken viel. En al haar liefde... Hier stokken haar gedachten. Al haar liefde? Ook voor Fil en Dorijn? Had ze niet al haar liefde gegeven aan Nadia, dat prachtige kind met haar vele gaven? Was er van die liefde nog iets overgebleven voor die andere twee kinderen van Johan en haar? Ze trekt ongemakkelijk met haar schouders, en haar handen vervormen zich tot krampachtige klauwen. Ze kijkt ernaar en voelt plotseling angst. Die rode nagels, handen die steeds groter lijken te worden... Als van een roofdier! Begint ze haar verstand te verliezen? Ze zucht eens diep, vermant zich, en belt Johan.

'Uw man zit in een zeer belangrijke bespreking, kunt u niet...'

'Nee,' zegt Nora kalm maar vastberaden, 'dit gaat voor. Het gaat om zijn kind!'

Johan kijkt wat verdwaasd de kamer rond. Het is hier zo stil. Waar zit Nora? Ze zal hem toch niet voor niets uit die belangrijke vergadering hebben gehaald? Waarom moest hij naar huis komen? Hij kijkt nog eens om zich heen, richt zijn blik op de beregende vensters en kijkt naar het stervende vuur in de open haard. Met trage bewegingen gooit hij wat houtblokken in de haard en pakt de pook. Gedachteloos port hij erin, totdat een vlam hoog opschiet en hem uit zijn apathie haalt. Snel beklimt hij de brede trap naar boven en blijft dan abrupt staan. Vanuit de badkamer klinkt een zacht geneurie. Nora! Wat bezielt haar? Wat valt er te zingen? Hij klopt hard op de deur.

'Momentje, over vijf minuten ben ik klaar!'

'Nee, nu! Ik wil dat je onmiddellijk opendoet, Nora!'

Het blijft heel stil aan de andere kant van de deur. Johan voelt hoe een vreemde, beangstigende woede zich van hem meester maakt en gaat via hun slaapkamer de riante badkamer binnen. Daar staat zijn vrouw, naakt en begerenswaardig. Ze kijkt in de spiegel en lijkt naar zichzelf te lachen. Ze ziet er inderdaad nog fantastisch uit voor een vrouw van vijf-enveertig, met haar gladde huid, haar stevige borsten en haar platte buik.

'Nora!'

Er vaart een schok door haar heen en ze graait naar het enorme badla-ken dat op een marmeren tafeltje ligt. Ze grijpt mis. Johan niet. Hij neemt haar in zijn armen en snuift de lucht van haar naar badschuim geurende lichaam op. 'Kom!' zegt hij zacht maar gebiedend.

'Nee, nee,' fluistert zij, maar ze beseft dat ze geen kant op kan. Hij draagt haar naar het bed en neemt haar. Opnieuw is het alsof ze van een afstand toekijkt. Tranen stromen langs haar wangen. Als hij eindelijk opstaat, vindt ze geen woorden. Ze zou hem willen vertellen over Nadia, maar haar keel lijkt te zijn dichtgesnoerd. Ze sluit haar ogen en bedekt haar naaktheid. Ik moet me opnieuw baden, denkt ze, ik voel me smerig.

Ineens is daar een hand als een schroef rond haar pols. 'Vertel me nu maar waarom ik moest komen!'

Ze kijkt hem aan, en knijpt haar ogen tot spleetjes. 'Wil je het echt weten?'

Woede springt in zijn blik. Hij omklemt haar pols nog harder.

'Je doet me pijn, Johan.'

Hij laat haar los en kijkt naar haar handen. Het rood is verdwenen, maar niet de klauwen. Ik haat haar, denkt hij. En hij schrikt van die gedachte. Nee, corrigeert hij zichzelf, iets in haar haat ik. God, help mij. Help ons.

We zijn toch niet voor niets man en vrouw? 'Vertel me nu...' begint hij schor.

Nora gaat rechtop zitten, het dekbed houdt ze angstvallig tot onder haar kin geklemd. 'Nadia wordt weer beter...' Ze fluistert het bijna.

Zijn ogen sperren zich wijd open en dan zijn er die lachrimpels die ze zo lang niet gezien heeft. 'O, liefste!' weet hij uit te brengen en zijn ogen worden nat.

Dan is het of er bij Nora een dam doorbreekt, ze schuilt tegen zijn borst en huilt zich leeg. Veel later, nog nasnikkend, zegt ze de woorden die als balsem zijn op Johans ziel: 'Ik hou van je, Johan. Van jou en van onze kinderen!'

'Moeder, Nadia wordt beter. Ze is in remissie, en dat wil zeggen, er is nog hoop op herstel!'

Doortje Krijgsheld, die door de hele familie 'omi Doortje' wordt genoemd, kijkt haar dochter aan. 'Dat is fantastisch! Kind, wat zou ik blij zijn als onze Nadia weer beter zou worden. Ik bid er dagelijks voor.'

Nora onderdrukt haar wrevel over die laatste opmerking. Altijd weer dat geloof! 'Ja, moeder, dat weet ik. Wij zijn ook ontzettend dankbaar. Maar die dokter Henegouwen heeft ons wel gewaarschuwd geen valse hoop te koesteren, er kan altijd weer een terugval optreden. Toch heb ik het gevoel dat alles weer zal worden als vroeger. Dat onze Nadia weer zal stralen, dat zij weer in staat zal zijn iedereen versteld te doen staan van haar prestaties!'

Een stil verdriet sluipt in de ogen van de oudere vrouw. 'Noor, dat zou inderdaad geweldig zijn, maar... ik heb toch zo m'n zorgen. Als Nadia inderdaad weer helemaal geneest, hoop ik dat ze ook de weg naar God terug zal vinden. Nu is ze opstandig. Ik weet dat van Joshua, die hier regelmatig langskomt. Hij dreigt ook zijn geloof te verliezen. En... ik denk dat er iets is tussen hem en Dorijn. Ik ben zo bang dat ze zich bij gebrek aan beter aan elkaar vastklampen en dat aanzien voor oprechte liefde. Ik zal eens met ze praten, binnenkort.'

Nora veert overeind. 'Dorijn en Joshua? Hoe komt u erbij! Josh is gek op Nadia, zij is de vrouw in zijn leven. Hij is geen lafaard, die zich bij elke tegenslag uit het veld laat slaan!'

'Dat beweer ik ook niet, kind,' zegt haar moeder rustig. 'Maar verlies de werkelijkheid niet uit het oog. Joshua heeft troost nodig, en Dorijn is verliefd op hem. Ik heb mijn ogen wijd open, Nora. Ik zie wat ik zie, en trek er mijn conclusies uit. Wat jij verder met deze wetenschap doet, is jouw zaak. En die van Johan natuurlijk. Ik heb trouwens het gevoel dat jullie dichter bij elkaar gekomen zijn de laatste tijd. Dat is mooi, kind. In goede en kwade dagen, weet je nog? Maar wat ik het meeste hoop is dat jullie – juist door deze nare periode – dichter bij God zullen komen. Want zonder Hem redden wij mensenkinderen het niet, geloof me!'

'Ja, moeder, dat weet ik,' zegt Nora kortaf. 'Maar nu even over aanstaande donderdag. U wilt dan graag mee, heb ik begrepen?'

De oudere vrouw knikt wat triest en denkt: hoe komt het toch dat Nora zo voorbijgaat aan de meest fundamentele waarden van het leven? Waar heb ik gefaald in m'n opvoeding? En dat streberige... Al heel vroeg had ze dat bij haar dochter bespeurd. En later, toen alles haar voor de wind ging, projecteerde Nora alles wat ze nog niet vervuld had, op Nadia. Nadia, de liefste, de mooiste, de intelligentste... En nu? Nu haalt God een streep door Nora's rekening. Dat zou haar toch tot nadenken moeten stemmen? Dat zou haar ogen toch moeten openen voor het feit dat ze nog twee kinderen heeft? Jonge mensen met hun eigen waarde, hun eigen capaciteiten...

'Nou, moeder, gaat u mee of niet?' zegt Nora ongeduldig.

Haar moeder schrikt op. 'Het spijt me, kind, ik was even in gedachten. Ja, ik wil graag mee. Hopelijk mag ik dan weer iets van levensvreugde in Nadia's ogen ontdekken, en ook iets van dankbaarheid!'

Nora zucht diep. Waarom moet haar moeder altijd zo doordraven! Maar ze houdt zich in, staat op en kust de oude vrouw op het voorhoofd. 'Blijft u maar hier, ik kom er wel uit. Zorgt u wel dat u donderdag op tijd klaarstaat? Mooi. En belooft u er niet op uit te gaan met dit weer?

Het is zo guur, al is het dan volgens de kalender hoogzomer! U weet het, als er boodschappen gedaan moeten worden, doet Fil dat met liefde voor u.'

Omi Doortje zwaait haar chique dochter na vanachter het veilige venster dat de regen en wind buiten houdt. Nog een tijdje blijft ze zo staan, turend naar niets. Nora, denkt ze bekommerd, wanneer zul je de weg terug vinden? Als kind geloofde je zo oprecht en zonder voorbehoud in je hemelse Vader. Is het omdat je je eigen vader zo jong hebt moeten missen? En wanneer is het begonnen, dat bijna hartstochtelijke verlangen naar status? Je hebt je er bij mijn weten als kind nooit voor geschaamd dat we maar eenvoudige kruideniers waren. Je was zelfs trots op je vader!

Dan bidt ze, met gevouwen handen maar wijd open ogen: 'Blijf ons nabij, Heer, wijs ons de weg en laat Uw woord zijn als een licht op ons pad. Amen.'

Met een rustig gangetje rijdt Nora Terborghe huiswaarts. Moeder is een schat, denkt ze, maar ze moet niet altijd zo preken. Nou ja, verder maar niet piekeren. Nadia wordt gewoon beter. Als ze eenmaal weer thuis is, zal zij een groots feest geven, een feest waarover nog lang zal worden nagepraat! En tegen die tijd zal ze Fil ook wel weer in het gareel hebben. En wat Dorijn betreft... Och, die is immers lang en breed volwassen. Dat zij iets met Josh zou hebben, gelooft ze niet, dat is ondenkbaar. En wat er ook op haar valt aan te merken, ze kleedt en kapt zich de laatste tijd veel beter, en ze gedraagt zich vrouwelijker. Natuurlijk heeft zij inmiddels ingezien dat Nadia haar in al die zaken het goede voorbeeld heeft gegeven. Alleen jammer dat ze bij die merkwaardige Welstars woont. Nora snapt niet dat Dorijn kan leven met dat zooitje ongeregeld. Pieter is een aardige man, maar van orde en regelmaat heeft hij nog nooit gehoord. 'Maar het is daar altijd zo gezellig!'

Verdwaasd knijpt ze haar handen steviger om het stuur. Waar komt die stem vandaan? Dorijn. Dorijn had dat vaak gezegd, toen de familie

Welstar nog hier in Klarenoord woonde. Ze snuift verontwaardigd. Wat je maar gezellig noemt! Je brak er je nek over de rommel als je dat huis binnenkwam. Nee, in zo'n troep zou zij nooit kunnen gedijen. Stel je voor, zeg, dat ze in zo'n janboel haar party's zou moeten geven. Ze zou zichzelf en Johan er onsterfelijk belachelijk mee maken. En haar schoonouders niet te vergeten.

Ze heeft nog vaak het gevoel dat Johans moeder bij elk bezoekje rondkijkt naar eventuele ongerechtigheden. Als Nora heel eerlijk is tegenover zichzelf, moet ze toegeven dat ze die vrouw eigenlijk nooit heeft gemogen. Nog altijd geeft dat mens haar het gevoel dat ze haar handen stijf dicht mag knijpen dat haar zoon zich verwaardigd heeft met haar, Noortje van de kruidenier, zijn leven te willen delen. Nee, dan moeder Doortje. Die houdt van de mensen zoals ze zijn, niet om wat ze presteren of wat ze bezitten. Stel je voor dat zij haar zouden moeten missen... Even huivert Nora, dan roept ze zichzelf tot de orde.

Wat later parkeert ze haar wagen keurig in de dubbele garage en loopt via de bijkeuken de gang in. Daar ziet ze meteen dat Fil met zijn modderschoenen de daarnet nog zo smetteloze plavuizenvloer heeft bevuild. Schel klinkt haar stem als ze hem onder aan de trap roept. Geen antwoord, alleen maar dat hoogst irritante gedreun van die housemuziek. Vreselijk vindt ze dat! Nee, veel gevoel voor cultuur hebben die kinderen van tegenwoordig niet meer. Dan Nadia, met haar verfijnde smaak, haar liefde voor klassieke muziek, haar vaardigheid met boetseren. En vooral haar prachtige zangstem! Door deze gedachten iets milder gestemd loopt ze rustig de trap op, en klopt op Fils kamerdeur. Hij schijnt het nog steeds niet te horen. Die muziek staat ook veel te hard! Ze klopt nogmaals en stapt dan de kamer binnen. Fil zit op zijn bed, met zijn slungelige armen rond een meisje van een jaar of dertien. Een meisje met slordige rode haren.

Fil laat haar los en zegt, na de muziek wat zachter te hebben gezet: 'Dit is Caja, mam, we maken samen ons huiswerk.'

'Ja, dat zie ik,' zegt Nora spottend. Wat kijkt dat sproetenkind brutaal uit haar ogen. Is dat er niet eentje van Landman, de loodgieter? Wat moet Fil met dat kind? Hij is nog veel te jong voor dit soort intiem gedoe! 'Caja, het lijkt me het beste dat je naar huis gaat. Fil moet eerst de gang dweilen en daarna moet hij echt aan z'n huiswerk beginnen.'

Het meisje springt op. Slank en fier staat ze voor Nora. 'Ik dweil die gang wel even. Fil had keurig z'n schoenen uitgedaan, ik niet.' Ze lacht hoog. Tot Nora's ontzetting draait ze zich om naar Fil, die inmiddels ook is gaan staan, en omhelst en kust hem. Niet zomaar een vlinderachtig zoentje, maar een heuse volwassen kus. Ze lijken haar aanwezigheid helemaal te zijn vergeten!

Fil grinnikt als hij het meisje loslaat en de ontzetting in de ogen van zijn moeder leest. 'Jong geleerd, oud gedaan,' zegt hij lachend. 'Kom, schatje, ik zal eens met jou de vloer aandweilen!' zegt hij dan tegen Caja. Stoeiend lopen ze langs Nora heen zonder haar nog een blik waardig te keuren.

's Avonds laat doet Nora verontwaardigd verslag van het incident aan Johan. Als hij in de lach schiet, wordt ze woedend, en ze verlaat de kamer zonder nog een woord te zeggen.

Die nacht kan ze de slaap niet vatten. Ze voelt zich verdrietig en eenzaam. En ook schuldig... Ze kan het niet verklaren, maar het gevoel laat zich niet wegredeneren. Vroeger kon ze in haar gebedje zeggen: 'Schoon mijn zonden vele zijn, maak om Jezus' wil mij rein...' Maar nu? Ze is het bidden verleerd. Ze kan niet eens danken voor Nadia's herstel. Nee, dat zou hypocriet zijn. Wat je ook van Nora kunt zeggen, een huichelaarster is ze niet! 'Maar wél is er een leegte,' fluistert ze tegen de zacht bewegende gordijnen. 'Koud en leeg ben ik vanbinnen...'

Ze gaat zitten en proeft de zoute tranen op haar lippen. Nee, niet huilen, dan heeft ze morgen van die gezwollen oogleden.

Ze slikt en kruipt weer onder het dekbed. Ze voelt Johans warmte, maar de kou blijft. En de eenzaamheid. Ze weet niet meer waar ze het zoeken moet, Nora Terborghe.

Waarom ben ik nou niet blij? vraagt Nadia Terborghe zich vertwijfeld af. Straks komen haar ouders met omi Doortje en zal ze moeten doen alsof!

Ze zucht diep en bijt op haar nagels. Vroeger deed ze dat nooit. Voordat ze ziek werd, zag ze er immers altijd tiptop uit, precies zoals haar moeder het zo graag zag. Dorijn kreeg altijd te horen dat het niet netjes was om haar nagels tot op het vlees toe af te bijten. Haar zusje had in de loop der jaren zo veel te horen gekregen. En zij? Ze rilt en sluit haar ogen. Nadia, het grote voorbeeld. Moeders trots, geliefd bij familie en vrienden.

Zou er ooit iemand op de gedachte zijn gekomen dat zij vaak jaloers op Dorijn was geweest? Misschien omi Doortje, die keek altijd al verder dan de meeste mensen. Dorijn had natuurlijk vaak op haar kop gekregen. Talloze malen had ze voor straf boven moeten eten en op school werd ze destijds minstens tweemaal per week de klas uit gestuurd. Was háár dat maar eens overkomen! Had zij maar ooit de euvele moed gehad eens uit de band te springen. Maar dat kon immers niet, ze zou moeder dan zo ontzettend hebben teleurgesteld. Meestal had ze ook niet zoveel moeite met haar plaats in het gezin, ze was immers altijd al volgzamer geweest dan Dorijn en Fil.

Ze was zo geschrokken de laatste keer dat hij haar kwam bezoeken. Zijn witblonde haren zaten verward en ze waren te lang. Die broeierige blik in zijn ogen, en de norse trek om zijn mond! Zo was haar broertje nooit geweest! Nou ja, broertje... Hij was inmiddels langer dan zij, en had intussen ook de baard in zijn keel. En Dorijn? Nadia zucht opnieuw. Dorijn is ook zichzelf niet meer. Ze ziet er ontzettend leuk uit, en ze gedraagt zich zoals moeder het graag ziet. Zelfs nu ze al een poosje bij de Welstars woont.

Er ging iets dreigends van uit, iets wat haar beangstigde. In eerste instantie had ze er niet de vinger op kunnen leggen wat haar aan Dorijns doen

en laten zo dwarszat. Ze was juist zo lief voor haar de laatste tijd. Haar ogen waren opengegaan toen een van de verpleegkundigen argeloos tegen haar had gezegd: 'Zeg, Nadia, dat zusje van je, wat lijkt die veel op jou. Zelfs haar stem klinkt zo'n beetje hetzelfde!'
Verontwaardigd had ze gezegd: 'Hoe kóm je erbij, we lijken juist helemaal niet op elkaar!' Hij heeft gelijk, had ze toen gedacht. Dorijn wringt zich kennelijk in allerlei bochten om zo veel mogelijk op mij te lijken. Wild graait ze naar haar handspiegel en ze kijkt erin, van heel dichtbij. 'Nou, zusjelief, je maakt een grote kans dat het je zal lukken. Niet alleen om op mij te lijken, maar zelfs om me te overtreffen,' fluistert ze. Ze kijkt in haar angstige ogen, en naar de blauwe kringen eronder. Ze kijkt naar haar bloedeloze lippen en brengt dan traag haar andere hand naar haar schedel, waar net weer wat stoppels zichtbaar worden. Ze ziet hoe scherp haar jukbeenderen uitsteken, hoe smal haar neus is... een doodskop, nu al! Ze kunnen haar wijsmaken wat ze willen, al die knappe dokters hier, maar ze gelooft er domweg niet in dat ze ooit zal herstellen.
En in God gelooft ze ook niet meer. Waar is Hij nu ze Hem zo bitter nodig heeft? En wat is er over van dat jubelgevoel in haar hart? Was zij het echt geweest die op straten en pleinen had staan zingen met het religieuze jongerenkoor, samen met Joshua en al die andere blijmoedige jonge mensen? Ze lacht schamper. Een mooi-weer-gelovige was ze geweest, dat blijkt nu wel. Nou ja, ze moet er maar het beste van zien te maken. Josh hoeft ze niet meer. Die stem uit de hemel, dat was natuurlijk iets wat ze had willen horen...
Nu zal ze zich eens 'mooi' gaan maken! Ze haalt het grappige, door Laurian gebreide petje uit haar nachtkastje en zet het op. Ja, leuk. Ze zet het een beetje scheef, dat staat wel pittig. Dan brengt ze wat rouge aan, wat mascara en ten slotte nog wat lipstick. Keurend houdt ze de spiegel op armlengte van zich af. Nog een beetje flets. Ja, het moet iets meer zijn! Driftig hanteert ze de felle lipstick, die ze nog nooit heeft gebruikt, ook de rouge zet ze nog iets meer aan. Zó, dat lijkt er al meer op. Ze kijkt naar zichzelf, tot de tranen over haar wangen lopen. Tranen die

zwarte sporen achterlaten op haar wangen. Een clown, denkt ze, en ze moet ineens zo vreselijk lachen, ze kan niet meer stoppen! Ze wil wel, graag zelfs, want ze wordt zo moe, zo ontzettend moe.

Met een schreeuw slingert ze de handspiegel tegen het voeteneinde van haar bed. Er klinkt gerinkel, en stemmen. Veel stemmen, harde stemmen. Flitsen van gezichten, lichte vlekken; dan duisternis. Een roodgekleurd donker, als een tunnel. Ze hijgt, ze hapt naar adem. Vreemd helder denkt Nadia: nu ga ik dood. De tunnel... en dan? Wie of wat staat er aan het eind op mij te wachten? Zal ik in de duisternis belanden, of toch... het licht zien?

'Ze slaapt!' zegt Nora teleurgesteld. 'En wat ziet ze eruit, zo vlekkerig. Johan, het gaat helemaal niet beter met haar. Kijk dan, zie je dan niet hoe...'

'Dag, mevrouw Terborghe.' De verpleegkundige geeft Johan en omi Doortje een knikje. 'Nadia is nogal overstuur geweest, we hebben haar een injectie moeten geven. Gaat u rustig zitten, ik verwacht dat ze binnen een kwartiertje wel wakker zal worden.'

'Wie bent u?' vraagt Nora zo kalm mogelijk, maar ze hoort zelf dat haar stem hoog uitschiet.

'Ik heb me inderdaad nog niet voorgesteld. Ik ben Pepita. Maar gaat u toch zitten, u ziet zo bleek!'

Johan schuift stoelen aan voor zijn vrouw en zijn schoonmoeder en neemt zelf plaats op een krukje.

'Ik haal even koffie voor u,' zegt Pepita vriendelijk. 'Daar zult u vast wel behoefte aan hebben.'

Nora kijkt haar wantrouwend aan. Waarom doet dat mens zo overdreven vriendelijk? Er is natuurlijk slecht nieuws. Waarom zou Nadia anders zo van streek zijn geraakt? 'Zeg het maar,' weet ze hees uit te brengen, 'het was een vergissing, hè? Kijk nu toch eens hoe mijn lieveling erbij ligt! Waarom hebben ze niet gewacht met het vertellen van het slechte nieuws tot wij erbij waren? Waarom...'

'Rustig, mevrouw, u haalt zich van alles in uw hoofd. Het gaat echt veel beter met Nadia, maar ze wil het niet geloven. Ze durft het niet. We zien die reactie wel vaker. Ze had haar gezicht helemaal onder gesmeerd met make-up en daarna... Nou ja, dat doet er nu niet meer toe. We hebben haar gelukkig kunnen kalmeren. Kijk eens, onze Nadia wordt al een beetje wakker!'

Onze Nadia, denkt Nora bitter, niets onze Nadia. Het gaat om háár dochter, haar lieveling! Ze wilde dat dat quasi vrolijke mens nu maar ophoepelde.

'Ik laat u nu even samen,' zegt Pepita op hetzelfde moment, en ze knipoogt nog even tegen Nadia.

'Omi,' fluistert het meisje. 'Ik wil omi!' Ze kijkt langs haar ouders heen. Nora is op slag reuze verontwaardigd. Wat bedoelt het kind, is ze niet blij haar en Johan te zien? Ze wil uitvaren, maar dan is Johans hand om haar pols, zacht maar dwingend.

'Kijk,' zegt hij rustig, 'daar komt onze koffie. Ga je even mee naar de conversatieruimte, Nora?'

Nora staat onwillig op. Ze probeert de blik van haar dochter te vangen, maar Nadia kijkt van haar weg. Ze zou iets willen zeggen, ze zou...

'Kom, Nora, laat die twee maar even samen. Wij komen straks terug.' Johan neemt het dienblad over van Pepita, zet het kopje voor omi Doortje op het nachtkastje en legt zijn arm om de gespannen schouders van zijn vrouw.

Maar al voordat ze de zaal verlaten hebben, heeft Nora zich weer hersteld. Ze schudt Johans arm van zich af en recht haar rug. Niemand zal zien hoezeer zij gekwetst is door deze afwijzing van Nadia. In de conversatieruimte drinkt ze zwijgend haar koffie. Even kijkt ze naar haar echtgenoot en ze ziet het verdriet in zijn ogen. Ze heeft echter geen zin in een gesprek, niet met al die wildvreemden erbij.

Er vaart een schok door haar heen als er door een jong zustertje een bed wordt binnengereden. Een bed voorzien van allerlei indrukwekkende apparatuur. Te midden daarvan ligt een meisje. Lijkwit en broodmager, met griezelig grote ogen. Prompt begint het meisje vreselijk te hoesten. Snel wendt Nora haar blik af. Dat jonge ding gaat dood, denkt ze. Er zijn hier allemaal mensen die doodgaan en onze Nadia hoort daar ook bij! 'Ik wil hier weg!' zegt ze hees tegen Johan. Ze wil opstaan, maar haar benen lijken wel van lood. Zo verschrikkelijk moe is ze opeens.

Johan legt zijn hand over de hare en streelt haar zachtjes. 'Blijf nog maar even rustig zitten, Nora. Zo meteen gaan we samen naar onze dochter.'

Het meisje, dat inmiddels is uitgehoest, vraagt openhartig: 'Hebt u hier familie liggen? O, Nadia! Wat een schat is dat, zeg. Toen ze hier pas was, zaten we hier vaak samen. Ik heb longkanker, en ik zal het wel niet lang meer maken... Zij gaat ook dood, hè?'

'Róós!' waarschuwt het kleine verpleegstertje streng.

Maar Nora is al opgestaan. Haar vermoeidheid lijkt te zijn verdwenen als sneeuw voor de zon. Ze posteert zich voor het bed van het meisje en zegt kalm maar duidelijk: 'Ik vind het allemaal vreselijk voor jou, kind, maar Nadia wordt beter. Dat heeft dokter Henegouwen ons persoonlijk verteld. Hoe heet je eigenlijk?'

'Roos, mevrouw eh... Terborghe. Dat is heel goed nieuws, maar er is altijd een kans dat het weer terugkomt. Kanker komt bijna altijd terug. En ik kan het weten. Ik heb hier al zoveel mensen, ook jonge mensen zoals Nadia, zien terugkomen. Ik schijn een taaie te zijn, want ik heb er al heel wat overleefd. Maar ja, mijn tijd zal...'

De verpleegster legt haar abrupt het zwijgen op. 'Als je zo vervelend blijft doen, breng ik je nu terug naar je zaal. Ik moet zelf trouwens nodig die kant op, want er is werk aan de winkel. Bel maar als je gehaald wilt worden.'

Johan is naast zijn vrouw komen staan en legt opnieuw zijn arm om haar heen. 'Nou, Roos... sterkte! Wij gaan eens bij Nadia kijken, die wilde eerst even een gesprekje met haar grootmoeder voeren. Zal ik haar je groeten overbrengen?'

Het meisje knikt. Een eenzame traan glijdt langs haar wang. 'Het... spijt me. Soms worden mensen wel beter, maar ik...'

'Kindje toch!' Nora is al bij haar en streelt het doffe, blonde haar weg van het bezwete voorhoofd. 'Ach, meiske. Krijg je nog bezoek straks?'

Roos trekt wat met haar schouders. 'Ik weet het niet... Ik heb geen ouders meer en m'n enige zus woont in Canada. Veel vriendinnen heb ik ook niet meer. Ze zijn bang, weet u. Ze blijven allemaal steeds langer weg, ze willen niet met de dood geconfronteerd worden.' Ze snikt zacht. 'Maar wie zorgt er dan voor je? Ik bedoel, je bent nog zo jong!' Nora's stem begeeft het.

'Ja,' zegt Roos, en ze zucht diep, 'ik ben bijna achttien. Mijn tante heeft me opgevoed, maar ze is al heel oud. Ze kan niet tegen ziekenhuizen, zegt ze, daarom komt ze haast nooit...'

Nora drukt het magere lijfje tegen zich aan. 'Vanaf nu zullen we als we Nadia bezoeken, ook steeds even bij jou komen. Zou je dat fijn vinden?'

Het meisje knikt heftig.

'Goed, dat is dan afgesproken,' zegt Nora zacht.

Roos veegt haar tranen weg. 'Het spijt me wat ik zei over... Nou ja, u weet wel. Ik ben blij dat Nadia nog een kans heeft. Ik denk dat ik gewoon jaloers ben. Ik had nog zo graag willen studeren en later een gezin willen stichten. Nou ja, gewoon... leven!' Ze sluit haar ogen en zwijgt. Ze ligt doodstil. Alsof ze al gestorven is, denkt Nora. Ze raakt nog even Roos' voorhoofd aan.

'Tot gauw...'

Als ze even later samen over de gang lopen, zegt Johan: 'Dat uitgerekend zo'n jong ding ons met het betrekkelijke van al onze rijkdom moet confronteren...'

Nora knikt. 'We moeten vooral niet onze belofte vergeten en dat meisje bezoeken als we hier komen. Zolang het nog kan...'

Later die nacht ligt Nadia met wijd open ogen naar het plafond te staren. Ze luistert onwillekeurig naar de typische ziekenhuisgeluiden. Het gekreun van de oude mevrouw die al zo lang op haar einde ligt te wachten; het zachte gesnurk van haar buurvrouw, die gisteren hier op zaal is gekomen; het geluid van beademingsapparatuur, voetstappen van verpleegkundigen en heel ver weg gelach op de brede gang.

Waarom zouden die lui niet gewoon plezier mogen hebben? Als je op zo'n afdeling werkt, en je zou je alles persoonlijk aantrekken, dan kon je het wel vergeten. Dan zou je er zelf aan onderdoor gaan. Toch heeft Nadia het er vaak moeilijk mee. Pas nog was een jonge vrouw, moeder van vier kinderen, hier op de zaal nog vrij onverwacht overleden. Ze hadden het bed snel weggereden en nog geen kwartier later had Nadia een paar verpleegkundigen luid horen lachen. Te luid naar haar smaak. Ze zouden wel wat afgestompt raken op den duur.

Ineens schiet ze overeind. Het zweet breekt haar uit als ze denkt: als ik dood ben, zullen ze ook weer lachen. Ze zullen me heel snel vergeten! Ze hijgt en smoort ternauwernood een kreet. Ze zou wel willen schreeuwen, ze zou ze hier allemaal rond haar bed willen hebben en ze recht in het gezicht willen vragen of ze misschien zouden willen ruilen! Ze zou... Dan laat ze zich vermoeid terugvallen in de kussens. Ze zal niks.

Ze moet rekening houden met haar medepatiënten. Ze vouwt haar handen en prevelt met opengesperde ogen: 'God van omi Doortje, helpt U me alstublieft en geef mij de liefde terug in mijn hart. Wilt U ook voor Roos zorgen? Om Jezus' wil, amen.'

In de daaropvolgende week voelt Nadia dat ze sterker wordt en langzaam maar zeker maakt de angst plaats voor hernieuwde hoop.

Ze heeft haar moeder gevraagd of ze haar dagboek wil meebrengen. Ze wil over vroeger lezen, over dat andere leven. Het is alsof een rode streep haar leven van voor en dat van na de diagnose markeert. Ook nu nog, nu ze werkelijk beter lijkt te worden.

Op deze donderdag, waarop de zomer ineens de macht heeft overgenomen – en het ondanks de zonneschermen heet is op de zaal – neemt ze tijdens het verplichte rustuur haar eerste dagboek uit haar laatje. Dertien was ze toen ze erin begon te schrijven. Heel bijzonder had ze dat gevonden, terwijl ze heus wel wist dat zo veel meisjes juist op die leeftijd hun diepste gedachten aan een dagboek toevertrouwen.

Ze keert het gebloemde boekje om en om, en ruikt er even aan, alsof ze daardoor het verleden terug kan halen. Vroeger, toen zij haar onbezorgde leventje leefde. Hoewel, onbezorgd... Ze knippert peinzend met haar ogen. Er was toen vaak iets van weemoed in haar denken geweest, een gevoel waar ze met niemand ooit over had gesproken. Wat had zij, de populaire, geliefde, en door haar moeder geroemde Nadia, om weemoedig over te zijn? Niets toch zeker? Maar het gevoel was er niettemin, en ze moest er iets mee. Daarom was ze in dit boekje beginnen te schrijven. Ze glimlacht even als ze het slotje ziet. Het sleuteltje had om haar hals aan een zilveren kettinkje gehangen. Het was echt háár boek geweest! Nu opent ze het boekje en ze bladert het vluchtig door. Dat handschrift! Niet te lezen! Nou ja, voor haar wel. Ze zal maar gewoon bij het begin beginnen.

Ze wist het zweet van haar voorhoofd en even is er iets van schroom. Wat heeft het eigenlijk voor zin, wat zoekt ze in dit dagboek? Wat heeft ze eraan, nu haar leven zo totaal anders is? Ongeduldig beweegt ze haar schouders. Ze zeurt. Het is gewoon leuk om te lezen hoe ze toen dacht, hoe ze destijds de dingen beleefde. Ze slaat de eerste bladzijde op en glimlacht opnieuw. Wat keurig, die eerste alinea's! Maar al tegen het eind van die eerste bladzijde wordt het handschrift kriebeliger, slordiger. Zo was dat ook altijd geweest met nieuwe schriften voor school, na de vakantie; alle goede voornemens ten spijt was de netheid algauw ver te zoeken. Ze installeert zich behaaglijk in de kussens, neemt een slok water en begint te lezen.

Donderdag, 7 juli, ± 22.00 u.

Vandaag ben ik veertien geworden. Dit dagboekje heb ik van omi Doortje gekregen en ik ben er erg blij mee.
Alles zat mee vandaag. Het weer was fantastisch, precies geschikt voor het

tuinfeest. Rick was er en heeft me gevraagd of ik met hem wil gaan. Ik heb 'ja' gezegd. Alleen dat zoenen vind ik een beetje eng. Hij is zeventien. Mam vindt hem te oud voor mij, maar ze is er wel blij mee dat hij de zoon is van dokter Katz.

Dorijn was vandaag heel lief, ze maakte gelukkig geen flauwe grappen of opmerkingen. Ze had ook een heel mooie tekening voor mij gemaakt van Heenvliet. Dorijn kan minstens zoveel als ik, maar mam vindt alles wat ik doe mooier en beter. Vandaag liet ze daar gelukkig niets van merken. De tekening heb ik met punaises boven m'n bed geprikt.

Fil is een lekker joch, al zag hij wel weer kans er binnen de kortste keren uit te zien als een zwerver. Ik vind het wel geinig, maar mam niet. Grootvader en grootmoeder spraken er schande van. Soms denk ik: zou grootmoeder vroeger weleens een vlek op haar jurk hebben gehad, of rouwrandjes onder haar nagels? Ik denk het niet. Ik zie er – volgens mam – altijd tiptop uit, en dat schijnt dan een verdienste te zijn. Nou, soms baal ik ervan, dan zou ik met Dorijn op stap willen gaan in zo'n toffe tuinbroek of voor mijn part in paps overall. En dan lekker in bomen klimmen en verstoppertje spelen. Maar ergens ben ik een soort marionet, ik doe wat mam wil. Wat ik ook rot vind, is dat Dorijn soms liegt. Ze zegt dan dat ik iets gedaan heb, en dat is dan helemaal niet zo. Dan heb ik af en toe het gevoel dat ik haar haat. Heel vervelend, want daar krijg ik dan weer schuldgevoelens over.

Maar ja, laat ik het vrolijk houden. Het tuinfeest was een gigantisch succes. Rick is helemaal te gek en ik heb prachtige cadeaus gehad. Heel veel boetseer-klei, een paar dikke pianoboeken met fuga's van Bach, natuurlijk een nieuwe jurk en van grootmoeder en grootvader vijfhonderd gulden!

Dorijn krijgt altijd alleen maar een boek en een reep chocola. Dat vind ik niet eerlijk, maar mam zegt dat het is omdat ik naar grootmoeder vernoemd ben. Ach, ja, dat zal ook wel. Maar volgens mij is vader er ook niet zo erg blij mee. Trouwens, omi Doortje, naar wie Dorijn vernoemd is, geeft dan wel niet zoveel geld, maar wel een heleboel liefde. Zegt Dorijn. En dat is ook zo, ik hou ook echt net zoveel van omi als van grootvader en grootmoeder Terborghe. Nee, het is nog anders... Niemand weet dat ik omi eigenlijk liever vind, maar ik zou het *nooit tegen mam durven zeggen! Nou ja, dit is mijn dagboek, daar kan ik precies in schrijven wat ik zelf wil!*

Vanavond moest ik pianospelen. Ik doe net of ik dat heel leuk vind. Dat is ook wel zo, maar niet voor publiek. Ik speel liever als ik alleen ben. Nu deed ik het voor mam, omdat ze zo trots is op mij. Ik heb Dorijn gevraagd of ze wilde zingen. Dat vindt moeder niet leuk, zei ze toen. Ik ben bang dat ze gelijk heeft. Maar ik weet gewoon dat Dorijn een mooie stem heeft. Ze haalt met gemak de hoge g. Nou, dat lukt mij dus mooi niet!

'Jij hebt zo'n warme alt,' zegt moeder dan. Ja, dat zal wel, maar wat is er mis met een zuivere sopraan? Het zit me niet echt lekker moeders lievelingetje te moeten zijn. Ik heb vaak het idee dat ik een rol speel die mij is opgelegd. En op een gegeven moment ga je je ernaar gedragen. Dat is met Doortje eigenlijk net zo. Ik wil graag leren mezelf te zijn, maar of het me ooit zal lukken?

Ik ga lekker dromen over Rick. En over allerlei rare dingen die ik ooit nog eens ga doen. Fantaseren kan toch geen kwaad? Nu ga ik naar bed. Tot schrijfs, dagboek! Ik geef je geen naam en ik weet ook nog niet of ik elke dag zal schrijven, maar ik ben reuze blij met je!

Peinzend legt Nadia haar hand op de pagina's die ze net gelezen heeft. Signalen... Er waren toen al signalen van onvrede, denkt ze. Tragisch was het allemaal niet, ze was best gelukkig. Alleen was er ook toen al een 'maar'...

Hondsmoe is ze ineens. Ze moet maar proberen om wat te slapen. Ze knipt het bedlampje uit en gaat op haar zij liggen. Ik zal er nooit aan wennen, dat koude gevoel in m'n nek, daar lig ik dan met m'n kale kop. Nadia, de schoonheid van het dorp. Om je wild te lachen! Ze probeert haar gedachten op een ander spoor te brengen, maar het lukt haar niet. Uiteindelijk besluit ze nog maar even wat te gaan lezen in de conversatieruimte. Wie weet treft ze er Roos aan, die kan ook vaak niet slapen. Ze glipt haar bed uit, trekt haar ochtendjas aan en neemt haar dagboek mee. Ja hoor, Roos is er, met bed en al. Ze praten nog zeker een halfuur, dan wordt Roos opgehaald door Belinda, de zuster.

'Ik blijf nog even,' zegt Nadia, 'ik ben in m'n verleden aan het graven.'
'Groot gelijk,' zegt Roos cynisch, 'dat is het beste wat je kunt doen als je geen toekomst meer hebt.'

In de daaropvolgende weken leest Nadia vrijwel dagelijks in haar oude dagboek. Uiteindelijk trekt ze de conclusie dat het spreekt van geluk, liefde, voorspoed en succes. Maar ook dat andere manifesteert zich steeds maar weer, die wonderlijke weemoed, die haast niet te verwoorden pijn van gemis. Hierdoor stelt ze vast dat ze voor haar ziekte nooit echt geleefd heeft. Tijdens de bezoekuren is ze afwezig. Ze weet dat haar moeder zich grote zorgen maakt, maar ze heeft geen kracht om daar iets aan te veranderen.
Dan sterft Roos. Nadia was erbij geweest. Uren had ze aan het bed van het meisje gezeten. Haar tante was er ook geweest. En het zusje uit Canada. Nors en stil had die tante haar tijd uitgezeten. Het zusje had de hele tijd zitten huilen. Nadia niet. Ze had het gevoel dat ze nooit meer zou kunnen huilen.

Nu is het zondag. Het regent en haar hart is koud. Nadia voelt zich eenzaam, van God en iedereen verlaten. En er is nóg iets... Ze voelt dat de ziekte weer greep op haar krijgt. De artsen hebben haar gegarandeerd dat ze zich geen zorgen hoeft te maken, dat er nog steeds vooruitgang wordt geboekt. Maar zij weet dat het niet voort zal duren. De kanker sluimert als een roofdier, loerend op zijn prooi. Op een dag zal het monster opnieuw toeslaan en haar niet meer loslaten.
'Je moet positief denken.' Dat hoort ze van de psycholoog die haar regelmatig bezoekt. Een fijne vrouw, dat wel, maar van haar opvattingen moet ze niet veel hebben. Als zij strijdbaar blijft, zal, volgens de psycholoog, de ziekte uiteindelijk moeten wijken. Leuk hoor. Is ze ziek, krijgt ze er ook nog zelf de schuld van dat het minder goed gaat! Het zit 'tussen de oren'. Ja, ja, dat zal wel!
Soms zou ze wel willen schreeuwen en schoppen, slaan en vloeken.

Maar dat doet ze niet, want zij is immers de beschaafde, getalenteerde Nadia Terborghe! Al die talenten, denkt ze vaak schamper, wat moet ik ermee? Hoe moet zij verder met haar opstandige hart, haar pijn, haar eenzaamheid? Zij kan en wil niet meer voldoen aan dat beeld van 'het flinke, lieve, mooie meisje'. Ze is het niet meer, ze is het ook nooit geweest. Ze denkt aan Dorijn, en aan het begrip in haar ronde, grijze ogen. Weinig woorden, veel liefde!

Dan komen er weer van die nachten waarin de slaap niet komen wil. Ze besluit haar dagboek opnieuw te gaan gebruiken als praatpaal. Papier is immers geduldig?

Maandag, 10 augustus, 23.00 u.

De wereld slaapt. Het ziekenhuis slaapt. Iedereen slaapt! Nee, dat is niet waar. Het is hier nacht, maar bij onze tegenvoeters begint nu de dag. Vroeger was er een gezang dat mij aansprak. 'Die dan, als onze beden zwijgen, als hier het daglicht onderduikt, weer nieuwe zangen op doet stijgen, ginds, waar de nieuwe dag ontluikt!'

Wat moet ik ermee? Het is zo leeg in me, zo koud. De zomer gaat aan mij voorbij, net als het leven. Ik wil voorlopig niemand zien, alleen Dorijn en Laurian. Joshua... Ik weet niet wat ik met hem aan moet. Dorijn kijkt altijd zo schichtig als ik zijn naam noem. Zou hij een ander hebben? Ach, ja, natuurlijk. En waarom ook niet? Wat moet hij met zo'n levend lijk als ik? Ik heb de laatste dagen veel nagedacht over mijn ziekte. BLOEDKANKER? LEUKEMIE!

Ja, laat die woorden er maar uit springen. Ik kan en wil er niet meer omheen! Nog steeds zegt dokter Henegouwen dat ik een goeie kans maak om beter te worden. Maar iets in mij gelooft het niet. En wat erger is, misschien wil ik wel niet meer. Ik heb het wel gehad! Eerst alle geluk van de wereld, nu alle ellende! Welbeschouwd is het niet eens zo vreemd, misschien is 't wel eerlijk. Wat is eerlijk, en vooral: wie is eerlijk? De dokter, mijn ouders, m'n zus, m'n vrienden? Roos had wel gelijk toen ze eens cynisch opmerkte: 'De kijkdichtheid loopt terug, het duurt gewoon te lang.' Nou, laten die vrienden en vriendinnen maar lekker verder gaan met hun leven. Ik geef hun groot gelijk!

Als ik weer zieker zou worden, schijnt een beenmergtransplantatie tot de mogelijkheden te behoren. Dorijn blijkt de 'perfect match' te zijn. Zie je wel, mam, dat wij veel meer gemeen hebben dan u altijd heeft gedacht? Met dit verschil dat Dorijn nog een heel leven voor zich heeft. De laatste dagen heb ik veel over m'n ziekte gelezen. En gepraat met Greet, de psycholoog. Het is een schat, en ze doet haar werk uitstekend. Alleen, mij kan ze niet overtuigen. Maar ik geloof dan ook nergens meer in...

Zondag, regendag, 0.20 u.

Eind augustus. De regen huilt tegen de ramen. Ik zou graag mee willen doen, maar ik kan het niet. Kan ook niet zo lang schrijven, ben te moe. Ik heb gelijk gekregen, de ziekte is terug. Een recidief noemen ze dat, net als bij criminelen die opnieuw een misdaad begaan. Dat zijn ook recidivisten. De vervolgbehandeling heb ik, toen ik aan de beterende hand was, wel degelijk gehad, maar HET MONSTER is sterker dan ik. Greet kan me soms zo verwijtend aankijken. Heb gezegd geen prijs meer te stellen op gesprekken met haar.

Dorijn was hier gisteren, met Joshua. Ze vertelden me nogal stuntelig dat zij nu verkering hebben. Nou, ze mag hem hebben. Gratis en voor niks! Wankele ridder. Over zijn Heer en Heiland praat-ie niet meer, juist nu ik er wél behoefte aan heb. Maar gelukkig heb ik daar omi Doortje voor en... vader, de lieverd. Hij zegt nu heel anders tegen het leven aan te kijken, het betrekkelijke ervan in te zien. Voor mam geldt dit niet, zij is helemaal door het lint gegaan na het onheilsbericht.

Dorijn... Keer op keer heeft ze me verzekerd dat, als ik toch weer opknap, ze mij haar gezonde beenmerg wil geven.

Heel lief, maar ik denk... nee, ik weet gewoon dat het daarvoor te laat is. Ik word niet meer beter. Ik ben zó moe, ik verlang naar de hemel. Nooit meer pijn, nooit meer eenzaam zijn. Vrede, voorgoed...

1 september

Heel kort. Kan bijna niet meer schrijven. Ben zo moe, heb veel pijn. Er is nu geen hoop meer, er is botkanker vastgesteld. Geen toestanden, heb ik gezegd. Niet meer allerlei behandelingen die m'n leven een poosje zullen rekken. Nee, ik kan niet meer...

Mijn dagboeken zijn voor Dorijn. Ik houd zielsveel van haar. Met Fil gaat het niet goed, maar als hij bij mij is, geeft hij liefde. Omi heb ik het liefst hier. M'n andere grootouders, ach... Ze kunnen niet meer met me pronken. Ik hoef ze niet meer te zien. Ik maak me zorgen om Dorijn. Ze is begonnen aan de avond-havo. Wil daarna vwo doen. Neemt nu zang- en pianolessen. Een tweede Nadia. Nee! Ik moet haar zeggen dat ze zichzelf moet blijven, en...

Donderdagochtend

Vorige keer te moe om verder te gaan. Krijg nu veel pijnstillers. Ben soms bang, maar vaak krijg ik rust door te bidden. Net of ik dan gedragen word. Moeder en vader komen nu elke dag. Zij huilt maar steeds. Ik zeg dat dat niet nodig is, dat ik het beter krijg. Moet alweer stoppen, ben te moe.

Zaterdag, 's nachts

De herfst. Buiten en ook voor mij. Ik zie Dorijn langzaam maar zeker in mij veranderen. Waarschuw haar, maar ze luistert niet. Ik ben nu vaker bang. De DOOD. Dan krijs ik tot ik niet meer kan. Nu is omi Doortje bijna altijd bij me.

En vader en moeder. Ook Dorijn, Josh en Fil. En ineens weer veel meer vrienden en vriendinnen van voor de grote rode streep. De streep door mijn rekening. Ik hoop dat God mij gauw komt halen. Dan zal elke rekening vereffend zijn.

Zondagmiddag, na bezoek

Nog even. Mijn hand is zo onwillig. Hoop dat Dorijn het lezen kan. Lieve zus, word weer jezelf. Ieder mens is uniek, jij ook. Soms denk ik, ga niet verder met Joshua. Ik voel dat je van een ander houdt. Ik denk dat het die broer van Lautje is, Asjer. Zeg tegen papa en mama en alle anderen die bij ons horen dat ik van ze hou. Nu ga ik slapen, heel lang slapen. Ik heb pijn, ik krijg zo m'n morfine. Ik wil alleen nog maar slapen...

11

DE WINTER HEEFT ALLES EN IEDEREEN IN ZIJN KILLE GREEP. DORIJN HEEFT het gevoel dat ze nooit meer warm zal worden. Gisteren was de begrafenis. Heel het dorp was uitgelopen en het koor had prachtig gezongen. Eerst in de kerk en later bij het graf. Maar zij had er niets bij gevoeld. Het enige wat ze wil, is alleen zijn, en steeds maar weer lezen in Nadia's dagboek, dat nu van haar is.

Joshua wil ze voorlopig niet zien. Hij had niet meegezongen met het koor. Integendeel, hij had gevloekt. Zo gruwelijk, dat zij hem te verstaan had gegeven dat hij maar beter kon vertrekken. Aan Merlin heeft ze veel meer. Hij zegt niet zoveel, maar hij is er in elk geval voor haar.

Ze blijft voorlopig in haar ouderlijk huis. Voor pap, maar vooral voor mam. Ze is kapot. Ze huilt bijna onafgebroken, en roert haar eten en drinken niet aan.

Dorijn ziet soms nog kans haar ten minste wat water te laten drinken, waar ze stiekem voor de nacht een slaapmiddel in doet. Pap is ook bedroefd, maar er is iets van licht in zijn ogen. Hetzelfde licht dat omi Doortje altijd uitstraalt. Natuurlijk huilt omi ook om het verlies van Nadia. Zelfs grootmoeder Terborghe kan zich niet meer goed beheersen. Alleen ergert Dorijn zich er nogal aan dat ze zo beschaafd huilt. Je kunt het eigenlijk geen huilen meer noemen, 'wenen' is beter uitgedrukt. Grootvader is alleen maar heel stil, van hem kan ze geen hoogte krijgen.

Opnieuw leest ze de laatste bladzijden van Nadia's dagboek. Dan schudt ze haar hoofd, en klemt haar lippen stijf opeen. Ze kan het mam niet aandoen weer terug te vallen in haar oude zelf. Er is maar één manier om haar moeder te helpen: zij moet alles doen om haar zus voor mam te doen herleven. Niet dat dat haar ooit helemaal zal lukken, maar ze zal er haar uiterste best voor doen! Tot en met oud en nieuw zal ze thuisblijven, daarna gaat ze terug naar de familie Welstar. En ze zal alles op alles zetten om haar studie te voltooien, en haar zang- en pianolessen naar beste vermogen voort te zetten! Ook zal zij verder gaan met tekenen en daarna proberen de kunst van het boetseren machtig te worden. Ze weet dat ze het in zich heeft. Lieve Nadia, denkt Dorijn, ik zal jouw nagedachtenis levend houden. Ik zal ervoor zorgen dat mam trots op mij zal zijn.

Ze denkt aan Merlin, hij begrijpt haar. Niet dat hij het helemaal met haar plannen eens is, maar hij toont in elk geval begrip! Asjer... Ze lacht smalend. Hoeveel respect ze ook heeft voor wat Nadia heeft geschreven, hiermee moet ze het oneens zijn. Ze voelt absoluut niets voor Asjer! Die cynische uitspraken van hem, zijn hele houding, zijn spot! Ze heeft een hekel aan die vent, die zich verbeeldt alles en iedereen te doorzien. Asjer Welstar als levensgezel? Nooit!

Ze is de afgelopen tijd nog magerder geworden, maar dat vindt ze prima. Al een paar keer heeft ze kleren van Nadia gepast, met wat sieraden van haar gestorven zus erbij. En natuurlijk schoentjes met hoge hakken. Zij hebben dezelfde maat. Hádden...

Een paar dagen geleden had haar vader aangeklopt en haar van achteren gezien, met haar geverfde en gekrulde haren. 'Nadia!'

Die rauwe kreet... Ze huivert nog als ze eraan terugdenkt. Langzaam had ze zich omgedraaid, en hem recht in zijn ontstelde ogen gekeken. 'Ik ben het maar,' had ze toonloos gezegd.

Haar vader leed zichtbaar. Hij had haar gesommeerd zich om te kleden en zich nooit zo aan haar moeder te vertonen. Hoewel ze had geprobeerd hem uit te leggen waarom ze dit deed, had hij van geen tegenspraak willen horen. 'Jij bent Dorijn. Nadia is niet te vervangen, kindje, wat je ook probeert. Bovendien ben jij goed zoals je bent!'

Hij had haar omhelsd en ze had zijn tranen gevoeld. Tranen die zich vermengd hadden met de hare. Maar hij had haar niet op andere gedachten kunnen brengen, ook al had ze gedaan alsof ze het met hem eens was.

Ze staart naar het raam, dat een grauwe lucht omlijst en takken van een dode boom. Dood, alles en iedereen gaat dood! Ze legt haar hand tegen haar keel, en bedwingt met moeite een huilbui. Ze zou nu eigenlijk naar bed moeten gaan. Mam slaapt eindelijk en het is al ver na twaalven. Maar ze weet nu al dat ze toch niet zal kunnen slapen. Bovendien is Fil nog niet thuis.

Ze zucht eens diep. Ze twijfelt er niet aan dat Fil verdriet heeft om Nadia, maar hij toont dat dan wel op een heel vreemde manier. Hij is ongezeglijk, spijbelt dagelijks – het is tóch bijna kerstvakantie, zegt hij als ze vraagt waarom hij niet naar school gaat – en gaat vrijwel elke avond op stap met zijn 'vrienden'. Nou ja, niet toen Nadia nog thuis lag opgebaard. Ze rilt, stel je voor dat hij de hele nacht wegblijft, zoals al vaker is gebeurd! Zij en pap moeten er dan in elk geval voor zorgen dat mam het niet te weten komt. Dorijn vraagt zich op hetzelfde moment af of een en ander wel tot haar moeder zou doordringen. Mam wil immers alleen maar Nadia! Ja, daar kan zij wel wat aan doen, maar Fil? Ach, arme jongen! Nog niet zo lang geleden was je een kind, geliefd en makkelijk in de omgang. En kijk nou eens wat er van je geworden is! Hoe lang al heeft hij het zonder wezenlijke aandacht van zijn moeder moeten stellen? Pap doet zijn best om interesse te tonen voor zijn zoon, maar dat gaat hem niet al te best af. Hij heeft natuurlijk al genoeg met zichzelf te stellen, maar vooral met mam.

Haar moeder bekommert zich totaal niet meer om haar uiterlijke verschijning. Ook tijdens de dienst en de begrafenis was er niets meer over van de altijd zo statige mevrouw Terborghe. Gebroken had ze aan de groeve gestaan, met rood behuilde ogen, haar haren verborgen onder een hoed uit het jaar nul.

Grootmoeder had er daarentegen gestaan zoals ze altijd stond: rechtop, statig en onbewogen. Bij grootvader had ze tenminste nog enige emotie bespeurd. Bah, wat heeft ze een hekel aan dat mens! Zij verdiende het niet dat zo'n lieve meid als Nadia naar haar vernoemd was! En nu verwachtte ze ook nog dat het hele gezin Terborghe-Krijgsheld op eerste kerstdag zou aantreden voor het traditionele, jaarlijkse diner. Een diner waar ze uitgelezen gerechten voorgeschoteld zullen krijgen, waar ze geacht worden te converseren met de genodigden – uiteraard de notabelen van het dorp – en nog een stel vrienden met adellijke titels.

'We zullen het uiteraard wat sober houden dit jaar,' had grootmoeder gezegd, 'maar we kunnen niet onder onze sociale verplichtingen uit, Johan. Ik hoop dat je dat begrijpt.'

In paps ogen had ze gelezen dat hij het helemaal niet begreep, maar hij had slechts geknikt. 'U moet er maar niet op rekenen dat Nora meekomt, dat is nu te veel gevraagd,' had hij gezegd.

'Dat begrijp ik, ze zou immers niet in staat zijn zich stijlvol te kleden. Wellicht dat nog wel, maar ze zou niet kunnen deelnemen aan de boeiende gesprekken. Ik denk dat haar uiterlijk haar momenteel koud laat. Nee, laat Nora maar thuis.'

O, wat was ze kwaad geweest toen ze haar grootmoeder zo hoorde spreken! Laat Nora maar thuis... Alsof het om een huisdier ging dat niet goed gedresseerd was! Die kouwe kak! Eigenlijk verwijt ze haar vader dat hij niet de moed op kon brengen om tegen zijn moeder te zeggen dat hij met Kerst bij zijn vrouw blijft. Om samen te treuren en te rouwen om Nadia. Natuurlijk droeg grootmoeder Terborghe van Heenvliet zwart, maar dat was slechts uiterlijk vertoon. Ze deed het omdat het zo hoorde, maar haar hart bleef koud.

Maar Dorijn zal gaan om haar vader moreel te steunen. Ze zal zich gedragen alsof ze Nadia was. Ze heeft zelfs al aangekondigd dat ze enkele kerstliederen wil spelen en erbij wil zingen. Zoals Nadia dat al die jaren gedaan had. Ze weet dat ze het kan, omdat ze het wil. Nadia zou ook gewild hebben dat zij haar plaats zou innemen. Niet dat zij het allemaal zo perfect zal doen als Nadia, maar ze zal haar best doen, haar uiterste best. Ter nagedachtenis aan Nadia...

Dorijn huilt. De tranen verdrijven voor even de bittere koude in haar hart. 'Omi...' kermt ze, 'omi, bid voor mij! Leer mij te aanvaarden wat die dominee vertelde over de graankorrel die in de aarde wordt gezaaid. Tot op de dag dat Jezus zal terugkeren. Dan zullen de graven opengaan, en wat in vergankelijkheid gezaaid is, zal met vreugde gemaaid worden! Omi, kon ik het maar geloven! Merlin zegt dat geloven een zeker weten is, het aanvaarden van dat wat je niet kunt bewijzen...'

Was hij nu maar hier... Hij is vanochtend vertrokken om de feestdagen bij zijn familie in Suriname door te brengen. Ze mist hem nu al. Merlin, dierbare vriend, ik kan niet zonder je... Haar 'grote broer', die luistert, die er gewoon voor haar is als ze hem nodig heeft. Die met haar kan lachen en huilen, spreken en zwijgen!

Langzaam ontspant ze haar vuisten, ze strekt haar pijnlijke vingers. Ze brengt haar handen naar haar lendenen en buigt haar rug naar achteren. Pijn, het lijkt wel of ze enkel uit pijn bestaat. Maar ze mag er niet aan toegeven. Haar opdracht is om Nadia te worden, anders zal haar moeder haar verstand verliezen. Dan wordt ze opgenomen in een of ander oord, waar ze de rest van haar dagen moet slijten. Dat nooit! Morgen zal ze met haar vader praten over haar plannen. Ze wil zo snel mogelijk haar studie afronden, en daarna psychologie gaan doen. Net als Nadia. Ze zal hem duidelijk maken dat ze dan een toelage van hem verwacht, want ze wil alles op alles zetten om zo snel mogelijk...

Opeens hoort ze een klap, ergens beneden. Kort daarop klinkt geschreeuw. Even staat ze als verlamd. Dan rent ze naar de deur, en schiet de trap af. Onderaan ligt Fil, met bloed in zijn ongewassen haren. Heel stil ligt hij daar en haar vader staat erbij als een standbeeld. Het is net of de hele wereld de adem inhoudt. Dorijn wil iets zeggen, iets doen, maar er komt geen zinnig woord over haar lippen. Tot Fil zich plotseling beweegt en luid kreunt. 'Stil,' fluistert ze, en ze hurkt bij hem neer. 'Stil nou maar. Ik zal voor je zorgen, maar doe zachtjes. Mam slaapt.'

Ze walgt van zijn drankadem. Ze zou hem willen slaan om wat hij hun nu, in deze vreselijke dagen, aandoet. Maar haar mededogen wint het van haar woede. Fil is immers nog maar net dertien. Een uit z'n krachten gegroeid kind, dat zichzelf kwijt is. Samen met haar vader verzorgt ze zijn wond en daarna dragen ze hem naar de zijkamer, waar een ouderwets divanbed staat. Ze schuift een kastje naar het hoofdeinde, zet een glas water klaar en legt er drie aspirines bij. Die zal hij wel nodig hebben als hij wakker wordt!

Later, in bed, ligt ze nog lang te piekeren. Ze huilt vanbinnen nog steeds, maar haar ogen blijven droog en branden. Fil is zichzelf kwijt, maar ik ook. Het verschil is dat ik er zelf voor gekozen heb. Ik moet ervoor zorgen dat mam weer gelukkig wordt, zodat ze er weer zal kunnen zijn voor pap en voor Fil. En ach, wat had Dorijn Terborghe nou helemaal betekend? Altijd had zij in de schaduw van haar zuster Nadia geleefd. Maar nu is Nadia er niet meer, dus ook haar schaduw niet.

Haar gedachten raken verward. Als ze eindelijk slaapt, droomt ze van Nadia, die als een engel in witte kleren naast haar graf staat. Ze glimlacht. Een fel wit licht begint rondom haar gestalte te schitteren. Een licht zo fel, dat Dorijn haar ogen moet neerslaan. En nog brandt het door haar oogleden heen. Ze zal blind worden en dan, dan zal ze nooit... 'Weg, ga weg!' krijst ze, en dan is er een hand op haar schouder.

'Dorijn, word wakker, het gaat niet goed met Fil! En je moeder, ze is...' Traag slaat ze haar ogen op en ziet haar vader staan onder de felle lamp aan het plafond. Zijn haar piekt over zijn voorhoofd. In zijn ogen ziet ze wanhoop. Haastig komt ze overeind en duizelig veegt ze langs haar ogen. Dan is er die afgrijselijke kreet, hoog en doordringend. Heel even dreigt ze in paniek te raken, dan wordt ze ineens vreemd rustig en helder. 'Bel meteen de dokter! Ik ga wel naar mam.'

'Fil heeft overgegeven...' zegt Johan aarzelend. 'Moeten we niet iets doen?'

'Laat hem maar even in z'n eigen troep liggen, hij gaat heus niet meteen dood. Schiet op!'

Ze zwaait haar benen over de rand van het bed, huivert even en schiet dan snel haar ochtendjas aan. Ze haast zich over de brede gang naar de slaapkamer van haar ouders en strekt haar armen uit naar de krijsende vrouw, in wie ze nauwelijks haar moeder herkent. 'Kom maar, ik houd je vast.' Het gillen stopt.

'Nadia...' zegt haar moeder met een diepe zucht. 'Eindelijk!' Terwijl een glimlach zich om haar lippen plooit, sluit ze haar ogen.

Juffrouw Orbach betrekt op de avond van eerste kerstdag de wacht in huize Terborghe. Die hele dag heeft het uren achtereen geregend en gehageld. Diverse dakpannen zijn gesneuveld in heel Klarenoord. Een weerman had al aangekondigd dat het beslist geen witte, maar wel een onstuimige Kerst zou worden. Dorijn vond het prima, dit weer paste perfect bij haar stemming.

Vanochtend had ze Fil heel vroeg horen opstaan. Het moest nog voor zessen zijn geweest. Even had ze de neiging gehad hem te weerhouden van nieuwe escapades, maar het was of iets haar belet had op te staan. Ze was ook angstig geweest en benauwd. Maar al snel had ze die paniek gelukkig weten te onderdrukken, ze had zich omgedraaid om toch nog wat te slapen. Het was niet echt gelukt, al was ze af en toe nog even weggedoezeld.

Sinds die vreselijke aanval van mam sliep ze niet meer zo vast als daarvoor. Telkens was ze gespitst op verdachte geluiden. Was het weer mis? Kon pap het wel alleen af? Dit alles ondanks het feit dat haar moeder in slaap wordt gehouden door zware slaapmiddelen, die hun huisarts heeft voorgeschreven. Ze wordt niet zo gauw meer wakker.

Dorijn denkt terug aan die nacht, nog geen week geleden. Ze had haar moeder weten te kalmeren door te praten als Nadia, door haar tegen zich aan te houden en te zeggen dat het allemaal maar een boze droom was geweest. Nu voelt zij zich daar wat schuldig over.

In eerste instantie had vader haar laten begaan. Toen de dokter vertrokken was, had hij haar echter op het hart gedrukt dit spel niet langer mee te spelen. 'Je sterkt haar in haar wanen, Doortje. Dat is niet goed voor haar en evenmin voor jou. Zie je dat dan niet in?'

Als een furie had ze tegenover hem gestaan en gesist: 'Je hebt toch zelf gehoord wat de dokter zei, dat ze eigenlijk opgenomen moet worden? Wil je dat dan? Nee, we houden haar hier en we doen wat we moeten doen. Al zou ik alles moeten opofferen om...' Toen had ze zacht gehuild tegen de vertrouwde schouder van haar vader. Hij had ermee ingestemd het voorlopig maar zo te laten. Maar hij had ook gezegd dat ze er binnenkort mee op moest houden, want eens zou Nora toch moeten beseffen dat Nadia nooit meer terug zou keren. Ze had geknikt, en opnieuw gedaan of ze het met hem eens was. Maar vanbinnen was ze nog steeds vast van plan om Nadia zo veel mogelijk te benaderen...

Dorijn schrikt op als de kamerdeur openvliegt. Fil staat voor haar, hij heeft een wilde blik in zijn ogen. 'De auto staat voor, ga je mee?' Hij ziet er keurig uit. Zijn haar heeft hij met gel naar achteren gekamd en hij draagt een keurige spijkerbroek met een nieuwe trui. 'Zou het ermee door kunnen, denk je?'

Dorijn knikt langzaam. 'Ja, je ziet er goed verzorgd uit. Al zal grootmoeder wel verwachten dat je in een colbert verschijnt. Maar daar moet je je gewoon niets van aantrekken. Waarom kijk je zo vreselijk benauwd, Fil?'

'Ik ben bang, Door. Ik weet niet wat er allemaal met ons gebeurt. Ik weet heus wel dat ik stomme streken uithaal, ik weet dat Nadia dood is en mam ziek... Maar wat ik voel, kan ik niet uitleggen. Wat ik ook eng vind, is dat jij zoveel op Nadia lijkt. Je bent haar bijna, maar waar is Dorijn dan gebleven? Ik heb het idee dat ik in één klap twee zussen kwijt ben!'

'Voor jou ben ik gewoon Dorijn, Fil. Je hoeft niet bang te zijn. Ik doe dit voor moeder, maar niet langer dan strikt noodzakelijk is.'

'Ik geloof je niet, Dorijn. Je wilt mam Nadia teruggeven. Ik heb het vader tegen de dominee horen zeggen en die vond dat niet gezond.' Ze kijkt hem strak aan. 'Zie ik eruit als iemand die haar verstand dreigt te verliezen? Nee dus. En nu geen gezeur meer, vader wacht. Juffrouw Orbach mag dan zo haar mindere kanten hebben, als ziekenverzorgster is ze perfect. Ze is immers jarenlang wijkverpleegkundige geweest? In functie roddelt ze tenminste niet.'

Als ze eenmaal op Heenvliet gearriveerd zijn, wordt Dorijn overmand door het gevoel dat ze een schijnwereld binnenstapt. En dat is eigenlijk precies wat ze wil. De gasten kijken naar haar alsof ze een geestverschijning zien. Dorijn blijft er kalm onder en glimlacht. Ze ziet de waarderende blik in de nog altijd felle ogen van haar grootmoeder en ze voelt zich trots. Dorijn Terborghe, het zusje van Nadia, mag opeens haar plaats innemen. Ze ís Nadia.

Ze gedraagt zich keurig, zoals de etiquette dat voorschrijft, ze converseert met deze en gene en kijkt treurig of geamuseerd op momenten dat dat van haar verwacht wordt. Als overdonderend slotakkoord van deze avond neemt ze plaats achter de piano en speelt een variatie op 'Komt allen tezamen'. Dan zet ze in met haar zuivere sopraan en ze heeft het gevoel boven zichzelf uit te groeien. Ze zingt de sterren van de hemel, en haar vingers beroeren willig en geestdriftig de toetsen van de vleugel. Alsof ik zelf vleugels heb, gaat het door haar heen. Als dan uiteindelijk de tonen van het laatste lied zijn weggestorven, blijft het stil. Zo stil dat het in haar oren begint te gonzen. Ze is ineens zo duizelig... Nee, ze moet nu volhouden, haar rol tot het einde toe spelen! Ze haalt diep adem, staat rustig op en keert zich om. Ze buigt heel licht, en neemt dan haar plaats in aan de schitterend gedekte tafel. Sober, denkt ze schamper, terwijl ze haar blik neerslaat. Dit noemt grootmoeder dus sober! Ze snakt gewoon naar een sigaret, ze snakt naar een goed glas wijn, en meer! Heel rustig neemt ze een paar slokjes, dan staat ze op en vraagt – het is alsof ze Nadia's stem hoort – 'Wilt u mij even excuseren, de emoties... U begrijpt het wel...'

Statig verlaat ze de chique eetkamer en rent even later de trappen op naar de zolder. Gelukkig heeft ze het benul gehad haar tas mee te nemen. In het donker, op die grote koude zolder, steekt ze gretig een sigaret op. Ze inhaleert driftig. Weer wordt ze duizelig, maar nogmaals ziet ze kans zich te herstellen. De gasten zullen hopelijk begrijpen dat ze nu alleen wil zijn, omdat zij treurt om haar zuster Nadia. Al die tranen... Bah, ze is een echte huilebalk geworden! Ze moest maar eens wat afleiding zoeken.

Dan springt er opeens een naam naar voren. Een van de dochters van een adellijke familie had zich voorgesteld als Rebecca van der Lee-Hüller. Rebecca... Zachtjes fluistert Dorijn die naam en dan weet ze het weer! Een blos van schaamte kruipt naar haar wangen als ze denkt aan dat incident van destijds, toen ze gesnuffeld had in oude papieren van haar grootouders en Nadia er de schuld van had gegeven.

'Alles is vergeven, zusje.'

Met een kreet springt ze overeind. Nadia... Ze is hier! Ze ademt diep in en kalmeert dan. Zijzelf heeft die woorden uitgesproken, met de stem van Nadia. Iets zachter en lager dan haar eigen stem.

'Ik heb geen stem, geen recht van spreken, Nadia,' fluistert ze. 'Ik sta nog altijd bij jou in het krijt. Maar, lieve zus, ik zal het goedmaken. Ik zal moeder haar geliefde dochter teruggeven, ik zal...' Ze slaat haar hand voor haar mond, gaat moeizaam staan en drukt de sigaret uit in een oude tinnen kan.

Ze moet niet zo hysterisch doen. Gewoon rustig blijven en doen wat haar te doen staat. Ze zal opnieuw die papieren pakken en ze in haar tas mee naar huis smokkelen, zodat ze ze daar in alle rust kan doorlezen. Ze voelt gewoon dat in het verleden iets gebeurd is wat grootmoeder 'ongepast' zou noemen, of erger. Ze vindt de zaklantaarn op de tweede plank van een kast vol paperassen. Snel gaat ze naar de uiterste hoek van de enorme zolder. Ze opent het luik en binnen vijf minuten heeft ze wat ze zocht. Mooi, nu snel die stapel in haar tas stoppen, zo veel mogelijk sporen uitwissen en dan naar beneden.

Zo rustig mogelijk daalt ze de trap af, ze loopt de brede gang op en gaat een van de riante badkamers binnen. Daar, in een ambiance waarin zelfs de koningin zich thuis zou voelen, schikt ze haar kapsel en werkt haar make-up bij. Wat later stapt ze met opgeheven hoofd de enorme eetkamer binnen. Daar treft ze slechts twee vrouwen van het cateringbedrijf. 'Het gezelschap heeft zich teruggetrokken in de oranjerie,' zegt de wat oudere vrouw, die geroutineerd de tafel aan het afruimen is.

'Dank u wel,' zegt Dorijn kort maar vriendelijk en voor ze het vertrek verlaat, voegt ze er nog aan toe: 'De maaltijd was overigens uitstekend. Hebt u ook voor dat schitterende pièce-de-milieu gezorgd?'

De oudere dame schudt het hoofd en wijst naar het jonge meisje, dat wat verlegen van Dorijn wegkijkt. 'Dat heeft onze José gedaan, zij is in het schikken van bloemen met recht een expert. Daarbij laat ze ook nog eens flink haar handjes wapperen bij het wat minder creatieve werk.'

Dorijn maakt het meisje een compliment en schrijdt dan de gang op, richting serre. Een actrice die het toneel opkomt voor de laatste akte. Ze zal het spel naar behoren afronden. Maar langer dan een kwartier houdt ze dat niet vol, dan zal ze uit haar rol vallen en de boel op stelten zetten. De wildste ideeën spoken door haar hoofd, terwijl ze de lange gang door loopt. Ze zal eens een paar van die brieven voorlezen aan haar hooggeëerd publiek. Of een ruzie uitlokken met Fil en zich dan bedienen van het 'jargon' van haar lieve broertje.

'Dorijn, kindje, gaat het weer een beetje? Kom zitten en neem een drankje. Wil je punch? Of heb je liever glühwein? Je ziet er wat koud uit!'

Ze glimlacht. 'Ik neem het liefst gewoon iets fris, grootmoeder. En als u het niet erg vindt' – ze werpt een dringende blik op haar vader – 'wil ik over een minuut of tien naar huis. Ik ben erg moe, vooral geestelijk, dat zult u begrijpen. Bovendien willen vader, Fil en ik zo veel mogelijk bij moeder zijn. Juffrouw Orbach heeft geen exacte tijd genoemd, maar we kunnen en willen het niet al te laat maken.'

Even fronst de oude vrouw haar wenkbrauwen, dan zegt ze vriendelijk, maar met een scherpe ondertoon: 'Natuurlijk, kindje, onze gasten zullen daar ook zeker begrip voor kunnen opbrengen.'

De gasten verdringen elkaar om hun medeleven te betuigen. Dorijn krijgt de neiging om heel hard te gaan lachen. Haastig neemt ze een slokje cassis, haalt heel diep adem en houdt het hoofd enigszins gebogen. Ze moet nu niet naar Fil kijken, want die snapt wel wat er met haar aan de hand is. Als hun blikken elkaar nogmaals zullen kruisen, zal ze zich niet meer in kunnen houden!

Ze is aan het eind van haar Latijn als haar vader ten slotte opstaat. Bah, nu volgt nog het obligate rondje handjes schudden! Allerlei goede wensen worden uitgewisseld. Er is niets gezegd vanavond, denkt Dorijn schamper. Er is veel gepraat, over van alles en nog wat, maar er is niets wezenlijks gezegd. En zij heeft eraan meegedaan, omdat Nadia het ook opgebracht zou hebben. Alleen daarom!

Eenmaal buiten begint ze te rennen.

'Dorijn, wacht!' zegt haar vader achter haar.

Ze keert zich om en roept: 'Laat me maar, pap, ik loop liever. Ga maar gauw naar mam!' Ze hoort de auto even later starten en schrikt heftig als er plotseling een hand op haar schouder wordt gelegd. Ze schreeuwt het uit.

'Rustig maar!' Haar broertje grinnikt. 'Ik ben het maar. Ik loop met je mee, ik moet die kleffe geur van deze avond even kwijt. Brrr, wat een onecht zooitje! En jij deed eraan mee, Doortje!' voegt hij er op een licht verwijtende toon aan toe.

'Wat moet ik anders?' zegt ze mat. 'Trouwens, jij hebt je ook heel anders gedragen dan we de laatste tijd van jou gewend zijn, jochie! Ik geloof dat je maar één keertje "shit" hebt gezegd en daar werd door grootmoeder snel overheen gepraat.'

Fil knikt bedachtzaam. Het is opeens net of hij een stuk ouder is. 'Dorijn... vond jij het ook zo leeg? Al die gesprekken op zo'n keurige conversatietoon, waar gingen die nou helemaal over! Het is net of al die deftige lui elkaar alleen maar de ogen willen uitsteken met hun fraaie bezittingen. Heb je bijvoorbeeld die Rebecca gehoord over hun "huisje" in de Provence? Schijnt een gigantisch landgoed te zijn. Gek, dat er in deze tijd nog zulke lui bestaan. Eén ding wil ik je graag zeggen, Door. Die vrienden van mij mogen dan geen lieverdjes zijn en ik vind dat blowen en zuipen eigenlijk hartstikke stom, maar meestal hebben we het wél ergens over. Over wat er mis is in de wereld. Een van die jongens vertelde laatst dat z'n vader zelfmoord heeft gepleegd. Toen hij dertien was, heeft-ie hem gevonden. Op zolder, met een touw om zijn nek.' Zijn stem schiet uit, dan zwijgt hij bedrukt.

Dorijn is verbijsterd. Ze hebben Fil allemaal verkeerd ingeschat! Hij denkt wel degelijk na over de dingen. Eigenlijk veel te diep voor een jongen van zijn leeftijd. Hij zou het over voetbal moeten hebben, of meisjes. Maar dit... Zelf had zij haar oordeel allang klaar over die mooie vrienden van hem, en nu hoort ze zoiets. Ze huivert. Als jonge knul je vader op zo'n manier aan te treffen...

Ze snikt. 'Fil, dank voor je vertrouwen. Je bent verder dan ik op jouw leeftijd was. Maar probeer...' Ze moet haar neus snuiten.

'Stil maar,' zegt Fil, 'ik weet al wat je wilt zeggen. Maar thuis wordt toch alleen maar het slechtste van me verwacht, net als op school. Daar ga je dan als vanzelf steeds meer aan voldoen.'

Dorijn heeft zich weer wat hersteld. 'Ik ken dat gevoel, Fil. Ik was toch ook altijd de clown van de familie, de wildebras die zich niet wist te gedragen? Inderdaad, naar dat beeld ga je je dan steeds meer voegen...'

Bij thuiskomst blijkt hun moeder nog steeds in een diepe slaap verzonken te zijn. Haar vader gebaart dat ze haar gerust welterusten kunnen kussen, ze zal er toch niet wakker van worden.

Wat later, op Dorijns kamer, zegt Fil: 'Ik vind het eng, Door, zoals moeder erbij ligt. En pap lijkt zo rustig, alsof hij het allemaal wel aankan. Hij is verdrietig, dat zie je zo, maar toch...'

'Het licht. Het licht van omi Doortje.'

Fil kijkt haar fronsend aan. 'Waar heb je het over?' zegt hij verwonderd.

'Over hetzelfde als jij, Fil. Volgens mij heeft pap troost gevonden in het geloof. Ik wou dat ik dat ook kon zeggen.'

'Ik geloof nergens in!' zegt Fil hard. 'De wereld is één grote puinhoop. Als er een God bestaat, merk ik daar niets van.'

Ze zwijgen even.

'Wat deed jij laatst zo vroeg? Ik hoorde je al voor zessen de deur uit gaan,' zegt Dorijn. Ze kijkt haar broertje vragend aan.

Even aarzelt Fil, dan gooit hij eruit: 'Ik ben naar het graf van Nadia gegaan. Ik wilde er helemaal alleen zijn. Ben gewoon over het hek geklommen. 't Was er verder een dooie boel, dat snap je. Waarom lach je nou?'

'Dooie boel!' Dorijn lacht en huilt tegelijk.

'Weet je, ik... ik stond daar bij het graf. De steen miste ik, maar toen deed ik m'n ogen dicht en het was ineens net alsof die steen er al wel stond. Nadia's naam was erin gebeiteld en de woorden van dat lied: "Jezus is mijn toeverlaat, Hij, mijn Heiland is het leven!" Dat heb ik goed onthouden, Door, die woorden. Nadia heeft ze immers zelf uitgekozen en ons gezegd dat die tekst op haar graf moest. Ze heeft het ons gezegd toen ze al bijna niet meer kon praten...'

Schor gaat hij verder. 'En toen, op dat moment, geloofde ik het. Het gaf me zo'n veilig gevoel. Ik heb daar staan janken, maar dat kon me niks schelen.'

'Ik vond het altijd bespottelijk als ik mensen zag lachen die pas een familielid of vriend verloren hadden. Maar nu snap ik het wel, het betekent helemaal niet dat je geen verdriet hebt. Je kunt dan best wanhopig zijn.'

'Je hebt gelijk, Dorijn. Ik ben überhaupt veel meer gaan begrijpen sinds Nadia ziek werd... Ik vind het fijn dat ik zo met jou kan praten, jij neemt me tenminste serieus. Wij zijn vanaf nu bondgenoten, oké?'

'Bondgenoten!' zegt Dorijn krachtig. Ze slaan de handen tegen elkaar. 'Nu ga ik slapen, Fil. Bedankt, ik ben blij dat ik jou heb!'

12

HET HEEFT NOG HEEL WAT VOETEN IN DE AARDE VOORDAT DORIJN NAAR Amsterdam kan vertrekken om haar studie voort te zetten. Haar moeder wil haar niet laten gaan.

'Nadia, dat kun je me niet aandoen,' kermt ze. Haar ogen staan wild, haar haren pieken om het bezwete gezicht.

'Rustig, moeder. U weet toch dat ik in Amsterdam mijn werk heb? Ik kom elk weekend thuis. Heus, ik beloof het. Maar u moet zich echt rustig houden, hoor, anders wordt onze aardige dokter kwaad en laat hij u alsnog opnemen in het ziekenhuis.'

Ze ziet de pijnlijke trek op haar vaders gezicht. Dorijn is bang dat hij het 'spel' niet veel langer meer mee zal spelen. Ze geeft hem een waarschuwende blik. 'De verpleegkundige komt morgen toch al? Nou, dat is toch fantastisch? Voorlopig zal ze hier intrekken, zodat ze meteen voor u kan zorgen als het weer... als u weer zo naar wordt. Heus, mam, alles is goed geregeld. Met Fil zal het ook weer beter gaan, dat heeft hij me beloofd. Wij hebben er alles voor over om u weer gelukkig te zien worden. Maar u moet er zelf ook uw best voor doen, mam!'

Nora kijkt haar dochter wazig aan. 'Fil? Wie is dat?'

Dorijn onderdrukt een zucht. Ze voelt kwaadheid opkomen, haar moeder is vergeten dat ze een zoon heeft, én dat ze ooit een dochter had die Dorijn heette. Ik houd dit niet lang meer vol, denkt ze bang. Ze recht haar rug, en pakt de bevende handen van haar moeder beet. 'Fil is uw zoon, u mag hem niet vergeten. Ook hij heeft u nodig!' En ik, zou ze willen zeggen.

'Merlin staat te wachten,' zegt Johan kort.

Dorijn staat op en kust de zieke vrouw. 'Voor je het weet, ben ik terug, mam! Probeer nu maar wat te slapen.' Dan loopt ze met lood in haar schoenen de ziekenkamer uit. Nooit meer kom ik terug, denkt ze bij zichzelf. Nooit meer...

Merlin is heel stil sinds hij is teruggekeerd in huize Terborghe. Natuurlijk heeft ook hij verdriet om Nadia. Maar ondanks zijn zwijgzaamheid en medeleven is er die glans in zijn ogen, die Dorijn vooralsnog niet kan plaatsen.

In de auto, als ze een kwartiertje onderweg zijn, zegt hij plompverloren: 'Dorijn, het is weer goed tussen Ricarda en mij. Je weet dat ik... dat ik even dacht dat ik verliefd was op jou, maar ik heb vriendschap en genegenheid verward met liefde. Wat ook meespeelde, was dat ik een tijd lang dol ben geweest op Nadia, net toen zij iets kreeg met Joshua. Je ging opeens zoveel op je zuster lijken, je kreeg haar stem, haar uiterlijk. Niet helemaal natuurlijk, maar toch! Ik kon je wel slaan, als je zei dat ik als een broer voor je was. Maar nu... nu wil ik dat graag voor je zijn, Doortje!'

Dorijn kan het niet opbrengen om meteen te reageren. Ze bijt op haar lippen. Dan zucht ze eens diep en zegt vermoeid: 'Ik begrijp het maar al te goed, Mer. Moeder denkt dat ik Nadia ben en daarom geeft ze nou zoveel om mij. Joshua was gek op Nadia en dacht dat ik haar plaats kon innemen. En met jou is het feitelijk hetzelfde verhaal... Maar goed, ik heb er zelf voor gekozen om zo veel mogelijk in Nadia's voetsporen te treden. Het voordeel is dat ik ontdek dat ik veel meer kan dan ik ooit voor mogelijk heb gehouden. Ik was immers het lelijke, domme eendje? Vooral mam en grootmoeder Terborghe hebben me dat continu ingeprent. Uiteindelijk, als ik alle vereiste diploma's op zak heb – en daar ben ik hard mee bezig – wil ik gaan studeren. Psychologie, net als Nadia.'

'Doortje, ik heb enorm veel respect voor je, maar ik ben bang dat je verkeerd bezig bent. Ik weet het wel zeker. Jij bent uniek, zoals ieder mens uniek is. Je mag je eigenheid niet verliezen. Jij bent Dorijn Terborghe, een leuke meid met haar eigen kwaliteiten. Houd op met Nadia na te volgen! Je zult uiteindelijk vastlopen, je zult verdwalen en de weg kwijtraken!'

Dorijn haalt diep adem en zegt dan bits: 'Bemoei jij je nou maar met je eigen zaken, Merlin Wijntak! Je geeft toch zelf toe dat je in mij iets van Nadia meende te herkennen? Nou dan! Wees maar blij met jouw Ricarda!'

Ze wendt haar hoofd af, zodat hij haar tranen niet zal zien. Stille tranen... Ze zijn er zo vaak. Meestal als ze alleen is, in de veilige beslotenheid van haar kamer. Dan staat ze zichzelf toe om te huilen om alle ellende. Het koude, versteende gevoel diep vanbinnen wordt er wat zachter door. Het geeft wat ruimte als ze huilt. En Merlin heeft wel gelijk, want ze huilt ook omdat ze zichzelf niet meer kan zijn. Ze durft het niet goed meer... 'Merlin...' zegt ze dan aarzelend, 'Fil en ik hebben elkaar. Hij weet dat ik gewoon Dorijn ben. Wil jij opnieuw mijn grote broer zijn? De grote broer van Dorijn, welteverstaan. Want soms wordt het me inderdaad allemaal te veel. Dan moet ik terug kunnen vallen op iemand. Als ik naast mijn kleine broer Fil een beroep kan doen op mijn grote broer Merlin, zal ik het vol kunnen houden!'

Dorijn heeft haar plekje weer gevonden in huize Welstar. Voor haar vriendin Laurian is ze gewoon Dorijn en dat besef geeft haar de kracht om in de weekends thuis Nadia's plaats in te nemen. Ze is zo druk met al haar activiteiten dat de gewoonlijk nogal saaie januarimaand omvliegt.

Op een dag wordt ze 's ochtends wakker met het gevoel dat ze uit louter pijn bestaat; haar hoofd doet zeer, al haar spieren protesteren bij elke beweging en ze heeft het wisselend warm en koud.

Laurian mist haar aan het ontbijt en komt poolshoogte nemen. 'Jij bent ziek, Doortje, en niet zo'n beetje ook. Ik heb het aan zien komen. Je pleegt roofbouw op jezelf, meid. Maar ik zal je nu verder niet aan je hoofd zeuren. Ik haal een glas vers sinaasappelsap voor je, een paar aspirines en een kruik. Nee, geen tegenspraak, vandaag blijf jij in je bedje. Dan zien we wel verder. Je bent trouwens veel te mager, Dorijn. Ik vind dat je...'

'Later,' zegt Dorijn schor, 'je zei zelf net dat je me voorlopig met rust zou laten. Maar Lau, ik wil niet achterop raken met m'n studie. Ik wil niet dat...'

'Jij hébt nu even niets te willen, meisje! Ik ga even verpleegstertje spelen voor ik naar college ga, en als ik weg moet, draag ik de zorg voor jou over aan Pieter. Hij is zeer ervaren in het verplegen van gammele huisgenoten. Dat het strijkgoed even blijft liggen, kan hem niet schelen. Het werk loopt niet weg, zegt hij immers altijd? Je hebt trouwens een lotgenoot hier in huis. Wist je dat nog niet? Asjer ligt al twee dagen voor pampus, hij heeft ook de griep te pakken. Die jongen studeert ook veel te hard, en z'n eetgewoonten zijn ronduit gruwelijk! Als jullie over een dag of twee weer een beetje opgeknapt zijn, hebben jullie misschien nog wat aan elkaar. Beetje kletsen, kruidenthee drinken, scrabbelen... Nou ja, je ziet maar!'

De verontwaardiging in Dorijns blik is haar niet ontgaan. Dorijn en Asjer, dat is water en vuur. Asjer is nogal recht voor z'n raap, hij heeft Dorijn al eens de waarheid gezegd. 'Als jij Nadia blijft imiteren, gaat het fout. Het zal je opbreken, Dorijn! En je motieven lijken wel heel nobel, maar in feite ben je zeer egocentrisch bezig. Je wilt bewijzen dat je minstens zoveel waard bent als je zuster. Misschien ben je ergens zelfs wel blij dat ze er niet meer is, dat geeft jou de kans om...'

Ze had hem in het gezicht geslagen.

'Tja, Dorijn, de waarheid kan soms hard aankomen!' had hij daarop cynisch opgemerkt.

'Ga weg!' had ze gezegd, 'ik heb geen behoefte aan jouw zogenaamde wijsheden, kijk eerst maar eens naar jezelf. Jij denkt dat je het allemaal zo goed weet, meneer de student... Nou, ik hoop dat je nog een keer gigantisch op je bek gaat!'

Hij had niets meer gezegd, alleen zijn schouders opgehaald. Maar dat gebaar was veelzeggender dan woorden.

Dus hij is ook ziek, denkt ze wazig. Net goed, hij denkt natuurlijk dat zoiets ordinairs als een griepje zijn deur voorbijgaat. Positief denken en dat soort flauwekul, daar heeft hij de mond van vol. Een gezonde geest in een gezond lichaam. Dat gaat nu dus kennelijk niet op voor meneer eigenwijs! Hoewel ze eerlijk moet toegeven dat Asjer nooit ofte nimmer rommelt met zijn principes. Hij komt er rond voor uit zichzelf als een kind van God te beschouwen. Hij lijkt altijd zo zeker van alles, anderzijds kan hij toch ook wel zijn excuses aanbieden, als hij de plank eens flink heeft misgeslagen. Wat ligt ze nou toch te ijlen! Asjer is haar type niet. Of is ze soms jaloers op zijn levenshouding? Ach, dat zal ook wel meespelen. Ze moet maar niet te veel aan hem denken, daar wordt ze alleen maar moe van. Ze liggen elkaar gewoon niet, punt uit! Even grijnst ze, ondanks haar koorts en haar bonzende hoofdpijn. Meneer ligt nu net als zij in bed met een hoofd vol snot!

Die nacht droomt ze veel. Ze droomt over Nadia, die gekleed als een verpleegster bij Asjer en haar komt. Ze liggen nota bene samen op een kamer! Nadia glimlacht naar Asjer, maar ze kijkt haar zusje boos aan. 'Je hebt je kans gehad, Dorijn. Je kunt niet Nadia de tweede zijn, en zeker niet de eerste, want dat ben ik! Mam zal binnenkort ontdekken dat je niet echt bent. Als een zeepbel zal haar illusie uiteenspatten. Ze zal haar verstand verliezen. En dat is dan jouw schuld, Dorijn! Praat met de lieve vrouw naar wie je vernoemd bent. Als dit allemaal verleden tijd is, zal ik je loslaten. Dan kun je weer jezelf zijn. Dan kun je opnieuw beginnen, samen met Asjer Welstar. Nee, spreek me niet tegen. Jij geeft om hem, en hij is gek op jou, al merk je dat misschien niet. Nóg niet. Maar er is één voorwaarde: word weer jezelf, Dorijn! Mam zal moeten beseffen dat ik niet meer op aarde ben, en dat ze jou heeft en Fil. Vergeet hem niet. En maak je de woorden van mijn grafsteen eigen: Jezus is mijn toeverlaat, Hij, mijn Heiland...'

'...is het leven, leven.' Het is warm, ik stik! Help me dan toch. 'Nadia!' 'Dorijn, Dorijn! Luister, doe je ogen open! Het is maar een droom, lieverd. Ik ben het, Laurian, en Pieter is er ook.'
Traag slaat Dorijn haar ogen op. 'Nadia, waar is Nadia?' Ze gooit het

dekbed van zich af en kijkt verwilderd om zich heen. 'Lau, ze zegt dat ik met omi moet praten, dat Asjer en ik... maar dat wil ik niet! En dat lied over Jezus... Maar ik kan niet geloven, Lau! Ik wil het wel, hoor, maar als ik tegen God praat, zegt Hij niets terug. Het is zo benauwd, ik heb zo'n pijn!'

Resoluut pakt Laurian het dekbed van de grond, schudt het uit en legt het over haar ijlende vriendin. 'Rustig nou maar, Doortje. Ik zal een ijszakje halen, dat leg ik op je hoofd. Dan heb je het niet meer zo warm. Maar je moet wél onder het dek blijven, anders...'

'Ik bel de dokter, Lau, ze is doodziek!' zegt Pieter op een toon die geen tegenspraak duldt.

Laurian knikt. Ze gaat op de rand van het bed zitten, legt haar arm onder het gloeiende hoofd van haar vriendin en sommeert haar wat sinaasappelsap te drinken. 'Je hebt hoge koorts, Door, je moet drinken. Toe, wees even flink. Pa belt de huisarts, die schrijft je vast iets voor tegen de koorts en misschien iets om rustig te kunnen slapen. Goed zo. Nog één slokje, dan mag je weer liggen en haal ik het ijszakje. Zie, je kijkt alweer helder uit je ogen.'

'Asjer...' zegt Dorijn. Ze wil nog iets zeggen, maar zakt dan terug in het kussen.

'Asjer?' Laurian glimlacht even. 'Maak je om hem maar geen zorgen. Met Asjer gaat het al stukken beter, die scharrelt nu wat rond in de huiskamer. Voor het eerst sinds drie dagen heeft hij een klein ontbijtje binnengehouden. Ben jij ook misselijk? Nee? Nou, dat is dan een geluk bij een ongeluk.' Haar ogen staan helemaal niet goed, denkt Laurian bezorgd, maar ze moet Dorijn zo veel mogelijk zien te kalmeren.

'Rebecca,' zegt Dorijn schor, 'er is iets... Ik weet niet waar zij nu is, maar haar gezicht zie ik wel. Het heeft iets met die brieven te maken, maar die heb ik verstopt. Thuis, in Klarenoord. Niemand mag het weten, je verraadt me toch niet? Ik móet het weten, ik moet die brieven hier hebben. Zo snel mogelijk! Ik moet Merlin spreken, die kan ze voor me meenemen. Hem vertrouw ik, hij is m'n grote broer.'

Wat daast ze nou toch allemaal? denkt Laurian verontrust.

Gelukkig komt de dokter al vrij snel. Hij constateert een fikse keelontsteking en 'wat aan griep verwante symptomen'. Waarom moet die man altijd zo duur doen? denkt Laurian geërgerd. Hij zit er, voorzover zij weet, nooit naast met zijn diagnose, maar dat omslachtige gedoe en dan die rare gewoonte van hem eerst vijf minuten zwijgend op zijn 'slachtoffer' neer te kijken!

'Ik wil het eerst zonder antibiotica proberen. Je weet dat ik er geen voorstander van ben dat zomaar voor te schrijven. De patiënt wordt er op den duur resistent van, dat moeten we niet hebben. Ik schrijf zetpillen voor met paracetamol en codeïne, dan zal deze jongedame in elk geval goed slapen. Mocht de koorts over enkele dagen nog zo hoog zijn, laat mij dat dan onverwijld weten. Dan nemen we de situatie opnieuw in ogenschouw.'

Man, denkt Laurian geërgerd, nou weten we het wel!

Het duurt nog zeker een paar minuten voordat hij het recept uitschrijft. Ook daarna blijft hij nog een poosje zwijgend staan en kijkt naar Dorijn alsof het een zeldzame diersoort betreft. Heel plotseling draait hij zich om en zegt: 'Ik moet snel gaan, er wachten nog veel patiënten op me. Ik ben hier eigenlijk al te lang gebleven.'

Laurians mond valt open en sprakeloos kijkt ze de dokter na. Dorijn grinnikt ietwat schor.

Laurian kijkt haar aan en proest het dan uit. 'Zo zout heb ik het nog nooit gegeten!'

'Vreemde snoeshaan,' zegt Dorijn. Ze klinkt als een krassende raaf. Als Laurian opnieuw in de lach schiet, schudt Dorijn voorzichtig haar pijnlijke hoofd. 'Ik... stop, Lau, lachen doet zo'n pijn! Ik moet trouwens ineens ontzettend nodig plassen. Help je me even naar de badkamer?'

Wat later staat ze te wankelen op haar benen, haar hoofd bonst en ze rilt.

'Ik hou je vast,' zegt Laurian. Ze steunt haar vriendin onder de oksels. 'Zo, eerst die sloffen aan. Rustig maar, dan breekt het lijntje niet.'

Zonder gêne laat ze zich door Laurian helpen, ze is te beroerd om zonder steun op de wc te gaan zitten.

'Grote meid,' zegt Laurian, als ze eindelijk weer onder de wol ligt. 'En dan vraag ik nu Davita om je medicijnen te halen, oké? Wil je dat ik nog even bij je blijf?'

Dorijn knikt. Fel tekenen de koortsblossen zich af op haar magere wangen. 'Bij me blijven, niet praten,' fluistert ze, en ze sluit haar ogen. Maar de slaap wijkt, en verwarrende gedachten nemen bezit van haar.

Als Davita komt met de medicijnen en Laurian als een ervaren verpleegkundige de zetpil inbrengt, komt al na een minuut of tien de verlossende slaap. Een slaap zonder kwellende dromen ditmaal.

Een tijdlang blijft Laurian bij haar vriendin zitten. Op een gegeven moment ziet ze de snelle oogbewegingen. Nu droomt ze, weet Laurian, maar gelukkig ligt ze er ontspannen bij. Ach, Doortje, wat lig je daar nou kwetsbaar... Je hebt een veel te zware taak op je genomen. Nee, het is de moeder die dit haar dochter aandoet. Het was immers altijd alleen maar Nadia? En kijk nu eens... De weg terug zal lang zijn, Doortje, lang en vol struikelblokken. Maar ik... ik zal er voor je zijn!

Het is al februari als Dorijn eindelijk wat begint op te knappen. Uiteindelijk heeft de arts toch antibiotica voorgeschreven, want naast de keelontsteking was er nog een lichte longontsteking bij gekomen.

Als ze voor het eerst weer in de grote eetkeuken zit, heeft ze het gevoel te zweven. Asjer zit tegenover haar, met een krant voor zijn neus. Hij had haar kort gegroet, gevraagd of het weer een beetje ging en was toen aan zijn tweede beschuit met suiker begonnen. En nu lijkt hij mijlenver van haar verwijderd. Gek, ze heeft in die dagen van koorts en dromen zoveel met hem gepraat, hij was haar zelfs vertrouwd geworden. En moet je nu eens zien... Tja, Dorijn, dromen zijn bedrog. Je bent en blijft gewoon een dom wicht!

'Zo, lekker vers kopje thee, jongelui?' Opgewekt komt Pieter binnenlopen.

'Graag!' zegt Dorijn moeilijk, ze is nog steeds schor.

Asjer bromt iets onverstaanbaars en houdt zijn blik op het ochtendblad gericht.

'Dorijn, kind, wat zie je smal! We moeten je wel weer een beetje oplappen, hoor. Zo kun je je moeder niet onder ogen komen, ze zal nog denken dat wij je hier laten verhongeren. Jammer trouwens, dat je moeder laatst niet mee kon komen. Je vader heeft het momenteel wel heel zwaar, hè?'

'M'n vader...' reageert Dorijn wazig, 'ik... ik heb er amper iets van gemerkt toen hij bij me was. Niet zo leuk voor hem. Thuis een zieke vrouw, hier een gammele dochter, die haar mooie beloften niet eens kan waarmaken...' Ze veegt snel wat tranen weg.

'Je hebt dingen beloofd die je sowieso niet kunt waarmaken. Je had die beloftes nooit mogen doen...'

Ze schiet overeind. 'Waar bemoei jij je mee, Asjer? Ik heb je toch niet om je mening gevraagd, is het wel? Jij altijd met je scherpe tong!'

Hij haalt zijn schouders op, en verdiept zich opnieuw in de krant.

Pieter fungeert als bliksemafleider. 'Er is een brief voor je gekomen, Dorijn.'

Meteen is ze afgeleid. Ze opent de brief die Pieter haar aanreikt met haar mes. 'Van Emmy! Wat leuk. Emmy... dat is een schat van een meid, die ziet altijd kans je op te beuren. Dat kan ik nu wel gebruiken!' Ze vouwt de twee royaal beschreven blaadjes postpapier open en begint nieuwsgierig te lezen.

Lieve Dorijn,

Ik huil nog steeds om Nadia, maar niet elke dag, hoor. Ik zie jou trouwens bijna nooit meer. Mijn moeder zegt dat die van jou erg ziek is. Ik ben bang dat zij ook doodgaat. Je vader zei dat je gewoon de griep hebt. Gelukkig maar! Met mij gaat het verder goed. We hebben op 7 januari een bruiloft gehad van mijn zus Martine. Het was heel erg leuk! Ik was getuige en in de kerk mocht ik

zeven kaarsen aansteken bij het gebed van de zeven kaarsen. Ook mocht ik het
kussentje met de trouwringen vasthouden en de ringen aan mijn heeroom (die
ze heeft getrouwd) geven. Leuk, hè! Ik heb het boek 'Josje van Santen' ook
gekregen van mijn moeder en vind het een leuk boek. Alleen jammer dat die
stomme Cor de verkering uitmaakt. Dat vond ik niet leuk, hoor.
Volgend jaar gaan we weer naar Caldonazzo. We vinden het daar zo gezellig!
Ik hoop dat jullie ook weer naar onze camping gaan, maar dan moet je moe-
der eerst beter zijn. Fil heeft ook een soort ziekte, zegt mijn moeder, maar ze
wist niet precies wat.
Deze leuke foto krijg je van mij. Wij staan er allemaal op. Nadia, jij, Fil, ik,
mijn moeder en jouw vader. Als je deze foto ziet, vergeet je mij tenminste niet!
En Nadia ook niet...
Groetjes en heel veel liefs!

dikke kus van
Emmy.

P.S. Ik ben blij dat jij nog leeft, Dorijn!

Ach, lieve Em! Je bent blij dat ik nog leef terwijl mijn eigen moeder liever had gezien dat ík het leven had gelaten in plaats van Nadia... Een
mist trekt langs haar ogen, ze bonkt met haar hoofd op het bord. Dorijn
moet plotseling ontzettend huilen. Ze huilt haar ogen uit haar hoofd.
Asjer komt achter haar staan en legt zijn handen op haar schouders, hij
duwt haar hoofd voorzichtig tegen zijn borst. 'Dit is goed voor je,
Dorijn. Nee, je hoeft niets te zeggen, blijf gewoon maar rustig zo zitten.'
Warmte gloeit door haar lijf, een felle blos kleurt haar eerst zo bleke
gezicht. Gelukkig dat hij achter haar staat, anders zou hij het kunnen
zien! Achter haar staat... Hij staat achter haar. Letterlijk en figuurlijk. Ze
haalt diep adem als hij zacht haar rug begint te strelen.

13

BEGIN MAART. HET IS AL VOLOP VOORJAAR. ER IS VEEL PRIL GROEN TE bewonderen, de krokussen bloeien uitbundig.

Maar in Dorijns hart blijft het nog steeds winter. Ze heeft het almaar zo vreselijk koud! Ze moet het eerlijk toegeven, het gaat niet goed met haar. Het ligt zeker niet aan haar studie, want ze haalt het ene tentamen na het andere. Voor haar tekeningen krijgt ze hoge cijfers. Ze boetseert nu ook, en haar leraar zegt dat ze veel talent heeft. Daarnaast gaan ook haar zang- en pianolessen voortreffelijk... Wat zou ze zich verder nog moeten wensen?

Ach, ze weet het wel. Ze is ondanks alles niet gelukkig, want ze is op zoek naar zichzelf. Ze is verdwaald in een emotioneel doolhof en de enige sleutel om eraan te ontsnappen is de naam Nadia!

Af en toe is ze eropuit geweest. Soms naar de stad, maar veel vaker heeft ze de stilte gezocht op het land. Urenlang heeft ze door bos en beemd gedwaald. Ze heeft zich laten natregenen, haar gezicht verlangend naar de hemel geheven. Ze is zelfs een keer in een boom geklommen. Ze kon het nog steeds, maar weer op de begane grond komen... dat was een hoofdstuk apart geweest! Het heeft haar in elk geval voldoening geschonken. Voor het eerst sinds tijden heeft ze zich weer wat dichter bij zichzelf gevoeld. Asjer heeft ze al in geen tijden gezien. Hij heeft het druk met zijn studie, en komt zelden naar huize Welstar. Als ze hem een keer tegen het lijf loopt, groet ze hem vriendelijk maar afstandelijk. Ze wil haar dromen het liefst vergeten. Bovendien moet meneer eigenwijs niet denken dat ze zich door hem laat inpalmen!

Merlin... dat is een heel ander verhaal. Hij is echt als een broer voor haar. Hij luistert geduldig naar haar klaagzangen, en troost haar dan met een warme knuffel. Toch leest ze soms in zijn ogen bezorgdheid, de angst dat het fout zal gaan met haar. Haar hele leven hangt momenteel van fouten aan elkaar. Ze houdt haar moeder voor het lapje, ze speelt nog steeds de rol van Nadia. Ze ontwijkt haar vader en ze durft zich al helemaal niet meer te vertonen bij omi Doortje!

De bezoekjes op Heenvliet gaan haar wat dat betreft een stuk beter af. Ze voldoet nu immers in elk opzicht aan grootmoeders hoge verwachtingen? Alleen bij haar grootvader bespeurt ze soms iets van onrust, angst lijkt het wel. Heeft hij door waar ze mee bezig is? Herinnert hij zich de gezellige wandelingen van vroeger, met Dorijntje, de wildebras? Ze ziet hem zelden of nooit meer lachen. En dat doet haar pijn, want ze speelt haar rol toch immers zo goed? Te goed, want soms beseft ze dat het haar boven het hoofd groeit. Ze houdt het niet lang meer vol!

En dan is daar Fil... Hij betoont zich werkelijk een trouwe bondgenoot, maar op school bakt hij er nog steeds niets van. Hij gaat nog altijd om met die veel oudere jongens en hij blowt en drinkt ook nog steeds. Thuis krijgt hij nauwelijks aandacht. Pap heeft zijn handen vol aan zijn werk en aan het bijstaan van moeder, ondanks het feit dat Cissy, de verpleegkundige, zich uitstekend van haar taak kwijt. Wat er overblijft, is wat verstrooide aandacht voor Fil en Dorijn, als zij de weekends thuis is. Thuis... Bij de Welstars voelt zij zich momenteel meer thuis dan in haar ouderlijk huis. Haar moeder wordt vast nooit meer beter. Ze lijkt ook niet meer beter te willen worden. Alleen als Dorijn bij haar is en vertelt over haar werk – nog altijd in de rol van Nadia – leeft ze een beetje op. Soms kleedt ze zich aan en verschijnt dan aan het diner rond een uur of zeven 's avonds. Maar het ontgaat noch Dorijn, noch haar vader, dat Nora haar bleekheid verbergt onder een laag rouge, dat haar handen trillen en dat ze na zo'n etentje totaal op is. Nee, het gaat niet goed met moeder. Ondanks al haar inspanningen om Nadia te vervangen...

Waarom doe ik dit eigenlijk nog? vraagt Dorijn zich dan ook vaak af. Waarom leer ik niet opnieuw mezelf te zijn? Nadia is dood en zij is toch niet in staat haar moeder te genezen. 'Je moet beseffen dat je moeder nooit meer de oude wordt, Dorijn!' Dat had haar vader laatst gezegd en zij had geen weerwoord gehad. Ze had de blik in Merlins ogen gezien: hij heeft gelijk, Dorijn!

Laatst moest ze opeens weer denken aan die brieven, die ze veilig had opgeborgen achter in een van de laden van haar bureautje, en ze had hem gevraagd of hij ze voor haar mee wilde nemen. 'Er is iets gebeurd, Merlin. Heel lang geleden misschien, maar het intrigeert me. Ik was het bijna vergeten, maar laatst droomde ik over Rebecca, die in die brieven genoemd wordt.' Ze had slechts een klein tipje van de sluier opgelicht – wat wist ze er zelf nou helemaal van? – maar hij had zonder enig protest gedaan wat ze hem gevraagd had.

Nu, op een middag in maart, terwijl ze probeert haar aandacht te houden bij haar studieboeken, denkt ze er opnieuw aan. Die brieven... Ze heeft ze nu in haar bezit, nu is de tijd gekomen om te lezen wat het verleden verborgen heeft gehouden. Rebecca, wie ben je? Waarom zou alles wat met jou te maken heeft, verbrand moeten worden? Dat dat dat niet gebeurd is, betekent dat hier een taak voor mij ligt. Ik moet onthullen wat te lang geheimgehouden is! Grootmoeder zal het haar vast niet in dank afnemen dat ze gaat wroeten in het verre verleden. Dan had ze die brieven meteen maar moeten laten verdwijnen, toen Dorijn Nadia vals beschuldigd had. Waarom heeft ze dat niet gedaan? Knaagde er iets aan haar geweten, als ze dat tenminste heeft? Of had ze er gewoon niet meer aan gedacht?

Dorijn staat op. Ze recht haar rug, haalt diep adem en langzaam pakt ze de doos, die ze onder haar bed heeft verstopt. Merlin had niets gevraagd. Hij had haar het pakketje overhandigd en als hij al nieuwsgierig was geweest, had hij daar niets van laten blijken. Toffe kerel!

Even aarzelt Dorijn. Waar zal zij deze epistels lezen? Ze kan het hier doen, op haar kamer. In huize Welstar is het echter niet ongebruikelijk dat er zomaar iemand van de familie binnenvalt voor een gezellige babbel. Alleen Mia de Grote, die zou zich hier nooit vertonen.

Een paar dagen geleden had Dorijn plotseling stemmen gehoord, toen ze melk aan het opwarmen was. Het was al laat, na middernacht. Ze was langzaam met de beker in de hand de kant van het geluid op gelopen. Ze was verbijsterd toen ze gehoord had waar het gesprek over ging. Mia en Pieter waren in de bibliotheek met elkaar aan het praten. Ze had niet alles gehoord, maar ze had wel duidelijk de warmte, zelfs liefde, gehoord die in hun woorden had doorgeklonken. Pieter had zijn Mia geaccepteerd zoals zij was en zij hem. Ze hadden gepraat over haar werk en het zijne. Er was toen een stilte geweest. Dorijn had het voor zich gezien, hoe Pieter en Mia elkaar hadden omhelsd, elkaar lieve woordjes in het oor hadden gefluisterd.

Snel had ze zich uit de voeten gemaakt toen ze een deur had horen opengaan. Later, in bed, had ze gedacht: dit is dus toch een goed huwelijk! Pieter en Mia hebben afspraken gemaakt en houden zich daaraan. En het gaat goed, er is een warme, positieve sfeer in dit huis. Mia kan evenmin zonder haar man als hij zonder haar!

Ze schudt haar hoofd bij de herinnering. Nu moet ze zich niet meer laten afleiden door andere zaken, ze wil die brieven lezen! Misschien niet allemaal, maar ze moet en zal weten wat zo lang verzwegen is! Nerveus haalt ze het lintje van de gebundelde brieven. Ze aarzelt even, en draait dan de deur van haar kamer op slot. Ze heeft geen zin om tijden in de badkamer door te brengen. Dan opent ze de derde brief, de eerste twee had ze immers destijds al gelezen. Gretig gaan haar ogen langs de in een sierlijk handschrift geschreven zinnen, die langzaam maar zeker betekenis krijgen.

... maar niemand is volmaakt. Ik weet dat Filippus niet zichzelf was toen hij zich verlaagde... Ik bedoel, toen hij zich door jou liet verleiden, Rosa! Jij kunt met Rudolf geen kinderen krijgen, en ik weet hoezeer je daaronder geleden hebt.

Nu weet ik dat hij gemeenschap met je heeft gehad, en dat dit geleid heeft tot een zwangerschap. Ik meen te begrijpen dat je Rudolf wilt laten geloven dat hij toch in staat blijkt een kind te verwekken. Het zij zo. Ik heb maar één ding op het oog: geen schandaal, geen roddelpraatjes!

Jij moet me daarom beloven dat je nooit ofte nimmer zult eisen dat Filip erkent de vader te zijn van het kind. Hier staat tegenover dat ik nooit tegen wie dan ook zal zeggen dat Rudolf niet in staat is kinderen te verwekken. Jij draagt dat kind. Ik wil er niets, maar dan ook niets mee te maken hebben. Wellicht zal ik later – véél later – in staat zijn de vrucht van jullie overspelige samenzijn te ontmoeten. En te doen of er niets aan de hand is. Vertoon je hier niet, Rosa, zolang je zwanger bent. En ik eis van je dat je kind nooit zal weten dat haar vader niet Rudolf is, maar mijn geliefde Filippus.

Ik voel me door jou verraden. Je hebt misbruik gemaakt van je vrouwelijke charmes – en ik zal je dan ook niet zomaar vergeven. Je weet dat wij lange tijd geen gemeenschap konden hebben, omdat ik een galsteenoperatie heb moeten ondergaan. Meteen daarna kreeg ik een depressie, en daarvan heb jij, die ik als mijn beste vriendin beschouwde, misbruik gemaakt. Ik ben van mening dat niet alleen jou blaam treft, maar ook mijn echtgenoot! Hij was mij ontrouw, terwijl hij toch beloofd had bij mij te blijven, mij trouw te zijn, in goede en in kwade dagen! Ondanks alles hoop ik dat het kind in voorspoed en geluk zal opgroeien.

Nadia

Dorijn legt de brieven opzij en wrijft over haar ogen. Rebecca van der Lee-Hüller is dus familie van haar! Zij weet vast niets van deze onverkwikkelijke geschiedenis. Dorijn huivert. Is het haar taak om Rebecca te vertellen waar haar wortels liggen? Moet ze deze hele geschiedenis uit de doeken gaan doen? Of moet ze alles maar laten zoals het is, en Rebecca laten geloven dat Rudolf van der Lee-Hüller haar vader is en Rosa haar moeder? Wat zou ze zelf willen?

Ze zucht diep. Is zij nu niet zelf verstrikt geraakt in een maskerade die haar opslorpt, die maakt dat ze niet meer weet wie ze nou eigenlijk echt is? Heeft Rebecca, dat jonge vrouwtje met haar luxueuze leventje, haar grootdoenerij over dat 'huisje' in de Provence, er geen recht op te weten wie werkelijk haar vader is?

Grootvader... Dorijn kan het zich nauwelijks voorstellen dat hij grootmoeder ontrouw is geweest. Hoewel, die tante Rosa was wel een prachtvrouw om te zien, niet per se beeldschoon, maar wel een persoonlijkheid. Veel jonger dan grootmoeder, een vrouw met charisma. Dat kon je van grootmoeder nu niet bepaald zeggen.

Er wordt op haar kamerdeur geklopt. Snel propt ze de brieven in de doos, duwt het ding onder haar bed en loopt naar de deur: 'Ik kom al, momentje!' Ze draait de sleutel om, opent de deur en staat oog in oog met Asjer.

'Wat doe jij geheimzinnig, zeg. Niemand doet hier in huis de deur op slot!'

'Nou, ik had er behoefte aan even ongestoord mezelf te kunnen zijn!' kaatst zij terug.

Hij lacht schamper. 'Dorijn, hou je moeder voor de gek! Jij en jezelf zijn? Jij wilt het evenbeeld zijn van Nadia! Nou, ik zal je zeggen, dat lukt je van je lang-zal-ze-leven niet! Jij bent Dorijn, en daarmee zul je genoegen moeten nemen!'

'Waar bemoei jij je toch altijd mee? Ik heb je al zo vaak gezegd dat ik jouw adviezen niet op prijs stel, dat jouw mening me koud laat! Wanneer dringt dat eindelijk eens tot je door, Asjer Welstar...?! Nou?'

Hij zwijgt, kijkt haar even doordringend aan en vraagt dan: 'Mag ik even binnenkomen? Ik wil graag even met je praten, juffertje "Vuurwerk"!'

Tegen wil en dank schiet Dorijn in de lach. Juffertje 'Vuurwerk'! Hoe komt hij erop? Maar een beetje gelijk heeft hij wel, ze gedraagt zich de laatste tijd nogal eens explosief. Behalve natuurlijk als ze in Klarenoord is, bij haar moeder...

'Kom dan maar binnen,' zegt ze niet al te hartelijk.

Asjer knikt, passeert haar en gaat zitten in de kleine rotanstoel.

Opnieuw schiet Dorijn in de lach. 'Geen gezicht, jij met die lange benen van je in dat poppenstoeltje! Ik zit er zelf eigenlijk ook nooit in. Het is meer voor de sier, geloof ik.'

Asjer grijnst breed en woelt met zijn forse handen door zijn wilde, rossige haardos. Hoe komt hij eigenlijk aan die donkere wenkbrauwen? vraagt Dorijn zich af. Ja, donkere ogen heeft hij ook, dus dat past wel bij elkaar.

'Kijk al het moois er niet af, Doortje!' zegt hij geamuseerd.

Ze slikt even. 'Jij verbeeldt je nogal wat, hè?'

Hij haalt zijn schouders op, en gaat wat verzitten, waardoor het stoeltje gevaarlijk kraakt.

'Je kunt beter even op het bed gaan zitten, ik ben wat lichter.'

Hij komt op haar toe. 'O ja? Is dat zo? Nou, dat moet ik dan maar eens testen!' Voor ze daarop kan reageren, tilt hij haar op alsof ze een veertje is. Ze kronkelt en spartelt tegen, maar Asjer geeft geen krimp. 'Hmm, veel te licht, meisje. Er zit bijna geen vlees meer op je botjes!'

'Nee!' zegt zij schril. 'Net als bij Nadia.' Dan huilt ze opeens. Hij gaat op het bed zitten, en houdt haar nog steeds in zijn armen.

'Dorijntje, waar ben je toch mee bezig? Niets is er over van die vrolijke, fleurige meid van vroeger. Stil, ik ben nu even aan het woord! Dorijn, het is niet goed. Je kunt niet iemand anders zijn! Nadia zou het niet eens gewild hebben! Ik vermoed dat zij zelfs weleens jaloers op jou is geweest, omdat jij je het kon veroorloven je kleren vuil te maken, boompje te klimmen, met jongens te stoeien. Ik denk...'

'Hoe weet jij dat?' zegt Dorijn, zich hevig bewust van zijn armen om haar heen. Ze denkt aan Nadia's dagboeken. Heeft hij ze gelezen?

'Och, ik heb jullie zo lang meegemaakt, vroeger in Klarenoord. Hoewel Nadia gelukkig leek, vroeg ik me weleens af of ze... Nou ja, of ze ook niet eens lekker uit de band zou willen springen. Het moet vreselijk zijn altijd maar aan je jongere zus ten voorbeeld gesteld te worden...'

'Dat zal best, maar wat dacht je van mij? Ik kon nooit iets goed doen in mams ogen. Eeuwig en altijd was het: "Neem een voorbeeld aan je zuster, kijk eens hoe voortreffelijk zij zich gedraagt, let op haar tafelmanieren, zie eens wat een hoge cijfers zij haalt!" En zo kan ik nog wel even doorgaan, Asjer! Nadia en ik hadden ondanks alles toch een soort band, iets van: laat moeder maar. Wie er nu het meest onder geleden heeft, weet ik niet. Wij hebben eigenlijk nooit de kans gekregen elkaar echt te leren kennen. We speelden allebei de ons toegemeten rol, weet je.

O Asjer, ik wilde dat Nadia nog leefde. Ik zou met haar willen praten!'

Over hoe zij zich altijd gevoeld heeft, over hoe ik me voelde. Gelukkig heb ik haar dagboeken... maar toch... Moet je nou eens zien wat er van ons gezinnetje terechtgekomen is? Ik ben ik niet meer, Nadia is dood, vader is een schim van zichzelf geworden, mam is een geestelijk wrak, en Fil... Hij is mijn maatje, maar het gaat met hem de verkeerde kant op. En er is niemand bij wie hij terecht kan. Af en toe gaat hij wel op bezoek bij omi, maar die is zo... Ze ziet dwars door je heen, lijkt het wel, daarom mijden Fil en ik haar de laatste tijd.' Ze veegt langs haar neus.

'Nu zou ik volgens de romantische verhalen een enorme witte zakdoek moeten hebben die ik aan jou kan geven,' zegt hij, half schertsend, half ernstig. 'Maar helaas...'

Dorijn wurmt zich met enige tegenzin los. Zo kan ze toch niet blijven zitten, met die druipneus. 'Ik haal even een zakdoek, wacht je op me? Ik ben zo terug!'

Uit een van de enorme linnenkasten op de bovengang haalt ze een groot, geruit exemplaar. Ze snuit haar neus en denkt: ik zie er natuurlijk niet uit, met die huilogen en m'n rooie neus! Maar ze kan Asjer niet zomaar laten zitten! Alleen zal ze wat meer afstand moeten scheppen, hij zit haar veel te dicht op haar huid!

'Ha, dat lijkt weer een beetje op de oude Doortje,' zegt Asjer als ze weer terug is. 'Zwarte veeg op je wang, rood neusje, verwarde haren... Niet voor de spiegel gaan staan, zo vind ik je... zo vind ik je lief! Dorijn, je weet het toch allang? Ik ben van je gaan houden... Van jou, Dorijn! Niet van de namaak-Nadia, maar van jou!'

Dorijn kijkt hem sprakeloos aan.

'Je mond staat open, schatje.' Asjer lacht en dan trekt hij haar dicht tegen zich aan. Even is er iets van weerstand in haar, maar ze kan niet anders dan zich overgeven aan zijn omhelzing. Ze voegt haar lichaam naar het zijne en ze beantwoordt zijn kussen vol overgave. Het is letterlijk en figuurlijk een adembenemende ervaring. Dit is dus wat ze bedoelen met vlinders in je buik. Haar hart bonkt met felle slagen. Ze vindt het heerlijk als hij haar opnieuw optilt en naar het bed draagt. Zacht legt hij haar neer en streelt haar. Tijd en ruimte worden onbelangrijk, alleen Asjer telt nog. Asjer, die haar kust en streelt, haar zijn warmte geeft. Omdat ze Dorijn is!

Geen van beiden hoort dat er geklopt wordt op de deur van Dorijns kamer. 'O eh, sorry. Ik wist niet... Het spijt me, ik wilde alleen maar...' Dorijn komt tot zichzelf, ze duwt Asjer ruw van zich af en kijkt in het rode gezicht van Laurian. 'Ik... We kunnen alles uitleggen. Kom gerust verder, er is niets aan de hand, ik eh...'

'Je hoeft niks uit te leggen!' Laurian lacht. 'Aan mijn ogen mankeert niets, hoor. Zo, broertjelief, ik had al zo'n vermoeden...'

Dorijn voelt zich reuze opgelaten, ze strijkt haar haren van haar verhitte voorhoofd. 'Het is niet wat je denkt, ik eh...'

'Dorijn!' Het is Asjer, die haar tot de orde roept.

Ze kijkt hem aan, met zijn doordringende donkere ogen, zijn rossige krullende haren. Ze zucht eens diep. 'Nou ja... Ik geloof dat Asjer en ik... Je snapt het wel!' Ze zucht.

Asjer kijkt haar indringend aan. Het plaagduiveltje is uit zijn ogen verdwenen, ze leest er liefde in en warmte. Hij wil gewoon haar, Dorijn, en beslist geen tweede Nadia! Hoe heeft ze toch ooit kunnen denken dat ze in de voetsporen van haar zuster zou kunnen treden? Nu pas beseft ze dat ze niet alleen zichzelf daarmee tekortgedaan heeft, maar ook de nagedachtenis van Nadia. Haar zusje was uniek, onvervangbaar, zoals ieder mens dat is. Maar hoe moet ze nu verder? Ze kan niet van het ene op het andere moment zomaar weer Dorijn worden. Ze zal keuzes moeten maken, want zoals ze nu leeft, dat houdt ze niet vol. Blijven zingen en pianospelen, dat wil ze wel, en voor haar genoegen tekenen. Maar psychologie studeren? Nee, dat zit er niet in. Eigenlijk is ze daar niet rouwig om, ze heeft veel meer zin om maatschappelijk werk te gaan doen.

'Dorijn!' Het is de stem van Laurian.

'Wat?' Glazig kijkt Dorijn haar vriendin aan.

'Je was met je gedachten mijlenver weg, liefje,' zegt Asjer.

Dorijn bloost, 'liefje' noemt hij haar! O Asjer, ben ik dan al die tijd blind geweest? 'Zeg het maar, Lautje. Wat heb jij op je hart?'

'Niet op mijn hart, maar in mijn hand. Kijk, een brief van... Nou, raad eens!'

Dorijn schudt het hoofd. 'Geen idee, zeg het maar gewoon.'

'Een stille aanbidder?' zegt Asjer plagend.

Laurian wappert met het epistel. 'Nee, idioot! Omdat jij en Door elkaar nu steeds maar zwijmelend zitten aan te gapen, betekent dat heus niet dat alle andere mensen in je omgeving meteen ook verliefd zijn.' Ze richt zich tot Dorijn. 'Het is een brief van Mogens de Beer! Te gek, joh! Hij komt binnenkort terug naar Nederland voor een soort stage bij een farmaceutisch bedrijf. En hou je vast... hij neemt z'n vrouw Kirsten en zijn twee zoontjes mee: Sven en Björn.'

'Mogens... gaaf! Wat is dat lang geleden... We hebben destijds veel lol gehad met die jongen. Dat weet jij toch ook nog wel, Asjer? Mogens de Beer... getrouwd en vader van twee zonen! Hij was wel iets ouder dan wij, maar goeie mensen, ik kan het me bijna niet voorstellen. De Beer als papa! Heeft hij trouwens gedurende al die jaren contact met jou gehouden, Laurian?'

Laurian knikt en nu is zij degene die bloost. 'Toen hij vertrok, beloofden we met elkaar te corresponderen. Ik was indertijd nogal gek op die jongen, maar goed... Op een gegeven moment schreef hij me een laaiend enthousiaste brief over ene Kirsten. Ik geloof dat haar naam in die brief – ik heb ze allemaal bewaard – wel twintig keer voorkomt! Dat was wel even slikken, en toen heb ik een tijdje niets van me laten horen. Maar hij bleef trouw schrijven, en toen heb ik de pen maar weer opgepakt. Ik vind het enig om hem terug te zien! We moeten eigenlijk een reünie organiseren, wat vinden jullie van dat idee?'

Ze praten er een tijdje over door, tot Laurian opstapt en zegt: 'Ik ga nog even een paar uurtjes studeren voordat we gaan eten.'

Ze is al bijna de kamer uit als Dorijn vraagt: 'Hé, Lau, hoe heet hij eigenlijk echt? Ik bedoel, de Beer was toch z'n bijnaam?'

Laurian schiet in de lach. 'Toen ik die envelop zag en de afzender las, had ik geen idee. M. Larsson stond er. Vroeger stond er altijd gewoon Mogens de Beer achterop. Pas toen ik de brief las, kreeg ik door dat het om Mogens ging. Nou, ik laat de gelieven nog maar eventjes alleen. Volgens mij waren jullie nog lang niet uitge... eh... uitgepraat!'

'Verdwijn!' roept Asjer. Haar lach horen ze nog als ze de trap afgaat.

'O Asjer! Het is allemaal zo... zo vreemd. Begrijp me goed, ik ben heel gelukkig, alleen begrijp ik niet waarom ik dat niet eerder wist. Dat ik niet in de gaten had hoeveel ik voor je voelde. Meestal ergerde ik me aan je. Je bent soms zo superzelfverzekerd, Asjer. Niet dat dat per se iets ergs is...' Ze nestelt zich tegen zijn schouder.

'Ach, Dorijn... Jij moet toch juist weten dat schijn bedriegt. Het is nu ook weer niet zo dat ik lijd aan minderwaardigheidsgevoelens, maar ik voel me vaak genoeg onzeker. Voor tentamens ben ik niet te genieten, da's pure onzekerheid. En wat jou betreft was ik helemáál niet zo superzelf-verzekerd! Pas vandaag had ik de moed je te zeggen wat ik voor je voel, meisje. En ik weet het al zo lang!'

Een tijdlang kussen ze elkaar. Dorijn huivert als ze zijn passie ervaart. Ook schrikt ze van de gevoelens die zijn liefkozingen bij haar oproepen. Als hij haar opnieuw op het bed wil leggen, duwt ze hem zacht maar vastberaden van zich af. 'Asjer...' zegt ze ademloos. 'Asjer, we moeten niet te hard van stapel lopen. We moeten elkaar eerst beter leren kennen. Ik vind dit heerlijk, maar ik ben een beetje bang dat... Nou ja, je begrijpt me wel. We moeten heel veel praten, want er zijn zoveel dingen die ik eerst helder moet zien te krijgen. En daarbij heb ik jouw hulp nodig, Asjer Welstar!'

'Je hebt gelijk,' zegt hij schor, 'maar ik moet je af en toe toch heel dicht bij me voelen. Doortje, je smaakt naar meer!'

Verontwaardigd kijkt ze hem aan. 'Zeg, ik ben geen snoepje of zo! Zoiets kun je maar beter niet meer zeggen, Asjer.'

Hij grinnikt. Even is het plaagduiveltje weer terug in zijn blik.

'Juffertje "Vuurwerk", is dat beter? Nee, stil maar, ik zie dat je het echt meent. Natuurlijk zie ik je niet als snoepgoed. Maar wél behoud ik mij het recht voor je af en toe mijn snoepje te noemen. Is dat een goed compromis?'

Ze lacht en denkt: we zullen vast nog vaak bekvechten, maar ik kan bij hem tenminste mezelf zijn! Dan vertelt ze hem over de brieven die ze uit het huis van haar grootouders heeft meegenomen. 'Ik voel me toch wel wat schuldig, Asjer. Ook vraag ik me af of ik die vrouw op de hoogte moet brengen.'

Asjer bijt nadenkend op zijn lip. 'Wat denk jij zelf, Dorijn? Wat zou jij willen als je Rebecca was?'

Dorijn fronst. 'Ik zou het willen weten,' zegt ze na enig denkwerk. Fel vervolgt ze: 'Het is toch afschuwelijk om niet te weten wie je bent? Ik kan daarover meepraten, al is de situatie dan ook anders. Gek eigenlijk, ze is van mijn generatie – nou ja, iets ouder – terwijl haar biologische vader mijn grootvader is. Ik kan het me gewoon niet voorstellen... grootvader, altijd zo keurig, alom gerespecteerd en dan zoiets. Een verhouding met een veel jongere, nota bene getrouwde, vrouw! Ik vind dat Rebecca moet weten waar haar wortels liggen. Het zal ongetwijfeld de nodige opschudding geven en op Heenvliet zullen zij en ik niet meer welkom zijn. Nou, dat is dan jammer. Ben je het met me eens, Asjer, of moeten we het verleden laten rusten? Ik vind het zo moeilijk allemaal, er komt zoveel tegelijk op me af.' Dorijn huilt zachtjes en laat zich troosten door Asjer, haar vriend, nee, haar geliefde.

14

DOODSTIL STAAT DORIJN TERBORGHE VOOR DIE GROTE SPIEGEL. ZE KIJKT en kijkt, en durft amper te ademen. Haar haren zijn kortgeknipt en ze heeft ze donkerblond laten verven, haar eigen kleur. Die spijkerbroek voelt vertrouwd, net als het donkere T-shirt. Oversized, zoals ze dat vroeger altijd droeg. Vroeger... in werkelijkheid is het nog geen jaar geleden, maar voor haar gevoel is het veel en veel langer. Nadia leefde toen nog, en ging gezond en onbekommerd door de dagen. Vroeger, dat was toen zij, Dorijn, altijd maar schuilging achter haar mooie, begaafde zus. Er loopt een dikke, rode lijn tussen het heden en het verleden. En nu? Nu probeert ze zichzelf terug te vinden. Uiterlijk is ze al een eind op weg. Ze kijkt naar haar sportschoenen en laat haar blik langzaam omhooggaan, langs haar lange benen, haar dunne middel, haar kleine borsten... Nee, ze is niet meer de Dorijn van vroeger; ze is slank en haar huid is gaaf, op een enkel littekentje na. Puistjes heeft ze niet meer. Haar gezicht is smal en door de zon licht gebruind. Ze draagt geen make-up, alleen een vleugje lipstick. Haar nagels heeft ze heel kort geknipt, ze heeft ze niet meer gelakt. Dat is ze dus, Dorijn, de nieuwe, oude Dorijn. Gek, ze moet toch wennen aan die platte schoenen. Ach, ze hoeft die pumps niet per se weg te doen. Er zullen heus wel gelegenheden komen waarop zij ze weer zal dragen, net als haar blouses en rokken. Maar voor deze outfit heeft ze vandaag heel bewust gekozen. Want vanmiddag gaat ze met Asjer naar Klarenoord. En ze zal aan haar moeders bed verschijnen als Dorijn.

'Het schokeffect is het beste, Doortje,' had Asjer gezegd. Ze hadden er ruzie om gemaakt. Zij had het allemaal veel subtieler willen aanpakken, maar later had hij haar weten te overtuigen. Ze kan inderdaad maar beter duidelijk zijn. De klap zal ongetwijfeld hard aankomen, en ze heeft geen flauw idee hoe haar moeder zal reageren. Eerlijk gezegd is ze doodsbang! Haar vader is uiteraard op de hoogte gesteld van hun komst en weet dat zij als Dorijn zal terugkeren.

'Het is goed, kind,' had hij gezegd, 'ik zal haar opvangen. Het gaat nu toch ook helemaal niet goed met je moeder. Ze ligt maar voor zich uit te staren. Ze leest niet, kijkt geen tv, wil geen bezoek ontvangen... Ja, omi Doortje, die komt gewoon. Je moeder lijkt niet de kracht te hebben om haar te weren. Misschien heeft ze toch iets aan die bezoekjes.'

Dorijn schrikt als er op de deur wordt geklopt. Verdwaasd kijkt ze naar haar nu ineens zo bleke gezicht in de spiegel. Haar 'binnen' klinkt te zachtjes om gehoord te worden. De deur wordt behoedzaam geopend en tot haar grote verwondering staat Mia Welstar in de deuropening.

'Zo, Dorijn, mag ik even verder komen? Je was kennelijk zo in gedachten verdiept dat je mij niet hebt horen kloppen. Ga toch zitten, kind, je ziet zo wit.'

Dorijn laat zich met knikkende knieën en bonzend hart op haar bed vallen. Wat heeft dit te betekenen? Mia, die zich zelden of nooit met haar huisgenoten bemoeit, wat heeft ze hier te zoeken?

'Dorijn, ik wilde je, voordat je vertrekt naar je ouders, sterkte wensen. Het is een hele stap, en je zult heel wat losmaken. Daarom vind ik het reuze dapper van je. Verder ben ik blij dat jij en Asjer elkaar gevonden hebben. Ik vind het leuk een schoondochter te krijgen die ik al kende toen ze nog in de box zat!'

Sprakeloos kijkt Dorijn de ander aan. Ze gelooft haar oren niet. En dan, plotseling, schiet ze in de lach als het tot haar doordringt: Mia wordt haar schoonmoeder! Gek, daar heeft ze nog geen moment aan gedacht! Pa Pieter... ja, dat was al zo vertrouwd, maar mama Mia! De tranen lopen haar langs de wangen.

'Huil gerust even, dat lucht op.' Mia loopt naar de wastafel, vult een glas met water en geeft het aan Dorijn.

Met kleine slokjes drinkt deze haar tranen en haar verbazing weg. 'Bedankt, mevrouw Welstar. Bedankt voor uw begrip en eh... ik zal mijn best doen om Asjer gelukkig te maken.'

Een klein lachje plooit zich om Mia's onberispelijk gestifte lippen. 'Zeg maar gewoon mama Mia, of Mia. Ik weet best hoe mijn kinderen me noemen!' Ernstig voegt zij eraan toe: 'De dingen zijn niet altijd wat ze lijken, Dorijn. Ik weet hoe er over mij gedacht wordt, en over Pieter... Maar wij hebben het goed samen, we houden van elkaar en onze kinderen. Dat ik niet voldoe aan het beeld van een "normale" huisvrouw... Och, daaraan ben ik inmiddels wel gewend. En Pieter voelt zich uitstekend in zijn rol als huisman. Maar kom, ik moet weer eens gaan, ik heb vanmiddag nog twee afspraken.' Ineens is zij weer de efficiënte juriste, zakelijk en afstandelijk. Ze geeft Dorijn een ferme hand. 'Tot ziens, Dorijn, en sterkte!'

Rechtop en statig verlaat ze de kamer, terwijl ze nog even een korte blik in de spiegel werpt en haar kapsel controleert. Geen haartje dat uit de band zou durven springen, denkt Dorijn. Maar wat doet dat er eigenlijk toe? Ze heeft immers ontdekt dat Mia's hart ook op de juiste plaats zit!

Bibberend staat Dorijn in de vestibule met het hoge plafond. 'Ik heb het zo koud!' klaagt ze. Buiten is het bijna dertig graden – ze beleven dit jaar een zogenoemde 'Indian summer' – niettemin staat ze te rillen. 'Hou me vast, Asjer. Ik ben zo bang, ik weet niet of ik het wel durf. Stel je voor dat moeder... dat haar hart het niet aankan. Dan is het mijn schuld! Wat moet ik nou?'

'Dorijn!'

Ze veegt driftig langs haar ogen en kijkt op. Daar staat hij, haar vader, met iets neerhangende schouders en lijnen om zijn mond die ze nu pas echt ziet.

'Ik heb haar een beetje voorbereid, Doortje. Ga nu maar. Wij zijn bij je, en als het nodig is, bel ik meteen de dokter.'

Nog aarzelt ze.

'Doortje, lieverd, we hebben samen gebeden. Heb nu een beetje vertrouwen,' zegt Asjer zacht.

Een zucht ontsnapt haar, ze heeft het ineens niet meer zo koud. Ze denkt terug aan die wonderlijke momenten van gebed, samen met Asjer. Hij begon en liet haar de ruimte om verder te gaan. 'Het maakt niet uit dat je niet goed uit je woorden kunt komen, God vertaalt ze wel. Wij mogen praten met Hem, Hij luistert en weet wat we nodig hebben.'

Vreemd, denkt ze, ik moest niets hebben van dat geëxalteerde gedoe. Van Nadia kon ik het al moeilijk verdragen als ze van die hoogdravende taal sprak. En Joshua... sinds Nadia's dood heeft hij het geloof vaarwel gezegd. Maar wie is zij om te oordelen? Uiteindelijk had ze immers de rust gezien bij Nadia, vlak voordat ze stierf? En iets van het licht, het licht van omi Doortje... Ach, wat heeft ze die ouwe lieverd de laatste tijd verwaarloosd. Help me, God, help me de goede woorden te vinden, bidt ze in stilte.

'Kom,' zegt ze dan rustig, 'we gaan naar moeder.'

Nora kijkt de jonge vrouw aan haar bed strak aan. Ze ligt roerloos, ze zegt niets, ze kijkt alleen maar. Ze toont geen enkele emotie. Dorijn was op veel voorbereid geweest, maar dit is ronduit angstaanjagend! Ze vangt Asjers blik, en ziet zijn bemoedigende knikje. Haar vader staat naast hem, zijn gelaat is tot het uiterste gespannen. 'Dag, mam, hoe gaat het nu?'

Even knippert de zieke met haar ogen, dan balt ze haar vuisten, maar haar mond blijft een gesloten streep.

Mijn stem, denkt Dorijn, ik moet mijn eigen stem terug zien te vinden! 'Moeder, luister alstublieft. Ik ben het, Dorijn! En u, u bent mijn moeder. Mijn moeder!' Ze zou willen wegrennen, weg van die lege, starende ogen. Weg van die vreemde vrouw, die haar niet ziet staan. Maar daarvoor is ze niet gekomen. Ze moet nu een einde maken aan de maskerade.

Ze recht haar rug, haalt diep adem en zegt dan luid, met nadruk op elke lettergreep: 'Ik ben het, mam, Dorijn! Nadia is niet meer hier, ze is gestorven. U weet toch wel wat er op haar graf staat? Jezus is mijn toeverlaat!'

De stilte lijkt haast tastbaar te worden, en plakt aan haar vast als een verstikkend web. Ze fixeert zich op de nog altijd gebalde vuisten van haar moeder, gaat dan op haar knieën liggen en legt haar koude handen op die warme vuisten. Leven... er is nog leven in deze vrouw. Dorijn moet haar terugroepen! Heel langzaam brengt ze haar gezicht naar het bezwete, gezwollen gelaat van de ander. Ach, mam... al die pillen hebben je geen goed gedaan. Je bent veranderd in een zombie, je geeft niets meer om je uiterlijk. Ze besluit ondanks dit alles sterk te zijn, wat er ook van zal komen. Ze kust het bezwete voorhoofd en zegt zacht: 'U weet toch dat Nadia gestorven is, mam? Ze is in de hemel, bij onze Vader... Maar

ik leef nog, en Fil is er ook. Wij hebben u nodig, mam!'
Nora's ogen sperren zich wijd open. Ze opent eindelijk ook haar mond, maar er komt geen geluid. Langzaam ontspant ze echter haar vuisten. Ze spreidt haar vingers, en buigt ze een paar maal, alsof ze niet meer weet hoe dat voelt. Dan pakt ze Dorijn bij de polsen, in een onverwacht stevige greep. Dorijn schreeuwt het uit van pijn, maar als Johan een stap voorwaarts doet, schudt ze haar hoofd. 'Mam, u doet me pijn! Waarom hebt u mij nooit zien staan? Ik kan Nadia niet zijn, en ik wil ook niet meer doen alsof! Wilt u me nu loslaten?'

Traag komen de woorden, traag en toonloos, als Nora begint te spreken. 'Ik wist het al die tijd... Maar je leek ook zo op haar, je had zelfs haar stem gestolen. En haar haren. Alles. Nu hoef ik je niet meer. Met Nadia is ook mijn hart doodgegaan. En elke dag ga ik een beetje meer dood. Wat doet die jongeman hier trouwens, hij komt me vaag bekend voor. Asjer Welstar? Ach, eentje van die wonderlijke familie. En hij hoort nu bij jou? Wel, kind, mijn zegen heb je, als je me verder maar met rust laat. Ik wil nu slapen. Voor eeuwig slapen...' Ze draait zich om en trekt het laken over haar gezicht.

'Kom,' zegt Asjer, en hij pakt Dorijns hand. 'Kom, liefje, we hebben hier voorlopig niets meer te zoeken.'

Even aarzelt Dorijn nog. Ze kijkt haar vader vragend aan.

'Ga maar,' zegt Johan mat. 'Ik geef je moeder haar medicijnen. Wil je vast een koud biertje klaarzetten? Neem gerust zelf iets te drinken, ik kom zo bij jullie. De stoelen op het terras staan al klaar.'

Een golf van medelijden overspoelt Dorijn. Arme vader, zijn oudste dochter heeft hij aan de dood verloren, zijn vrouw aan de waanzin... Of nee, aan pure kwaadaardigheid. Dat is het. Als ze nog een keer omkijkt, denkt ze bitter: ze heeft niet eenmaal mijn naam genoemd!

Ze zitten even later zwijgend op het terras. Bewust kijkt Dorijn van Asjer weg. Ze wil nu niet praten, ze kan het niet. Wat heeft het voor zin?

'We moeten blijven bidden, meisje. Ook voor je moeder, zij...'

'Bidden, Asjer? Ach, hou toch op! Ik dacht op die God van jou te kun-

nen vertrouwen. Ik heb geprobeerd met Hem te praten, ik heb zelfs vergeving gevraagd voor mijn zonden. Maar Hij heeft het niet willen
horen. Blijkbaar hoor ik niet bij de uitverkorenen, Asjer. En laat me nu
met rust, ik wil nadenken.'

Ze neemt een te grote slok van het bier en verslikt zich. Asjer is al bij
haar, hij klopt haar op de rug en kust haar betraande ogen.

'We moesten straks maar eens met omi Doortje gaan praten,' stelt hij
wat later voor.

Johan heeft zich inmiddels bij hen gevoegd en zich uitgeput in verontschuldigingen. Maar Dorijn had hem het zwijgen opgelegd: 'U treft
geen schuld, pap. Ik heb het spel gespeeld, ik moet de tol betalen. U hebt
mij vaak genoeg gewaarschuwd. Alleen... dat zij het wist, al die tijd! Nou,
ze hoeft niet bang te zijn dat ik me ooit nog hier vertoon. Met u zal ik
wel elders afspreken zo nu en dan, pap. Bij omi, dat is denk ik het beste.'

Ze ziet dat ze hem met die woorden pijn doet, maar ze kan niet anders.
Ze wil niet terugkeren bij een moeder die haar naam vergeten is.
Geborgenheid, daar verlangt ze naar. Dat is toch niet te veel gevraagd?

Als een antwoord op haar gedachten zegt Johan, voor ze vertrekken:
'Dorijn, we hebben je laten dopen toen je nog nergens weet van had. Wij
hebben jullie nooit veel over God verteld, maar ik wil je dit nog zeggen:
de tekst die je meekreeg bij de doopvont was: "Ik heb je bij je naam
geroepen, je bent van Mij!" Voor God heeft iedereen een naam, meisje,
vergeet dat nooit!'

Dorijn omhelst hem zwijgend, en sluit die woorden in haar hart.

Bij omi treffen ze tot hun niet geringe verbazing Fil aan. Haar vader had
gezegd dat hij niet wist waar de jongen uithing, dat hij dat eigenlijk
nooit precies wist. En nu zit hij hier, bij omi, onder de perenboom. Zijn
witte haren slierten slordig langs zijn gezicht, en hij lijkt zich met zijn
lange armen en benen niet goed raad te weten. Maar kennelijk staat hij
op goede voet met omi. Ach, hoe kan het ook anders? Omi Doortje, met
haar grote hart! Wat ben ik blij dat ik haar heb, denkt Dorijn dankbaar.

Verrast springt Fil overeind: 'Hé, tof, kom erbij zitten!'

Dorijn geeft hem een stevige klap op zijn schouder, en buigt zich dan voorover naar omi. Ze schrikt, wat ziet haar grootmoeder er moe uit. Zo heel anders dan ze van haar gewend is! Ze moet het vragen. 'Voelt u zich wel helemaal in orde, omi?'

De oude vrouw glimlacht. 'Och, een beetje moe. Van de warmte, denk ik. Ouderdom komt bovendien met gebreken, Dorijn. Dag, Asjer, gefeliciteerd met je goede smaak. Jullie passen goed bij elkaar, dat zie ik zo. Fil, haal jij even die grote thermoskan met ijsthee? En vergeet de suiker niet!'

Verbaasd kijkt Dorijn naar haar broer, die onmiddellijk opspringt om te doen wat hem gevraagd is. 'Die Fil... u hebt hem aardig onder de duim, omi!'

Omi Doortje haalt licht haar schouders op. 'Niet onder de duim, kindje, we kunnen gewoon goed met elkaar opschieten. Maar voor hij terug is, moeten jullie dit weten: hij heeft zich losgemaakt van die zogenaamde vrienden. Hij gebruikt geen drugs meer en op school gaat het ook veel beter. Alleen is het jammer dat je moeder het niet opmerkt, het jong kan wel een waarderend woord gebruiken zo nu en dan. Nou ja, daarvoor komt hij bij mij. En hij helpt me met van alles en nog wat, het is een beste knul. En dat lange haar en die gekke oorringetjes... Och, dat gaat vanzelf weer over. Het verstand komt met de jaren, zeg ik maar.' Als Dorijn niet reageert, trekt ze haar wenkbrauwen op, en ze kijkt Asjer vragend aan.

'Vertel jij het maar,' zegt Dorijn.

Asjer doet zo beknopt mogelijk verslag van hun ervaringen in huize Terborghe. Desondanks hoort Dorijn de pijn achter zijn woorden.

Omi Doortje ontgaat het evenmin. Ze beseft wat dit voor Dorijn moet betekenen. Ze schudt het grijze hoofd. 'Ik ga niets goedpraten, Dorijn, maar misschien helpt het om te bedenken dat je moeder feitelijk ziek is. Geestesziek. We moeten niet denken dat het nooit meer goed zal komen. Maar ik ben wel bang dat Johan het niet redt. Als het zo doorgaat, kan hij op zijn werk niet meer naar behoren functioneren. Ik denk dat je moeder opgenomen moet worden. Geef haar wat tijd, Dorijn, het zou... Wacht, daar komt Fil, laten we het maar over iets anders hebben.'

'Praat maar gewoon door, hoor,' zegt Fil rustig. 'Ik ben geen klein kind meer en ik weet heus wel wat er gaande is. Het viel tegen, hè, Dorijn, thuis? Ik had het je kunnen voorspellen. Ze denkt alleen maar aan zichzelf. Dat wij Nadia ook missen, komt niet eens bij haar op. Tenminste, zo lijkt het. En verder laat alles haar koud. Het is vanwege pap dat ik thuis blijf wonen en met die zogenaamde vrienden gekapt heb. En voor omi... Pap is nooit meer vrolijk. Maar hij doet tenminste nog zijn best om een vader te zijn, en dat terwijl ik toch heel wat rotgeintjes heb uitgehaald.'

'Ik wil haar voorlopig niet zien,' zegt Dorijn. 'Ik weet precies hoe jij je voelt, Fil. Tof dat je voor pap... dat je in elk geval voor hem je best doet, zodat hij het niet nog moeilijker heeft.'

Ze voelt omi's blikken, maar ze durft haar niet aan te kijken. Zij is nog lang niet toe aan vergeven, en zeker niet aan vergeten! Dat moet omi toch begrijpen! 'Zie je Joshua eigenlijk nog weleens, Fil?' zegt ze om het gesprek een andere wending te geven.

Fil schudt zijn hoofd. Zijn donkere ogen verdwijnen bijna onder de te lange haren. 'Nee, hij schijnt met de noorderzon vertrokken te zijn, naar Israël of zo. Ik geloof dat hij sinds kort weer bij die club zit. Je weet wel, dat jongerenkoor. Voor hij vertrok, is hij thuis nog langs geweest om afscheid te nemen. Toen hij tegen mam begon over Gods wil, heeft ze hem de huid vol gescholden. Die laat het wel uit zijn hoofd om ooit nog een voet bij ons over de drempel te zetten. Mam jaagt iedereen weg...'

Dorijn hoort de tranen in zijn stem. Arme Fil... Gelukkig heeft hij omi, en pap natuurlijk. Maar voorlopig is hij nog te jong om een eigen leven op te bouwen. Zij kan samen met Asjer verder. Ze kan zich op de toekomst richten. Ze schrikt op uit haar gedachten als omi begint te hoesten. Het klinkt nogal akelig, alsof ze het benauwd heeft. Haar lippen lijken wel blauw te worden! 'Omi, wat is er? U bent niet in orde,

hè? Ik bel de dokter, u ziet er ineens zo ziek uit. Daarnet al dacht ik...'
Omi Doortje wijst op het tasje naast haar stoel. 'Tabletten,' hijgt ze, 'in het ronde doosje! Eentje onder de tong!'
Asjer handelt snel en nog geen vijf minuten later zit omi erbij alsof er niets gebeurd is. Maar de schrik zit er goed in bij Dorijn en ze beseft ineens haarscherp hoe kwetsbaar een mensenleven eigenlijk is.

'We zijn helemaal niet op vakantie geweest dit jaar,' zegt Dorijn somber. Het is inmiddels oktober, de herfst heeft overduidelijk zijn intrede gedaan. 'Vreemd, een maand geleden was het nog bijna tropisch warm. Moet je nu zien... Ik zou er voor een paar dagen op uit willen, Asjer, het liefst met jou samen...'
Asjer kijkt haar aan. Zijn donkere ogen staan vragend. 'Weet je dat wel zeker, meisje van me?'
Dorijn bloost. 'Ja, dat weet ik zeker. Alleen, mijn verstand zegt me dat we dat beter nog maar niet kunnen doen.'
'Ik heb een ideetje,' zegt Asjer, en hij neemt haar op schoot. 'Lautje heeft haar geliefde gevonden, dat weet je. De broer van Mogens. Aardige kerel, en hij lijkt nog sprekend op z'n broer ook. Leuk, in feite krijgt Laurian nu toch nog een beetje haar oude jeugdliefde terug. Ik stel voor dat we een huisje voor vier personen huren en jij kruipt met Lau in een kamertje. En die Peer – zo heet hij toch werkelijk – en ik delen dan het andere slaapvertrek. Meestal zijn er van die stapelbedden, dus je hoeft niet bang te zijn dat ik me 's nachts in mijn onwetendheid vergis en die broer van Mogens in m'n armen neem.'
Dorijn gilt van het lachen. 'Stel je voor! Ik zie het al... dit moet ik aan Lautje vertellen, die komt niet meer bij!'
'Doe dat dan maar niet,' waarschuwt Asjer, 'dan kunnen onze prille plannetjes niet doorgaan!'
Laurian en Peer zijn dolenthousiast en ze bespreken een bungalow voor vier personen bij een bekend vakantiepark. 'Heerlijk, Doortje, zwemmen in een bad van veertig graden, na afloop Tia Maria drinken. En dan

's avonds een drankje in de Ierse pub! Te gek, meid, ik zie het helemaal zitten. Ben er wel aan toe ook, eerlijk gezegd. En voor jou zal het wel van hetzelfde laken een pak zijn!'

Ja, denkt Dorijn, ik moet even wat afleiding, anders ga ik uit m'n dak. En niet op een prettige manier.

Maar voor het zover is, schrijft ze een brief aan Rebecca van der Lee. Asjer en zij hebben besloten dat het het verstandigst is om haar het eerst te benaderen. Ze stelt een afspraak voor. 'Ik kom wel naar Lochem, met de auto. Ik wil je graag spreken, Rebecca. Bereid je voor op schokkende onthullingen, die pijn kunnen doen. Ik denk echter, nee, ik weet zeker dat je zult willen horen wat ik je te zeggen heb. Het zal je leven een andere wending geven, maar ook perspectief bieden op een nieuwe toekomst.'

'Ik ga alleen, Asjer. Ik wil me niet altijd achter jou verschuilen. Te lang heb ik in de schaduw geleefd. Geef me alsjeblieft de kans te laten zien dat ik m'n eigen boontjes kan doppen, dat ik iemand bén!'

Asjer toont begrip voor haar beweegredenen en laat haar gaan. Hij zadelt haar niet op met allerlei raadgevingen; kennelijk heeft hij vertrouwen in haar, en dat doet haar oneindig goed.

Toch is ze bloednerveus als ze in het restaurant zit waar Rebecca en zij hebben afgesproken. Ze probeert te genieten van al het moois om haar heen: de fraai getinte herfstbossen, de prachtige landhuizen, de serre van het hotel-restaurant in Barchem. Dit is de lokatie die Rebecca had genoemd. Eindelijk ziet ze de jonge vrouw. Ze loopt rechtop, kwiek en zelfverzekerd. Ik had dit nooit moeten doen, denkt Dorijn verward. Maar dan is Rebecca al bij haar.

Ze bestellen koffie met appeltaart en nemen elkaar wat onwennig op. 'Je hebt iets... iets bekends,' zegt Dorijn op een gegeven moment, als de stilte te pijnlijk dreigt te worden.

'Ja,' beaamt de ander, 'dat is niet zo verwonderlijk, tenslotte zijn we familie.'

Dorijn kijkt Rebecca stomverbaasd aan, ze voelt hoe het bloed uit haar gezicht wegtrekt.

'Ja,' zegt Rebecca eenvoudig, 'ik wist het al. Mijn moeder heeft het mij verteld toen ik een jaar of twaalf was. We zijn verwant, Dorijn, en ik vind dat heel plezierig, omdat... Jouw grootvader is mijn biologische vader. Ik zal het proberen uit te leggen. Natuurlijk was ik nogal van de kaart toen ik hoorde dat mijn moeder... nou ja, dat ze een verhouding had gehad met een andere man. Ik heb haar net zo lang aan het hoofd gezeurd tot ze mij alles vertelde. Dat kostte haar enorm veel moeite, neem dat maar van mij aan! Maar nu... ik zie die man bijna nooit en het zegt me ook weinig. Rudolf, dat is de man die mij heeft opgevoed, de man die ik werkelijk mijn vader kan noemen. Ik heb me ermee verzoend, Dorijn, al is dat niet zonder slag of stoot gegaan. Maar ik kan je verzekeren dat het een opluchting is als je een en ander een plaats hebt gegeven in je leven.

Jij worstelt met de dood van je zus, nietwaar?' gaat Rebecca dan verder. Ze kijkt Dorijn een tijdje zwijgend aan. Er is iets warms in haar blik, iets van herkenning ook. Dan vervolgt ze met een zucht: 'Ik heb nooit een zus gehad. Niet dat ik ooit iets tekort ben gekomen, hoor. Dat niet, maar... Nou ja, zoals ik je al zei, vind ik het erg prettig dat we familie zijn. Jij mist jouw zus en ik... Nadia is natuurlijk nooit te vervangen, dat zou ik ook nooit willen, maar...' Ze zucht nog eens en kijkt Dorijn vragend aan.

'Ik wil graag als een zus voor je zijn, Rebecca,' zegt Dorijn dan uit de grond van haar hart. 'En inderdaad, Nadia zal nooit vervangen kunnen worden. Maar dat hoeft ook niet. Ze is nu in de hemel bij onze Vader. Het leven op aarde gaat door, ondanks alles... We moeten natuurlijk niets forceren, maar ik zou graag een hechte band met je opbouwen.' Ze zwijgt even om alles te verwerken en zegt dan: 'Mijn grootouders... weten zij dat jij van de waarheid op de hoogte bent?'

Rebecca schudt haar donkere hoofd. 'Nee. Het is goed zoals het is...' Er verschijnt heel even een nadenkende frons op haar voorhoofd. Dan moet ze opeens glimlachen. 'We houden contact, Dorijn! Ze zeggen weleens: het bloed kruipt waar het niet gaan kan... Nou, dat geldt zeker voor ons!' Ze staat op, buigt zich voorover, en geeft Dorijn een voorzichtige kus op de wang. 'Zie dat maar als een veelbelovend voorschot!' Opgelucht en blij vertelt Dorijn even later van haar ontmoeting met Rebecca. 'Het was zo bijzonder, Asjer. Het is net of ik... of Rebecca m'n nieuwe zus is. Ze zal Nadia nooit kunnen vervangen, maar dat verwacht ik ook niet. Wij zijn echter bloedverwanten, en dat willen we weten ook. Mijn grootouders zal ik met rust laten, ze hoeven niet te weten dat Rebecca en ik elkaar als "zussen" gevonden hebben. Maar ik zie het als een zegen, als een geschenk uit de hemel...'

Asjer toont opnieuw dat hij haar begrijpt en haar gevoelens respecteert, en Dorijn is hem daar dankbaar voor. Hij is precies de man die ze in haar leven nodig heeft! Ze is gelukkig, al knaagt het verdriet om Nadia nog dagelijks aan haar. Ze is gelukkig omdat ze gewoon Dorijn mag zijn.

Maar enkele dagen voor ze naar het vakantiepark vertrekken met Lauri en Peer, gebeurt er iets wat haar al haar plannen doet vergeten. Fil wordt in elkaar geslagen door zijn voormalige 'vrienden'.

Ze pikten het niet dat hij zich van de club had losgemaakt, en wachtten hem op in een donker steegje. Toen hij weigerde om met hen een ouder echtpaar te beroven, en zelfs de politie inlichtte over hun plannen, hebben ze hem met z'n allen een ongenadig pak slaag verkocht. Nota bene op sinterklaasavond! Wat later werd hij ontdekt door twee voorbijgangers, die meteen een ambulance hadden gebeld. En nu ligt hij dan, ernstig toegetakeld, op een zaaltje in het ziekenhuis. Zo gauw hij het vreselijke nieuws gehoord heeft, snelt Johan Terborghe naar de slaapkamer waar zijn vrouw ligt. 'Nora! Fil ligt in het ziekenhuis, hij is er niet best aan toe!'

Dorijn is achter haar vader aan gekomen. Ze pakt haar moeder bij de schouders en trekt haar overeind. 'Mam, hoor je niet wat pap zegt?! Fil ligt in het ziekenhuis! Wil je soms nog een kind verliezen? Nu kun je eindelijk wat voor die jongen betekenen, mam. Dit is je kans! Hoor je mij? Voor Nadia kun je niets meer doen, mam, die is nu in de hemel. Maar het leven gaat door, hoe dan ook, en wij hebben je nu nodig!'

Het duurt even voordat Dorijns emotionele pleidooi doordringt tot Nora Terborghe. Dan lijkt het of er een totale ommekeer plaatsvindt. In haar ogen, die tot dan toe uitdrukkingsloos waren geweest, vlamt een licht op. 'Fil!' De kreet lijkt vanuit de diepste diepten te komen. Ze schiet overeind. Nora wil onmiddellijk haar bed uit. Ze wil zich douchen, zich aankleden en zo snel mogelijk naar het ziekenhuis. Maar dan blijkt hoezeer zij de afgelopen periode verzwakt is, ze kan amper alleen op haar benen staan.

Het kost Johan en de verpleegster veel overredingskracht om haar ertoe over te halen na het douchen eerst nog een tijdje te gaan rusten, zodat ze dan misschien daarna in staat zal zijn haar zoon te bezoeken.

Nora's gezicht leeft weer, denkt Johan verwonderd. Dat er eerst zoiets moest gebeuren...

Als Nora weer in bed ligt, huilt ze. Ze huilt tomeloos. Van vermoeidheid, van verdriet, dat zich eindelijk op een gezonde manier een weg baant. 'Wij hebben je nu nodig!' zegt ze voor zich uit. Ze gaat moeizaam rechtop zitten en spert haar ogen wijd open. 'Die woorden, Johan, ik heb die woorden pas nog gehoord. Was het in een droom, was het...'

'Het was onze Dorijn, die dat daarnet tegen je zei, lieve Nora. Ze bedoelt dat ook Fil en zij een moeder nodig hebben, maar het drong niet tot je door. Te lang heeft ze het gevoel gehad niet te voldoen aan jouw verwachtingen. Toen Nadia er niet meer was, heeft ze zichzelf opgeofferd om jou je lievelingsdochter terug te geven. En weet je, ze is nu op de weg terug. Asjer houdt van haar omdat ze Dorijn is. Voor jouw moeder, naar wie ze vernoemd is, geldt hetzelfde. Ik zal jouw moeder halen, ze zit beneden, maar denk intussen goed na over wat ik geprobeerd heb je duidelijk te maken.'

Nora snikt, ze laat zich achteroverzakken in de kussens en fluistert bijna onverstaanbaar. 'Wat ben ik blind geweest! Johan, help ook mij de weg terug te vinden...'

'Dat beloof ik!' zegt Johan krachtig, en hij kust haar zacht op haar lippen.

Voor het eerst in al die lange, lange maanden valt Nora Terborghe zonder medicijnen in een diepe, helende slaap.

Nora draagt de warmte van het gesprek met haar moeder nog met zich mee als ze later op de dag met Johan aan het bed van haar zoon zit.

Zijn hoofd zit in het verband, zijn lippen zijn gezwollen en zijn rechteroog zit dicht. 'Mama...' Het klinkt ademloos, en zijn goede oog spreekt van ongeloof. Zijn moeder, hier! Voor hem? Ja, natuurlijk, ze is hier gekomen voor hem. 'U wilt me dus niet kwijt...' Moeizaam komen die woorden over zijn pijnlijke, gebarsten lippen.

Nora's gemoed schiet vol als ze die woorden uit de mond van haar zoon hoort. 'Nee, Fil, ik wil jou niet kwijt, evenmin als je zus Dorijn!' Ze veegt vluchtig langs haar ogen. Een scheef lachje verschijnt op Fils gehavende gezicht. Zijn lijf schudt van het lachen en Nora ziet dat het hem pijn doet; geen wonder, met twee gekneusde ribben! Ze mogen nog dankbaar zijn dat hij er zo van af is gekomen. Hij was lange tijd buiten bewustzijn geweest en het vele bloed had een en ander ernstiger doen lijken dan het in feite was. 'Wat is er zo grappig, jongen?' vraagt ze dan verwonderd.

'Uw mascara,' zegt Fil hikkend van de lach.

'Och heden, ik heb me voor het eerst sinds... Ik heb me wat opgemaakt voor we vertrokken. Ik ben het niet meer gewend...' Naarstig zoekt ze in haar handtas naar het spiegeltje, en met een tissue maakt ze zich weer enigszins toonbaar. Gelukkig! denkt Johan, mijn vrouw wordt weer ijdel! Dat is een goed teken. Dan betrekt zijn gezicht op slag. Het lijkt nu allemaal wel zo mooi, alsof ineens alles goed is, maar zal er geen terugslag volgen? Plotseling voelt hij een hand op zijn schouder en schielijk draait hij zich om.

'Dorijn!'

Zij ziet de schouders van haar moeder verstrakken en een gevoel van teleurstelling trekt door haar heen. Ze wil zich omdraaien en maken dat ze wegkomt, maar haar benen weigeren dienst. Dan, als in slow motion, ziet ze hoe haar moeder voorzichtig opstaat en zich naar haar toe keert.

'Dorijn... mijn dochter,' zegt Nora zacht.

Wat ziet ze bleek, denkt Dorijn vreemd helder. Ze moet gaan zitten. Johan vangt zijn vrouw op en zet haar zachtjes op het voeteneind neer. Met zijn forse, warme handen steunt hij haar nek.

Dan komt Dorijn in beweging, ze knielt neer bij haar moeder en legt haar hoofd in haar schoot. Wat onwennig streelt Nora het korte, donkerblonde haar. 'Zeg het nog eens, mam?'

Het blijft stil, heel stil. Juist als de hoop in Dorijns hart dreigt te doven, fluistert haar moeder. 'Dorijn, mijn dochter...'

En dan huilen ze allebei. Even lijkt de tijd stil te staan, even is het of zij samen op een veilig plekje zijn, waar niemand hen kan storen.

'Ja, zeg, wie is hier nou eigenlijk de patiënt?' vraagt Fil met overslaande stem. 'En waar is je grote liefde, zus?'

Dorijn veert overeind. 'Ach, Fil... Sorry, hoor! Hoe kon ik jou nu vergeten! Je bent de held van het dorp, man! Je hebt de voorpagina van de plaatselijke krant gehaald!'

Johan ademt verlicht op. Gelukkig maar dat Fil er met zijn geintjes tussen kwam, anders had hij hier ook nog een potje staan janken!

Dan komt Asjer binnen, gewapend met een onwaarschijnlijk groot net vol sinaasappelen en een exemplaar van 'Klarenoordse Klanken'. 'Zo, Filippus, je hebt alweer praatjes, hoor ik. Ziehier wat fruit, word je een grote jongen van. Het zag er akelig uit, jochie, maar ze hebben je hier weer aardig opgelapt.'

'Laat zien!' Fil grist het krantje uit de handen van zijn aanstaande zwager. Zijn gezicht verstrakt. 'Het was... het was doodeng. Ik ben helemaal geen held, ik...'

'Stil maar,' zegt Johan. 'Je moet nu rusten, zoon. Ik ga je moeder nu gauw naar huis brengen, anders moet zij straks ook nog hier blijven!'

Met de kerstdagen is Fil weer thuis. Hij moet het nog heel rustig aan doen, vanwege zijn gekneusde ribbenkast. Het worden goede dagen, al is het korte bezoekje van grootvader en grootmoeder niet echt een succes te noemen. Fil mag zich dan wel dapper gedragen hebben, menen ze, maar hij was natuurlijk niet zomaar in het criminele circuit terechtgekomen. 'En Dorijn, kind,' zegt grootmoeder verbijsterd, 'wat heb je met je mooie haren gedaan? Zien we je vanaf nu alleen maar weer in die strakke spijkerbroeken? Nee, zo lijk je totaal niet op je zuster Nadia!'

'Dat klopt,' zegt Asjer. 'Dit is jullie kleindochter Dorijn, en die heeft haar eigen kwaliteiten! Ik ben blij dat ik haar mijn vriendin mag noemen, Dorijn Terborghe!'

Grootmoeder kijkt beledigd. 'Toch altijd een raar stelletje geweest, die Welstars,' mompelt ze tegen haar echtgenoot.

Fil maakt een grimas en Dorijn schiet in de lach. Ze kan er niets aan doen. Al snel stappen Johans ouders op en dan wordt het nog heel gezellig. Bij het knappende haardvuur leest omi een kerstverhaal voor.

Na het diner vraagt Johan of Asjer met hen wil danken en bidden, zelf vindt hij dat nog wat moeilijk na alle gebeurtenissen van de laatste maanden.

Dorijn luistert vol liefde naar Asjers warme stem en drinkt de woorden van de blijde boodschap in. 'Alzo lief heeft God de wereld gehad, dat Hij Zijn eniggeboren Zoon gegeven heeft, opdat eenieder die in Hem gelooft, niet verloren ga, maar het eeuwige leven hebbe.'

Dan zegt Nora aarzelend: 'Misschien wil jij nog iets voor ons spelen en zingen, Dorijn?'

En Dorijn zingt, met heel haar hart: 'Daar is uit 's werelds duistere wolken, een Licht der lichten opgegaan!'

Later, in bed, huilt ze om Nadia. Het gemis zal blijven, maar alles wat er gebeurd is, heeft haar hart geopend voor God, de Vader, die hen ook het komende jaar in Zijn hand zal houden.

Epiloog

Over twee dagen is het zover, dan ben ik de bruid! Ik hoop dat het weer zo zomers blijft. Maar zelfs als het pijpenstelen regent, zal het een stralende dag worden! Al zal er af en toe die schaduw zijn, het gemis van Nadia...

Asjer zet zijn studie in Amsterdam voort, en ik heb een baantje voor halve dagen in een boekhandel. Daarnaast zal ik verder gaan met mijn HBO-opleiding maatschappelijk werk. Ons eerste 'huis' is een grote zolderetage, die we met een stel vrienden hebben opgeknapt, want het zag er niet uit! Maar nu is het een veilig nest onder de wolken. We hebben uitzicht over de daken – waaronder een stel prachtige daktuintjes – en in de verte de Westertoren.

In maart hebben we nog een korte vakantie gehad, samen met Lauri en Peer, in de Ardennen. Uren hebben we gewandeld en 's avonds zaten we eindeloos te bomen, met kaascrackers en een fles wijn voor de kleine open haard.

Ik hoop toch zo dat mam zich overmorgen een beetje goed voelt. Ze is zo mager geworden en soms lijkt ze zo ver weg... alsof ze verder kijkt dan de horizon. Er zijn momenten dat ze mij niet ziet, dat ik het gevoel heb dat ze dwars door mij heen kijkt, op zoek naar Nadia... Ook het vertrouwde gemopper over m'n slordigheid en m'n kleding duikt af en toe weer op. Maar toch, in wezen is alles goed. Zelf ziet ze er weer tiptop uit, ze gaat net zoals vroeger wekelijks naar de kapper en de schoonheidsspecialiste. Ach, dat hoort nu eenmaal bij haar... En ze is dapper. Nadat ze eerst haar oudste dochter verloren had, is op 1 januari omi Doortje van ons heengegaan. Omi... ik huil vaak om haar, en om mijn zuster Nadia. Maar er is troost; ik zie soms voor me hoe ze samen zijn in de hemel, zonder pijn, zonder ziekte...

Met Fil is het weer helemaal mis. Hoewel, op school gaat het redelijk. Maar hij is thuis vreselijk brutaal en volgens Asjer gebruikt hij ook weer drugs. Ach, Fil... volgens mij mist hij omi nog meer dan ik. Hij kon altijd bij haar terecht, zij kon zo goed luisteren.

Ik heb nu Asjer. Af en toe heb ik wat moeite met zijn 'grote' ego, en van mezelf weet ik dat ik vreselijk kan zeuren. Feitelijk ben ik nog steeds op zoek naar mezelf. Er zijn dagen dat ik heel bewust m'n Nadia-outfit draag, het is net of ik me dan eventjes dichter bij haar voel. Maar toch voel ik, wéét ik, dat ik langzaam maar zeker toegroei naar wie ik werkelijk ben: Dorijn Terborghe! En over een paar dagen mag ik mij Dorijn Welstar noemen... Asjer heeft Pieter en zijn broer Ruben als getuigen gevraagd, ik Laurian en Merlin.

Rebecca en ik bellen elkaar sinds onze ontmoeting in Barchem regelmatig, en we hebben elkaar de afgelopen maanden ook diverse keren ontmoet. Bij de Welstars of hier in Klarenoord.

Ik heb gezien hoe grootvader schrok toen we eens onverwacht een bezoek brachten op Heenvliet. Maar Rebecca is een geboren actrice, in een ommezien had ze met haar vlotte babbel de leiding van het gesprek in handen. Ik meende ook even iets van angst in grootmoeders ogen te zien, maar dat kan ik me verbeeld hebben. De brieven heb ik inmiddels keurig teruggelegd. Ik voel me eigenlijk nog steeds schuldig over het feit dat ik die documenten gelezen heb. Daardoor heb ik echter wel Rebecca als vriendin – en méér dan dat – erbij gekregen. Ach, alles heeft zijn prijs...

Mijn contact met Rebecca is trouwens totaal anders dan de relatie die ik had met Nadia. Ik geloof dat dat maar goed is ook, anders zou ik in dezelfde fout vervallen zijn als moeder destijds: Rebecca in een rol duwen die niet bij haar past, die haar persoonlijkheid tekort zou doen. Niet dat Rebecca dat zou laten gebeuren! Het is een pittige meid en af en toe lopen onze discussies ook vrij hoog op. Toch zou ik haar niet meer kunnen missen. Alleen begrijpt ze niet dat een 'slimme' meid als ik gelooft in God en in Zijn Woord. We kunnen er eindeloos over praten, maar daarin komen we elkaar nooit nader.

Ik kan het zelf soms ook nauwelijks vatten wat er met mij gebeurd is. Dat ik mag geloven! Eén ding is zeker: omi Doortje, die lieve vrouw naar wie ik vernoemd ben, was een christen van weinig woorden maar veel daden! Ik ben blij dat ik naar haar vernoemd ben. Ik ben blij dat ik me thuis mag voelen in mijn eigen naam, die me bij m'n doop gegeven is: Dorijn Terborghe!

Bloemen in de nacht

Deel een

Te zwaar om te dragen

PROLOOG

IN HET HOOGSEIZOEN STAAN DE TALRIJKE TOERISTEN ER ALTIJD EVEN BIJ STIL: het fraai verbouwde, oude stationsgebouw is als woonhuis de moeite van het bekijken zeker waard. In het midden is er de enorme stalen deur, gespoten in Hindelooper groen, en aan weerszijden zijn er de hoge vensters met de puntdropruiten. Aan een der vleugels is een riante uitbouw gerealiseerd, waarin de antiekwinkel Nautilus van Maaike Walda-van Alkmade onderdak heeft gekregen.

Zij heeft daar een schitterende collectie maritieme stukken: kompassen, scheepsbellen en -lantaarns, prachtig gedecoreerde stuurwielen; te veel om op te noemen. Voor de toerist met de wat smallere beurs zijn er volop leuke kleinigheden: scheepjes in flessen, miniatuurkotters en dergelijke. Voor elk wat wils, dat is Maaikes motto.

De eerste verdieping van het pand verheft zich statig boven de monumentale voordeur en de twee vensters daarnaast; hoge boogramen, gedeeltelijk uitgevoerd in glas-in-lood. En dan daarboven het 'torentje', zoals de dorpelingen uit het krap duizend inwoners tellende Wijnje het steevast noemen.

Rond het huis met de naam Het Blauwe Haventje, genoemd naar de jachthaven waarvan Sietse Walda zich al jaren havenmeester mag noemen, ligt een prachtige tuin. Achter het huis zijn er twee terrassen, een gazon met daarachter een moestuin, Sietses trots, en die van Willeke, hun nakomertje van nog maar net zeven. 'Het jonge geluk van m'n oude dag,' pleegt Sietse, amper negenenveertig, schertsend te zeggen. Dan de voortuin! Een veranda met slanke zuilen – in dezelfde kleur gehouden als de voordeur – die als terras dient voor hete dagen. En voorts een stuk puur natuur: bomen die zich door de jaren heen gevoegd hebben naar de westenwind die hier aan het Snekermeer vaak de overhand heeft. Dan nog een stuk grond met wat velen onkruid zouden noemen: papavers, madeliefjes, siergras, fluitekruid, reuzezonnebloemen, al naargelang het seizoen. Ook de paardebloemen staan er trots te pronken.

En dan het uitzicht...

Elk seizoen is er die weergaloos mooie doorkijk naar het Snekermeer, dat elk jaargetijde z'n charme heeft. Zomers de vele zeilboten, de surfers met hun kleurrijke zeilen, het strandje voor de zonaanbidders. In de herfst het vaak onstuimige water, dat zo vaak wisselt van kleur: grijs bij kalm weer, zwartblauw bij herfststormen, en smaragd. De niet onder woorden te brengen kleur van dat edele gesteente verschijnt als een lage zon zijn stralen ineens vanachter de wolkenmassa's over het meer laat schijnen.

De winter. Het komt zelden voor dat de vorst lang genoeg aanhoudt om het meer tot een reusachtige ijsbaan om te toveren voor de schaatsliefhebbers. Je kunt dan zo via het meer van het ene dorp naar het andere zwieren. Of wandelen, wat je maar wilt.

Vaker komt het voor dat, als Koning Winter weer op z'n lauweren rust, het water vlak is, grauw en doods. Tot er ineens – soms van de ene op de andere dag – felle regens het water in beweging brengen. 'De poppetjes dansen weer,' pleegt Willemijntje Walda dan te zeggen. En dan zijn er evengoed ook de nietsontziende stormen. Tot eindelijk het voorjaar aanbreekt: een belofte! 'Het jachtseizoen is weer geopend,' zo verwoordt Melchior, de zesentwintigjarige zoon van de Walda's, dit gebeuren.

Een heerlijk plekje om te leven, beter kun je het niet treffen. 'Ik hoef niet zo nodig op kamers in Sneek,' zegt Roosmarijn, de vierentwintigjarige dochter des huizes, als de nieuwsgierige Wijnjers haar weer eens vragen wanneer ze nu eens op zichzelf gaat wonen. Dat is toch veel makkelijker, een leuke kamer zoeken vlak bij het Streekziekenhuis waar ze werkt als voedingsassistente? 'Nou nee, dank je, ik heb het thuis uitstekend naar m'n zin,' is dan steevast haar weerwoord, 'waar kan ik het beter treffen dan in ons haventje? En dat kippenendje naar Sneek? Ik fiets graag, en het is nog gezond ook!'

Ja, ze hebben het goed samen, de Walda's. Al studeert Mels dan al jaren in Leiden – hij is bijna afgestudeerd in politieke wetenschappen – hij komt vrijwel elk weekend naar Wijnje. Maar thuis is dan niet zijn enige trekpleister... Daar is ook Robien, nu al drie jaar lang z'n meisje. In mei hadden ze zich verloofd en de trouwplannen zijn al in een vergevorderd stadium.

Robien Wijngaarden, vijfentwintig lentes jong, een prachtmeid, dol op Mels én op 'haar mensen' in het verpleeghuis Sonnewende. Demente bejaarden, dat is de gemeenschappelijke noemer voor de bewoners. Maar voor Robien zijn ze allemaal uniek: mevrouw Schoonderwoerd, beppe Douma... ach, ze hebben allemaal een eigen, bijzonder plekje in haar hart. Als pastoraal werker mag ze daar in Sonnewende haar tijd en energie investeren en ze vindt het heerlijk. Een veeleisende job, zeker, maar ze doet het met hart en ziel; dan is ze af en toe maar bekaf, ze is jong en gezond en daarbij... haar wacht een toekomst met Melchior, haar liefste!

Soms, op doordeweekse dagen, voelt ze zich eenzaam als ze van haar werk thuiskomt in haar flatje. Weliswaar op een steenworp afstand van het verpleeghuis, maar ze heeft zich er nooit echt prettig gevoeld. Nou ja, als Melchior bij haar is, dan verandert alles! Gelukkig kan ze altijd bij het gezin Walda terecht. Voor haar is Het Blauwe Haventje, dat unieke steenrode 'station' met z'n leistenen dak, een heuse aanlegplaats. Een veilige haven.

Sietse Walda staat in de voortuin, pal in de storm. Hij is een man van weer en wind, of het nu warm of koud is, droog of regenachtig; hij houdt van de elementen. Hij ziet er de majesteit van zijn Schepper in. Hij is lang en mager, Sietse, maar o zo taai. Zijn krullen zijn rossig en laten zich in geen enkel model dwingen. Z'n sympathieke, niet mooie maar wel karakteristieke kop met de vele sproeten staat op mooi weer, al wakkert de wind gaandeweg aan tot stormkracht. Er is een tevreden lach rond z'n brede mond, zijn oren gloeien rood van genoegen en van de kou.

Zíjn land, het wijde water... En achter zich weet hij zijn thuis. Zijn haven waar liefde heerst, en harmonie. Maaike, zijn wat stug ogende maar o zo fijne vrouw, z'n prachtkinderen! Wat heeft hij veel om dankbaar voor te zijn! Ach, er is natuurlijk wel eens heibel, waar niet, maar als het erop aankomt vormen zij als gezin – mét natuurlijk Robien – een hechte clan. Al vallen er weleens harde woorden, ze praten altijd alles uit tot de lucht weer is opgeklaard; een regel die voor hen goud waard is!

Hij fronst even licht als hij aan Roosmarijn denkt; een schat van een meid, fantastisch in haar werk. Daarbij nog ijverig bezig haar deelcerti-ficaat Frans te halen op havo-niveau. Maar soms denkt hij weleens dat ze niet doorgroeit, dat ze niet echt volwassen wil worden. Ze vlindert er in haar vrije tijd lustig op los, heeft steeds een andere vriend. Nooit voor lang. Ze windt ze om haar ranke pinkje, en ze weet het. Hij grijnst. Hoe is het toch mogelijk dat ze zo op hem lijkt, terwijl zíj zonder meer mooi is. Lange, rossig blonde krullen, tot ver op haar rug, een fijn sproeten-koppie, haar ranke figuurtje; ze mag gezien worden, z'n oudste dochter! En toch... hij weet dat ze niet altijd zo zelfverzekerd is als ze overkomt; dat achter haar gulle lach, haar wat extravagante kleding en make-up een wat onzekere jonge vrouw schuilgaat. Nog steeds op zoek naar zich-zelf... Zou het niet beter voor haar zijn op kamers te gaan wonen in Sneek? Ach, hij moet er niet aan denken! Ja, ze zou zelfstandiger wor-den, maar één vogel die het nest verlaten heeft is voor hem en Maaike voorlopig wel genoeg.

Dan is er nog iets wat hem zorgen baart: Mels en Roosmarijn zijn echt dol op elkaar, als het erop aankomt gaan ze voor elkaar door het vuur, maar de laatste tijd bespeurt hij iets van irritatie tussen die twee. De oor-zaak denkt hij wel te kennen: Melchior houdt er strikte principes op na en probeert zich daaraan te houden. En bij Roos bespeurt hij meer en meer dat ze – althans, dat denkt Mels – een oppervlakkige flirt is die maar wat rondfladdert zonder eindelijk eens wijzer te worden. En hij kan soms zo 'preken', dat is tenminste Roos' mening en dat werkt meestal averechts. Maar toch... Mels moet niet vergeten dat zijn zus een verantwoordelijke baan heeft en dat zowel het verplegend personeel als de patiënten dol op haar zijn. Omdat ze, ondanks vele hectische dagen, toch altijd probeert een praatje met deze en gene te maken, even op de rand van het bed te gaan zitten. En van al haar patiënten kent ze de achtergrond, informeert ze als het maar even kan hoe het bij het thuisfront gaat. Ja, die kant heeft ze ook, zijn vlindertje en Mels – anders toch zo mild – moet niet te snel oordelen. Daar zal wel een stuk bezorgdheid achter zitten, maar door zijn gedrag strijkt hij Roosmarijn juist weleens tegen de haren in.

Hij zucht eens diep, en vermant zich dan. Hij gaat naar binnen, zal aanschuiven in hun oerknusse, riante woonkeuken inclusief open haard. En ze zijn er allemaal. Kom, Walda, geen muizenissen meer, die geef je maar aan de wind mee!

Toen Sietse Walda nog maar vijftien jaar oud was koos hij het ruime sop. Zeer tegen de zin van zijn ouders, die wilden dat hij, met z'n grote verstand, zou doorleren. Maar dat zag hij helemaal niet zitten. Hij had gepleit en gepleit, steeds maar weer – met recht een vasthoudende Fries! – en had uiteindelijk met pijn en moeite toestemming gekregen. Zijn jongensdroom had hij al snel moeten inwisselen voor het harde leven aan boord. Maar wát een enorme ervaring had hij opgedaan. Later werd hij toegelaten bij de marine en opnieuw bevoer hij de wereldzeeën. Tot hij Maaike van Alkmade ontmoette... Vanaf dat moment kreeg zijn toekomst een totaal ander perspectief.

Maaike, stevig en kordaat. Haar wat lage stem, haar korte bruine haren, haar ogen... alles aan haar had hem bekoord. En van haar terughoudende gedrag had hij zich niets aangetrokken – moet je net Sietse Walda hebben – en al had het een paar weken geduurd, zij was overstag gegaan. En dat dan ook voor de volle honderd procent!

Hun liefde voor alles wat met boten, maritieme oudheden én nieuwigheden te maken had was een niet te verwaarlozen factor geweest in hun onstuimig verlopende romance: binnen het jaar waren ze in het huwelijksbootje gestapt – zowel letterlijk als figuurlijk – en nog geen dag in die bijna dertig jaar hadden ze spijt gehad van de keuze die ze toen gemaakt hadden.

Toen Maaike zwanger raakte, kreeg Sietse de kans bedrijfsleider te worden op een werf; hij had ook al aardig wat ervaring in de scheepsbouw, en wist van de hoed en de rand. Afscheid nemen van de wijde wateren, de verre reizen... het ging hem natuurlijk aan het hart! Maar er stond zoveel tegenover: zijn vrouw, hun nog ongeboren kind. En toen kwam de kans om van beppe Alkmades erfdeel dat vervallen stationsgebouw te kopen en te renoveren! Ze konden hun geluk niet op toen Melchior zijn intrede deed in hun leven, hun hart en hun huis. Roosmarijn liet niet lang op zich wachten; een gelukkig gezin, met een thuis vol liefde en harmonie. In die tijd was Maaike met haar winkeltje begonnen en kreeg hij de functie van havenmeester. Met zijn ervaring en kennis werd hij zonder slag of stoot aangesteld in zijn nieuwe functie, door de Recreatiestichting Wijnje.

Sietse geniet nog altijd van de diverse werkzaamheden die zijn baan met zich meebrengt; in het hoogseizoen alles in de jachthaven tot in de puntjes voorbereiden en regelen, puur management, en daarbij de acquisitie; dan het plaats bieden aan passanten zonder de 'vaste klanten' uit het oog te verliezen. Hele families kent hij inmiddels, er zijn erbij die ook regelmatig binnenwippen bij hen thuis. Vaak je gezicht laten zien, er zijn als er problemen opgelost moeten worden. Maar ook de regels handhaven; mensen met seizoenplaatsen dienen altijd te melden wanneer zij voor enkele dagen en nachten vertrekken naar elders.

Tja, en dan is er natuurlijk de administratie... hij draagt er zorg voor dat de rekeningen op tijd bij de vakantiegangers terechtkomen, controleert de betaling en noem maar op. Gelukkig heeft hij de meer omvangrijke boekhouding sinds enkele jaren uitbesteed.

De meest hectische periode is de eerste week van de bouwvakvakantie: het skûtsjesilen! Dan dient hij extra de vinger aan de pols te houden, want heel af en toe vinden er wat vervelende incidenten plaats. Maar gelukkig is het voornamelijk leuk, fantastisch zelfs! In augustus is er de Sneekweek en dan, in september, komen zijn vaste Duitse klanten: lui die het hele jaar door als club kegelen of darten, voetballen of bridgen en er dan een tijdje lekker samen op uitgaan. Hij, Sietse, ervaart die periodes altijd als heel prettig. Je leert die mensen kennen, je krijgt een band met elkaar.

En dan de winter. Uiteraard is er dan ook de nodige administratie, en verder – dat vindt hij het leukste – de controle van de jachten die in de haven 'overwinteren'. Elke dag doet hij zijn ronde, soms meermalen, zelfs als het niet per se nodig is. Heerlijk, die wandeling, het trotseren van de elementen, vaak in het gezelschap van Roosmarijn. Ook echt een buitenkind. Tenminste, dat was ze altijd. Nu hangt ze in het weekend vaak rond in uitgaansgelegenheden. In Sneek, op het dorp, maar ook regelmatig in Leeuwarden en Groningen. Ja, dat ze graag bij haar vriendin Evie Landheer, die rechten studeert, in die fraaie studentenstad logeert, dat kan hij best begrijpen. Maar naar zijn smaak drinkt en rookt ze te veel. Dat weet hij via de 'tamtam' van dit knusse dorp, want op de soos van de kerk en in café Het Centrum schijnt ze zich wat dit betreft ook niet onbetuigd te laten. Moet hij er toch maar eens over beginnen? Ach, nee, laat Mels maar af en toe een poging wagen, dat is al meer dan genoeg.

Maaike roept zijn naam de duisternis in: 'Eten, Sietse!'

Ja, staat-ie nog steeds te filosoferen, en dat terwijl hij vanavond, na de controleronde, nog langs mastenmakerij Steens moet. En morgen dan maar langs zeilmaker Westrik, want er valt nogal het een en ander te repareren.

Terwijl hij achterom loopt denkt hij fronsend: het kon weleens boos weer worden vannacht. Als het werkelijk goed gaat spoken, tja, dan heeft hij morgen een razend drukke dag voor de boeg. Nou ja, zolang er maar geen persoonlijke ongelukken gebeuren... hij is niet bang voor tien of meer uren werk per dag!

De warmte van de woonkeuken omarmt hem. Hij wrijft in z'n ijskoude handen en schuift aan; heerlijk, Maaikes onvolprezen snert. Hij kijkt de kring eens rond en geniet.

Buiten is het koud en donker – op z'n tijd prima om daaraan deel te hebben – maar dit: de warmte, de huiselijke sfeer, de zo geliefde, tevreden gezichten, dit zou hij niet meer kunnen missen.

Willemijntjes bolle toet vertoont kuiltjes van puur genieten. Robien gaat voor in gebed en dan smullen ze eendrachtig van het onvervalst Hollandse gerecht. Na de maaltijd leest Maaike een psalm en spreekt Sietse een dankgebed uit. Het leven is een wonder!

1

ZE WIL HET NIET, ROOSMARIJN WALDA, MAAR IETS IN HAAR IS STERKER: ZE móet hem kwetsen, die volmaakte broer van haar! 'Goeie mensen, Mels,' zegt ze op lijzige toon, 'waarom ben jij eigenlijk niet het klooster ingegaan? Kan tegenwoordig ook als je niet katholiek bent, hoor. Fijn mediteren en stille tijd houden, in de moestuin werken en bidden voor al die stakkers die dénken dat ze christen zijn. Maar jíj, jij weet wel beter, natuurlijk! Dat Robien het met zo'n halve heilige volhoudt! Volgens mij heb je in al die jaren van jullie verkering nooit meer uitgewisseld dan zoentjes, en ach, handje vasthouden zal er ook wel...'

'Zwijg, Roos, je weet niet wat je zegt.' Kalm en kort klinkt zijn donkere stem.

Roosmarijn opent haar mond, ziet dan die felle gloed in Mels bruine ogen en klapt haar kaken op elkaar.

Zwijgend blijven hun ogen in elkaar gevangen: haar amberkleurige, zijn nu bijna zwarte. De stilte begint loodzwaar te worden, maar Roosmarijn geeft niet zomaar op: híj zal de eerste zijn die de ogen neerslaat, niet zij. Daar moet-ie niet op rekenen, die halfzachte kwezel met z'n preken over het 'heiligen' van de zaterdagavond! Haar adem stokt als ze zijn tranen ziet en ja, dan slaat zij toch als eerste haar ogen neer. Een hete blos vliegt naar haar blanke sproetengezicht, haar handen klemt ze stijf ineen achter haar rug. Ze zou hem het liefst willen omhelzen, de tranen van z'n ogen wissen. Maar nee, haar akelige trots staat haar weer eens in de weg.

Ze kijkt beschroomd op als hij luid tetterend z'n neus snuit en zoekt vragend zijn blik. Ze zijn weer warm, de ogen van haar geliefde, gehate broer Melchior.

'Dom meissie,' zegt hij zacht en hij strekt zijn armen uit. Hun omhelzing is goed en veilig.

'Kom eens even hier,' sommeert hij even later en hij klopt op de bank waarop hij is gaan zitten.

Roosmarijn schuift naast hem, toch alweer wat geërgerd door wat ze zijn 'domineestoontje' noemt. 'Nu?'

'Ja, nú!' zegt hij schertsend.

Roosmarijn wil hem afbekken, maar weet zich te beheersen; ze mag zijn humor wel, al zou ze dat nooit hardop zeggen.

'Weet je, zusje, over dat feest... Ik wil je niets inpeperen of zo, maar joh, je wéét toch hoe het eraan toegaat in die tent? Ik heb je zelf een keer tegen mam horen zeggen dat ze daar ook van die troep verkopen, en laatst... die slachtoffers van die atropine, dodelijk spul in die pillen! Ik, nee... wíj kunnen en willen je niet missen, Roosje, snap dat nou toch! Ik heb er heus geen behoefte aan de zedenmeester uit te hangen – en tussen twee haakjes, ik ben ook niet die "monnik" voor wie je mij verslijt, vraag gerust aan mijn Robijntje – maar... Ach, ik ga het hele verhaal niet opnieuw afsteken, je bent wijs genoeg om je eigen beslissingen te nemen. Maar als jij vanavond naar Happy House gaat met – kom, hoe heet je nieuwste vlam? – Tjibbe, dan lukt het jou niet morgen om half tien fris in de kerk te verschijnen. Het is tenslotte al vaker gebeurd dat je je versliep of een barstende koppijn had van de drank. Je wéét toch dat je pap en mam daarmee verdriet doet?'

'Ze hebben niets meer over mij te vertellen, ik ben nota bene vierentwintig, je denkt toch niet dat ik...'

'Ik denk dat jij er niet op uit bent die lieve mensen verdriet te doen, wat meer is, daar ben ik van overtuigd! Enne... wat mij betreft, ík kan niet zonder dat geestelijk voedsel, door de week niet, en op zondag al helemaal niet. Ik tank bij om er weer tegen te kunnen, tegen m'n toch wel hectische studentenleventje in Leiden. Ik heb Gods hulp hard nodig om die studie te kunnen doen, het gaat me bepaald niet makkelijk af, dat weet je. Robien en ik zitten wat dat "geestelijk voedsel" betreft gelukkig op dezelfde golflengte. Dat is een zegen, hoor, het is immers het fundament van ons bestaan! Weet je, jij zou...'

Roosmarijn springt op en duwt zijn hand weg. 'Zo kan-ie wel weer, Mels, de boodschap is duidelijk! Ik ga me optutten, Tjib kan over een kwartier op de stoep staan. En eh... nou ja, toch bedankt.'

Melchior Walda kijkt haar na, z'n springerige zus met haar tengere maar ó zo vrouwelijke figuurtje. Haar rossige wilde krullen, die tot bijna op haar smalle achterwerk vallen. Roos... wat gaat er écht in jou om? En waarom heb ik zo vaak dat akelige gevoel, de beangstigende gedachte dat je me haat? Hij zucht eens diep, geeuwt dan hardgrondig en sjouwt de twee trappen op naar zijn 'kroondomein', zoals hij z'n fraaie, torenachtige zolderkamer betitelt. Studeren... báh. Maar goed, hij gaat ervoor. Volgende week tentamens én een scriptie. Brr, droge kost, maar niettemin staat hij nog altijd volledig achter zijn studiekeuze en hij nadert de eindstreep!

Hij huivert als hij achter zijn massieve bureau schuift en dan pas dringt het tot hem door dat de stevige wind die zich in de namiddag deed gelden, is aangewakkerd tot stormkracht. Felle regenvlagen striemen de boogvensters. Hij schiet snel een warme trui aan over zijn sweater en is binnen vijf minuten verdiept in zijn werk.

Roosmarijn keurt van top tot teen haar spiegelbeeld. Ja, ze mag er zijn, ondanks haar wipneus, haar sproeten en haar te volle rode lippen.

'Lekker pruilbekkie,' vindt Tjibbe Hovinga. En nog andere, pikantere uitspraken geeft hij vaak ten beste. Is ze eigenlijk nog wel zo gek op die jongen? Ze strijkt langs haar heupen, brengt haar gezicht wat dichter bij de spiegel en zet het lijntje onder haar ogen nog iets sterker aan. Zo, ze is dik tevreden, en verder geen gezemel. Houdt ze niet van, dat laat ze liever aan Mels over.

Hé, die wind gaat aardig tekeer, dat haar dat nu pas opvalt! En het regent niet gewoon, het hóóst! Ze rilt en trekt haar schouders op, zich afwendend van haar spiegelbeeld; de bezorgdheid in haar ogen wil ze niet zien. Maar ze kan er niet omheen: pap, mam en Willemijntje zitten nu naar alle waarschijnlijkheid op de dijk Enkhuizen-Lelystad. Vanochtend vroeg waren ze met stralend weer vertrokken naar Hoorn, om omi Walda's verjaardag te vieren. Zij had er totaal geen zin in gehad, en bovendien, omi is zo dement als een deur, die beseft niet eens dat ze bezoek heeft. Of dat misschien nog wel, maar aan mem Maaike vraagt ze steevast: 'En mevrouw, wat brengt u hier?' En dan zegt Willemijntje giechelend: 'De auto, omi!'

En pap, de lieverd, sjouwt het ouwe mensje overal mee naartoe, praat honderduit tegen z'n moeder, die steeds vaker beweert nooit kinderen te hebben gehad. Triest. Hoe dan ook, zij past ervoor, zo'n bezoek is voor haar, Roos, domweg een bezoeking! Ze gniffelt even om die woordspeling, sluit dan de kastdeur, graait haar tasje van het bed en stuift de trap af.

Ze is amper beneden of de bel gaat. Ze opent de zware voordeur, die haar bijna uit de handen zwiept.

'Zo, poppie,' zegt Tjibbe grijnzend als hij haar uitgebreid gekust heeft en een tikje tegen haar achterste heeft gegeven, 'ik dacht: laat ik maar eens komen aanwaaien!'

Hij lacht hinnikend om zijn eigen grap en abrupt duwt Roosmarijn hem van zich af. 'Je stinkt naar knoflook,' zegt ze bot, 'en hoe vaak moet ik je nog zeggen dat ik niet gediend ben van zo'n macho-klap tegen m'n achterste!'

'Lekker temperament, lekker kontje,' zegt Tjibbe, opnieuw met een grijns, 'dat mag ik wel, daarom val ik juist op je, Roosjemijn!'

'Als je maar niet op je gezicht gaat, en mag ik je eventjes corrigeren? Ik bén jouw Roosje niet, ik ben van niemand, snappie?'

Tjibbe haalt nors zijn schouders op, en doet er verder het zwijgen toe. Ze moest eens weten hoe onzeker hij vaak is, hoe bang haar kwijt te raken...

'Kom, laten we gaan, anders blijf ik net zo lief thuis met dit hondenweer.'

Eenmaal in Tjibbes Pandaatje rijden ze in een onaangenaam stilzwijgen naar Happy House. Even later in de disco schreeuwt de muziek, of wat daarvoor door moet gaan, haar in de oren en de lichtflitsen in alle kleuren van de regenboog maken haar draaierig. Wat dóet ze hier eigenlijk! Ineens, in een moment van luciditeit, begrijpt ze wat Mels bedoelde. Leeg, kil is het hier, ondanks de drukke toestanden en de hitte van zwetende lijven.

Dan schudt zij haar krullen echter naar achteren, neemt Tjibbes hand en sleept hem haast naar de dansvloer. En ze danst, ze danst tot ze er bijna bij neervalt. Ze drinkt; eerst bier, dan wijn, dan een glas port. En wéér swingt ze, ze gooit haar armen in de lucht. Hier kun je heerlijk uit je dak gaan, hier... een golf van misselijkheid, Tjibbe die vloekt als zij z'n nieuwe shirt onderkotst. Het gelach, gekrijs. Weg! Ze wil weg van hier, weg van Tjibbe. Nooit zal ze hier nog een voet over de drempel zetten! Eenmaal buiten geeft ze nogmaals over. Dan dwingt ze zichzelf te gaan lopen. Ze vecht tegen de storm, de regenvlagen zwiepen als gemene, bijtende twijgen tegen haar wangen. Ze vecht zich in haar veel te dunne jas een weg naar huis. Huis, thuis...

Eindelijk! Het Blauwe Haventje. Ze snikt van opluchting als ze de wagen van pap ziet staan. Thuis, ze is thuis! Later koestert ze zich in de warmte van haar bed, maar meer nog in de gloed van het zich geborgen weten in hun gezin. Voor ze wegdoezelt fluistert ze haperend een gebedje uit haar kinderjaren.

Die nacht eist het noodweer twee slachtoffers in hun dorpje. En Mels' kroondomein is ontluisterd; een venster is totaal vernield en beneden in de tuin liggen her en der leistenen dakpannen te glimmen in de regen die van geen wijken weet.

2

WILLEMIJNTJE WALDA KAUWT FRONSEND OP HET KNOPJE VAN HAAR BALLpoint; ze wil zo graag schrijven, maar ze weet niet precies hoe ze moet beginnen. Haar bolle toet licht op, ze gaat over de storm van gisteren vertellen! Aan zichzelf vertellen. Niet dat dit een dagboek is, maar écht schrijven, dat wil ze later heel goed kunnen en dan kunnen anderen het ook lezen. Ja, ze gaat een echt boek maken, want ze kan al bijna zonder fouten schrijven! Met het puntje van de tong uit haar mond begint ze.

Er was eens een meisje. Ze was zeven jaar en moest dingen gaan skrijven, want ze wou skrijfster worden. Ze keek uit het raam en zag de boze wind die kon haar lekker niet pakken!

Laatst waren er dakpannen van het huis gewaaid en dat was eng, hoor maar ze was niet bang en nou ook niet. Niet echt. Binnen is het warm en veilig. Zei haar grote broer. Zij hield veel van hem zijn stem was rustig en aardig.

Het raam lachte de wind uit. Ha, jij kunt tog niet binnenkomen!! Het meisje had het heel druk vooral in haar hoofd met denken over alle dingen. En over haar grote broer en zus. De zus was wel lief maar soms niet, hoor dan skreeu-de zij tegen Damian. Damian was een mooi naam vond ze, het kleine meisje. En haar zus heette Floortje en, zei papa dat heeft te maken met bloemen. Maar bloemen zijn tog zacht en Floor haar stem was te hard. Wel vrolijk maar zo hoog dat deed het kleine meisje pijn in haar oren en ook ergens in haar borst. Zoiets tenminste. Toen dacht het meisje mijn naam past goed bij mij want ik heet Esmeralda en dat is van een edelsteen smaragd. Soms is water net smaragd zei papa en dat zag het meisje wel, hoor!

En haar moeder was ook lief maar dan anders met strakke ogen. En een lage stem net of ze uit haar buik praat nee niet zoals zo'n pop. Ha ha lachtte het meisje Esmeralda en van hun achternaam heten zij Waterlander dat was grap-pig want ze woonden dicht bij het meer het Snitsjermeer en toch op het land niet in een boot.

Toen dacht Esmeralda dat is toch raar hoor want ze had net gelezen dat water-landers ook tranen betekent. Nou ja soms moest ze huilen als Floor skreeude tege Damian omdat ze was BANG voor ruzie. papa ook en Damian maar moeder niet zo erg. Die zei koppen dicht. Dat vond haar vader niet netjes. Koppen bedoelde hij want zeg dan mond!!!

En ze woonden in een heel leuk huis dat was een statsjon geweest en helemaal geverboud. Skrikkelijk mooi!!! En toen dacht Esmeralda wij zijn gelukkig want sommige kinderen hadden altijd ruzie met hun vader en moeder. Nou die van haar niet, alleen as mam niks zei. Dat was wel akelig hoor!!! Maar het kamertje van Esmeralda was heel erg prachtig je keek so over de tuin en de bomen en het meer. Soms met heel veel kleuren, ja OOK smaragd!

En toen riep de moeder ETEN en toen moest ze gelijk naar beneden en dat was jammer hoor maar het rook lekker. Hutspot.

En na het afwassen ging Esmeralda verder skrijven want ze kon bijna niet meer stoppen!!!

Roosmarijn hoort de dringende stem van haar moeder. Báh, ze heeft totaal geen zin in eten en dan dat zogenaamd spontaan uitwisselen van wat iedereen die dag beleefd heeft. Ach, ze moet maar meteen gaan, ze hoorde het brave Willemijntje al zingen op de trap. Willemijntje, haar kleine zusje... Zo jong en toch al zo wijs. En lief. Nee, tegen Mels en 'us famke' moet zij het per definitie domweg afleggen; zijzelf is nu eenmaal een kreng. Niet altijd, natuurlijk niet. Maar soms...

Tijdens sommige gesprekken, vooral die tussen Mels en haar, geniet ze ervan roet in het eten te gooien. Vaak door een rotopmerking, het liefst eentje die hard aankomt. Een naar trekje. Nou ja, er is nog hoop, verzucht ze in gedachten als ze de trap afrent; moeder had nu werkelijk kwaad geklonken. Tja, misschien wordt het toch eindelijk eens tijd om zelfstandig te gaan wonen.

'Wat ben jij stil,' zegt Maaike tegen haar oudste dochter, 'je ziet eruit alsof je je laatste oortje versnoept hebt.'

'Há!' gilt Willemijntje, 'hoe kan dát nou? Je oor opeten, da's vast heel vies!' Ze schatert het uit.

Gefascineerd kijkt Roos naar dat olijke ronde kopje met de diepe kuiltjes in de bolle wangen; een toonbeeld van levenslust. Het witblonde gladde haar, de ronde donkerblauwe ogen met de lichte wimpers, het lachgrage kleine mondje met de frisrode lippen. 'Stel je niet zo aan, stom wicht!' Ze hoort het zichzelf zeggen, en ze heeft er onmiddellijk spijt van. Maar ze laat zich niet kennen, wat haar betreft is de maaltijd voorbij; het bijbellezen en danken, toch al zo obligaat, slaat ze dan maar een keertje over. Ze staat abrupt op en beent de kamer uit.

Maaike Walda staart door het behuilde venster van haar antiekwinkeltje naar de troosteloze tuin. Ze is bedroefd, en ziet er ondanks haar forse, statige gestalte, haar scherpe gelaatstrekken en zware wenkbrauwen – die altijd lijken te fronsen – kwetsbaar uit. Kwetsbaar en gedeprimeerd, en zo vóelt ze zich ook...
Anneriek van de slager, tijdens dat noodweer... Onderweg naar het ziekenhuis overleed zij, twintig lentes jong. Haar schedel was grotendeels verbrijzeld door een enorme tak van een eik, die niet bestand bleek tegen dat oergeweld en afbrak...
En dan Wilco Tolsma... hij zou de dag na het ongeluk zijn zestigjarig huwelijk vieren met zijn Lobke. Hij was, tegen de smeekbeden van z'n vrouw in, toch op z'n fiets gestapt – ik ben nog zo vitaal als een jonge vent! – en was op de bochtige weg richting Sneek met fiets en al het water in gezwiept door de meedogenloze storm. Hij stond niet meer op uit die smalle, ondiepe sloot; hij stierf ter plekke aan een hartstilstand. Misschien, tobt Maaike, mísschien, als er iemand anders in de buurt was geweest, zouden ze hem hebben kunnen reanimeren. Als... maar er was geen 'als'.
Wilco Tolsma, de atheïst... Dag in dag uit hadden hij en zijn Lobke aanvaringen, en ook in gezelschap konden ze elkaar soms genadeloos afkraken. Maar nu! Lobke is Lobke niet meer, ze lijkt in de korte tijd na de dood van Wilco nóg kleiner en gebogener te zijn geworden en haar altijd nog zo vinnige oogjes – zwartbruin – lijken overtrokken door een troebel waas. Ze hadden niet mét elkaar kunnen leven, maar zéker niet zonder elkaar, denkt Maaike. Ze zucht diep.
Ze vouwt haar handen en praat met God. 'U weet, Heer, dat Anneriek

vol was van Uw geest. U weet evenzeer dat Wilco niets van U wilde weten. Maar dank U, Vader, dat het niet aan ons armzalige mensenkinderen is te oordelen, laat staan te véroordelen. Waar elk menselijk kunnen tekortschiet, komt Uw eindeloze goedheid des te meer aan het licht. Wees met hen, Vader in de hemel, die zo intens verdrietig zijn, wees met allen die geen uitweg meer zien. Maar leer ons ook het goede te blijven zien, zodat we dankbaar genieten hetgeen we van U ontvangen hebben. Heer, wees ook met ons gezin. U weet dat Sietse en ik veel zorgen hebben om Roosmarijn. Ik leg de namen van mijn kinderen in Uw handen, drievuldig God! Amen.'

Ze opent haar ogen, Maaike Walda, en keert zich af van het raam; vrolijk dansen de vlammen achter de micaruitjes van de oude gietijzeren potkachel. Haar winkeltje! De oude stormlantaarns, diverse antieke scheepsbellen, een wat gehavend zwaard van een reeds lang vergane kotter, een kompas en nog veel meer unieke maritieme stukken. Kom, ze moest maar eens aan de slag: de kassa controleren en afsluiten, hier en daar wat schoonpoetsen en dan via de smalle, lange gang naar hun woonhuis. Naar haar warme, in cottage-stijl gedecoreerde woonkeuken. Sietse zal straks zeker een stevige trek hebben, na zijn inspectieronde bij de jachthaven. De erwten had ze gisteren al geweld, het zou een puur Hollandse snert worden! Net als haar mem die nog altijd maakt. Eenmaal in de keuken neuriet ze tevreden, terwijl ze achter het fornuis met de oude marmeren schouw erboven staat te kokkerellen. Tot ze abrupt stopt.

Roos... Wat is er toch mis met hun Roosje? Ja, voor de buitenwacht lijkt ze fleurig genoeg, een zorgeloos zieltje. Maar zij, de moeder, schouwt dieper: achter die vlotte meid gaat een onzekere jonge vrouw schuil. Ze weet het, zonder het te kunnen duiden. Roosmarijn, die toch alles mee heeft: haar leuke koppie met de prachtige bos krullen, haar ranke figuurtje. De aandacht van zoveel jonge mannen – ook wel van oudere trouwens – en... ja, toch ook een thuis waar zij met liefde omringd wordt. Roosje, waarom? Waarom pest je je zusje, wáárom probeer je altijd maar weer Melchior te kleineren, conflicten uit te lokken? Och, je hebt vaak meteen spijt, kunt ook 'sorry' zeggen, maar tóch...

'Hé, schatteboutje van me, het ruikt hier weer best!'

Maaike laat de houten lepel met een plons in de soep vallen. 'Mán, ik schrik me wezenloos!' Ze slaat haar hand tegen haar keel.

'Ach, lieveling, het spijt me. Maar waarom moest je nou toch zo schrikken? Je kent mijn stemgeluid toch langer dan vandaag en je weet toch dat ik nu eenmaal klink als een klaroen? Je stond te piekeren, is het niet? Nou, biecht maar op, Maaike Walda, ik roer ondertussen wel even in die prut.'

'Die prút! Man, je moest eens weten hoeveel tijd er in het voorbereiden en klaarmaken van onvervalste snert gaat zitten. O, wacht, zou ik bijna de worst vergeten, ik...'

'Daar trap ik niet in, jongedame, in die afleidingsmanoeuvres van jou.'

Maaike grinnikt tegen wil en dank. 'Jóngedame nota bene! Ik met m'n vijftig jaar, m'n rimpels en een drilpudding van een onderkin. Of je bent slechtziend, of liefde maakt écht blind. Nou, wat is het?'

'Eerst jouw antwoord, Maaike. En tussen twee haakjes, ik ben dol op drilpudding met rimpels, dus dat komt goed uit. Maar oké, ik wacht!'

Maaike heeft de pollepel weer overgenomen en roert driftig in de heerlijk geurende soep. Sietse ziet hoe ze haar schouders wat optrekt, iets wat ze altijd doet als ze gespannen is. 'Het gaat... ik bedoel eh... Ach, nou ja, ik maak me nogal zorgen over Roosmarijn!'

'Roosje?' vraagt Sietse verbaasd. 'Hoezo, is er iets gebeurd, iets akeligs? Nee? Nou, waar maak je je dan druk over, gek mensje? Jij ziet ook altijd leeuwen en beren op de weg, zélfs op het Snekermeer!'

Nu gaat de pollepel kopje-onder. Maaike keert zich af van het fornuis en kijkt haar man woedend aan. 'Jíj! Zoek de zonzij; wie dan leeft, wie dan zorgt; alles sal reg kom... Ik kén ze inmiddels wel, al die clichés waarmee je elk probleem uit de weg gaat, Sietse Walda! Maar vergis je niet, zo zit het leven niet in elkaar. Er gaan dingen mis, en niet alleen ver van ons bed! En dan, als Roos weer eens afgeeft op Mels, altijd vergoelijk je dat. Ze meent het niet zo kwaad, ze is toch een toffe meid, in elk gezin is wel eens wat... en gá zo maar door. Weleens gehoord van struisvogelpolitiek? Nou, daar ben jíj een meester in, jij...'

'En dan nog havenmeester ook,' zegt Sietse met een scheve grijns. Als zijn vrouw opnieuw wil uitvaren, heft hij bezwerend zijn handen op. 'Ho, ho, nu laat je míj even uitpraten, Maaikemijn!'

Hij trekt haar tegen zich aan, en zij? Maaike Walda voelt zich de gelukkigste vrouw van het universum. Steeds maar weer krijgt hij het voor elkaar haar te vertederen. Maar ze wil evengoed haar zorgen met hem delen! Ook al is Roosmarijn dan vierentwintig, ze woont nu eenmaal nog thuis en zíj heeft als moeder toch het meeste contact met de kinderen. Hun kinderen, geboren uit liefde voor elkaar. Liefdespanden, van God te leen gekregen, want ten diepste zijn het Gods kinderen. Ze heft haar hoofd op naar haar lange robuuste man en trekt even speels aan zijn snor. Hij kust haar en Maaike voelt zich weer helemaal verliefd. Maar haar nuchtere, praktische kant zorgt ervoor dat ze zich desondanks losmaakt uit zijn omhelzing.

Ze doet een stap achterwaarts en verwoordt wat haar in Roos' gedrag beangstigt. 'Ze is nota bene nog steeds aan het puberen!'

'Lieverd,' reageert hij kalm, 'ik weet ook heus wel dat er iets aan schort, Roos zit niet echt lekker in haar vel. Maar weet je, als ze ergens mee zit, moet zíj ermee komen, wij kunnen haar vertrouwen niet afdwingen. Wie weet heeft ze weer eens liefdesverdriet. Nee, zonder gekheid, het zou toch kunnen zijn dat ze bang is alleen te blijven? Ja, ik wéét dat ze nog bloedjong is, en aan aanbidders geen gebrek heeft. Maar wij weten niet wat er in haar hoofdje omgaat. Al haar vriendinnen zijn inmiddels aan de man, om het zo maar eens te zeggen, sommigen zijn al getrouwd en hebben een kleintje. Dat is jou toch niet ontgaan? Maar gelukkig heeft ze veel aan haar vriendschap met Evie Landheer. Fijn meidje, precies de goeie tegenhanger voor ons vlindertje. Hoe dan ook...'

'M'n snert brandt aan!' Snel draait Maaike het gas uit en dan lachen ze samen.

Hoewel het buiten inmiddels donker is en de regen in stromen langs de vensters loopt, is het binnen veilig en goed.

De snert blijkt toch nog 'uit de kunst' te zijn, aldus Willemijntje. Het is een uitdrukking die ze pas heeft opgedaan en nu gebruikt ze hem te pas en te onpas.

Maaike trekt licht haar schouders op en kijkt met een schuin oog naar Roosmarijn. Maar die zit wat voor zich uit te staren en schijnt niet eens te proeven wat ze eet. Och, laat ook maar, denkt Maaike, liever een zwijgende Roos dan een boze Roos!

Vanaf de andere kant van de tafel knipoogt Sietse naar haar. Maaike wordt warm vanbinnen, doorgloeid van liefde.

3

SIETSES GEDACHTEN GAAN GEDURENDE DE MAALTIJD ZO HUN EIGEN GANG. Maaike... zijn liefste! Hij is de enige die haar wezenlijk kent, die verder kan en mag kijken dan haar stoere, zelfverzekerde buitenkant. Ze is wat zwaar op de hand, maar ach, juist daarom past ze zo goed bij hem. Zij zet hem aan tot wat dieper schouwen, zoals nu met Roosmarijn.

Is er nou echt iets mis met dat meidje? Ze ziet er inderdaad niet bepaald fleurig uit. Hij moest haar maar weer eens zien te porren voor een pittige wandeling. Roos houdt, net als hijzelf, van vechten tegen de wind, van de regen op je gezicht voelen. Dan zijn ze in hun element. Ja, ook als de lente zich openbaart en de zomer uitbundig feestviert, zijn ze vaak buiten te vinden. Dat hebben de anderen trouwens ook, Maaike, Mels en ook Willemijntje. Al moeten ze die kleine wat ontzien, want ondanks haar uiterlijk van Hollands welvaren heeft ze snel een koutje te pakken. Maar verder is het een vrolijk kind, al heeft ze beslist een wat filosofische instelling: alles wil ze begrijpen, ze vraagt je de oren van het hoofd! Soms over zaken waar ze volgens hem nog lang niet aan toe is.

Hier thuis is het echter de gewoonte dat niemand met een kluitje in het riet gestuurd wordt. Willemijntje krijgt op haar niveau antwoord op haar vele vragen, en een van hun stelregels is: 'Laat nooit de zon ondergaan over een opwelling van je toorn.' En daar houden ze zich – en zo nodig elkaar – aan!

Na de afwas zegt hij: 'Roos, zin in een frisse wandeling?' Hij ziet hoe Maaike haar schouders wat optrekt; zo zeker als ze overkomt is ze dus écht niet. Ze is bang voor een nare reactie van hun oudste dochter.

'Hmm, ik weet niet, ik moet eigenlijk nog studeren. Toch wel moeilijk, hoor, zo'n schriftelijke studie Frans. Nou ja, ik heb natuurlijk m'n cassettes en zo, maar toch...'

'Nou, wat wordt het? Frans of ik?' zegt haar vader schertsend.

Haar smalle gezichtje bloeit open in een stralende glimlach: 'Frans kan in nog geen honderd jaar tegen jou op, heit, ik ben je man!'

Willemijn gilt van het lachen. 'Hoe kán dat nou, jij bent een meisje!'

'Nou, een óud meisje, zuske.'

Maaike haalt opgelucht adem en laat haar schouders zakken, en zegt dan: 'Maar eh... het is toch eigenlijk geen weer voor een...'

'Frisse neus? Altijd, mem! Kom op, ga je goed inpakken, heit, je wordt toch een dagje ouder, en ik...'

'Hou eens op met dat geblaf!' snauwt ze plotseling tegen haar zusje, wier lachbui is overgegaan in een heftig gehoest. 'Drink een slok water en doe normáál!'

Maaike zucht, en kijkt dan bezorgd naar Willemijntje. Dat famke heeft het echt benauwd, denkt ze. 'Haal jij dan even water voor haar, Roos, en let een beetje op je woorden, wil je? Je zíet toch dat die kleine het Spaans benauwd heeft?!'

'Eh ja, sorry, ik vlieg al!'

Als Sietse en Roosmarijn, gehuld in hun regenpakken, even later om het hoekje van de kamerdeur gedag zeggen, schrikt Sietse. Wat ziet Willeke bleek! Als ze maar niet weer bronchitis krijgt. Vorige herfst was ze er wekenlang flink ziek door geweest.

'Kom, pake, nu of nooit!' Roosmarijn schudt aan zijn arm.

Hij kijkt haar wat verdwaasd aan en knikt dan. 'Ja, we gaan erop uit. Reken maar gerust op een uur of anderhalf, Maaikelief. En Willeke, kruip jij maar vroeg onder de wol, schat, je ziet er een beetje moe uit. Vergeet je hoestdrankje niet, hè. Ja, je wilt toch weer van die lekkere rode wangetjes hebben als Mels overmorgen komt? Anders weet-ie niet eens zeker of jij Willemijntje wel bent!'

Weer schatert het meiske en opnieuw komt het haar op een akelige hoestbui te staan.

'Ga maar,' zegt Maaike rustig, 'ik zorg heus goed voor ons liefste popke, niet soms?' Sietse glimlacht en sluit dan, als Roos langs hem heen is geglipt, zacht de kamerdeur. Hij moet wat meer vertrouwen hebben, en nu zijn aandacht op Roosmarijn richten!

Eenmaal buiten blijkt een gesprek vooralsnog niet mogelijk; het plenst nog altijd en de wind blaast toch ook nog een aardig partijtje mee. Stevig gearmd zetten ze er de pas in.

Roosmarijn voelt zich gelukkig nu, heits onverdeelde aandacht is voor haar! Hoeveel uren zouden ze al samen gelopen hebben? Elk seizoen, vanaf haar peutertijd? Kostbare uren, die ze altijd heel bewust had gekoesterd; ze gaven haar de bevestiging die ze zo broodnodig had... en heeft. Ze fronst en vraagt zich af waarom ze toch altijd het gevoel heeft dat ze iets tekortkomt. Is het mems gedrag tegenover haar? Is het omdat zij nou eenmaal een vrolijke Frans is, of liever gezegd, líjkt? Of is het toch jaloezie? Jaloezie op haar brave, geliefde zowel als gehate broer, op haar vrolijke, gehoorzame zusje? Ze komt er niet uit.

'Wat dacht je ervan? Zullen we even ons stamkroegje binnenwippen voor een onvervalst kruidenbittertje?!' Sietse schreeuwt boven de regen en wind uit.

Roosmarijn knikt lachend en zegt: 'Zien we tenminste wat we zeggen.'

Na ruim drie kwartier zijn ze inderdaad wel toe aan een hartversterking, en als ze eenmaal achter hun Beerenburg zitten en af en toe ervan nippen, voelt Roos pas hoe rozig ze is. En straks moeten ze dat hele eind nog terug! Maar nee, ze laat zich niet kennen. Stel je voor, zeg, heit zou haar vierkant uitlachen en vragen of hij soms een rijtuig met koetsier moest optrommelen.

'Roosje?'

Ze kijkt abrupt op en denkt: wat klinkt heits stem vreemd! Haar ogen kijken vragend en ze trekt nerveus met haar mond.

'Is eh... gaat het goed met je, famke?' begint hij aarzelend. 'Ik doel niet op je werk, ik weet dat je daar een kei in bent en het nog leuk vindt ook, of eigenlijk andersom. Nou ja, je snapt wel wat ik...'

'Nee,' zegt Roos kort. Haar amberkleurige ogen staan afwerend, de volle lippen zijn stijf op elkaar gedrukt.

Oei, waar is hij aan begonnen? Maar anderzijds, geen flauwekul. Roosmarijn is tenslotte een volwassen jonge vrouw. Hij mag vragen stellen, zij mag ze al dan niet beantwoorden. Maar meteen die felle blik, ze is toch verdraaid geen púber meer? Of heeft Maaike toch gelijk?

Zie je wel, mokt Roos, het kan ook nooit es gewoon goed zijn. Wat wil heit in vredesnaam van me horen? Dat ik me beroerd voel, dat ik het thuis soms niet oké vind, dat ik Mels haat, dat ik...? Hier stokken haar gedachten en ze bedenkt: heit mag dan nóg zo'n optimistische levensin-stelling hebben, hij is niet van gisteren. Hij voelt natuurlijk heel goed aan dat het tussen Mels en mij niet altijd botert. Wil hij daarvan de schuld bij haar leggen? Of is ze te overhaast met haar conclusies? Ach, ze stelt zich aan, ze zijn tenslotte volwassenen onder elkaar, ook al zijn ze dan vader en dochter. En ze is nog niet te oud om iets te leren van haar paatje!

'Lief dat je dat vraagt. Het spijt me dat ik eerst een beetje... Och, je begrijpt me wel... Maar ik kan je geruststellen, hoor, alles is oké, kón niet beter. Ik denk alleen dat het met Tjibbe niet, ik bedoel, ik ben van plan het uit te maken. Voorzover het ooit echt aan is geweest. Hij is me veel te bezitterig, en dan van die flauwe opmerkingen, dat macho-gedoe... Nee, ik ga niet meer met hem uit en ik zal er geen traan om laten. En trouwens, die tent, je weet wel, Happy House, daar kom ik ook niet meer. Het is een opgefokt zootje en ik voel me er te – ja, hoe zeg ik dat – te volwassen voor. Klinkt truttig, hè? Maar nee, ondanks alle herrie en hitte is het leeg daar. Vanbinnen voelt het gewoon niet goed meer als ik daar ben.' Ze zwijgt en kijkt haar vader vragend aan met een blik die zegt: zo tevreden?

'Fijn dat je me in vertrouwen neemt, Roos. Ik weet wel, je bent al vierentwintig, maar vergeef je ouwe pa maar dat-ie gewoon bezorgd is over het welzijn van z'n kinderen. Want dat blijven jullie, onze kínderen. Ouders hebben levenslang, wist je dat? Begrijp me goed, voor mem en mij is dat allerminst een straf, hoor, het is juist fantastisch! Te zien hoe Mels en jij je plekje gevonden hebben in de maatschappij, ieder op je eigen manier. En dan ons kleintje... die hebben we voorlopig in elk geval nog een hele tijd onder onze hoede en ons dak...'

Sietse zwijgt even en vervolgt dan aarzelend: 'Eh... denk jij er weleens over het huis uit te gaan? Nee, nou niet meteen zo aangebrand reageren! Je mag zo lang het jou goeddunkt in Het Blauwe Haventje je domicilie houden, maar ik dacht... Nou ja, je bent 's avonds vaak bij vrienden en vriendinnen in Sneek, je logeert regelmatig in Groningen bij Evie om daar de bloemetjes buiten te zetten. Tja, ik dacht dat je... ach, laat ook maar. Ik zou het maar niks vinden als je niet meer thuis woonde en mem... die laat haar gevoelens niet zo gauw zien, maar ondertussen. Leer míj Maaike van Alkmade kennen! Haar kroost is haar alles. Ze zou het liefst elke week een dag naar Leiden afreizen om op Mels' honk de boel schoon te maken, reken maar! Natuurlijk wil Mels daar niets van weten, logisch, maar mem is nou eenmaal een echte moederkloek, ook al heeft ze dan haar winkel én 's zomers die zeilkampen. Of zie ik dat verkeerd?'

'Nee, zo zie ik mem ook. Alleen... zoals wij nu praten samen, dat is met mem niet – hoe leg ik dat nou uit – zover kómt het gewoon nooit. We lijken wel op een andere golflengte te zitten. Met Willeke is dat anders, mem en zij voelen elkaar volgens mij zonder woorden aan, en of ík dat nou altijd zo leuk vind...' Ze zou willen vragen: houden jullie echt net zoveel van mij als van Mels en Wil? Ze zou zijn bevestigende antwoord willen horen, niet eenmaal, nee, duizendmaal! Maar ze doet er het zwijgen toe en staart naar haar handen. 'Doe me nog zo'n neut, en voor jou ook eentje natuurlijk. Mijn rondje, heit!'

Hij knikt en strijkt peinzend langs zijn snor. Roosmarijn Theodora, hun godsgeschenk... Ze is toch niet jaloers op Melchior en Willemijntje? Omdat die twee nou eenmaal makkelijker zijn in de omgang, meer structuur aan hun leven lijken te geven? Hij moet haar laten voelen dat ze de plank volkomen misslaat als zij denkt dat... Het is domweg niet wáár, maar als Roos het nu zo ervaart? Prijzen Maaike en hij Mels niet al te vaak? Zijn ze niet te toegeeflijk naar Willemijntje toe? Hebben ze Roosmarijn – onbewust weliswaar – het idee gegeven mínder te zijn? Zoveel vragen dienen zich ineens aan.

Het gesprek krijgt geen direct vervolg; nadat ze hun tweede bittertje gedronken hebben staan ze op. Roos rekent af, duldt geen tegenspraak, en zegt: 'Gauw de pas erin, en stevig ook, anders val ik hier ter plekke in slaap!'

Ze lopen stevig gearmd, net als op de heenweg. Maar Sietse ervaart pijnlijk die afstand tussen hen. Roosmarijn heeft haar hart – althans voor het moment – voor hem gesloten.

Eenmaal thuis gaat Roos, na een korte groet, meteen door naar boven.

4

IN ROOSMARIJNS HART HUIST DEZELFDE ONRUST DIE ZICH NOG STEEDS IN het weer manifesteert: de herfst lijkt geen einde te nemen! Gelukkig zijn er tijdens stormen en rukwinden geen slachtoffers meer gevallen, wel is er enorm veel materiële schade. De gevelde reuzeneiken, heel de verwilderde, verschrikte natuur, grijpen Roosmarijn echter meer aan: dingen zijn vervangbaar, maar niet de bomen, de struiken, de zich buigende tengere berkjes achter in hun tuin.

De schade aan haar ziel... Zij bekommert zich daarom, dag en nacht vaak, al merkt bijna niemand iets aan haar, die vrolijke vlotte Roos. Alleen heit en mem... die wel. Heit kijkt haar soms vragend aan. Maar zij geeft geen antwoord, zij sluit haar ogen voor zijn genegenheid, zijn smeekbede hem in vertrouwen te nemen. Bovendien voelt ze zich schuldig, vanwege haar domme jaloezie jegens Willemijntje. Het kleintje blijft zo vatbaar, ziet vaak zó inwit dat de schrik haar, Roosmarijn, om het hart slaat. En tóch die jaloezie, dat rottige groene monstertje! Omdat nota bene mem zoveel tijd aan Willeke besteedt! Het wordt hoog tijd dat ze eens volwassen wordt.

En dan Mels, geloofd en geprezen zij Melchior Walda, die weer twee tentamens heeft gehaald. Niet op het nippertje of met de hakken over de sloot, niks daarvan! Met twee tienen! Meneer dóet het niet voor minder. Ze heeft er behoefte aan met Robien te praten. Ze liggen elkaar uitstekend en ze heeft Robien al eens in vertrouwen genomen omtrent haar ambivalente gevoelens over Mels. En ze was helemaal niet kwaad geworden, integendeel, ze had oprecht geprobeerd het te begrijpen! Een gouden meid, Mels' Robijntje...

Zíj is voor niemand de allerliefste, de belangrijkste. Zij, Roosmarijn Walda, is makkelijk te 'versieren'. Leuke meid voor een avondje stappen, lekker ding om eens fijn te zoenen en nog een beetje meer... Een allemansvriendinnetje, een vlinder die ooit eens haar kleurige vleugels zal schroeien. O ja, reken daar maar gerust op! Of ze wordt weer een rups, verscholen, niet om aan te zien, onaanzienlijk dus... Een traan, nog meer tranen en dan ineens kan ze met God praten. 'Mag ik er zijn? God, help me. Ik wil het goede, maar ik denk en doe te vaak het kwade, net als Paulus. Toch hebt U hem, juist hem, gebruikt in Uw dienst. Geef mij een rustig hart, Heer, en maak dat ik Melchior met warmte tegemoet kan treden. Dat ik lief ben voor m'n zieke zusje. Amen.'

5 December, pakjesavond! Roosmarijn kijkt genietend om zich heen. Hoewel buiten nog altijd de regen en storm heersen, is er rust in haar hart gekomen; God heeft haar gebed verhoord! En Willemijntje, ze is zo

geweldig opgeknapt! Ze heeft nu weer die heerlijk rode koontjes; de kuiltjes in haar bolle wangen vertonen zich weer regelmatig. En Mels... hij is een regelrechte schat! Ineens is het of er een deur is geopend, een deur die niet te zien was geweest door stapels troep ervoor. En nu! Hij heeft met haar gepraat, naar haar geluisterd vooral. Hij wist dat Robien haar gevoelens voor hem zo ongeveer kende. Ja, zijzelf had Robien carte blanche gegeven, na een intensief maar goed gesprek. En alweer mag zij, Roosmarijn, zich verwonderen om zoveel goede dingen!

Mem lacht zo nu en dan, niet luidruchtig, dat zou ook niet bij haar passen. Maar ze ziet er vergenoegd uit, tevreden ook. En heit straalt. Er is warme chocolademelk met slagroom, er zijn mooie cadeautjes, zotte surprises en komische gedichten. Er is werk van gemaakt.

Roosmarijn staart in de vlammen van de open haard, ze ziet er warmte in en voelt die, ook vanbinnen. Er zijn geheimen in het vuur, dat gretig omhoogschiet; het is een beetje geel en blauw en rood. Oranjerood. Het vuur vertelt verhalen; knusse vertelsels uit vroeger tijden. Het vertelt van goede dingen die mensen voor elkaar gedaan hebben. Oorlog, pijn en vernedering zijn ver; het hier en nu is goed!

Ze had Mels verteld dat ze het uit zou maken met Tjibbe. Dat ze niet meteen daarna weer een ander zou nemen. 'Er is niets aan, Mels, ik hoef bij wijze van spreken maar met m'n vingers te knippen en... Nou ja, ik schijn "iets" te hebben en ik weet niet of ik daar nou wel zo blij mee ben. Het zijn altijd dezelfde types die op me afkomen, beetje macho, hoge eigendunk, uit op seks. Vooral dat laatste is me steeds meer gaan tegenstaan. Waarom vindt iemand als Rutger Soterius mij te min? Ach, logisch, hij vindt mij natuurlijk een afgelikte boterham, en hij heeft nog gelijk ook!'

Mels had haar niet tegengesproken, maar haar woorden evenmin bevestigd. Hij had alleen maar gezegd: 'Jij hebt veel meer in je mars dan alleen maar een mooi lijf en een leuk snuitje, Roosje. Boor die bronnen aan. Het zal hard werken worden, maar het zal de moeite waard zijn, dat geef ik je op een briefje!'

Ze zucht diep. Hard werken... Een modekreet: werken aan jezelf. Maar daarmee wordt juist vaak bedoeld: denk vooral aan je eigen belangen, laat niet over je heen lopen, ontplooi je naar eigen inzicht en maai degenen die in de weg staan gewoon opzij.

Nee, zo wil zij een en ander per se níet invullen; ze moet leren eerst aan de ander te denken, en dan pas aan zichzelf. Tenminste... Hoe zei Mels dat ook alweer? 'Je bent een kind van God, Hij heeft je lief en verwacht dat jij Hem liefhebt boven álles. Maar je moet ook je naaste liefhebben als jezelf. Dat impliceert dus wel degelijk dat je ook jezelf waardeert, zij het op de juiste manier. En vandaaruit kun je aan de slag. Je doet het feitelijk allang, Roos, vooral in je werk. Dienstbaar zijn, het ligt je beter dan je zelf in de gaten hebt. En nu, voorwaarts christenstrijders, zus! Ja, ik moet ook regelmatig mezelf op de vingers tikken, leren van m'n fouten. Ik blunder dagelijks, dat doen we allemaal. Maar weet je, het is zo heerlijk dat we elke dag met een schone lei mogen beginnen!'

Roosmarijn huivert even. Tjibbe... Die 'schone lei' van haar had haar wél eerst door de drek gehaald! 'Dus Roosmarijn, jij zegt mij de wacht aan. Nou, prima hoor, ik was toch al op je uitgekeken. Je bent gewoon een eigenwijs krengetje en nog gemeen ook: aanhalen, aanhalen, verleiden! Een kei ben je daarin, dat moet ik je nagaven. Maar als het erop aankomt, stoot je af. Je hebt me de laatste tijd continu uitgedaagd je te pakken en dan... de kuise Susanna spelen. Báh! En voor de rest: geen handvol meiden, maar een landvol, hoor. En mooiere dan jij. Want zó bijzonder knap ben je nou ook weer niet. En daarbij... er zijn genoeg meiden die sexy zijn en het niet alleen bij ophitsen láten! Nou, het ga je goed verder, misschien trapt een andere gozer er binnenkort wel weer in. Mijn zegen heb je. En nu...'

Hij had brutaal zijn forse handen op haar schouders gelegd, haar met een ruk naar zich toe getrokken en wreed gezoend. En zijn handen gleden onverbiddelijk naar haar hals en borsten en deden haar pijn. Toen hij haar had losgelaten was ze bijna achterover gesmakt op de glimmende keitjes.

'Een gevallen vrouw!' had Tjibbe gehinnikt. 'Scheelt ook niet veel. En bedankt voor de toegift. Nou, ajuus!' Toen was hij van haar weggelopen en had hij over zijn schouder op de grond gespuugd. Dat had ze het allerergste gevonden.

Ze had gekotst van pure walging en had het – toen ze weer een beetje was bijgekomen – op een rennen gezet; die smeerlap had haar wel mooi op dit achterafpaadje laten staan! En ze moest douchen, lang en heet, om alle vuiligheid van zich af te spoelen. En iets drinken, om die vieze, bittere smaak weg te spoelen. Die smerige smaak, die niet alleen met dat kotsen te maken had.

Die nacht had ze nauwelijks geslapen. Maar gaandeweg had ze zich hersteld, was ze zich schoner gaan voelen, zuiverder; zíj had het zelf in de hand haar reputatie bij te stellen en dat zou ze doen ook! Met hulp van hogerhand, dat wel. En met de steun van haar familie, met name die van heit en Mels.

Ze strekt haar handen uit naar het haardvuur en denkt: stel je eens voor, dat Rutger... Ik vind hem eigenlijk al zo lang leuk, al hield ik mezelf steeds voor dat hij maar een saaie was, en bovendien als 'gewoon' timmermannetje te min voor mij zou zijn! Belachelijk, want het is een zeer goed geschoolde, bekwame scheepstimmerman. En wat haar opleiding betreft, dat is immers ook MBO? Wat had ze zich eigenlijk wel verbeeld...

'Roos, je luistert niet! Dat gedicht mocht ik van Sinterklaas skrijven!'

Met een schok keert Roosmarijn terug in de realiteit, en ze kijkt pal in de verontwaardigd opengesperde poppenogen van haar zusje. 'Ach, famke toch. Het spijt me echt, hoor. Ik zat in de haard te kijken of Piet er misschien nog iets in zou gooien door de schoorsteen. Lees dat gedicht nóg eens voor?'

Willemijn straalt als ze aan Roos' verzoek heeft voldaan en neemt met gepaste trots het applaus in ontvangst.

Het is écht een goed gedicht, denkt Roosmarijn, dat meidje hééft het. Ze wil o zo graag schrijfster worden, en wie weet zal het haar nog lukken ook, ooit!

Mels schenkt haar een warme lach, zij knipoogt vol genegenheid terug en verwoordt dan wat zij allen ervaren: 'Héérlijk avondje, echt zoals het moet zijn. Allemaal tevreden gezichten. O, wat is dit feest toch lékker Hollands. Die kerstman kunnen ze van mij cadeau krijgen!'

Waarop Willemijntje in een van haar beroemde schaters schiet, en het ditmaal gelukkig niet hoeft te bekopen met een hoestbui.

Mems ogen, vol liefde gericht op haar Mijntje. Ze geniet ervan, Roosmarijn. Er is vrede in haar hart. Ze is er diep dankbaar voor en wil het uitdragen, naar allen die haar lief zijn. Een goed voornemen op 5 december in plaats van op 1 januari. Niks mis mee, toch?!

Wat was ze toch ongelooflijk naïef geweest! Te denken dat een oubollig sinterklaasavondje haar leven, haar persoonlijkheid, totaal zou kunnen veranderen! Zelfs op haar werk krijgt ze commentaar. 'Hé, Roosje, waarom vandaag meer doornen dan bloei?'

Dat is mevrouw Matsiers, ze is al jaren aan bed gekluisterd maar niettemin opgewekt, vol belangstelling voor haar medepatiënten en het personeel. Of het nu een dokter is of iemand van de schoonmaakploeg, dat maakt haar echt geen zier uit.

'Beetje moe,' zegt Roosmarijn kort en ze ontwijkt die lieve ogen.

En dan die lolbroek, broeder Tjeerd. 'Ik zie je gaarne, famke, maar niet met zo'n chagrijnig smoeltje!'

'Bemoei je met je eigen zaken!' zegt ze bits.

'Bokkenpruik op?'

Ze reageert niet en loopt pal langs hem heen met haar 'rijdende bar', zoals ze hier de wagen met dranken – koude zowel als warme – aanduiden.

Beppe Schoonderwoerd brengt haar er letterlijk toe bij haar gedrag stil te staan als ze zegt: 'Jongedame, waar is je vrolijke lach? Daar kunnen wij hier echt niet zonder, hoor!' En dan, ernstiger, een beetje streng zelfs vervolgt ze: 'Jij loopt hier je benen uit je lijf, dat weten we allemaal, maar je bent jong, en wat meer is, gezond. Kijk eens naar dat meisje Veen, die is nog maar achttien. Kanker, ach, je weet het immers wel. En de kans op genezing is maar heel klein. Ja, dat zij vaak nors is en de mensen hier afsnauwt, dat kan ik begrijpen, maar jij!'

'Alsof ook ík niet mijn verdriet kan hebben!' Ze spuugt die woorden eruit.

'Oei, die ogen! Ik zou er bang van worden, maar niet heus. Kom, Roos, je bent een volwassen jonge vrouw, doe alsjeblieft een beetje normaal, wil je? En wat jouw problemen betreft... je hebt groot gelijk, hoor, natuurlijk ga ik er niet zomaar van uit dat gezonde mensen geen narigheid zouden hebben. Eenieder krijgt z'n pakje te dragen vroeg of laat. Maar probeer dan in elk geval je collega's en ons als zieken er niet onder te laten lijden, dán kun je je beter ziek melden. Kom es even zitten, kind.' Beppe klopt op de rand van haar bed.

'Ik... ik ben al achter op m'n schema, de anderen...'

'Kolder, dit is je laatste zaal, dat weet jij net zo goed als ik. Wil je met me praten over wat je dwarszit? Tranen van ons Roosje... daar schrik ik toch wel van!'

Waardoor er natuurlijk nog meer waterlanders komen. Roos laat zich op het bed zakken en grijpt dan naar Beppes uitgestoken hand. Beppe is de lieveling van zo'n beetje de hele afdeling. En heus niet omdat ze een zacht eitje is! En dan vertelt Roos wat haar zo zwaar op de maag ligt. Ze stort haar hart uit. Tijd en ruimte lijken terug te wijken, ze is weer helemaal terug bij die avond dat... dat het weer fout ging. Helemaal fout!

Ze had zich die avond weliswaar sportief maar toch heel netjes gekleed. Geen al te korte rokjes, geen te strakke legging, nee, ze droeg een prettig zittende spijkerbroek met een vlot, glanzend zwart-wit geblokt shirt erop, met wijd uitlopende mouwen. En een hoge col, die ze eenmaal had omgeslagen. Niets op aan te merken, en ze voelde zich er nog fijn in ook!

Het paste bij haar gemoedsgesteldheid: rustig en toch blij. Evie, haar beste vriendin, had al een paar keer een onderzoekende blik op Roos geworpen. Dat was Roos natuurlijk niet ontgaan, maar ze had het niet nodig gevonden op dat moment, hier op de soos, tekst en uitleg te geven. Ze had wat mysterieus geglimlacht en een drankje besteld.

'Hé, ben jij ziek of zo?' Dat was Jopke, een eersteklas flapuit; klein, vinnig, maar populair om haar malle kuren, haar aanstekelijke lach. Jopke, net twintig en zwanger van... ja, van wíe?

'Een man die ik dacht te kunnen vértrouwen, maar die gétrouwd bleek te zijn,' zo had ze het spits geformuleerd. En nu? 'Ik gá ervoor, voor dat kindje van me!' En dat terwijl ze thuis regelmatig alle hoeken van de kamer had gezien. Heit Woldering was geen beroerde kerel, zolang hij maar niet te diep in het glaasje keek. 'En hij dóet niet anders,' had Jopke droogjes opgemerkt, toen ze weer eens bont en blauw op de soos verscheen. En weggaan, haar moeder achterlaten met haar zes kleine broertjes en zusjes? Nooit. Nee, zij redt zich wel, laat Jopke maar schuiven!

Roosmarijn had ook Jopke willen afbekken, maar razendsnel waren deze gedachten over dat rottige leven van de ander door haar heen gegaan. 'Een voorkind', zo noemde de oudere generatie dorpelingen haar; mem Woldering was ooit eens met een ander de koffer in gedoken. Tja, dan kreeg je dat, hè? Er wordt wat afgeroddeld in dit gat, had Roosmarijn smalend gedacht, en wat zijn ze allemaal gelovig hier in Wijnje. Allemaal beste mensen die nooit een scheve schaats reden... Dat praatje over heit Woldering met betrekking tot het ongeboren kind van Jopke... Gek, het was net of Roos het als een helderziende voor zich zag. Beangstigend en, zoals mem het zou betitelen, nonsens natuurlijk. Maar toch!

'Nou?' zei Jopke vasthoudend, 'zég het 's, Walda!'

Zij was in een nerveuze proestlach geschoten, Jopke ook altijd met haar gekke opmerkingen!

'Zó kennen we je weer,' zei Tjibbe lijzig, 'ons blommetje. Altijd in voor een geintje, tenminste...'

'Kop dicht!' Dat was Jopke en Tjibbe droop af.

'Nee, Jop, ik bén niet ziek, ik hoef toch niet altijd de giechelgeit uit te hangen? Ik ben inmiddels bijna vijfentwintig, hoor, dat moet je ook niet uitvlakken!'

'Marie wordt wijzer dus. Maar je blijft toch wel een beetje gezellig, hè? Ik bedoel, er is al genoeg ellende op deez' aardkloot, dus...'

Dat had een ouderwetse slappe-lachbui tot gevolg. Toen Roosmarijn haar ogen had drooggewist had zíjn blik de hare gekruist; een blik vol minachting. Rutger Soterius zag zijn mening over haar natuurlijk weer eens bevestigd. Nou, hij zou z'n zin krijgen ook! 'Kom op, Eef, laten we een pilsje pakken, meid!' zei ze stoer.

Evies verwonderde gezichtje, het lichte schouderophalen. Zij, Roos, had zich er niets van aangetrokken. Ze dronk en dronk en danste of haar leven ervan afhing. Ten slotte belandde ze in de armen van Pieter-Jan Bosscha, een stoere kerel, belust op willige meidjes. Nou, daar was zij er dus één van. Ze liet zich waar iedereen bij stond door hem kussen, en ze liet toe dat hij zich stijf tegen haar aandrukte, ze ervoer zijn opwinding en genoot ervan!

'Pas op, Pieter-Jan, ze luist je erin waar je bij staat! Straks smaakt ze naar meer en dan is het ineens o zo'n braaf famke. Ik kén dat!'

'Mooi niet, Tjibbe, 't is gewoon dat jij er niet uitziet en je stinkt nog uit je mond ook! Deze jongen hier is fris en daar hou ik wel van!'

'Roos, kom joh, je bent teut. Laten we gaan, alsjeblieft!' Evie zag bange-lijk en bleek.

'Nee, ik ga nog even stappen met Pieter-Jan, een frisse neus halen. Nou, 't goede, mensen, en tot ziens dan maar weer!'

En buiten, verscholen achter een hoge, dode beukenhaag had ze Pieter-Jan dingen laten doen waar ze van walgde! Nee, ze had het niet té ver laten komen, maar toch ook weer wél.

's Avonds in bed had ze niet kunnen bidden, zo hypocriet was ze nou ook weer niet. Leegte, angst, een vreemde kwellende pijn in haar borst, een bobbel in haar keel die zich niet liet wegslikken. En de zekerheid dat ze het voorgoed voor zichzelf verknald had waar het Rutger betrof. Daar ging ze dan met haar goede voornemens. Een lafaard, dát was ze, een mooi-weerchristen, een... een slet! Ze huilde zich de ogen uit haar hoofd, maar dat gaf haar geen opluchting.

Die ochtend werd ze wakker met een gigantische kater, zowel lichamelijk als geestelijk. Ze bleef de hele dag in bed en liet niemand toe. En
binnenkort zou het Kerst zijn, het feest van Gods Zoon, die op aarde was
gekomen voor mensen zoals zij. Voor zondaars. Maar had Hij, Jezus, niet
gezegd: 'Uw zonden zijn u vergeven. Ga heen en zondig niet meer!' Ja,
dat had Hij gezegd en zij, Roosmarijn Walda, trapte van de ene valkuil
in de andere, met wijd open ogen. En ze had geen excuus...

'Tja, famke, da's niet niks,' verzucht beppe Schoonderwoerd als Roos
haar het hele verhaal verteld heeft. 'Maar aan de andere kant... van je
fouten kun je léren en je bent trouwens de énige niet die steeds maar
weer voor de bijl gaat. Een schrale troost misschien, maar toch zo waar.
Roosmarijn, je voelt je belabberd, je hebt spijt. Dat is alvast een begin,
famke. En ik? Ik zal voor je bidden.'

5

MELCHIOR WALDA STEEKT EEN SIGARET OP, DE DERDE AL SINDS HIJ IN
Leiden in de trein stapte. En nu naderen ze pas station Utrecht. Hij slaat
ritselend een pagina van de krant om, en duikt er opnieuw achter weg
zonder ook maar een woord in zich op te nemen. Ja, letters ziet hij, voor
hem zijn het nu zinloze tekens, en foto's met allerlei schreeuwerige koppen.
Hij zit met zijn hoofd ergens anders; na dat verontrustende telefoontje
van heit had hij geen rustig ogenblik meer gehad. Toch had hij er niet
onderuit gekund dat ene belangrijke tentamen te doen; het zou hem in
totaal zéker een halfjaar verlies hebben opgeleverd en dat kon hij zich
domweg niet permitteren. Er stond tegenwoordig nu eenmaal een
bepaald aantal jaren voor een universitaire studie en financieel kon hij
geen gekke bokkensprongen maken. Zijn ouders droegen toch al zoveel
bij!

Heits stem klonk wat schorrig toen hij zei: 'Willemijntje is weer zo ziek, de dokter wil haar laten opnemen voor een uitgebreid onderzoek. Mem is helemaal van slag en juist nu is het weer helemaal mis met Roosmarijn. Kun je alsjeblieft zo snel mogelijk komen, Mels? Robien brengt in ieder geval het weekend hier in 't Haventje door. Zij lijkt de enige te zijn die Roos nog enigszins kan bereiken. Er is iets voorgevallen... Er zijn roddels, geruchten, je kent dat wel in ons knusse dorpje. Meestal is er dan toch wérkelijk iets gaande, ook al wordt een en ander vaak aangedikt.'

En nu is het vrijdagavond. Wat zal hij thuis aantreffen? In elk geval Robien! Gelukkig zal zijn famke er ook zijn, dat scheelt de helft. Hij fronst als hij aan Roosmarijn denkt; het was juist zo goed geweest de laatste tijd. Die sinterklaasavond stond in zijn geheugen voorgoed met een sterretje genoteerd! Zou ze toch weer aangepapt hebben met een van die op seks beluste kerels? En Willeke... als er maar niets ernstigs aan de hand is met haar! Hij doezelt weg, de krant zakt via zijn benen naar de vloer. Hij merkt het niet.

Pas bij Zwolle schiet hij wakker. Hij moet zich met zijn duffe hoofd haasten om in het treinstel voor Leeuwarden een plekje te vinden. Het is wezenloos druk, iedereen lijkt onderweg te zijn. Onderweg... waarheen? Waarom heeft iedereen altijd zo'n haast? Tijd voor bezinning, je hoort die term vaak genoeg, maar wie doet er ook werkelijk iets mee? Hij betrapt zichzelf er ook maar al te vaak op uitsluitend bezig te zijn met zeer aardse zaken: zijn studie, zijn streberige kant... Hij wil iemand zijn in deze maatschappij. Niet zomaar iemand, nee, een man waar men tegen opziet: goede baan, mooie vrouw, leuk huis, mooie auto en als het even kan graag een paar mooie, intelligente kinderen. Niemand kent dat trekje van hem. Ja, Robien, zíj wel. En God natuurlijk, zijn Vader in de hemel die evenzeer weet hoe hij ertegen vecht, hoe hij probeert tijd vrij te maken om zich bezig te houden met de essentie van dit leven. Natuurlijk mag hij zich doelen stellen, en is het zelfs niet zijn plícht zich naar vermogen te ontplooien? Ja... maar toch! Heit en mem zien hem als iemand die amper fouten maakt, die zijn leven goed op orde heeft, zich een goed christen betoont, die veel voor zijn medemens overheeft. Ja, die kant hééft hij ook wel, maar niet alléén. Het zou niet eens zo verwonderlijk zijn als Roos zich vaak de underdog heeft gevoeld. Hij, de 'perfecte' oudste zoon, hun trots, en dan het nakomertje Willemijn, mems liefste famke...

Het is ook een heel makkelijk kind; opgewekt, wat filosofisch ingesteld, met daarbij toch haar jongensachtige manier van boompje klimmen en slootje springen. En haar gulle lach, die haar blauwe poppenogen nóg heller doet stralen. Terwijl er op Roosmarijn nogal wat af te dingen viel. En vált... 'Gedraag je eens wat volwassener; je bent een flirt, je doet al voor je denkt. Denk aan onze goede naam, maak je toch niet zo opzichtig op.' En ga zo maar door. Je zou er toch ook een sik van krijgen?!

Hij grinnikt hardop en ziet de verbaasde blikken van zijn medepassagiers; nou ja, laat ze maar denken dat-ie een beetje getikt is, kan hem het schelen.

Eindelijk: Leeuwarden! De drukte op het perron, de gure oostenwind en dan Robiens armen om zijn hals, haar warme lippen op de zijne. Hij is thuisgekomen. Nu kan hij er weer tegen!

Hoewel de thermostaat 22 graden aangeeft en de open haard gloeit, ervaart Melchior iets van kilte. Mem kijkt hem somber aan, de schouders hoog opgetrokken. En heit gaat jachtig in de weer met koffie en een 'bittertje erbij' om wat op verhaal te komen. Nee, Roos is er niet. Naar Evie toe, dacht hij, en Willeke...

'Heit, ga nou eens even zitten, ik zorg wel voor de koffie. En Mels ga jij bij Willemijntje kijken, ze heeft zó vaak om jou geroepen!' Robien neemt de regie over.

Maaike zit onderuitgezakt in haar leunstoel, bibberig en lamgeslagen; Mels neemt met twee treden tegelijk de trap naar boven. De deur van Willekes kamer staat op een kiertje, er brandt een schemerlampje dat een zacht licht verspreidt. Hij sluipt naar binnen, en hoort meteen haar zwoegende ademhaling.

'Mels...' Een zacht klaaglijk jammeren, dat hem door merg en been gaat. 'Ja, Mijntje, ik ben het. Ben je nou weer zo ziek, famke?' Ze huilt aandoenlijk en hij gaat voorzichtig bij haar op de rand van het bed zitten. 'Mag ik nog een lampje aandoen? Ik kan je bijna niet zien, kleintje.' Hij voelt hoe ze knikt, knipt haar bedlampje aan en schrikt dan heftig. Haar bolle toet zit onder de rood-paarse vlekjes, de anders zo grote ogen zijn ingebed in rode zwellingen.

'Kijk, zo zijn m'n armen ook, Mels, álles en ik ben zo koud! Nee, warm juist, bibberwarm. En nou kan ik niet eens skrijven over Esmeralda, en toen Roos zo skreeuwde leek ze helemáál niet op een bloem. Ik ben bang, Mels. Ikke... het ziekenhuis... ga ik dood? Ik hou wel van Jezus, maar ik wil niet dood!'

Ze huilt hartverscheurend en Mels, die hevig ontsteld is, weet niets beters te doen dan het zieke kind tegen zich aan te nemen en haar zachtjes in zijn armen te wiegen. Ondertussen gaan zijn gedachten koortsachtig tekeer. Dit is veel erger dan hij dacht, heit en mem hadden haar meteen moeten laten opnemen! Nee, de huisarts natuurlijk! Of waren deze verschijnselen onlangs pas opgetreden? Ze had hoge koorts, om dat vast te stellen hoefde je geen dokter te zijn, en ze ijlde daarnet toch ook, over een meisje Esmeralda en over Roos die geen bloem was en... Hij maakt zich voorzichtig van zijn kleine zusje los. 'Ik ga even wat drinken voor je halen, dat is goed als je koorts hebt. Oké? En lieveke, heb je ook jeuk aan die rare plekjes?'

'Nee... Mels, m'n keel doet ook zo'n zeer en ik wil mem, ik wil mem...'

'Goed, mem komt meteen, en ik ga drinken voor je halen, Mijntje.' Hij rent de trap af.

'Dokter Wierda, onmiddellijk bellen!' hijgt hij. 'Mem, ze wil jou, ga alsjeblieft naar haar toe en Robien, bel jij de dokter? Zo kunnen we de nacht niet in! Ik ga nu een sapje voor die kleine inschenken. Mem, gá nou!'

Maaike richt zich op uit haar verstarring en vliegt al. Sietse zit letterlijk met zijn handen in z'n haar en kreunt: 'Wat gebeurt er toch allemaal?' Robien is de enige die echt kalm blijft. 'Ik schenk een borrel in, heit. Toe nou, blijf bij je positieven, aan paniek heeft niemand iets.' Tegen Mels zegt ze: 'Breng nu snel dat drinken naar boven en laat mem dan even alleen met Willemijntje, tot de huisarts komt. Ja, ik héb al gebeld! Ik zal voor jou ook iets pittigs inschenken en eerlijk gezegd ben ik er zelf ook wel aan toe.'

Als Mels weer beneden komt, reikt Robien hem zijn drankje aan. 'Zo, en nu proberen kalm te worden. Kom joh, neem een slok. Eh, voor de dokter komt nog even dit: Roosmarijn is niet bij Evie. Waar ze wél uithangt weet ik niet, maarre... nou ja, ik denk dat ze weer verkering heeft. Ze beweert dat dat kolder is, maar ik ben niet van gisteren. Ze liegt, en waarom? Ik weet het niet, echt niet, ook voor míj heeft ze zich totaal afgesloten. Ze is zichzelf niet, Mels, ik maak me nogal bezorgd. En nu dit weer met ons lytse famke!'

Nu is het Melchior die kalm wordt en zijn huilende meisje troost. Ze schrikken alle drie van de bel. Sietse laat dokter Wierda binnen en loopt achter hem aan naar boven.

'Het leek allemaal zo goed te gaan...' snottert Robien.

Mels vindt geen woorden, hij knikt slechts. Snel drinkt hij z'n glaasje leeg en hij neemt er prompt nog eentje.

Binnen tien minuten zit Willemijntje dik ingepakt in de auto van de huisarts, op de achterbank in de armen van Maaike, op weg naar het ziekenhuis in Sneek.

De achterblijvers zitten in een treurig stilzwijgen bij elkaar. Tot die stilte ruw verbroken wordt door een uitgelaten gejoel vlak bij de keukendeur.

Mels vliegt overeind, hij duwt Robiens hand weg. 'Die rótmeid,' sist hij en woedend zwiept hij de buitendeur open. Daar staat ze – of beter gezegd, daar hángt ze – in de armen van Pieter-Jan, z'n achternaam wil Mels niet te binnen schieten, wat doet het er ook toe?

'Je lieve zus is in de lorum,' hikt Pieter-Jan, 'ik dd... dacht, la'k het kind maar even ttt... thuisbrengen. Nou, tabee.'

Roos staat te zwaaien op haar benen als haar 'ridder' haar plotseling loslaat en Mels trekt haar ruw aan haar arm naar binnen. 'Jij misbaksel, del die je bent!' Hij slaat haar in haar gezicht, tweemaal, en heft opnieuw zijn hand op.

Robien is het die hem achteruittrekt en haar arm rond Roosmarijns schokkende schouders slaat.

'Dronkenmanstranen,' snauwt Mels, 'ga naar je nest, ik wil je zo niet zien. Báh, wat verlaag jij jezelf! En voorzover het je interesseert, Willemijntje wordt opgenomen, ze zijn al vertrokken naar het ziekenhuis. Ja, het Streekziekenhuis in Sneek waar ze van jóu zo'n hoge pet op hebben. Ze moesten je nou eens zien! Ik schaam me ervoor dat jij mijn zus bent!' Robien probeert hem het zwijgen op te leggen, maar hij duwt haar ruw van zich af. 'Nee, de maat is vol! Ik zou haar het liefst een pak op haar achterste geven. Een kínd is ze, in plaats van een volwassen jonge vrouw. Ze kon maar beter een voorbeeld aan jou nemen, Robien, ik...'

Roosmarijn rent de kamer uit, ze stoot zich tegen de punt van het theemeubel. Het serviesgoed rinkelt.

Scherven, brokken komen hiervan, denkt Robien angstig. Maar zij moet en zal rustig blijven. Van heit valt op dit moment niets te verwachten; hij zit apathisch voor zich uit te staren, en lijkt niets te zien of te horen. En dan gebeurt er ineens van alles tegelijk. Roosmarijn zwiept de kamerdeur wijd open, Sietse ontwaakt uit zijn lethargie, en Mels staat al voor Roos, die als een furie tegenover hem staat.

'Jij schijnheilige zedenmeester!' lalt ze. 'Een slappeling ben je, een vent zonder passie, zonder ruggengraat. Nee, dán Pieter-Jan, die heeft tenminste...'

Dat is de druppel die voor Robien de emmer doet overlopen. Lijkwit grijpt ze Mels' arm en ze gooit Roos alles wat mooi en lelijk is voor de voeten.

Sietse gromt en beent woedend de kamer uit. '... sta niet voor mezelf in,' vangt Mels nog op en dan laait de woede hoog op.

'Jij, jij maakt hier alles kapot, wellustige jongensgek, leeghoofd dat je bent! Rot zo snel mogelijk op, ga voor mijn part in New York wonen, ik kan je niet meer zíen, ik...!'

Roosmarijn haalt uit. 'Zó, die had je nog van mij te goed, heilig boontje, en hier heb je er nóg een en... en...!'

Roosmarijn stikt bijna in haar woede.

Robien slaat de angst om het hart als ze de haat in Roos' ogen leest. Haat! Ze háát Mels, haar liefste. En waarom, waaróm?

'Jij pakt nu je spullen en vertrekt,' zegt Mels, akelig kalm ineens. 'Ga naar Evie, of trek bij die hartstochtelijke minnaar van je in. Aan jou valt toch niets meer te bederven. Een egoïste ben je, een oppervlakkig schepsel, en zo stom als het achterend van een varken. Of een koe, maakt niet uit. Nou, hoepel op, inpakken en wegwezen jij! En als je niet opschiet, schóp ik je de tent uit. Wordt het hier eindelijk weer een beetje normaal. O nee, door jou zou ik ons doodzieke Mijntje vergeten. Nou, wat stá je daar nog? Hoepel op, uit m'n ogen! En wat mij betreft, als jij je leven niet betert, ben ík je broer niet meer, dan wil ik niets maar dan ook niets meer met je te maken hebben!'

'Ik zal je "raad" opvolgen, Melchior Walda, van míj zul je geen last meer hebben. En over één ding zijn we het in elk geval eens: ik ben je zus niet meer. Voor mij ben je dood, hartstikke dood!' Ze rent de kamer uit, rent de trap op, struikelt en vloekt. Niet éénmaal, nee, wel vier-, vijfmaal, voluit!

Sietse, die inmiddels weer binnen is gekomen, slaat z'n handen voor zijn oren. Robien krijst en Mels? Mels staat daar midden in de kamer, onder de kleine namaakkroonluchter. Hij beweegt niet, staat als vastgeklonken.

Binnen tien minuten horen ze Roos van de trap roffelen en even later slaat de voordeur met een slag in het slot.

Voorbij... voorbij, dit komt nooit meer goed, huilt het in Sietses hart. Hij loopt mechanisch naar de keuken en schenkt drie glazen water in, zet ze op een dienblad en gebaart Robien en Mels te gaan zitten. Stil is het nu, een loodzware stilte. En juist die stilte is oorverdovend en hartverscheurend tegelijk.

Robien snikt zachtjes na, en is de eerste die begint te praten. 'Mels, dit... dit kán helemaal niet! Jullie stelregel is toch nooit kwaad weg te gaan? Nooit te gaan slapen voor de lucht is opgeklaard? Je moet achter haar aan, Mels, je móet, anders zul je je leven lang spijt hebben dat je...'

'Hou je mond!'

Ze kijkt hem aan en herkent hem niet; de koude ogen, de verstrakte kaaklijn, de bijna wrede trek om zijn lippen.

'Ik denk dat ik maar ga,' fluistert Robien.

Sietse staat al. 'Ik breng je naar huis, famke, Mels is nu niet in staat achter het stuur te gaan zitten. Nee, niet tegenspreken, ik laat je niet alleen gaan, in het holst van de nacht.'

Robien huivert en slikt moeilijk. In het holst van de nacht... Een nacht die geen einde zal nemen? Of is er nog hoop, zullen Mels en Roos inzien dat ze op deze manier totaal verkeerd bezig zijn? Ze hoopt en bidt dat dát waar mag zijn!

In de auto spreken Sietse en zij geen woord, maar nu is er geen sprake van een pijnlijke stilte. Zij delen hun ontzetting, angst en... hoop. Zonder woorden.

Twee dagen later komt er eindelijk een levensteken van Roosmarijn. Telefonisch. 'Ik bel alleen maar om te horen hoe het met Mijntje gaat. Waar ik zit hou ik liever voor me, die leuke zoon van je mocht het eens in z'n hoofd halen mij op te zoeken om zoete broodjes te bakken.'

Sietse heeft in eerste instantie geen woorden. Ja, ze zijn er wel, in zijn hoofd, in zijn hart, maar zijn stem weigert dienst.

'Wil jíj soms ook niks meer met me te maken hebben? Kan er ook nog wel bij, hoor, ik ben toch altijd maar het vijfde wiel aan de wagen geweest in wat eens mijn thuis was. Reken er maar niet op dat ik ooit nog onder dát dak zal wonen! En nu over Willemijntje. Ik hoop tenminste dat zíj mij nog wel als haar zus ziet, of hebben jullie haar al dusdanig geïndoctrineerd dat ook zij...'

'Zwijg!'

Stilte. Stilte die aanzwelt tot een zacht ruisen. Een ruisen dat overgaat in een alles overheersend vacuüm.

Ik móet reageren voor ze ophangt, denkt Sietse paniekerig. Hij schraapt zijn keel, en gooit er dan uit: 'Met je zusje gaat het helemaal niet goed, de artsen overwegen haar over te brengen naar het Academisch Ziekenhuis in Groningen. Er is nog steeds geen duidelijke diagnose. Tja, kind, het is zo moeilijk allemaal. Je moeder is...'

'Als je het niet erg vindt, denk ik op dit moment liever in de eerste plaats aan mezelf. En aan Willemijntje. Trouwens, ik zal nog eens bellen binnenkort; wanneer ze in Groningen terechtkomt, kan ik haar opzoeken. Als jullie als ouders tenminste niet bang zijn voor mijn verderfelijke invloed.'

Groningen, denkt Sietse, dan zit ze bij Evie Landheer, en niet bij die knaap, dat is tenminste íets.

'Nou, het beste ermee, ik moet nu ophangen.'

'Wil je helemaal niet weten hoe het met je broer is? Mels is weer afgereisd naar Leiden. Hij heeft nog twee tentamens vóór de kerstvakantie, en hij...'

'Ik weet niet over wie je het hebt, ík heb geen broer.' Koud klinkt het, koud en hard.

'Roos, dit kun je niet menen! Zo ben je niet. Niet écht. Famke, denk toch na, besef alsjeblieft waar je mee bezig bent! En wat Mels betreft, ik heb hém dezelfde boodschap meegegeven. En nu hoop en bid ik dat een van jullie je trots opzij zal kunnen zetten, of 't liefst allebei natuurlijk. Wat Robien zei was zo waar: Laat de zon niet ondergaan over een opwelling van je drift, je woede. Alsjeblieft, Roos, kom tot bezinning, wij willen zó graag dat...'

Verdwaasd kijkt hij naar de hoorn in z'n hand; ze heeft zomaar de verbinding verbroken!

Moeizaam doet hij Maaike verslag van het onverkwikkelijke telefoon-gesprek.

Zij, hoog in de schouders, kijkt haar man angstig aan en zegt dan bot: 'Zie je nou wel dat ik gelijk had? Jij zag altijd het positieve, maar feite-lijk heb je gewoon altijd al aan struisvogelpolitiek gedaan. Denk dáár maar eens over na, Sietse!'

Hij gaat er niet op in. Hij is moe, hondsmoe. 'Ik ga naar bed, morgen heb ik ontzettend veel te regelen. Ik moet werkzaamheden uitbesteden. En ik wil morgen op het bezoekuur fris en uitgerust bij Willeke verschij-nen. Jij ziet maar wat je doet...'

Zij zit alleen in de kille kamer. Het is al ver na twaalven, de thermostaat van de cv is automatisch overgeschakeld op de nachttemperatuur. De open haard ligt er doods en somber bij, als een gapend, duister monster. Willemijntje... Roos... Drijft al deze narigheid haar en Sietse uit elkaar? Ze wíl het niet, maar het lijkt hun domweg te overkomen. Of doet zij niet genoeg haar best? Is zij nou werkelijk die stabiele vrouw die de zaakjes altijd onder controle heeft? Het is een retorische vraag, dat beseft ze maar al te goed. Zo zit ze daar nog uren te kleumen. Steeds probeert zij te bidden, maar er zijn geen zinnen, geen zinvolle woorden.

En God is ver, onbereikbaar ver...

Melchior Walda kan de slaap niet vatten, vele gedachten tuimelen door z'n pijnlijke hoofd. Nog een kleine week, dan is het Kerst. Het feest van de vrede die alle verstand te boven gaat. Mels denkt honend aan zichzelf bij dit besef. Waarom is hij zo'n dekselse stijfkop? Waarom wil hij niet de minste zijn? Waarom? Zoveel vragen. Vragen zonder antwoord. Hij komt er niet uit.

Robien... Die lieverd probeert hem toch almaar weer te begrijpen en te steunen, maar het enige wat ze ervoor terugkrijgt is stilte. Een muur van zwijgen heeft hij rond zijn hart gebouwd.

6

'Roos...'

'Ja, wát nou!'

'Je weet best waarover ik...'

'O ja, maar ík wil het niet, Eef. Ik wil er niets meer over horen, geen woord!'

Evie Landheer zucht diep en bekommerd. Wat is er toch allemaal misgegaan in dat fijne gezin Walda? Willemijntje ernstig ziek, Mels en Roos die definitief met elkaar gebroken lijken te hebben. Haar ouders volkomen van slag door al die narigheid, wat kan zij in vredesnaam uitrichten? Niets, totaal niets, of ze moet Roosmarijn voor het blok zetten en zeggen: je zoekt maar ergens anders onderdak, je kunt terugkomen als je op z'n minst een póging hebt gedaan met Mels weer *on speaking terms* te komen. Is dat dan echt de enige oplossing? Mels en Roos, broer en zus, dol op elkaar; al had zij, Evie, weleens iets van jaloezie bij haar vriendin bespeurd. Maar toch! Een leuk gezin: pittige stabiele moeder Maaike, zachtmoedige hardwerkende vader Sietse, die altijd zijn gezin op de eerste plaats stelde.

En waarom is Mels zo koppig, even koppig als Roos? Zo kent ze hem niet. Hij had altijd de mond vol van 'je naaste liefhebben als jezelf, conflicten uitpraten, bidden én werken'. Nee, hij was nooit een kerel van alleen maar mooie woorden geweest, hij handelde er ook naar. Maar nu! Robien lijdt er ook onder. Met haar heeft ze zo'n beetje om de dag telefonisch contact. Ze hebben elkaar ook tweemaal getroffen bij Willemijntje, in aanwezigheid van Roos. Bij die gelegenheid hadden zij zich op de vlakte gehouden, maar tijdens hun telefoongesprekken zoeken ze samen continu naar een doorbraak in deze afschuwelijke impasse.

'Ik snap het niet, Eef, Mels is toch nooit zo... zo haatdragend geweest? Van hem heb ik juist geleerd nooit boos uit elkaar te gaan! Je weet het, met mij valt best om te gaan, maar als ik eenmaal driftig word, nou, berg je dan maar! Maar Melchior... hij heeft me door de jaren heen geleerd na zo'n uitbarsting te praten. Alles uit te praten, desnoods tot diep in de nacht. En nu dít, ik kan er niet bij, echt niet. Ik bereik hem niet, hij lijkt wel een muur rond zichzelf te hebben opgetrokken. Inmiddels heeft hij al één tentamen verknald, maar ook dat laat hem kennelijk koud.'

Nu Roos zo bot reageert moet Evie huilen als ze terugdenkt aan die gesprekken met Robien en dát lijkt haar vriendin toch wel te raken. Ze staat al achter haar en legt haar smalle handen op Evies wat mollige schouders.

'Sorry, Eef, ik... ik zadel jou op met mijn aanwezigheid inclusief problemen en vervolgens blaf ik je almaar af, als een ondankbare hond. Het spijt me, echt! Geef me nog een kans, Evie, alsjeblieft?'

Evie draait zich langzaam om en kijkt de ander indringend aan met haar lieve, nog vochtige ogen. 'Zie je wel! Je kúnt het best, sorry zeggen. Waarom... wat weerhoudt je ervan om Mels...'

Roos opent haar mond al om weer een snauw ten beste te geven, maar ze weet zich te beheersen. 'Er is te veel stukgemaakt, Eefje. De klappen... die waren erg, ja, maar de woorden! Die hebben mij zo, zo...' Ze snikt en gooit er dan uit: 'Die hebben me opengescheurd vanbinnen, juist omdat het Mels was die ze uitsprak. Mels, mijn rustige, betrouwbare, zij het ietwat prekerige broer... Nu weet ik dat Mijntjes toestand ook meespeelde, maar...'

'En straks is het Kerst. Niet alleen met kalkoenen en kaarsjes en zo. Mag best, hoor, gezellig juist, maar wij... Jij gelooft toch ook dat Kerst het feest van Christus is? Feest van licht, van verootmoediging ook. Alsjeblieft, Roosje, wacht niet te lang, denk ook aan je ouders en je zieke kleine zus!'

Roos heeft Evie losgelaten en is bij het venster gaan staan, het hoofd licht gebogen. Heel lang blijft het stil. Steeds wil Evie iets zeggen, vragen of Roos zich wil uitspreken, of ze alsjeblieft wil reageren!

Juist als de hoop in haar dreigt te doven klinkt het schor, nauwelijks verstaanbaar: 'Je hebt gelijk, Evie, je hebt gelijk. Maar het is zó moeilijk!

Wat moet ik doen, voor Mels op de knieën? Ik kan het niet!'

'Je wilt het niet.' Evie slaat haar hand voor de mond en denkt: dit is echt hartstikke fout! Nu zul je het beleven, nu...

'Ik zoek wel contact met hem. Morgen, via Robien in eerste instantie. Ik wil een gesprek, maar wél met als uitgangspunt dat waar er twee vechten er ook twee schuld hebben. Ja, morgen zal ik Robien bellen, die meid gaat er op deze manier aan onderdoor en dat heeft ze niet verdiend...'

Evie is al bij haar, ze geeft Roos spontaan twee fikse klapzoenen. 'Je bent een kei!'

Roos trekt haar mondhoeken omlaag en zegt: 'Nou, da's te veel eer. Maar ik slaap er slecht van, voel me doodongelukkig en... tja, ik zal dus de minste moeten zijn...' Ze zucht hartgrondig.

'Niemand zegt dat het makkelijk is, Roos.'

'Nee, dat ís het ook niet. Maar zoals het nu gaat... De prijs is te hoog, zeker nu we zoveel zorgen hebben om Willemijntje. Ga je vanavond met me mee op bezoek bij die dappere schat? Toch een geluk bij een ongeluk dat ze nu hier in het Academisch ligt.'

Even aarzelt Evie. Ze heeft het nog razend druk met een werkstuk, ze moet... Ach wát, dat uurtje kan er heus wel af, zeker nu Roos 'om' is!

Mem! Vanwaar die glimlach rond haar vermoeide mond? En heits ogen, daar zitten weer líchtjes in! 'Wat... is er goed nieuws over Willeke, ons famke?!'

Sietse knikt, hij veegt snel langs z'n ogen. 'Professor Hermans heeft het virus geïsoleerd! Ze... ze hebben er wel meteen bij gezegd dat ze nog geen idee hebben hoe Willemijntje dat onbekende virus heeft opgelopen, en waar. Maar toch! Ze gaan nu hard zoeken naar de juiste antistof. Er is geen serum voorhanden, wellicht moet het via het buitenland hier komen, maar er is weer hoop, Roos! En ons popke, ze is zó blij! Ga jij nu maar eerst naar binnen met Evie. Ja, toe maar, wij zijn al een tijd bij haar geweest. Ze was erg druk, we hebben ons even teruggetrokken en een kop koffie ging er ook wel in. Maar nu... ze zal allicht wat tot rust gekomen zijn.'

Roos trekt Evie aan haar hand mee naar binnen, het kamertje in waar die kleine ligt. Ze struikelt zo ongeveer over haar eigen voeten, en blijft dan pal staan. Evie botst onzacht tegen haar op en ziet dan meteen waarvan haar vriendin zo geschrokken is. Willemijntje ligt in een soort isolatietent, ze is wel te zien maar niet te bereiken! Ze pakt prompt een telefoon en gebaart heftig: dáár!

Met trillende handen neemt Roos het apparaat aan haar kant en met een beverige stem zegt ze: 'Schatje, ik wil je knuffelen, maar dat kan nou niet, hè?'

'Nee, Roos, maar dat geeft niks, hoor. Ik kan toch met je práten!' Het geluid klinkt mechanisch, maar Mijntjes intonatie is vrolijk, opgewonden zelfs.

'Rustig, rustig, famke. Je hebt zulke rooie wangen, het lijken wel appeltjes, je weet wel, die we soms oppoetsen tot ze glimmen. En jij wint altijd, jij...'

'Ze gaan mij beter maken, Roos, dat zegt de dokter, dat zeggen alle dokters én de zusters en broeders. En ik mag ze gewoon bij hun voornaam noemen! Já, de dokters ook, echt wel!'

Roos slikt en slikt; ze hunkert ernaar die paar meter te overbruggen, om haar zusje vast te houden, te knuffelen, haar hartje te voelen kloppen! Maar nee, zij moet zich inhouden, juist ter wille van die kleine flinkerd in dat grote bed met al die toeters en bellen! 'Wil je ook even met Evie praten? Zij houdt bijna net zoveel van je als een zus, daarom...'

'Hou jij niet meer van ons Mels?'

Roos kucht, ze valt stil en herneemt zich dan. 'Ja, ik hou nog wel van Mels, hoor. En morgen ga ik met hem praten! Nou ja, eerst met Robien, maar dan zo vlug als het maar kan met...' Haar stem breekt.

Evie neemt de telefoon over. 'Fijne dingen allemaal, niet, famke? De dokters gaan gauw pilletjes of zo zoeken om jou beter te maken en Roos en Mels worden weer dikke vriendjes, nét als vroeger!'

Willemijn hiklacht. 'Vroeger? Gekkie, ze hebben toch nog maar net pas ruzie? Ja toch, da's toch niet vroeger? Dat was toen ik een baby was en toen...'

Evie ziet hoe Willemijntje ineens wit wegtrekt en ze zegt lief: 'Hé, jongedame, wij zijn veel te druk. Jij moet weer een beetje uitrusten, hè? Nou, híer een dikke pakkerd van mij – ze smakt in de hoorn – en natuurlijk twee van Roosmarijn!' Roos doet wat van haar verwacht wordt, ze drukt twee zoenen op de koude, plastic hoorn.

Later drinken ze met Sietse en Maaike koffie in het grote restaurant beneden.

'Bah, je kunt nergens meer gezellig roken, daar heb ik nou juist zo'n behoefte aan,' moppert Roos, maar haar ogen staan mild.

'Ja, kind, je valt tegenwoordig zo'n beetje onder de categorie crimineel als je af en toe een rokertje leven inblaast. Ach ja, 't is in zo'n ziekenhuis eigenlijk wel logisch ook, hier moeten ze toch het goede voorbeeld geven.'

'Ja,' beaamt Evie droogjes, 'en artsen en verpleegkundigen paffen er ondertussen in hun eigen ruimtes lustig op los! Onderscheid moet er zijn, nietwaar?'

Sietse knikt, en kijkt dan onderzoekend naar zijn oudste dochter; bespeurt hij enige verandering ten goede in haar houding? Of is het alleen de vreugde om Willemijntje?

'Eh... heit en mem...' Ze schraapt haar keel, Roos, neemt té snel een slok koffie en verslikt zich. Evie is al in de benen voor een glas water en als Roos voorzichtig een paar slokjes genomen heeft zegt ze zonder te pauzeren: 'Ik, eh... ik wil met Mels gaan praten. Eerst met Robien, maar nog vóór de Kerst met Mels.'

Maaike strekt haar hand uit, Roos legt de hare erin. 'Goed zo, meid!' is alles wat haar moeder zegt, maar haar ogen stralen.

Sietse zegt schorrig: 'Roosje, famke... eerst dat hoopgevende nieuws over Willeke, en nu dit! Mijn dag kan niet meer stuk!'

Met haar hoofd gebaart Roosmarijn richting Evie. 'Je moet háár bedanken, zij heeft me over de drempel gekregen!'

Ze staan ineens alle vier, en het geeft nogal wat hilariteit als hun hoofden onzacht met elkaar in botsing komen.

'Moet kunnen,' hikt Roos lachend, 'wij Friezen hebben harde koppen, beweert men toch altijd?'

De omhelzingen volgen alsnog en met blije, ontspannen gezichten gaan ze later, buiten bij de hoofdingang, ieder huns weegs.

Mijn dag kan niet meer stuk, huilt het slechts enkele uren later in Sietses hart. Niet meer stúk?! Alles is kapot, voorgoed. Zijn hart wil bidden, maar zijn lippen vloeken.

En Maaike? Zij heeft geen woorden. Haar ogen zijn leeg, haar gelaat is als een masker. En steeds maar weer denkt ze: het is niet waar, het is niet waar, het is níet waar!

Maar het is wél waar. Hun geliefde zoon Melchior zal nooit terugkeren. Nooit, nooit meer! Dit verdriet is te groot voor tranen.

7

'NEE!' ROOS SCHREEUWT HET UIT: 'ZEG DAT HET NIET WÁÁR IS, HET KAN niet, het mág niet. Ik moet hem spreken, Mels, ons Mels!' Ze kijkt heit met wijd opengesperde ogen aan, dwingend. 'Zég dan dat het een vergissing is, zég het dan toch eindelijk!'

Sietses gezicht verkrampt, er volgt een loodzware stilte.

Roos kijkt verwilderd naar haar moeder. 'Zég iets, zeg dat het niet waar is! Robien, ik moet Robien spreken. Dit is een vreselijke vergissing, dit gaat over iemand anders. Mels kan niet dood zijn, ik móet... We moeten het goedmaken, ik ga immers morgen, ik bedoel...'

Maaikes ogen blijven leeg, Sietse kreunt.

Roosmarijn voelt het bloed wegtrekken uit haar gezicht. Ze klauwt met haar handen in haar haar, ze trekt eraan tot de tranen haar in de ogen springen. Robien, ze moet onmiddellijk Robien spreken, die weet in welk ziekenhuis Mels ligt, zij weet wat er gebeurd is. Hij was toch niet ziek en hoe dan... waar...! Ze loopt naar de telefoon, en begint Robiens nummer in te toetsen.

Dan is het heit die haar het apparaat uit handen neemt. 'Nee, famke, zij kan elk moment hier zijn, haar vader brengt haar. Zij was erbíj, Roos, zij heeft gezien hoe...' Hij huilt schokkend; zijn lichaam kromt zich als in pijn, ondraaglijke pijn. Hij ziet alles voor zich: Melchior, die een vrouw te hulp was geschoten omdat niemand anders... Het gejouw, messen, bloed... op klaarlichte dag. En Robien, zij had het zien gebeuren en... niets! Ja, ze zou wel gegild hebben, natuurlijk had ze gekrijst, haar longen uit haar lijf! Maar toen was Mels opgestaan om haar te troosten. Er is niets aan de hand, famke, kijk maar. Het valt reuze mee, zie je wel! En straks komen ze samen hier binnen. En ze zullen erover vertellen, de schrik zal levensgroot in hun ogen staan. Maar ze kunnen elkaar immers opvangen en troosten? Elkaar vasthouden, aanraken en praten. Ze moeten er de komende tijd veel over praten, dat schijnt het beste te zijn, anders blijf je ermee zitten. En zij hier zullen luisteren, urenlang als het moet. Langzaam maar zeker zal de verschrikking verdwijnen, zich terugtrekken tot een verre, mistige achtergrond. Als iets van ooit, iets dat allang voorbij is en...

Zijn gedachtestroom stokt en terwijl een laag gegrom zich aan zijn keel ontworstelt, schiet zijn hand naar zijn borst. Maar zo zál het niet gaan, dat kan niet! Nooit meer zal Mels hier binnenkomen, nooit meer zal hij zijn verhalen vertellen, die milde lach in Maaikes ogen te voorschijn toveren. Of Roos plagerig aan haar lange haren trekken, of hem een stevige dreun op z'n schouder geven. Nooit meer met Willemijntje dollen tot ze het uitschatert, of haar voorlezen, eindeloos. Nooit meer haar blonde hoofdje tegen zijn schouder...

'Heit!'

Roosmarijns schrille schreeuw, die zich voortzet in haar ogen. Moet híj haar de gruwelijke waarheid vertellen? Wie heeft daar woorden voor? Het is niet in woorden uit te drukken! Waarom helpt Maaike hem nu niet, wat... Hij beweegt zijn schouders die vast lijken te zitten, legt zijn handen in zijn nek en buigt zijn pijnlijk bonzende hoofd achterover. 'Kom, ik ga koffiezetten, Robien kan elk moment hier zijn.' Met vreemd stramme passen verdwijnt hij naar de woonkeuken.

'Melchior is vermoord. Doodgestoken. Met messen. Doodgemaakt, zomaar. In een drukke winkelstraat, in Leiden op klaarlichte dag.' Vlak en mechanisch spreekt Maaike die afschuwelijk afgekapte zinnen uit. Roosmarijn staart haar wezenloos aan, en zakt dan langzaam neer op het wollen kleed; er is geen kracht meer in haar benen. Ze wil iets zeggen, maar er komen geen woorden, enkel wat doffe klanken. Ze wil opstaan maar er is geen beweging. Dit is een nachtmerrie, dat kan niet anders, een weerzinwekkende zwarte droom; beelden die door haar onderbewustzijn worden opgeroepen, omdat ze zich schuldig weet. Maar zo meteen zal ze ontwaken, verward, bezweet – angstig, natuurlijk – maar dan zal het tot haar doordringen: ik heb het maar gedroomd, ik kan het nog goedmaken! Soms weet je dat je droomt, dan kun je jezelf opdragen, jezelf dwingen je ogen te openen. Dat lukt niet meteen, maar het gebeurt uiteindelijk wel! En dan, na een douche en een kom hete thee, zullen de ergste beelden verdwijnen. Dan besef je, en dat is een rustgevende gedachte, dat het logisch is dat je die afschuwelijke droom had, zó ben je ermee bezig! Zo belangrijk is Melchior voor je. Misschien, in die ene nacht die nog overbrugd moet worden, zal er opnieuw de angst zijn, de gruwel. Maar dán, dan komt alles goed. En ze zullen met elkaar Kerst vieren. Na het feestelijke ontbijt zullen ze naar de kerk gaan en luisteren, bidden, zingen. En dan samen naar Mijntje en alles zal goed zijn. Vrede in huis, vrede in het hart. En ze zullen elkaar aankijken, tussen de flakkerende kaarsvlammen door en Mels zal knipogen. En zij? Zij zal...

Een heftige rilling schiet langs haar ruggengraat als de bel haar droom verscheurt. Ze staat al, op bibberbenen, maar ze stáát en ze dwingt zichzelf naar de gang te lopen. De gang is ineens zo lang en de deur zo ver...

Heits silhouet, grotesk, belemmert haar het uitzicht. Hij groeit en groeit en als hij zich langzaam omdraait, is zijn lieve gezicht een bloederig masker en zijn uitstulpende lippen vormen woorden die ze niet kan begrijpen. De mist zet op, sluipt naar binnen en sluit haar in. Grijs, alles is grijs... Grijs maar zacht. Het geeft niet, het is niet erg dat ze valt, dat ze blijft vallen, zo diep, zo diep... Ze hoeft niet te schreeuwen, want alles is zacht, de mist is als een donzen dekbed. Grijs, nog steeds grijs, maar met zwarte puntjes die groot worden, ontzettend groot, en dan is alles zwart.

Als Roosmarijn Walda moeizaam haar ogen opent, heeft haar dekbed weer normale afmetingen, en de gewone kleur. En het voelt zacht, heel zacht en warm. Maar haar hoofd doet zo'n pijn, haar keel brandt en ze heeft dorst. Al die dromen, die vreselijke gruwelbeelden! Ze rilt en dan ineens heeft ze het heet, stikheet! Ze slaat het dekbed van zich af en spert haar ogen, die dik en gezwollen aanvoelen, open. Wie is die man?
'Roosmarijn, ik ben het, dokter Wierda. Je bent een tijdje buiten westen geweest en dat is... tja, dat is logisch, kind.'
Dokter Wierda... Hij had ook bij haar bedje gezeten toen ze roodvonk had en hij was het geweest die de lelijke wond had gehecht op haar knie, na die valpartij op het ijs. En ze hadden juist zo'n lol gehad, en eerder die middag had ze, samen met Baukje van boer Rintjes, de eerste prijs in de wacht gesleept op de honderd meter. En toen ze longontsteking had... hoe oud was ze toen geweest? Een jaar of tien. Doks bezorgde ogen onder de donkere, zware wenkbrauwen. 'Je eigen bedje is altijd het beste, famke. Maar als het niet snel betert, moet je toch een poosje naar het ziekenhuis...' Gelukkig was het zover niet gekomen. En later, toen ze net veertien was en door die jongens achterna was gezeten... Ze had haar benen uit haar lijf gerend, was achterom gegaan bij het dokershuis en zomaar de spreekkamer binnengehold, struikelend over haar eigen benen. En hij had haar laten huilen, haar laten vertellen wat er gebeurd was en mem gebeld. Die was haar komen halen en ze had wat pilletjes

meegekregen. Die jongenshanden die haar wilden beetpakken, de vreselijk smerige dingen die ze hadden geschreeuwd, hun duivels gelach...
Maar zíj was sneller geweest en de dokter... hij was haar redder geweest.
'... lúisteren, Roos. Robien is beneden, met haar vader en die agent die...
Je móet luisteren, Roosmarijn! Het gaat om Melchior, je weet toch wat
hem overkomen is? Je moet nu flink zijn, kind, ze wachten op je in de
woonkeuken. Je moeder zegt niets, en ze beweegt zich niet, ik moet nu
bij haar gaan kijken. Kom, ik geef je een arm. Kijk, hier is je trui, kom,
aantrekken. Je zit te bibberen! Mels is dood, famke. Vermoord. Robien
heeft het zien gebeuren, zij wil jullie vertellen wat... Ze is héél dapper,
Roos, dus wees nu sterk. Zij heeft je nodig, en je ouders ook. Goed zo,
nu heb je het niet meer zo koud, hè? En hier, neem dit in, je hebt het nu
nodig.'
Roosmarijn neemt het glas water aan. Haar handen trillen en de tablet
kauwt ze stuk, want slikken gaat niet. Twee sterke armen helpen haar op
de been, ondersteunen haar als ze haar kamer verlaat. De brede bovengang, de trap. Boven aan de houten wenteltrap blijft ze staan, ze leunt
zwaar tegen de brede borst van dokter Wierda. 'De daders... zijn ze
gepakt?'
'Ja, Roosmarijn, die zitten vast!' Het klinkt grimmig. 'Kom, naar beneden. Eénmaal heel die afschuwelijke gebeurtenis vertellen zal voor
Robien al bijna te zwaar zijn...'

Ze huilen in elkaars armen. Tijd en ruimte worden onbelangrijk. Ze
houden elkaar vast op een eilandje van stilte, een wonderlijk goede stilte. Er is alleen een zacht ruisen, als van de branding. Zo blijven staan,
niets meer hoeven horen, niets meer zeggen...
'Toe, meidjes, ga nou zitten,' zegt Sietse. Zijn stem klinkt dodelijk vermoeid.
Roos laat Robien los, ze wankelt een moment en grijpt Robiens hand.
Ze zakken naast elkaar op de grote hoekbank rond de geblutste grenen
eettafel van onwaarschijnlijke afmetingen. Dan pas ziet Roosmarijn de

vreemdeling: een lange man met ronde, heel donkere ogen, zijn huid als van ebbenhout. Een fraai gebogen neus, een vriendelijke mond... 'Jan Veskai.' Een stevige, droge hand rond haar klamme hand.

Dat uniform staat hem fantastisch, denkt ze dwaas. Ze zou heel hard willen lachen om deze komedie, ze zou... Nee, ze zal niets! Ze drijft haar nagels in het weke vlees van haar hand, en bijt op haar lippen tot ze bloed proeft. Het smaakt naar metaal en het is warm. De huisarts kijkt haar vermanend aan en ze knikt, nauwelijks merkbaar. Mem zit daar als een stenen beeld en heit... Hij is wit, er zijn diepe lijnen langs zijn mond, maar zijn ogen leven. Zijn handen strijken als gevangen vogels over het hout. Dan kijkt ze naar Robien, ze ziet bleek, maar ze is heel kalm, met veel te grote ogen.

Zij legt haar brede, altijd wat gebruinde handen op tafel, keert ze dan langzaam om, met de palmen naar boven. 'We liepen in die drukke winkelstraat,' begint ze.

Ze spreekt langzaam, en articuleert zorgvuldig. Het wordt heel stil als ze vertelt.

8

Ze lopen hand in hand, Robien en Melchior, tussen al die jachtige of juist slenterende mensen in de drukke winkelstraat. Samen en toch alleen, denkt Robien verdrietig. 'Mels?'

'Hmmm.'

Ze trekt haar hand los. 'Ik wil dit niet, Mels! Er is niets dan leegte tussen ons, dan hoef ik ook geen "handje vasthouden"!'

'Ook al goed, hoor, net wat je wilt.'

'Toe, joh, laten we even ergens iets gaan drinken. We moeten praten. Echt praten!'

'Alles is al gezegd.'

'Néé!' Ze kijkt naar zijn onverzettelijke profiel; wat is er toch in hem gevaren? Ze smoort een snik en versnelt haar pas. Verblind door tranen botst ze tegen een met pakjes beladen dame op. Nou, dame?

'Hé, stommerd, ken je niet uit je doppe kijke?!'

Mels is er al bij. 'Ach, mevrouw, we zullen even die pakjes voor u oprapen. Zo'n botsing, dat kan nou eenmaal gebeuren in deze drukte.'

'Het... het spijt me,' vult Robien aan en duikt al. De 'dame' bindt onmiddellijk in en zegt: 'Ach, wijfie, je mot om zo'n akkefietje toch niet huile? Wat mijn betreft, zand erover, hoor!'

'Zo,' zegt Mels, 'dat hebben we dan ook weer gehad.'

'Zie je wel, je kunt het wel, Melchior Walda! Vrede stichten, zo'n... zo'n vervelend kijfachtig type in *no time* door de knieën krijgen. Een wildvreemde! En over Roos wil je niet praten. Daar klopt niks van, jochie. Kom, laten we ergens wat gaan drinken!'

De eerste brug lijkt geslagen; hij legt zijn arm rond haar schouders. Ze kijkt opzij en leest spijt in zijn nu weer warme ogen.

'Goed voorstel, ik kan wel een pilsje gebruiken. Kom op, hier hebben we de Irish Inn.'

De leegte is weg, er is weer ruimte voor communicatie, denkt Robien blij. Ze stappen vanuit de motregen, die eerder herfst dan winter doet vermoeden, de betrekkelijke duisternis van het café binnen. Achterin vinden ze een rustig hoekje. Als ze hun bestelling voor zich hebben staan, komt het tot een gesprek.

'Dus... ze wil met me praten...' zegt Mels als Robien hem verteld heeft over Roos' voornemen.

'Ja! Dat heeft ze van jou geleerd, Mels. Conflicten niet laten voortwoekeren, nee, uitpraten en 't liefst zo snel mogelijk!'

Mels zucht diep en bekommerd. 'Robijntje, je hebt helemaal gelijk. Maar weet je... ik was zó vreselijk teleurgesteld in m'n zus. Ze haalde zichzelf op zo'n onwaardige wijze naar beneden. En dat terwijl Willemijntje...'

'Ja, het wás ook walgelijk. En dat je kwaad werd, dat begrijp ik ook, maar daarna... Zó onverzoenlijk, dat zijn we niet van je gewend, Mels.'

'Nee, maar dat imago van zedenmeester... ik was het zat, meer dan zat! Ik ben geen heilige, bij lange na niet.'

Er zijn twinkeltjes in Robiens ogen. 'Ik heb je nooit versleten voor heilige, zelfs niet voor een halve. En da's maar goed ook, Mels!'

Hij grijnst scheef. 'En nu?'

'Tja, Roos heeft mij ingeschakeld als bemiddelaar zal ik maar zeggen. Ze wil je spreken. Morgen komt ze naar Leiden, om drie uur hoopt ze je te treffen op je etage.'

'Dus, als ik het goed begrijp...' Even is er die felle gloed in zijn ogen. Robien houdt haar adem in. 'Was alles al achter mij om geregeld door de dames. Nou, fraai is dat!'

Robien slaakt een zucht van verlichting als ze de milde trek om zijn mond ziet.

Melchior schiet in de lach. 'Het vleesgeworden schuldige geweten! Maar oké, ik ben óm. Dit probleem tussen Roos en mij moet de wereld uit, en wel zo snel mogelijk. En niet alleen omdat het bijna Kerst is, al heeft het er natuurlijk wel mee te maken. Als ik jou toch niet had, edelsteentje! Je doet het goed hoor, als "intermediair", je kunt zo de politiek in.'

'Bewáár me,' zegt Robien geschrokken, 'niks voor mij, al die antwoorden die geen antwoorden zijn, al dat gekonkel in de wandelgangen. Nee, daar ligt mijn ambitie niet, maar dat wist je toch al?'

Hij kust haar vol op de mond.

Robien is gelukkig; het zal weer goed komen tussen Roosmarijn en Mels!

Hoewel het nog geen vier uur is, is de kerstverlichting in de straat al ontstoken. Het doet wonderlijk aan; elk lichtje afzonderlijk heeft een eigen stralenkransje door de gestaag vallende motregen.

'Niks witte Kerst,' zegt Robien, 'maar ach, dat is niet belangrijk, zolang je vanbinnen maar gelukkig bent.'

En dan gebeurt er ineens van alles tegelijk; boven al het rumoer uit klinkt een snerpende gil. Mensen blijven abrupt staan, anderen lopen door alsof ze niets gehoord hebben.

'Wat is er gebeurd?!'

'Ik weet het niet, Robien, al die mensen voor m'n neus.' Mels begint zich door een massief blok rompen, armen, benen en nieuwsgierige hoofden heen te dringen, hij schroomt niet met zijn ellebogen te werken. Robien roept zijn naam en volgt hem op de voet. En dan zien ze het: een vrouw van tegen de zestig, omringd door een stel jongens. Eentje van de groep zwaait lachend met de tas waarvan hij zich meester heeft gemaakt. De anderen schreeuwen en lachen en slaan een taal uit waar je haren recht van overeind gaan staan.

'Een mes,' zegt Mels bij haar oor, 'die lange heeft een mes! En die kleine ook!' Hij doet nog een paar stappen naar voren.

'Wacht, Mels, je kunt je er beter niet...'

'Níemand doet iets!' schreeuwt Melchior. 'Nou, ík laat die lui niet zomaar hun gang gaan!' Hij kijkt om zich heen, en ziet enkel starre angstogen of, wat erger is, sensatiebeluste blikken. Er is alleen een man van ruim tachtig die lucht geeft aan zijn verontwaardiging. Hij doet een paar stappen vooruit en schreeuwt schor: 'Laat die vrouw met rust, stelletje tuig, en geef haar die tas terug, nú!'

'Bemoei je er niet mee, ouwe, ik sla je tot moes,' dreigt een van de jongens.

Robien ziet het verbijsterd aan, ze voelt het bloed wegtrekken uit haar gezicht als Melchior zich onverschrokken tussen de oververhitte knapen dringt. 'Niet doen, Mels, kijk uit!' schreeuwt ze. Maar het is slechts een zacht, hijgend gefluister. Ik moet naar hem toe, denkt ze, maar haar benen willen niet. En niemand doet iets.

'Laat iemand 1-1-2 bellen!' roept een jong meisje.

Ja, denkt Robien, dat is het enige wat ik kan doen. Maar nog steeds weigeren haar benen dienst en dan...

De film speelt zich pal voor haar verwilderde ogen af: Mels krijgt de tas te pakken, deelt hier en daar een mep uit en dreigt met de politie. Dan het flitsende metaal, een kreet van ongeloof en pijn. Een terugdeinzende menigte. Gegil, kluwens van armen en benen en witte gezichten. Ze springt naar voren. 'Stop! Hou op, zeg ik, hou op!'

'Ook een por, schatje? Of zullen we jou es lekker pakken? Is dit soms je vriendje? Mooi ziet-ie eruit, vin je niet, rood staat hem goed!'

Rood... bloed, veel bloed, het geluid van een sirene. Ver weg nog, *te* ver! Maar iemand heeft tenminste gebeld.

Schoppende voeten, Mels gezicht, onherkenbaar verminkt, vijf, zes paar voeten die hem voor even aan het gezicht onttrekken; ze dansen op zijn lieve gewonde lijf. Nog een mes, in de akelige stilte een rochelend gekreun. Vluchtende voeten, geduw, gedrang, paniek. Ze valt, en wordt overeind geholpen door de oudere heer, die zichzelf ook maar amper op de been kan houden.

De vrouw van de tas gilt hysterisch: 'Het is míjn schuld! Maar die koppen, ik heb ze gezien! Vermoorden zal ik ze, ik zal...' Dan valt ze flauw. De film draait verder. Robien ziet zichzelf, gebogen over haar liefste, voelt hoe ze haar hoofd op zijn borst legt. Ze luistert naar dat zwakkloppende hart. Kust zijn bebloede lippen, praat tegen zijn starende ogen, die nu al opzwellen. Witte jassen, een brancard, een dodenrit naar het Academisch Ziekenhuis. Een dodenrit... Zij houdt die slappe hand vast, en leunt verstijfd naar achteren als ze hoort zeggen: 'Hartstilstand, reanimeren!' Zijn doorweekte jas is losgeknoopt, zijn trui is rood, donkerrood. Gek, die was toch grijs? 'We hebben hem terug; snel, snéller, inwendige bloedingen! Ik vrees voor z'n longen, hij...' Dood... Mels gaat dood. Nee, dat kan niet! Ze buigt zich over hem heen.

'Robijntje,' prevelen zijn lippen en iets in zijn brekende ogen dwingt haar nog dichterbij. 'Zal altijd van je houden... komt goed, alles komt goed... Zeg Roos...'

Een knetterende vloek.

'Te laat. We zijn hem kwijt. De rótzakken, ik...'

'Hou je wat in voor dat vrouwtje. Alsjeblieft, Ton!'

Robien lacht kakelend. Wat een vertoning! En 'vrouwtje', waar halen die lui het vandaan! Ze gaan trouwen, Mels en zij, volgend voorjaar, als er bloesems zijn, roze en wit en rood. Bloedrood.

'Ze zijn gepakt, alle zes. Die verdwijnen binnen de kortste keren achter slot en grendel, mevrouw... Er zijn drie getuigen vrijwillig hier gekomen.'

'Ik heet Robien, ik ben geen mevrouw, dat word ik volgend voorjaar. Maar ik laat me natuurlijk gewoon Robien noemen, ook als Mels en ik getrouwd zijn.'

De agent zucht diep en weet geen antwoord. Dit is ook allemaal te erg voor woorden. Hij moet deze vrouw hier achterlaten, in de handen van bekwame artsen en psychologen. Hij pakt haar hand. 'Sterkte, Robien, als je me nodig hebt...' Snel draait hij zich om en maakt zich uit de voeten: dit went nooit!

9

Nou kan ik weer skrijven want ze hebben mijn virus gevonden en uit Amerika de goede prikken. Die doen wel zeer maar dat geeft niks. Want in haar borst had het meisje Esmeralda veel meer pijn want Damian was dood. En Floor had ruzie gemaakt dus het is haar skuld! Het is gelukkig maar een verhaaltje dattie dood is Damian want dat kan toch niet. Zij lijkt op Willemijntje Walda van het Blauwe Haventje maar verder is alles anders hoor. Hij moest maar gauw op bezoek komen bij Esmeralda dan kon hij ook weer zeggen net als heit je bent een SMARAGD!!! En zijn stem moest ze wel horen die donkere klok, zo mooi! En dan Floortje het zusje en zij ging natuurlijk zacht praten niet skreeuwen. Omdat het kleine meisje toch nog wel ziek was dat begreep de grote zus wel, hoor dacht het meisje. Maar heit en mem waren gekomen en Floor maar zonder Damian en wel Zilvertje dat was zijn vriendin om mee te trouwen. Ook een soort edelsteentje van zilver dan hè!!

Het meisje Esmeralda moest erg huilen want hij kwam niet nooit meer. Ze zeiden hij is gestorven maar dat betekent DOOD. Maar dat geloofde Esmeralda natuurlijk niet want hij kan niet zomaar dood zijn!!!
Het meisje was toch ook zeer ernstig ziek geweest zei die ene dokter die aardigste en nou werd ze toch beter. Dus Damian ook meskien. Maar als je dood bent ben je in de hemel zegt heit, maar Floor zei nee ik geloof niet in de Here Jezus nou niet meer. Maar dat is heel erg dat mag je niet zeggen eigenlijk. Dat doet God verdriet en dat is niet goed!!!
En het meisje Esmeralda ging Damian lekker terugbidden want Jesus deed vaak wonderen in de bijbel en nou ook nog dat wist ze zeker!! Toen zei die andere dokter, die was niet zo aardig soms wel maar soms niet, het is mooi geweest weg met dat skrift, je moet gaan slapen. Nou en toen moest het meisje weer erg huilen en toen was ze wel lief ineens en ze tilde haar op. En ze legde haar op bed en nou was het al weer dag en moch ze even skrijfen niet te lang. En ze was ook wel erg moe en verdrietig; vooral om Damian. Ze wou eigelijk ook wel naar de hemel. Toen stopte het meisje want allemaal vlekken BAH!!!

'Ze moet het toch weten,' zegt Sietse moe, 'anders hoort ze het van een ander. Daar in het ziekenhuis hebben ze immers ook kranten...'
'Niet vóór de begrafenis,' zegt Maaike vlak, 'dat is nergens goed voor, ze zou er maar van achterop raken.'
Roosmarijn hoort het zwijgend aan. De begrafenis. Ja, het is echt zo. Mels is vermoord en zij heeft het niet meer kunnen goedmaken! Ze zou willen huilen, maar er zit iets vast in haar keel, en het voelt of er een zwaar massief blok op haar borst ligt. Ademen doet pijn, denken doet pijn. Eten kan ze niet, slikken gaat domweg niet. Ja, water en koffie, vooral veel koffie. En voor het slapengaan twee glazen port. Op doktersvoorschrift, om je wild te lachen!
'Dat is beter dan gewenning aan slaaptabletten.'
Nou, het zal best. Hè, heeft ze weer die onbedwingbare neiging om te gaan gillen, gillen van het lachen! Ze hikt, en nog eens en dan kreunt ze. Heit legt zijn brede sterke hand over de hare. Mem zegt niets en als ze

al praat is het op die toonloze manier, robotachtig. Eng.

Dokter Wierda is daar ook nogal bezorgd over. 'Als dit niet verandert... Ik hoop dat ze tijdens de rouwdienst of bij het graf openbreekt. Zo gaat het helemaal fout!'

Mem openbreken, denkt Roosmarijn schamper, dat zit er echt niet in. Haar moeder heeft zich opgesloten in een cocon van ongenaakbaarheid. Nog een wonder dat ze af en toe aan Willemijntje denkt, dat ze over haar praat. En zij, haar dochter Roosmarijn? Ach, ze merkt haar aanwezigheid amper op, en als ze dat wél doet, laat ze het niet blijken. Misschien wil ze haar straffen; zij had haar geliefde zoon Melchior afschuwelijk behandeld, daardoor was die jongen zichzelf niet, anders had hij nooit...

Ze probeert al die zinloze gedachten af te kappen. Ze wordt er gek van, en met wie kan zíj praten? Ja, met heit, die doet heel erg z'n best er voor haar te zijn, haar te troosten... Maar och, die arme lieverd heeft z'n handen al vol aan zichzelf en die vreemde vrouw, die daar maar roerloos aan de tafel zit te staren. En dan ook nog Mijntje bezoeken... Nee, heit houdt het misschien vol tot na de begrafenis, maar dan zal hij instorten, dat weet ze nou al. En hij had die vreselijke taak op zich genomen om Willemijntje te vertellen dat Mels...

Robien is de enige die, nu in het volle besef van het drama dat zich aan Melchior en haar voltrokken heeft, sterk blijft. Die niet de ogen sluit voor de vreselijke werkelijkheid. Vanavond komt ze praten over de kaart, de liturgie voor de samenkomst. Ze weet precies welke liederen en psalmen Mels mooi vond. Zij zal ook een gedicht voorlezen waar Melchior en zijzelf altijd al zoveel troost en liefde uithaalden. Liefde van God.

Die flinkerd gaat natuurlijk binnen niet al te lange tijd gigantisch op haar lieve smoeltje. Ze leeft nu op een soort geestelijke hoogvlakte. Ze zegt zich gedragen te weten door God de Vader, schuilt onder Zijn vleugels en al die fraaie zaken meer. O, zij, Roosmarijn, twijfelt geen moment aan de oprechtheid van Robien; haar ogen stralen kracht uit, zijn overglanst door iets wat niet van deze aarde kan zijn.

Maar wat haarzelf betreft... God? Wat moet zij met een zogenaamd liefdevolle hemelse Vader die haar broer laat vermoorden? Zomaar, omdat hij een medemens wilde helpen? Nee, van haar hoeft het allemaal niet meer. Tijdens de dienst en bij het graf zal ze zich gedragen, ze zal echt proberen mee te zingen, en tijdens de gebeden zal ze keurig haar handen vouwen en haar ogen sluiten. Dat zal ze doen, uit piëteit met haar ouders, en vooral met Robien... Arme meid, wat moet die nou toch verder met haar leven? Zijzelf weet zich al geen raad!

Aan goede raad van de zeer meelevende dorpsgenoten geen gebrek, die weten het allemaal precies! Gods wil... afleiding zoeken, er veel over praten, we zullen voor jullie bidden en ga zo maar door. Gods wil?! Waar halen ze het vandaan! Als ze dan nog ergens in moet geloven, is het in de duivel, of beter het kwaad. Ja, dáár gelooft ze wel degelijk in! En laat al die mensen maar fijn bidden en troosten, zij zal het spelletje wel meespelen. Tot op zekere hoogte natuurlijk! Gisteren... die tante Cato van de tuinderij, die had nota bene de euvele moed gehad te zeggen: 'Roosmarijn, je mag niet vragen "waarom", Gods wegen zijn ondoorgrondelijk. Maar alles zal uiteindelijk meewerken ten goede, dat belijd jijzelf toch ook? Nee, Roos, je moet op de knieën gaan en zeggen, net als eens Job: "De Here heeft gegeven, de Here heeft genomen, de naam des Heren zij geloofd!" Dát is de enige weg, anders loopt je weg dood, meisjelief!'

'Mevrouw Reinders, ik bén geen meisjelief, en u hoeft mij niet de les te lezen! En tussen twee haakjes, kent u uw bijbel eigenlijk wel? Die staat stíkvol "waarom"-psalmen. Of hebt u soms een andere bijbel? Of interpreteert u naar eigen goeddunken? Wat kijkt u nou raar! O, ik begrijp het al: moeilijk woord, sla ik over, hè? Nou, ik ben benieuwd hoe u zult reageren als ze een van uw schattige kindertjes doodmaken. Zomaar, voor de kick. Dág mevrouw Reinders, ik hoop tot niet spoedig ziens!'

Met woeste stappen was ze weggebanjerd, Cato Reinders – net als zij vierentwintig, en moeder van drie meisjes – in totale verbijstering achterlatend.

En nu? Wraak! Nee, gerechtigheid, daar zal ze voor vechten. Al moet ze haar baan en alles wat ineens zo onbelangrijk lijkt ervoor opgeven. Robien spreekt nu al van vergeving, dat is toch niet normaal? Nee, dat zij nu het erop aankomt zo sterk is, zo vol geloof, vertrouwen en berusting moet zij, Roos, haar van ganser harte gunnen. Maar later, als zij, die toch zulke vérgaande plannen had voor haar toekomst met Mels, op een gegeven moment gaat beseffen wat er werkelijk voor gruwel gebeurd is, dan zal zíj er voor Robien, toch ook háár vriendin, zijn. Om haar te steunen, te troosten, maar niet met goedkope woorden. Nee, metterdaad zal zij er zijn voor die fijne meid. En dat geldt ook voor heit. Mem? Ze weet het niet, zij heeft ondoordringbare muren rond haar hart opgetrokken. Onbereikbaar wil ze zijn, voor pijn, verlies, emoties. En evenzeer voor heit en de kinderen die haar gebleven zijn. Ach, voor Willemijntje kan zij het wel opbrengen een kwartiertje toneel te spelen, maar verder... Nee.

Roos grist de kranten naar zich toe. Ze wil ze verbranden en toch moet ze het zien, die foto's van de sensatiepers vooral. Die walgelijke gekleurde voorpaginafoto in een van de grootste ochtendbladen van dit lieve landje: Melchiors verminkte dierbare gezicht, Robien totaal overstuur over hem heen gebogen. Toen leefde hij nog en die lui maakten hun foto van de dag! Om van te kotsen. Voor zo'n beroep moet je wel totaal afgestompt zijn, dat is de enige verklaring. En dan al die speculaties in alle kranten en op de televisie, via de radio! Hoe lang die criminelen de bak in moeten, mensen die zich uitspreken over het toch weer invoeren van de doodstraf. Beelden van wildvreemden die op straat geïnterviewd worden. Huilende vrouwen én mannen; allemaal van mening dat er lering getrokken zal moeten worden uit die afschuwelijke miskleun destijds in de zaak van die Meindert Tjoelker.

Ook een Fries... De publieke verontwaardiging, enerzijds doet het haar oneindig goed, aan de andere kant denkt ze schamper: die lui weten niet hoe het echt voelt een geliefde op zo'n manier te moeten verliezen! Ach, neem het ze eens kwalijk... En zij hoopt, mét vele anderen – zeker met de dorpsgenoten – dat justitie deze zaak grondig zal aanpakken, als afschrikwekkend voorbeeld.

Nou, bij haar is het wel eerst zien en dan geloven. Haar vertrouwen in het rechtssysteem van dit tolerante, zogenaamd 'veilige' landje is niet bijster groot. Meer 'blauw' op straat... hmm, het mocht wat! Ja, als je achterlichtje het niet doet, of je staat fout geparkeerd, dán weten ze je wel te vinden en te straffen!

Met een woest gebaar schuift ze de stapel kranten van zich af en ze staat op. Zo onverhoeds dat een duizeling een zwart waas voor haar ogen brengt. Ze zucht diep. Mem reageert niet, ze zit daar maar in haar kopje te roeren. Die koffie is allang koud. Moet ze er iets van zeggen? Ach, het heeft geen zin.

Ze moet eruit, ondanks de regen, de storm. Op zoek naar heit die vast en zeker zijn toevlucht heeft gezocht bij de jachthaven. Hij zal ongetwijfeld de boel aan het controleren zijn, voor de zoveelste keer vandaag. Fanatiek, verbeten, om maar niet te hoeven nadenken. Als ze eenmaal buiten is, heft ze haar betraande gezicht naar de duistere, gesloten hemel. De wind rukt aan haar haren, haar jack. Het deert haar niet. De regen doorweekt haar binnen enkele minuten. Het raakt haar niet. Ze loopt en loopt. Een, twee in de maat, jongens, ik ben toch zo kwaad. Een, twee, in de...

'Roosje...'

Néé, niet Tjibbe Hovinga! 'Rot op met je Roosje. En snel een beetje, want mijn doorntjes zijn wel vlijmscherp. Wegwezen! Ben je soms doof?!'

'Nou, dan niet,' mompelt Tjibbe, 'bekijk het dan maar, tut!' En weg is hij, snel uit beeld verdwijnend in het avondlijke donker. Tjibbe, Pieter-Jan, al die stoere jongens... was ze dan echt stekeblind geweest? Melchior had haar willen waarschuwen, en terecht. En om zulke figuren, zulke macho's van veel geblaat en weinig wol had zij die walgelijke ruzie met Mels ontketend. En nooit, nooit zal ze het meer kunnen uitpraten.

Robien had gezegd: 'Hij was net als jij al overstag, Roosmarijn. Heus! Hij was even koppig als jij. En waar er twee vechten, nou ja, je begrijpt me wel.'

Ja, rationeel gezien had ze Robien best begrepen, maar haar hart kan er niets mee: dat bloedt van spijt, schaamte, schuld. En van pijn, een nu nog doffe pijn die gaandeweg heftiger zal worden. Waar ze nooit van z'n leven meer afkomt. Nee, zij heeft feitelijk geen toekomst meer. Die is verdwenen op het moment dat haar broer voorgoed zijn ogen sloot. Ze kreunt, smijt dan een verwensing de koude avond in.

'Nee, nee, Roosmarijn, niet doen, kind, alsjeblieft!' De stem van heit, schor, breekbaar. Zijn veilige armen om haar heen. En hun tranen die zich vermengen met elkaar en met de nu loodrecht uit de hemel stromende regen. De wind is plotseling afgenomen. Maar niet de pijn, de wanhoop. Nee, die niet.

10

ZE HEEFT HEM NIET MEER MOGEN ZIEN, HAAR ENIGE ZOON. 'MEVROUW, doe het niet, blijf aan hem denken zoals hij was voor hij...'
'Vermoord werd,' had ze gejaagd de zin van de patholoog-anatoom afgemaakt. Had ze maar naar die man geluisterd. Maar ja, dat was nakaarten. Melchior, morsdood, verminkt, geschonden. Onherkenbaar. Alleen de vorm van zijn kin, die was vertrouwd geweest. Maar ze had niet eens door zijn dikke donkere krullen kunnen roefelen, die zaten vastgekleefd aan zijn mishandelde schedel.

Ze had eerst geschreeuwd, heel hoog; hoe lang, daar had ze geen idee van. En daarna had ze haar hart uit haar lijf gekotst. Gal, bittere gal, het bleef maar doorgaan. Het is Maaike Walda te moede of ze die smaak nooit meer zal kwijtraken. Eten doet ze niet, hoe Sietse ook aandringt. Water drinkt ze en koffie. En 's nachts – ze gaat er vaak uit als het stil en donker is – plundert ze soms de koelkast. Waarna ze al die vette toestanden door elkaar weer uitspuugt.

Af en toe komt ze haar oudste dochter tegen. Roosmarijn. Een vreemde. Een vreemde? Haar ogen leven, lijken donkerder. Fel staan ze, vol haat. Dat ziet zij, de moeder, heus wel. Ze kan er alleen niet op reageren, dat komt doordat ze emotioneel geblokkeerd is. En ze vindt het wel best zo. Die kerstnacht zit ze in de kille woonkeuken. Ze komt er niet toe om de haard aan te doen. De wind zit in de 'goeie' hoek. Straks zal ze de liederen horen. 'Stille nacht, heilige nacht', 'Ere zij God', en natuurlijk 'De herdertjes lagen bij nachte'. En nog een paar van die hits. Elk jaar weer. Dan, tegen middernacht, stonden ze daar op het kleine dorpsplein, het koor van het Leger des Heils. Ach, wat hadden ze daar altijd van genoten. Samen beneden, of in de veilige warmte van het bed. Sietse en zij... Wie is hij? Wie is zijzelf? Ze weet het niet. Het doet er ook niet toe. Twee kerstdagen moet ze door, en dan is het de dag van Melchiors begrafenis. Melchior, mijn zoon, mijn zoon... Nee, stop! Dat soort gedachten is zinloos, ze brengen hem niet terug. Beter is het om niets te voelen. Niets. Nog drie dagen haar rol spelen. Dat moet lukken. Koud kunstje voor die stabiele, flinke mevrouw Walda!

Er klinken voetstappen, en even later zwaait de deur zachtjes open. Het is Roosmarijn, als een spookverschijning in een lange flanellen nachtpon met daarover een oud, verbleekt grijs vest. Ze zegt geen woord, knipt een schemerlamp aan en knielt voor de haard.

Maaike zou iets willen zeggen, maar haar tong zit vast. Dat is eigenlijk maar beter ook. Gerommel, gemopper, dan vuurtongen die gretig langs het hout lekken. Roosmarijn gaat ervoor zitten op een kussen. Dan staat ze prompt weer op en schenkt zichzelf een enorme bel port in. Zwijgend vult ze nog een glas en schuift het over de enorme tafel naar haar moeder.

Helemaal zo gek nog niet, denkt Maaike. Maar haar handen blijven ineengeklemd in haar schoot liggen. Het is niet goed. Roos kon het beter ook niet doen, je lost er niets mee op. Drank maakt meer kapot dan je lief is. Of een stel criminelen natuurlijk. Wat maakt het ook allemaal nog uit?

De tijd verstrijkt, de oude pendule tikt de seconden weg. Het blijft stil, dodelijk stil tot... De wind zit inderdaad in de goede hoek, weet Maaike. 'Stille nacht, heilige nacht, Davids Zoon, lang verwacht...' Klinkt wel mooi eigenlijk. Niet dat het haar iets doet, ze wordt er warm noch koud van.

Een schrille schreeuw, glasgerinkel.

Nog beweegt ze zich niet, Maaike Walda. Het is net of ze ogen in haar rug heeft. Roos is overeind gesprongen en gooide haar glas in de haard. Het vuur sist. Tongen als van vuur. De Heilige Geest? Wat betekent dat? Ze heeft het toch allemaal geweten. Maar het geeft niet, ze hoeft niets meer te weten, ze wíl het niet eens.

Nu begint Roosmarijn haar uit te schelden. Er zijn woorden, dan volgt er een akelig gelach en plotseling baadt de woonkeuken in het onbarmhartige licht van de tl-buis.

Sietses gezicht, bleek vertrokken. Er lopen twee grote tranen uit zijn gepijnigde ogen via de diepe groeven langs zijn mond naar beneden. Raar is dat, ze zou naar hem toe willen lopen, en haar armen om hem heen willen slaan en meehuilen. Maar het gaat gewoon niet, ze kan alleen maar roerloos blijven zitten en kijken. Alleen maar kijken.

'Gaan jullie maar naar boven, ik wacht wel tot het vuur gedoofd is.' Zijn stem, daar is iets mee. Er zit een barst in, ja, dat is het. Dan is het weer doodstil. Of nee... 'Vrede op aarde, vrede op aarde, in de mensen een welbehagen. Ere zij God in de hoge...' De woorden komen binnen als ongenode gasten, maar zij, Maaike, zit er niet mee. Ze kunnen wel bij haar komen, maar niet ín haar. Wel in Sietse, dat ziet ze zomaar, want er zijn nu veel meer tranen. En Roos laat het op een of andere manier evenmin onberoerd, want ze schreeuwt weer en lacht. Lacht als een waanzinnige.

Een kletsende klap en dan opnieuw de stilte. Stilte die zich verdiept tot inktzwart. Dan klinken er roffelende voeten op de trap, en is er een hand op haar stijve schouder. Gek, ze voelt ineens dat ze rilt van de kou. Net als het kindeke Jezus, toen in die stal. Of was dat onzin? Waren de nachten daarginds in Bethlehem juist niet altijd warm? Ja, ze zal maar meegaan naar boven. Sietse wil het graag.

Dat gewoon opstaan zo moeilijk kan zijn. Ze voelt pijn als ze ten slotte staat. Ze voelt pijn en toch ook weer niet. Sietses arm onder haar oksels, de lange weg naar de deur, de eindeloze trap. Maar het geeft niet, tijd zat. Het bed, koud aan haar kant. Later, als het vuur gedoofd is, hoort ze zijn trage stap naar boven. Hij is warm en ze kruipt dicht tegen hem aan. Hij praat almaar tegen haar, maar ze snapt er niets van. Het zijn lege woorden.

Alles is leeg.

Om heit zal ik me inhouden, denkt Roosmarijn. Ze ijsbeert door haar kille kamer. Ze moest nog maar eens naar beneden voor een glas port, dat andere had ze maar voor de helft leeggedronken. En ze wil slapen, slapen zonder dromen. Of zonder ooit nog wakker te worden. Ja, dat zou misschien het beste zijn. Ze is immers zichzelf en de anderen alleen maar tot last? Gelukkig, die idioten daarbuiten hebben hun gekweel gestaakt. Doodziek zou je ervan worden als je het al niet was. Willemijntje. Ook ziek, maar aan de beterende hand. Maar ze zal er niet bij kunnen zijn, bij de begrafenis.

Dokter Wierda heeft gevraagd of hij de teraardebestelling op de video mag vastleggen. Voor Mijntje. 'Anders gaat ze zich dingen in haar hoofd-je halen die nog erger zijn dan de werkelijkheid. Ze zal op de een of andere manier toch afscheid moeten nemen van Melchior.'

Nog ergere dingen? Alsof dat mogelijk is! Maar goed, die lieve ouwe dok moet maar doen wat-ie niet kan laten. Het zal haar allemaal een rotzorg zijn.

Die kaart! Wacht, ze zal eerst haar slaapmutsje halen. Nou ja, muts... Ze giechelt, en slaat prompt haar hand voor de mond. Zou je op zo'n manier gek kunnen worden? Misschien is het te verkiezen boven dat vlijmscherpe voelen, dat gemene, onontkoombare wéten. Maar nee, als ze in zo'n inrichting begint te smijten met serviesgoed of zo sluiten ze haar natuurlijk op. Nee, ze moet haar verstand erbij zien te houden. Ze sluipt naar beneden, en neemt de hele fles port mee. Ze maakt een kruik voor haar ijsvoeten en installeert zich in de kussens. Die kaart... Ze neemt hem uit het laatje van haar nachtkastje. Robien en heit hadden samen geprobeerd het te verwoorden. Fraaie woorden, och heden, ja. Práchtig gewoon. Weer die vreemde lach. Moet ze toch proberen te vermijden. Eerst dansen de letters voor haar ogen. Ze neemt een flinke slok uit de fles en tuurt. Ja, daar staat het, zwart op wit.

Diep bedroefd geven wij u kennis van het onverwacht overlijden van onze geliefde zoon en broer en van mijn innig geliefde, trouwe verloofde

Melchior Jacobus Reinder Walda

op de jeugdige leeftijd van 26 jaar.

Wij zullen hem vreselijk missen, maar weten dat hij nu Thuis is bij zijn hemelse Vader.

'En Hij zal alle tranen van onze ogen afwissen en de dood zal niet meer zijn, noch rouw, noch geklaag, noch moeite zal er meer zijn.' Openb. 21 vers 4

En dan volgen hun namen. Ja, natuurlijk staat zij er ook bij. Ze kan helemaal niet achter die zoetsappige tekst staan. Maar goed, dat moest ze toch wel doen ter wille van heit en Robien. Mem, och, die vindt het allemaal wel best. En Mijntje? Beseft zij het wel ten volle? Haar grote sterke broer... Jakkes, nu jankt ze weer!
En terwijl ze woest haar ogen afwist denkt ze bitter: dit moet ik toch zelf doen, want de God van Robien en Melchior, die bestaat niet.

11

WAT ZIJN ER ONTZETTEND VEEL MENSEN, DENKT MAAIKE WALDA. HIJ was natuurlijk erg geliefd bij velen. Gelukkig dat het vandaag niet regent, maar die oostenwind is wel gemeen guur.

Ze denkt en observeert, de moeder, maar ze ervaart er niets bij; nog altijd staat haar gezicht strak, en zijn haar ogen leeg. Ze ergert zich aan Sietse die almaar met een zakdoek in de weer is, en nog meer irriteert haar Robiens bijna hemelse gelaatsuitdrukking. Nee, dat soort emoties heeft ze niet, en verdriet om Melchior? Nee. Zij is een toeschouwer, ze hoort hier te zijn en ze zal haar plicht vervullen.

Roosmarijn, gekleed in een saai grijs pakje, met daaroverheen een geleende, veel te wijde zwarte regenjas. Waarom heeft ze niet gewoon een van haar kleurrijke outfits aangetrokken? Melchior... ach, die ziet er immers niets van, hij zou... Haar gedachten stokken. De samenkomst is begonnen, ze moeten zingen. Dat zal ze dan ook doen.

'Wat de toekomst brengen moge, mij geleidt des Heren hand...' Och ja, ze had het altijd een prachtig lied gevonden. Sietses stem slaat een paar maal dwaas over, waarom houdt hij zichzelf niet wat meer in de hand? Dan kun je beter net als Roos gewoon je mond stijf dichthouden.

Willemijntje... Die ochtend waren ze nog met elkaar bij haar geweest. Wat had haar lytse poppe, haar kleine meisje, vreselijk gehuild omdat ze er niet bij kon zijn. Later had ze nog gezegd: 'Maar gelukkig hoeft us Mels nooit meer te huilen.'

Leeg, wat is alles toch koud en leeg. Haar man is hier, haar oudste dochter en vele dorpsgenoten, heit Van Alkmade natuurlijk, wat familie en de vele, vele vrienden van Mels en Robien. En toch zo leeg. Maar het is wel goed, zo komt ze deze hele vertoning beter door.

Wat staat dominee Bandringa nou toch allemaal te bazelen? Ze kan hem niet volgen. Maar goed, ze doet er ook niet bepaald haar best voor. Bah, al dat gesnif en gesnotter naast en achter haar! Ze zou Sietse een por willen geven, maar haar armen zijn te zwaar en haar nek zit vast. '... zullen we nooit begrijpen. Gods wegen zijn ondoorgrondelijk. Wij mogen gerust zeggen: "Ik ben verstomd, ik doe mijn mond niet open," naar het woord van de psalmist. Gods Woord. Laat het, juist in deze donkere tijden, een richtsnoer voor ons blijven, opdat wij weten dat wij niet zijn als degenen die geen hoop hebben. En dan, ja, dan zal ten slotte die grote morgen aanbreken en God zal alle tranen van onze ogen afwissen. Voor Melchior, die wij hier, als zij die achterblijven, vreselijk zullen missen, is deze overtuiging al werkelijkheid geworden. Nu zullen wij samen dan dat machtige lied zingen: "Eens zal op de grote morgen, klinken het bazuingeschal. Dan zal Jezus wederkomen, als de Rechter van 't heelal!" Amen.' Niet lachen, prent Roosmarijn zichzelf steeds maar weer opnieuw in.

Niet lachen, dat kan ze domweg niet maken nu. Gelukkig heeft Evie, die naast haar zit, door waarmee zij worstelt; ze kijkt geen enkele keer haar vriendin aan, pakt evenmin haar verkrampte handen met de witte knokkels, negeert haar feitelijk. En dat is de beste remedie!
Roos staart naar haar handen. Raar, je let er nooit zo op, maar wat een vreemde dingen zijn dat eigenlijk. Als je er te lang naar kijkt, wordt het gewoon griezelig, net insecten lijken het. Zij kan ze nog bewegen, buigen, strekken. Er stroomt bloed door. Blauwe aders, rood bloed. Bloedrood.
Melchior, zijn leven vloeide bloedrood uit hem weg, vraag maar aan Robien. Die was erbij, die heeft het onder ogen moeten zien. En moet je nou kijken hoe ze daar zit: rechtop, het lijkt of zelfs haar rug straalt. Dit is echt niet normaal meer! O nee, hè, nu gaat zij staan. Ze loopt heel fier en kalm naar het podium om dat gedicht voor te lezen. Als ze maar een beetje normaal doet, niet gaat galmen of met haar armen zwaaien. Roos acht haar er best toe in staat, ze is tenslotte pastoraal werker. Dat gedicht is van de dichter Jaap Zijlstra. Tegen wil en dank dringen de woorden zich aan Roos op.

Visie

Ik loop in regelmatig schrift
over de witte bladzij van de sneeuw,
tussen de prent van heggenmus
en spreeuw
staat die van mij. Een lage zon
geeft tegenlicht en schaduwt
mens en zilverspar. Wie wegvalt
biedt een vergezicht.

Daar had ze het bij moeten laten, denkt Roos kwaad, nu gaat ze nota bene mediteren!
'Dit gedicht, Melchior en ik hielden er samen van. Nu is er voor hem nóg zuiverder poëzie. Volmaakt. Hij is weggevallen, ja. Een niet te beschrijven leegte, een onbenoembare wond. Maar... Mels geeft óns de ruimte: door zijn sterven, en méér nog door Christus' sterven en opstanding, is er voor ons die achterblijven het mooiste vergezicht: God zal ons die ruimte geven.'
Roos slikt; brandend zuur werkt zich omhoog door haar slokdarm. Hier wordt ze nou echt misselijk van! O help, de jubel in Robiens stem breekt door!
'En wij dan? Hoe moeten wij verder, hier? Op deze aarde vol pijn, onrecht, verdriet, oorlog? Dit gedicht geeft ons visie, inzicht; het komt uit de bundel met de titel *Het onland bloeit*. Onland... dat ís toch geen land? Dat is vervreemding, ellende. En tóch... O ja, er is veel onkruid, maar daartussen bloeien de schoonste bloemen. En niet alleen op klaarlichte dag. Nee, ook, of juist in deze stikdonkere nacht.'
Veel gesnuif, gefrummel met papieren zakdoekjes. Nog een paar sprekers: jongeren, ouderen, mannen en vrouwen. Met allemaal hun eigen dierbare herinneringen aan Melchior Walda, die fantastische kerel, die altijd voor iedereen klaarstond. Nooit oordeelde, altijd mild bleef.

Er komt geen eind aan, denkt Roosmarijn bitter. En zo te horen zou Mels in de katholieke kerk zeker kans gemaakt hebben op een heiligverklaring! En altijd zo mild? Nou, tegenover haar, z'n bloedeigen zus, toch mooi niet! En zij zit met de gebakken peren, zij moet hier verder, met haar schuld, te zwaar om te dragen. Verder in deze rottige wereld waar mensen elkaar afslachten. Zoals die Hutu's en Tutsi's in Rwanda elkaar met hakbijlen afmaken als vee. Net als in Algerije, en zoals hier in hun fijne, beschaafde landje, iemand en passant doodgestoken, doodgetrapt kan worden. Eén ding weet ze zeker: als dat tuig niet lang genoeg gestraft zal worden, zal zij...

Dan valt haar oog op heit. Hij staat daar, licht gebogen, maar met iets in z'n ogen... Roos kan het niet duiden. Of nee, ze wil het niet. Maar als ze zijn gestameld dankwoord hoort, komen toch de tranen. Een stroom waaraan geen einde lijkt te komen. Ze huilt om heit, om Mels... ach, om zoveel. En vooral om mems rug; recht en doodstil, als van een wassen beeld.

Dan volgt de stille tocht naar het graf. De kou is bijtend, maar nog steeds is het droog. Geschuifel op het grindpad, zacht gemompel, snikken. Het pad kronkelt zich tussen de nu kale struiken en bomen door, er lijkt geen eind aan te komen. Er zijn ook sparren, die zijn groen. Blijven groen tegen de verdrukking in. Evergreens. Mislukte kerstbomen... 'Een mooi plekje hebben we voor hem uitgezocht,' had Robien gezegd. Samen met heit had zij vrijwel alles – uiteraard in samenwerking met de uitvaartonderneming – geregeld.

Een mooi plekje... Waar háált ze het vandaan! Maar toch is het waar: hoge bomen, ook laag struikgewas. Bomen die in het voorjaar zullen uitbotten, en in de zomer lange schaduwen zullen werpen, ook over Mels' graf.

De geloofsbelijdenis, het onzevader. Dan... Ze moet wel kijken; zo diep, zo koud! Mels! Ze zou willen schreeuwen, maar ze doet het niet. Heit omarmt haar, en Evie; mem wil geen steun. Maar als de kist zakt, ziet Roos, net als vele anderen, haar mond opengaan in een wonderlijk volmaakte O. Maar geluid is er niet; een stille schreeuw.

Als er ook maar één met stemverheffing gaat spreken, denkt Roos later, als ik ook maar iemand hoor lachen, ben ik weg!

Koffie met cake. Hoe krijgen die lui ook maar een hap door hun strot? Zij warmt haar handen aan het kopje koffie. Maar het helpt niet, ze is door en door koud. Vanbinnen nog het meest.

Ja hoor, daar heb je het al! 'Lang niet gezien, hoe gaat het, meid? Onze Anneriek is net afgestudeerd, hoe doet jullie Joop het op die beroepsopleiding? Wat vreselijk trouwens, hè, van Melchior, het moet zo'n fijne jongeman geweest zijn. Anneriek was dol op hem. Nou ja, niet verliefd, hij heeft eh... hád natuurlijk die Jacobien of hoe heet ze ook alweer? Maar toch...'

Achter haar klinkt gedempt gelach. Ze schiet overeind, en sleurt Evie zo ongeveer van haar stoel. 'Kom, wegwezen hier! Ik word hier doodziek van!'

Evie Landheer gebaart richting Sietse, hij onderschept haar blik en ontcijfert haar gebaren. Hij knikt moe dat ze beter kunnen gaan.

Op de terugweg probeert Evie een gesprek te beginnen. Maar als er totaal geen respons komt, doet ze er het zwijgen toe. Pas als ze bij de brandende open haard zitten – werktuiglijk had Roosmarijn de noodzakelijke handelingen verricht – en Evie voor hen beiden een glaasje cognac heeft ingeschonken komen er woorden. 'Eef, hoe komt ze erbij. Robien. Bloemen in de nacht! Bah, dat zweverige gedoe, iedereen weet toch dat juist 's nachts alle bloemen zich sluiten? Hun kopjes laten hangen? Nee, laat me niet lachen, zeg! Bloemen in de nacht, dat bestáát niet.'

Evie knikt maar zo'n beetje. Haar hart huilt om Roos; ze klinkt zo hard, zo bitter.

12

HET GAAT NIET GOED MET WILLEMIJNTJE.

'Haar vechtlust is weg,' verklaart dokter Wang, Willemijntjes 'liefste dokter'. 'Daardoor heeft haar lichaam minder weerstand en werken de antistoffen niet optimaal. Er is al tweemaal een psychologe bij haar geweest, maar deze Sandra Admiraal, een zeer competent klinisch psychologe, heeft nog geen woord uit haar kunnen krijgen. Ja, alleen dat ze met Esmeralda wil praten, dat ze moet "skrijven" over Damian en Floor. Ze heeft een schrift, wellicht heeft ze thuis ook al vaak verhaaltjes geschreven. Het verhaal waarmee ze nu bezig is zou ons verder kunnen helpen, maar ze weigert het schrift te laten lezen. En dwingen kunnen we haar niet...'

Roosmarijn kijkt naar heits intens verdrietige gezicht, en dan naar het donkere, fijngebouwde vrouwtje, met haar typisch oosterse trekken, haar schuin staande, zeer donkere ogen. Tenger, klein, ja, maar wat een kracht en vitaliteit straalt deze nog jonge arts uit! 'En nu?' vraagt ze dan kort.

Dokter Wang haalt wat mismoedig de smalle schouders op. 'Wij zullen alles op alles zetten om Willemijntje te genezen, we zijn er vele uren per week met een heel team over bezig. Maar, als het meisje zelf niet mee-werkt, niet mee kán werken...'

'Gaat ze ook dood,' stelt Sietse cru vast.

Dokter Wang schudt heftig haar met een glanzend zwarte wrong getooide hoofd. 'Nee, nee, meneer Walda, dat is zelfs zoals het er nu voorstaat uitgesloten. Behalve natuurlijk als er zich complicaties voor-doen die niemand, ook wij als team niet, kan voorzien. Nee, we moeten van stilstand in het genezingsproces spreken, van...'

'Maar stilstand is achteruitgang,' valt Roosmarijn de dokter bot in de rede.

De jonge arts drukt met haar vingertoppen tegen haar hoge, gladde voorhoofd en zucht. 'Ja, daar zit helaas een kern van waarheid in. Maar nu het serum zo goed is aangeslagen vrezen wij niet langer voor haar leven. Nu zijn we meer bang voor eventuele psychische implicaties, waardoor ze lang, misschien wel heel lang in de huidige fase zou kunnen blijven steken. Op een gegeven moment zullen wij haar moeten ontslaan, ik hoop dat u daar begrip voor hebt. O, niet vandaag of morgen, daar gaan beslist nog enkele weken overheen. Maar dan, als wij verder niets meer voor Mijntje kunnen doen en ze blijft zo, dan zal er elders een oplossing gevonden moeten worden. Ik begrijp dat thuis voorlopig geen oplossing is, nu mevrouw Walda...'

'Als het nodig is, zeg ik m'n baan op,' onderbreekt Roos haar, 'we laten ons famke niet opnemen in een psychiatrische kliniek. Daar doelt u toch op?'

Sietse kijkt verrast opzij; dat Roosmarijn dit zo spontaan aanbiedt! Ze is zo hard geworden, zo bitter, hij herkent in haar nauwelijks nog iets van z'n vrolijke vlindertje. En nu dit!

'Als u dat kunt opbrengen, zou dat geweldig zijn. Maar realiseert u zich wel hoe zwaar de taak zal zijn die u op zich moet nemen, als alles volgens het meest sombere scenario verloopt? Vierentwintiguurszorg, het opgeven van uw eigen leven, en dan...'

'Een eigen leven.' Het klinkt schamper. Ze kucht en zegt dan schril: 'Een eigen leven heb ik niet meer, dokter Wang, dat is opgehouden toen ze mijn broer doodmaakten. Nee, ik wil er zijn voor mijn zusje. Ik heb namelijk heel veel goed te maken, wie weet ben ik ook wel rijp voor een zielenknijper. En dan mijn moeder. Há, straks zitten we met heel de familie Walda in therapie! Met Robien erbij, u weet wel, de verloofde van Melchior. Die zweeft nog steeds, maar ze zal binnenkort diep vallen. Mensen hebben namelijk geen vleugels, en in de nacht bloeien er geen bloemen, dus...'

Ze ontwijkt de verontruste blik in de ogen van de andere vrouw, maar als heit een arm om haar schouders slaat, huilt ze.

'Ik zal even koffie halen,' zegt dokter Wang gedecideerd, 'dat lijkt me wel het minste wat ik voor u beiden kan doen op dit moment.' Kwiek verlaat ze de wat steriele spreekkamer.

'Roos... ik moest Willeke toch vertellen dat Mels vermoord is? Ze mocht het hoe dan ook niet van anderen horen. En er wordt zoveel gepraat in het dorp, en je weet zelf hoeveel Wijnjers al te kennen hebben gegeven ons popke te willen bezoeken. Ik had geen keus, Roos.'

'Jij hebt jezelf niets te verwijten, heit. Je bent een prachtvader! Zoals je mem steeds maar probeert te bereiken, zoals je mij opvangt terwijl je toch zelf ook kapot moet zijn...' Haar stem is hees, ze snikt nog na. En dan zeggen ze tegelijkertijd: 'Als ik jou toch niet had!'

Als dokter Wang binnenkomt met de koffie, ziet ze twee mensen met bleke, vertrokken gezichten, maar met rond hun mond een kleine glimlach. Een lachje dat ook hun ogen bereikt. Gelukkig, denkt ze, onhoorbaar een zucht van verlichting slakend, die twee kunnen elkaar steunen waar en wanneer dat maar nodig is. Deze vader en dochter redden het wel!

Robien Wijngaarden is moe, hondsmoe. Hoe vaak heeft zij die gruwelijke gebeurtenis al niet woorden moeten geven ten overstaan van mensen van de politie zowel als van justitie? Ze begrijpt heus wel hoe belangrijk haar getuigenis is, maar het is elke keer opnieuw als het draaien van een mes in een open wond.

Messen... Er waren harde stemmen geweest, nietsontziende trappende schoenen, duivels gegrijns. Dat was erg geweest, ja, maar die messen! Ze huivert, het is haar te moede of plotseling heel haar lijf krachteloos wordt. Ze moet gaan liggen, ze moet slapen nu.

'Zo, Robien, nog even en je kunt gaan. Een paar vragen nog.'

Verwezen kijkt ze de naar haar smaak wat al te opgeverfde dame in haar zakelijke mantelpak aan. Welke functie bekleedt zij ook alweer, deze mr. Stock? Iets juridisch, maar wat moet zij nou nog meer weten? Ze opent haar mond, maar er komt geen geluid. Ze hoort als van een afstand een zacht kreunen. Daar tussendoor Mels' laatste woorden: 'Alles komt goed' en 'Zeg Roos...'

'Ach, meisje, je bent op, hè? Kom, ik breng je naar een kamer waar een divan staat, je moet eerst wat gaan rusten. En straks... is je schoonzus, ik bedoel, je kunt hier straks niet op eigen kracht vertrekken. Gaat zij met je mee?'

Robien knikt werktuiglijk, ze laat zich op de been helpen en naar een riante kamer brengen. Vaag neemt ze de fraaie eikenhouten lambrisering waar, de enorme lederen fauteuils, maar het enige wat haar nu nog echt interesseert is die divan. Een chaise longe is het eigenlijk, maar wel lekker breed. Mevrouw Stock zet haar voorzichtig neer op de rand en trekt Robiens laarsjes uit. Ze voelt zich net een pop, een van de poppen die zij vroeger eindeloos verkleedde. Een pop is ze, waarvan het mechaniekje bijna aan z'n eind is. Haar benen worden opgetild, er wordt een warme plaid over haar koude lijf gelegd, er zijn zachte woorden.

Gedachten lopen dwars door elkaar in haar geplaagde hoofd en ze is zo bang, zo bang voor de steeds terugkerende nachtmerrie. Ze durft niet te slapen, ze... Haar ogen vallen dicht, de zoete slaap omarmt haar en draagt haar voor enkele uren weg van de vreselijke werkelijkheid. Als ze haar ogen weer opslaat, is daar Roosmarijn. Wat ziet ze bleek, denkt ze duf, en haar ogen zijn rood. Waarom? En dan is het er allemaal weer, tot in de kleinste details.

Roosmarijn laat haar met zachte dwang wat koffie drinken en haar hoofd wordt helder. Maar dat wil ze helemaal niet. Ze wil alleen nog maar slapen, slapen zoals ze daarnet had gedaan, zonder kwellende dromen. Maar nee, zo werkt dat niet, ze zal de realiteit opnieuw onder ogen moeten zien, aldoor maar weer, eindeloos. Tot ze echt niet meer kan...

Roosmarijn belt de taxicentrale en binnen vijf minuten rijdt er een auto voor.

Robien vindt het allemaal best, ze laat maar met zich doen. Nog geen kwartier later zitten ze in Mels' woonkamer. Zo bekend en toch zo vreemd. De ziel is eruit, ook al brandt de gaskachel op de hoogste stand, ook al werpen de schemerlampen hun milde licht, Robien kan maar niet warm worden. Het rillen wil niet stoppen, het is alsof ze niets meer over haar lichaam te zeggen heeft.

Dit is nu tijdelijk haar domicilie. Deze etage waar ze zoveel fijne uren met Melchior heeft doorgebracht. Hun gesprekken, hun liefkozingen, de goede stiltes, hun lievelingsmuziek... voorbij, voorgoed voorbij. Ze zou willen huilen, maar het gaat niet, haar keel zit dicht. Ik zit helemaal op slot, denkt ze bang en ze probeert te bidden. Maar er is niets dan leegte, haar woorden zijn onsamenhangend. Ze lopen door elkaar als verdwaalde kinderen, die in paniek ronddolen in een dreigend, duister woud zonder een enkel herkenningspunt.

'Waar is God, die gij verwacht?' De woorden, van welke psalm zijn ze ook alweer? Ze weet het niet. Ze moet God zoeken en Hij zal zich laten vinden. Maar haar hart blijft leeg. Ze is als een vraag zonder antwoord, als een kind zonder thuis. Wat moet ze nou met al die woorden? Woorden uit de bijbel waarmee ze al die lieve oude mensen in het verpleeghuis Sonnewende kon troosten? Wat is er toch gebeurd met haar relatie, haar innige contact met de Vader in de hemel? Waarom luistert Hij niet, waarom blijven haar zinloze zinnen bij het plafond steken? Maar ze kan niet zonder de grote Trooster, ze wil het niet. Dan is ze nergens meer!

'Robien, je moet gaan liggen. Ik zal een kruik voor je maken, goed?' Verdwaasd kijkt ze Roosmarijn aan, ze weet niets te zeggen.

'Lieverd, toe nou! Kruip snel onder de wol. Je moet in Mels' bed gaan slapen, Robientje, ik ga wel hier op de bank.'

'Nee, niet in zijn bed, dat kan toch niet?' zegt Robien klaaglijk. Haar stem is dun en ijl. De stem van een vreemde.

'Mels zou het begrijpen, echt. Je moet nu eindelijk eens een goede nachtrust hebben. Ja, ik kan hier wel weer op een paar stoelkussens gaan liggen en jij op de bank, maar je bent elke morgen gebroken. Luister nou alsjeblieft naar me, je hebt veel rust nodig. Er staat je nog zoveel te wachten, en dan wil je toch sterk zijn? Sterk zoals Mels je kende?'

'Ach, ja, je zult wel gelijk hebben,' zegt Robien mat. Maar ze blijft star zitten, met steeds nog die huiveringen langs haar rug, de handen verkrampt uitgestrekt naar het kacheltje.

Roosmarijn is er inmiddels van overtuigd dat ze opnieuw de regie op zich zal moeten nemen. 'Kom, opstaan,' zegt ze kort en ze trekt de ander wat ruw overeind; ze heeft immers geen keuze.

Even is er iets van verzet in Robiens houding, dan laat ze het allemaal maar gebeuren. Ze is te moe om tegenstand te bieden en bovendien heeft Roos gelijk: ze zal haar krachten de komende tijd hard nodig hebben met de ophanden zijnde rechtszaken. Ze moet pal staan, vechten voor Melchiors nagedachtenis. Er moet gerechtigheid geschieden. Ze wankelt.

Roosmarijn ondersteunt haar en helpt haar de twijfelaar in. Het bed van Mels... Roos' ogen schieten vol tranen. Snel keert ze zich van Robien af; die heeft nu wel genoeg aan haar eigen ellende, méér dan genoeg! Als ze zichzelf weer onder controle heeft, wendt ze zich opnieuw naar haar vriendin en schrikt van die angstige ogen, van die felrode plekken op het verder zo bleke, smal geworden gezicht. Ze weet wat haar te doen staat; ze heeft voor zichzelf een fles port gehaald, die is nog ongeopend, en ze zal Robien er hoe dan ook van overtuigen dat ze een glas moet drinken.

Het kost haar heel wat overredingskracht – Robien gebruikt nooit alcohol – maar uiteindelijk gaat het dodelijk vermoeide meisje overstag. Ze leegt het haar aangeboden glas als was het water. Als ze Roos het lege glas aanreikt, merkt ze dat het rillen – mede dankzij de kruik en Roos' hartverwarmende aanwezigheid – over is. Ze trekt een vies gezicht, en zegt met een scheef lachje: 'Dat jij dat bocht lekker vindt!'

Roos haalt licht haar schouders op. 'Och, lekker... Het helpt. Ik wil 's nachts slapen, even van de wereld zijn, niets voelen, niet denken. Gewoon rust!'

'Helpt het ook tegen... ik bedoel, droom jij evengoed vaak?'

Roosmarijn schudt het hoofd. 'Iedereen droomt tijdens de slaap, maar ik merk er niks van, dus...'

'Nou, dan ga ik maar slapen,' zegt Robien traag, met een enigszins dubbele tong. 'Ik ben geloof ik een beetje teut.'

Ze lachen samen. Ze lachen tot Roos de tranen over de wangen lopen en Robien wegglijdt in een weldadige slaap.

Roosmarijn heeft er drie glazen voor nodig om eindelijk de rust van de slaap te vinden. Dit kan niet zo doorgaan, zegt haar verstand.

'Niks mee te maken, je hebt het gewoon nodig,' gaat het stemmetje van haar gevoel daartegenin. En daarbij, wat doet het er allemaal nog toe?

13

'MENEER VAN ALKMADE, STOOR IK?'

De oude man kijkt wat geschrokken op, maar prompt wordt zijn blik alert. 'Rutger Soterius, wat brengt jou hier? Ga zitten, de thermoskan staat onder handbereik, zoals je ziet. Schenk ons maar eens een bakje troost in... ik kan het in elk geval wel gebruiken.'

Wat is dit toch een heer, denkt Rutger, een man die respect afdwingt. En toch doet hij helemaal niet uit de hoogte. Nee, het is een soort natuurlijk gezag dat hij uitstraalt. Iets wat Roosmarijns moeder ook heeft, of, beter gezegd, hád. Hij denkt terug aan een gesprek met Melchior over diens grootvader.

'Pake Van Alkmade, dat is een bijzondere man. Een groot man, al is hij dan klein van stuk. En zo bij de tijd. Ik weet dat Roosmarijn graag en veel bij hem komt. En weet je, hij zegt het altijd zo mooi: "Ik leun aan." Dat geeft precies weer hoe hij zijn wonen hier bij Bienvenue ervaart; als het echt nodig is, zal hij een beroep doen op de faciliteiten van wat hij noemt "de seniorenflat", maar hij is erg gesteld op z'n privacy en zijn betrekkelijke zelfstandigheid.'

Ja, zo ongeveer had Mels destijds een en ander verwoord. Het enige wat hem, Rutger, toen echt interesseerde was zijn opmerking over Roosmarijn; als zij zo graag hier kwam bij haar pake, dan moest ze toch meer inhoud hebben dan de 'verpakking' deed vermoeden. Maar keer op keer was hij in haar teleurgesteld; zoals ze flirtte, zoals ze menige jongen het hoofd op hol wist te brengen om hem daarna te laten vallen als een baksteen. Dat ze daarmee telkens weer zíjn hart brak, ach, dat had ze beslist niet geweten; ze had hem immers nooit zien staan? Pake Van Alkmade schraapt zijn keel.

Rutger schiet overeind. 'Het spijt me, meneer Van Alkmade, u zult wel denken!'

'Ik denk vooralsnog niets, dat wil zeggen... ik kan hooguit gissen naar de reden van je komst. Maar het doet me goed dat je deze ouwe baas eens komt opzoeken, want mijn Maaike, och, ze komt het huis niet uit. En daar is ze weliswaar lijfelijk aanwezig, maar verder... Dat weet ik van Sietse, die komt nog wel regelmatig langs. Tja, en Willemijntje, dat bolle blondje van me, ligt in het ziekenhuis. Roosje weet de weg hier-heen kennelijk niet meer, en Melchior... Ach, jongen, je weet het immers allemaal wel. Wat blijft er nu verborgen hier in Wijnje?'

De scherp uitstekende adamsappel van de oude heer springt heftig op in zijn keel, de randen rond zijn verder nog zo verbazingwekkend heldere ogen worden rood.

Rutger schiet vol bij die aanblik, en hij moet drie keer zijn keel schra-pen voordat hij kan zeggen waarom hij langskomt. 'Het... het is allemaal nog zo onwerkelijk,' begint hij schor. 'Ik bedoel, verstandelijk weet ik dat Melchior niet meer leeft, maar ik besef het nog niet echt. Vanbinnen ontken ik het maar steeds, en dan de manier waarop...'

Hij huivert, maar vindt gaandeweg de woorden die hem van het hart moeten. 'Ik ben hier eigenlijk ook om met u te praten over Roosmarijn. Maar nu hoor ik dat ze hier ook al niet meer komt, dus u zult me wel niet verder kunnen helpen. Weet u, ik krijg geen hoogte van haar. U moet weten dat ik al minstens twee jaar verliefd op haar ben, maar ze ziet mij niet staan. Ze ging altijd om met van die stoere kerels, en dan nog het liefst met van die studenten die door de week in Leeuwarden of Groningen de bloemetjes buiten zetten en dan vervolgens in de week-ends in Sneek of hier op het dorp. Er zijn erbij die elke week een ander hebben, maar ik weet van bijvoorbeeld Tjibbe Hovinga dat hij écht dol was op Roos, en dat ze hem heeft laten stikken voor die Pieter-Jan Bosscha. En dat is intussen ook allang weer uit.

Weet u, ik had vaak zo'n hekel aan haar, of nee, aan hoe ze zich gedroeg. Zo vlinderachtig, zo uitdagend in haar manier van kleden, en hoe ze zich vaak optutte. Maar nu, nu Mels op zo'n afschuwelijke manier is gestorven... is vermóórd, nu herken ik helemaal niets meer in haar van die vlotte Roosmarijn Walda. O, ik begrijp het wel, dat hele gezin is kapot, maar Roosje – ja, zo noem ik haar altijd in gedachten – Roosje zoals ze nú is, zo bitter, zo hard ook... Wat is nou de echte Roosmarijn? Ik kom er niet uit. En, meneer Van Alkmade, ik wil haar zo graag helpen! Daarom dacht ik... Ze heeft, of had altijd een goed contact met u. Ik hoopte dat u me raad zou kunnen geven hoe ik haar het beste kan benaderen nu, in deze moeilijke tijd...'

Meneer Van Alkmade knikt bedachtzaam. Rutger wacht op zijn antwoord, maar de stilte lijkt zich eindeloos uit te strekken. Hij begint zich opgelaten te voelen, bedenkt dat hij maar beter kan opstappen; dit heeft geen zin. Misschien is Roosmarijns pake toch enigszins aan het dementeren. Tja, de man is tenslotte bijna tachtig!

'Vertel me eens, Rutger, hoe zie jij jezelf? Ben je tevreden met wat je bereikt hebt als scheepstimmerman? Vind je jezelf goed zoals je bent?'

Rutger Soterius knippert met zijn ogen; meneer Van Alkmade heeft dus echt niets van zijn bedoelingen begrepen. Hij haalt wat stug zijn schouders op, besluit dan dat de beleefdheid vereist dat hij die merkwaardige vraag beantwoordt. 'Tja, tevreden over m'n werk, dat ben ik zeker wel. Dat vak, het is m'n lust en m'n leven. En verder, of ik mezelf accepteer zoals ik ben, dat bedoelt u toch?'

De oude man knikt bevestigend.

'Ach ja, hoe zal ik het zeggen? Ik voel me altijd wat eh... wat minder dan al die stoere jongens, of ze nu student zijn of bouwvakker of weet ik wat. Tenminste, ik denk dat Roosmarijn mij niet de moeite waard vindt omdat ik niet beantwoord aan haar ideaalbeeld. Wat mannen betreft, bedoel ik. Ik ben niet slim, houd me vaak wat op de achtergrond, en ik drink nooit mee in het tempo van al die anderen. Ik heb daar gewoon geen behoefte aan. Begrijpt u me goed, een paar pilsjes vind ik best lekker, maar ik heb er geen behoefte aan me te bezatten. "Watje", noemen m'n zogenaamde gabbers me vaak. Ik heb ook nog nooit een meisje "versierd", zoals zij dat noemen. Ik vind dat een walgelijke uitdrukking voor iets wat... iets wat heel zuiver zou moeten zijn. Het getuigt niet van respect voor meisjes en vrouwen als die lui er zo over praten. Zo denk ik erover...'

'Dank je voor je openhartigheid, jongen. Laat me even denken...'

Rutger kijkt naar de oude man. De lage zon maakt het nog dikke, spierwitte haar van meneer Van Alkmade tot een stralenkrans. Zijn gerimpelde, blauwdooraderde handen steunen zijn fraai belijnde gelaat. Rutger schaamt zich voor zijn gedachten van daarnet; deze man gaat niet over een nacht ijs. Zijn lange leven heeft hem wijs gemaakt. Deze man, die nu al ruim tien jaar weduwnaar is en zich nog altijd, waar mogelijk, inzet voor zijn medemens.

'Rutger, jij onderschat jezelf. Zoals jij een en ander onder woorden weet te brengen, daar kunnen veel van die macho's niet aan tippen.'

Rutger grijnst even. Hij had bewust die term 'macho' vermeden, denkend dat de oude heer de betekenis ervan niet zou kennen. Wat een misvatting! Meneer Van Alkmade is volledig bij de tijd, hij is allesbehalve van gisteren!

'Laat me even meelachen, jongen, ik heb de laatste tijd zoveel gehuild.' Hij komt daar gewoon rond voor uit, denkt Rutger vol bewondering. Ik wilde dat ik iets van zijn wijsheid en innerlijke rust had. Meneer Van Alkmade wacht, zijn borstelige wenkbrauwen vragend opgetrokken. Dan vertelt hij waarom hij een binnenpretje had en meneer Van Alkmade lacht mee. Het klinkt blaffend, onwennig; je kunt merken dat hij sinds die vreselijke dag veel gehuild moet hebben.

Dan wordt hij weer ernstig. 'Schenk nog eens in, jongeman. En doe er voor ons beiden maar een bittertje bij. Of...'

'Ik ben niet van de blauwe knoop, hoor,' zegt Rutger wat kort. 'Ik ben eerlijk gezegd wel aan een borrel toe.' En dan spreekt hij zich uit. Over zijn onbeantwoorde liefde voor Roosmarijn, over zijn verlangen sterk en evenwichtig te zijn. Al zijn onzekerheden vertrouwt hij toe aan deze wijze oude heer, die rustig maar zeer betrokken luistert. Weer valt er een stilte, maar Rutger ervaart het nu niet meer als pijnlijk. Hij wacht kalm meneer Van Alkmades reactie op zijn ontboezemingen af, ondertussen nippend van zijn Beerenburg.

'Rutger, mij is duidelijk geworden dat je veel met m'n geliefde klein-zoon gesproken hebt. Dat je tegen hem opzag, zoals je dat ook tegen mij doet. En tegen die stoere knapen. Kijk, Melchior was een fantastische knul, kon goed luisteren, vond vaak de juiste woorden, maar wist ook daden te stellen. En toch, vergis je niet, jongen, niemand is volmaakt, dat was ook Mels niet. Ik weet van hun ouders dat hij en Roos vaak ruzie hadden, ook al gaven ze nog zoveel om elkaar. Dat Mels z'n zus vaak de les las over haar vlinderachtige leefwijze, dat hij haar daarom soms zelfs veroordeelde. Juist omdat hij persoonlijk zo sterk bij haar wel en wee betrokken was, kon hij niet objectief zijn tegenover haar, kon hij niet die mildheid opbrengen die hij wel voor anderen had. Volg je me?'

Rutger knikt slechts.

'En verder... Toen ik van jouw leeftijd was – je bent nu achtentwintig, nietwaar? – och heden, toen was ik één brok onzekerheid. Mijn vrouw ontmoette ik toen ik al een eindje in de dertig was. Mijn Hilde heeft mij uit mijn cocon gehaald, en heus niet altijd zachtzinnig, maar wel heel liefdevol. En levenswijsheid... Rutger, ik zit inmiddels ruimschoots in de winter van mijn leven hier op aarde. En toch leer ook ik nog elke dag. Je moet me niet op een voetstuk plaatsen, daar hoor ik niet. Ik ben ook maar een zwak mensenkind dat mag leven bij de gratie Gods. Ootmoed en genade, dat zijn de wachtwoorden, Rutger Soterius. Ik heb geleerd wat jij nog moet leren: met al je onzekerheid ben je eigenlijk hoogmoe-dig. Ik weet dat het niet prettig klinkt. Het is ook niet bedoeld als een veroordeling, dat past een christen immers niet.

En ik durf je dit recht in het gezicht te zeggen omdat ik er zelf net zo voorgestaan heb. Ik bedoel dit: je bent zo met jezelf bezig, of beter gezegd, met wat anderen van je vinden, en daarmee geef je jezelf domweg te veel eer. Al die "anderen" houden zich heus niet continu bezig met de persoon Rutger Soterius en wat hem beweegt. En dan, nog belangrijker, je doet je Schepper te kort als je min over jezelf denkt. Jij moet op de knieën, jongen, en beseffen dat wat Paulus schreef het levensmotto bij uitstek is: "Uw genade, God, is mij genoeg!" '

De woede die Rutger even voelde opwellen is weggeëbd: de oude man heeft gelijk! Maar zover is hij zelf nog lang niet. En dan, op zijn vragen betreffende Roosmarijn, daarop heeft hij helemaal geen antwoord gekregen. Of juist wel?

Hij kijkt meneer Van Alkmade vol aan, en brengt dan zorgvuldig onder woorden wat de 'preek' van de ander hem geleerd heeft. 'U bedoelt... nou ja, ik dacht dat we helemaal van mijn vraag over Roosje waren afgedwaald en even werd ik nog kwaad ook. Maar ik geloof dat ik de boodschap begin te begrijpen: ik moet nederig zijn voor God, mezelf aanvaarden omdat ook Hij dat doet en... u vindt dat ik vanuit die gedachtegang mans genoeg ben zélf openhartig met Roosmarijn te gaan praten.'

De oude heer glimlacht, er is een blije glans in zijn ogen. 'Jij leert snel, Rutger. Ik zou zeggen, waar wacht je nog op?'

'Roos zit nog steeds in Leiden, bij Robien. Maar dit weekend zou ze thuiskomen. Dan zal ik mijn uiterste best doen, dat beloof ik u en mijzelf!'

'Goed, heel goed, jongen. Enne... als je werkelijk tot een goed gesprek komt, zeg haar dan dat haar ouwe pake haar mist, wil je?'

Rutger grijpt spontaan de gerimpelde hand en drukt die stevig. 'Bedankt, meneer Van Alkmade, ik ben blij dat ik gekomen ben. En nu moet ik er als een haas vandoor, ik heb vanavond een redelijk belangrijke voetbalwedstrijd in Drachten. Ze zeggen trouwens dat ik eh... een goeie keeper ben.'

'En zo te zien ben je het daarmee eens. Kijk, dat is nou de juiste instelling. Kom, scheer je weg, deze ouwe baas krijgt zo z'n avondboterham thuisbezorgd.'

Rutger kijkt bij de deur nog even om en steekt zijn hand op. 'Tot ziens, meneer Van Alkmade, ik hoop dat ik u ooit pake mag noemen!' En dan is hij weg, met in zijn oren de bronzen lach van zijn gastheer. Een lach die echt is, die van binnenuit komt.

Met grote, tevreden stappen beent Rutger naar zijn huisje op de Lange Meerweg.

Deel twee

De zoetste wraak

1

THUIS IS THUIS NIET MEER, DENKT ROOSMARIJN BITTER. HAAR MOEDER IS een vreemde met het gezicht van iemand die ze ooit goed kende; doortastende, stabiele mem, die toch altijd in staat was gebleken de liefde voor haar man en kinderen voelbaar te maken, vorm en inhoud te geven. En nu...

Ze denkt aan heit. Die lieverd doet zo z'n best zijn gezin bij elkaar te houden. Willemijntje bezoekt hij bijna dagelijks, hij heeft een open oor en hart voor haar, Roosmarijn. En voor Robien, ja, ook voor haar. Maar waar moet hijzelf naartoe met z'n pijn, zijn eenzaamheid? Die avond, als Maaike naar boven vertrokken is, vraagt ze het hem recht op de man af. 'Roos, ik denk dat je wel weet bij wie ik mijn heil zoek. Ik weet dat jij er niets meer van wilt weten, kind, en dat doet me onnoemlijk veel verdriet. Toch ben ik ervan overtuigd dat God de Vader jóu niet loslaat. Nee, luister, laat me uitspreken. Ik vind troost in het gebed, kind, en in het zekere weten dat onze Mels voorgoed "Thuis" is. Dat houdt me op de been. En mijn gesprekken met dominee Bandringa, die helpen me ook vooruit te blijven zien, niet de moed op te geven. Daarbij... door die kracht van boven kan ik er zijn voor de kinderen die ons gebleven zijn: voor jou en ons kleine famke in dat grote ziekenhuis. Zonder God zou ik het niet redden, Roos.'

'Nou, ik red het toch ook!' snauwt ze.

Sietse kijkt haar peilend aan, ze leest de vraag in zijn ogen: is dat wel waar?

'Ja, je moet het op deze verziekte planeet gewoon zelf oplossen. Een ander doet het niet voor je. Kijk nou eens naar Robien... Nee, ze is haar geloof niet kwijt, maar dat heeft niet kunnen verhinderen dat ze volledig is ingestort. Nou, wat heb je daar dan op te zeggen?'

Sietse zwijgt. Zijn hart huilt terwijl het door hem heen gaat: wat is eigenlijk erger, een kind aan God te moeten afstaan, of het te zien afdwalen op een heilloze weg?

'Ben jij dan nooit eens opstandig? Denk je echt dat het Gods wil was dat ze Mels... doodmaakten? Zomaar, omdat hij een ander te hulp wilde schieten? En ach, dat was misschien alleen maar een kleine aanleiding, dat soort lui moordt voor de kick. O, als ik ze in m'n handen had!'

'Ja, Roosmarijn, wat dan?'

'Ik... ik zou ze eigenhandig willen vermoorden, dat zou ik!' De woorden echoën na, dan wordt het heel stil in de woonkeuken. Roosmarijn slaat haar hand voor de mond. Ook zij is in staat iemand om te brengen!

'Begrijp je, Roosmarijn, dochter van me?'

Ze knikt traag. 'Maar toch... Kun jij die... die schoften dan zomaar vergeven? Hoe zou je het vinden als ons rechtssysteem opnieuw tekort zou schieten, zoals met die Meindert?'

'Ik – mijn oude mens – wil hetzelfde: die lui kapotmaken, laten lijden. Maar dat lost niets op, Roosmarijn, want dan zou ik hetzelfde doen als die knapen. Toch?'

Woest schudt Roosmarijn het hoofd, haar rossig blonde krullen zwieren om het smal geworden gezicht. 'Dat ligt totaal anders, en dat weet je best! Zij... dat tuig, zij hadden geen enkele reden om us Mels...'

Stotterend gaat ze verder: 'Wij... wij hebben alle rr... redenen om die criminelen dood tt... te willen, zij hebben ons Mels afgepakt. Zo wreed, zo zinloos!'

Ze huilt en Sietse zucht diep en bekommerd; hij kan haar gedachtegang maar al te goed invoelen.

'Luister, kind. Stel je voor dat iedereen het recht in eigen hand zou nemen, dat zou uitdraaien op pure anarchie. Nee, Roos, ik ben het voor de volle honderd procent met je eens dat ze gestraft moeten worden, de moordenaars van mijn zoon. Maar dan wel via de geëigende kanalen. En ja, ik hoop dat ze die... die knapen voor heel lang opbergen, het liefst levenslang, ik zou...'

'Nu zijn we het dan eindelijk ergens over eens.'

Roosmarijn en Sietse keren hun hoofd naar de deur. Daar staat ze, Maaike Walda, en haar ogen leven weer. Maar het is niet goed, beseft Roosmarijn, zoals ze nu kijkt. Dat is nog erger dan haar apathische houding van de laatste tijd.

Ook Sietse schrikt. Waar is de echte Maaike achter die priemende ogen, die demonische blik? Hij schrikt van deze gedachte, maar kan haar niet uitbannen.

Met stevige stappen dreunt Maaike de keuken in en ze gaat naast Roosmarijn zitten, tegenover Sietse.

Twee tegen een, denkt deze bang. O Heer, maak dat zij elkaar niet vinden in het kwade, mijn vrouw en mijn oudste dochter. Alstublieft, laat U dat niet toe! Eerst weigert zijn stem dienst, dan stoot hij uit: 'Ben je terug, Maaike, ben je echt terug bij ons of...'

'O ja, ik ben er weer helemaal, Sietse. Maar als je wilt weten of ik nog dezelfde ben als ik was vóór de moord op onze zoon, dan is het antwoord: néé.'

'Kun jij... kun jij bidden, Maaike?' vraagt hij angstig.

Zij lacht hoog en schril. 'Nou, daar heb ik niet zo'n behoefte aan, Sietse, en als ik het goed heb, onze Roosmarijn evenmin.' Ze kijkt opzij, recht in de amberkleurige ogen van haar dochter.

Roosmarijn maakt een schrikbeweging, ze wil terug naar de warmte in heits ogen, maar het gaat niet. Ze zit als vastgeklonken aan haar moeder, hun ogen lijken steeds dichter bij elkaar te komen. Na een loodzware stilte vindt ze woorden. 'Je hebt gelijk, mem, maar... maar ik vind niet dat je heit als een tegenstander mag beschouwen. Nee, je zegt het niet, maar je houding, je ogen... We hebben elkaar nu juist zo hard nodig, en of de een nu wel kan bidden en de ander niet, dat mag ons toch niet uit elkaar drijven?'

'Och, alles is toch al kapot, het maakt mij allemaal niet zoveel meer uit.

Ja, ik verlang ernaar Willemijntje weer thuis te hebben, ik geef nog altijd evenveel om je vader en om jou. Maar het wordt nooit meer als voorheen en dat weten jullie net zo goed als ik. Nee, wat míj op de been houdt is de zekerheid dat die misdadigers gestraft zullen worden. Met genoegen zal ik, als het eenmaal zover is, in de rechtszaal zitten als het vonnis wordt geveld. En als... als er een fout gemaakt wordt, of dat tuig komt er te makkelijk van af, dan...'

'Wat dan!' Sietse schreeuwt het uit.

Maaike haalt licht de schouders op. 'Och, niks eigenlijk. Wat kan ik doen?'

Haar antwoord zou Sietse gerust moeten stellen, maar het voelt niet goed; haar ogen hebben nog steeds die vreemde gloed. Roosmarijn... zij zal het toch ook wel zien? Dit is niet Maaike, niet zijn vrouw, niet de moeder. Zij is hem als een vreemde die de stem en de gestalte van zijn liefste gestolen heeft. Haar gezicht... ja, dezelfde neus, dezelfde kastanje-bruine korte haren. Maar haar mond is hard en haar ogen... Hij huivert en staat bruusk op. 'Kom, ik ben moe, ik ga naar boven. Wat jullie doen, moeten jullie zelf maar weten.'

Roosmarijn zou naar hem toe willen rennen, zijn lieve gezicht met de diepe groeven willen strelen. Maar ze komt niet in beweging, de tafel zit ertussen. En dan nog al die onzichtbare barrières. Zo hoort heits dode-lijk vermoeide voetstappen op de trap, maar nog blijft ze zitten. Ze moet... Dan is daar plotseling, koud en hard, mems hand rond de hare. 'Laat hem maar... Hij weet waar hij terecht kan voor troost. Maar ik... wij... Roosmarijn, ik weet, ik vóel dat wij op één lijn zitten. We zullen de gang van zaken afwachten, heel keurig, maar als er geen recht gedaan zal worden, dan neem ik het in eigen hand. En daarbij krijg ik jouw steun. Nee, spreek me niet tegen, je kunt me niet voor de gek houden, Roos. Ik heb je altijd beter aangevoeld dan jij vermoedde. Heb ik gelijk? Sta je achter me?'

Roosmarijn rukt haar hand los. Het vergt een bijna bovenmenselijke inspanning. 'Nee!' krijst ze, 'nee, nee, en nog eens nee!' Ze staat op, haar benen zijn zwaar. Bij de deur kijkt ze nog eens om en ze ziet de triomfantelijke blik in de ogen van mem. Mem? Een bezetene met het uiterlijk van haar moeder.

De kracht keert terug in haar benen en ze rent de hal in, snelt de trap op en vlucht naar haar kamer.

2

DIE ZONDAG SLAAPT ROOSMARIJN UIT. DIE AVOND TEVOREN HAD HEIT gevraagd of ze met hem mee naar de kerk ging. Ze had hem te verstaan gegeven dat ze daar niet ging zitten huichelen. Haar hart bloedde toen ze zijn geliefde gelaat zag vertrekken, maar niettemin had ze voet bij stuk gehouden. Nu staat ze snel op. Ze wil in elk geval de koffie klaar hebben als heit thuiskomt. Mem had ze tegen zevenen al horen rondspoken, die had waarschijnlijk thee gemaakt en was daarna weer in bed gekropen.

Maar als ze beneden komt, vindt ze op de keukentafel een briefje: 'Maak je niet ongerust, ik moet uitwaaien. Heb koffie en brood bij me. Maaike.' Even slaat de angst haar om het hart, mem zal toch geen rare dingen doen? Dan schudt ze vastbesloten haar haren naar achteren en terwijl ze werktuiglijk de handelingen verricht die nodig zijn voor een kan verse koffie denkt ze: laat haar ook maar, mem loopt niet in zeven sloten tegelijk. En nu, met haar nieuwe, weliswaar beangstigende, strijdlust zou ze heus niet...

Hé, daar heb je heit al, korte dienst! O bah, hij heeft bezoek meegenomen, daar staat haar hoofd nu helemaal niet naar! Wie... En dan ziet ze hem, Rutger Soterius, klein en gedrongen, het hoofd gebogen.

'Wat heeft die hier nou te zoeken?' mompelt ze nijdig, maar ze plakt snel een glimlach op. 'Zo, visite, heit! Mem is een eindje wandelen. Hallo Rutger, ga zitten. Koffie?'

'Eh, graag.'

Wat zit hij daar nou onbeholpen, en laat-ie z'n schouders eens wat rechten; al jaren ergert ze zich aan zijn verontschuldigende houding. En daarbij: hij minacht haar! Nou ja, dat is haar probleem niet, zij heeft wel andere dingen aan haar hoofd. Maar goed, heit zal hem wel aan de praat houden, zij peert hem zo meteen naar boven. Of nee, ze kan wel even naar Sneek gaan, bij Robien langs, die heeft haar nu meer nodig dan tien Rutgers.

Maar dat blijkt een misrekening. Na een bakje koffie zegt heit: 'Kom, ik ga eens kijken waar mem uithangt, waarschijnlijk ergens bij de Windhoek. Ik ga haar tegemoet.' Voor Roosmarijn hier ook maar iets tegen in kan brengen, is hij al vertrokken. Bah, wat een rotstreek! Zit zij met die halve zool opgescheept. Oké, ze zal haar rol spelen: een kwartier geeft ze hem en dan gaat ze alsnog naar Robien. Maar waarom is er dan toch iets van vreugde in haar hart? Rutger... ze laat hem blijkbaar niet koud!

Het klamme zweet breekt Rutger uit als meneer Walda de deur naar de tuin achter zich heeft dichtgetrokken. Het was dan wel de afspraak, maar nu zinkt de moed hem in de schoenen. Roosmarijn, Roosje... Ze is duidelijk niet blij met de situatie, ook al blijft die glimlach zitten waar die zit. Maar die komt niet van binnenuit, dat ziet hij wel.

Ineens, als hij beseft dat hij nu moet spreken of op moet stappen, ziet hij het doorgroefde gezicht van de oude meneer Van Alkmade voor zich. Het is net alsof de oude man hem bemoedigend toeknikt. Hij schraapt luidruchtig zijn keel en zegt dan: 'Ga eens rustig zitten, Roos, die koffie kan wel wachten.' Als zij met een wat verbijsterde uitdrukking op haar lieve smoeltje doet wat hij zegt, zonder tegensputteren, voelt hij zich sterk worden. Hij gaat rechtop zitten en kijkt haar recht in de ogen.

'Luister, Roosmarijn...'

'Eh ja, ik ben een en al oor. Maar veel tijd heb ik niet, hoor. Ik ga zo meteen naar Robien, je zult begrijpen dat die nu voorgaat.'

Hij knikt. Met zijn diepgrijze ogen kijkt hij haar vol aan.

Zo, denkt Roosmarijn, hij is dus blijkbaar niet het sulletje waarvoor ik hem soms aan heb gezien.

'Je moet in de eerste plaats de groeten van je pake Van Alkmade hebben, en of je nog eens langskwam. Ja, ik ben bij hem geweest, is dat zo raar?'

'Nou, op zich niet. Maar eh... wat had jíj daar te zoeken?'

'Jou.'

Roosmarijn knippert met haar ogen, springt op en vraag: 'Nog koffie?'

'Nee, daar kom ik niet voor, dat zei ik immers al. Ik zou jou graag willen steunen, een vriend voor je willen zijn. Ik weet wel dat je mij als man niet de moeite waard vindt, maar als mens kan ik wellicht iets voor je betekenen. Mijn gevoelens... Och, laat ik maar open kaart spelen, al weet ik nou al dat ik geen enkele kans maak. Ik ben al jaren verliefd op je, al zijn er talloze momenten geweest waarop ik een gloeiende hekel aan je had. De spelletjes die je speelde met vooral van die stoere jongens. Nou ja, dat doet er niet toe. Het gaat er nu om of je mij een plaatsje in je leven wilt geven. Melchior was een goede vriend van mij. Hij hield ontzettend veel van je – dat weet je zelf ongetwijfeld het allerbeste – maar hij had ook vaak moeite met je onvolwassen gedrag. Juist omdat hij wist dat je...'

'Ja, zo is het wel genoeg, meneer Soterius! De boodschap is duidelijk! En hoe volwassen ben jíj dan wel? Ach, laat ook maar, het interesseert me niet. Voor de rest, bedankt voor je aanbod, maar nee, ik hoef jouw vriendschap niet. Dat je zogenaamd verliefd op mij bent, dat is jouw probleem en bovendien wil ik voorlopig helemaal niks met mannen. Ik heb andere zorgen aan m'n hoofd. En illusies voor later moest je ook maar niet hebben, wij zouden totaal niet bij elkaar passen. Maar ik moet eerlijk zeggen dat je me meevalt, dat je meer pit in je lijf hebt dan ik vermoedde. Je hebt best een leuke kop met die grijze ogen van je en je donkerrode haar. Jij kunt meisjes zat krijgen, wat moet je met zo'n onvolwassen flirt als Roosmarijn Walda? Nee, jongen, jij krijgt een degelijke meid, die niet barstensvol haat zit, die je later een stel leuke kinderen geeft en je huis schoonhoudt. Dat gun ik je van ganser harte. Tja, en dan pake... ik zal die ouwe liever gauw eens opzoeken, ik had dat al veel eerder moeten doen. Je kunt nu maar beter opstappen, denk ik...'

Hij staat al, Rutger. Zijn gezicht is bleek, zijn ogen lijken staalgrijs. 'Dank voor je gastvrijheid. Dit was een zeer verhelderend gesprek, Roosmarijn. Je bent als het erop aankomt gewoon een krengetje met te veel verbeelding. Jij komt jezelf nog weleens tegen, jongedame. Nou, ik ga, van mij zul je geen last meer hebben. Eén ding nog: ik hoop voor jou dat je ooit iets van de wijsheid van jouw pake Van Alkmade zult verwerven. Dan zul je ook beseffen dat de wereld niet draait om die sexy Roosmarijn Walda. Het goede!' Bij de keukendeur draait hij zich nog eenmaal om. 'Je zit barstensvol haat, dat zei je toch? Doe daar iets aan, want het vreet je op, het zal je op den duur verteren.'

Als hij vertrokken is, valt de stilte Roosmarijn aan, het overweldigt haar. Het suizen in haar oren zwelt aan tot orkaankracht. Ze is zo vreselijk duizelig ineens, ze moet naar bed. Nee, die trap, dat haalt ze niet... Was Rutger nou nog maar hier. Halverwege de keuken smakt ze tegen de plavuizen.

Stemmen, onherkenbaar. Woorden zonder zin, te veel lawaai. Te schel is het licht, ze wil alleen maar duisternis en geen gedachten. Wat doet die Rutger hier, ze moet hem niet. Nee? Koud, ze is zo koud maar het dekbed is te zwaar. Loodzwaar. Ze moeten haar helpen, ze stikt!

'Roos, kindje...'

Mem, haar stem is weer echt. Ze wil haar ogen opslaan, maar die zijn zo moe, zo zwaar. Haar hoofd doet pijn en haar rug. Maar ze heeft het niet meer zo koud en die steen op haar borst is weg. 'Ik... waar is heit?' Haar tong wil ook al niet, zo traag komen haar woorden, zo verwrongen klinkt haar stem.

'Heit is naar Willemijntje. Probeer mij eens aan te kijken, Roosmarijn.' Het lukt. Zacht schemerlicht en mems ogen, liefdevol en bezorgd. 'Ik moet morgen weer aan het werk, mem.'

'Daar hebben we het straks wel over. Dokter Wierda komt vanavond nog even langs. Hij zegt dat je geluk hebt gehad met die val. Maar hoe is dat gebeurd, Roos, herinner je je dat nog? Was Rutger erbij? Nee, dat zal wel niet, die had je daar niet zomaar laten liggen...'

'Hij zei afschuwelijke dingen, maar zijn ogen... die waren goed, en mild. Ja, dat is het woord. Ik was trouwens ontzettend kwaad op hem, hij dacht me de les te kunnen lezen. Ik heb hem weggestuurd. Daarna de stilte. Die werd te groot en nam me mee... Hoezo heb ik geluk gehad?' zegt ze dan bitter. 'Hoe komt de dokter erbij! M'n broer is dood, vermoord, mem is weg, en Mijntje... het komt nooit meer goed. Heit is te goed, ik wil hem geen verdriet doen. Water, mag ik water?'

Maaike keert zich af, staat op van het bed: 'Mem is weg...' Die woorden zijn als weerhaken in haar gekwelde ziel. Maar Roos weet nu niet wat ze zegt... Je houdt jezelf voor de gek, Maaike Walda. Roos mag dan een bult als een ei op haar achterhoofd hebben, ze is bepaald niet op haar achterhoofd gevallen! Ze smoort een lach. Het lukt niet helemaal, het klinkt als een snik.

'Waarom huil je? Het is niet om mij, hè? Het is om Mels en Willemijntje.'

'Hier, drink eerst maar eens.'

Roosmarijn laat zich overeind helpen en gilt van de pijn. 'M'n hoofd, en m'n rug!'

'Als je die pijn te lang houdt, wil de dokter je doorsturen voor foto's, maar na een uitgebreid onderzoek denkt hij niet dat dat nodig zal zijn. Rusten moet je, en dan elke dag een poosje langer je bed uit, anders word je zo stijf als een plank. Dus je werk moet je maar even vergeten.'

Als ze weer ligt, komen de tranen. 'Ik wil hier niet almaar liggen, dan heb ik veel te veel tijd om te piekeren. Ik zou naar Robien gaan, die zit daar maar op haar kamertje in Sneek, en haar ouders zitten in Canada! En Robien maar wachten op al die juridische toestanden die nog komen. Nee, ik vertik het hier als oud vuil te blijven liggen piekeren. Ik vraag de dokter wel om pittige pijnstillers. Desnoods een weekje slaapmedicatie, een goede nachtrust doet vaak wonderen. En dan een smeerseltje of zo...

Heeft heit je nog gevonden bij de Windhoek?' vraagt ze dan opeens.
Maaike knikt. Ze is te moe om tegen Roos' onredelijk gepraat in te gaan.
Haar mond is als een smalle streep, ze voelt het. En als er al liefde in haar
ogen was geweest – liefde voor dit grote, kleine kind – dan is dat nu wel
weer verdwenen. Door die woorden van Roosmarijn.
'Kom, ik zet nog een groot glas water op je nachtkastje. We hebben nog
van die speciale rietjes in huis. Je weet wel, toen Willemijntje...'
Zorgzaam zet ze een en ander klaar, ook een klein tafelbelletje, nog van
haar eigen mem. 'Als je me nodig hebt, rinkel je maar. Probeer nog wat
te slapen. Als het niet lukt... er zijn nog zetpillen die de pijn bestrijden
en je slaperig maken. Dan ga ik maar.'
'Ja, graag. Enne... bedankt. Vraag je heit straks even of hij Robien wil
halen? Als het vanavond niet meer lukt... Nou ja, ik zie wel.'
Ze keert zich moeizaam om en Maaike ervaart het als een afwijzing.
Haar gang is traag als ze de kamer van haar dochter verlaat.
In de woonkamer schuift ze haar fauteuil zo dicht mogelijk bij de gretig vlammende open haard. Hoewel haar lichaam gaandeweg warm
wordt blijft ze vanbinnen koud. Het is haar te moede als was ze ver-
steend, voorgoed. Haar antiekshop is totaal onbelangrijk geworden,
evenals de zeilkampen die ze zomers begeleidt. Er is niets dan haat...

Rutger Soterius ervaart het alleen-zijn – iets waarvan hij normaal
gesproken kan genieten – als een vloek. Continu draaien zijn onrustige
gedachten rond het gesprek met Roosmarijn. Ouders heeft hij niet
meer, geen enkel klankbord... Ja, hij heeft z'n mannetje gestaan, tegenover Roosje zijn verlegenheid overwonnen. Maar wat heeft het hem
opgeleverd? Niets, helemaal niets! Of toch? De wetenschap dat Roosje
voor hem onbereikbaarder geworden is dan ooit tevoren. Nee, meneer
Van Alkmade had het ondanks z'n enorme levenservaring totaal verkeerd ingeschat. Niet dat hij het die man kwalijk neemt. Maar wat moet
hij nu verder? Roosje... Zijn vriendschap wil ze niet, en ze zegt dat ze zijn
steun niet nodig heeft. Dat ze ooit verliefd op hem zal worden is uitge-

sloten, daarvan is hij nou wel overtuigd. En hij, wat voelt hij nog voor háár?

Hij zucht, en neemt een teug van zijn port. Het smaakt hem niet. Hij staat langzaam op en loopt naar zijn piepkleine keuken. Hij giet het glas leeg en zet het bij de afwas op het granieten aanrecht. Wat een rotzooi! Hij kon maar beter deze smeerboel eens afwassen; nog langer uitstellen en de schimmel slaat toe. Bezig blijven, dat is het beste. Al dat getob leidt toch maar tot niets. De vuile vaat grijnst hem aan. Het liefst zou hij naar z'n werkplaats gaan. De plek waar hij zich thuisvoelt, waar hij onder z'n handen materiaal dat lelijk was en goed leek voor de vuilnisbelt, ziet opbloeien. Ziet glanzen als nooit tevoren. Dan kan hij alles vergeten, alle rottige gedachten van zich afzetten. En als hij alleen is, kan hij onbekommerd fluiten, zonder iemand daarmee te storen. Ja, zijn werk is tegelijkertijd zijn therapie. Zelfs op dagen dat hij chagrijnig begint, betrapt hij zich er na verloop van tijd – en na minstens twee bakken koffie – op dat hij fluit. Zomaar wat wijsjes; een beetje vals, maar wat doet dat ertoe? Zal hij... Nee, toch maar eerst die afwas. Hij mag niet zo'n man alleen worden die de boel laat verslonzen. En zeker niet in zo'n roddelgat als Wijnje; binnen de kortste keren krijgt heel het dorp er lucht van. Hij grinnikt. Het klinkt vreemd, ongepast zelfs.

Melchior, denkt hij smartelijk, wat heeft jouw gruwelijke dood een spoor van ellende nagelaten! Het is maar goed dat jij er geen weet van hebt. Er is zoveel stuk. Bij jullie thuis, hier op het dorp. Ja, dat zeker ook. Want er mag dan veel gekletst worden, iedereen is er kapot van dat jij op zo'n vreselijke manier moest sterven. En de verontwaardiging, de woede jegens die misdadigers, die bindt ons als dorpsgenoten samen. Dat is misschien het enige goede dat uit heel deze ellendige geschiedenis is voortgekomen.

Maar Roosje, míjn Roosje, bestaat niet meer. Zij is hard geworden en bitter. Was ze nog maar die flierefluiter; ze zou uiteindelijk heus wel hebben ingezien dat ze zo niet altijd maar door kon gaan. Nee, dat is na jouw dood ook niet meer aan de orde, Mels. Ze is geen vlinder meer, ze is een roos; nog net niet geknakt, maar de bloem is verwelkt en de doornen hebben terrein gewonnen. Ach, Mels, was je nog maar hier, bij ons. Bij Robien, dat lieve meidje. Die moet nu verder zonder jou, en al vindt zij troost bij God, net als ik, daardoor wordt alles heus niet ineens draaglijk. Dat je vrolijk voort kunt alsof er niets gebeurd is. Robien Wijngaarden, een prachtvrouw, goed in haar functie van pastoraal werkster. Jullie pasten bij elkaar en waren voor elkaar geschapen. Dat gaat niet op voor Roosje en mij. O God, waar ligt dan mijn toekomst?!

Die nacht droomt hij dat Roosje op hem toe komt lopen. In haar armen draagt ze wonderlijk gevormde, dode takken.
'Rutger, ik geef ze jou, jij kunt ze veranderen in bloemen. De dode takken zullen tot leven komen, uitbotten. En als er bloemen zijn, dan gaan wij samen naar Mels' graf. Dan brengen wij hem deze bloemen. Bloemen voor Melchior.'
Rutger strekt zijn armen al uit; zijn ogen lachen haar uitnodigend toe.
'Kom maar, liefste, ik zal de dode takken aanraken in Gods kracht, en er zal leven zijn. Er zullen bloemen zijn, bloemen voor Melchior. Maar ook voor ons, famke. Rozen, ontelbare rozen, en er zullen geen doornen zijn!'
Haar lach, koud en huiveringwekkend. 'Je dacht toch niet écht dat ik het meende? Je bent een onnozele hals, Rutger Soterius. Nee, ik heb jou niet nodig en je gebed al helemaal niet!'
Weer die afschuwelijke lach, en dan ziet hij dat haar tanden zwart zijn. En haar mooie groene ogen zijn doorboord met talloze doornen.
Huilend ontwaakt hij. De rest van die nacht blijft de slaap ver.

3

HET MEISJE ESMERALDA MAG NAAR HUIS. ZE HOEFT NIET NAAR EEN *ander ziekenhuis voor mensen die ziek zijn in hun hoofd.*
Haar mem gaat voor haar zorgen en Floor. Tenminste als die beter is.
Damian is dood en Floor en Esmeralda zijn ziek. En de ogen van heit ook maar hij zegt van niet. Hij praat met de Heer Jezus dat doet Esmeralda ook want dan kan ze misschien Damian terugbidden. En dat Floor niet meer skreeuwt.
Toen bedacht het meisje dat het maar een verhaaltje was dus zij kon Damian weer levend skrijven. En Floor de grote zus kreeg een zachte stem en heit zijn ogen waren weer blij. Mem ging niet meer zo ver weg kijken en dan werd het feest.
Esmeralda wil nou dat ze haar Smaragd noemen net als Damian en dat doet de aardigste dokter. Die heeft wel een rare naam, Wang, maar dat geeft niet.
Er was ook de grote vriendin Zilver die moest vaak huilen om Damian omdat ze niet konden trouwen want hij was in de hemel. Maar Smaragd gaat hem echt terugskrijven want dat kan in een verhaal, niet in het echt natuurlijk.
De dokters zeiden jij hoeft niet naar een ander ziekenhuis want je skrijft en dat is terepie. Nou ze wist niet wat dat woord betekent maar het hielp veel, hoor, het skrijven!!!
Soms was het meisje nog erg moei en ze mocht nog niet naar skool. Dat was wel een beetje jammer, maar ook wel leuk eigelijk als haar vriendinnetjes allemaal op skool zaten kon zij lekker lezen en skrijven!!!
En dan kwam Damian terug hij stond zo-maar midden in de keuken en zei Mijntje me kleintje en edelsteentje. En toen moest zij huilen maar dat was juist omdat ze blij was. Daar kon je ook van huilen, hoor, dat wist Smaragd zelf want toen de dokters zeiden je mag naar huis huilde ze ook!!!
En ze hoopte dat Floor gauw weer beter was en lief en mem zou van die echte ogen krijgen, dichtbij ogen. Dacht het meisje. Maar ze was toch een beetje bang want als ze Damian nou niet uit de hemel kon laten terugkomen wat dan!!!
En misschien wou hij wel liever in de hemel blijven, want daar had hij nooit

meer pijn en ze zouden hem niet met een mes steken. Want boze mannen hadden dat gedaan en toen was hij gestorven.

Als Damian dood bleef ging een heel strenge meneer vertellen aan die boze mannen dat ze naar de gevangenis moesten dat had Zilvertje het meisje uitgelegd. En ze kon het een beetje snappen niet alles hoor!!! Maar wel dat die gemeners straf kregen, heel lang en zouden ze dan ook brood met spinnen krijgen. Net goed.

Maar zei heit je mag dat niet denken. Hoe kan dat nou wat je denkt dat denk je toch zeker!!!

En het meisje Smaragd moest van de zuster ophouden met skrijven niet voor straf, hoor. Maar straks kwamen ze haar halen, heit en Zilvertje en dan naar huis!!!

Eerst had het meisje veel gehuild en toen veel geslapen maar nu moest ze Damian terugskrijven dat kon alleen zij. De andere, grote mensen snappen dat niet die zijn eigenlijk dommer dan het kleine meisje.

Maar Floor was heel lief ze lag op bed en haar hoofd deed heel zeer maar ze vroeg almaar aan Smaragd, hou je van me.

Natuurlijk zei het meisje en toen moest ze huilen. Floor dus. En toen hebben ze elkaar heel lang vast gehouwen en kusjes gegeven. Dat was fijn, hoor!!!

Haar stem was ook zacht maar dat kwam van de pijn. Zei mem. Maar heit zij nee, niet doen, niet zeggen. En Zilvertje ook. Nou Smaragd snapte er eerlijk gezegd niks van. Maar toch was ze blij en toen kon ze in haar eigen bedje slapen. Met de knuffelbeer Robijn en de sterke grote leeuw Damian want die had ze vernoemd. Zo heet dat.

O daar kwam mem. Je moet eten, famke, zei ze maar het meisje had een dikke bobel in haar keel en was misselijk. Maar ze moest toch eten en toen moest ze kotsen vreselijk!!!

En toen ging ze later toch weer verder met haar boek het moest een mooi boek worden. Ook om te lachen en niet allemaal verdrietige dingen. En toen kwam pake, die was heel lief maar hij zei niet veel. En Floor moest een beetje huilen en ze hielden elkaar hun handen vast, de hele tijd. Maar Smaragd was er vro-

lijk van, een beetje tenminste. En mem had rooie ogen maar haar mond was anders, een soort streep die je met een potlood kon maken. Dat was niet leuk. En Zilvertje was zo stil en toen moest ze weg maar Damian kon haar niet naar Snitsj brengen en het meisje kon Damian niet terugtoveren. Jammer. Toen werd ze moe het meisje en deed haar boek dicht. Want morgen kon ze toch wel verder skrijven!!!

Als Robien Wijngaarden – thuisgebracht door Roosmarijns vader – haar flatje binnengaat, komt de kilte haar tegemoet. En de leegte. Het liefst zou ze meteen met een kruik onder de wol duiken en dan slapen, eindeloos slapen. Maar ze weet het nu al: ondanks haar vermoeidheid draait dat uit op eindeloos piekeren. Dan de verraderlijke slaap met die steeds terugkerende nachtmerrie. Was mam maar hier, maar die ligt met een hernia, ver weg. Eerst maar haar kacheltje aan. O nee, natuurlijk eerst de schemerlampen. En daarna water opzetten voor een flink glas kamillethee. Dat had Mels ook altijd zo lekker gevonden, hoewel hij op z'n tijd ook best wel een borrel of een pilsje lustte.

Hoeveel goede uren hadden ze hier samen niet doorgebracht? Zoveel liefde, genoeg voor een leven lang samen. Maar het heeft niet zo mogen zijn. Ze zou willen huilen, maar haar ogen blijven droog terwijl ze – na drie mislukte pogingen – de gevelkachel aan de praat krijgt. En nu muziek. Het *Requiem* van Mozart? Nee, dan moet ze zeker janken, en als ze eenmaal begint, kan ze niet meer stoppen. Maar wat wil ze nou eigenlijk? Die walgelijke prop moet weg, daarvoor schiet kamillethee tekort. Ze stopt de cd in de speler, kruipt dan zo'n beetje ín de kachel en laat zich door de klanken overspoelen.

Dus huilen kan ook al niet meer, stelt ze na een tijdje bedroefd vast. Maar dan zijn ze er ineens. Tranen, een onstuitbare vloed van warme tranen en ze wíl helemaal niet meer stoppen. Het voelt goed, net of Melchior dichtbij is, en haar troostwoordjes influistert. Ze geeft zich eraan over, Robien Wijngaarden.

Later in bed – leunend tegen een stapel kussens – bekijkt ze hun fotoalbum. Zo dichtbij, dat dierbare gezicht, bijna tastbaar de stralende ogen. En tegelijkertijd zo vreselijk onbereikbaar. Nooit zal hij haar nog in z'n armen houden, nooit meer zullen ze elkaar vol overgave kussen en strelen. Geen plannen maken voor hun trouwdag. Voorbij, definitief. Ze legt het album weg en strijdt met God, vraagt Hem 'waarom'. Niet eenmaal, nee, steeds maar opnieuw. Ze schreeuwt naar de hemel, ze balt haar vuisten: 'God, waar bent U? Wat verwacht U van mij, hoe moet ik verder?' Zoveel vragen. Vragen zonder antwoord.

Ze moet een beslissing nemen. Natuurlijk zal de komende tijd het gedoe rondom de juridische procedures veel van haar tijd en aandacht in beslag nemen. Maar is dat een reden om weg te blijven van Sonnewende? Nee toch, zeker!

Ze wil praten met mevrouw Sanders. Die forse vrouw met haar nu zo kinderlijke geest. Maar een gesprek met haar behoort nog altijd tot de mogelijkheden! En dan beppe Douma... dat kleine vrouwtje dat in een soort kinderstoel haar dagen slijt. Met een enorme slab om, want ze kwijlt voortdurend. Bovendien kan ze vreselijk schelden, iedereen in haar omgeving uitmaken voor alles wat mooi, maar vooral lelijk is. Haar dochters blijven trouw komen, ze laten zich uitschelden en in het gezicht spugen. En dan altijd weer die vraag: 'Robien, wil jij met us mem zingen, alsjeblieft?'

Ja, als ze maar even tijd had, dééd ze dat ook. Liederen uit de bundel van Johannes de Heer. Het duurde altijd even tot beppe Douma's snibbige oogjes verstilden: een wonderbaarlijke metamorfose. En dan begon ze – eerst haperend, gaandeweg vlotter en duidelijker – mee te zingen. 'Ruwe stormen mogen woeden, alles om mij heen zij nacht, God mijn God zal mij behoeden...' Ook zongen ze 'Veilig in Jezus' armen, veilig aan Jezus' hart. Daar, in Zijn teer erbarmen, daar rust mijn ziel van smart.' Ze wist van geen ophouden, en ten slotte moest altijd haar lievelingspsalm gezongen worden. 'Geloofd zij God met diepst ontzag, Hij overlaadt ons dag aan dag, met Zijne gunstbewijzen!'

Dan meneer Van Leeuwen... Als hij eenmaal over vroeger begon te vertellen, hing iedereen aan z'n lippen. Ook zij, Robien. Dan had je natuurlijk nog dat komische mens van Tolsma met haar toch zo tragische levensverhaal, en... Al die mensen die haar nodig hebben, heeft zij hén niet even hard nodig?

Haar besluit staat vast: alle dagen die haar tot het ophanden zijnde proces ter beschikking staan zal zij haar opwachting maken in Sonnewende.

Ze had altijd gedacht dat zíj zo belangrijk was voor deze mensen, wachtend op hun einde. Maar helder breekt nu het inzicht door dat er naast haar oprechte bewogenheid, haar stellige geloof in God de Vader, ook een deel hoogmoed aan te pas was gekomen. Zij, Robien Wijngaarden, alom geprezen door de bewoners, het verplegend en het niet-verplegend personeel. Onaantastbaar... Had zij werkelijk gedacht dat zij altijd maar aan de goede kant van de vragen zou blijven staan?

Nu heeft zij 'haar mensen' nodig, broodnodig. En ze zal gaan. Niet hoogmoedig, nee, maar nederig van hart. En als eerste zal ze beppe Douma opzoeken en haar vragen met haar te zingen 'Welk een vriend is onze Jezus, die in onze plaats wil staan, welk een voorrecht dat ik door Hem, altijd vrij tot God mag gaan!'

Voor ze gaat liggen, leest ze psalm 4 en de laatste woorden zijn als balsem op haar open wonden: 'Nu kan ik mij ter ruste begeven en eindelijk inslapen, want Gij alleen, o Here, doet mij veilig wonen.'

4

ROOSMARIJN KNAPT WONDERBAARLIJK SNEL OP; ZE WIL ERBIJ ZIJN ALS DE rechtszitting gaat plaatsvinden! Om Robien moreel te steunen, om te kunnen vaststellen dat er wel degelijk récht gesproken zal worden. Maar de belangrijkste van haar beweegredenen gaat dieper: het loodzware gevoel van schuld. Als zij zich niet zo afschuwelijk gedragen had, als ze Mels niet had doodverklaard als haar broer, als... Nou, ze had haar zin gekregen, hij is dood, hartstikke dood. Haar broer Melchior en zij... hoe moet zij verder met haar schuldenlast?

'Leg het God de Vader voor,' had pake Van Alkmade rustig gezegd, nadat ze bij hem te biecht was gegaan. 'Wat er tussen jou en Mels is gebeurd, dat is heel verdrietig. Maar jij hebt hem niet vermoord, Roos. Je kreeg berouw, je wilde hem je spijt betuigen. Die kans heb je niet meer gekregen, famke, maar je weet toch van Robien dat ook Mels schuld erkende en alles wilde uitpraten? Juist omdat hij zoveel om jou gaf. Dat heeft ook meegespeeld in zijn té felle reactie op jouw wangedrag. Nee, ga je nu niet verdedigen, je hebt het daarnet zelf zo onder woorden gebracht.

En er was die enorme spanning rond Willemijntjes ziekte, dat heeft natuurlijk ook meegespeeld. Wellicht ook bij jou, Roosmarijn. Je vluchtte in de armen van die jongen van Bosscha, omdat je armen nodig had die je zouden koesteren. Wat hij wilde, dat bood echter geen troost, integendeel. En je had te veel gedronken, vergeet dat niet.'

Ze had zijn woorden ingedronken, haar hart was boordevol liefde. Toch moest ze het zeggen. 'Ik leg niets meer voor aan God, pake. Het helpt niet. Een vorm van zelfsuggestie, dat is het. Dat is wel makkelijk, hoor, je hebt het zelf verpest, en dan mag Jezus het voor je opknappen.'

'Ach, Roosje, lieverd, dat heeft Hij immers allang gedaan!'

Ze had hem alleen maar aangekeken, het mededogen in zijn milde blik gelezen. Zijn liefde voor haar. En ze wist het zo wel, hij hoefde het haar niet te zeggen, pake zou voor haar bidden. En dat was toch een goed gevoel geweest, want zelf kon ze het niet. Of wilde ze het als het erop aankwam niet?

Vragen, zoveel vragen, tranen die vastzaten in haar borst. Verlies, uitzichtloosheid... Ze had het treurige rijtje opgesomd. En pake had het niet tegengesproken, hij had slechts haar handen in de zijne genomen en haar naar zich toe getrokken. Een droge, harde kus op haar voorhoofd en: 'Sterkte, Roosmarijn, ik denk aan je.'

Pake, lieve pake, ze weet nu al dat ze hem de komende tijd vaak zal opzoeken!

Met Willemijntje is geen land te bezeilen, hoewel ze zienderogen opknapt. En juist daarom – ze weet haar argumenten te gebruiken, die kleine – blijft ze er maar op hameren dat ze mee moet als die boeven straf krijgen.

'Ze hebben us Mels doodgemaakt, zomaar... nee, omdat-ie een zielige mevrouw wilde helpen! Ik wil die boeven zien en dat ze húilen als ze straf krijgen. Ik vind dat die smeerlappen ook dood moeten.'

'Die taal wil ik niet horen, Mijntje,' zegt Sietse streng, maar zijn ogen spreken van begrip; ze had ook al niet aanwezig kunnen zijn bij de begrafenis en nu zou ze opnieuw buitengesloten worden. De video die dokter Wierda had gemaakt had ze bijna gretig bekeken. Niet éénmaal, nee, zeker vijf keer.

Maaike had er een stokje voor willen steken. 'Het wordt een obsessie voor us famke. Dit is niet goed, Sietse.'

Hij was het niet met haar eens geweest. 'Zij kan nog amper beseffen dat ze Melchior nooit meer zal zien, dat het zo afschuwelijk definitief is. Dat kunnen wij immers amper? En nu moet ze het op haar manier – de enige die haar ter beschikking staat – verwerken. Althans, daar maakt ze nu een begin mee. Wees verstandig, Maaike, en laat haar wat dit betreft zelf beslissen. Wat het bijwonen van de rechtszaken betreft... daar moet ik nog eens goed over nadenken. Ik denk dat Robien de aangewezen persoon is om daar met Willeke over te praten.'

'Verstandig, jij met je verstandig!' smaalt Maaike, met weer die priemende ogen. 'Er is ook nog zoiets als gevoel, hoor. En waarom zou ik niet met Willemijntje kunnen praten? Ik ben haar moeder!'

Sietse was opgestaan, hij had haar alleen maar aangekeken en gedacht: ja, jij bent haar moeder, en je geeft haar al je liefde. Maar als ons kleintje over de Here Jezus begint, haak jij af. Net als Roosmarijn. En ik zal niet toelaten dat je het kind die troost ontneemt... Want het is de enige troost!

Robien heeft een afspraak met een juridisch voorlichter. Ze heeft zoveel vragen, al weet ze best het een en ander over de rechtsgang. Maar nu het haar leven raakt – tot in het diepst van haar ziel – wil ze alles weten, wil ze goed voorbereid zijn op wat komen gaat.

Roosmarijn zit nog in de ziektewet – men heeft haar dat in het Streekziekenhuis met klem aangeraden – en ze zal met haar vriendin meegaan. Robien is meer dan een vriendin, ze is bijna een zus! Dat zou ze immers ook geworden zijn als die schoften niet...

Ze vecht er wel tegen, Roosmarijn Walda, maar de haat lijkt vooralsnog onuitroeibaar, en de wraakgevoelens tieren welig. Als je Robien, heit en Willemijn moet geloven zou bidden echt helpen; de Boze slaat op de vlucht voor oprechte gebeden. En daar zit nou net het cruciale probleem, oprecht bidden gaat niet! En huichelen... Ach, als God alles ziet en weet, kan ze Hem immers toch geen rad voor ogen draaien? De hypocrisie van de farizeeërs stelde Hij toch ook genadeloos aan de kaak?

Nee, het heeft geen zin, dit soort bespiegelingen. Realistisch zijn, je recht halen, het recht van Melchior. Dáár gaat het om. En ja, daarvoor zal ze alles aan de kant zetten. Voor de volle honderd procent zal ze zich sterk maken voor recht en gerechtigheid. Robien mag niet overkomen wat dat meisje Jennifer destijds overkwam: slachtoffer van die moordenaars en dan daarbij ook nog slachtoffer van het rechtssysteem.

En ze weet wie pal achter haar staat: mem! Ja, heit ook, dat spreekt vanzelf, maar met zijn houding weet ze zich niet goed raad. Het heeft iets van berusting, van een soort vergeving zelfs. Nee, daar kan zij in elk geval niks mee!

Evie Landheer komt het weekend voordat Roos met Robien naar Leiden zal vertrekken naar Wijnje. Roosmarijn, haar vriendin... Ze herkent haar af en toe nauwelijks met die felle ogen en die harde, ontsierende trek rond haar mond. Maar ze laat haar niet vallen, dat spreekt vanzelf. Ze weet dat Roosmarijn dan wel veel kennisjes heeft, maar dat zij de enige is bij wie Roos als vriendin echt zichzelf kan zijn.

Met haar studie vlot het niet. Ook zij is nog totaal van slag door de dood van Melchior Walda. Die fijne knul, op wie ze ooit, jaren geleden, nog een tijdlang stilletjes verliefd is geweest. Dat was nog vóór Robien in zijn leven kwam... Sindsdien heeft ze weleens een tijdje verkering gehad, maar het liep altijd weer op een teleurstelling uit. Zocht ze nog altijd te veel een tweede Mels?

Ach, dit soort gedachten, wat schiet ze ermee op? Ze moet gaan pakken en ze mag wel opschieten ook, anders mist ze haar trein. Een paar dagen weg van hier, van het studentenleventje dat haar nu zo leeg en zinloos lijkt. Al die discussies, al die gesprekken over hoe ze met elkaar de wereld leefbaarder zullen maken. Elke vrijdag met elkaar naar de kroeg om het weekend in te luiden. O, De Drie Gezusters is een leuke tent, maar er zijn altijd van die figuren bij die te veel drinken en dan klef gaan doen. En toch gaat ze altijd maar weer mee, want ze wil niet al te veel uit de boot vallen, die brave, christelijke Evie Landheer. Eenmaal in de trein naar Leeuwarden probeert ze zich te ontspannen. Haar studieboeken heeft ze bewust thuisgelaten. Ze heeft beloofd dat, als de Walda's ook meegaan naar Leiden, zij op Willemijntje zal passen. Al zal ze het tegenover dat lieve eigenwijsje nooit op die manier zeggen, die zou onmiddellijk lik op stuk geven en uitroepen: 'Ik heb geen babysit nodig, maar ik vind het wel gezellig dat je bij me wilt zijn.'

Willemijntje... wat gaat er toch om in dat hypersensitieve kind? Ze wil schrijfster worden, heeft ze haar eens toevertrouwd. Evie acht het niet uitgesloten dat het haar nog zal lukken ook, ooit; zoals dat kind haar gedachten kan verwoorden! En ze schrijft al sinds haar zesde jaar verhaaltjes, die alleen Melchior en pake Van Alkmade mochten lezen. En nu schijnt ze ook bijna dagelijks te schrijven. Maar volgens Roosmarijn is ze niet van zins haar 'boek' uit handen te geven; het is háár boek, háár verhaal. Haar geheim, dat ook. Wie weet kan ze er iets mee en helpt het haar de gruwelijke dood van Melchior te aanvaarden en te verwerken.

Ze schrikt op als een oudere, ietwat verlopen man tegenover haar vraagt of hij haar iets te drinken mag aanbieden. 'Koffie, of liever een pilsje? Je ziet eruit of je wel een opkikkertje kunt gebruiken.'

'Nee, dank u,' zegt ze stug en ze graait een tijdschrift uit haar tas. Wat een verwaande kwast, waar bemoeit hij zich mee? Ze heeft geen zin in zomaar een gesprek met een wildvreemde man. En zeker niet in het uitwisselen van confidenties. Ja, ze zal daar gek zijn, zeker met zo'n type. Ho, ho, niet zo snel oordelen, roept ze zichzelf achter haar Libelle tot de orde. Ze ziet letters, maar de zin ervan ontgaat haar. Reclames die een eeuwig jeugdige huid beloven, of een ultraschone was. Niet tevreden, geld terug. Allemaal flauwekul. Nou ja, ze heeft nu tenminste iets om zich achter te verschansen. Steels kijkt ze op haar horloge; nog maar ruim een kwartier, dan komen ze aan in Leeuwarden. Gelukkig haalt meneer Walda haar op met de auto, hoeft ze niet nog eens met de bus. Ze zucht diep, hondsmoe is ze ineens.

Willemijntje geeft het niet op, ze wil mee met Robien en Roosmarijn. 'Ik wil ook alles snappen, ik moet dat doen voor Melchior. Het moet, want ik kan hem niet terugtoveren!!'
Uiteindelijk is het pake Van Alkmade die het salomonsoordeel velt: 'Eerst gaan Robien en Roosmarijn samen, misschien met mem en heit, en later, als de echte rechtszaak komt, dán mag je mee. Tenminste als heit en mem dat goedvinden.'
Die vinden het prima; Willemijntje kan zo vasthoudend zijn als een terriër!

5

DIE NACHT VLIEGT ROOSMARIJN OVEREIND. ZE VERSTART. DAAR STAAT HIJ, Tjibbe Hovinga. Lang, dreigend, uitgetekend als een silhouet.
'Je hoeft niet bang te zijn, Roosmarijn Walda, ik zal je geen kwaad doen. Ik wil je helpen, want ik hou van je. Al zo lang, maar jij hebt het nooit geweten. Dat is mijn schuld, ik moest zo nodig de stoere jongen uithangen. Omdat ik dacht dat jij me het liefst zo zag. Maar nu...' Ze kan zich

niet bewegen, ze kan niet schreeuwen als hij plotseling krimpt. Niets kan ze doen als hij dichterbij komt, zijn armen uitgestrekt.

Woorden vindt ze niet als hij eerst de donkerrode haren van Rutger Soterius krijgt, dan diens gezicht en ten slotte diens stem. Die armen... Ineens is de dreiging weg. En als hij bij haar gaat zitten, haar tegen zich aantrekt, kruipt ze weg in zijn warme, veilige omhelzing. Hij streelt haar koude rug en dan heft zij haar gezicht naar hem op voor een kus. Een kus die zal duren en duren, tot zij met hem zal versmelten.

'Slet!' zegt hij met de stem van Pieter-Jan. Ze begint klaaglijk te huilen, en zoekt troost in zijn ogen. De ogen van Rutger. Maar hij heeft geen ogen meer, die zijn uitgestoken. Bloedende gaten zijn er slechts en zijn gezicht is onherkenbaar verminkt. Even nog knellen zijn armen haar stijf tegen zijn bebloede lijf aan, dan laat hij haar vallen.

De val duurt eindeloos, en er is geen vangnet. Zij weet zich als iemand die geen helper heeft. De klap, het bleke daglicht en de pijn. De kwellende pijn op haar borst. Melchior, kom terug! De nachtmerrie is niet voorbij, jij bent dood, dood, dood!

Ze transpireert niet, integendeel, ze heeft het koud, zo koud. Alsof ze nooit meer warm zal kunnen worden. Of... Rutger? Hij was er ook bij, hij maakte haar warm, hij troostte haar. Hij houdt van haar, dat heeft hij haar verteld. Hij wil haar tot steun zijn, haar verdriet om Mels delen. Rutger...

Ze gooit haar dekbed van zich af. Rillend zoekt ze een badlaken en schoon ondergoed. Een hete douche, dan warme kleren. Beneden sterke, hete koffie, en alle muizenissen zullen verdwijnen.

Alle muizenissen?

Mr. Velse is een sympathieke vijftiger met grijzende slapen en vriendelijke ogen. 'Mevrouw Wijngaarden, u gaat een zware tijd tegemoet. En u, mevrouw Walda, eveneens. U en uw familie zullen de komende maanden steeds geconfronteerd worden met de strijd tussen gevoel en verstand. Ik ben graag bereid u een en ander zo helder mogelijk uit te leggen, maar u moet zich wel realiseren dat mijn inzet uw verdriet, noch uw woede kan wegnemen.'

'Zegt u alstublieft gewoon Robien en Roosmarijn, dat... dat voelt beter,' hakkelt Robien.

De man knikt begrijpend. 'Dat zal ik doen. Misschien vergis ik mij nog wel een paar maal, want ik zit nogal vast aan ambtelijke taal en de daarbij behorende beleefdheidsnormen.'

'Nou, u lijkt me anders ook een echt méns!' flapt Roos eruit.

Mr. Velse glimlacht, er is een vleugje humor in zijn ogen. Maar dan wordt hij weer ernstig. 'Luister. In deze vreselijke situatie kun je eigenlijk niet van "geluk hebben" spreken, maar toch is dat in bepaalde opzichten aan de orde. Nee, nee, laat me even uitpraten. Straks kunnen jullie losbranden met al je vragen. Maar nu stel ik een en ander heel formeel. Het misdrijf vond plaats op klaarlichte dag, er was sprake van "op heterdaad betrappen" van de daders, én we hebben drie getuigen bereid gevonden onmiddellijk mee te gaan naar het bureau, nadat de daders gearresteerd waren. Er zijn ook meteen processen-verbaal opgemaakt.'

'Die lieve ouwe man,' mompelt Robien.

Mr. Velse knikt. 'En die dame die in eerste instantie het slachtoffer was. Daarnaast nog dat jonge meidje. U eh... je weet wel, Robien, die meteen 1-1-2 gebeld heeft. Het is onder de gegeven omstandigheden heel positief dat deze drie getuigen zich meteen beschikbaar stelden, want wat dat betreft kan en mag de politie geen enkele dwang uitoefenen.'

'Al die anderen...' fluistert Robien met tranen in haar ogen. 'Er waren erbij die gewoon doorliepen, en. wat ik nog erger vond, mensen die ervan stonden te genieten. Lekker, een rel, dat mogen we niet missen! Walgelijk, en daarna die persmuskieten. Ja, natuurlijk onder het mom van "we doen nu eenmaal gewoon ons werk". En die camera's, al die op sensatie beluste media... báh!' Ze barst in tranen uit.

Roosmarijn legt een arm rond haar schouders en mr. Velse kucht. Ook hij kan zijn emoties niet altijd bedwingen bij dergelijke gruwelijkheden. Toch zal hij nu degene dienen te zijn die weer ter zake moet komen. Hij

schraapt zijn keel, en vraagt dan of hij verder kan gaan met zijn uitleg.
'Wel, in dit geval kon de politie onmiddellijk overgaan tot drie dagen
voorlopige hechtenis. Wat verlengd is, zoals jullie weten, met nog eens
drie dagen door de officier van justitie. En daarna heeft de rechter-
commissaris de hechtenis met nog eens tien dagen geprolongeerd. Tot
zover duidelijk? Mooi. Dan zitten we nu inmiddels al in de volgende
fase: de raadkamer heeft in een zitting pro forma de verdachten dertig
dagen extra opgelegd. Gelukkig was in deze zaak alles zo evident dat
men daartoe kon overgaan. En ter geruststelling: de kans is vrijwel honderd procent dat de raadkamer er nog tweemaal dertig dagen aan zal
toevoegen.'
'Die raadkamer, bestaat die uit een soort commissie van juristen?' vraagt
Roosmarijn. Ze voelt zich kalm, vertrouwt deze mr. Velse. Het maakt
dat ze rustig kan nadenken, als over iets wat haar – voor het moment
althans – niet persoonlijk raakt; ze ervaart het als een boeiend college.
Ook Robien zit er, hoewel zeer geconcentreerd, redelijk ontspannen bij.
'De raadkamer is uitsluitend aan rechters voorbehouden,' verklaart mr.
Velse. In deze zaak werken drie rechters samen, ze hebben de dossiers
onder zich en ze hebben gezamenlijk zorg gedragen voor de dag-
vaarding. Die zitting pro forma is tegelijkertijd de strafzitting, ook in
handen van dezelfde drie rechters, omdat er hier sprake is van zogenaamd klemmende redenen. Tja, en verder worden er voor beide par-
tijen pro-Deo advocaten aangewezen.'
'Wat een boel mooie woorden voor zoiets walgelijks als moord!' snauwt
Roos, 'ja, sorry, hoor. Ik neem u niets kwalijk, maar... het wordt allemaal
zo ingewikkeld gemaakt! Ach, ik kan het rationeel allemaal wel plaatsen, u geeft heel helder uitleg, maar het emotionele aspect blijft zo
onderbelicht. Vind jij ook niet, Robien?'
Robien knikt bleekjes. 'Toch is het goed dat we de formele kant een
beetje snappen,' zegt ze zacht. Dan, feller, vervolgt ze: 'Maar er is toch
geen twijfel aan dat het hier om moord gaat? Ze hebben hem voor mijn
ogen vermoord, doodgestoken, vertrapt, verminkt!'

Ze snikt en als Roos haar wil troosten, duwt ze haar vriendin weg. Roosmarijn wil uitvallen, haalt dan haar schouders op; laat haar maar even betijen, denkt ze. Wat zit die Velse nou ineens ongemakkelijk op z'n stoel te draaien? 'Zeg het maar, er is iets wat... nou, ik heb het gevoel dat u iets verzwijgt om ons te sparen. Doe dat alstublieft niet, we moeten weten waar we aan toe zijn, wat ons te wachten staat!'

'Ik heb nog geen kans gehad om op Robiens vraag in te gaan,' zegt de man dan wat kort. 'Robien, wil jij, net als Melchiors zus, precies weten waar het op staat? Eerlijk zeggen, hoor.'

'Och ja, ik zal de waarheid toch onder ogen moeten zien,' reageert ze opeens weer mat.

'Ik draai er niet omheen. We hebben hier te maken met een onweerlegbare zaak van openlijke geweldpleging met de dood tot gevolg. Geen moord dus, maar in juridische termen aangeduid als doodslag. Artikel 141 lid 2, volgens het Wetboek van Strafrecht. Het is niet anders, als jurist moet ik het zo benoemen. Als mens... dat is een heel ander verhaal. Reken maar dat ik dit dilemma in mijn loopbaan té vaak heb ervaren. En het went nooit.'

'Mag ik nog iets drinken?' vraagt Robien vlak.

Mr. Velse staat al. 'Jij ook, Roosmarijn? Koffie, of iets sterkers? Je zegt het maar. Voor allebei koffie met cognac? Momentje, dat ga ik even regelen.' Met ietwat stijve passen verlaat hij het vertrek.

Roosmarijn staart naar het hoge venster. Daarachter spot de zon met haar duistere gedachten. Er zijn al knoppen aan bomen en struiken, en de forsythia bloeit uitbundig. Tulpen in vele kleuren grijnzen haar aan vanaf het gazon, tegenover de gracht in het park.

'Ik heb het ineens zo benauwd,' hijgt Robien.

Abrupt wendt Roosmarijn haar blik af van het venster, van al die misplaatste kleuren; beloften van nieuw leven, ha, om je te begillen! Ze schrikt van Robiens inwitte gezichtje, en stelt dan vast dat ze hyperventileert. 'Hier, een plastic zakje. Zo, ik heb hem binnenstebuiten gekeerd, zit geen broodkruimel meer in. Voor je mond houden! Toe nou, meewerken, Robijntje! Je krijgt te veel zuurstof binnen, als je in dat zakje ademt, herstelt de koolzuurbalans zich. Echt, het helpt!'

Robien trilt, maar ze doet wat haar gezegd wordt. Als mr. Velse binnen-komt, is haar kleur weer normaal. Gretig neemt ze een slok cognac, de koffie hoeft ze niet.

Terwijl ze stilzwijgend drinken – Roos warmt haar koude handen aan de warme koffiemok – is er toch iets van harmonie tussen hen. Maar toch zoveel vragen, zoveel angst...

En woede is er ook, en haat. O, als zij toch ooit het recht in eigen hand zou kunnen nemen, wat zou haar wraak dan zoet zijn!

Ze zet haar mok met een klap op de tafel, en zegt dan bits: 'Als we nu die afschuwelijke kwestie Meindert Tjoelker* nemen, de aanklacht was toen "openlijke geweldpleging". Dat-ie daaraan doodging, dat telde ineens niet mee. Hoe bestaat zoiets in vredesnaam!'

Velse zucht. 'Ach, Roosmarijn, ik ben daar ook nog niet klaar mee... Maar die lage straffen voor openlijke geweldpleging, dat heeft ermee te maken dat zelfs naar iemand spúgen onder die noemer valt. Tja...' Er valt een pijnlijke stilte.

Na een tijdje vraagt Velse of hij verder kan gaan. Robien en Roosmarijn knikken; ze moeten er maar weer even tegen kunnen. Bovendien willen beiden exact weten wat hun te wachten staat, dat móeten ze. Het is het enige wat ze op dit moment kunnen doen ter nagedachtenis aan Melchior: er mede zorg voor dragen dat er récht gedaan zal worden.

'Om de draad weer op te pakken,' begint mr. Velse, 'er is in deze zaak gelukkig sprake van wettig én overtuigend bewijs. Hoe onrechtvaardig het ook mag klinken, "wettig" alleen volstaat niet. Wel, wij hebben beslag kunnen leggen op de messen, de moordwapens dus, inclusief duidelijke vingerafdrukken. We weten ook, mede door jouw getuigenis, Robien, en die van de andere drie getuigen, wie uiteindelijk de dodelijke steek heeft toegebracht: Sander W. uit Aerdenhout, negentien jaar oud.

* Deze zaak is inmiddels heropend.

Hij ontkent vooralsnog, maar hij heeft geen poot om op te staan, dat zal hij snel genoeg ontdekken.

Goed, ten slotte zal de uitspraak gedaan worden, daar gaan nog wel weken overheen, maar ik hoop conform de eis. Er is wél altijd sprake van gevangenisstraf met aftrek van voorarrest, en daarbij... in ons land wordt doorgaans slechts twee derde van de straf daadwerkelijk uitgezeten. Heel soms komt het voor dat de rechter beslist dat de strafmaat hoger uitvalt dan de eis. Laten we hopen dat het in deze zaak ook het geval zal zijn. Dit even "off the record". Ik zeg dit als mens, niet als jurist. Tja, dat was het dan wel, hebben jullie nog vragen?'

Ze spreken nog ruim een halfuur door, en als ze uiteindelijk vertrekken, uitgeleide gedaan door mr. Velse, die inmiddels heeft voorgesteld dat ze hem maar gewoon Hans moeten noemen, nemen ze – dodelijk vermoeid maar toch enigszins opgelucht – een taxi naar Melchiors etage. Voorlopig wil Robien die aanhouden. De gedachte daar de boel te moeten ontruimen kan ze niet verdragen, nog niet. En gelukkig heeft ze een redelijk bedrag op haar spaarbankboekje staan: de huur kan ze voorlopig wel betalen. Van het geld dat ze gespaard had voor de bruiloft...

Drie dagen later valt de slag. De genadeslag.

In Het Blauwe Haventje ligt er op een zonnige voorjaarsdag een officieel uitziende brief op de deurmat. Heel kort en zakelijk wordt daarin meegedeeld dat er een ernstige, zelfs onomkeerbare procedurefout is gemaakt. Voor twee van de daders is te laat verlenging van hechtenis aangevraagd. Een van die twee is Sander W.

Voor Roosmarijn is er maar één oplossing: zij zal het recht in eigen hand nemen! En ze weet nu al dat ze kan rekenen op mems steun. Ze neemt onbetaald verlof en bedenkt een plan. Een plan dat in één woord te vatten is: wraak!

Deel drie

Bloemen in de nacht

1

SIETSE WALDA IS KAPOT. ZIJN VERTROUWEN IN HET RECHTSSYSTEEM IS geschaad, maar meer nog zijn zekerheid dat God alles wil laten meewerken ten goede voor hen die geloven.

Ja, hij bidt nog altijd, dag en nacht. De nachten zijn zo eindeloos lang en donker. Inktzwarte duisternis, ook in zijn hart. Hij is zo moe, zou het liefst alleen nog maar willen slapen. Maar dat kan hij zich niet permitteren: zijn werk als havenmeester moet gewoon doorgaan. Daar komt nog bij dat hij ook de antiekshop voor zijn rekening moet nemen; Maaike is teruggevallen in haar lethargie. Onbereikbaar is ze, voor hem, voor Roosmarijn en zelfs voor hun kleintje. Dus ook zijn dochters moet hij opvangen.

Willemijntje legt elk moment dat hij thuis is beslag op hem. Ze is hyperactief en ontzettend wispelturig, praat aan één stuk door. Hij kan het vaak amper verdragen, maar weet zich steeds te beheersen. Zijn famke verwerkt zo op haar manier die keiharde wetenschap dat de moordenaar van haar geliefde broer Melchior vrij rondloopt. Dat er niets tegen hem ondernomen kan worden, tenzij hij opnieuw de fout ingaat. Voor de misdaad begaan tegen Melchior kan hij – door een onvergeeflijk stomme fout van Justitie – niet meer vervolgd worden. Onbegrijpelijk, maar helaas maar al te waar.

Hoezeer Sietse ook lijdt onder Maaikes gedrag, nog veel zwaarder heeft hij het met Roosmarijns houding. Zijn oudste dochter is verbitterd, één brok haat. Die broeierige blik in haar ogen, die steeds van amberkleurig naar een haast doorzichtig oker verkleuren zodra het gesprek op Melchiors dood komt. Er is iets van dreiging rond haar, iets wat hem, de vader, beangstigt tot tranen toe. Soms probeert hij die gevoelens onder woorden te brengen, maar zij geeft hem de kans niet.

'Laat mij nou maar, ik red me wel,' snauwt ze dan.

Maar ze redt het níet. Ze is los van God, los van alles wat ooit haar leven de moeite waard maakte. Bij pake Van Alkmade komt ze ook al niet meer. De enige die ze zo nu en dan toelaat hier thuis, of opzoekt in Groningen, is Evie Landheer. Dat meidje heeft een goede invloed op Roosmarijn; telkens als zij een weekend of een dag met Evie heeft doorgebracht, is Roos rustiger en staan haar ogen normaler. Wel sterk naar binnen gekeerd, maar zonder die enge lichte gloed.

En ondertussen viert het voorjaar uitbundig feest. Nu al is het druk in het anders zo rustige dorp Wijnje met zijn krap achthonderd inwoners, en straks met de paasvakantie zal heel het gebied hier langs het Sneekermeer overspoeld worden door toeristen. Vrolijke vakantiegangers, frisse gezichten, gekleurd door zon en water overdag, en 's avonds nog eens extra in de cafés.

Pasen... Het feest van de opstanding van Christus, de Verlosser. Maar waar is nu de verlossing, de innerlijke vrede?

Vele avonden – soms tot diep in de nacht – spreekt Sietse met dominee Bandringa. Het leidt hem af, het troost hem ook wel. Dominee is zijn klankbord, hij luistert met heel zijn hart en slaat hem niet om de oren met clichés. Begrijpt zijn twijfel, zijn gevecht met God.

'Maar Walda, je vecht niet met iemand in wie je niet gelooft. Je blijft God zoeken, juist met je vele vragen. En ik? Ik heb ook geen pasklare antwoorden, er zijn zaken die ons begrip verre te boven gaan. Maar... Hij weet ervan, Walda. En Hij hóórt, ook al ervaar je dat nu totaal niet. Blijf bidden, blijf vechten. Spreek Jakob na: "Ik laat U niet gaan, tenzij Gij mij zegent." En ik blijf bidden voor jou en je gezin.'

Ook bij pake vindt hij rust. Zij hebben weinig woorden nodig, het voelt goed om bij elkaar te zijn. Ze delen hetzelfde verdriet en in de ogen van de oude man leest Sietse telkens weer het mededogen. Maar ook iets van een vrede waar hij vooralsnog niets mee kan. Gelatenheid is het niet, ook geen berusting wat die milde ogen uitstralen. Nee, het heeft te maken met de Vrede die alle verstand te boven gaat.

En dan is er Willemijntje met haar rotsvaste kinderlijke geloof. 'Jezus zorgt heus wel dat alles goed komt en dat die boef toch gepakt wordt. Ik weet het zeker, want Jezus doet toch alles wat-ie belooft? Hij heeft mij toch ook beter gemaakt? Nou dan!'

O, iets van dat kinderlijke vertrouwen te mogen ervaren, en van die vrede die Maaikes vader kent! Hij bidt en smeekt, hij geeft niet op. Als hij dat zou doen, zou hij in een put vallen, zo diep, zo donker! Nooit zou hij er dan nog uitkomen. Hij zou geen houvast meer hebben, niets om zich aan op te trekken. Nee, dát mag niet gebeuren. Hij moet sterk blijven, voor Maaike, voor zijn dochters, voor Robien. En ter nagedachtenis aan zijn zoon Melchior.

Hij bonkt met zijn hoofd op de oude, geblutste tafel en huilt zich leeg in de stilte van de nacht.

Steeds maar weer keert Roosmarijns droom terug: Rutger die haar in zijn armen wil nemen, en die, als zij haar gezicht naar hem opheft, haar met het verminkte gezicht van Melchior aankijkt. Dan een afschuwelijke, satanische lach. Rutger... ze zou hem willen zien, met hem willen praten. Ze moest toch maar weer eens naar pake gaan, misschien treft ze hem daar.

Waarom droomt ze over hem, waarom denkt ze zo vaak aan deze jongeman? Ze kende hem toch al jaren? Ja, ze had hem altijd al wel aardig gevonden, al had ze er wel voor gezorgd dat hij daar niets van merkte! O, wat had ze haar best gedaan om hem een hekel aan haar te laten krijgen! Maar het was haar niet gelukt, hij was bij haar gekomen om haar zijn liefde te verklaren. En zij? Is ze verliefd op hem? Ze weet het niet. In elk geval verlangt ze ernaar hem te zien, zijn stem te horen, haar hart bij hem uit te storten. Maar ach, hoe kan ze nou zo denken? Stel je voor dat ze hem deelgenoot maakte van haar plannen? Plannen die steeds vastere vormen gaan aannemen. Hij, Rutger Soterius, zou er alles aan doen om haar die ideeën uit het hoofd te praten. Nee, voor liefde is er geen plaats in haar leven, alleen maar voor haat. Haat die haar van-binnen verteert; ze is er mager van geworden. Ze moet Rutger uit haar hoofd zetten, in haar verdere leven zal er geen plaats meer zijn voor lief-de. Misschien nog wel voor wat menselijke warmte, genegenheid en trouw, zoals ze die van heit ontvangt, van Evie en van pake.

Ze zit op de rand van haar bed met de brief die Hans Velse haar stuur-de in haar verkrampte handen. Dat hij zo met haar meeleeft, schreef hij, dat hij zich machteloos voelt en kwaad. Dat ze voor een gesprek altijd bij hem terecht kan, evenals Robien. Als ze van tevoren wel even wilde bellen, dan kwamen ze niet voor niets helemaal naar Leiden.

Heel attent van de goede man, maar wat moet zij ermee? Wat zou het opleveren? Noppes! Die crimineel loopt weer vrolijk rond, tot-ie het weer op z'n heupen krijgt en opnieuw iemand in koelen bloede ver-moordt. Gewoon voor de kick. Het zal je kind maar wezen! Sander W. uit Aerdenhout... Dat is alles wat ze weet, en dat hij negentien is. En tot in de grond verdorven natuurlijk. Wie weet woont die moordenaar in zo'n gigantische villa. Wie weet is hij wel het slachtoffer van kindermis-handeling, of liggen z'n ouders in scheiding. Och, wat zielig, zo'n jeugd. Ja, ja, er is tegenwoordig meer begrip voor de daders dan voor de slacht-offers en hun nabestaanden! Of hij heeft van die ouders die hem tot in de grond verwend hebben, en die hem ook nu nog de hand boven het hoofd houden. Ja, ze hebben vast wel een leuk optrekje ergens in het buitenland, waar zoonlief voorlopig lekker luxe ondergedoken zit!

Ze schrikt op uit haar duistere fantasieën als een felle bliksemschicht heel haar kamer in een blauwe gloed zet. Vrijwel meteen daarop volgt een zware donderslag. Ze springt op, verkreukelt de brief van Hans Velse en smijt hem in de prullenmand.

Mem, ze moet naar mem! Er is een kans dat ze door dit onverwachte natuurgeweld uit haar apathische houding is ontwaakt. Ze wil mem haar plan voorleggen. Ze zal er een geschikt moment voor moeten uit-zoeken. Als heit naar de jachthaven is en Willemijntje op school zit. Dat moet te regelen zijn. Als ze de trap afrent en de keuken binnenstuift, ziet ze haar moeder bezig bij het fornuis. Haar bewegingen zijn houterig, haar rug is stram, maar ze bewéégt tenminste weer. 'Ik heb zin in koffie, mem. Zet jij of zal ik het doen? Heit komt zo thuis, die zal wel...'

'Ik ga pannenkoeken bakken. Voor Willemijntje,' zegt Maaike vlak. 'En ja, zet jij maar even koffie. Wat een noodweer ineens, hè? Ik hoop dat Mijntje nog even bij Hedwig Verhoef blijft. Ach, bel even om te zeggen dat heit haar straks met de auto komt halen, ik wil niet dat ze nu op haar fiets naar huis komt. Hoor, het begint te regenen, en niet zo zuinig ook.'

Het komt er allemaal mechanisch uit, er is geen intonatie in haar moeders stem. Roosmarijn huivert, vermant zich dan en zet het koffiezetapparaat aan. 'Mem, luister!' zegt ze dan gejaagd en ze schudt haar moeder zachtjes bij de schouders heen en weer. 'Je móet naar me luisteren, ik heb je hulp nodig!'

'Kijk nou wat je doet, de helft van het beslag over de grond. Nou, jij ruimt het maar op. Nou ja, ik heb toch geen puf om die pannenkoeken te bakken. En waarmee zou ik jou kunnen helpen? Ik kan voor niemand iets betekenen. Heit stort vandaag of morgen in en ik kan het niet voorkomen. En Mijntje... dat kind komt aandacht tekort. Ja, ze kletst heit de oren van z'n hoofd als hij eens een keer thuis is. Ik maak me zorgen over haar, ze heeft vaak van die felrode vlekken op haar gezicht. Straks blijkt dat virus weer op te duiken. Och, dat kan er ook nog wel bij. Alles is toch voorgoed stúk!'

Bij die laatste woorden schiet haar stem hoog uit en Roosmarijn is er blij om, mem is weer aanspreekbaar! 'Ga nou maar even rustig zitten. Ik bel eerst Verhoef, dan drinken we samen een bak koffie en daarna bak ik pannenkoeken. Nee, niet tegensputteren! O, daar heb je heit, kan ik voor hem ook gelijk inschenken. Ik zal vanaf nu proberen hem en Willemijntje op te vangen, voorlopig ga ik toch niet aan het werk. Voor mijn part ontslaan ze me.'

Als Sietse doorweekt de woonkeuken binnenstapt, lichten zijn ogen verrast op; Maaikes ogen leven weer! Roosmarijn staat te telefoneren, hij begrijpt dat het om Willemijntje gaat. Als Roos heeft opgehangen, bevestigt ze wat hij dacht.

'Ik heb gezegd dat Mijntje maar even bij Verhoef moest wachten tot jij haar komt halen. Het hoost en...'

Opnieuw een blauwe bliksem, onmiddellijk gevolgd door een ratelende, oorverdovende donderslag.

Maaike trekt hoog haar schouders op. Roos laat zich bibberend van de schrik op de eerste de beste stoel neervallen en Sietse zegt schor: 'Dat is ergens vlakbij ingeslagen! Gelukkig dat Willeke veilig is!'

Maaike staat wat stijf op. 'Ik schenk wel in, Roos, je ziet zo wit.'

Wat later zegt Sietse ademloos: 'Je bent er weer, Maaikelief.' Zijn ogen zijn rood, hij slikt en slikt en blijft maar in zijn koffie roeren.

'Ja,' zegt Maaike scherp, 'ík wel, maar onze Mels niet. En zijn moordenaar loopt vrij rond. Wist je al dat ze hier op het dorp een handtekeningenactie starten? Dat las ik in *De Klaroen*.'

'Sympathiek idee,' reageert Roosmarijn, 'maar daar bereiken ze heus niks mee, hoor. Heel het land staat op z'n kop van heftige verontwaardiging. Maar het zal niets, maar dan ook niets uithalen. En dan al die persmuskieten... we laten ze niet toe, hoor.'

Zwijgend drinken ze hun koffie, terwijl buiten het onweer voortwoedt. Dan, boven het natuurgeweld uit, horen ze de sirene van een brandweerwagen?

Sietse springt overeind en roept: 'Ik dacht het al, waar...?'

Maaike haalt onverschillig haar schouders op. 'Ons huis staat er in elk geval nog, en als onze schuur was getroffen hadden we dat allang gezien.'

Sietse slaat met zijn vuist op tafel. 'Ik heb liever dat je maar weer zo'n zombie wordt. Báh, wat bén jij eigenlijk voor een mens? Er kunnen wel slachtoffers zijn gevallen!'

'Wíj zijn de slachtoffers,' zegt Maaike koud en ze kijkt Sietse recht in het gezicht, zonder met haar ogen te knipperen. Het is er weer, die gloed, stelt Sietse vast. De felle schrik die langs Roos' trekken vlaagt, ontgaat hem evenmin; ook zij is ontsteld. Ze weet niet dat ook haar ogen vaak zo staan...

'Ik ga kijken of ze mijn hulp kunnen gebruiken,' kondigt Sietse kortaf aan. 'Hier heb ik voorlopig niets te zoeken.' Hij is al bij de deur als Roosmarijn schreeuwt: 'Nee, heit, niet weggaan, ik ben bang! Ik wil niet dat ook jou iets overkomt!'

Maaike zegt niets, ze zit er weer bij als een wassen beeld. En de leegte in haar ogen beangstigt Roosmarijn nog meer dan die felle, dreigende gloed van daarnet.

Roos kreunt, staat met stramme benen op en verlaat de woonkeuken zonder om te zien. Boven werpt ze zich op haar bed en ze huilt hart-brekend. Mem heeft gelijk: alles, álles is kapot. Voorgoed.

2

HET MEISJE ESMERALDA IS ALSMAAR ZO MOE MAAR ZE MOET VEEL praten, anders wordt haar hoofd te vol. Heit is ook moe, heel erg hij heeft een oud gezicht met van die lijne derin. En rooie ogen. Vaak. Het meisje wil nou geen Smaragd zijn, want alles is vedrietig in huis en op skool ook. Maar dat hoefen de andere kinderen niet te weten gaat ze niks aan.

En ze vragen alsmaar over die boeven en ze willen ons helpen maar hoe kan dat nou. Alleen de Here Jezus kan helpen en pake Van Alkmade. En heit maar die moet het meisje juist zélf helpen anders ging die huilen. En dan moest het meisje ook huilen heel lang en dan kon ze nooit meer stopen.

Floor was soms wel lief maar soms niet dan deed haar stem weer zeer in de borst van het meisje Esmeralda. En Damian hadt ze terug geprobeert te bidden en te skrijfen maar het was niet gelukt. Soms was het meisje een beetje boos op God, maar daar werd ze vedrietig van dus dat hielp niet.

Maar als Damian nooit meer terug kwam wat moest Esmeralda dan. En Zilvertje? Die hield ook veel van Jezus, hoor maar ze moest toch wel vaak hui-len. Dat snapte het meisje wel want zij zelf ook behalve als ze skreef. Dat was

een goeie terepie. Zo noemde die aardigste dokter met die rare naam dat. Nou
ze had wel gelijk!!! En bij de buren was brand geweest en een kindje was bijna
dood maar die leefde gelukig weer. Nee, nog. Maar buuf De Roode was toch
erg vedrietig want er was veel verbrand hoor.
Vooral oude dingen van haar beppe die was allang dood maar toch. Dat en ook
een stuk van de keuken en alles was zwart geworden in het huisje. En nou
waren de mensen van het dorp bezig om te helpen. Alles skoonmaken en ook
weer een nieuwe keuken bouwen. Heit hielp ook en een keertje had mem soep
gekookt voor buuf en haar meneer en de kinderen. Behalve voor die babie
natuurlijk die lag nog in het Ziekenhuis.
Het meisje Esmeralda wou wel veel praten ook met mem maar die luisterde
niet. Niet echt tenminste. En ze hat beloofd ik lees je voor en dat had ze geen-
eens gedaan. Dat was niet eerlijk!!! Toen had Floor het gedaan en haar stem
deed geen pijn, die was zacht en mooi. En later Zilvertje die ging samen met
het meisje zingen maar toen moest ze huilen en het meisje Esmeralda, ook
vanzels!!! Nee het werd geen blij boek, misschien later nog als ze die boef
gepakt hadden. En doodgemaakt. Maar dat mag je niet zeggen zei heit en pake
ook. Maar ja dat dacht ze dus. Maar dan moest ze gaan bidden zei heit. Dat
deed hij ook elke dag en elke nacht en tussendoor. Het meisje Esmeralda ook.
Soms moest ze ergens om lachen op skool en dan skrok ze toch zo vreselijk!!!
Maar juf zei dat geeft niet je kunt niet aldoor huilen. En bij het vriendinnetje
Hedwig was het ook wel leuk met veel grote broers en die gingen je dan pesten
maar niet echt. Wel om te laggen o nee lachen.
Maar toen met dat onweer dat was niet fijn, hoor want die mem van Hedwig
zei, de Here toornt. Het meisje vroeg wat betekent dat en toen zei ze dat God
boos is op de mensen omdat ze altijd slechte dingen doen. Maar soms toch wel
goeie? vroeg het meisje Esmeralda en toen werd die mem van Hedwig heel
boos!!! En dat ze haar dat thuis maar moesten vertellen anders kwam het niet
goed!!! Maar heit had het uitgelegd en toen snapte het meisje wel een beetje wat
Hedwigs mem bedoelde. Alleen ze vergeet de genade zei heit en dat moest hij
vanzels ook weer vertellen wat dat betekent. Poe, het is allemaal wel ingewik-
keld. Dat woord had het meisje net pas op skool geleerd en dat betekent moei-

lijk en nog iets. Ze voelde het wel in haar hart, hoor!!!

Soms kon ze snachts niet slapen en dan ging ze stiekem naar beneden en dan dacht ze daar zit Damian. Maar nee, dat was heit en die kon ook niet slapen. Dan gingen ze saampjes sjokolademelk drinken, warme. Dat was toch wel fijn. Behalve als mem erbij was dan ging het meisje Esmeralda gauw weer naar bed. Dan droeg heit haar naar boven en soms was Floor ook wakker. Het lijkt wel een spookhuis zei ze gisteren, toen was het midden in de nacht.

Nu ben ik nog moeier en ga ik stopen anders kon het meisje Esmeralda het zelf niet meer lezen!!!

Ze moest netjes skrijfen want later mocht Zilvertje het lezen en die mocht haar ook Smaragd noemen omdat het meisje Zilvertje mocht zeggen. En misschien heit ook wel, als het water van het meer smaragd werd.

O ja, ze moest nog één ding vertellen, laats was er een meneer gekomen voor Floor maar die was niet thuis. Het meisje had hem weleens gezien. Hij had mooi rood haar en lieve ogen en of ze de groeten wou doen. Nou, dat had ze gedaan en toen werd Floor helemaal rood en ze zei niks. Vreemd hoor!!!

Zo, toen legde het meisje Esmeralda haar boek weg. Morgen verder!!!

Ik moet maatregelen nemen voor het te laat is, peinst Sietse Walda. Het weer is na dat vreselijke noodweer wisselvallig gebleven, de temperaturen zijn veel te laag voor eind april; de wind zit in de verkeerde hoek. Hoewel er wat minder toeristen zijn, in en rond Wijnje, blijft er werk genoeg over: de vaste klanten hebben inmiddels bijna allemaal hun seizoensplaats weer ingenomen.

Hij kan duidelijk merken dat zijn weerstand ondermijnd is, want hij – toch een man van weer en wind – heeft een flinke kou te pakken. Al ruim een week heeft hij koorts en hij slaapt amper. Hij zit in zijn kleine kantoor naast de bijkeuken en buigt zich zuchtend over zijn administratie; de cijfers dansen hem voor de ogen, zijn slapen bonken, al zijn spieren doen pijn. Ja, er dient raad geschaft te worden: met alleen Hein Liebrechts – al sinds jaar en dag z'n rechterhand – en die stagiaire Loes Dalhem uit Loosdrecht redt hij het niet. Wat nu?

Ineens schiet hij overeind, wat hem op een duizeling komt te staan. Maar die neemt hij voor lief; hij zal zijn oude vriend en collega Piet de Vries uit Woudsend bellen! Die man heeft altijd en overal een oplossing voor, mede doordat hij naast z'n werk als havenmeester ook nog een camping runt. Hem zal hij de situatie voorleggen. Ja, uiteraard heeft hij weet van de gruwelijke dood van Melchior, en van het niet te vatten feit dat de hoofdschuldige op vrije voeten is.

Sietse bladert met bevende handen zijn adressenboekje door en toetst meteen Piets nummer in. Nu maar hopen dat hij thuis is, het zou kunnen, want het loopt tegen zessen.

'De Vries hier.'

Gelukkig! 'Piet, jongen,' begint Sietse schor en dan moet hij stoppen; een hevige hoestbui overvalt hem, zijn hoofd doet ontzettend pijn.

'Ja?' Het klinkt wat ongeduldig.

'Eh... hmmm. Sorry, ouwe jongen, met mij, Sietse. Ik ben nogal ziek en ik red het niet meer. Alsjeblieft, help me!'

Het is een regelrechte noodkreet die de ander ook onmiddellijk als zodanig herkent. 'Sietse! Het spijt me dat ik zo kortaf deed, ik... Nou ja, dat doet er niet toe. Je kunt niet meer, je bent op, is het niet? Laat me even nadenken...'

Sietse neemt een slok water en slikt en slikt om zijn tranen terug te dringen.

'Goed, luister. Ik zou je het liefst zelf uit de brand helpen, maar je snapt als geen ander dat dát niet gaat. Toch denk ik wel een tijdelijke oplossing voor je te hebben. Momentje graag.'

Sietse wacht, hoort gemompel op de achtergrond, maar hij kan het niet verstaan. Toch vlamt de hoop op. Piet zegt namelijk nooit zomaar iets, wie weet...

'Ja, Sietse, luister. Ik heb hier ene Minze de Boer, hij heeft vorig jaar een aantal maanden als stagiair bij me gewerkt, en nu is hij overal inzetbaar. Nou wil het geval dat hier overmorgen een neef uit de States bij ons komt voor een halfjaar, die wil graag meedraaien hier, ervaring opdoen.

En Minze hier is bereid jou uit de brand te helpen. Nou, hoe lijkt je dat?'
Sietse vindt geen woorden, hij graait naar een zakdoek en tettert luid-ruchtig z'n neus.
'Nou, zo te horen ben je er wel blij mee,' zegt Piet schertsend. Om dan weer ernstig te worden. 'Je zult een goeie aan hem hebben, Sietse, en je mag hem zolang je dat nodig acht "lenen". Ja, ja, daar staat hijzelf ook helemaal achter. Akkoord? Kan ik hem dan morgenavond jouw kant uit sturen? Jij hebt logeergelegenheid te over, toch?'
'Zeker, zeker. Eh, bedankt Piet, ik weet niet wat ik...'
'Ja, 't is wel goed. En ik zou zeggen, ga eens naar je huisarts of duik een paar dagen onder de wol. Zo'n kou moet je wegbroeien, zei mijn beppe altijd. Beloofd? Mooi. En eh... nog even over die uitspraak... die komt toch binnenkort? Heb je al enig idee...'
'Volgende week donderdag is de uitspraak,' zegt Sietse schor. 'De eis tegen drie van de vijf is twee jaar met aftrek van voorarrest, en die ande-re, die ook gewapend was, tegen hem is zes jaar geëist. Nou maar afwachten. Het kan me eigenlijk niet zoveel meer schelen, nu die schoft die us Mels de doodsteek heeft toegebracht z'n straf ontloopt.'
'Snap ik. Nou, sterkte ermee, het beste!' zegt Piet ter afsluiting. 'Ik geef Minze wel een fikse kruik Beerenburg voor je mee; een huismiddel dat nooit faalt! De groeten daar en binnenkort kom ik je weleens opzoeken.'
'Bedankt,' snuift Sietse, hij sluit af en laat dan zijn tranen de vrije loop; tranen van verdriet, maar toch ook deels van opluchting.

De donderdag vóór de uitspraak krijgt Roosmarijn een telefoontje van de bedrijfsarts van het Streekziekenhuis in Sneek: of ze aanstaande maandag voor een gesprek wil komen. Zij begrijpt wel dat dat deze week niet tot de mogelijkheden behoort.
'Ik weet niet of ik dat wel wil,' zegt Roos bot, 'niemand kan mij iets maken, ik betaal mijn verlof zelf. Dus wat is dan het probleem?'
'Het probleem is dat we jou hier hard nodig hebben, Roosmarijn. Jouw vervangster gaat binnen een week met zwangerschapsverlof en de solli-

citatiegesprekken die er zijn gevoerd bij personeelszaken hebben niet tot enig resultaat geleid. Tja, we kunnen ons nog wel een tijdje behelpen met steeds wisselende uitzendkrachten, maar... Je wordt hier gemist, Roos! Door je collega's, door patiënten die nog altijd hier moeten verblijven. Je bent geliefd bij ons, jongedame! En... zou het niet goed voor je zijn afleiding te zoeken in het werk dat je zo goed ligt?'

'Afleiding genoeg,' zegt Roosmarijn schamper, 'ik probeer hier thuis de boel een beetje gaande te houden. M'n moeder is daartoe momenteel niet in staat, dan is er nog m'n zusje Willemijn. En heit, die redt het allemaal ook niet meer. Hij heeft gelukkig sinds kort een fantastische hulp. Hij is erg ziek geweest, m'n vader, maar werkt nu weer halve dagen. Tja, en daarnaast probeer ik de antiekshop te runnen, maar dat loopt voor geen meter. Ze willen allemaal die aardige, vakkundige mevrouw Walda. Nou, die bestáát niet meer, evenmin als die aardige voedingsassistente Roosmarijn.'

'Kind, wat klink je bitter!' reageert dokter Van Wingerden. 'O, denk niet dat ik het niet begrijp, zoiets vreselijks als jullie overkomen is, dat...'

'Dat overkomt ons nog stééds, dokter. En ik zie het niet gebeuren dat wij ooit nog weer eens gelukkig zullen worden. Maar goed, ik kom dan maandag wel even langs. Half elf, is dat goed? Dan kan ik even met m'n ouders koffiedrinken als ik het huis op orde heb. Oké dan. Maar reken maar nergens op, ik heb naast alles wat ik probeer te doen nog andere plannen. En die zijn belangrijker dan welke collega of patiënt dan ook!'

Er valt een korte stilte. Dan vraagt dokter Van Wingerden ongerust: 'Roosmarijn... wát ben jij van plan?'

'Och, niks eigenlijk. Ik wil in elk geval donderdag met m'n vader en m'n zusje naar Leiden. Robien – u weet wel, Mels' verloofde – is daar al. Die rekent op ons. Dus...' Had ze zich toch bijna in de kaart laten kijken! Ze zal voortaan beter op haar woorden moeten letten.

En, denkt ze, als ze opgehangen heeft, ik moet op de een of andere manier tot mem zien door te dringen. Háár moet ik tot mijn bondgenote maken, hoe dan ook!

3

DIE AVOND GAAT TEGEN HALF TIEN DE BEL.

'Verwacht jij nog iemand?' vraagt Roosmarijn aan haar vader.

Die schudt het hoofd. 'Ga maar opendoen, zou ik zeggen.'

Roosmarijn kijkt naar haar moeder, die er weer zo wezenloos bij zit. Hoe moet ze haar toch aanpakken, wat moet ze doen om... Maar goed, laat ze nou eerst maar eens gaan kijken wie daar zo keurig aan de voordeur belt. Dat doet eigenlijk niemand hier in Wijnje.

'Rutger! Wat doe jij hier?' Ze hoort zelf hoe ongastvrij het klinkt. 'Eh... sorry, kom verder. Wil je heit spreken?'

'Nee, jou, Roosje.' Fier en onvervaard stapt hij langs haar de gang in. 'Kan ik je even onder vier ogen spreken?'

Roosmarijn keert hem haar rug toe, hij hoeft niet te zien dat ze bloost als een verliefde puber. 'Kom maar even mee naar m'n kamer,' zegt ze zo gewoon mogelijk. 'Even tegen m'n ouders zeggen, momentje.'

'Je hebt het gezellig hier,' stelt Rutger wat later vast. Hij loopt naar haar bureau en neemt de grote, fraai ingelijste foto van Mels in zijn handen, eerbiedig bijna.

Roosmarijn zou hem toe willen snauwen: blijf daar met je poten van af! Maar ze zwijgt, ze voelt zich onzeker tegenover deze kalme, zo zelfverzekerde Rutger Soterius. De man van haar dromen. Nee, van haar nachtmerries. Of...?

'Ik heb morgen vrij genomen,' zegt hij dan, en hij gaat zitten op het moderne tweezitsbankje van rood leer.

'Ja, en?'

'Ik ga met jullie mee naar Leiden. Ik wil erbij zijn, m'n woorden omzetten in daden. Jou moreel tot steun zijn, en je ouders natuurlijk.' Hij klemt zijn handen stijf ineen; zo zeker als hij wellicht overkomt, voelt hij zich absoluut niet.

Maar het is de enige manier om Roosje te overtuigen. Bij haar moet je niet met smeekbedes aankomen, van 'mag ik alsjeblieft mee, want ik hou van je en ik wil je helpen'. Maar nu... hoe zal zij reageren?

Roosmarijn is enigszins overdonderd op de rand van haar bed neergeploft. 'Dus jij wilt mee,' herhaalt ze wat onnozel.

'Ja, als jij en je ouders het tenminste op prijs stellen.'

'Mem gaat niet mee, die komt amper van haar stoel,' zegt Roosmarijn op hoge toon. 'En heit, och, die zal het wel best vinden. Willemijntje gaat trouwens ook mee, anders blijft het allemaal zo onwerkelijk voor haar. Ze kon ook al niet bij Mels' begrafenis zijn. Maar goed, in de stationcar hebben we plaats genoeg, dus wat mij betreft...'

Rutger slaakt een diepe zucht van opluchting, ze wijst hem niet af! Maar meteen zet hij de rem op zijn enthousiasme, het gaat hier niet om een leuk uitstapje en Roosmarijn zal er verder niets achter zoeken. Goed, ze weet dat hij gek op haar is, maar dat laat haar kennelijk onverschillig. Ook niet zo vreemd onder de gegeven omstandigheden, ze heeft nu wel andere dingen aan haar mooie hoofdje. Ineens is daar die sterke drang dat tengere meisje tegen zich aan te drukken, haar lange zachte krullen te strelen. Haar te troosten, meer niet. Voorlopig althans.

'Wil je iets drinken?' vraagt Roosmarijn. Ze wiebelt nerveus met haar tenen. Wat een rare situatie is dit, niet eens vervelend eigenlijk. Ze kijkt tersluiks naar hem vanonder haar wimpers en ziet dan die warme blik in zijn ogen. Een blik die haar gevangenhoudt. En als hij opstaat, naast haar komt zitten en zijn arm om haar heen legt, vindt ze het alleen maar fijn. Veilig, warm en goed. Ze legt haar hoofd tegen zijn schouder, laat toe dat hij haar haren streelt.

'Je bent zo lief, Roosje,' mompelt hij bij haar oor, 'ik hou van je, famke, dat weet je toch? Kom, ik wil je kussen.'

Tijd en ruimte trekken zich bescheiden terug als hij haar lippen proeft. Gaandeweg gaat hun tederheid over in passie en voor het eerst sinds Melchiors dood is Roosmarijn Walda gelukkig.

'Roosje, m'n Roosje,' fluistert hij, en zij noemt zijn naam en weer kussen zij elkaar. Hij legt haar met zachte dwang neer op het bed en zij verzet zich niet. Hij omvat haar borsten, laat dan zijn handen begerig langs haar heupen glijden. Hun ademhaling versnelt zich. Tót zij zijn lichaam op het hare voelt. De betovering is verbroken, ruw duwt ze hem van zich af. 'Nee, dit niet, dit niet!'

Verbijsterd staart hij haar aan, hij probeert de lichte gloed in haar ogen te ontcijferen. 'Roosje, wat... waarom? Ik heb je toch nergens toe gedwongen? Je houdt ook van mij, ik weet het zeker. Ik vóel het.' Hij legt zijn handen tegen zijn borst.

Zij huilt zacht en klaaglijk, Roosmarijn. 'Rutger... ik... ja, ik denk dat ik van je houd. Nee, ik weet het wel zeker. Maar... ik heb tijd nodig, veel tijd. Zoveel schuld, te zwaar om te dragen. En zoveel haat, zoveel dat er geen plaats is voor liefde.' En dan fluisterend – hij moet zich inspannen om haar te verstaan – vervolgt ze: 'Ik heb er geen recht op, het recht op geluk heb ik verspeeld toen ik Mels dood wenste. Ja, daar schrik je van, hè? Nee, Rutger, er is geen toekomst. In mijn nacht bloeien geen bloemen...'

Hij huilt met haar mee. Ze zitten star naast elkaar, hij heeft haar koude hand in zijn warme, brede handen genomen. 'Roosmarijn, laten we... ik kan wachten, écht. Laat me morgen meegaan, laat me je vriend zijn. En dat van die schuld... jíj hebt Mels niet vermoord, famke. Jij neemt een last op je die niet God, maar jijzélf je oplegt. Geef het de tijd, lieverd. Ik zal er voor je zijn, altijd!'

Treurig schudt ze haar hoofd. Ze strijkt de warrige krullen uit haar ogen. 'Rutger... er is een kloof, en die is te breed. En er is geen brug. Ik geloof niet meer in God en... er zijn dingen die jij niet weet. Slechte gedachten, haat, te veel...'

Hij is opgestaan, staart uit het venster en veegt langs zijn ogen. Het was ook te mooi om waar te zijn. En dan is er die ziekmakende gedachte: wie weet aan hoeveel mannen zij zich al gegeven heeft. Ze is geen meisje meer, ze is een vrouw met ervaring. Hijzelf... hij mag dan tegen de dertig lopen, maar hij heeft in de liefde nauwelijks of geen ervaring. En wil hij eigenlijk wel zo'n afgelikte boterham? Hij schrikt van die gedachten en duwt ze weg. Ze mag nu zijn ogen niet zien. 'Roosmarijn... ik moet nu gaan. Maar gun me dit: laat mij je vriend zijn! Ik zeg het je nogmaals: ik kan wachten, ik zal alle geduld opbrengen dat jij nodig hebt. Alle tijd geef ik je, maar... wijs me niet af!' Zij is achter hem komen staan, en legt haar magere handen op zijn brede schouders. 'Het is me een eer jou mijn vriend te mogen noemen, Rutger Soterius. Wat de toekomst brengt, ik durf niet ver vooruit te denken, ik ben bang... Bang voor zichtbare en onzichtbare dingen. Er is nog zoveel puin te ruimen. Daar kan ik jou niet bij betrekken. Maar toch... wacht op me, en als het zinloos zal blijken. zeg ik het je. Ik zal je niet aan het lijntje houden. En één ding moet je weten: ik mag dan te boek staan als flirt, als een meisje dat makkelijk te pakken is – ik heb het daar zelf ook wel naar gemaakt – maar ik ben... ik ben nog máágd, Rutger.' De vreugde springt hoog op in zijn hart en prompt schaamt hij zich voor zijn gedachten van daarnet. Roosje, ooit zal het goed komen tussen ons, en ik zal je helpen met puinruimen!

'Rutger, wil jij beneden zeggen dat ik meteen m'n bed induik? Je kunt zelf immers ook wel vertellen dat je morgen van de partij bent. Enne... nog één ding wil ik je vragen. Zondag wil ik naar het graf van Melchior. De steen staat er al een tijdje, maar ik heb het nog niet aangekund er te gaan kijken. Wil jij zondag met me meegaan?'

Hij kan het niet laten, hij keert haar naar zich toe, legt zijn handen om haar gezicht en kust haar volle, warme lippen. 'Ja, lief Sproetje, ik ga met je mee!'

Even is er een twinkeling in haar ogen. 'Roosje klinkt leuker dan Sproetje.'

'Maakt niet uit,' zegt hij stoer, 'ik kan wel duizend koosnaampjes voor jou verzinnen!' Nog eenmaal kust hij haar, dan is hij weg.

Die nacht heeft haar droom een ander gezicht. Het warme liefdevolle gezicht van de overgave. Rutgers gezicht, vlak bij het hare, is gaaf. Zijn haren gloeien als de ondergaande zon. En dan zijn ze heel dicht bij elkaar.

Als zij ontwaakt, grijnst de grauwe lucht haar aan door een kier in de gordijnen. En ze weet: dromen zijn bedrog. Het kan niets worden tussen Rutger en haar, want zij moet haar plan uitvoeren. En daarna, als hij weet waartoe zij in staat is, zal hij alleen maar blij zijn dat ze uit zijn leven verdwijnt.

Ze zal haar rol van goede vrienden-en-een-beetje-meer spelen, en ze weet nu al dat ze een voortreffelijk actrice zal zijn. Hij mag niet ook maar het geringste vermoeden krijgen van haar plan. Hij zou in staat zijn het uit haar hoofd te praten. Hij zou haar opnieuw in z'n armen houden, haar kussen en strelen en zo haar haat verbergen onder zijn liefde. Maar het zou immers toch doorwoekeren en op een dag zou het hem duidelijk worden dat zij rot is vanbinnen, ziek van haat. En dat zij in staat is iemand van het leven te beroven.

Maar kom, ze gaat douchen. Vandaag wil ze sterk zijn, hoe de uitspraak ook zal luiden. Die misdadigers zullen haar niet zien huilen; als ze de moed hebben haar aan te kijken zal ze net zolang terugkijken tot ze hun ogen neerslaan. Zij zal daar met opgeheven hoofd staan, kalm en fier; een zus van Melchior Walda waardig.

4

MAAIKE STAAT ACHTER HET AANRECHT, DRIFTIG DOET ZE DE AFWAS; DE spetters vliegen in het rond.

Roosmarijn zit zwijgend aan tafel, veel gedachten jagen door haar hoofd. Mem is sinds de uitspraak afgelopen donderdag continu in de weer. Ze snauwt, ze huilt, ze spreekt van wraak. De straffen waren niet conform de eis, en een van die misdadigers kwam er af met twee maanden voorwaardelijk en 240 uur dienstverlening. En dan had je nog die Sander W., die ging helemáál vrijuit!

Woedend is ze, Maaike Walda, en vooral Sietse moet het ontgelden als zij weer eens tekeergaat. 'Een sul ben je! Nou, ik laat het er niet bij zitten! Er moet toch een mogelijkheid zijn tot hoger beroep? Jij voelt daar niet voor? Ik weet óók wel dat we Melchior er niet mee terugkrijgen! Maar er is ook nog zoiets als rechtsgevoel dat bevredigd dient te worden. Zo'n beetje heel het land is dezelfde mening toegedaan. Er zijn zelfs mensen die vinden dat wij recht hebben op smartengeld vanwege die onvergeeflijke blunder van Justitie! En jij? Jij laat het allemaal maar gebeuren, alsof het je niet raakt. Jij blijft maar bidden, wie weet ga je zelfs zo ver dat je God dankt voor deze zware beproeving, zodat je gelouterd zult worden! Nou, ik word er alleen maar nijdig van, en je oudste dochter ook. Met háár kan ik tenminste m'n frustratie en woede delen. En Willemijntje... och, dat kind gun ik haar geloof, zij rekent er stellig op dat Jezus de rekening wel zal vereffenen. Van die kleine kan ik zulke praat hebben, maar niet van een volwassen kerel als jij. Je zoon is vermoord, Sietse Walda!' Zo kan ze soms tijden staan fulmineren, de handen in haar zijden geplant. Onverzettelijk, hard.

'Zet jij eens koffie, Roos, onze kerkgangers komen over een kwartiertje thuis. Ja, wat zit je daar nou? Ik sta me hier uit de naad te werken, waarom blijf je almaar met je luie achterste op die stoel geplakt zitten?'

'Mem...' zegt Roosmarijn gejaagd, haar verwijten negerend. 'Mem, luister. Ik sta helemaal achter jou, ik vind dat we iets moeten ondernemen. Ik heb een plan, mem, maar daarbij heb ik jouw hulp nodig. Luister...' En ze doet uit de doeken wat ze wil gaan doen. Welke mogelijkheden er zijn om het plan ook daadwerkelijk ten uitvoer te brengen. Maaike is tegenover haar komen zitten, en eerst spreken haar ogen van angst, afkeer. Maar gaandeweg komt er die vreemde gloed weer in haar ogen. Ze laat haar schouders zakken en staat op. 'Vanavond praten we verder, op jouw kamer,' zegt ze vastbesloten. 'Dan nu gauw die koffie en laten we het snel over iets anders hebben, ze kunnen immers zo thuis zijn.'

Als Sietse en Willemijntje de keuken binnenstappen, staan moeder en dochter eendrachtig af te drogen en het menu voor vanavond te bespreken. Eerst ervaart Sietse iets van opluchting, dan sluipt langzaam maar zeker de argwaan zijn hart binnen. Hoe komt Maaike ineens zo opgewekt, na al haar woede-uitbarstingen van de afgelopen dagen? En na de argwaan is daar de dreiging, de angst voor... Ja, waarvoor?

Als zij later tegenover hem zit, klopt zijn hart traag en zwaar; die gloed is er weer. Steeds probeert ze zijn blik te ontwijken, maar hij ziet het toch wel. En Roosmarijn straalt hetzelfde uit, al doet ze nog zo 'normaal' en gezellig.

Willemijntje kijkt wat peinzend van de een naar de ander; zijn ze nou écht blij? Nee, heit niet, die ziet er verdrietig uit, met weer van die oude lijnen in z'n gezicht. En mems ogen... die zijn net niet écht. Roosmarijn praat niet te hard, maar toch anders. Net als in een toneelstukje. Zijzelf mocht laatst een elfje spelen en het voelde echt en toch ook weer niet. Maar dat was leuk en dit van Roosmarijn niet. Mem en zij waren zo boos op die rechtermeneren, want de boeven kregen veel te weinig straf. Nou, dat vond zij eigenlijk ook wel, maar Jezus zal alles goedmaken. Dat gelooft heit ook, maar mem en Roos niet. Daar moet ze weleens om huilen.

Gerucht bij de deur. Robien stapt binnen, wat bleekjes, met een mager glimlachje. 'Ik kom toch wel gelegen?'

'Stomme vraag, jij hoort toch gewoon bij ons!' reageert Roosmarijn tamelijk fel. 'Kon je het niet uithouden in Leiden? Nee, dat snap ik...'

'Ik ga weer aan het werk,' zegt Robien, 'gewoon weer volop, niet meer op therapeutische basis. Ik heb afleiding nodig. Dat krijg ik van m'n ouwe lieverds in Sonnewende en voor hen kan ik tenminste ook nog iets betekenen. Voor anderen!'

'Flink, hoor, ik hoop echt dat je het redt. Maarre... Robien, hoe sta jij nou tegenover die vonnissen, kun jij je daar zonder meer bij neerleggen?'

Robien houdt haar hoofd wat schuin, en zegt dan peinzend: 'Nee, niet zonder meer. Ik voel af en toe dat ik hartstikke kwaad ben. Dat laat ik ook heus wel toe, dat soort gevoelens. Maar aan de andere kant levert het me niks op, ik word er alleen maar moe van. Moe en verdrietig. En er is nog zo enorm veel pijn, er kan niet meer bij, snap je? Tja, en wat me het meeste dwarszit, dat is natuurlijk dat die hoofddader zijn straf ontloopt. Ik kan z'n smoelwerk wel uittekenen. Ik zal je eerlijk zeggen: als ik die vent ooit tegen het lijf loop, sta ik niet voor mezelf in!'

Roosmarijn steekt haar handen uit naar de ander: 'Goed, joh, dat jij ook af en toe zo fel kunt zijn. Dat is toch ook doodnormaal, anders stik je er toch in?'

'Ja, maar Roos, ik heb gelukkig een ander klankbord dan alleen m'n eigen onmacht en woede. Ik ervaar Gods nabijheid juist nu heel sterk, ik koester mij daarin. Ik zou niet weten wat ik zonder...'

Roosmarijn trekt abrupt haar handen terug. 'Bah, dat gezever. Sorry, hoor, ik word er even niet goed van! Hoe kun jij nou zo praten? Je lijkt je eigen beppe wel. Zo'n bedaagd iemand die in de winter van z'n leven zit en verlangt naar een ingebeelde hemel. Net als heit, die...'

'Stil!' Verschrikt kijken ze allemaal naar de open keukendeur. Daar staat Rutger Soterius, heel recht, met boze ogen.

Roosmarijn vliegt overeind. 'Waar bemoei jij je mee! Wat doe je hier trouwens? Ik...'

'Wij hadden een afspraak, Roosmarijn. Ik heb ruim een halfuur op je gewacht thuis. We zouden samen naar de begraafplaats gaan, weet je nog?'

Roosmarijn heeft de betamelijkheid te blozen. 'Spijt me, helemaal vergeten. En ik weet niet of ik nu nog... Wil je koffie?'

'Nee. Afspraak is afspraak, Roosmarijn Walda. Onderweg praten we wel verder.' Hij pakt haar bij haar arm, groet de anderen vriendelijk en zij heeft maar te volgen. 'M'n jas,' zegt ze dan droog, 'zou ik die misschien nog even mogen pakken, meneer Voortvarend?' Hij knikt en grijnst even. En als hij wat later haar hand in de zijne neemt, voelt dat goed. Meer dan goed.

Zwijgend staat ze bij het graf. Daar staan zijn namen, de namen van haar broer. En die data: geboorte en overlijden. Zo definitief. Ze wil niet huilen, maar het gebeurt toch. Door een waas van tranen leest ze de woor-

den op de granieten steen: 'Wie in Mij gelooft, heeft het eeuwige Leven!'
De stilte op die plaats, de stilte tussen Rutger en haar is goed, is zuiver.

Robien blijft de hele dag. Roosmarijn probeert niets van haar ongeduld
te laten blijken. Zou ze vanavond ook nog tot wie weet hoe laat hier
zijn? Ze kan toch moeilijk zeggen dat ze maar beter op kan krassen. En
dat wil ze ook helemaal niet, maar haar gesprek met mem... Ze moet het
ijzer smeden nu het heet is!
Na de middagdienst vraagt Robien of ze nog wat spullen boven in
Melchiors kamer mag uitzoeken. 'In het begin... ik kon het niet. Ja, een
paar kleine dingen. En jullie hebben ook nog niet veel uitgezocht daar,
hè?'
Roosmarijn schudt haar hoofd. 'Nee, eerlijk gezegd kan ik er nog steeds
niet toe komen, en heit en mem evenmin. Toch?'
Haar ouders knikken bevestigend. Mem zegt: 'Toch zal het een keer
moeten gebeuren. Als jij nu het voortouw neemt, Robien, dan kunnen
Roosmarijn en ik vanavond aan de slag. Ja, dat klinkt wel heel nuchter,
maar z'n kleren bijvoorbeeld... die kunnen we uitzoeken en inpakken
voor mevrouw Bandringa, die heeft immers haar connecties in Polen,
Roemenië en voormalig Joegoslavië. En dan is er altijd nog het Leger des
Heils. Sietse... mee eens?'
Heit knikt mat. 'Ja, we kunnen het niet almaar blijven uitstellen.'
'En ikke dan,' onderbreekt Willemijntje hen, 'mag ik dan straks met
Robien mee naar boven? Ik wil ook graag een paar spulletjes van Mels
hebben, dat mag toch zeker wel?'
Robien veegt langs haar ogen en knikt. 'Tuurlijk, Mijntje, dat zou Mels
juist heel fijn gevonden hebben. Weet je, ik denk dat hij nog wel ouwe
jongensboeken heeft die jij ook wel leuk zult vinden.'
Willemijntje knikt heftig. 'Ja! En een paar mooie foto's heb ik al, ook
eentje van Mels en mij samen. Dat was vlak voordat ik zo ziek werd. En
dat spelletje met die knikkers, dat mag ik vast ook wel. Je weet wel,
mem, die langs van die houten baantjes lopen. Dat heeft-ie nog van

beppe Van Alkmade gehad, heeft-ie me zelf verteld!'

'Maar famke, misschien wil Robien...' zegt Maaike wat aarzelend.

'Ach, we zien wel. Kom op, Willeke, we gaan samen iets uitzoeken, oké?'

'Ja, da's goed. Maarre... ik vind het nog wel een beetje eng op Mels'
kamer, net of hij ineens binnen kan komen lopen. Alsof hij nog leeft. En
soms hoor ik z'n stem, écht, maar dan is het niet waar. Nooit. Hij is
dood...'

Willemijntje huilt, en Robien trekt haar troostend tegen zich aan. 'Dat
heb ik ook nog vaak, hoor. Dan denk ik: o, dat zijn Mels' voetstappen bij
de voordeur. En soms 's nachts... Maar kom, drink je limonade op, dan
gaan we naar boven.'

Als zij samen de woonkeuken verlaten, vangt Sietse een blik van verstandhouding op tussen Maaike en Roosmarijn. Een blik die hem verontrust, al zou hij niet precies kunnen zeggen waarom. Misschien is hij
onbewust wel jaloers op het intense contact dat er ineens tussen die twee
blijkt te bestaan, terwijl hij van Maaike alleen maar verwijten krijgt. Of
een dodelijk zwijgen. En dat laatste is eigenlijk nog erger.

'Heit, jij wilt toch ook nog... Ik bedoel, als jij in de vooravond een en
ander gaat uitzoeken, dan kunnen mem en ik daarna...'

'Wat zijn jullie ineens *close*,' zegt hij wat schamper. 'Mag ik misschien
weten wat deze ommekeer teweeggebracht heeft?'

Roosmarijn haalt haar schouders op. Quasi luchtig zegt ze: 'Het blijkt
toch dat je in zo'n moeilijke periode niet buiten elkaar kunt. In plaats
van dat je nou blij bent met mems veranderde houding! Ze leeft tenminste weer, of heb je liever zo'n zombie waar geen zinnig woord uitkomt? En bovendien... heb je er wel aan gedacht hoe druk ik het de afgelopen tijd gehad heb, alleen al met het huishouden? Nog afgezien van
wat ik voor jou en Mijntje probeerde te zijn!'

Ze reageert te fel, denkt Sietse, alsof ze iets wil verbergen. Maar ach,
misschien ziet hij spoken, beeldt hij zich dingen in die er helemaal niet
zijn. 'Natuurlijk ben ik blij, Maaike, dat je weer openstaat voor je gezin.
Dat je inziet dat... dat we verder moeten, hoe zwaar dat ook valt. Maar

weet dat je ook bij mij terecht kunt, en niet alleen als je kwaad bent, maar ook als je in staat bent tot een redelijk gesprek. Ik dacht toch wel dat ook ik daar recht op had!'

Maaike wil uitvallen, maar ze ziet net op tijd de waarschuwende blik in Roos' ogen. 'Ach, Sietse, lieverd, neem het me maar niet kwalijk. Het komt waarschijnlijk doordat Roos en ik allebei vrouwen zijn en ook dat ik bij haar meer begrip ondervind. Nee, dat zeg ik niet goed. Je lijkt zo... jij bent eh... net als Robien. Zo onaantastbaar, lijkt het wel, doordat je nog altijd kunt bidden. Ik ben daar heus weleens jaloers op...' En dat laatste meent ze oprecht; die rust te kennen, in plaats van de zwaarte van de haat, de wraakgevoelens die een uitweg willen zoeken. Een uitweg die Roosmarijn haar kan helpen vinden. Nee, ze krabbelt nu niet meer terug, vanavond nog zullen zij spijkers met koppen slaan, haar oudste dochter en zij!

Roosmarijn hoort het aan. Ze ziet de hoop in heits ogen, en voelt zich een verraadster. Die sensatie van veiligheid, zuiverheid vanochtend bij Mels' graf, samen met Rutger, is verdwenen. Weg, alsof het er nooit geweest is.

5

De maandag daarop komt Roosmarijn haar afspraak met de bedrijfsarts na, ze is echter vastbesloten zich niet te laten ompraten. Wat mem en haar te doen staat gaat voor alles! Bovendien ligt de brief voor Evie al klaar. Terwijl ze in de wachtkamer zit, gaan haar gedachten terug naar de avond dat zij en mem hun plan beraamden. Ze hebben hun plan tot diep in de nacht doorgesproken en uitgewerkt.

In Melchiors kamer was dat moeilijk geweest. Het was hun beiden te moede alsof Mels hen over het graf heen wilde waarschuwen voor hun boze plannen. Ze hadden er dan ook niet al te veel tijd doorgebracht. Wel hadden mem en zij samen zitten huilen bij een brief van Mels, geschreven toen hij met een jongerenreis in Oostenrijk verbleef. Daarin stond onder andere hoe blij hij was dat het nu echt 'aan' was met Robientje Wijngaarden en dat zij samen later net zo'n fijn thuis wilden creëren als hij, Mels, dat had mogen beleven. 'Juist ook omdat Robien zoveel liefde en warmte heeft gemist. Vroeger altijd maar verhuizen, naar steeds weer een ander land, een andere cultuur. En toen ze ervoor koos in ons geliefde Friesland een eigen leven op te bouwen, kreeg ze het verwijt van haar ouders dat ze kleinburgerlijk was, terwijl ze zoveel kansen had in de States of in Canada. Nee, dan maar liever een vaste aanlegsteiger, zoals ons Blauwe Haventje!'

'Hij moest eens weten,' had Maaike snikkend gezegd, 'hij moest eens weten hoe weinig er hier over is van veiligheid, nestwarmte, liefde... Nee, we moeten realistisch zijn, Roos, en ons nu niet meer laten weerhouden door sentimentele gevoelens! Daarmee krijgen we Melchior immers toch niet terug?'

De vraag had Roosmarijn op de tong gebrand: en met wat wij nu van plan zijn wel? Maar ze had zich weten te beheersen. Beneden hadden ze nog een glaasje gedronken met heit, die nog altijd niet over z'n griep heen was en meestal voor tienen in bed lag. Gelukkig dat Minze de Boer zo'n fantastische hulp was!

Piet de Vries uit Woudsend was al een paar maal langs geweest om te informeren hoe de zaken er nu voorstonden en wat hij had gezien had hem tot tevredenheid gestemd. 'Zo te zien heeft us Minze het hier uitstekend naar z'n zin. Jij knapt langzaam maar zeker op, Sietse, dus laten we het nog maar een tijdje zo houden! En fijn dat Maaike de toeristen weer kan helpen in de antiekshop, dat is en blijft een attractie van de eerste orde!'

Fijne man, die De Vries. Hij had nog een enorme fruitmand meegenomen de eerste keer dat hij op bezoek kwam, en laatst was hij aan komen zetten met een prachtfoto van Melchior, lachend en zwierig op zijn surfplank. 'Dat was toen Robien en hij een weekend bij ons logeerden.' Die foto: één en al leven! En nu...

'Roosmarijn, waar zít je met je gedachten? Ik heb je al driemaal geroepen!' Dokter Van Wingerden vult met haar ruim honderd kilo de deuropening van haar werkkamer.

'Eh, spijt me, ik was diep in gedachten!'

'Ach, kind, dat snap ik ook best. Maar kom verder, we moeten eens een verhelderend gesprek hebben!'

Van Wingerden... Ze staat bekend als een taaie, onverzettelijke dame, maar tevens als iemand die openstaat voor goede argumenten. Streng maar rechtvaardig, zo zouden ze dat vroeger op school van een docent gezegd hebben. Roos voelt zich altijd erg klein en onbeduidend in het gezelschap van deze kolossale vrouw, maar echt bang voor haar is ze niet; ze is zelf ook een harde als het erop aankomt. En dat is nu het geval!

'Zo, ga zitten, kind. Eerst maar eens een bakje koffie. Ook een tompoes? Ze zijn verrukkelijk, hoor, vers van bakker Medema. Nou, dan weet je het wel! Kind, je ziet eruit alsof je bij elk zuchtje wind kunt omwaaien! Nou ja, zo stevig als ik hoef je nou ook weer niet te worden. Dat heeft ook zo z'n nadelen. Maar zolang ik me fit voel en m'n cholesterol keurig rond de 4,5 blijft hangen, snoep ik er lustig op los. Há, kun jij je voorstellen dat ik als kind een armetierig mager geval was? Altijd ziek, zwak en misselijk. Tot Jan in m'n leven kwam en ik onze zes kinderen baarde. Allemaal knapen van zo'n tien pond! En moet je me nou eens zien. Maar ik zit er niet mee, hoor!'

Ze lacht schallend. Het doet Roosmarijn pijn aan de oren, maar die lach werkt zo aanstekelijk dat ze wel mee móet doen.

Als dokter Van Wingerden haar gebak verorberd heeft, komt ze meteen ter zake. 'Zo, nu alle gekheid op een stokje; wij willen je terug, Roosmarijn Walda, en wel zo snel mogelijk!'

Ja, denkt Roos nijdig, dat wist ze al. Wat verwacht ze nu van mij, dat ik meteen overstag zal gaan? Nou, mooi niet! 'Eh ja, dat had ik al door, maar ik kan helaas geen toezeggingen doen. In elk geval niet op korte termijn. Niemand kan mij trouwens ontslaan, want onbetaald verlof is wettelijk toegestaan. Nee, dokter Van Wingerden, ze hebben me thuis nodig. Bovendien, ik ben heus nog niet over het verlies van Melchior heen. Al denken sommige mensen dat het na vier, vijf maanden maar weer over moet zijn. Het leven gaat door, dat soort walgelijke clichés. Natuurlijk gaat het leven door, maar niet gewoon... En ik ben er nog niet aan toe m'n werk weer te hervatten!'

Het blijft even stil, dan zegt de andere vrouw. 'Je collega's en een paar "blijvers" onder de patiënten hebben een welkomstfeestje voor je georganiseerd. Je gaat me toch niet vertellen dat je ze zomaar laat zitten, wel?'

Roosmarijn voelt zich in een hoek gedreven. Hier, in deze tamelijk strakke, zakelijke werkkamer staat ze haar 'mannetje' wel, maar als ze straks die andere lui ziet... 'Dit is gewoon een vorm van morele chantage!' blaft ze nijdig. 'En néé, ik laat ze heus niet voor joker zitten, maar aan mijn besluit zal een en ander niets afdoen, laat dat alstublieft duidelijk zijn!'

Dokter Van Wingerden haalt haar flinke schouders op. Haar gezicht – onwaarschijnlijk mooi en fijnbesneden in vergelijking met de rest van haar lichaam – staat wat strak. Verdrietig zelfs.

Vurige kolen, jongelui, denkt Roosmarijn als ze de bedrijfsarts volgt naar 'haar' afdeling. Maar kom op, wie a zegt moet ook b zeggen...

Ze is bewust op de fiets gegaan van Wijnje naar Sneek. Haar spieren moet ze stalen, haar voornemens idem dito. Op de terugweg regent het pijpenstelen, maar het deert haar niet. Zo kan ze tenminste haar tranen de vrije loop laten.

Het was moeilijker geweest dan ze had verwacht, nóg moeilijker. Die oude, vertrouwde gezichten, de blije herkenning. De geur van de afdeling, al het vertrouwde daar. De enorme bos bloemen!

Ze had ze eerst niet willen accepteren, tot mevrouw Schoonderwoerd had gezegd: 'Het verplicht je nergens toe, famke. Als het dan geen welkomstboeket mag zijn, accepteer het dan als afscheidsgeschenk.'

Waarop Roosmarijn fel had gereageerd. 'Maar ik kom héus wel terug, hoor. Ik heb alleen wat meer tijd nodig, begrijp dat dan!' Tja, en toen had ze gehuild en bij het afscheidsrondje ook en nou zijn haar tranen nog niet op.

Spijt, schuld, vragen... angst ook. Waar ben ik toch in vredesnaam mee bezig?! Is zo'n actie als mem en ik van plan zijn wel ten dienste van welke vrede dan ook? Ze schudt haar natte haren, veegt langs haar koude voorhoofd. Na enkele schitterende dagen is het weer radicaal omgeslagen; het is koud en nat. En de lucht is grauw, er zit geen beweging in. Was er maar een flinke storm waarmee ze haar krachten kon meten. Maar nee... alles is zo vreemd stil. Om haar heen, maar ook van-binnen.

'Zo, daar ben ik al!' Fris en opgewekt stapt Evie Landheer de grote woonkeuken van Het Blauwe Haventje binnen, haar fleurige rugtas op haar rug, de donkere haren verwaaid. 'En nu zou ik wel een bak koffie lusten, die in de trein was niet om te zui... eh drinken. En trek heb ik eigenlijk ook wel!'

Sietse is langzaam gaan staan, zijn ogen spreken van verbazing en meer dan dat. 'Evie, meisje, eh... welkom. Die koffie krijg je, hoor, en een dikke plak koek. Maar... ik wist niet, ik bedoel... dit is een complete ver-rassing voor mij. Weet Roos ervan? Blijf je logeren? Ja, ik vind het prima, tuurlijk. Jij bent hier altijd welkom, maar... Nou ja, kind, doe die zware tas af, ga zitten. Willemijntje komt zo uit school, die zal ook wel blij ver-rast zijn.'

Evie kijkt haar gastheer verbijsterd aan. Hier moet sprake zijn van een misverstand! Of is hij toch nog zo ziek dat hij af en toe de draad kwijt is? Hij ziet er toch wel iets beter uit sinds hij hulp heeft van die Minze de Boer.

'Maar meneer Wálda,' zegt ze een beetje giechelig, terwijl ze zich van haar rugtas ontdoet en naar het aanrecht loopt; als zij geen koffie zet, ziet ze het voorlopig niet gebeuren. 'Kijk, hier heb ik Roosmarijns brief. U weet daar toch van, mag ik hopen?' Een akelig vermoeden dringt zich aan haar op: heeft haar vriendin een vuil spelletje met haar gespeeld? Maar waarom?

Sietse neemt de brief aan en begint te lezen.

Lieve Evie,

Mem en ik moesten er even tussenuit. Ruim een week Zandvoort is het geworden. Heit vond het ook een uitstekend idee – hij krijgt voorlopig wat huishoudelijke hulp van buuf – en Willemijn is helemaal door het dolle heen dat jij op haar komt passen. Als je wilt tenminste! Je hebt nu toch al je tentamens achter de rug?

We hebben dat van die hulp in huis geregeld zodat jij eventueel aan je scriptie kunt werken als Willemijn op school zit. Bovendien heb je dan natuurlijk nog de avonden.

Minze komt trouwens regelmatig een borreltje drinken, voor heit gezellig en voor jou ook, wie weet... O ja, wat Nautilus betreft, de winkel hebben we voor een weekje dichtgegooid. Nou meid, ik ben je al bij voorbaat dankbaar en mem ook! Bel je me gauw of het lukt!

Doei! Liefs en groetjes, Roos.

Sietses gezicht is grauwwit als hij opkijkt. 'Evie... ik weet van niets... ik bedoel, ze hebben dit buiten mij om geregeld! En ik ben bang, ze waren de laatste tijd zo... zo anders. Zo samenzweerderig. En dat blijkt nou ook wel te kloppen!' Hij slaat met z'n vuist op tafel en zegt emotioneel: 'Wat een rotstreek om jou en mij op zo'n manier voor het blok te zetten! En Mijntje... Nou ja, die zal alleen maar blij zijn met jouw aanwezigheid, ze is dol op je. En de laatste tijd heeft ze maar bitter weinig aandacht gehad van Maaike. Roos deed nog wel haar best, maar het was niet... niet echt. Dat voelt zo'n kind als Mijntje haarscherp aan. Wat nu?'

'Als u het goedvindt, blijf ik,' zegt Evie kordaat. 'Ik laat jullie niet de dupe worden van een minne streek van Roosmarijn en van... van uw vrouw,' zegt ze wat ongemakkelijk.

'Kom, ik zal koffie inschenken,' zegt Sietse mat. 'En je koek, die heb je

ook nog te goed. Zet ik gelijk thee voor Willemijntje.' Juist als hij weer enigszins tot rust gekomen lijkt, springt Sietse overeind. 'Ze hebben vast en zeker ergens een brief voor mij achtergelaten. Laat me eens denken... Ja, ze zijn er allebei van op de hoogte dat ik 's avonds voor het slapengaan in m'n bijbels dagboek lees. Slim bedacht, eerder zou ik er dan niet achter komen. Hoewel, jij bent er al, ik neem aan op de afgesproken tijd.'
'Nou, ze hadden eigenlijk gevraagd of ik morgenochtend vroeg wilde komen, maar ik... Nou ja, ik had eigenlijk geen redenen om langer in Groningen te blijven. Ja, het vrijdagse borreluurtje bij De Drie Gezusters, maar ach, daar vind ik de laatste tijd niet zoveel meer aan. Al dat gezuip en die pretentieuze "bla-blagesprekken". Maar als ik het goed begrijp, hadden ze u tot morgenochtend in het ongewisse willen laten, of nee... als uw vermoeden juist is...'
'Ik ga meteen kijken,' zegt Sietse schorrig. Zijn voetstappen naar boven klinken dodelijk vermoeid.
Die rótmeid, denkt Evie kwaad, en dat is dan je beste vriendin! En van haar moeder valt het me ook vies tegen. Maar hier... hier in Het Haventje laat ik ze niet stikken. Nooit, ook al duurt het een maand!

Willemijntje kijkt verrast op als ze Evie in de keuken ziet zitten. 'Hé, wat leuk! Blijf je eten?'
Dus dit kind weet ook al nergens van. Wat ís dat voor een moeder, mevrouw Walda? Terwijl ze voor... vóór die vreselijke gebeurtenis toch een prachtvrouw en -moeder was. Het is allemaal de schuld van die moordenaars! Maar nu moet ze eerst Willemijntje opvangen! 'Wat zou je ervan vinden als ik een poosje blijf logeren? Een week of zo en dan gezellige dingen met jou doen als je vrij bent van school?'
'Leuk!' juicht het kind. 'Maar waar is Roosmarijn dan, en mem?'
Hoe moet zij, Evie, dit nou aanpakken? 'Wacht, ik zal het je zo vertellen. Even iets aan je heit vragen, die zoekt boven iets op. Kijk, hier is je thee, en een lekker dikke plak koek. Met echte boter, dat lust je toch zo graag?'

Mijntje glundert en knikt.

'Mooi zo, schatje, ik ben zo terug!' Op de overloop komt ze Sietse tegen. Hij ziet lijkwit, zijn schouders zijn gebogen. 'Meneer Walda... Mijntje is thuis, ze wil uitleg. Gaat u alstublieft even liggen of zo, ik breng zo meteen een Beerenburgje boven. Maar wat moet ik tegen die kleine zeggen?'

'Vertel haar maar wat er in die brief aan jou stond,' zegt hij vermoeid. 'En ik móet gaan liggen, anders val ik om. Sterkte ermee, Evie.' Zijn stem klinkt zó dof, zijn sympathieke gelaat ziet er zó oud uit...

Ze gaat schoorvoetend de trap weer af. Als ze in de keuken terugkomt, tovert ze met moeite een vrolijke glimlach op haar gezicht. 'Zo, Mijntje, papa ligt even te slapen. Hij is nog vaak moe, hè, door die akelige griep. Jij weet vast nog wel hoe naar het is om almaar moe te zijn. Jij moest er zelfs voor naar het ziekenhuis! Maar heit niet, hoor! Ik kom een poosje voor jullie zorgen, want je mem en Roosmarijn moesten zomaar ineens een poosje weg. Omdat jouw mem hier te verdrietig blijft, ze moet hier almaar aan Mels denken. En alleen weggaan, dat ging natuurlijk niet, daarom is Roosmarijn mee. Hoe lang het precies zal duren weten we niet, maar...'

'Waar zijn ze dan naartoe? Is het een soort vakantie?'

Evie knikt. Dat is immers ook het enige wat zij weet via die brief?

'Ja, ze zijn ergens aan zee. Daar kunnen ze veel wandelen en uitwaaien. En misschien wel zwemmen als het weer mooi weer wordt. Maar ik dénk dat het water nog wel koud zal zijn, hoor!'

'Ik had óók wel mee gewild,' dreint Willemijntje verdrietig. 'Ze hebben niet eens gedag gezegd, dat is toch ráár?'

'Ja, dat is niet leuk, maar ze konden nog net vandaag een plekje krijgen in een hotel, dus...'

Zit ik dat kind hier een beetje heel erg voor te liegen, peinst ze boos en verdrietig tegelijk. Maar ze heeft immers geen keuze? 'Weet je wat, Willeke, morgen is het zaterdag, hè? Nou, dan gaan wij een dagje naar Speelstad Oranje. Hoe lijkt je dat!'

Willemijntjes ogen lachen alweer. 'Gááf! Maar vindt papa dat wel leuk, dan is hij helemaal alleen.'

'Ik zal het hem zo meteen vragen, want ik ga wat drinken bij z'n bed zetten voor als hij wakker wordt. Goed?'

Willemijn knikt en hapt, vooralsnog tevredengesteld, in haar plak koek. De boter zit al snel tot ver op haar bolle toet.

6

HOE AARDIG ZE MINZE DE BOER OOK VINDT, OP EEN GEGEVEN MOMENT kan Evie hem wel wegkijken.

'Eh... Minze, meneer Walda is hondsmoe, ik denk dat ik de vrijheid neem hem hoogstpersoonlijk naar z'n nest te sturen.'

Verschrikt kijkt Minze zijn 'baas' aan. 'Ach, je ziet er inderdaad niet bepaald florissant uit, Sietse. Neem me niet kwalijk, het was ook zo gezellig met deze doortastende jongedame erbij! Eh, begrijp me goed, het is hier altijd prima toeven na een dag hard werken, maar ik zoek nu zelf ook maar eens de koffer op.'

Bij het verlaten van de woonkeuken knipoogt hij naar Evie. Ze krijgt er een kleur van. Wat verbeeldt die vent zich wel? Maar... hij is wél erg leuk. Vlotte babbel, maar niet té. En hij ziet er leuk uit met z'n blonde haren en donkere ogen. Je kunt goed zien dat z'n spieren getraind zijn tot en met!

Ze roept zichzelf tot de orde, ze moet Minze uit haar hoofd zetten, en er echt voor gaan zitten om naar meneer Walda te luisteren. Die man zit iets ontzettend dwars, iets wat hem zichtbaar zwaar op de maag ligt. 'Zo, die is weg,' zegt ze wat cru. 'Vertel me nu maar eens snel wat u... wat u gevonden hebt. Want er is iets, hè?'

Hij knikt. De randen rond zijn ogen worden rood.

'Eerst nog een bittertje?' vraagt ze bezorgd.

'Nee, nee... een alcoholist is het laatste wat ik worden wil. Hoewel ik er genoeg reden voor zou hebben. Maar goed, ter zake...'

Zijn stem klinkt anders, tegen tranen aan, en Evie heeft ontzettend met hem te doen. Toch is dit gesprek nodig om zicht te krijgen op heel deze pijnlijke situatie.

'Hier,' zegt Sietse hees, 'ze hebben ons in elk geval rijkelijk voorzien van leesvoer.' Hij schuift het beschreven blad over de tafel. 'Lees zelf maar.' En Evie leest, met stijgende ontzetting en angst.

Lieve Sietse,
Als je dit briefje vindt, zijn Roosmarijn en ik vertrokken. Met voor jou onbe-kende bestemming. We hadden wat dat betreft geen keus, je zou ons prompt achterna zijn gekomen.
Wij hebben na rijp beraad besloten dat we – ter wille van Melchiors nage-dachtenis – het recht in eigen hand moeten nemen. Het kan en mag niet dat de moordenaar van us Mels vrij rondloopt.
Over hoe onze plannen eruitzien kan ik je helaas niets meedelen. Het is erg moeilijk voor ons je buiten te sluiten, maar jij staat zo totaal aan de andere kant – de kant van de vergiffenis en al dat fraais – dat wij ons daartegen wel moeten afzetten. Hetzelfde geldt voor Robien. Gelukkig kun jij met haar pra-ten op dezelfde golflengte, en daarnaast nog met dominee Bandringa en mijn vader.
We hebben elders een auto gehuurd en over onze financiën hoef je je geen zor-gen te maken. Roos heeft een flink deel van haar erfenis van mijn moeder opgenomen. Je zult ons dus niet kunnen traceren via postkantoren en pinau-tomaten. We komen pas terug als onze missie volbracht is. Kus Willemijntje van me. Ik zal jullie vreselijk missen, ondanks alles. Nu nog een woordje van Roosmarijn.

Lieve heit,
Het spijt me oprecht dat het zo moet gaan, maar we hebben geen andere keuze. Ik weet nog niet hoe lang we wegblijven. Knuffel Willeke van mij.
En Evie, lieverd, ik heb je erin geluisd, opzettelijk. Ik begrijp heel goed dat je

kwaad op me bent. Maar probeer het een beetje te begrijpen. Buuf Zijlstra kent
ook alleen de 'waarheid' zoals ik die beschreef in mijn brief aan jou. Ze komt
op dinsdag- en vrijdagochtend helpen. Ze heeft al een royaal voorschot gehad.
Uiteraard is er voor jullie ook genoeg beschikbaar; mems pinpas, de mijne – de
codes weet heit wel – en natuurlijk papa's inkomsten en de nodige contanten.
Zorg alsjeblieft goed voor heit en ons kleintje. Vergeef me!
Liefs en bedankt,
je Roosmarijn.

Met tranen in haar ogen kijkt Evie op. 'Dit is... dit is vreselijk! Wat kunnen wij doen, meneer Walda? Waar moeten we beginnen? De politie
bellen?'
Sietse lacht honend. 'Há, ze zien ons aankomen! "O, je vrouw en je oudste dochter zijn er een tijdje tussenuit? Nou, heel verstandig, gezien de
omstandigheden. En alles is verder keurig geregeld voor de kleine en je
huishouden? Nee, man, daar kunnen we niets mee. Het spijt ons zeer." '
'Maar die brief aan u, dat is toch... Ik bedoel dat ze daarin prijsgeven wat
ze van plan zijn. Kunnen ze daar dan niets mee?'
'Och kind, welnee. Die zogenaamde aanwijzingen stellen immers niets
voor? De zaak waarom het gaat hebben ze niet eens vermeld! En dan, er
wordt geen enkele plaatsnaam genoemd, en zelfs de zin "het recht in
eigen hand nemen" is niet onwettig. Daarmee kunnen ze van alles
bedoelen. Nee, Evie, ze hebben een en ander té slim aangepakt. Ook wij
hebben geen enkel aanknopingspunt.'
'Maar eh... Mag ik trouwens oom Sietse zeggen, nu we noodgedwongen
in hetzelfde schuitje zitten?'
Hij knikt vol genegenheid.
'Wat ik zeggen wilde, het is toch glashelder dat het hier gaat om de
moord op Melchior én dat ze een vereffening voor ogen hebben? Dat
haal ik er zonder meer uit, u toch ook?'
Sietse knikt moe. 'Ja, Evie, allemaal tot je dienst, en een politiefunctio-
naris van hier of uit Sneek zal ongetwijfeld tot dezelfde conclusies

komen. Maar ze kunnen er niks mee, dát is het probleem. Er zal eerst écht iets moeten gebeuren.'

Evie plant haar vingertoppen tegen haar voorhoofd. Ze denkt diep na en zegt: 'Die hoofddader, dat was toch ene Sander W. uit Aerdenhout? Dat is een aanknopingspunt, ook voor uw vrouw en Roosmarijn!'

Sietse knikt instemmend. 'Daar heb ik natuurlijk ook meteen aan gedacht toen ik dit... dit fraaie epistel las. Maar wat kunnen wij doen? Willemijntje hier alleen achterlaten? Minze de hele boel in z'n eentje draaiende laten houden, juist nu het zo druk begint te worden? Nee, we zitten mooi klem. We zouden pake Van Alkmade om advies kunnen vragen en dominee Bandringa. Ik wil je vragen er verder niemand bij te betrekken, ook Minze niet. Hij is een geweldige werker, maar een heethoofd is hij ook. Weet je, we kunnen alleen maar hopen – hoe rot het ook klinkt – dat Maaike en Roos tegen de lamp lopen vóór ze onherstelbare dingen op hun geweten hebben. En bidden... véél bidden. Om kracht en wijsheid, maar vooral om een nieuw inzicht in die verdoolde harten van mijn vrouw en dochter!'

'Hé,' roept Evie ineens uit, 'dat zie ik nu pas. Op de achterkant van die brief staat nog een PS van Roosmarijn. Luister: "Als Rutger Soterius naar me vraagt, zeg je maar dat mem en ik rust nodig hebben, en ook dat ik verder geen contact met hem wens in de toekomst." Báh, wat een krengetje, en nou mag ik zeker de kastanjes uit het vuur halen!'

'Rutger...' peinst Sietse hardop. 'Zondag is ze nog met hem naar het graf van Melchior geweest. Die twee straalden iets van innerlijke vrede en harmonie uit. Ik hoopte al dat Roos... nou ja, haar wilde haren is ze al verloren sinds de dood van Mels, maar... Rutger en zij, ze zouden zo goed bij elkaar passen. En een vader is niet blind, ik heb de liefde in zijn ogen gezien. En in die van mijn dochter! Tja... en dan nu dit.'

Evie staat als eerste op. 'Kom, oom Sietse, we moeten in elk geval proberen voldoende slaap te krijgen. Ik wil morgenochtend om zeven uur hier beneden zijn voor Mijntje en u moet toch ook alweer vroeg beginnen. Als wij afknappen is daar niemand bij gebaat. En voor Willemijntje moeten we "mooi weer" spelen, net als voor buuf Zijlstra én voor Minze de Boer. Of dat zal lukken! Een alert figuur, hoor. Normaal gesproken mag ik dat wel, maar in de gegeven omstandigheden wilde ik dat hij wat eh... onnozeler was. Volgens mij heeft hij binnen de kortste keren door dat er iets goed mis is...'

Sietse knikt instemmend. 'Maar op dit moment is inderdaad het enige verstandige dat we kunnen doen, zien een goede nachtrust te krijgen. Ik vraag me trouwens af... Zullen we toch maar een slaapmutsje nemen?'

Evie knikt. Ze vindt het niet echt lekker, die kruidenbitter, maar haar hoofd is zo akelig helder dat ze voor het aanbod zwicht.

'Neem jij Roos' kamer maar,' stelt Sietse voor. 'Ik ben blij dat jij er bent, famke, en dat je niet meteen je biezen weer hebt gepakt. Ik zou het je niet kwalijk hebben genomen!'

Evie geeft hem spontaan een zoen. 'Niet piekeren, we redden het wel. En wie weet horen we al heel binnenkort iets van uw vrouw en Roosmarijn. Misschien zien ze zelf al snel in dat ze verkeerd bezig zijn.'

'Ik help het je hopen, Evie. Welterusten.'

'Welterusten, oom Sietse.'

Die nacht slaapt Evie – mede dankzij haar korte nachten van de laatste weken, in verband met al die tentamens die nu achter haar liggen – als een blok.

Maar Sietse ligt nog uren wakker en worstelt. Met zijn verdriet, zijn onmacht. En met God.

7

'MEM, ALS JE CONTINU OVER JE SCHOUDER KIJKT, MAAK JE JE BIJ VOORBAAT al verdacht! Kijk nou, je bibbert als een juffershondje. Wees nou niet zo eigenwijs en neem zo'n tablet, ik heb ze niet voor niets meegenomen! Gelukkig hadden we nog een aardig voorraadje thuis.'

'Waar zijn we in vredesnaam aan begonnen!' roept Maaike uit.

'Als je nog even zo doorgaat, zet ik je eruit en dan bekijk je het verder maar. Dan knap ik de zaak wel in m'n eentje op!'

'Nee, nee, afspraak is afspraak,' zegt Maaike en ze laat haar schouders zakken. 'Nee, we hebben nu a gezegd... en ik sta er nog steeds helemaal achter. Alleen die nervositeit, almaar die klamme handen en hartkloppingen!'

'Ja, en daarom neem je straks – als we in een dorpje gaan koffiedrinken – meteen zo'n pil in. Wie weet heb ik er zelf ook wel eentje nodig. Hoewel ik me momenteel in staat voel om bergen te verzetten.'

Eenmaal achter een dampende cappuccino gezeten, nemen ze hun plannen nog eens door. De grote donkere bril irriteert Roosmarijn, maar daar wil ze niet over zeuren. Om nog maar te zwijgen van die stijve knot strak op haar hoofd, en een laag make-up om haar sproeten enigszins te camoufleren. Ze grinnikt als ze naar mem kijkt. 'Met die hoed op heb je eigenlijk heel veel weg van onze koningin,' zegt ze hinnikend van de lach.

'Het is geen leuk grapje, Roos, waar wij mee bezig zijn. Dit is bloedserieus! En geef me nou maar zo'n tablet, ik slik hem wel in de dames-wc, kan ik gelijk even m'n hoofd krabben. Die idiote hoed kriebelt ontzettend!'

Niet lachen nu, denkt Roosmarijn, en ze bijt op haar lippen. Gelukkig heeft mem niets in de gaten. En als het erop aankomt, doet zij zich ook veel vrolijker voor dan ze zich voelt. Bloedserieus... Inderdaad, daar heeft mem gelijk in. Het gaat hier om het principe van 'oog om oog, tand om tand'. Zo uit de bijbel, dat zou heit zelfs niet kunnen tegenspreken! Hoewel... Hè bah, zit ze zowaar te janken! Ze snuit haar neus, vraagt een glas water en neemt ook zo'n blauw pilletje in. Volgens de verpakking kan het de rijvaardigheid beïnvloeden. Nou, dat zal wel loslopen, ze zal heus wel voorzichtig zijn. Het laatste wat ze wil is opvallen.

Het is niet druk hier, maar evenmin zijn mem en zij de enige gasten. Precies wat ze zocht. Ze opent het ritsvakje van haar handtas en bekijkt voor de zoveelste maal haar 'legitimatiebewijs'. Hmm, kan er best mee door, en de kans is groot dat geen mens ernaar vraagt in dat villadorp. Gelukkig dat ze laatst op Evies kamer nog die enquêteformulieren vond, keurig voorzien van de kop 'Rijks Universiteit Groningen'.

Een enquête in Aerdenhout. Het was haar zomaar te binnen geschoten tijdens een van die vele slapeloze nachten. Een buurtonderzoek in opdracht van de universiteit. Zij als wetenschappelijk medewerker en haar moeder als docente, werden geacht in Aerdenhout te spreken met mensen over onder meer de 'zaak Tjoelker' en de meest recente, de 'zaak Walda'. Hoe men dacht over het rechtssysteem, of men vond dat er in het algemeen meer aandacht was voor de daders dan voor de slachtoffers. En nog een hele waslijst vragen. Ja, zij moesten een en ander uitwerken voor wetenschappelijk onderzoek en nee, niemand hoefde zijn of haar naam te vermelden op het formulier.

En zo zouden ze erachter komen waar het ouderlijk huis van die crimineel stond. Zo tussen neus en lippen hier en daar wat vraagjes stellen, dan was zij daar snel genoeg achter. Mem zou zo weinig mogelijk zeggen en aantekeningen maken. Roosmarijn zou voornamelijk het woord voeren. O, ze is er stellig van overtuigd dat ze op deze wijze die Sander W. vinden, al hebben ze er wéken voor nodig! Al die gedachten zijn door haar heen gegaan als mem weer aanschuift, zichtbaar kalmer.

'Het is net of de gedachte aan die pillen al helpt,' zegt ze zacht.

Roosmarijn knikt. 'Laat mij nog even jouw legitimatie zien. Ja, het is wel goed, maar voor de zekerheid... Die foto... mem mét hoed, met nog net zichtbaar de revers van haar chique mantelpak. Iets wat ze normaal nooit draagt. Maar dat is immers ook de bedoeling.

Dr. M.E. van Houten, politicoloog. Dat staat er keurig. Mels had het jaren geleden vaak over een lector van die naam, maar die zal inmiddels al lang en breed met pensioen zijn. Hoopt ze. En dan bij haar: drs. R.A. Jansen, wetenschappelijk medewerker. Hmm, het ziet er toch wel goed uit.

Ze hadden afgesproken hun eigen voornamen te handhaven, stel dat ze zich een keertje zouden vergissen. Nee, ze mochten geen enkel risico lopen. Alles was goed overwogen en doordacht; ze hadden beiden een diplomatenkoffertje, en ze waren allebei keurig gekleed. Roosmarijn niet té truttig, omdat ze er nogal jong uitzag voor haar vierentwintig jaren. Trouwens, met die knot en die bril... Nou ja, een keurige lange broek met daarop een witte blouse en daaroverheen een donkerblauwe blazer. Ja, dit was voor beiden de geschikte outfit. En dan... in het koffertje, goed verborgen, het mes... O Sander-en-hoe-je-verder-ook-heten-mag, het zal je berouwen wat je mijn broer hebt aangedaan!

In een grote kustplaats huren ze twee kamers in een 'bed and breakfast'-hotel. Ze hebben bepaald geen riant uitzicht. Achter is een klein plaatsje met hier en daar wat armetierige goudsbloemen, salvia's, afrikaantjes en meer van dat eenjarig spul. Daarachter is een hoge, witte muur van een van de hotels, met uitzicht op zee.

Ook hier voelt Roosmarijn zich op haar gemak. Er zijn aardig wat pensiongasten, maar ook weer niet te veel en allemaal lui, die zo'n beetje hun eigen gang gaan. Een gezamenlijke ontbijtkamer is er wel, maar geen huiskamer of iets dergelijks. Aan de voorkant is een terras, omheind door windschermen. Maar mem en zij zullen daar maar weinig gebruik van maken voor het gebruiken van een consumptie; dat doen ze wel elders. En daarbij, veel tijd voor dat soort 'vakantie-uitspattingen' zullen ze niet hebben.

Nee... het jachtseizoen is wat haar betreft geopend! En gelukkig is mem weer helemaal bijgedraaid; gedecideerd, kalm en vastbesloten hun plannen ten uitvoer te brengen!

Het meisje Esmeralda is helemaal niet blij. Ja soms wel hoor want Evie is heel lief en heit en Minze ook. Ze mocht zomaar Minze zeggen en hij is al heel oud, vast wel dertig ofzo!!! Maar mem is weg en ook de grote zus Floor. En heit zegt ze zijn op vakantie en Evie zegt het ook. Maar het meisje dacht van niet en ze was vaak bang. Eerst was Damian doodgegaan en nou messchien haar mem en zus.

Maar nee, zei Evie, dat is echt niet waar, famke ik denk dat ze morgen wel optelefoneren. Nou dat was nog niet gebeurd wel een kaart maar die kwam uit Brabant. Heit zij daar klopt niks van en hoe ze dat nou weer voor mekaar hadden gekregen.

Soms ging het meisje Esmeralda bij het meer kijken, samen met heit en ook wel eens alleen als ze maar niet verder ging dan de windhoek en je bent toch een waterrat. Dat zei Minze, maar wel voorsichtig zijn, famke!!!

Het meer was vaak grijs maar op een dag was het water SMARAGD en toen werd het meisje even blijer. En als Zilvertje kwam zei ze ook Smaragd tegen het meisje.

Zilvertje was ook vedrietig dat kon je zomaar zien, hoor, maar ze deden allemaal vrolijk. Maar niet echt, alleen soms met Evie moest ze vreselijk lachen. En ze had nou lekker gauw Hemelvaartvakantie en dan mocht ze mee zeilen met Minze dat hat ie zelf beloofd.

Maar mem en Floor die waren zomaar weggegaan zonder het meisje Esmeralda een kus te geven en dat was NIET aardig. Maar nou hadden ze gebeld, optelefoneren is dat fout had het meisje aan Evie gevraagd. Die had het boek nog niet gelezen, alleen Zilvertje een klein stukkie en toen moest ze huilen. Maar ze vond het wel heel mooi, hoor!!!

En nou hadden ze dus gebeld. En mems stem klonk anders en die van Floor ook. Dichtbij en toch ver weg en Floors stem deed weer pijn in de borst van het meisje Esmeralda.

En ze moesten nog een week ofzo wegblijven had mem gezegd maar niet waarom. Dat zei Floor, dat mem nog zo moe was en verdrietig om Damian. En Floor zelf ook, hoor!!!

Maar heit ook en het meisje Esmeralda, nou dan kon je toch beter samen zijn? Nu ging ze stopen want Evie had lekker spagetti gemaakt!!!

Nou het eten was herelijk! En later kwam die meneer Rutger voor Floor, maar Evie zei ze is er niet en ze wil je niet meer zien. En toen keek hij heel boos of nee, anders boos.

En toen ze op de gang liep hoorde het meisje Esmeralda haar heit zeggen dat hij er genoeg van had, dat ie er achteraan moest, koste wat het kost. Zou dat dan heel duur kosten? Waren mem en Floor dat zover weg op vakantie, misschien wel verder dan Brabant? En toen moest heit huilen en daar kon het meisje Esmeralda niet tegen.

En toen rende ze naar binnen en hij tilde haar op en toen zij hij SMARAGD tegen het meisje. En toen moesen ze eerst samen skreien en later lachen gelukkig, en Evie deed ook mee.

Oef dit wort niet echt een boek want het meisje moest toch een andere naam verzinnen voor Evie en ze wist ook al heel lang dat die meneer van Floor Rutger hete. Dat vond ze een prachtige naam!!!

Nou, het werd een soort dagboek, dat was ook wel leuk dat deden heel veel meisjes. Maar dan groter, als ze verkering kregen enzo. Het meisje Esmeralda wilde nog geen verkering maar die ene uit de klas – ze ging natuurlijk niet verklappen wie alleen dat zijn vader Boer Douma hete – vond ze wel erg leuk. Maar niet om handje vast te houden, bah!!!

Nou lag ze al een hele tijd in bed maar kon niet slapen en Evie was al twee keer bij haar geweest dus die durfde ze niet meer te roepen.

Dus ze ging nog even skrijven dat hielp altijd. Terepie. Het meisje had alles nog eens doorgelezen en vond het eigenlijk een erg vedrietig boek geworden. Misschien moest ze er maar mee stopen.

Maar nee als ze dat dacht moest ze skreien dus dat was geen goed idee!!!

Maar ze ging toch lekker met Minze zeilen en ze kwamen heus wel terug. Ja zo hoort dat, niet trug dat had het meisje Esmeralda soms fout geskreven of toch niet. Maar dat gaf niks zei Zilvertje want dat ze al goed skreef voor zo'n klein ding. En daar moes ze hard om lachen want ze was toch zeker geen ding!!!

Nou werd ze toch moei en het boek ging dicht. En misschien kwam mem haar morgen wel waker maken, samen met Floor!!!

Maar Mels kwam nooit niet meer terug.

8

HET PLAN VERLOOPT TOT DUSVER PERFECT. ZODRA DE MENSEN BIJ WIE ZE aanbellen begrijpen dat ze niet met journalisten te maken hebben, zijn ze bijna allemaal onmiddellijk genegen 'de twee dames van de universiteit' binnen te laten.

Zonder haar doel uit het oog te verliezen valt het Roosmarijn telkens weer op hoe boeiend, hoe verschillend mensen zijn. Net als hun interieurs. Mem en zij kijken hun ogen uit, nu ze in de chique buurt zijn beland. Ze waren begonnen in de wat 'mindere' buurt van Aerdenhout, en kregen daar ook wel respons en medewerking, hoewel hun bij enkele adressen te verstaan werd gegeven dat ze het niet zo hadden op die geleerde lui; het was al vervelend genoeg in zo'n kakdorp te wonen en door die rijke stinkerds met de nek te worden aangekeken. Maar móói dat die Sander niet in hun buurtje zat, die zou wel in zo'n misbaksel van een villa met zwembad wonen...

Mem houdt zich goed, denkt Roos als ze een korte lunchpauze nemen. Nou ja, ze zien er ook door en door betrouwbaar uit en spreken keurig Algemeen Beschaafd Nederlands. Roos is er nog altijd blij mee dat heit en mem hen tweetalig hebben opgevoed, zo kun je immers overal terecht. En als ze een zware Friese tongval zouden hebben... wie weet zouden er lui bij zijn die dat zouden associëren met een persoonlijke betrokkenheid bij 'de zaak Walda'...

De reacties van de mensen op hun vragen – mondeling zowel als schriftelijk – zijn meestal hartverwarmend: dat ze niet graag in de schoenen zouden staan van de ouders van zo'n crimineel, maar toch veel en veel meer meevoelden met de nabestaanden 'van die aardige, behulpzame student Walda'. Hun Mels! Dat de strafmaat ver beneden peil was bleek ook een vrijwel unanieme mening, en dan de verontwaardiging betreffende die procedurefout!

Naar hun legitimatie is slechts tweemaal gevraagd, maar dat geeft toch wel aan dat het een bijzonder slim idee van haar was geweest; stel je voor dat ze hadden moeten zeggen er geen bij zich te hebben!

En nu zitten ze dan aan de thee bij een mevrouw Wessels-de Nooy, een klein breekbaar dametje met een lief, aristocratisch gezichtje, omlijst door een keurige, blauwgrijze 'watergolf'. Die gaat natuurlijk twee keer per week naar de kapper, denkt Roosmarijn, en ze kijkt zo discreet mogelijk de enorme kamer rond. Wat een luxe! Niet overdadig maar onmiskenbaar chic. En duur, je hoeft geen deskundige te zijn om dat te kunnen vaststellen.

De ervaring van twee dagen onderzoek heeft Roosmarijn en Maaike nu al geleerd dat juist hier, in deze dure wijk, veel eenzaamheid is. Neem nu deze dame, omringd door luxe, voorzien van personeel, bestaande uit een heuse butler, een dienstmeisje en een tuinman. 'Voor het grove werk heb ik tweemaal per week een werkster. Tja, en verder ben ik niet meer zo mobiel. Gelukkig dat Ramon naast zijn taken hier in De Groene Wingerd ook nog mijn chauffeur kan zijn. Hij brengt me wekelijks naar mijn fysiotherapeute, de pedicure, de kapper en m'n bridgeavond. Maar veel bezoek krijg ik hier niet, ik heb de meesten van mijn generatiegenoten overleefd. Ik ben negentig, weet u, en mijn geliefde man is al ruim twintig jaren geleden gestorven. Kinderen hadden we niet...'

Ik voel me net een voyeur, denkt Maaike beschaamd. Heel hun levensgeschiedenis geven mensen prijs aan twee wildvreemde vrouwen, die ook nog eens onder valse vlag varen. Maar dat weet men gelukkig niet.

Ze blijven wel twee uur bij mevrouw Wessels-de Nooy, die heel gewetensvol de vragenlijst heeft ingevuld en mondeling heeft toegelicht. Dan wordt er nog koffie met petitfours geserveerd en luisteren ze vol belangstelling naar hetgeen mevrouw Wessels en haar man in de Tweede Wereldoorlog allemaal meegemaakt hebben.

'Er is zelfs een straat naar hem genoemd, hij was een verzetsstrijder van het eerste uur. Meteen na de oorlog kreeg de laan hierachter de naam Justus Wessels-de Nooy Allee. Ik ben er wel trots op, hoor, maar ik heb mijn echtgenoot er niet mee teruggekregen. Tja, en die familie Walda... Wat ze ook ondernemen, hun zoon krijgen zij er evenmin mee terug.

Evengoed vreselijk trouwens, die lieve mensen van Westerweel. En dan zó'n misdadiger als zoon! Hij heeft nooit willen deugen en wat dit betreft kan men de schuld onmogelijk op het conto van zijn ouders schrijven.

Zij wonen hierachter. Ja, in de allee die de naam van mijn man – God hebbe zijn ziel – draagt. Onze tuinen grenzen aan de achterkant aan elkaar. Mevrouw Westerweel had – hoe wonderlijk u dat wellicht ook in de oren klinkt – gehoopt dat Sander achter de tralies terecht zou komen. Dat hij zijn gerechte straf niet zou ontlopen. Tja, er is veel narigheid. Gelukkig ontvangen de Westerweels veel steun van hun andere kinderen en van heel de buurt eigenlijk; ze stonden altijd voor iedereen klaar. Echt christenen van de daad zijn het, niet enkel maar fraaie woorden. Ik ben katholiek, zij gereformeerd, geloof ik. Maar dat maakt niet uit, zij stáán voor hun principes.

Sander heeft er altijd veel ouder uitgezien dan hij is. Die knaap is nog maar zeventien! En al vanaf z'n vijfde heeft dat joch kans gezien de politie aan de deur te krijgen. Het is onbegrijpelijk! Als je nu zijn zuster Machteld neemt, zij zal nu zo'n vijfentwintig zijn... Na die moord, door Sander gepleegd, heeft haar verloofde – een veelbelovend architect, wat verwaand maar niet onaardig – het uitgemaakt. Daarmee had hij al vaker gedreigd als Sander weer eens iets had uitgevreten.'

Roosmarijn bedwingt de neiging te grijnzen. 'Uitgevreten', zo keurigjes komt dat eruit bij hun gastvrouw! Maar meteen is ze weer alert; ze weten wat ze weten moeten, het adres van Sander Westerweel! En hij is nog minderjarig, woont waarschijnlijk nog thuis.

'Eh, mevrouw Wessels, mag ik u iets vragen? Die ouders... Houden zij hun zoon steeds maar weer de hand boven het hoofd? Ik bedoel, ik zou me kunnen voorstellen dat ze hem allang de wacht aangezegd hebben, dat hij maar elders onderdak moest zoeken.'

Mevrouw Wessels-de Nooy schudt haar hoofdje. 'Ach, juffrouw, al vanaf z'n twaalfde is Sander regelmatig weggelopen van huis, en altijd weer opgespoord en teruggebracht. Soms was hij weken onvindbaar. Zijn ouders hebben doodsangsten uitgestaan, dat kan ik u wel vertellen. Wat die mensen in al die jaren ondernomen hebben om die knaap op het rechte pad te houden, dat is niet na te vertellen! Het afgelopen jaar zat hij meen ik in een kraakpand in Leiden, en hij kwam alleen af en toe thuis met z'n vuile was... en om geld natuurlijk. Ik weet van mevrouw Westerweel dat ze het hem vaak weigerde, maar dan ging hij het dievenpad op. Dus soms gaf ze hem een bedrag mee dat die vreselijke jongen meteen weer opmaakte aan drugs en drank. En ik heb ook begrepen dat hij voor liefde betaalde, als u begrijpt wat ik bedoel. En daarnaast... hij heeft al tweemaal in een jeugdgevangenis gezeten wegens verkrachting. Nee, ik ben bang dat...'

Plotseling onderbreekt ze zichzelf en ze slaat haar hand voor de mond. 'O, het spijt me zo. Ik zit hier te roddelen en daar heb ik toch zo'n ontzettende hekel aan! Neemt u het mij alstublieft niet kwalijk. Weet u, met je personeel bespreek je dergelijke zaken niet, en een en ander houdt je toch bezig. Och, en als je zelden of nooit een klankbord hebt...'

'Mevrouw, u hoeft zich niet te verontschuldigen. Het besprokene blijft onder ons,' zegt Maaike rustig. 'En u bent echt de enige niet, hoor, die haar hart eens moet uitstorten. Het is opvallend hoeveel weduwen er hier in de wijk wonen.'

Mevrouw Wessels-de Nooy knikt erkentelijk. 'Bedankt voor uw begrip. En als u me nu wilt verontschuldigen, ik moet mij nog gaan baden en verkleden. Mijn bridgepartners komen hier dineren.'

Even later staan ze elkaar wat verdwaasd aan te kijken achter een van de grote struiken twee huizen verderop.

'Bijzondere ontmoetingen hebben wij gehad,' peinst Maaike hardop, 'en deze laatste was wel heel wonderlijk. Heb jij dat nou ook, famke, dat je je schuldig voelt? Ik bedoel, we krijgen zoveel te horen, zoveel persoonlijke verhalen. Ik denk wel dat ik voor ons allebei spreek als ik zeg dat we met oprechte belangstelling al die levensverhalen hebben aangehoord. Maar feitelijk spelen we een spel met de gevoelens van mensen die ons nooit ook maar iets hebben aangedaan. En nu...'

'Nú weten we waar we de familie Westerweel kunnen vinden,' zegt Roosmarijn bot. 'Kom op, mem, laten we nou niet sentimenteel worden, dat levert ons niets op. Ja, je zou bijna medelijden krijgen met die ouders, maar hun lieve zoontje heeft wel us Mels vermoord en hij loopt wél vrij rond. Dáár gaat het om, dat moeten we voor ogen houden.'

Maaike klemt haar lippen opeen, en zegt dan: 'Je hebt gelijk. Wat doen we, gaan we vanavond nog naar die lui toe?'

'Nee, ik ben moe, jij ook. Laten we vanavond maar rustig aan doen en er een nachtje over slapen wat ons morgen te doen staat. Nu zijn we nog te veel beïnvloed door dat verhaal van mevrouw Wessels. Wat een prachtmensje trouwens...'

'Dus dat vond jij toch ook!' zegt Maaike enthousiast.

Roos haalt kribbig de schouders op. 'Ja, natuurlijk, het is gewoon een fijne vrouw. Maar we zullen haar nooit meer ontmoeten en we moeten steeds maar weer het doel voor ogen houden: Melchior – voorzover mogelijk – postuum te geven waar hij recht op heeft. Récht, mem!'

'Ja, ja, je hebt helemaal gelijk. Maar ik mag toch zeker wel over m'n gevoelens praten? Het is toch al zo'n walgelijke maskerade.'

'We hebben samen onze besluiten genomen, mem, het zou niet fair zijn als je nu terugkrabbelde. Denk ná, onze kans om die schoft te vinden is de laatste uren met bijna honderd procent gestegen! Dáár gaat het om. De rest is bijzaak.'

'Hmm, kom, laten we in de auto verder praten.' In de beslotenheid van de wagen spreekt Maaike haar angst uit. 'Jij merkte daarstraks op dat wij die mevrouw Wessels nooit meer zouden zien. Maar heb je je wel gerealiseerd dat... Stel dat ons plan slaagt en we worden ingerekend; Roos, we hebben een spoor van getuigen achtergelaten!'

'Niemand rekent ons in,' zegt Roosmarijn kwaad. 'Bah, als je met zo'n instelling verder wilt...'

'Maar om het nu eens heel cru te zeggen, kind: wij willen de moordenaar van onze Melchior van het leven beroven. Denk je nu écht dat we dat ongestraft kunnen doen?'

'Ja, dat geldt toch ook voor die rotzak? Nou, en we hebben gehoord dat die al heel wat meer op z'n geweten heeft. Tenslotte hebben wij een blanco strafblad. Dat zal, ook als we wel voor de rechter gesleept worden, altijd een pre zijn. Denk nog maar eens aan die lui die Meindert Tjoelker doodschopten. Dat waren toch zulke keurige mannen, ze droegen een colbert en een stropdas. Nou, nou, dat scheelde! Dat hoort kennelijk allemaal bij het récht, mem.'

Maaike hoort de tranen achter die hoge, vliegende stem. Roosmarijn mag dan wel zo sterk lijken, zo vastbesloten ook, maar in de muren rond haar hart zijn inmiddels ook al de eerste bressen geslagen. Net als bij haarzelf. Sietse, ze verlangt ineens zo ontzettend naar Sietses armen om haar heen, zijn veilige armen, zijn onvoorwaardelijke liefde. En Mijntje-kleintje, en niet te vergeten haar lieve ouwe heit! Waar zijn ze toch mee bezig! Er is al zoveel stuk in hun gezin, hun bolwerk dat elke storm leek te kunnen doorstaan. En nu... als Roos' plan volgens het draaiboek zal verlopen, dan is er geen weg meer terug.

'Denk aan Melchior,' zegt Roosmarijn vlak. 'Denk aan hoe hij was, denk aan Robien, aan hun trouwplannen. Bekijk zijn foto, steeds maar opnieuw. Denk aan de klank van zijn stem, denk vooral aan z'n lieve gezicht en hoe dat er later uitzag. Toen ze hem verminkt en gedood hebben, met zóveel getuigen, van wie er maar drie de moed hadden naar voren te komen, hun getuigenis uit te spreken. Denk aan die vreselijke rechtszittingen, denk vooral aan die rotkop van ene Sander Westerweel...'

Ze komen hard aan, die woorden. Harder dan wanneer Roosmarijn ze uitgeschreeuwd zou hebben.

Die nacht kan Maaike Walda de slaap niet vatten. Ze heeft de foto – een van de laatste foto's van Melchior – bekeken, zijn stralende lach ingedronken. Zijn gave gezicht gestreeld. Dood, kil papier. Dood. Verminkt en vermoord. Nu hoeft ze alleen maar haar ogen dicht te houden om zich zijn geliefde gezicht voor de geest te kunnen halen. Roosmarijn heeft gelijk: er is geen andere weg.

RUTGER SOTERIUS MOET VASTSTELLEN DAT HET ZO NIET LANGER GAAT. HIJ heeft zich sinds de verdwijning van Roos en haar moeder niet meer kunnen concentreren op zijn werk, dat juist zoveel precisie vereist. Bovendien is hij ongenietbaar voor zichzelf en zijn collega's.

Als Roos ruim een week weg is, neemt hij een besluit: hij gaat ze zoeken, Roosje en haar moeder! Niemand zal hem kunnen tegenhouden. Op het werk zal hij alles zo goed mogelijk zien te regelen, hij zal ook open kaart spelen tegenover de achtergebleven Walda's. En een gesprek hebben met pake Van Alkmade, dat zeker.

Hij ziet de opluchting op de gezichten van zijn naaste medewerkers als hij zegt er zeker twee weken tussenuit te zullen gaan. Hij grijnst even.

'Jullie hoeven niets te zeggen, ik zie aan je smoelwerken wel hoe blij jullie zijn een poosje zonder mij te mogen werken. Ik snap dat best, ik was ook niet om mee te leven. Sorry.'

'Al goed, ouwe jongen, ga jij maar fijn achter je meisje aan... Eh, ik bedoel natuurlijk vakantie vieren,' lacht Wubbo, de jongste collega met zijn rooie kuif die altijd – al steekt hij zijn kop tienmaal per dag onder de kraan – rechtop staat.

Waar bemoei jij je mee, snotaap, wil Rutger zeggen, maar hij houdt zich in en lacht als de bekende boer met tandklachten. Laat ze dat trouwens maar gerust denken, dat hij achter Roos aan gaat. Het is tenslotte de helft van de waarheid. En als ze alles wisten, zouden ze hem dan geloven? Nee. En bovendien heeft hij aan Roos' vader beloofd zijn mond te houden.

Later die avond is er de dreiging, de angst. Nachtzwart en verstikkend. Roosmarijn, wat ben je van plan? Ja, ik weet het. Ik weet ook dat je moeder achter je staat, maar ik kan en wil het niet geloven: dat jij een mens zou doden, ook al is het nog zo'n ellendeling!

'Mij komt de wraak toe, Ik zal het vergelden, spreekt de Here.' Die woorden zoeken hun plekje in zijn vermoeide brein en hij beseft: dát is de enige weg. En het is aan mij Roosje daarvan te overtuigen. God, laat me ze vinden, alstublieft. En laat ik op tijd zijn, bidt hij dringend. Met zijn handen nog gevouwen valt hij in slaap.

Het is op een donderdag, vroeg in de ochtend, dat Rutger naar het westen des lands vertrekt. Met het openbaar vervoer, daar heeft hij heel bewust voor gekozen. Zijn gesprek gisteravond met pake Van Alkmade...
'Ik bid onafgebroken, jongeman, meer kan ik immers niet. Of nee, dat zeg ik verkeerd. Het gebed vermag veel, als je in Christus gerecht-vaardigd bent. Maar ik ben ook maar een eigenzinnig mensenkind, Rutger. Het liefst zou ik er zelf achterheen, zou ik zelf daden willen stel-len. En als het me dan zou lukken het onheil te keren zou ik ook nog wel een schouderklopje van onze "Grote Baas" verwachten, stilletjes. Ga vol strijdlust en wilskracht, jongen, maar vooral: ga met God. Hij weet wat je nodig hebt, Hij zal je de weg wijzen. Probeer niet de held uit te hangen, blijf je veeleer verootmoedigen, aldoor maar weer. En zullen we dan nu samen bidden?'
Dat hadden ze gedaan, een geheiligd moment. Nu voelt hij zich sterk en weerbaar, Rutger Soterius. Maar niet roemend in eigen kracht.

'Goedemorgen, mevrouw. Mag ik ons even bij u introduceren? Wij zijn beiden werkzaam op de Rijks Universiteit te Groningen en verrichten een buurtonderzoek. We hebben al veel medewerking gekregen van uw dorpsgenoten en hopen ook wat van uw tijd te mogen vragen. Het betreft zinloos geweld, de gevolgen die dat kan hebben, waar staat justi-tie in dezen, enzovoort. Wij hebben uiteraard een overzichtelijke vra-genlijst en als u mee wilt werken krijgt u later – een en ander zal zeker een jaar in beslag nemen – de doctoraalscriptie waarvoor ik dit onder-zoek doe, toegestuurd. Tenminste, als u dat op prijs zou stellen, want ons uitgangspunt is dat u desgewenst anoniem kunt blijven. U beslist of u wel of niet in ons bestand opgenomen wordt.' Het gaat me steeds vlot-ter af, denkt Roosmarijn als ze haar 'lector, dr. Van Houten' heeft voor-gesteld.

Maar dít kan niet de moeder zijn, dit is waarschijnlijk die Machteld. Wat ziet dat kind er vreselijk uit, alsof ze in geen maanden een oog heeft dichtgedaan. En zo mager, daar is zíj nog een 'stevige' Friese boerenmeid bij!

'Mag ik uw legitimatiebewijs zien, alstublieft? Ja, ik moet dat wel vragen, we hebben de afgelopen maanden zoveel journalisten aan de deur en zelfs in huis gehad. Er waren erbij die zich nota bene opwierpen als de meteropnemer voor het gas of zo, en ja hoor, dan klikten de fototoestellen alweer. Dus u zult begrijpen...'

'Ja, dat begrijpen wij maar al te goed,' zegt Roosmarijn nogal bits, en ze schrikt meteen van haar botte gedrag. Ze tovert onmiddellijk een glimlach op haar gezicht. 'Het spijt me, ik ben wat gespannen. Van dit onderzoek hangt namelijk heel veel af en we zijn al dágen bezig, soms van 's ochtends vroeg tot 's avonds laat.'

'Het geeft niet,' antwoordt het meisje mat. 'Ja, ik heb uw legitimatie gezien, dat is wel in orde. Komt u verder. Alleen, veel tijd heb ik niet, over twee uur word ik geacht weer voor de klas te staan. Ik werk parttime momenteel, ik ben docente Frans op het Christelijk Gymnasium.'

Maaike en Roosmarijn stappen uiterlijk kalm naar binnen. Ze proberen hun bewondering voor de enorme vestibule, compleet met open haard en diverse zitjes, en twee fraaie trappen met houtsnijwerk te verbergen.

'Volgt u mij maar, m'n moeder heeft zojuist haar koffie-uurtje beëindigd.'

Mens, doe normaal, denkt Roosmarijn geïrriteerd. Mooie spullen, fraaie woorden, maar ondertussen...

Als Maaike mevrouw Westerweel ziet, denkt ze: dit moet Machtelds oma zijn. Een lange, broodmagere vrouw op een chaise longue. Haar enkels zijn net zichtbaar onder de lange rok en zien er zeer breekbaar uit. Net als de handen en polsen. Dan haar gelaat; grote, droevige ogen met donkere kringen daaromheen, talloze rimpels, triest neergebogen mondhoeken. De haren zijn echter nog gitzwart, wat het contrast des te groter maakt.

Machteld stelt hen aan elkaar voor, en legt het doel van hun bezoek uit. Roosmarijn ziet de vrouw aarzelen en grijpt snel in. 'Mevrouw eh...'

'Westerweel,' zegt de ander met een onverwacht pittig stemgeluid.

'Mevrouw Westerweel, ik heb een voorstel. Normaal neemt ons onderzoek zeker een uur in beslag, maar u lijkt me nogal vermoeid. We kunnen ons beperken tot de meest cruciale vragen en dan zijn we binnen een halfuur weer vertrokken.'

Mevrouw Westerweel doet een poging te glimlachen. Het mislukt deerlijk. 'Nee, nee, dat is het punt niet. Ziet u, mijn man hoopt over een halfuur thuis te zijn voor de lunch. Ik wil hem er graag bij hebben, wij voelen ons nogal betrokken bij het onderwerp.'

Ja, logisch, met zo'n stuk schorem als zoon, denkt Roosmarijn bitter. Maar tegen wil en dank heeft ze medelijden met deze getekende vrouw. Ze kijkt haar 'collega' vragend aan. Dan zegt ze: 'Mevrouw, dat zou heel prettig zijn. Wij kunnen in die tussentijd wel even ergens iets gaan gebruiken, dan komen we over...'

'Welnee,' mengt Machteld zich in het gesprek, 'dat is helemaal niet nodig. Weet u, ik zet even verse koffie en als u het goedvindt, bekijk ik als eerste de vragenlijst. Het onderwerp interesseert mij ook buitengewoon. Jammer dat mijn broer in het buitenland verblijft. Hij werkt daar aan een groot project. Hij heeft in Illinois een opdracht aangenomen. Hij ontwerpt onder meer hotels, en is daarnaast ook tuinarchitect. Die blijft het komende halfjaar nog wel in de VS.'

'Hebt u nog meer broers en zussen?' vraagt Roosmarijn met een stalen gezicht, maar met een wild bonkend hart.

'Eh... ja, we hebben nog een jongere broer. Hij woont niet meer thuis, komt hooguit een keer per maand langs. Hij heeft... och, ik kan het maar beter eerlijk zeggen, hij heeft een drugsprobleem. Vandaar...'

Ja, en nog wel grotere problemen, denkt Roosmarijn cynisch. Ze kijkt naar mem en schrikt heftig van de koude gloed in haar ogen.

'Doctor Van Houten, u kunt beter gaan zitten. U ziet wat bleekjes,' zegt Roos.

Maaike schrikt op uit haar verstarring en kijkt vragend naar de oudere vrouw.

'Ach, natuurlijk, ik had u allang een zitplaats moeten aanbieden! Gaat u toch zitten. Ja, u ook, jongedame. En Machteld, vraag jij even aan Lian of er nog scones voor onze gasten zijn bij de koffie?'

Er valt een pijnlijke stilte als Machteld de enorme salon verlaat.

Roosmarijn opent haar koffertje en doet alsof ze paperassen sorteert.

'Sander, u had het over Sander. De zoon die ik nooit echt gehad heb. Ja, tot z'n kleutertijd, toen ging het nog wel. Ik ben hem al jaren kwijt, tenminste, zo ervaar ik dat. Al vóór hij aan de drugs begon... Och, ik zal u niet lastig vallen met onze privéproblemen.'

'Maar mevrouw, dat stoort ons totaal niet, dat hoort bij ons werk,' moedigt Roosmarijn de oude vrouw poeslief aan. Ondanks haar medelijden met deze vrouw – die waarschijnlijk toch niet veel ouder is dan mem, gezien de leeftijd van haar kinderen – moet ze erachter zien te komen waar die Sander uithangt. Daar gaat het tenslotte allemaal om, die andere gevoelens mag en kan ze nu niet toelaten. Als mem maar niet...

Machteld komt binnen, ze nadert vrijwel geruisloos over het dikke wollen tapijt met een prachtige porseleinen schaal vol lekkernijen.

'Is de koffie goed? Fijn. En neem gerust van alles iets, er is genoeg. Wie weet stimuleert het mamá om ook eens iets extra's te nemen, zij wordt veel te mager.'

'Jij kunt anders ook best een paar kilo's meer gebruiken,' flapt Roos eruit.

Machteld glimlacht. 'Zullen we maar gewoon jij en jou zeggen? Volgens mij zijn we ongeveer van dezelfde leeftijd.'

Nee, dit niet, denkt Roosmarijn paniekerig, die Machteld moet niet zo aardig doen, daar kan ze absoluut niet tegen. Het slaat haar al haar wapens uit handen. Ineens ziet ze meer dan levensgroot het mes dat zij in de auto verborgen heeft. Het neemt voor haar geestesoog wanstaltige proporties aan.

Een mes maakte een einde aan het leven van haar broer Melchior, en zíj zal eigenhandig een jongen van zeventien moeten doden. Ze weet nu al dat ze het niet zal kunnen.

'Roos, blijf even bij de les, wil je?' Scherp en waakzaam klinkt mems stem.

Meteen herneemt Roosmarijn zich. 'Neem me niet kwalijk, mijn gedachten dwaalden even af. Niet erg attent van me nu we hier zoveel gastvrijheid genieten.'

'Ach, meid, geeft niet, je zult ook wel moe zijn. Ik ben trouwens vijfentwintig. En jij?'

'Ik bijna. Nog twee maandjes en ik heb je ingehaald, Machteld.'

Deze lacht. Het klinkt schril, alsof ze het eigenlijk verleerd is. En dat zal ook wel, met zo'n broertje en een ex-verloofde die haar liet boeten voor Sanders fouten.

'Maar over drie maanden hoop ik al zesentwintig te worden, en inhalen zul je me sowieso nooit!'

Ze drinken koffie, nemen – alle vier met duidelijke tegenzin – nog wat van de schaal, en dan buigt Machteld zich over de vragen. Ze neemt een pen en vraagt: 'Mag ik?'

'Graag,' zegt Roosmarijn, 'beter te veel materiaal dan te weinig, ga gerust je gang. Ook wel prettig de mening van een jongere te horen, de meeste mensen uit deze wijk zijn toch al wat ouder. Veel weduwen ook, viel ons op.'

Mevrouw Westerweel knikt instemmend. 'Ja, dat hebt u goed gezien. Helaas, zou ik willen zeggen. Weet u, veel echtgenoten uit deze buurt hebben heel hun volwassen leven niets anders gedaan dan werken, werken, geld verdienen. En een te groot aantal van hen heeft de pensioengerechtigde leeftijd niet eens gehaald. En nooit tijd voor eventuele kinderen... Maar ach, dat zegt ook niet alles. Dat blijkt maar weer met Sander. Die is nooit aandacht en liefde tekortgekomen, noch van mij, noch van z'n vader. Mijn man heeft dan wel een drukke baan bij het ministerie van Sociale Zaken, maar altijd heeft hij tijd weten vrij te houden voor z'n gezin. Juist ook vanwege Sander. En nu... nu zit hij ergens ondergedoken, heeft weer eens iets op z'n geweten...'

Ja, zou Maaike willen zeggen, de dood van míjn enige zoon! Maar ze zwijgt. Juist als ze opzijkijkt naar Roosmarijn en op haar beurt getuige is van de haat in de ogen van haar oudste dochter stapt de heer des huizes binnen. Een knappe, lange man met donker haar, dat in soepele slagen zijn gezicht omkranst. Een jong gezicht, gladgeschoren. Maar niet vrolijk, nee, dat bepaald niet; de grijze ogen spreken van verdriet, net als de diepe frons tussen zijn bruine ogen.

Hij geeft zijn gasten een stevige handdruk, laat hen door Machteld aan zich voorstellen en loopt dan op zijn vrouw toe. Hij buigt zich over haar tengere gestalte en kust haar voorhoofd, als was ze van porselein. Dit is niet gespeeld, weet Roosmarijn, dit is oprecht. Hier woont de liefde...

'Waar liefde woont gebiedt de Heer de zegen.' Die oude maar nog altijd actuele woorden uit een psalm verschaffen zich ongevraagd toegang tot haar vermoeide brein. Maar ze wil daar niet aan denken. Was het hier maar een zootje ongeregeld, een asociaal stelletje dat elkaar – bezoek of niet – de huid vol schold. Dáár zou het beeld van Sander W. beter in passen. Dit klopt niet, dit klopt van geen kanten! Wat nu?

Gelukkig heeft mem de tegenwoordigheid van geest om uitleg te geven over hun bezoek, na een korte introductie van mevrouw Westerweel. Zowel mem als zij zien hoe het gezicht van de vader betrekt, zich lijkt toe te sluiten.

Opnieuw een pijnlijke stilte.

'Max,' zegt mevrouw Westerweel zacht.

Hij kijkt haar aan. 'Zeg het eens, Marineke.'

'Het is goed als wij hieraan meewerken. Machteld is ertoe bereid, ik ook. Toe, lieveling.'

Maaike slikt als ze de liefdevolle blikken over en weer onderschept en weer laait het verlangen naar Sietse in haar op, het heimwee naar de tijd dat alles tussen hen ook zo goed en zuiver was. Dus het kán wel: door een hel gaan en elkaar blijven steunen. Daar kan zij nog iets van leren!

'Oké, ik doe mee,' zegt Max Westerweel.

Ze blijven er uiteindelijk bijna drie uren – Machteld is dan al vertrokken – en heel de afschuwelijke geschiedenis rond Sander is hun uit de doeken gedaan. Maaike en Roosmarijn zijn diep onder de indruk. En toch springt steeds die ene zin – vlak voor hun vertrek uitgesproken – eruit. 'Een dezer dagen zal hij wel weer langskomen met z'n vuile boel en opnieuw zal hij proberen ons geld afhandig te maken. Maar het zal hem niet lukken! En dan zal hij wel weer afdruipen naar z'n schuilplaats, waar dat ook zijn moge...'

Ja, en dat is dus hun volgende opdracht: dát uit te zoeken! Ze naderen hun einddoel, Maaike en Roosmarijn Walda.

10

RUTGER SOTERIUS GAAT RECHT OP ZIJN DOEL AF: AERDENHOUT. HET IS domweg het enige aanknopingspunt. In de trein piekert hij zich suf hoe hij een en ander het beste kan aanpakken, ervan uitgaande dat hij Roosje en haar moeder ook inderdaad weet te vinden. Hij moet zich proberen in te leven in Roos' gedachtegang toen ze haar plan smeedde. Waar zij op uit is, is wraak. De ultieme wraak, daarvan is hij wel overtuigd. Welke mogelijkheden staan haar en mevrouw Walda ter beschikking om het nodige over de verblijfplaats van die Sander W. te weten te komen? Een soort buurtonderzoek misschien? Maar dat zouden ze dan wel heel slim hebben moeten aanpakken. Die lui in dat kakdorp hadden de laatste maanden vast en zeker talloze journalisten op hun dak gehad, ze zouden wel terughoudend geworden zijn.

Maar Roosje is niet voor één gat te vangen, ze is slim genoeg om een goed plan uit te werken. En haar moeder is ook niet van gisteren. Hoe zou híj een en ander aanpakken? Hij piekert zich suf, bedenkt allerlei scenario's, maar komt er vooralsnog niet uit. Pas als hij uitstapt op station Haarlem, flitst de gedachte vlijmscherp door hem heen: misschien is hij al wel te laat!

In zijn uiterst sobere hotelkamertje doet hij wat pake Van Alkmade pleegt te doen: hij legt zijn angst en zorgen voor aan de Heer en vraagt Hem om kracht en wijsheid. Dan ontfermt de barmhartige slaap zich over hem.

Maaike en Roosmarijn spreken nauwelijks met elkaar als ze terugrijden naar hun pension. Er zijn te veel gedachten, hun hoofd zit te vol. Pas als ze beiden een poos hebben gerust op hun kamer en in een eenvoudig maar goed restaurant een kleine maaltijd genuttigd hebben, komt het tot een gesprek.

'Ik wilde dat ik die ouders en Machteld Westerweel nooit had ontmoet,' begint Roosmarijn, terwijl ze haar mondhoeken dept met het servet.

'Nou, daar zijn we het dan helemaal over eens.'

'Tóch moeten we ons verstand erbij houden, de zaken uit elkaar houden, mem. Die ouders kun je niets verwijten, dat is wel duidelijk. En z'n zus al evenmin. Maar het gaat om Sander Westerweel, en die moet zijn gerechte straf hebben. En als wij niet doorzetten, gebeurt er niets, helemaal niets!'

'Die jongen is ondergedoken,' zegt Maaike peinzend, 'eigenlijk is hij een gevangene van zichzelf...'

'Mem, niet van die sentimentele nonsens! Ik wilde dat hij naar de States zou emigreren, en daar een nieuwe moord zou plegen. Het liefst in Texas, daar hebben ze geloof ik nog de doodstraf. Maar dat zit er niet in, dus wij gaan door!'

Maaike knikt, hoog in de schouders.

'Probeer je alsjeblieft een beetje te ontspannen,' zegt Roosmarijn kribbig. 'Schouders omlaag, diep ademhalen, dan bestel ik nu koffie met cognac. Vanavond ondernemen we toch niets meer. Hoewel... stel dat dat stuk schorem juist vanavond of wie weet vannacht z'n ouderlijk huis vereert met een bezoekje. Hij zal wel niet veel op hebben met daglicht. Daar zijn z'n praktijken ook niet naar. Nooit geweest ook. Behalve toen... Het zal je kind maar wezen!'

Ze drinken zwijgend hun koffie met cognac. Maaike krijgt weer wat kleur.

'Goed,' zegt Roosmarijn dan gedecideerd. 'Hoe nu verder?'

'We moeten de huurauto die we nu steeds gebruiken ergens parkeren, in een garage waar dat dag en nacht mogelijk is,' stelt Maaike voor.

'Ja, en dan een totaal andere huren. In die buurt kunnen ze "ons wagentje" inmiddels wel uittekenen.'

'En onze kleding, haardracht en zo, dat moet ook anders. Heb jij een goed idee?'

'Laat me even rustig nadenken.'

Roosmarijn fronst haar voorhoofd – die knot doet gewoon pijn! – en wrijft haar vingertoppen tegen elkaar. Dan, na een tijdje, verheldert haar gezicht. 'Ik héb het!' roept ze uit.

'Nou, zeg het dan?'

'Een legeruniform!'

Maaike kijkt haar dochter schaapachtig aan. 'Hoe bedoel je? Ergens een kazerne binnenstappen, vriendelijk groeten en ons van een militaire outfit voorzien? Kind, wat denk je dáármee te bereiken?'

Roosmarijn lacht. Het klinkt schril en hoog. 'Nee, oentje, ik bedoel het Leger des Heils!'

'Ja, ze zien ons aankomen. "Wij willen een paar dagen een uniform lenen, we hebben die vermomming nodig om een moord te plegen." '

De woorden echoën na in Roosmarijns hoofd: een moord, moord, moord... Dan buigt ze zich naar voren, en sist fel: 'Een beetje zachter! Wil je soms dat die lui hierachter horen wat wij van plan zijn?!'

'Het spijt me. Maar Roos, wat had je je dan voorgesteld...'

'Nou, eerst huren we een andere auto. Dan gaan we naar Haarlem, naar het Leger des Heils daar en stellen we ons vriendelijk voor als amateuractrices. En of het misschien mogelijk is... Nou, simpel toch?'

'Stel dat het lukt... Die goeie mensen zouden eens moeten weten waaraan zij zich ongewild medeplichtig maken! Voor die mensen staat naastenliefde, vergeving en niet te vergeten het opvangen van kansarmen, waaronder criminelen, centraal.'

'Geen problemen erbij, mem. Houd alleen ons doel voor ogen. Je gaat toch niet terugkrabbelen, zeg?'

Maaike schudt traag haar hoofd. 'Nee, dat kan niet meer...'

'Goed,' gaat Roosmarijn verder, 'we gaan dus eerst morgen die nieuwe auto regelen en die uniformen, en dan gaan we in de vooravond richting Wessels-de Nooy Allee. Gewapend met een collectebus, daar vind ik ook wel een oplossing voor. Nou, de wijk in dus, om te collecteren. Nee, dat geld houden we niet zelf, dat schenken we aan het Leger, als we onze uniformen terugbrengen.

We bellen natuurlijk niet aan bij de Westerweels, die zouden ons misschien toch herkennen en ook niet bij dat oude dametje Wessels in de laan erachter. Ook niet bij die jonge weduwnaar... dus niet bij degenen met wie we diepgaande gesprekken gevoerd hebben, waarbij we elkaar wederzijds te goed hebben kunnen observeren. Mee eens? Mooi. Tja, de auto parkeren we bij dat parkje, vlak om de hoek bij de Westerweels. En zodra we dan ook maar iets bespeuren van dat stuk ongeluk... Nou ja, we gaan dan zo onopvallend mogelijk op wacht staan.'

Ze giechelt. Op wacht, uniformen... het lijkt wel oorlog!

'Wat valt er nou te lachen!?' zegt Maaike bits. 'En wat kijk je ineens raar!'

'Ach... ik dacht aan uniformen, op wacht staan, gewapend zijn... Het ís oorlog, mem.' Er druppen zomaar een paar tranen op haar handen.

'Dat wisten we toen we aan onze missie begonnen,' zegt Maaike scherp. Het is maar goed dat ze elkaar wat in balans kunnen houden; als de één zwak dreigt te worden is de ander sterk, en andersom. Ja, ze vormen een goed team.

Roosmarijn veegt snel langs haar wangen, kijkt om zich heen en ziet tot haar geruststelling dat er niet speciaal op hen gelet wordt. Dat kunnen ze ook beslist niet gebruiken! Ze herneemt zich, en werkt al pratend de plannen verder uit.

'We hopen natuurlijk snel beet te hebben en dan is het zaak in de wagen te stappen, te wachten tot die knul weer naar buiten komt. Hoewel, een van ons zal de voorkant, de ander de achteruitgang in de gaten moeten houden. Maar hoe dan ook, zo snel mogelijk de auto in en hem volgen. Uiteraard zo onopvallend mogelijk. We weten niet of hij op de fiets komt, of een brommer heeft. Nou ja, dat zien we wel als het zover is. Maar we moeten er in elk geval rekening mee houden dat het niet de eerste de beste keer raak is. "Een dezer dagen", zoals meneer Westerweel het formuleerde, kan inderdaad morgen betekenen, maar ook drie dagen later. Dat moeten we ons wel heel goed realiseren. Dus als het even kan 's ochtends uitslapen, een frisse neus halen en goed eten. Ja, ik weet dat dat moeite kost, dat geldt net zo goed voor mij, maar we hebben geen keus. We kunnen daar toch moeilijk als soldateske dames onderuitgaan.'

Maaike grijnst tegen wil en dank, en Roos begint prompt te lachen. Ze lachen tot de tranen hun over de wangen lopen. Ze kunnen niet meer ophouden. En nu trekken ze wel degelijk de aandacht. Maar niemand zal vermoeden dat twee vrouwen die zo'n 'plezier' hebben een moord beramen... Als ze eindelijk tot bedaren zijn gekomen, bestellen ze nog een cognac en een saucijzenbroodje erbij: ze kunnen het zich niet permitteren dronken te worden.

'Het weer is nu steeds goed,' zegt Maaike na een tijdje, 'maar we moeten er wel voor zorgen dat we warm genoeg gekleed zijn. Dus voor we op pad gaan een paar laagjes extra, en een overjas voor als het echt te koud wordt. En dan natuurlijk proviand. En een thermoskan koffie niet te vergeten.'

'Ja, en we hebben natuurlijk die plaids in de auto. Die moeten we niet vergeten mee te nemen, hoor, als we deze huurauto stallen. En dan de laarzen, en onze regenpakken. Het kan natuurlijk ook gaan hozen en we kunnen het ons nu niet veroorloven ziek te worden.'

Maaike zucht. 'Ja, ik denk dat we het draaiboek zo wel rond hebben.'

Beiden denken ze op dat moment aan het belangrijkste: hun wapens. Ja, zo hebben ze het afgesproken, om werkelijk álles samen te doen...

Die avond komt er niets terecht van hun voornemen om vroeg te gaan slapen; ze praten tot in de kleine uurtjes door op Roosmarijns kamertje, een fles bitter lemon onder handbereik.

Het was Maaike geweest die erover begonnen was. 'Stel dat alles volgens plan verloopt... Hebben we wel echt nagedacht over "daarna"?'

Roosmarijn kijkt haar moeder met wijd open ogen aan en zegt dan: 'Eerlijk gezegd niet. Voor mijn gevoel is er helemaal geen "daarna".'

'Maar de werkelijkheid zal ons duidelijk maken dat het er wél is. En wat dan, Roos? Hoe gaan onze levens eruitzien? Zal het één grote, eindeloze vlucht worden? Of de gevangenis? En wat moet er dan met Willemijntje en papa gebeuren? Hoe zal Willemijntje ooit kunnen begrijpen... Ik bedoel, ze is haar grote broer kwijt. Ze weet dat hij vermoord is, ook al noemt de wet het dan doodslag. Haar vertrouwen in mensen is al geschaad, en dan krijgt ze op een gegeven moment te horen dat haar moeder en zus... O, Roos, famke, waar zijn we toch mee bezig?' Het is een regelrechte noodkreet.

Roosmarijn staart met lege ogen voor zich uit. Pas na een geladen, eindeloos lijkende stilte zegt ze toonloos: 'Voor mij is dat helemaal niet belangrijk, geloof ik. De toekomst is voorbij, hoe vreemd dat ook mag klinken. Ik verwacht niets positiefs meer van dit leven. Ik maak geen plannen, ik kan er domweg niet over nadenken...'

'En je bent nog zo jong!'

'Ik voel me oud, stokoud, mem. En wat heit en Mijntje betreft... ik kan niks voelen, ik zit ergens op slot. Dat moet ook wel, anders kan ik deze opdracht niet uitvoeren.'

'En Evie? En pake Van Alkmade en die, nou je weet wel, Rutger?'

Roosmarijns gezicht sluit zich toe. 'Met Rutger heb ik niets!'

Maaike zucht diep en bekommerd. Ze zou willen bidden nu, maar ook die weg is afgesloten. 'Roosmarijn, denk jij nog weleens aan God?'

Met een ruk heft Roos haar hoofd op. 'Meer dan me lief is! Ik wil het niet, het overkomt me. Ik wil God almaar bij me vandaan praten, maar dan draait het vaak uit op een soort gebed. Nou ja, geen echt gebed... Ik

probeer het met God op een akkoordje te gooien terwijl ik tegelijkertijd niet meer in Zijn bestaan geloof.'
'Dat heb ik nou ook,' bekent Maaike zacht. 'Wat nu, Roosmarijntje?' Roos' gezicht wordt als een masker. 'We kunnen nu niet meer terug. Ik zou toch ook geen toekomst meer hebben gehad in de wetenschap dat de moordenaar van Melchior vrij rondloopt. Nee, mem, de tijd van kiezen is voorbij. Voorgoed.'

11

OOK RUTGER SOTERIUS BEGINT IN DE 'MINDERE' BUURT VAN AERDENHOUT. Zijn geest staat op scherp, evenals zijn ogen, niets ontgaat hem. Hij knoopt hier en daar een praatje aan met jongelui die buiten staan te kletsen. 'Hoi, ik ben op zoek naar m'n meisje. Ze is samen met haar moeder hier in de buurt op vakantie. En nu wil ik haar verrassen.'
'Die moeder zeker,' lacht een brutaaltje met lange blonde krullen en felroze lipstick op. Ze kan hooguit twaalf zijn.
'Leuk hoor, maar even serieus, meiden. En wie weet kunnen jullie vriendjes me ook een beetje op weg helpen.'
'Kom je uit Groningen of zo, je praat zo raar!' zegt een jonge knul met drie oorringetjes en een brede grijns die een schitterend gebit laat zien. Hij is overduidelijk hét vriendje van dat kleine blondje; hij slaat z'n arm bezitterig om haar heen en kust haar dan vol op de mond. Zij duwt haar knokige heup stijf tegen hem aan.
'Ik kom inderdaad uit wat jullie het hoge noorden noemen. Je weet wel, waar alles zit dichtgeplakt met kranten. Volgens de westerlingen dan. Maar luister, ik zoek m'n vriendin. Ze heeft heel lang roodblond krulhaar en sproeten, en ze is heel slank. Tamelijk lang. Mooie meid in elk geval. En haar moeder, tja, die heeft juist heel donker haar. Ze is een beetje dik, niet echt hoor, en...'
'Nou,' valt een klein jochie met felbruine ogen hem in de rede, 'm'n

vader zei laatst dat er hier twee van die wijven, eh, vrouwen rondliepen. Heel truttig, die ene had een knot, en die ouwe zo'n walgelijk pak. Hoe noem je zoiets ook alweer, Hestertje?'

'Een mantelpak.' Hester haalt haar kleine wipneusje op en duwt haar wat al te handtastelijke vriendje van zich af. 'Doe effe normaal, Eddie. Hou je maar in tot vanavond, hoor!'

'Maar die met die knot – ze had trouwens een idiote donkere bril op – die had wel sproeten. Nee, heb ik zelf niet gezien, m'n broer zei dat. Ze waren binnen geweest bij m'n ouders, en m'n broer was ook thuis. Ze liepen met van die stomme koffertjes en ze deden een soort etiket, nee, het was een ander woord. Heel dure lui, van een universiteit geloof ik.'

'Een enquête?' vraagt Rutger gretig.

'Ja, dat was het. Ging over, hoe noemen ze dat... criminaliteit? Ja, zo noemden ze dat. Zei m'n pa. Nou ja, en verder gingen ze heel het dorp door, ook bij die rijke stinkerds. Je hebt daar lui, nou, die hebben een huis waar het onze wel tien keer in past. En dan nog een zwembad erbij, en van die asociaal grote tuinen, met een tuinman natuurlijk. Nou ja, ik zou d'r niet eens willen wonen. Daar woont die engerd ook, Sander Westerweel. Dat is die gozer die d'r eentje om zeep geholpen heb. Liep altijd al met messen te zwaaien. Wij vreten ook weleens wat uit, maar we vermoorden geen mensen!'

Dit is het goede spoor, weet Rutger. Hij wil er als een speer vandoor, richting 'rijke stinkerds', maar de jongelui houden hem nog wel tien minuten aan de praat. Uiteindelijk weet hij zich van het groepje los te maken. Hij geeft ze nog een tientje en zegt: 'Omdat jullie mij zo goed geholpen hebben!'

'Je bent een toffe peer! En hoe je praat, da's best wel gaaf!' roept eentje hem na.

Een enquête dus... Roosmarijn is inderdaad een slimme meid. Maar van de universiteit? Hoe heeft ze dát voor elkaar gekregen, en hebben ze zich kunnen legitimeren? Maar goed, daar komt hij later wel achter. Het is nu zaak uit te zoeken waar die familie Westerweel woont; in elk geval in de 'kouwe-kakbuurt'.

Hij heeft totaal geen oog voor het fraaie weer, het getjilp van de vele vogels, en de bloesems die met hun pracht pronken. Hij beent met grote stappen voort, ondertussen piekerend over hoe hij een en ander zal moeten aanpakken. Aanbellen bij die mensen, als hij er eenmaal achter is wat hun adres is? Hij kan zich goed voorstellen dat die familie al meer dan genoeg 'bezocht' is de afgelopen maanden.

Na enig speurwerk vindt hij de enorme villa, maar hij besluit niet meteen aan te bellen. Eerst de boel maar eens een poos observeren, letten op de gaande en komende man en vrouw. Later kan hij altijd nog...

Hij kijkt op als hij de met koper beslagen voordeur van de villa hoort dichtvallen en spert vol ongeloof zijn ogen wijd open. Daar komt Robien, het hoofd gebogen, haar gang traag. Zijn eerste impuls is op haar toe te rennen, haar naam te schreeuwen. Maar hij beheerst zich, hij zal haar aanspreken zodra ze buiten het zicht én het gehoor van die Westerweels is.

Zij merkt hem niet op, diep in gedachten verzonken als ze is. Hij volgt haar op enige afstand, en pas bij de hoek roept hij zachtjes haar naam. Ze blijft stokstijf staan, en keert zich dan langzaam om. Haar mond valt open, haar wenkbrauwen worden twee hoog opgetrokken, clowneske boogjes.

'Doe je mond dicht, famke, dit staat zo onnozel.'

'Rutger, hoe... wat doe jíj hier?!'

'Hetzelfde als jij, vermoed ik. Maar kom, ik geef je een arm, je staat te zwaaien op je benen en je ziet zo witjes. We zoeken een gelegenheid om iets te eten en te drinken. Ik weet wel iets; ik heb hier al heel wat uren rondgekeken, heel het dorp te voet gedaan.'

Robien knikt en gaat zwijgend naast hem lopen.

Als ze eenmaal achter hun koffie met appelpunt zitten, beginnen ze tegelijk te praten.

'Jij eerst,' sommeert Rutger.

Robien houdt haar hoofd wat schuin, en kijkt hem nadenkend aan.

'Je bent veranderd, Rutger Soterius. Niet meer dat verlegen jochie van vroeger. Hoe...?'

'Dat vertel ik je later wel. Ik wil eerst weten hoe jij hier verzeild bent geraakt.'

'Nou, ik ben er natuurlijk achter gekomen dat Roosmarijn en haar moeder vertrokken waren, zonder ook maar één enkele aanwijzing. Die brief aan Evie heb ik gelezen, en Roos' vader heeft mij de rest verteld. Eerst was ik nog kwaad dat ze mij niet meteen op de hoogte gesteld hadden. Maar ach, die man is zo kapot, die voelt zich compleet machteloos in deze rotsituatie. En Evie kan ik toch eigenlijk ook niks verwijten, die doet zo haar best de boel daar nog een beetje gezellig te houden. Nou ja, dat is het juiste woord niet, maar je snapt me wel... Hoe dan ook, ik heb meteen vrij genomen en door logisch nadenken kwam ik op het idee hier in Aerdenhout m'n licht op te steken. Om te voorkomen wat ze van plan zijn. Het is immers te erg voor woorden...'

Ze huilt ingehouden, Rutger laat haar begaan, hij legt alleen maar zijn hand over haar koude vuisten.

Zij herneemt zich, en zegt nog wat hees: 'Stel je voor, Rutger, dat we te laat zijn! Want ik neem aan dat jij met hetzelfde doel hier bent als ik.'

Hij knikt. 'Hoe ben jij achter het adres van die familie Westerweel gekomen?'

'Hier en daar wat gesprekjes op straat, en binnen twee uur was ik erachter. Heel die onverkwikkelijke toestand leeft hier natuurlijk nog altijd. Moet je denken: zij hebben hier iemand wonen die niet terugdeinst voor moord... Er is nog vrij veel angst, ook onder de inwoners, dat voel je meteen.'

Weer knikt Rutger bevestigend en dan vertelt hij zijn verhaal. Tot besluit zegt hij: 'Nu kunnen we samen verder, Robien. Ik bid God dat we nog een kans hebben. Dat we nog tijd hebben om het onheil af te wenden.'

Roosmarijns opzet is geslaagd. Ze gaan als heilsoldaten door het dorp, mét collectebus. Elke dag tegen half zes, wat een voor de hand liggend tijdstip is. De meeste mensen zijn dan thuis.

Elke dag. Ja, want drie avonden en nachten hebben niets opgeleverd. Geen spoor van Sander Westerweel.

'M'n voeten,' kreunt Maaike als ze weer op pad gaan.

'Volhouden, mem! Het is nu vrijdag, en het zál lukken deze week. Ik vóel het gewoon. Bovendien, die vader zal zoonlief wel van haver tot gort kennen en aardig kunnen inschatten wanneer hij weer opduikt. Met z'n stinkwas en om z'n hand op te houden. De etter.'

'Wat een vreselijk woord, Roos. Zou die knaap dan totaal geen geweten hebben? Is ieder mens in principe niet... hoe zeggen wij dat in onze belijdenis? O ja, geneigd tot alle kwaad? Is het dan toch Gods geest die ons in staat stelt het goede te doen?'

'Onze belijdenis?' zegt Roosmarijn schamper. 'Nou, wat mij betreft is dat passé, hoor. Bah, mem, hou alsjeblieft op met dat vrome gezever. We hebben nog vermoeiende uren voor de boeg. Dus, doe me een lol...'

Even zwijgt Maaike, dan gooit ze eruit: 'Maar Roosmarijn, al zou het onze belijdenis niet meer zijn... wat wij nu gaan doen, dat is toch puur slecht? Dat is toch het Kwaad zelf? Of wilde je dat ontkennen?'

Roosmarijn rammelt met haar collectebus, en zegt dan scherp: 'Je zult wel gelijk hebben, maar in dit geval heiligt het doel élk middel. Zo denk ik erover. Kom op, we moeten verder.'

Half twee 's nachts. Maaike is kapot en verzucht: 'Roosmarijn, ik kan niet meer, laten we gaan. Die lui hebben vast en zeker hun lieve zoontje gewaarschuwd. Ze zijn ons natuurlijk naderhand gaan wantrouwen. We moeten het opgeven, famke.'

Roosmarijn rilt. Na een frisse, zonnige dag is het nu koud. En ook zij is moe, hondsmoe. Maar opgeven? Nooit! 'Als jij niet meer meedoet, mem, bel dan een taxi en ga. Maar ik blijf hier, en morgennacht sta ik zo nodig opnieuw hier te blauwbekken. Nou, gá dan.'

'Nee.'

'Oké. Weet je wat? Jij gaat een tijdje in de auto zitten, niet op de bestuurdersplaats hoor! Je doet twee plaids om en neemt koffie. Voor je het weet ben je weer opgewassen tegen...' Ze zwijgt abrupt, en legt snel haar wijsvinger tegen mems lippen. Het geluid van een brommer dringt zich langzaam maar zeker in de stilte van de nacht.

'Daar zul je hem hebben,' zegt Maaike bibberend.

'Sst. Hou je koest, mem! Nu komt het erop aan. En fluisteren graag.'

De vermoeidheid valt van Roosmarijn af, ze staat alert van top tot teen achter een van de hoge cipressen.

'Wat doen we,' fluistert Maaike, 'ga jij naar de achtertuin of...'

'Ja, jij blijft hier. En alsjeblieft, houd je hoofd erbij, mem. Eindelijk wordt ons wachten beloond.' Voor ze wegsluipt, herinnert ze haar moeder aan het afgesproken teken; zijzelf zal een keffertje nadoen en mem zal 'Bello, híer' roepen als een van beiden 'beet' heeft.

Terwijl Roosmarijn zich een weg baant door het struikgewas, zo zachtjes als ze maar kan, moet ze, zoals vaker de afgelopen dagen, zo'n akelige lachkriebel bedwingen. 'Bello, híer' nota bene! Het lijkt verdraaid wel een derde-rangstoneelstuk dat ze opvoeren! Maar het lachen vergaat haar voordat ze maar een geluid heeft kunnen maken, want ze beseft eens te meer dat het hier niet om een spel gaat. Dit is bittere ernst.

Ze tast naar het mes in haar rechter jaszak, controleert of ze links het al gebruiksklare spuitbusje met haarlak voelt. Ja, ze is helemaal voorbereid, en mem is van dezelfde attributen voorzien. Als zij zich nu maar kalm weet te houden, als mem maar niet...

Ze bevindt zich nu op de grens van de tuinen van Wessels en Westerweel. Haar ogen zijn aan het duister gewend en ze kijkt. Kijkt intens en luistert. Ja, de brommer komt deze kant op! Hé, nu slaat-ie af, wat... Ze voelt zich slap worden van teleurstelling, tot ze zich realiseert dat die knaap slim genoeg is om niet helemaal tot zijn ouderlijk huis door te crossen. Ah, dat biedt perspectieven voor later; als hij eerst een stuk loopt, kunnen ze hem dwingen in de auto te gaan zitten. Maar hij kan zelf natuurlijk ook gewapend zijn.

Ineens duikt ze weg. In de bijkeuken gaat een lamp aan, geen sterke. Maar toch! Papa Westerweel heeft z'n lieverdje natuurlijk ook al horen aankomen, die zal 's nachts ook niet veel rust krijgen. Haar oren staan op scherp. Ja, voetstappen! Heel zacht weliswaar, maar zij heeft een meer dan gemiddeld gehoor en daarbij heeft ze prima ogen. Zij herkent de lange, slungelachtige gestalte, ietwat gebogen. Een bult over z'n schouder; de zak met vuile was, natuurlijk. Nu is hij vlak bij haar. Ze houdt haar adem in en maakt geen enkele beweging tot hij in de bijkeuken verdwijnt.

Ze sluipt terug naar de hoek en keft kort maar krachtig. Nu weet mem dat ze Sander Westerweel gesignaleerd heeft! Gebogen schuifelt ze terug naar haar schuilplaats tussen de hoge, bladerrijke struiken; rododendrons waarschijnlijk. Ze wacht en wacht, krijgt pijn in haar rug en maakt zich ondertussen zorgen over haar moeder. Als mem maar geen onverwachte actie onderneemt, geen domme dingen doet!

En het licht in de bijkeuken is al een tijdje uit. Blijft die schoft vannacht thuis, lekker in z'n eigen bedje? Heel voorzichtig komt ze iets overeind, en strekt even haar benen. Ze kan een kreet van pijn amper binnenhouden. Ze moet op de een of andere manier een beetje in beweging zien te blijven; straks, als ze tot actie moet overgaan kan ze geen slapend been gebruiken! Nee, haar waakzaamheid mag nu niet verslappen.

De tijd kruipt voorbij. Ze kijkt op de fluorescerende wijzerplaat van haar horloge: half drie. Die knul is nog maar nauwelijks een kwartier binnen. En ze is zo koud, zo moe... Juist als ze dreigt weg te zakken in een lichte sluimering, ritselt het achter haar. Ze schrikt heftig, haar hart slaat op hol. Dan ziet ze nog net de schim van een kat. Roosmarijn legt een hand op haar borst en ademt zachtjes puffend uit. Ze is zich lam geschrokken. Toch mag ze dat beest wel dankbaar zijn, want...

'Bello, híer!'

Die smiecht probeert dus via de voorkant het hazenpad te kiezen! Zo snel als ze kan sluipt Roosmarijn langs de zijkant van het enorme huis, en kijkt bij het hekje de allee in, daar gaat hij! Gelukkig loopt hij richting auto. Hij heeft z'n brommer zeker ook vlak om de hoek gezet. Mem... zou ze zich al in de auto verscholen hebben?

Die lange slungel zet er stevig de pas in, maar zij doet niet voor hem onder; ze heeft een uitstekende conditie! Daar loopt hij, de moordenaar van Mels. Waarschijnlijk hebben z'n ouders toch weer hun hand over het hart gestreken en hem poen meegegeven. Ja, die arme jongen moet toch ook eten... Nou, dat zal voor die 'arme jongen' niet lang meer nodig zijn! Ze loopt zo dicht mogelijk langs de tuinen, zodat ze – indien nodig – weg kan duiken. Maar hij kijkt op noch om. Hij waant zich veilig, dat rotjong. Langzaam maar zeker haalt ze hem in. Mem ziet ze niet, dus die zal inderdaad al wel in de auto zitten.

Nu de hoek om... Daar staat inderdaad een brommer. En iets verderop de auto. Nu! Nú moet ze handelen. Ze haalt haar wapen uit haar jaszak, en klemt het heft stevig vast. 'Geen geluid,' fluistert ze scherp, terwijl ze met de punt van het vlijmscherpe mes tegen zijn jas duwt, niet al te zachtzinnig.

Een gesmoorde kreet. Dan draait hij zich vliegensvlug om en zodra ze in de ogen van de moordenaar van haar broer kijkt spuit ze. Hij slaat zijn handen voor de ogen en kermt. Een metalen voorwerp klettert tegen de stenen; een oorverdovend lawaai in de diepe nachtelijke stilte.

'Omkeren en lopen!' sist ze, en ze kijkt snel even over haar schouder. Een pistool! Nou, dat kan hij dus wel vergeten! 'Geen geintjes, hup, naar die auto! Ik heb een compagnon, dus ik zou maar precies doen wat je gezegd wordt, schoft!'

Nog tien meter, nog vijf, nog één...

Ze zwaait het achterportier open, en duwt hem naar binnen. 'Liggen, en geen kík!' Snel schuift ze naast hem, met het mes tegen zijn slaap.

'Alles in orde?' vraagt ze Maaike.

'Ja.' Het klinkt vlak maar kalm.

'Goed, jij achterin bij deze fijne jongen. Houd je wapen in de aanslag.

Zodra jij hem onder controle hebt, stap ik achter het stuur en verdwijnen we.'

Sander Westerweel biedt vooralsnog geen verzet.

Het starten van de wagen klinkt Roosmarijn als een pistoolschot in de oren. Snel rijdt ze langs het park, en zegt dan zonder om te kijken: 'Zo, jochie, vertel jij ons maar eens even hoe we moeten rijden naar jouw veilige nestje?'

De jongen zwijgt.

'Moet je een leuk krasje op je mooie gezicht?' vraagt Maaike zacht maar zonder mededogen.

Sander Westerweel kiest eieren voor zijn geld. Hij schraapt zijn keel en geeft aanwijzingen, monotoon, soms amper verstaanbaar.

'Laat ik niet merken dat je zomaar wat zegt,' dreigt Roosmarijn. Ze voelt zich triomfantelijk en onoverwinnelijk; met mem samen heeft ze de zaak volledig onder controle!

Eenmaal buiten het dorp draaien ze op aanwijzing van Sander Westerweel een zandpad op, dat slecht verlicht is.

'Hier vlakbij is een complex met tuinhuisjes,' zegt hij op nog steeds die vlakke toon.

'Zo, meneer heeft een vakantiehuisje. Fijn toch, zo'n rijke pa en ma! Goed, hoe nu?'

Nog geen tien minuten later zijn ze binnen. Een klein houten huisje met een aardige lap grond eromheen. Donkergroene luiken bedekken de ramen. Als hij het licht aandoet op bevel van Maaike, knipperen ze alle drie met hun ogen, na al dat duister.

'Zo,' zegt Roosmarijn honend, 'meneer heeft het goed voor elkaar hier. Een leuk zithoekje, een televisie, een video.' Ze loopt rond terwijl haar moeder haar mes tegen de slaap van de jongen gedrukt houdt. 'En kijk toch eens, een cd-speler, en hier, een welgevulde koelkast. Tjonge, een comfortabele bedbank, zelfs een kachel! Nou, dat is heel wat beter dan achter de tralies van de Bijlmerbajes, hè?'

'Zitten!' commandeert Maaike, 'we zullen ons eerst eens even netjes voorstellen. Och, trek eerst je jack even uit. Roos, kijk je even of meneertje nog ander wapentuig bij zich heeft, zou me niks verbazen.'

De jongen doet zwijgend wat hem gezegd wordt.

Roos doorzoekt de vele zakken en oogst twee messen. 'Zo, dat hadden we kunnen weten.' Dan haalt ze de grote foto van Mels te voorschijn en duwt hem die onder de neus.

'Komt je zeker wel bekend voor.'

Sander schokschoudert. Uit de blik in zijn ogen kan Roos niets opmaken.

'Zeg het!' Ze schreeuwt nu.

'O, hij lijkt wel wat op die halfzachte gozer die ik een beetje gekieteld heb.'

'Een beetje gekieteld! Deze "gozer" hier, dat is... nee wás, de zoon van die mevrouw naast je, en mijn broer. Melchior heette hij. Jij hebt hem vermoord en daarvoor zul je boeten.'

Hij haalt onverschillig zijn schouders op.

Dan verliest Maaike haar moeizaam afgedwongen zelfbeheersing, ze haalt uit en kerft over dat gehate gezicht, van Sanders wenkbrauw tot aan zijn kin.

'Mem, niet doen!' schreeuwt Roosmarijn paniekerig.

Maaike is gaan staan, ze richt zich op en staat als een furie voor Sander. De jongen heeft geen kik gegeven, hij houdt alleen maar zijn hand tegen zijn gekwetste wang.

Roosmarijn ziet het bloed tussen zijn iets gespreide vingers vandaan druppelen en wordt misselijk; ze moet mem zien te stoppen, dit kan niet verder gaan! Ze kan die schoft niet zien vermoorden, laat staan dat ze er zelf toe in staat is! Ze gilt als mem opnieuw uithaalt, en klemt dan haar handen als een schroef rond haar moeders stevige bovenarm.

'Niet doen, mem! Luister, hij zou er te makkelijk afkomen. Hij gaat binnenkort wel weer de fout in. Deze mislukkeling komt ten slotte heus wel achter de tralies terecht!'

Maaike gromt: 'Laat me los!' en spuugt de jongen vol in het gezicht. Nog altijd even kalm veegt hij het speeksel, dat zich vermengt met het bloed, weg. 'Het maakt mij niet uit wat je doet,' zegt hij onverschillig. 'Het leven is een zootje, en ik ben niet bang om te sterven. Alles laat me koud. Ik heb er al meer bijna om zeep geholpen, en dat zoontje van jou... och, dat was *a piece of cake*. Bovendien had ik m'n gabbers om een handje te helpen. En nu heb ik zin in een stickie, ook eentje?'

Maaike rukt zich los, en haalt opnieuw uit met het mes. Op dat moment wordt er hard op de deur gebonkt. Zij verslapt en valt voor de bank waarop Sander Westerweel zit flauw.

Roos schat de situatie in. De jongen blijft gewoon zitten, hij doet geen poging om het mes dat mem heeft laten vallen te pakken te krijgen. Opnieuw wordt er gebonkt, en dan hoort ze haar naam schreeuwen. Snel raapt ze het mes op, loopt op rubberbenen naar de deur en staat dan oog in oog met Rutger Soterius. En achter hem staat Robien, met grote, angstige ogen.

Robien overziet de situatie in een oogopslag. Rutger staat verwezen in de kleine ruimte.

'Wij zijn jullie gevolgd op die brommer,' legt Robien rustig uit. 'Even zaten we verkeerd – het is hier ook aardedonker – maar ik zie dat we net op tijd zijn.' Hoewel ze een zekere rust uitstraalt trilt haar stem.

'Je bent te vroeg!' schreeuwt Roosmarijn. 'En jij, Rutger, wat doe jíj hier in vredesnaam?'

'Ik kom hier met hetzelfde doel als Robien,' zegt hij scherp. 'Ik heb daar geen spijt van en dat zal ik nooit krijgen ook!'

'Je moeder komt bij,' zegt Robien. 'Roos, geef haar wat water. Is er hier een medicijnkastje? O, achter de koelkast, zie ik. Ik zal even kijken of er pleisters zijn.'

'Je gaat die moordenaar toch niet netjes verbinden?' zegt Roosmarijn huilend, volledig overstuur nu.

'Hou je koest, Roos.' Tegen Sander zegt ze: 'Heb je ook iets van sterke drank hier? Jonge jenever? Prima. Nee, blijf zitten. Ik zal voor ons allemaal een borrel inschenken. Rutger, hou jij die knaap even heel goed in de gaten? Dan zal ik zijn wond ontsmetten en keurig pleisters plakken. Nee, ik duld geen tegenspraak!'

Als ze haar voornemens heeft uitgevoerd – Rutger moest Roos dwingen wat van de jenever te drinken – zegt Robien: 'Zo, allemaal zitten. Ik moet even met je praten, Sander Westerweel. Ik ben Robien Wijngaarden. Ik zou dit jaar nog trouwen met Melchior Walda, de man die jij in koelen bloede vermoord hebt. En het liefst zou ik willen dat we inderdaad te laat gekomen waren. Tenminste, iets in mij... Maar weet je, het zou te makkelijk zijn geweest. Ik denk dat het jou allemaal niet zoveel kan schelen; je doodt en je laat je eventueel doden. Maar nu, Sander, nu heb je levenslang. Je zit niet voor niks hier ondergedoken. Jij zit midden in je eigen oorlog, jongen. Last van je geweten zul je niet hebben, en je bent toch bepaald niet bang uitgevallen. Waarom verschuil je je dan hier? Waarom ga je niet naar de plaats van het misdrijf en laat je je niet lynchen door een woedende menigte? Maar nee, dat durf je niet, hè? Toch bang, nietwaar? Weet je wat jíj bent: een zielige stakker, en daarbij nog een lafaard ook. Kom, wij gaan, ik kan je smoel niet meer zien. Een goede raad nog: laat je ouders en zus met rust. Je hebt al genoeg levens verpest. Gegroet.'

Als Sander niet reageert, zelfs niet met z'n ogen knippert, zegt ze dwingend: 'Kom, mensen, we vertrekken vanhier. Aan dit wezen is geen eer te behalen. Of wou je je handen vuilmaken aan zo'n waardeloos sujet? Nee toch zeker.'

'Maaike, gaat het weer? Rutger, ondersteun jij haar? Roos, kom op, jij redt jezelf wel.'

Ze schopt het mes over de vloer richting Sander Westerweel en zegt: 'Alsjeblieft, ga daar maar fijn mee spelen. Voor mijn part snij je je polsen door, opgeruimd staat netjes. En nu gegroet en hopelijk tot nooit meer ziens!' Roosmarijn is verbijsterd: die Robien!

Eenmaal in de auto heerst er een diep, donker zwijgen. Pas tegen de ochtend, als ze gevieren kleumerig langs het strand bij Bloemendaal lopen, komt het tot een gesprek.

12

HERFSTSTORMEN HEBBEN EEN VROEGTIJDIG EINDE GEMAAKT AAN DE ZOMER en eind augustus arriveert een nieuwe depressie met slagregens. Er lijkt geen eind aan te komen.

'Weet je nog van die storm, Roos, toen us Mels nog leefde?'

'Ja, Willeke, dat zal ik niet gauw vergeten.'

'Jammer, hè, dat mem almaar ziek blijft. En zij wil mijn boek niet lezen. Robien heeft het gelezen, en jij en Rutger, en heit natuurlijk. O ja, en Evie...' Ze zucht diep. 'Zou die jongen weleens huilen, Roosmarijn?'

Roos kijkt haar kleine zusje peilend aan. Wat gaat er toch veel in dat koppie om! Ja, dat 'boek'; zíj was Floor, met die vaak te harde stem, 'die het meisje Esmeralda zeer deed ergens in haar borst'. En Zilvertje was Robijntje. En dan Damian, de geliefde broer Melchior. Z'n kleine zusje had hem niet 'terug kunnen skrijven'. Nee, nooit meer zullen ze Mels' stem horen, zijn vertrouwde gezicht zien. Niet hier op aarde...

'Zeg eens, Roos!'

'Och liefje, het spijt me. Wat had je ook alweer gevraagd? O ja, of die jongen weleens zou huilen. Ik... ik weet het niet, Mijntje. Maar zijn vader en moeder en zusje wel. Dat weet ik zeker!'

'Eigenlijk is die jongen meer dood dan us Mels.'

Roosmarijn wil uitvallen, maar dan ervaart ze een diepe sensatie van verwondering; heeft dat lytse famke feitelijk niet gelijk? Melchior leeft niet meer hier, hij is bij zijn hemelse Vader. Thuis, voorgoed. Sander Westerweel... zal hij ooit ergens thuis zijn?

'Ik vind het zo fijn dat jij weer in Jezus gelooft. Denk je dat mem ook weer gaat geloven? Ik vraag het elke morgen en elke avond aan God.'

Roosmarijn zucht. 'Ik ook, Willemijntje. En heit, en pake Van Alkmade... Dat moeten we ook blijven doen en weet je, God kan véél meer dan mensen. Dat weet ik wel zeker.'

'Dus hij had Mels ook weer levend kunnen maken, net als Lazarus uit de bijbel.'

'Ja. Maar God had Mels liever bij zich. Voor ons is het moeilijk, famke, en voor Robien. Maar zij is een flinkerd, vind je ook niet?'

'Ja, echt wel! Maar ik vind jou ook flink, want je probeert almaar weer met mem te praten en soms doet ze zo lelijk tegen jou. En tegen heit ook. Alleen voor mij is ze wel lief. Vreemd en ver, maar toch wel lief.'

'Ja, gelukkig wel. Ze houdt heus veel van jou, hoor, en ook van heit en van mij. Maar het duurt misschien nog wel heel lang voor ze weer beter is. Gelukkig dat heit weer helemaal is opgeknapt, hè, Mijntje?'

'Ja, maarre... ik vind het toch zielig voor heit dat mem nou zo ziek in haar hoofd is. En ik vind die buurvrouw helemaal niet aardig. Ze zet altijd de meubels op de gang als ze komt schoonmaken.'

'Mijntje! Wees nou maar blij dat mevrouw Zijlstra zoveel voor ons doet. Ik heb het te druk met m'n werk en nu ik weer studeer...'

'Ja, en je moet toch af en toe uit vrijen met Rutger!' Mijntje schatert, en slaat dan haar handje voor haar mond: 'Oef, mem kan niet tegen geluiden, toch?'

Rutger, denkt Roosmarijn dankbaar. Liefste, als ik jou niet had! En dan haar trouwe vriendin Evie, die haar al haar streken grootmoedig vergeven had. Vergiffenis... Bijna had zij een medemens om het leven gebracht. God had haar en mem voor die daad behoed, en ze is er nog elke dag dankbaar voor. Af en toe vlamt de haat hoog op, en soms, in zwarte dromen, is daar de grijnzende, bebloede tronie van Sander Westerweel.

Ze staat abrupt op en zegt gedecideerd: 'Kom, famke, ik heb nog veel te doen en vanavond ga ik met Rutger naar pake. Het is altijd fijn bij hem, vind je ook niet?'

Willemijntje knikt heftig, dan komt er een kuiltje in haar bolle wang: 'Weet je wat Minze altijd zei als-ie weer ging werken? "Kom, kinders, den plicht roept!" '

Roos lacht en knuffelt haar zusje. 'Nou, dat kan ik hem wel nazeggen nu. En morgen ga ik weer naar "mijn mensen" in het ziekenhuis. Dat is ook plicht, maar leuker dan studeren, hoor.'

'Eh ja. Mag ik nog één dingetje vragen?'
'Tuurlijk.'
'Denk jij ook dat Minze op Evie valt?'
Opnieuw schiet Roosmarijn in de lach, dat lekkere eigenwijsje! 'Tja, ik weet het niet... Evie valt in elk geval wel op hem, en ik weet ook dat Minze toen hij nog hier werkte ineens heel vaak naar Groningen moest.'
'Dus dat wordt wel wat,' besluit Willemijntje.
'Gekke meid! Weet je, jij moet echt verder gaan met je boek, hoor. Want nu kun je toch veel meer vrolijke dingen schrijven. Beloof je dat?'
Mijntje fronst licht. 'Maar dat van mem... En zal ik jou dan gewoon Floor blijven noemen, en Robien Zilvertje en Mels Damian?'
'Dat mag jij beslissen, meisje-eigenwijsje. En nu moet ik écht aan de slag, want...'
'Den plicht roept, kinders!' schalt Willemijntje.
Als Roosmarijn naar haar kamer loopt, glimlacht ze wat weemoedig.
Er is vreugde in haar leven gekomen, jazeker. Maar ook is er nog zoveel verdriet. Om Mels, om mem ook... Maar kom, aan de studie, ze zál dat certificaat Frans halen!
Op haar bureau valt haar onmiddellijk het geopende tuinboek op. Er ligt een briefje van Robien bij.

Lieve Roosmarijn,
Weet je nog? Toen ik sprak op Melchiors rouwdienst had ik het over bloemen die zelfs in de nacht bloeien. Ik bedoelde dat toen symbolisch.
Maar nu heb ik ontdekt dat zulke bloemen écht bestaan. Hier is de foto. Lees ook eens de korte beschrijving.
Roos, ik heb het vaak moeilijk, meer dan mensen aan mij merken.
Maar dankzij Gods zorg voor mij kan ik verder. En zeker nu ik weet dat er zelfs in de nacht bloemen hun hart laten zien.
Liefs,
Robien.

'Rutger, kijk eens...' Haar stem klinkt ademloos als zij het geopende tuinboek op zijn schoot legt. 'Mooi, hè? Nachtschone, *Mirabilis jalapa*. Lees maar eens wat erbij staat. Doe maar hardop.'

Rutger ziet haar ogen glinsteren, streelt haar haren en leest met zijn warme stem: 'De nachtschone of vieruursboom komt van oorsprong voor in Midden- en Zuid-Amerika. Maar net als vele andere exotische planten heeft de *Mirabilis* allang zijn weg gevonden naar Hollandse tuinen en parken. De naam "nachtschone" is veelzeggend: de bloemen openen zich in de namiddag en gaan pas bij het aanbreken van de volgende dag weer dicht.'

Hij legt het boek naast zich op de grond en neemt zijn meisje in zijn armen. 'Roosje, jij bent voor mij de schoonste bloem, maar dit... dit is wel heel bijzonder! Weet je... ik heb een plan. Wij gaan ervoor zorgen dat die bloemen bij Mels' graf geplant worden. En dan gaan we elke zondag in de namiddag naar de begraafplaats, naar Mels' plekje daar, en dan wachten we tot de bloemen zich openen. Later, als we thuis zitten, dan weten we dat ze de hele nacht voluit zullen bloeien. Dat zal een goed gevoel zijn, Roosje. En wie weet kunnen we mem eens meekrijgen.'

Roosmarijn voelt hoe haar ogen vollopen. Ze slikt een paar maal en zegt dan: 'Rutger, ik mis Melchior nog elke dag, maar ik ben zo blij dat ik jou heb. En dat er bloemen bloeien, zelfs in de nacht!'

Meer dan een naam

Deel 1

Alleen maar Jade

1

ZIJ STAART NAAR HAAR SPIEGELBEELD, PLUKT AAN HAAR KORTE KRULLEN.
'Mijn naam is Jade,' zegt ze zacht, en dan luider: 'Ik heet Jade Fortuyn,
nee, ik bén Jade!'
Maar zij herkent die ander niet, haar spiegelbeeld is haar vreemd.
Vijandig staart zij die jonge vrouw aan die alleen nog maar een naam is.
Zij wendt haar blik af en kijkt door het venster van de dakkapel naar
buiten: de lucht is felblauw, de landerijen groen. Er is veel kleur, bloemen lachen stralend. Zij lachen haar uit, net als de zon. Het is juni, het
zomert al, maar in haar hart is het winter, kil en grauw. Ze huilt vanbinnen omdat ze niet weet wie ze is. Haar vader en moeder hebben haar
alles proberen terug te geven, net als haar zus Emerald. Haar naam, haar
verleden...
Maar zij heeft geen verleden, er is niets meer. Door haar tranen heen
neemt zij het weidse landschap in ogenschouw en ze voelt zich verdwaald, verloren. Een vreemdelinge is ze, op een plaats waar zij zich
thuis zou moeten voelen. Maar ze voelt niets, helemaal niets. Leegte is
er, in en om haar.
Nogmaals zegt zij haar naam: 'Jade.' Maar het helpt niet echt, ook al
begint ze een beetje van die klank te houden. Jade... Straks zal mama
haar roepen voor de koffie. Mama, wie ben je? Ja, we zullen weer praten over ooit, toen ik mijn leven nog had. Toen alles nog een plaats had,
intact was. Maar nu, nu voelt ze zich bij haar eigen moeder op visite,
probeert ze krampachtig het gesprek gaande te houden. En dan overvalt
haar altijd maar weer die onbeschrijflijke moeheid en wil ze alleen nog
maar slapen.
Haar moeder geeft haar alle ruimte, probeert haar in elk geval een

nieuw leven te geven. Ze brengt haar elke dag ontbijt op bed en elke woensdag gaat ze met haar mee naar het revalidatiecentrum 'Boschhaege'. En 's avonds legt ze een kruik in haar bed en stopt haar onder, als was ze een klein kind. Was ze nog maar een kind!

Op aanraden van haar psychotherapeute Jos Jacobse is zij begonnen haar oude dagboeken door te lezen. Ook de neuroloog, dokter De Vries, wijst haar steeds weer op het grote belang daarvan. Het kost haar vaak veel moeite zich te concentreren, maar toch probeert ze dagelijks een paar bladzijden te lezen. Daarnaast schrijft ze elke dag in haar werkboek, over wat ze gedaan heeft, hoe ze zich daarbij voelde. 'Je nieuwe leven gestalte geven,' noemt Jos het. Maar die dagboeken... die hebben toch iets vaag vertrouwds. Als ze de kaften aftast, is het of ze een beetje thuiskomt. Alsof ze – heel even maar – een stukje van zichzelf, van haar leven vóór de brand terugkrijgt... Nog steeds staat ze voor het venster, als gekluisterd. Er is die afschuwelijke sensatie zich niet te kunnen bewegen. Opnieuw slaat de paniek toe: ik ben een wassen beeld met alleen maar mijn naam. Ik ben mezelf kwijt. En wat nog gruwelijker is: er is geen vertrouwen meer; terwijl ze daar als aan de grond genageld staat is het of ze zweeft in een eindeloze ruimte, een kosmos zonder houvast. Verbijstering, dat is het enige wat ze op dit moment – op zo vele momenten – ervaart: dit is niet echt. Straks word ik wakker en dan zal alles goed zijn. Ik zal Jade zijn in een omgeving, een wereld in het klein die mij past. Die mij als gegoten zit, zoals de spijkerbroek en het fluwelen truitje die m'n lichaam omhullen als een tweede huid.

Ze kreunt als ze de stem van haar moeder hoort: 'Jade, kom je beneden, de koffie is klaar!'

Ze wil het zo graag, gewoon koffiedrinken, gewoon praten over haar plannen. Plannen voor deze dag, maar ook voor de toekomst. Maar is dat geen utopie, een toekomst voor haar?

'Jade,' fluistert ze en met veel inspanning maakt ze zich los van haar plekje. Er parelt zweet op haar voorhoofd, haar bovenlip. En er is weer die kloppende pijn in haar hoofd.

Ze tast naar de nu bijna genezen wond en kromt haar tenen. Pijn, alles doet pijn. Haar hoofd, haar verkrampte nek en schouders. De inmiddels vertrouwde pijn als zij haar tenen kromt in haar blauwe Chinese muiltjes. Die pijn, die is goed, omdat ze die ervaart als iets bekends, als iets van elke dag. Elke dag na de brand... Alles wat ze voelt, is winst.

Maar de pijn in haar geest, haar wezen gaat dieper en ze is bang, vuurbang dat die pijn nooit ofte nimmer een bekende metgezel zal worden. Moeizaam keert ze zich af van dat weidse uitzicht – die enorme ruimte die haar diep vanbinnen juist een verstikkend gevoel geeft – en met gebogen schouders en slepende voeten verlaat ze haar kamer en hompelt de twee trappen naar de woonkeuken af. Haar tenen doen pijn. Alles doet pijn.

Mama leest haar het belangrijkste nieuws voor uit de krant. Politiek en economisch nieuws; de gruwelen over oorlog en misdaad slaat ze over. 'Die brand...' valt Jade Jetty Fortuyn in de rede, 'waarom weet ik daar niets meer van? Ik wil het weten, ik wil Cory zien en erover praten. Zij was ook slachtoffer. In het ziekenhuis... ze was zo lief voor me, en nog, altijd als ze hier logeert, maar ik herken haar niet, mama. En die andere namen: Justin, Arthur en Irma, die zeggen me nog steeds niets. Irma is omgekomen. Soms wilde ik ook dat ik nooit meer wakker was geworden. Je weet niet hoe het is. Je bent mijn moeder en ja, iets in de klank van je stem stelt me gerust. Maar ik ken je niet, ik moet maar gewoon geloven dat jij m'n moeder bent. En dat Emerald mijn zusje is. Ja, daar kan ik me nog wel iets bij voorstellen... Als ik haar zie, als ik haar stem hoor, is zij als een stukje van mijn verloren zelf. Maar papa... Frans Fortuyn. Een naam, een man met bezorgde ogen en groeven langs zijn mond. Ik doe hem verdriet omdat ik hem niet ken. Ik maak iedereen die mij zegt te kennen verdrietig. En bang. Maar mijn angst is als een monster. Het monster dat mij meezuigt, dat maakt dat ik niet meer verder wil.'

Jetty, de moeder, huilt.

'Ach, meisje, ik wilde dat ik je kon helpen. Ja, ik zorg voor je, ik wil alles voor je doen, maar tegelijkertijd besef ik dat ik je alleen maar warme woorden kan geven, je haren kan strelen en een kruik aan je verkleum-de voeten kan leggen. Maar het is niet genoeg... Ik kan je je geheugen niet teruggeven, je leven van voor die vreselijke nacht...'

'Ik wil naar boven, ik kan er niet tegen dat je huilt om mij,' stoot Jade uit.

'Wacht je niet op papa? Over een kwartiertje is hij thuis.'

'Nee, nee, ik zie alleen maar die verdrietige ogen van hem en verder... eten wil ik niet. Ik zou geen hap door m'n strot kunnen krijgen. En weet je wat ik zo walgelijk vind? Als we bidden voor het eten, voel ik niets. Helemaal niets. Nee, ik ga naar boven en ik hoef geen kruik. Ik ga niet slapen, dat kan ik m'n hele leven nog doen. Ik wil lezen in mijn dag-boeken. Over hoe het was, vroeger. Gek, ik weet dat er een "vroeger" is, maar ik voel het niet.'

'Goed, kind,' zucht Jetty, 'maar dat idee van je om Cory te vragen hier weer eens te komen... ik denk dat we dat zo snel mogelijk moeten regelen. Misschien helpt het je om je geheugen terug te krijgen. Nee, stil maar, ik snap ook wel dat zoiets tijd nodig heeft, veel tijd. Dat heeft je neuroloog immers ook gezegd? Geduld, veel geduld... Het zal moeilijk worden, Jade...'

'Dat ís het al!' Haar woorden komen traag. 'Het is doodeng om te leven in een soort vacuüm. Soms moet ik mezelf knijpen om te beseffen dat ik leef. En ook zou ik weleens willen krassen in mijn armen, om te voe-len dat ik besta. Pijn in m'n tenen is niet voldoende. En die andere pijn... daar kan ik niets mee, daar heb ik angst voor. Angst voor die pijn in mijn ziel, mijn wezen, voorzover dat nog bestaat. Maar dat van Cory Ramakers, dat lijkt me wel een goed plan. Ik zoek houvast, misschien kan zij me dat geven. Hoewel, ze heeft het al zo vaak geprobeerd... Maar een beetje is al genoeg. En nu ga ik naar boven. Ik wil lezen in m'n dag-boeken, over het meisje dat ik ooit was. Nog een geluk dat ik die cogni-tieve vaardigheden nog heb, dat ik nog kan lezen. En rekenen. Maar ik reken niet meer in uren of dagen, mama, want elke minuut duurt voor mij een dag. En nu ga ik naar mijn kamer.'

De moeder huilt om het verdoolde kind.

Ze nestelt zich in de mollige fauteuil, Jade.

Deze zachte, enorme stoel omarmt haar, is een klein maar veilig wereldje. De vorm voelt inmiddels vertrouwd, de kleur – kobaltblauw met rode slingerbloemen – is haar vreemd, nog steeds.

Ze heeft het dagboek met de harde, groene kaft in haar handen. Ze tast de omtrekken af, ruikt eraan. Iets van vroeger... Waarom voelt ze er dan niets bij?

'Lezen, Jade, lezen zul je!'

Dat doet ze vaak, sinds ze uit haar diepe coma bijkwam: hardop praten, tegen Jade praten. Ze heeft in zichzelf een gesprekspartner gevonden. Ik word gek, dat denkt ze vaak. Maar dat hardop praten is goed. Dan maar gek.

Ze opent het schrift en bladert. Het papier voelt droog en kil aan. Er zijn woorden, veel woorden. Geschreven in een naar rechts hellend handschrift. Slordig maar leesbaar.

Ze legt haar hand op zomaar een bladzijde en leest de datum: 24 september 1989. Bijna tien jaar geleden.

Veertien was ze toen.

Even is er de neiging het dagboek weg te slingeren, in die oneindige ruimte waarin zij zweeft en zich tegelijkertijd opgesloten voelt. Maar ze drukt haar nagels in het papier en dwingt zichzelf te lezen.

Hoi dagboek,

Emerald en ik hebben straf. Zij zit op haar kamer, ik op de mijne. Maar ik vermaak me wel. Voel me wel wat schuldig: ik had Em nooit mogen overhalen te spijbelen, ze is nog maar tien! Toch was het een gave dag, eerst wel. We zijn gewoon op tijd de deur uitgegaan en in de schoolbus gestapt. Mama zwaaide ons na, dat doet ze altijd. Even had ik een wee gevoel in mijn maag: ze moest eens weten wat wij van plan waren! Emerald was opgewonden, ze zat constant te wippen op de achterbank. Sommige kinderen zeiden dat ze normaal moest doen, maar Em trok zich er niks van aan. Die gaat meestal gewoon haar eigen gangetje. Een Einzelgänger, zo noemt papa haar vaak. Ik vind het een mooi woord en het past bij Em.

Ja, ze doet graag dingen in haar eentje en trekt er zich weinig van aan wat de andere kinderen van haar denken. Maar mij vindt ze wel belangrijk, logisch, we zijn zusjes!

Bij het station van Kampen komen er altijd een heleboel kinderen bij en toen zijn Emerald en ik, heel sneaky natuurlijk, uitgestapt. En toen met de boemel naar Zwolle. Lekker gek treintje!

In de stationsrestauratie daar hebben we cola genomen en gebak en later zijn we naar de binnenstad gelopen. Het was heel dubbel allemaal: ik vond het leuk maar had toch steeds dat rotgevoel in m'n maag. Em vond alles fantastisch, die lijkt nooit ergens mee te zitten.

Toen we in V & D rondstruinden, keek ik steeds over m'n schouder en eigenlijk was de lol er voor mij toen al een beetje af. Maar Em was niet te stuiten, ze wilde werkelijk elke verdieping doen. Bij de meubelafdeling probeerde ze doodgemoedereerd stoelen en banken en later dook ze met een gil op een breed, duur bed. Ik hield m'n hart vast!

'Ik heb last van die stomme rugtas,' zei ze op een gegeven moment en toen besloten we onze tassen in de toiletruimte te droppen. M'n portemonnee deed ik in m'n jaszak en Em zei dat ze honger had. Dus gingen we uitgebreid lunchen in het restaurant boven. We aten zoveel dat we allebei misselijk werden, en daarvoor had ik dan een week zakgeld plús een deel van m'n zuurverdiende centjes – folders rondbrengen – opgemaakt.

Ik had ineens geen zin meer in dit gedoe en Em zag er zo akelig bleekgroen uit dat ik bang was dat ze ging kotsen. Ik zag het al helemaal voor me – we liepen op de afdeling lingerie – dat ze zo'n heel rek met van die satijnachtige niemendalletjes zou besmeuren met haar braaksel.

Ik heb haar haastig mee naar buiten getrokken, gezegd dat ze op de trap moest *blijven zitten tot ik terug zou zijn met onze tassen. Dat de buitenlucht haar goed zou doen.*

Boven bij de toiletten kreeg ik de schrik van m'n leven: onze tassen stonden niet meer in het hoekje bij de achterste wastafel! Ik stond daar te zweten en dacht eraan hoe Em nu misschien al kotsend over die koude traptreden hing. Wat nu? Toen dook die toiletdame plotseling op en tikte me fors op m'n schouder.

'Wat zoek je, jongedame?' Ze grijnsde scheef. Ik zag dat ze grote, gele tanden had. Stotterend vertelde ik het haar. Ze grijnsde nog breder en ik rook haar stinkende adem.

Onwillekeurig deed ik een stap achteruit, maar ze klauwde met haar vingers in mijn rechterschouder. Het deed pijn en ik werd kwaad. Toen liet ze me los en kneep haar ogen half dicht.

'Ik ken jouw soort,' zei ze met een zwaar accent. 'Je ziet er netjes uit, maar ondertussen spijbel je, waarschijnlijk ben je aan de drugs en ik wed dat je nog durft neerkijken op mensen als ik. Toiletjuffrouw, dat vind je natuurlijk maar niks. Jij hebt natuurlijk stinkend rijke ouders die denken dat ze een lief, keurig dochtertje hebben dat goed haar best doet op school. Maar afijn... Wat me trouwens ook nog even van 't hart moet: ik vind het min van je dat kleine meisje in die zooi mee te slepen!'

Ik voelde me slap in m'n knieën en werd steeds misselijker van dat mens. Van haar adem, haar woorden. Misschien ook wel omdat ze ergens gelijk had. Ik kon nog net een wc bereiken om m'n maag te legen. Toen ik m'n mond gespoeld had en koud water in m'n gezicht had geplensd gaf ze me een papieren handdoekje.

'Zo,' zei ze voldaan, 'jij hebt je lesje wel geleerd! En nou wil je natuurlijk weten waar je spullen zijn. Die heb ik in m'n lunchpauze naar het politiebureau gebracht. Ja, daar schrik je van, hè?'

Dat mens, ik kon haar wel wat dóen!

Ruim een kwartier later zaten we op het politiebureau en ik moest mama bellen. Woedend was ze. Later heeft papa ons gehaald – 'Jullie moeten maar eens een paar uurtjes zweten,' had mama gezegd – en nu zit ik dan hier te pennen.

Ik hoor Em huilen en voel me schuldig. Was ik maar niet zo stom geweest! Als
ik gewoon naar school was gegaan, had ik Casper uit 6b tenminste gezien.
Niet dat hij mij ziet staan, maar ik ben smoorverliefd op hem!
Nu stop ik, ik ben doodmoe van al die toestanden.

Ze legt het dagboek terzijde en staart voor zich uit.
Het is net of ik stiekem gelezen heb wat een ander meisje ooit aan dit
papier heeft toevertrouwd, denkt ze bang. Niets, niets kan ik me van die
dag herinneren!
Ze rolt zich als een foetus op in de zachte, grote stoel en huilt. Ze is koud
vanbinnen. Haar tranen zijn warm, die blijven maar stromen, maar kunnen niet die intense kilte verdrijven: zij is alleen, helemaal alleen op een
eiland van stilte. Een eiland waar de winter heerst. Zal ze ooit nog warm
worden?

2

EEN ZONNIGE ZATERDAGMIDDAG.
Jade heeft met haar vader in de tuin gewerkt. Ze hebben amper gesproken, maar het was toch goed geweest. Af en toe was er iets van angst
geweest als ze die gewassen voelde, maar meer nog als ze het onkruid
met wortel en tak in haar handen had gehouden.
Wortels, diep in de aarde. Het heftige verlangen dat ze ervaren had: ik
wil óók wortels, ik wil niet almaar het gevoel hebben te zweven, los van
alles wat veiligheid biedt en bescherming.
Ze kijkt naar de aarde onder haar nagels. Ze heeft haar handen nog niet
gewassen en ruikt eraan, gretig. Naast de angst is er ineens iets van
vreugde. Ze moet ervan huilen en ook dat voelt goed.
Haar tranen zijn warm en voor het eerst na die afschuwelijke nacht die
haar leven omvergooide, heeft ze het niet zo koud vanbinnen. Ze blijven stromen, die warme tranen, in een niet te stuiten vloed. Ze voelt de

warmte ervan op haar wangen, in haar hals. Ze laat zich ruggelings op haar bed vallen en vouwt haar handen achter haar hoofd. Haar gedachten zijn vreemd helder. Ik heb nieuwe wortels, denkt ze bevreemd. Toen ik bijkwam uit dat coma begon ik in feite aan m'n nieuwe leven.

Een wonder. De artsen hadden van een wonder gesproken, net als haar ouders. Nee, zo had zijzelf het niet ervaren, gekluisterd aan het hoge ziekenhuisbed. Er waren verwarde gedachten geweest, die ze niet vast kon houden en haar ledematen waren zwaar, zo zwaar. Haar hoofd deed vreselijk pijn en vaak verlangde ze terug naar die comateuze slaap: niets voelen, niets denken. Ze was ook bang geweest. Bang voor zichzelf. Nee, het was erger geweest: zij lag daar, hoorde stemmen, zag gezichten, voelde de pijn en toch was ze niemand.

Jade...

De vrouw die zei dat ze haar moeder was, noemde haar zo en dat, haar naam, was het enige vertrouwde geweest na haar ontwaken in verbijstering. Soms zat er een meisje naast het bed. Emerald. 'Ik ben je zusje,' had ze steeds maar weer gezegd. 'Papa en mama hebben ons de naam van een edelsteen gegeven, omdat we zo kostbaar voor hen zijn. Ja, jíj ook, Jade!'

Marnix was er geweest. Een leuke jongeman met donker haar en bruine ogen. Bezorgde ogen. 'Mijn liefste,' had hij haar genoemd en daar had ze om moeten lachen. Niet echt lachen, dat ging niet, er was een vreemd gegrom uit haar keel gekomen. Alles was vreemd, ook haar eigen stem. Praten ging bijna niet, haar tong was zo zwaar.

Dan was er het meisje Cory geweest. Een mooi meisje met lieve ogen en lang blond haar. Ze had een zachte stem. Voor sommige stemmen was ze bang geweest, maar niet voor die van Cory.

Cory Ramakers, haar vriendin. Maar ze kende haar helemaal niet! En toch wist dat meisje dingen over haar die ze alleen kon weten als...

De artsen.

Trauma capitis, schedelbasisfractuur met zeer ernstige gevolgen.

Het huis waarin zij met nog een paar studenten, onder wie Cory Ramakers, gewoond had, was door brand verwoest. Zij was ontkomen aan het vuur, maar een zware balk had haar op het hoofd getroffen. Schedelbasisfractuur. Gelukkig hadden ze de opeenhoping van bloed tijdig kunnen verwijderen, anders had ze nu niet meer geleefd. De rookschade was beperkt gebleven. Traag hadden haar hersenen – haar gepijnigde hersenen – die informatie opgenomen. De meeste dingen onthield ze door ze in zichzelf te herhalen, maar ze vergat ze soms ook weer.

Toen kwam die dag dat ze mocht proberen te lopen. Ze had al heel wat afgebengeld op de rand van haar bed. Lopen... Twee verpleegkundigen ondersteunden haar en ja, ze had gelopen. Twee meter naar het raam en twee meter terug. Haar benen... twee onwillige ledematen die niet bij haar leken te horen. De pijn, die griezelige zwakte in haar knieën. Daarna had ze twee uur liggen transpireren. Ze had willen huilen, maar dat ging niet: al haar tranen kwamen er via haar poriën uit.

Ze wilde haar moeder alles vertellen, maar die avond was ze te moe geweest om te praten. Als haar vader erbij was, wilde ze juist zwijgen. Dat deed hij ook. Hij hield haar hand vast en streelde haar voorhoofd. Strelen, dat deed haar moeder ook altijd en ze vertelde dat ze tien weken lang bijna dagelijks aan haar bed had gezeten, tegen haar had gepraat, haar voeten had gemasseerd. 'En ik heb je heel voorzichtig vastgehouden, kindje, en ik heb je ogen gekust en je hoofd gestreeld. Het was alsof tijd voor mij geen betekenis meer had. Alleen jij bent belangrijk nu, Jade. Je hebt nog een lange weg te gaan, schat, maar wij zullen je helpen. De artsen, de psychotherapeut Jos Jacobse, je zus Emerald, de huisarts, je vriendin Cory. En natuurlijk papa en ik. En weet je, Jade, we bidden veel voor je, dag en nacht. Zonder Gods hulp redden wij het niet.'

God. Zij kende Hem niet, en bidden... Dat moest wel iets zijn uit haar vorige leven, want ze kon het niet. Ja, de woorden van het onzevader, die kende ze nog wel, maar ze raakten haar niet. Ja, natuurlijk zouden ze haar helpen, al die mensen die haar moeder genoemd had. Maar toch... Ze voelde zich helemaal alleen, zwevend in een beangstigende wereld. Van God en mensen verlaten.

Haar dominee was ook regelmatig gekomen. Een forse man met een te luide stem. Hij had het steeds maar over vertrouwen hebben. Vertrouwen... als er iets was wat haar onbereikbaar leek, was het wel vertrouwen. Vertrouwen suggereerde veiligheid, een fundament. Dat was er immers niet, niet voor haar.

Jade Fortuyn.

Die achternaam betekende geluk. Maar ook dat was niet meer voor haar weggelegd. Nooit meer.

'Je hebt geluk gehad,' had haar neuroloog gezegd. 'Je lijdt aan ernstig geheugenverlies, maar je hebt je cognitieve vaardigheden behouden. Je kunt alweer wat lezen en je hebt rekentests gedaan waaruit blijkt dat je er nog greep op hebt. Ja, het staat voorlopig allemaal op een heel laag pitje, maar dit is een heel goed teken, Jade. Met deze mogelijkheden kunnen we aan de slag.'

Zo werd zij dan in het ziekenhuis beschouwd als een soort medisch wonder, als een jonge vrouw die heel veel geluk had gehad.

Haar huisarts, Jan Cramer, was ook een trouw bezoeker geweest en had die woorden steeds maar weer herhaald. En dat ze toch op z'n minst een beetje dankbaar moest zijn, hoe zwaar ze het nu ook had.

Een tijdlang had ze hem niet meer willen zien, maar nu was hij voor haar een steunpilaar. Hij kon zo goed luisteren!

Jade komt langzaam overeind en wrijft zich in de ogen. Ze heeft dorst, maar de moed om naar beneden te gaan ontbreekt haar: ze is nu niet in de stemming om 'gezellig' thee te drinken. Ze heeft zelf een koffiezetapparaat op haar kamer. Traag vult ze het reservoir, het filterzakje valt twee keer uit haar handen. Drie forse scheppen koffie erin. Ze schakelt het apparaat aan en snuift het aroma op: sterke koffie, daar heeft ze behoefte aan. Ze wil nadenken. Straks zal ze in haar werkboek gaan schrijven. Opdracht van haar psychotherapeut Jos Jacobse. Een fijn mens.

'Het zal je helpen, Jade, als je dagelijks opschrijft wat je gedaan hebt, ook al is het nog zo weinig. En je gedachten, schrijf die ook op. En wat je voelt of ruikt. Geuren hebben met emotie te maken, het kan heel veel losmaken. Door je kortetermijngeheugen te prikkelen, te stimuleren, maak je meer kans je verleden terug te krijgen, kind. Het zal je menige zweetdruppel kosten, maar het is de moeite waard. Geloof me, ik heb ervaring met mensen als jij. Er zijn erbij die na zo'n drie, vier jaar de puzzel van hun verloren verleden weer bijna compleet hebben. Ja, ik weet dat het een lange weg is, een weg vol struikelblokken.'

De compassie in haar ogen... Ja, Jos is geweldig, ze is een fantastisch mens, ook voor haar wil zij, Jade, zich al die inspanning graag getroosten. Ze had haar leren kennen in het revalidatiecentrum 'Boschhaege'. Tussen al die vreemde gezichten, al die mensen met hun eigen pijn en strijd, was zij voor Jade een steunpunt geworden. Bij Jos durfde ze af en toe klein te zijn, haar opgekropte tranen te schreien.

Ook hier was zij weer een van de 'geluksvogels' geweest: binnen drie maanden na haar ontwaken waren de verlammingsverschijnselen in haar rechterbeen en -arm zo goed als verdwenen. De prognose was dat die met ambulante revalidatie – die na haar ontslag uit 'Boschhaege' nog zeker ruim een jaar in beslag zou nemen – helemaal zouden verdwijnen. Wel zou zij er rekening mee moeten houden dat haar fijne motoriek nooit helemaal weer zou worden als voorheen, dat haar bewegingsapparaat altijd wel wat trager zou blijven, haar leven lang.

En haar studie geneeskunde... die moest ze voorlopig maar uit haar hoofd zetten. Eerst zou ze moeten blijven oefenen, dag in dag uit, en haar doorzettingsvermogen zou beloond worden. Dat was nu al wel gebleken. Het verschil tussen haar eerste week hier en toen, op de dag van haar ontslag!

Ze was ook wel een beetje trots op zichzelf geweest: tegen de klippen op had zij doorgeworsteld, dag in, dag uit. Daarin gestimuleerd door medepatiënten, hulpverleners en haar familie en vrienden, zeker. Maar zíj had het moeten waarmaken!

Jade veegt langs haar ogen: ze zal blijven vechten! Maar de leegte, de eenzaamheid diep vanbinnen blijft. Tot die dag zal aanbreken dat zij zich iets zal herinneren van vóór het ongeluk. Ze snakt ernaar en tegelijkertijd is ze er doodsbang voor. Kon ze nu maar bidden...

Ze vermant zich en drinkt de sterke, hete koffie. Een echte oppepper! Ze schuift achter haar bureau en neemt haar werkboek in haar handen. Ze besluit al haar gevoelens en gedachten van deze te zonnige dag aan het papier toe te vertrouwen.

Nog steeds kost het schrijven haar moeite, maar ze laat zich niet ontmoedigen. Vanaf vandaag zal zij hier meer tijd voor nemen! Dit is haar boek, het verhaal van Jade Fortuyn, vierentwintig jaar. Met nog een heel leven voor zich!

Ze schrijft en vergeet alles om zich heen.

Als haar moeder roept dat het eten klaar is, kijkt ze verdwaasd op: het kost haar moeite terug te keren uit haar trance. Want zo heeft zij de afgelopen anderhalf uur ervaren.

Ze is doodmoe, maar toch heel voldaan als ze even later aan tafel schuift.

'Je ziet er moe uit, Jade, en toch stralen je ogen,' zegt haar moeder.

Jade knikt: 'Ik voel me een beetje blij, mama.'

Jetty slikt en kust haar dochter.

3

JETTY FORTUYN FIETST MET EEN SLAKKENGANGETJE DOOR DE STRATEN VAN de stad. Het regent pijpenstelen, maar ze merkt het amper. Nog steeds klinkt de snerpende stem van mevrouw Van Hoogstraeten haar in de oren: 'Mevrouw, ik heb maat 44 en u wilt mij er altijd maar weer van overtuigen dat ik 48 moet hebben! U weet dat ik hier graag kom, in deze boetiek vind je tenminste echte mode, exclusieve modellen. Daarom blijf ik hier ook kopen. Zoals u weet, kan ik het me niet permitteren op een van de vele party's en zakendiners die mijn man en ik frequenteren, te moeten ontdekken dat iemand dezelfde creatie draagt. Maar goed, als u zegt dat dit ontwerp klein uitvalt, zal ik uw advies maar opvolgen.' Zo ging het altijd met die vrouw: eerst wurmde ze zich in veel te krappe japonnen en mantelpakjes, om zich later weer te laten paaien door haar, Jetty, dat deze modelijn erg klein viel. Mevrouw Van Hoogstraeten met haar eeuwige verhalen over de hoge functie van haar echtgenoot, over haar vele representatieve verplichtingen, haar 'kleine cosmetische ingrepen', haar diëten en hoe ze opnieuw tien pond afgevallen was. En zij, Jetty, maar glimlachen, beleefd blijven, en alle gepaste en terzijde geworpen kleding weer keurig in de rekken hangen.

Ze zucht eens diep en knippert het hemelwater uit haar ogen. In elk geval leidt deze parttimejob in 'Moda Vita' haar af van haar zorgen om Jade.

Ze vindt het vreselijk om te moeten toegeven dat ze er elke dag – sinds Jades terugkeer uit het revalidatiecentrum – weer tegen opziet naar huis te gaan. Ze zou uren zo door de regen willen blijven fietsen, nergens aan denken, even alle narigheid vergeten.

Jade, haar mooie, intens levende, intelligente dochter... Ze is nog slechts een schim van wie ze eens was. Haar korte haren, die nauwelijks dat akelige litteken aan de zijkant van haar hoofd, vlak bij de kruin, bedekken, haar lege ogen, haar houding van verkleumd vogeltje.

'Geduld, veel geduld.' Dat is wat ze steeds maar weer te horen krijgt van de huisarts, de neuroloog en de psychotherapeut. Ze huivert als ze denkt aan de lange weg die Jade nog te gaan heeft. Een weg waarop zij nu nog maar enkele schreden heeft gezet, onderzoeken zoals EEG's, CAT-scans, gesprekken met de psychotherapeut, die haar ook al vele testen heeft laten doen. En dan thuis het 'oefenen', waarin zij en Frans een cruciale rol spelen: voorlezen uit de krant, vertellen over vroeger, fotoalbums bekijken en oude video's. Doodmoe wordt zij ervan. Het gebeurt ook veel te vaak dat Frans haar ervoor laat opdraaien, hij is nooit erg geduldig geweest. Maar nu! Het gaat om hun kind, hun oudste dochter die door dat afschuwelijke ongeluk werd weggerukt uit haar jonge, onbezorgde leventje. Tien eindeloos durende weken had ze daar in het hoge ziekenhuisbed gelegen, als verdwaald tussen al die apparatuur die haar in leven moest houden.

Hoeveel uren had zij daar niet gezeten, met Jades koude, roerloze hand in de hare. Gepraat had ze ook, elke prikkel zou kunnen helpen en hoewel de artsen haar hadden gewaarschuwd, haar steeds hadden gezegd geen wonderen te verwachten, was zij onverzettelijk doorgegaan met haar monologen.

Angst was haar metgezel geweest van uur tot uur, van dag tot dag: wat als Jade werkelijk zou ontwaken uit haar coma? Ze moesten overal op voorbereid zijn, ook dat hadden de artsen Frans en haar steeds voorgehouden. Maar al voor het ongeluk was er iets heel erg misgegaan tussen Frans en haar. Hij was verbitterd geraakt en ging steeds minder vaak met haar mee naar het ziekenhuis. Vaak zat zij daar alleen op dat eiland van de intensive care, ver van het jachtige leven van alledag.

Soms had Emerald bij haar gezeten, maar nooit hield ze het langer vol dan hooguit een halfuur.

'Ik kan dit niet aanzien! Dit is Jade niet, ik wil haar zo niet zien!' Het draaide altijd op een huilbui uit en dan bleef ze een week of langer weg. Om toch weer terug te keren bij haar zus. Haar zuster Jade die daar lag als een mooie pop, roerloos, voor altijd de ogen gesloten. Voor altijd? Of ze die ooit nog op zou slaan? Niemand kon het zeggen.

Maar het wonder was gebeurd: Jade was bij hen teruggekomen. Wel waren er verlammingen en uiteraard was ze zeer verzwakt en moest ze revalideren, ruim drie maanden. Ze hadden God gedankt, Frans, Emerald en zij. Maar na de eerste euforie was die gruwelijke waarheid tot hen doorgedrongen, langzaam maar niettemin heel zeker: Jade was Jade niet meer. Zij keek hen aan met lege, koude ogen, haar kaken strak getrokken, haar mond een scherp getekende streep. Ze praatte zelden, ze vroeg niets. Er was slechts een lichtpuntje: als zij haar naam hoorde noemen, lichtten haar ogen op en was er iets van een glimlach rond haar lippen.

Jade... Haar naam, het enige waaraan zij zich nog kon vastklampen in een verbijsterende wereld vol vreemden, ook na haar thuiskomst uit het revalidatiecentrum.

En toch, denkt Jetty verbeten, toch zal die dag komen dat zij zal beseffen dat zij meer is dan een naam!

Als ze later met druipnatte haren de woonkamer binnengaat, treft ze Jade aan, opgerold op de bank. Roerloos maar met wijd open ogen.

Ze kijken samen naar een Engelse comedy op tv. Frans kan zijn gedachten er niet bij houden, laat staan dat er iets te lachen valt. We zitten hier gewoon verstoppertje te spelen, beseft hij en met een bruusk gebaar pakt hij de afstandsbediening en drukt op de uitknop.

'Wat doe je nou?' vraagt Jetty geïrriteerd.

'We moeten praten.'

'Ik ben te moe, ik heb geen zin in discussies.'

'Jetty, je zult wel moeten, je houdt jezelf voor de gek! Steeds maar doen alsof ons leven voor Jades ongeluk intact was. Ja, jij verschuilt je achter Jades problemen om dat andere van je weg te houden!'

'Ik wil er niet over praten. Jade is nu het belangrijkste. Mijn hart breekt elke keer als ik haar lege ogen zie, of die zoekende blik. Verloren voelt ze zich, verdwaald. Wij moeten er zijn voor haar, Frans, samen.'

'Ja, dat is voor mij ook het belangrijkste nu. En elke avond bidden we samen of God onze dochter haar leven wil teruggeven, haar geheugen. Maar wil jij dat wel echt, Jetty?'

Ze schiet overeind, posteert zich vlak voor hem. 'Hoe kun je zóiets vreselijks zeggen!'

Frans blijft rustig zitten, onverstoorbaar kijkt hij haar aan. 'Ga alsjeblieft zitten, deze felle reactie zegt me genoeg.'

Zo moe, ze is ineens zo onbeschrijflijk moe. Ze ploft terug in haar stoel en kijkt hem smekend aan: zeg het niet.

Hij kijkt naar haar ineens zo bleke gezicht, haar neergeslagen ogen, de wat ronde schouders.

Ik hou van je, Jetteke, denkt hij hartstochtelijk, ik zal altijd van je blijven houden, zelfs na... Nee, niet aan denken nu.

'Lieverd,' zegt hij zachtjes, 'ik had dat niet mogen zeggen, dat je zou wensen dat Jade haar geheugen nooit terug zal krijgen, dat ze zich ontheemd zal blijven voelen in een voor haar vreemde wereld. Dat willen we geen van beiden. Maar als Jade langzaam maar zeker haar plekje terugvindt, haar verleden, als ze zich op den duur misschien alles weer herinnert, dan zal ze onvermijdelijk geconfronteerd worden met wat zij nooit had mogen weten. Dat loodzware bittere weten... Dat intrieste geheim dat wij nu weer samen delen. Zij was de enige die ervan wist en ik zie nog het onbegrip, het verdriet in haar ogen toen ze... Natuurlijk, nu is Jade het belangrijkste, maar Jetty, laten we er geen doekjes om winden: wij kunnen alleen maar samen verder als we onder ogen zien wat er gebeurd is. Wat stukgegaan is, moeten we, met Gods hulp, samen helen.'

Jetty zucht diep en sidderend. 'Je hebt gelijk,' zegt ze mat. 'Maar weet je, Frans, soms wilde ik dat ik dat wat nog altijd tussen ons staat, vergeten was. Dat míjn geheugen dat stukje van ons leven samen had uitgewist.'

Hij staat op, knielt bij haar neer en neemt haar koude handen in zijn warme, stevige knuisten.

'Wat jij wilt... ik begrijp dat wel. Maar we weten allebei dat het onmogelijk is.'

Zij streelt zijn grijzende haren, en als ze de liefde in zijn grijsgroene ogen leest, huilt ze.

'Hou me vast, Frans, ik ben zo bang. Bang voor het leven!'

'Kom,' fluistert hij bij haar oor, 'we gaan naar bed. Ik wil heel dicht bij je zijn.'

Emerald Fortuyn zit op haar zolderkamertje in de nok van een van de vele studentenhuizen in Utrecht. Met haar hoofd in haar handen geleund zit zij achter haar bureau, dat eigenlijk te groot is voor dit hok. Het is dan ook een grote chaos van paperassen en ineens heeft ze zin om alles wat erop ligt, weg te maaien. Op de grond is het toch ook al een puinhoop van boeken, papieren en kleren. Zelfs haar krakkemikkige bank ligt vol rotzooi.

Steeds heeft ze zich voorgenomen schoon schip te maken, maar sinds Jades ongeluk kan zij zich nergens toe zetten. Nee, beseft ze dan, het was al eerder dat de klad erin kwam, in haar overzichtelijke, goed geoliede leventje.

Half december was ze een weekend thuis geweest, net als Jade. Die was vrijdagochtend al naar 'De Ruimte' gekomen, het grote, maar toch zo knusse thuis. Ja, het witgepleisterde, vrijstaande huis met de vele vensters was zowel voor haar als haar zus Jade hun werkelijke thuis: de rust, de enorme tuin rondom, hun menagerie, het adembenemende uitzicht. 'De Ruimte'...

Dat weekend, toen was het anders geweest. Er had een gespannen sfeer gehangen, als een grijze deken die zich zwaar over hun samenzijn had gelegd. Verstikkend.

Jade met haar rood behuilde ogen, het vreemde zwijgen tussen papa en mama. Of er iets naars gebeurd was, had ze prompt gevraagd. Welnee, hoe kwam ze daar nou bij. Jade had een tentamen verknald en daarbij nog ruzie gehad met een van haar huisgenoten, Justin Mars. En ze voelden zich alle drie wat grieperig, dat was alles.

Maar ze had geweten dat er meer aan de hand was. En tegen haar gewoonte in was ze zondagmiddag al vertrokken: het voelde niet goed om langer thuis te blijven. Mama's verdrietige ogen had ze getracht te negeren. Eigenlijk had ze zich meer zorgen gemaakt om haar vader, die er de hele tijd zo stil en uitgeblust bij had gezeten. Iedereen kende hem als de doortastende gemeentesecretaris, altijd alert, met een warme belangstelling voor zijn medemens. Een man die het goede evenwicht had gevonden tussen zakelijke en intermenselijke verhoudingen. Ook als ouderling was hij zeer geliefd en voor zijn gezin ging hij door het vuur.

Emerald huivert bij die gedachte.

Vuur, nietsontziende verzengende vlammen die gretig om zich heen grepen. Helse hitte, verstikkende rook die haar zus bijna het leven had gekost. Jade, waarom moest jou dit overkomen?

Ze staat op, grist haar weekendtas uit de propvolle kast en snel mikt ze toiletartikelen, nacht- en ondergoed en een stel extra kleren in de veelgebruikte, inmiddels vaalrode tas. Weg, ze moet weg van hier! Ze wil naar huis, nee, eigenlijk wil ze alleen maar naar de polder om Jade te zien. Jade... ze wil er voor haar zijn!

Toen ze daar voor dood in het ziekenhuis lag, had zij te vaak verzaakt. Ze wil, ze moet haar zus helpen zichzelf terug te vinden! Zij, Emerald Fortuyn, staat er toch om bekend dat zij altijd de zonzijde zoekt en nooit ergens mee zit? Een fijne meid met veel vrienden, een meisje met wie je kunt lachen, zo iemand bij wie je altijd terecht kunt.

Ja, dat klopt ook wel. Maar er is nog een andere Emerald, een meisje dat bijna niemand kent. Ze is een denkertje, ze filosofeert graag als ze alleen is. Over de zin van het leven, over maatschappelijke problemen, over God en Zijn plan met de wereld en de mens die Hij geschapen heeft.

Eigenlijk kende alleen Jade die kant van haar. En papa, hij ook. Ja, ze moet naar huis, ze zal met Jade praten over vroeger, over alle streken die ze samen hebben uitgehaald. Over al die fijne zomervakanties, over hun eerste vriendjes, over... ach, over zoveel.

Zij moet er zijn voor Jade, haar als het ware bij de hand nemen en haar zus haar verleden teruggeven, stap voor stap. Een lange weg...

Nog even kijkt ze naar haar studieboeken: zal ze... Nee, ze neemt niets mee naar huis. Die Franse filosofen kunnen haar nu even gestolen worden en bovendien heeft ze tot dusver alle tentamens gehaald. Tja, het studeren gaat haar gemakkelijk af, omdat ze het gewoon ontzettend leuk vindt. En wat je leuk vindt, absorbeert je geest als een spons.

Nog even kijkt ze het rommelige hok rond, haalt licht haar schouders op, neemt haar tas en sluit de deur. De vier steile trappen neemt ze onwaarschijnlijk snel.

4

CORY RAMAKERS ZIET OP TEGEN HET WEEKEND DAT ZE BIJ HAAR VRIENDIN Jade zal doorbrengen. Dat was al vaker zo geweest en elke keer was het meegevallen. Volgens mevrouw Fortuyn heeft zij een kalmerende invloed op Jade en ook nu zullen het best wel weer fijne dagen worden in 'De Ruimte', dat vriendelijke huis in de polder waar ze zich altijd meer thuis had gevoeld dan in haar ouderlijk huis.

Jade...

Steeds als Cory aan haar denkt, dringt dat gruwelijke beeld zich op: vuur, rook, angst, verwoesting. Ja, ook haar leven is drastisch veranderd sinds de brand, nu een halfjaar geleden.

In de krant had heel zakelijk gestaan dat Cory R. met wat lichte verwondingen en de schrik was vrijgekomen. De schrik – wat een understatement voor haar doodsangst toen ze wegkroop van de gretig lekkende vlammen, van de verstikkende rook, van de krakende, knetterende geluiden, het gegil, de geur van dood en verderf. De sprong van het balkon op de eerste verdieping, daarna de val. En niets, maar dan ook niets van genadige vergetelheid. Er waren sterke armen geweest die haar op een brancard hadden getild terwijl zij hoorde, luid en duidelijk, alsof alle andere geluiden zich voor even hadden teruggetrokken: 'Een van de meisjes heeft het niet gered.'

Wie was er omgekomen in dat inferno, Irma of Jade? Ze had geprobeerd het te vragen aan een van de broeders die naast haar in de ambulance zat, maar haar stem had geen klank gekregen.

Machteloze woede was er in haar opgelaaid: waarom, Justin? We hebben je zo vaak gewaarschuwd je kaarsen te doven als je de deur uit ging en nu, moet je eens zien wat ervan gekomen is! Jij zat gezellig met je vrienden in 'De Promenade' tot diep in de nacht en wij... Pas in het ziekenhuis hoorde ze dat Irma de ramp niet overleefd had. En Jade... zij lag hier in hetzelfde ziekenhuis op intensive care, weggezonken in een diep coma. Een vallende balk had haar op het hoofd getroffen. Haar toestand was kritiek, werd haar kort en zakelijk meegedeeld. Nee, niet Jade, haar beste vriendin! Jades moeder, die tijdelijk haar intrek had genomen bij een vriendin, kwam ook haar opzoeken. Haar eigen ouders overwinterden in Spanje en hadden het niet nodig gevonden terug te komen voor haar, Cory, hun enig kind.

'Jij bent er toch goed van afgekomen, liefje,' had haar vader gezegd toen hij belde. En dat het natuurlijk vreselijk was dat die Irma was omgekomen en dat haar vriendin Jade in coma lag. 'Maar het leven gaat door, kind. En zodra je uit het ziekenhuis wordt ontslagen, neem je je intrek in je ouderlijk huis. Je eigen kamer is nog vrijwel volledig intact en Nanda komt tweemaal per week schoonmaken. Weet je, vraag mevrouw Fortuyn of ze de eerste paar weken voor je wil zorgen. De financiële kant van de zaak komt vanzelfsprekend voor mijn rekening. En hou je haaks, Cory, je bent altijd een doorzettertje geweest. Jij komt er wel weer overheen, heus, voor je het weet heb je de draad van je onbezorgde studentenleventje weer opgenomen.'

Alsof haar leven ooit nog weer zou worden als voorheen! Een onbezorgd leventje nota bene. Ze had gevraagd of moeder aan de lijn kon komen, maar nee, dat ging niet, ze had nu de masseur en meteen daarna werd ze bij de schoonheidsspecialiste verwacht. Ja, natuurlijk zou ze bellen, als Cory weer thuis was.

Thuis...

Dat was het nooit voor haar geweest, dat statige grachtenpand. Alleen in de grote woonkeuken bij Mery Daalmeyer had ze zich echt thuisgevoeld. De successtory van haar vader: hoe vaak had zij die niet moeten aanhoren? Hoe vader begonnen was als magazijnbediende bij een gerenommeerde meubelzaak met filialen in heel het land. Hoe hij had geblokt, avond aan avond, om hogerop te komen. Ja, dat zou zij, Cory, nooit vergeten: een vader die werkte en studeerde. Typisch de man die zondags het vlees sneed... Vele diploma's had hij behaald op het gebied van bedrijfseconomie, marketing, management en wat niet al. Met als kroon op al zijn gezwoeg zijn benoeming tot economisch directeur van

'Meubelhuis Trendy': de ultieme promotie. Daarna zag Cory haar vader nog minder. Haar moeder had een eigen praktijk als tandarts en van haar geld – een erfenis – hadden ze voor het huwelijk het chique pand aan de Prinsengracht kunnen kopen. Dit alles had Robert Ramakers niet lekker gezeten: hij zou zijn Linda eens laten zien wat hij in z'n mars had! Tja, het was hem gelukt. En Cory was opgegroeid in weelde, met ouders die wel om haar gaven, maar die ze te weinig zag. Als Mery er toch niet was geweest... wat zou ze zich dan vaak verloren en eenzaam hebben gevoeld.

Toch waren er ook fijne dingen geweest: die speciale middagen winkelen met moeder, die avonden dat vader haar mee uitnam, eerst samen ergens uitgebreid dineren en dan naar de bioscoop of schouwburg. In de auto terug naar huis napraten en ten slotte, met moeder erbij, nog wat drinken en nagenieten in vaders studeerkamer... Dan waren er de voorjaars- en wintersportvakanties. Altijd mocht ze van tevoren de leukste kleren uitzoeken, ze hoefde maar te kikken of ze kreeg het. En daarbij – nog belangrijker – mocht ze altijd een vriendinnetje uitnodigen. Op de middelbare school was het altijd Hannah Vermeer geweest, tot zij met haar ouders emigreerde naar Canada. Ze correspondeerden nog steeds, hoewel het toch een beetje dreigde te verwateren. Vanaf haar eerste dag op de universiteit had het geklikt met Jade Fortuyn, die in de jaren die volgden, meeging op wintersport, tot Cory's ouders hadden besloten een huis te kopen in Benidorm, om daar in het vervolg te overwinteren.

Ach, er waren wel goede dingen geweest vroeger, maar het was niet toereikend gebleken voor een hechte ouder-kindrelatie. Terwijl ze toch alleen haar maar hadden.

En na de brand was het Jades moeder geweest die haar in het ziekenhuis opzocht en die op de dag van haar terugkeer in het ouderlijk huis haar intrek had genomen op de royale logeerkamer. De vriendin waar Jetty Fortuyn enkele nachten had gelogeerd, had daar alle begrip voor gehad. Ze had haar bemoederd en vertroeteld, mevrouw Fortuyn, steeds maar weer gezegd dat ze eerst maar eens goed tot rust moest komen. De lekkerste hapjes had ze haar voorgeschoteld en 's nachts was ze bij Cory's bed komen zitten als ze weer eens volkomen in paniek wakker werd uit haar steeds terugkerende nachtmerrie: Jade, Irma en zijzelf, hand in hand, alle drie met wijde, witte nachtponnen op de rand van het balkon. Achter hen de lekkende, hongerige vlammen, onder hen een onmetelijke afgrond. De hitte die haar longen schroeide, dan de sprong. Irma's gezicht verwrongen tot een masker van pijn, haar mond geopend in een stille schreeuw, de brandende nachtpon. Daarna de val die maar leek te duren, eindeloos, terwijl langzaam maar tergend zeker Jades hand uit de hare weggleed.

Als ze dan gillend en badend in het zweet recht overeind schoot, was daar mevrouw Fortuyn met haar zachte handen, haar zachte, sussende woorden. Als Cory weer wat tot bedaren was gekomen, liet ze haar warme melk met honing drinken en bleef dan, terwijl ze Cory's tengere hand in haar mollige, warme hand nam, bij haar zitten, tot de slaap haar als een welkome vriend omarmde. Dag en nacht was ze in touw geweest, voor Jade en voor haar. Jades moeder... zij deed haar altijd denken aan Mery, lieve trouwe Mery.

Zij was er altijd geweest als Cory uit school kwam met haar verhalen. Ja, ze was de spreekwoordelijke moeder achter het theelichtje geweest. En elke woensdagmiddag ging ze mee naar zwemles, ze was erbij toen Cory haar diploma's haalde. Dan de vrijdagmiddag! Mery bracht haar dan eerst naar pianoles en daarna gingen ze samen poffertjes eten. En altijd was het Mery geweest die ervoor zorgde dat haar verjaarspartijtje een succes werd, jaar na jaar.

Toen zij slaagde voor haar vwo, met een stralende lijst, waren het haar ouders die een grandioos feest gaven, ze waren trots op hun mooie, intelligente dochter, en dat zouden hun vrienden en kennissen weten ook!

Het was inderdaad een fantastisch feest geworden, voor de volwassenen. Cory, de 'ster' van die avond, was tegen elf uur ertussenuit gepiept en was met haar klasgenoten – geslaagd of niet – van huis tot huis gegaan.

Tot in de kleine uurtjes hadden ze gezongen, gelachen, gedanst en gedronken.

Die nacht was Cory voor het eerst dronken geweest. Ze was plompverloren bij een van haar vriendinnen, Hannah Vermeer, op de bank onder zeil gegaan. En ja, toen ze de volgende dag rond het middaguur totaal verpieterd thuiskwam, had ze haar ouders totaal ontredderd aangetroffen. Moeder had gehuild en vader had gescholden, maar in hun ogen had ze vooral zorg gelezen. Zorg en liefde. Ze waren die ochtend vroeg gebeld door Hannah's moeder, maar heel die nacht waren ze opgebleven, doodongerust.

'Doe zoiets nooit meer, liefje,' had moeder gezegd, 'we kunnen jou niet missen.'

Nee, zij haar ouders evenmin. Maar ze waren er maar zo zelden geweest als zij hen echt nodig had. En altijd was er dan Mery geweest. Cory wist niet beter of zij hoorde bij hun gezin: al voor haar geboorte hadden haar ouders haar een baan als kindermeisje en hoofd van de huishouding aangeboden.

Mery was toen achtendertig en had een jaar tevoren haar man verloren aan kanker. Er waren geen kinderen. En zo kon het gebeuren dat Mery Daalmeyer al haar liefde had kunnen geven aan dat kleine meisje in het grote huis. Pas toen Cory besloot op kamers te gaan – ze was toen negentien – had Mery haar werkgevers te kennen gegeven dat zij het wat rustiger aan wilde gaan doen: ze was de laatste tijd nogal snel vermoeid.

Later had Cory gehoord dat Mery al jarenlang een hartkwaal had, maar nooit was er een klacht over haar lippen gekomen: zij wilde er zijn voor Cory Ramakers, 'haar' kind, dat ze had zien opgroeien van baby tot kleuter, van spichtig schoolmeisje tot jonge vrouw. Daarnaast had zij er zorg voor gedragen dat het huishouden feilloos marcheerde. Zij had de supervisie gehad over Nanda van Dongen, die samen met twee werksters – dat waren er heel wat geweest in de loop der jaren – het huis schoonhield, en over Kars Bosker, de tuinman. Zij, Mery, werd verantwoordelijk gehouden voor de hele gang van zaken en nooit ofte nimmer had zij haar werkgevers teleurgesteld.

Die dag dat Cory haar vertelde op kamers te willen, was ze bleek geworden tot in haar lippen en nu was het Cory geweest die haar had moeten troosten. Zoals Mery haar zo vaak getroost had als ze gevallen was en als ze een onvoldoende had gehaald voor een repetitie. Of als ze zich zomaar ineens verdrietig voelde. Samen met Mery had Cory spulletjes aangeschaft voor haar kleine kamertje in een studentenhuis, in die smalle, sombere Borneostraat achter het Centraal Station. Mery had twee oude stoeltjes weten om te toveren tot juweeltjes, en voor op de kale planken vloer had zij een schitterend smyrnakleed gemaakt. Ze was pas tevreden geweest toen alles een plekje had en er frisgroene planten op de smalle vensterbank stonden te glanzen.

'Je werkt te hard, Merietje-lief,' had Cory vaak gezegd. Ze was bezorgd geweest als Mery soms ineens weer zo akelig wit werd, maar steeds weer had de ander haar gerustgesteld.

September brak aan en Cory stortte zich met hart en ziel in haar nieuwe, hectische leven. Alles wilde ze meemaken: de ontgroening, het stappen met een hele club medestudenten, vaak tot in de kleine uurtjes. En dan de studie zelf natuurlijk: ze was meteen ingeloot voor geneeskunde en haar nieuwsgierige geest zoog alle leerstof die haar geboden werd gretig op. Ze ging zelden naar het ouderlijk huis, maar elke woensdagmiddag hield ze vrij voor een bezoekje aan Mery. Ze wilde het niet zien, maar zag het toch: Mery leek elke keer wat meer gebogen, het was alsof ze langzaam maar zeker verschrompelde. Maar telkens weer liet Cory zich misleiden door die lieve, diepblauwe twinkelogen, die gulle schaterlach. Op 8 oktober, om acht uur 's morgens – nooit van haar leven zou ze die dag en dat uur vergeten – was ze uit haar bed gebeld. Eerst had ze gewoon haar dekbed over haar hoofd getrokken, maar het klonk steeds dringender en plotseling had ze geweten dat er iets vreselijks gebeurd was.

Ze ziet zichzelf nog staan, met dikke slaapogen en op blote voeten.

Vaders vreemd vertrokken gezicht en de woorden die hij sprak. Pas later, toen hij bij haar boven zat en voor koffie had gezorgd, drong de betekenis van zijn woorden tot haar door: 'Mery is vannacht in haar slaap overleden. Een hartstilstand.'

'Nee, nee, het kan niet, ik wil het niet!' had zij steeds maar weer geroepen. 'Het kán niet, vader! Mery... ze was nog maar negenenvijftig!'

Maar de bittere werkelijkheid had ze moeten accepteren. Pas bij het graf wist ze dat zij haar geliefde 'moeder-vriendin' nooit meer zou zien. Nooit meer zou zij zich kunnen koesteren in de warme, beschermende omhelzing van Mery Daalmeyer, de vrouw die er altijd, zo lang ze zich kon heugen, voor haar geweest was. En na de brand was er Jades moeder met haar warme hart en troostende woorden. Terwijl haar eigen moeder...

Cory slaat haar handen voor haar ogen en huilt. Met tegenzin dringt de realiteit van het hier en nu zich aan haar op: ze moet nog inpakken en over ruim een halfuur vertrekt de intercity naar Zwolle. Ze zal zich moeten haasten!

5

'JADE, GA JE NU EINDELIJK EENS DOUCHEN EN AANKLEDEN,' ZEGT JETTY kortaf. 'Over een uurtje is je vriendin Cory hier en Emerald komt ook.' Jade staat bij de brede vensterbank in de erker en staart over het zonnige land, getooid in felle, levendige zomerkleuren. Die ruimte... Ze is erdoor gefascineerd, kan er haar blik niet van afwenden. Maar tegelijkertijd wordt ze er angstig van, beklemt het haar: te kunnen kijken tot de horizon en toch opgesloten zitten in jezelf. 'Mijn vriendin Cory,' mompelt ze traag en ze keert zich van het uitzicht af. Tranen trekken sporen langs haar gezicht en Jetty schrikt van die wanhopige blik in de ogen van haar dochter.

Ze strekt haar armen uit en trekt Jade tegen zich aan. 'Ik ben je moeder,

Jade, ik heb je onder m'n hart gedragen en jou het leven mogen schenken. Nu ken je me niet, nog niet, je neemt aan wat wij je zeggen, maar die band tussen ons, die blijft, kindje. O, ik wilde dat ik je kon helpen, ik voel me vaak zo machteloos. Als je me aankijkt, zijn je ogen soms zo leeg dat ik er bang van word. Is er nog steeds niets, helemaal niets wat je je kunt herinneren?'

Jade maakt zich van haar moeder los en boent driftig langs haar ogen. 'Er is niets, helemaal niets,' zegt ze vlak, en dan heftiger: 'Het is alsof ik gevangenzit in m'n eigen lichaam en zelfs dát is me vreemd. Ik durf bijna niet meer in de spiegel te kijken, het is of ik dan nog meer verdwaald raak. Het enige wat me vertrouwd is, is mijn naam. Een naam ben ik, meer niet. Maar nu ga ik naar boven, ik zie er niet uit, en als Cory komt... Weet je, ik kan me er helemaal niet op verheugen, bij een vriendin voel je je volkomen op je gemak als het goed is, maar nu denk ik alleen maar: ik krijg visite, ik moet straks met een wildvreemde een gesprek gaande houden.'

Jetty zucht diep. 'Jade, ze is hier immers al veel vaker geweest en elke keer viel het mee, voelde je je zelfs een beetje vertrouwd met haar. Maar het is en blijft moeilijk, dat begrijp ik heus wel, en zeker nu het de bedoeling is dat Cory je alles over die verschrikkelijke nacht zal vertellen. Maar Jos heeft je heel duidelijk te kennen gegeven dat zij het een goed idee vindt, het kan werken als een soort shocktherapie. Het zal vreselijk zijn, Jade, mocht je je die nacht gaan herinneren, maar wij zijn er om je op te vangen, dag en nacht. En ook dokter Cramer heeft toegezegd altijd voor je klaar te staan.'

'Het is zo eng allemaal, mama,' zegt Jade klaaglijk. 'Ook die brief van Marnix die ik gisteren kreeg, Marnix Wessels. Hij heeft het over dingen waar ik geen notie van heb en ik moet geloven dat ik al ruim twee jaar verkering met hem heb, dat we zelfs al trouwplannen hadden. Alles wat ik met hem gedeeld heb... wég! Maar kom, ik kan hier niet blijven staan simmen en piekeren, dat levert toch niets op.'

Ze gaat de trap op met zware benen, elke stap kost haar moeite. Ze is eigenlijk voortdurend moe en alles wat ze onderneemt – zoveel is dat trouwens niet – kost haar buitensporig veel inspanning.

Onder de hete stralen van de douche kan ze even alles loslaten. Ik leef, beseft ze heel intens, ik denk en ik voel. En ooit zal ik weer weten. Dingen van voor die nacht. Ooit zal ik weer een compleet mens zijn.

Hoewel Cory Ramakers voor haar een vreemde is, voelt Jade zich opnieuw vrij snel wonderwel op haar gemak bij dit mooie, blonde meisje met haar heldere stem. Net als die andere weekends die zij hier had doorgebracht.

Jetty, die met blosjes van agitatie de thee serveert, laat zich even later met een zucht van opluchting in haar stoel vallen: Jade reageert telkens heel goed op Cory's aanwezigheid en dat doet haar enorm goed, voor haar dochter, voor Cory, maar evengoed voor zichzelf: het is sinds Jades thuiskomst toch meestal spitsroeden lopen. Zoals vorig weekend, toen Marnix er was. Hij was maar een uurtje gebleven die zaterdagmiddag, maar het had haar een marathonzitting geleken. Jade had zich volledig voor haar vriend afgesloten, en als ze wat zei, klonk het bits, hatelijk zelfs. Ze had wel vaker van die onmogelijke buien en zij, Jetty, kon zich dat ook best voorstellen, maar ze wordt er bij tijd en wijle doodmoe van. En dan nog het gevoel dat Frans en zij steeds verder uit elkaar groeien. Wel zet hij zich in voor Jade, en hij is het die hun dochter zo nu en dan zover kan krijgen om naar buiten te gaan. Ze helpt hem dan in de moestuin en soms ook bij het verzorgen van hun kleine menagerie: een geit, kippen en de twee konijnen Doppie en Floppie. En gisteren had hij haar zelfs zover gekregen dat ze met hun ouwe trouwe bouvier Biba de lange oprit was afgelopen tot aan de Lange Polderweg. Geen stap verder, en terug had ze gehold alsof haar leven ervan afhing. Daarna was ze volkomen uitgeput geweest, maar toch was het winst. Ja, dit soort dingen kreeg Frans voor elkaar, maar voor de rest liet hij alles aan haar over: de moeizame gesprekken met Jade, haar gesnauw als Jetty toch maar weer

met een fotoalbum kwam aanzetten. O, Frans, laat me niet zo alleen!
'... blijven dus voorlopig in New York.'

Jetty knippert met haar ogen en gaat rechtop zitten. 'Ach, sorry, Corientje, ik heb helemaal niet geluisterd, ik...'

'Het geeft niet, mevrouw Fortuyn, echt niet. U ziet er ook zo moe uit. Maar ik had het over m'n ouders. Zoals u weet, zijn ze alleen maar de eerste twee weken van april thuis geweest en toen kreeg ik het grote nieuws te horen. Het waren in dat stadium nog maar plannen, ik heb u er dus niet eerder over verteld. Tja, het komt kort en goed hierop neer: ze hebben mijn vader gevraagd in de Verenigde Staten een nieuwe keten van "Meubelhuis Trendy" op poten te zetten. In New York is al een filiaal en daarvan wordt hij economisch directeur. In eerste instantie op papier – de zittende man op die plaats blijft aan zolang dat nodig is – en als hij in steden als Chicago, Boston en Denver een en ander van de grond gekregen heeft, gaan ze in New York wonen. Tja, het is natuurlijk een fantastische kans en ik ben uiteraard elke zomervakantie welkom en tussendoor ook nog wel. Dat geldt trouwens ook voor jou, Jade.'

'Maar... ik ken je ouders niet. Nee, ik durf amper de deur uit. Vergeet het maar.'

Jetty ziet hoe Cory op haar lippen bijt en haar ogen neerslaat. Bah, wat kan Jade toch bot uit de hoek komen. Maar ach, zij kan er immers niets aan doen? En wat Cory's ouders betreft... wat zijn dat toch voor mensen die hun kind zo in de kou laten staan!

'Ze vinden mij volwassen en zelfstandig genoeg,' herneemt Cory, 'en dat ben ik natuurlijk ook wel. Maar toch... ik ben hun enige kind en nooit zijn ze er voor mij geweest. Niet echt. Het was Mery die in feite mijn moeder was. En na de brand... Mevrouw Fortuyn, mag ik ook een beetje uw dochter zijn?'

Ze snikt het uit en slaat haar handen voor de ogen. Jetty is al bij haar en slaat haar armen om Cory heen. 'Luister,' zegt ze zacht maar indringend, 'ik weet zeker dat je ouders om jou geven. Op hun manier. Ik kan niet in de plaats van je moeder treden, meiske, maar je mag me wel mama

Jetty noemen. Lijkt je dat geen mooi compromis?'

'Graag. U bent een regelrechte schat... mama Jetty.'

Even later arriveert Emerald en schuift meteen aan. Heerlijk weer thuis te zijn. Alleen Jade, die is weer eens onbereikbaar. Ze zucht verstolen.

'Ik ga nog eens thee inschenken,' zegt Cory, 'ik voel me hier thuis, dus laat me alsjeblieft m'n gang gaan. Jade, help je me even? Dan kan je zus even bijpraten met mama Jetty.'

Nu pas dringt het tot Jetty door dat Jade daar al die tijd als een standbeeld in haar stoel gezeten heeft. 'Jade!' zegt ze scherp.

Hoewel ze nog steeds roerloos in dezelfde houding zit, gloeien Jades ogen en flitsen dan richting Cory.

'Jade, wat is er?' vraagt Jetty angstig, en Emerald trekt wit weg.

Ook Cory is heftig geschrokken: haat, was het haat wat ze daarnet in Jades ogen zag?

'Het wordt steeds fraaier,' zegt Jade vlak, 'jij hebt een vader en een moeder die je van jongs af kent en nou zit je hier en durft mijn moeder "mama" te noemen. Moet ik nu soms ook nog gaan geloven dat jij m'n zus bent? Die heb ik al, hoor, Emerald is mijn zus, de enige echte!'

Ze is jaloers! flitst het door Jetty's vermoeide hoofd. En het volgende moment beseft ze: dat is een goed teken, ook al kent ze me niet, ze voelt dat ik haar moeder ben.

Jade is opgestaan en loopt langzaam naar haar moeder toe. Jetty spreidt haar armen – even aarzelt Jade – en dan laat ze zich omhelzen, koestert ze zich in de mollige, liefdevolle omhelzing van haar moeder. 'Mam,' zegt ze snikkend.

'Moet ik... zal ik even weggaan?' is daar Cory's dunne stemmetje.

Jade maakt zich zachtjes los van haar moeder en zegt: 'Nee, Cory, ik wil dat je bij ons blijft. Ik... ik was daarnet kwaad, of nee, jaloers geloof ik, maar nu ben ik alleen maar blij dat ik zo'n emotie kan ervaren. En weet je, jouw aanwezigheid is goed. Ik... ik schrik soms van mezelf, van mijn reacties en ik weet dat ik me soms onhebbelijk gedraag. Het is ook zo vreemd allemaal, zo moeilijk... Maar bij jou voel ik me op m'n gemak,

Cory. Ik denk dat ik heel goed snap waarom wij vriendinnen zijn. En dan... wil jij me vanavond over de brand vertellen? Alles wil ik weten, hoe het huis eruitzag, wie er bij ons woonden, ja, de namen ken ik, maar jij moet ze voor me beschrijven: Arthur, Justin en ook Irma.'

'Dat beloof ik je, Jade,' zegt Cory.

Als Frans Fortuyn even later binnenkomt, treft hij drie huilende vrouwen aan. Cory en Jade houden elkaar vast alsof ze nooit meer los willen laten en Jetty staat wat verloren in de erker. Haar ogen smeken, maar hij veinst het niet te zien.

'Zo, dames, even een deuntje huilen kan geen kwaad, hoor. Zal ik voor ons allemaal maar eens een lekker aperitiefje inschenken?' doet hij quasi opgewekt.

'Dat is goed,' zegt Jetty dof, 'ik ga nu voor het eten zorgen.' Ze glipt weg naar de keuken, waar ze opnieuw haar tranen de vrije loop laat.

Ze zitten – toch wat onwennig – tegenover elkaar in Jades kamer. Jade heeft zich opgerold in de kobaltblauwe stoel met de rode bloemenslingers en steekt nerveus een sigaret op.

'Je rookte toch niet meer?' zegt Cory en meteen wenste ze dat ze haar mond gehouden had.

'Wat ik vroeger wel of niet deed, weet ik niet meer,' snibt Jade, 'ik weet alleen dat ik nu niet zonder sigaretten kan.'

'Het spijt me, Jade, maar probeer te begrijpen dat het voor mij ook moeilijk is. Ik ken je al zoveel jaren, je bent m'n beste vriendin, ik weet al die dingen van voor die vreselijke nacht nog wél, en dat kun je me niet kwalijk nemen.'

Jade inhaleert diep en vraagt dan gretig: 'Wie was ik, Cory, hoe was ik? Ik neem aan dat ik een wat genoeglijker typetje was dan nu, er valt met mij vaak geen goed garen te spinnen. Maar kom, vertel.'

'Je was vrolijk,' zegt Cory en ze glimlacht weemoedig. 'Je hebt zo'n mooi cupidoboogje en dan dat kuiltje in je kin... het is er allemaal nog. Maar toen lachte je vaak en je was een beetje dik. Nee, niet echt dik, maar ik pestte je er weleens mee. Jij trok je daar niets van aan en zei altijd dat Marnix...'

Jades gezicht krijgt weer die gesloten uitdrukking.

Dat was er weer naast, denkt Cory moedeloos. Wat moet ik nou?

'Ga maar verder,' spoort Jade haar aan, met iets van een glimlach. 'Ik eet je niet op, hoor, trek je nou maar niks van mijn nukken en grillen aan. Weet je, ik kan me niet voorstellen dat ik twee jaar verkering heb gehad met een man die ik niet ken. Hij was hier vorige week zaterdag... Hij deed me niets, Cory, helemaal niets en ik vrees dat ik me tegenover hem nogal lomp heb gedragen. Terwijl hij er toch ook niets aan kan doen dat ik... dat ik mezelf niet meer ben. Het is doodeng, ik ben vaak zo bang.'

Even is het stil, dan vraagt Cory beschroomd of ze verder zal gaan.

'Ja, vertel maar. Begin maar bij de dag dat wij elkaar ontmoetten en trek je zo weinig mogelijk aan van mijn reacties. Ik zal je trouwens niet vaak in de rede vallen, ik wil luisteren. Heel intens luisteren en wie weet...'

'Maar over onze ontmoeting weet je alles toch al, je hebt het allemaal opgeschreven in je werkboek.'

'Doe het toch maar, Cory, ik wil het van het begin af horen, misschien voel ik er nu meer bij.'

'Oké,' zegt Cory, heel gedecideerd nu. En zij vertelt.

6

EERST WAS ZE DOLBLIJ GEWEEST, CORY RAMAKERS, MAAR DE EERSTE VREUG-de was snel gedoofd. Ze was dan wel ingeloot voor geneeskunde, en natuurlijk zou ze ervoor gaan, maar ze was nog maar zeventien en had het er vreselijk moeilijk mee gehad haar middelbare schoolleven achter zich te laten.

Natuurlijk, het was een gigantische scholengemeenschap, maar toch had zij er haar eigen plekje gevonden, haar eigen vrienden. Maar nu zou alles anders worden, ieder ging z'n eigen weg. En haar beste vriendin,

Hannah Vermeer, was met haar ouders naar Canada vertrokken.

Ze miste haar vreselijk, ook al schreven ze elkaar minstens tweemaal per week.

Die eerste introductiedag.

Ze had zich die ochtend wel drie keer verkleed en had uiteindelijk gekozen voor een strakke spijkerbroek en een wijd sweatshirt.

Haar lange blonde haren had ze op haar kruin samengebonden in een staart. Een beetje lipstick, wat mascara... ja, zo moest het maar goed zijn.

Ze hoorde vaak genoeg dat ze er leuk uitzag, maar voelde zich soms toch erg onzeker.

Op die hectische dag was de ontmoeting met Jade Fortuyn het rustpunt geweest. Jade, klein en een beetje mollig. Jade met haar wonderlijk groene, amandelvormige ogen en het guitige kuiltje in haar kin. Ze droeg net als Cory een spijkerbroek met een wijd shirt daaroverheen.

Haar ogen lachen veel, maar niets ontgaat haar, had Cory voor zichzelf vastgesteld. Toen ze samen in de enorme kantine van de universiteit hun boterhammen aten, waren ze in gesprek geraakt. En Cory had haar gevoel over dit meisje bevestigd gezien toen Jade haar had toevertrouwd dat ze zó intens leefde dat ze weleens moe werd van zichzelf. 'Ik trek me alles wat er om me heen gebeurt vreselijk aan, ik zou iedereen die in de problemen zit willen helpen. Maar ja, dat gaat nu eenmaal niet. Ik moet nou eerst maar eens leren op eigen benen te staan.'

Een diepe zucht.

'Is er soms iets waarmee ik jou kan helpen?' had Cory wat beschroomd gevraagd.

Jade had met haar ogen gerold, trok zo'n wanhopig gezicht dat Cory in de lach schoot.

'Als ik je zo zie, ben ik bang dat ik je niet van dienst kan zijn,' had ze gegicheld en toen hadden ze samen gelachen. Vrolijk, jong en onbezorgd...

'Ik heb nog geen kamer gevonden,' had Jade gezegd, 'en nou woon ik tijdelijk bij een vriendin van m'n moeder, tante Flora. Een best mens, hoor, maar, tja, wat zal ik zeggen, ze ziet mij als een kind dat zomaar op dat grote, boze Amsterdam wordt losgelaten, ze is echt overbezorgd. "Kijk maar op je gemak uit naar een geschikte kamer, kindje, voorlopig zit je hier toch goed? En weet je wel wat een beetje fatsoenlijke kamer kost! Ze durven vierhonderd gulden te vragen voor miezerige hokjes van twee bij drie, en dan heb je nog niet eens een eigen kookgelegenheid. Nee, Jade, het heeft geen haast. Ik heb je graag hier, je hebt een riante kamer, de kost voor het kauwen, je wasje wordt voor je gedaan, en zoals je wel zult weten wilde ik er helemaal niets voor hebben. Ja, een beetje gezelschap af en toe... Maar goed, je moeder staat erop mij maandelijks een bedrag over te maken en als Jetty iets in haar hoofd heeft, heeft ze het niet ergens anders." Dat soort verhalen hoor ik nu al dagen aan, Cory, en telkens is het: "Kom je gezellig theedrinken, eet toch gezellig met me mee." Nou moet ik zeggen dat je je bij Flora geen moment verveelt, hoor, maar dit is niet wat ik voor ogen heb. Ik wil een beetje zelfstandig worden, en dat zal me bij onze geliefde Floor nooit lukken. Dus, als je een hok voor me weet, hou ik me aanbevolen.'

'Meid, te gek!' had Cory gejubeld, 'ik heb een kamertje veroverd in een gammel studentenhuis, in een van die smalle straten achter het Centraal. Es even kijken, we hebben daar Irma van Duin, Justin Mars, Arthur Wegenaar en mijn persoontje. En twee dagen geleden hoorden we dat een studente politicologie onze gelederen zou komen versterken, Julia-en-nog-wat, maar die kwam alleen maar even langs om te vertellen dat ze ervan afzag, ze ging in Amerika studeren. Nu hebben we dus nog een kamer over. Nou ja, niet iets wat jouw tante Flora voor ogen staat. Het is gewoon een hok van zeg maar drie bij tweeënhalf, op de eerste etage. Met een gewoonweg schitterend uitzicht op daken en mislukte daktuintjes, maar dat zal je niet veel kunnen schelen. Mijn kamer is er pal naast. Weet je, als we al die toestanden hier gehad hebben, gaan we er meteen op af. Er is natuurlijk een kans dat iemand je voor is geweest, maar toch...'

Jade had het kamertje gekregen. Hoewel driehonderd piek een fiks bedrag was als je incalculeerde dat ze in dat hele pand maar één keuken, één toilet en één douche hadden, maar ze was er niettemin dolblij mee geweest.

Zo was hun vriendschap begonnen. Zowel Cory als Jade deed geneeskunde en van meet af aan klikte het. Ze aten regelmatig samen, gingen soms met z'n tweeën stappen, soms met de hele troep en door de jaren heen leefden ze in alles met elkaar mee: verliefdheden, mee- of tegenvallende studieresultaten, kortom, ze deelden lief en leed.

Hun vriendschap werd een vriendschap voor het leven. Met hun andere huisgenoten konden ze prima opschieten en ze trokken veel samen op. Intussen kreeg Jade verkering met Marnix Wessels, een man van bijna dertig. Hij had economie gestudeerd en was nu al een geslaagd zakenman.

Hoewel Cory weleens moeite had gehad met de claim die Marnix op Jade legde, had het hun vriendschap niet geschaad.

Zo was het tussen hen toen die vreselijke nacht aanbrak. Die nacht van angst, verstikkende rook, vuur, pijn. De nacht die hun hele jonge, onbezorgde leventje omverwierp.

Jade huilt.

'Stil maar. Je weet het niet meer, hè?' Ook Cory's ogen zijn vochtig. 'Wil je dat ik verder ga, over die nacht dat...'

Jade slikt, recht haar schouders en zegt schor: 'Ja, met jou moet ik het aankunnen. Vertel maar.'

Die avond van de zestiende december besloten ze met z'n vieren te gaan stappen, Jade, Cory, Irma en Arthur. Het was zo'n beetje traditie geworden om op vrijdag samen uit te gaan, ze waren zo door de jaren heen een hecht groepje gaan vormen.

Natuurlijk waren er regelmatig conflicten, die meestal huishoudelijke zaken betroffen. Jade en Irma waren gigantische sloddervossen en stelden te vaak hun corvee uit. Eendrachtig hadden ze een rooster gemaakt en een tijdje kon het goed gaan, tot Jade en Irma weer eens schromelijk hun plicht verzaakten.

Justin was meestal degene die de ruzies suste en het kwam ook regelmatig voor dat hij stilletjes de taken van de twee 'mislukte huisvrouwen', zoals hij Jade en Irma weleens gekscherend noemde, overnam.

Normaal gesproken was Justin altijd van de partij op vrijdag, maar vlak voor het eten – wat ze ook vaak samen deden – kwam hij bij Cory binnenwaaien. Opgewonden had hij verteld dat er een club ouwe vrienden van de middelbare school was komen opdagen.

'Je begrijpt vast wel dat ik nu meteen met die ouwe hap uitga,' had hij gezegd. 'Gezellig, man.' Hij zei altijd 'man', ongeacht de sekse van de aangesprokene. 'Tof, te gek, we gaan vannacht eens lekker doorzakken. Maar reken erop dat jullie volgende week weer met mij opgescheept zitten! Nou, gezellige avond, jij legt het de anderen wel uit, hè? Aju!'

Justin Mars...

'Een kind in een fors mannenlijf,' zo had Irma hem eens getypeerd. 'Die jongen, je móet hem wel mogen, maar af en toe word ik doodmoe van hem.' Cory wist als enige dat Justin in pleeggezinnen en internaten was opgegroeid. Zijn vader was nog voor zijn geboorte gestorven. De nog jonge moeder kon de zorg voor haar kind niet aan, raakte aan de drugs en werd uit de ouderlijke macht ontzet. En altijd was het jongetje Justin op zoek geweest naar warmte en geborgenheid.

'Gaaf, man, zoals wij het hier met elkaar hebben, in dit gammele pand. 't Is net of we familie zijn!' En hij verwoordde daarmee vaak wat zijn huisgenoten ook ervaarden: een knappe jongen die hen uit elkaar zou kunnen drijven!

Justin stond erom bekend dat zijn kamer altijd picobello op orde was, hij was niet te beroerd om eenmaal per week te stoffen en z'n ramen te zemen. De anderen pestten hem er af en toe goedmoedig mee: Justin hield nou eenmaal van gezelligheid en daar hoorde voor hem ook 'opgeruimd staat netjes' bij. Alleen die gewoonte van hem om al vanaf half oktober kaarsen te gaan branden. 'Dat geeft pas echt sfeer, man, als het buiten van dat takkeweer is.'

Justin...

Ze mochten hem graag, zonder uitzondering. En samen hielden ze een oogje in het zeil als de donkere dagen weer aanbraken. Want hoe ordelijk Justin over het algemeen ook was, vaak handelde hij impulsief: het ene moment zat hij nog met z'n neus in de boeken, het andere roffelde hij de trap af om even iets lekkers te halen – 'gezellig, man!' – of bloemen. Die zette hij steevast in de naar verhouding ruime hal beneden, op een gammel tafeltje uit grootmoeders tijd. En ja, als hij dan halsoverkop vertrok, was er meestal wel een van zijn huisgenoten aanwezig om te roepen: 'Just, je kaarsen!'

Die avond bracht Justin met z'n ouwe gabbers grotendeels door op zijn kamer. Er stond een piepklein kerstboompje en overal brandden kaarsen. Toen de club – half aangeschoten – tegen half twaalf vertrok richting 'De Promenade', een gezellige studentenkroeg volgens Justin, maar de rest was het wel met hem eens, was er niemand die eraan dacht de kaarsen te doven.

Jade, Cory, Irma en Arthur kwamen tegen half een thuis – ook lichtelijk aangeschoten. En er was niemand die acht sloeg op Justins afwezigheid, laat staan dat er nog een van hen zo alert was om aan Justins kaarsen te denken.

Cory dook regelrecht haar bed in na een kattenwasje en vlug-vlug tandenpoetsen. Al snel werd het stil in het smalle, oude pand...

7

CORY'S STEM STOKT. NU IS ZIJ HET DIE HUILT.

Jade huivert: Cory heeft haar een verhaal verteld. Zij speelt daar een rol in. Een verhaal, dat is het voor haar, niet meer en niet minder. Ze staat moeizaam op en knielt neer bij haar vriendin.

Cory's koude smalle handen pakt ze vol genegenheid beet.

'Cory, dit is te zwaar voor jou. Jij weet wat er te gebeuren staat in het verhaal. Dat geldt niet voor mij, ik weet niets meer. Niets! Ik word nog een keer gek! Ik zit hier te luisteren naar een verslag van jaren, jaren van mijn leven. Ik luister, ja, reken maar dat ik luister, maar ik voel er niets bij, Cory. Het heeft niets met mij te maken. Ja, natuurlijk heeft het dat wel, maar ik... Weet je, lieverd, het ligt niet aan jou, jij vertelt zo beeldend dat ik het allemaal voor me zie. Maar toch... ik herinner mij niets, helemaal niets van die tijd.'

Cory legt haar hoofd op Jades schouder en dan huilen ze samen. Het voelt goed.

Beiden schrikken ze op van een bescheiden klop op Jades kamerdeur. 'Ja,' roept Jade schril.

Jetty steekt haar hoofd om het hoekje. 'Ik wil niet storen, meiden, maar ik dacht... nou ja, ik heb een dienblad hier op de gang staan met hapjes en een wijntje. Ik dacht dat jullie wel een hartversterking zouden kunnen gebruiken.'

Jade knikt alleen maar, haar ogen neergeslagen.

'Wat lief van je, mama Jetty,' zegt Cory erkentelijk, terwijl ze langs haar ogen wrijft. Dan leest ze de vraag in de ogen van de ander: heeft Jade zich al iets herinnerd?

Nauwelijks merkbaar schudt Cory haar hoofd, zegt dan quasi opgewekt: 'Breng al dat lekkers maar binnen. Ik heb wel trek in een hartig hapje en m'n keel voelt onderhand aan als een woestijn, na al dat praten. We nemen even pauze, Jade. Oké?'

Jade, die te lang op haar hurken heeft gezeten, komt met een pijnlijk vertrokken gezicht overeind. Ze probeert een glimlachje: mama staat daar zo verloren in de deuropening.

'Ja, roomservice graag, we zijn er echt aan toe. Goed idee, mam!' zegt ze op die zo typische trage manier. Het spreken kost Jade nog steeds veel moeite, weet Jetty, en haar hart krimpt samen als ze ziet hoe op haar bleke gezichtje felle blosjes branden. Diepe kringen onder haar grote ogen geven haar iets zó kwetsbaars, dat Jetty moeite moet doen haar woorden in te slikken: 'Stop ermee voor vanavond, probeer te slapen. Morgen is er weer een dag.'

Ja, dat had Irma van Duin ook gedacht toen ze die nacht onder de wol kroop...

'Sterkte,' zegt ze zacht, 'en als jullie me nodig hebben, je hoeft maar te kikken.'

Als Jetty de deur achter zich heeft dichtgetrokken is het Cory die de ranke wijnglazen vult. Ze neemt wat van de garnalensalade en spoort Jade aan ook wat te nemen.

'Ik houd het bij de drank en m'n sigaretten,' antwoordt die vlak. 'Ik zou geen hap door m'n keel kunnen krijgen nu. En dat van die pauze, dat lijkt me geen goed idee. Kun jij het opbrengen om de draad weer op te pakken?'

'Jawel,' zegt Cory met een klein lachje, 'ik kan nu tenminste zo af en toe m'n stembanden smeren.' Die nacht...

Cory neemt een paar slokken wijn, zet haar glas neer en rekt zich uit. 'Zo, ik kan er weer tegen.'

En dan vertelt ze verder.

Jade, Arthur en zij, Cory, hadden hun kamer aan de achterkant op de eerste etage. Aan de voorkant bevonden zich de keuken, de douche en een kamer die door de eigenaar werd gebruikt als opslagruimte. De rommelkamer, zo had Justin het vertrek van meet af aan genoemd. De deur zat niet op slot: de eigenaar van het pand ging er kennelijk van uit dat geen van zijn huurders belangstelling had voor zijn rotzooi.

'Jammer,' had Jade gezegd toen ze na die introductiedag met Cory was meegegaan. 'Die kamer is twee keer zo groot als onze hokken. Die huurbaas, De Smet – een toepasselijke naam trouwens als je ziet hoe goor dit huis eruitziet – zou het dubbele kunnen vangen. Maar goed, dat is zijn zaak.'

Cory had haar laten zien waar Irma en Justin huisden: een verdieping hoger aan de voorkant, met als uitzicht trieste huizen en ouwe bakken van auto's, die meestal half op de stoep geparkeerd stonden. 'Er schijnt ook nog zoiets als een zolderkamer te zijn. Irma heeft er eens een kijkje genomen en ze zegt dat de rommelkamer daarmee vergeleken een salon is. Er zitten ook muizen, zegt ze.'

'Wat een zootje eigenlijk,' had Jade gegrinnikt, 'maar goed, ik zal maar eens met die De Smet gaan praten.'

'Hoeft niet, een telefoontje is genoeg. Hij selecteert op stemmen. Algemeen beschaafd Nederlands, zogezegd. Hijzelf heeft een accent van hier tot Tokio. Kennelijk gaat hij ervan uit dat je, als je netjes spreekt, een betrouwbaar persoon bent. Heeft zeker nooit van witteboordencriminaliteit gehoord.'

Ze hadden samen in een deuk gelegen.

Jade had gebeld, De Smet had zijn bankrekeningnummer gegeven en 'hij sou ofer een weekie ofso wel es komme kennismake'. De huurbaas had zijn woord gestand gedaan en hij had meegedeeld: 'Et erreg plesierig te finde dat er nog zo'n mooi meissie bij was gekomme in mijn stedentehuisie.'

''t Is een beste kerel, maar als we over achterstallig onderhoud beginnen, wuift-ie dat weg. "Alles op s'n tijd." Niet dus, want de dakgoot is zo lek als een mandje, de douchecel is een crime en met enige regelmaat valt de stroom uit. Maar goed, hier heb je je privacy, geen tante Floor die continu in je nek hijgt.' Ze hadden een ouderwetse aanval van de slappe lach gekregen.

Toen Jade twee dagen later haar boeltje overbracht, geholpen door haar ouders, zus en haar nieuwe huisgenoten, had ze geweten: hier zit ik goed. Hoe bouwvallig het smalle pand ook mocht zijn, zij had het gevoel een tweede thuis te hebben gevonden.

Ze schenken hun glas nog eens vol. De toastjes met brie en paté staan onaangeroerd op de kleine glazen tafel.

'Cory, we kunnen er niet meer omheen nu. Wil je morgen verder gaan, of...'

Cory schudt haar lange blonde haren naar achteren, neemt een slok wijn en zegt: 'Als jij wilt dat ik doorga, dan ga ik door.'

'Je bent moe, hè,' zegt Jade zacht. 'Ik ook, maar we weten allebei dat als we nu stoppen er van slapen toch niets terecht zou komen. Nee, we geven niet op. Ik moet het horen, Cory, wie weet...'

En Cory vertelt.

Ze droomde dat ze met hun clubje rond een groot kampvuur zaten. Arthur speelde melancholieke wijsjes op zijn gitaar en Justin en Irma zongen mee, tweestemmig.

Het was vreemd licht op deze open plek in het bos en de bomen rondom hen reikten zo hoog dat zij de toppen niet konden zien.

'Gezellig, man,' zei Justin en stond op. Hij droeg een lang, paars gewaad, zoiets als een toga.

'Laten wij elkaar de hand geven. Kom, sta op.' En dat deden ze.

Cory ontdekte dat ook Arthur zo'n paars gewaad droeg en dat Irma, Jade en zij in lange witte gewaden gehuld waren.

Vredig en zwijgend hadden ze daar in een cirkel van vriendschap gestaan. Boomtakken kraakten, de geur van brandend hout werd scherper. Ondanks de dansende vlammen werd het ineens aardedonker en abrupt lieten ze elkaar los.

Cory had het ineens zo benauwd, haar ogen prikten en de gezichten van de anderen vervaagden.

Een donderend geraas weerklonk en hoog daarbovenuit hoorde ze Irma gillen: 'Brand, brand! Help me, help!'

Cory schoot met een schreeuw overeind. Ze zou willen blijven schreeuwen, maar ze moest zo vreselijk hoesten. En de scherpe geur van rook werd tot een verstikkende damp. En Irma gilde nog steeds. Waar, wát! Toen drong de verschrikkelijke waarheid tot haar door: ze droomde niet meer. Brand, er was brand uitgebroken! Ze gooide haar dekbed van zich af, bond een sjaal voor haar mond en rende kokhalzend naar de gang. Meer angstkreten nu, krakende spanten, vallende balken. Ze gooide zich Jades kamer in. Zij lag vlak voor het bed, heel stil. Te stil.

'Arthur, Just, kom, schiet toch op, Jade! Ik kan haar niet dragen!'

Snelle voetstappen, Arthur die Jade optilde en wist uit te brengen: 'Naar het balkon, jij. Je zult moeten springen, Cory! Ik neem Jade, toe, schiet op, we hebben geen seconde te verliezen!'

'Irma, waar is Irma! En Just...'

Ze had achterom gekeken, stond een moment verstard van ontzetting: een grote vuurzee, nietsontziende hongerige vlammen en Irma... Zij was stil geworden!

'Ik moet naar Irma!' stootte ze schor uit.

'Jij moet doen wat ik je zeg! Rennen en springen, hoor je me!'

Ze rende, met achter zich de loeiende vlammen. Ze voelde dat Arthur vlak achter haar was, met Jade in zijn armen.

Onheilspellend gekraak, Arthurs schrille kreet, de oorverdovende klap. Sirenes, ze hoorde sirenes. Ze zouden allemaal gered worden... Een loodzware vermoeidheid overmande haar, ze zou willen gaan liggen, niets meer horen, ruiken, voelen. Ze wilde ademen, maar dat ging niet. Ze kroop verder, in pure doodsangst. Het balkon. De deur op slot. Dwars door het glas, haar armen om haar hoofd. Jades hoofd opzijgeknakt. Ze haalde gierend adem toen ze het bloed zag.

'Klimmen en springen!' bracht Arthur uit. 'Samen, nu!'

De sprong, de val.

Ze lag daar op de koude stenen en zag alles glashelder. De brandweerwagen, de ambulance. Ze keek opzij en zag Arthur. De ontzetting in zijn ogen toen hij bij Jade neerknielde.

'Toen ze me optilden, dacht ik aan jou. Aan Irma en Just... Ik hoorde zeggen dat één meisje het niet had overleefd. Gek, ik had glasscherven in m'n handen, m'n enkel had na die sprong vreselijk pijn gedaan, maar toen ik daar op die brancard lag, voelde ik niets. Er was alleen die ziekmakende, walgelijke stank van rook, brandend hout. Ik wilde vragen...'

Met een schreeuw vliegt Jade overeind. Ze smijt haar sigaret op de grond en stampt. Ze spert haar ogen wijd open en begint opnieuw te krijsen terwijl ze zichzelf tegen het hoofd slaat, zonder ophouden.

Cory zit als verlamd.

De deur vliegt open, Jades moeder stormt binnen met verwilderde ogen. 'Cory!'

Traag staat ze op, schreeuwt dan boven Jades erbarmelijke gejammer uit: 'Het kwam door de sigaret, het kwam door de sigaret! Rook, die geur!'

Jetty haalt diep adem, neemt Cory stevig bij de arm en zegt hard: 'Rustig blijven, jij. Ik blijf hier bij Jade, jij belt de huisarts. Dokter Cramer. Toets code negen.'

Cory gaat, met loden benen. Ze zou willen huilen, maar haar keel krampt samen tot een dikke bobbel. Ik kan niet praten, ik kan nooit meer praten, denkt ze bang. Maar als ze de telefoon eenmaal in handen heeft, vermant ze zich. Ze haalt een paar maal diep adem vanuit haar buik, slikt en toetst code negen.

De telefoon gaat over, drie, vier, acht keer. Boven hoort ze Jade gillen: 'Irma is dood! Arthur heeft mij gered maar Irma hebben we laten stikken. Hij schreeuwde tegen Cory en ik kon geen adem krijgen, geen adem! Justin! Is hij ook dood? Zeg het me, ik wil het weten, nu!'

Jetty schreeuwt: 'En nu hou je je mond!' Gegil, een kletsende slag.

Een stem, donker en warm.

'O, dokter, help me toch,' huilt Cory, 'u moet ons helpen. Jade, zij weet...?'

'Rustig blijven, ik ben er binnen vijf minuten.'

'Ik heb haar geslagen, Jan, ik heb haar veel te hard geslagen! En Frans, hij is er weer eens niet. Kerkenraadsvergadering, há! Ik mag hier alles alleen opknappen, hij laat me boeten, hij...'

'Jetty, nu moet je zwijgen! En luister naar me, ik wil dat je luistert! Of moet ik jou soms ook platspuiten?'

Cory zit er wit en stil bij. Ze kan niet meer goed denken, ze is zo vreselijk moe.

'Jetty, ik ga eerst Cory onder de wol stoppen. Daarna bel ik Frans en dan praten we verder. Waar heb je de cognac staan? In de kelder? Oké, ik haal die fles en jij blijft zitten. Je hoeft niet naar Jade nu, zij zal zeker veertien uur slapen. En ja, ik blijf voorlopig nog even.'

Hij geeft zowel Jetty als Cory een flinke bel cognac. 'Niet tegensputteren, dit is gewoon even nodig.'

Als Cory in bed ligt, belt Jan Cramer Frans Fortuyn.

'Nee, je vertrekt niet over tien minuten, je vertrekt nu meteen. Jetty heeft je nodig. Jij moest je prioriteiten maar eens bijstellen. Ja, schiet nu maar op. Er moet gepraat worden. Nee, ik heb geen dienst, maar voor jouw gezin maak ik graag een uitzondering. Vergeet niet dat wij door de jaren ook vrienden zijn geworden.'

Ze praten tot diep in de nacht. Boven heerst diepe rust. Jan gaat een paar maal bij Jade en Cory kijken. 'Dat zit wel goed voorlopig,' zegt hij als hij klokslag half vijf vertrekt. 'Maar morgenochtend sta ik hier om half negen weer op de stoep. Jade moet de komende tijd heel intensief begeleid worden. Ik zal morgen telefonisch een vervroegde sessie met Jos Jacobse vastleggen. En Frans, al vraagt de koningin je op de koffie, je zult erbij zijn, deze keer!'

'Ik zal er zijn,' zegt Frans schor.

In die paar uren slaapt Jetty in zijn armen, volkomen uitgeput. Hij staart naar het plafond, hij piekert, hij bidt. Roerloos ligt hij.

De slaap blijft ver.

8

Als Jade traag haar ogen opslaat, kijkt ze recht in de bezorgde ogen van dokter Cramer.

Haar lippen zijn droog en ze kan zich niet bewegen. Zo zwaar, zo oneindig moe. Maar het is goed, ze is veilig. Achter dokter Cramer staan papa en mama. Gek, papa heeft van die rode ogen, het lijkt wel of hij gehuild heeft. En mam... ze lacht een beetje, maar het is niet echt. Waarom, alles is toch goed? Alleen, ze zou wel een glas water willen, haar tong lijkt wel vast te zitten aan haar verhemelte. Haar lippen vormen het woord, maar er is geen geluid. Maar het geeft niet, mama begrijpt het wel. De dokter legt zijn arm achter haar rug, steunt haar hoofd en gretig slobbert ze van het koele vocht. Lekker! Maar haar kamer is anders, vreemd. Alles schommelt en de kast tegenover haar bed staat scheef. Oef, wat is het ineens warm hier, het zweet breekt haar aan alle kanten uit.

Fijn, nu mag ze weer liggen. Slapen wil ze, alleen maar slapen, praten kan ze niet, ze wil ook helemaal niet praten. Ze is zo moe.

Slapen, alleen maar slapen.

Haar ogen vallen dicht.

Cory wordt tegen tienen wakker met een barstende hoofdpijn. Meteen staat haar weer glashelder voor de geest wat er gisteravond gebeurd is: Jade, die haar verhaal zo stil, onbewogen bijna, had aangehoord, had die nacht van de brand onder ogen moeten zien. Door de geur van een sigaret was dat deel van haar geheugen teruggekomen.

Cory wrijft langs haar pijnlijke ogen en huivert: vreselijk was het geweest Jade zo te zien. De paniek in haar ogen, het onophoudelijk gekrijs, haar ongecontroleerde hysterische bewegingen. Cory kreunt. De schrik zit haar nog in de benen. Haar hoofd doet pijn, alles doet pijn.

Voorzichtig komt ze omhoog en prompt beginnen de tranen te stromen. 'Mama Jetty!' roept ze. Haar hoofd bonkt, ze is misselijk.

Zachtjes gaat de deur van haar kamer open en daar is Jetty. Ze slaat haar armen troostend om het bevende meisje heen. Cory laat zich troosten. Tot een golf van misselijkheid haar overvalt. Ze maakt zich los uit Jetty's omhelzing en braakt op het lichte tapijt.

'Ach, kindje toch. Ik zal meteen een teiltje voor je halen en twee zetpillen. Ja, ga maar liggen, ik help je wel. En die vloer is zo weer schoon.'

Als ze weer op haar rug ligt, legt Jetty een ijszak op haar zere hoofd. 'Bedankt,' fluistert ze. En dan huilt ze, omdat het niet haar eigen moeder is die voor haar zorgt.

'Mama, papa...' ademt Jade.

Ze zit rechtop in de kussens. Haar handen heeft ze krampachtig over haar buik gevouwen. Jetty glimlacht met tranen in haar ogen en kijkt Frans aan.

'Jade, lieverd... je weet het echt, hè. Je herkent ons. Niet alleen van na de brand.'

Jade knikt en prompt lopen ook haar ogen vol tranen. 'Hou me vast, mama, ik ben zo bang. Ik wil naar die plek toe, ik moet het onder ogen zien. En de anderen... Irma is dood. Ik heb haar horen gillen. Maar de anderen, ik wil ze zien, zo gauw mogelijk. Justin en Arthur en Cory...' Haar ogen sperren zich wijd open.

'Waar is Cory? Ze is toch niet weggegaan? Ik moet met haar praten, plannen maken. Ik wil...' Zweetdruppels parelen op haar voorhoofd, haar T-shirt plakt aan haar rug.

'Jade, meiske,' zegt Frans vreemd hoog, 'we begrijpen dat je die plaats des onheils moet zien, dat je met de anderen van het groepje wilt praten. Maar nu is de tijd daar nog niet rijp voor. Straks komt dokter Cramer. Weet je nog dat hij geweest is?'

Jade knikt. Het praten heeft haar uitgeput.

'Je hebt een spuit gehad, het was de enige manier om je rustig te krijgen. En dat is geen wonder, liefje, de schok was te groot. Maar er is een doorbraak, Jade! Jos Jacobse is al op de hoogte gesteld en maandag hebben we een gesprek. Je moet de komende tijd alle steun die je aangereikt wordt met beide handen aannemen. Je staat er niet alleen voor, kind,' zegt Jetty. Jade fronst.

'Mag ik... ik wil Cory zien, ik moet weten... Waar was Justin? Het is allemaal zijn schuld, hè?' Haar ogen fonkelen. 'Hij was uit met een stel oude vrienden, hij had natuurlijk z'n kaarsen weer eens laten branden. "Gezéllig, man!" Dat zei hij altijd...'

De blik in haar ogen wordt milder. 'We mochten hem allemaal dolgraag, hij was nooit te beroerd om de rotzooi van een ander op te ruimen. Vooral Irma en ik lieten nogal eens verstek gaan als het onze keukenbeurt was. Irma zei altijd...'

Ze schiet rechtop: 'Ik kan het niet geloven dat ze dood is, mam! Al die jaren woonden we daar samen in dat gekke ouwe huis en elke vrijdag... we deden zoveel samen! Waarom hebben ze haar niet kunnen redden?'

Bezorgd zegt Frans: 'Jade, je hebt al zoveel te verwerken, het is beter dat je nu gaat rusten. Straks komt Jan Cramer en dan...'

'Ik wil douchen,' kapt Jade hem af, 'en daarna wil ik met Cory praten. Hoe is het eigenlijk met haar, ze is zich natuurlijk wezenloos geschrokken. Lieve Corientje, ik voel nu weer dat wij elkaar al heel lang kennen. Maar mam, alles van daarvoor... ik hoopte dat ik me meer zou herinneren. Er zijn wel flarden, dingen die ik voel, maar ik kan er geen greep op krijgen. Weet je, ik wil ook graag met Emerald praten. Zij is zeker ook van de kaart, m'n lieve zusje.'

Jetty knikt. 'Maar ook blij, Jade.'

Frans staat op, een diepe frons tussen z'n wenkbrauwen. 'Ik ben hier te veel,' mompelt hij en hij verlaat Jades kamer.

'Mama, er is iets. Papa, z'n ogen staan zo somber. Ik weet het niet, volgens mij had hij meestal van die ogen met glimmertjes erin en niet van die diepe groeven langs z'n mond.'

'Jade, denk nou eens goed na!' valt Jetty haar scherp in de rede, 'hij heeft geen rustige dag en nacht meer gehad na de brand. Jij lag daar voor dood in het ziekenhuis, hij kon het niet aan.'

'Nee,' zegt Jade zacht. 'Jullie moeten wel door een hel zijn gegaan. Maar toch, ik herinner me nu ook weer – niet precies wanneer of in welke omstandigheden, hoor – maar ik weet gewoon dat jullie altijd één waren. Een team. Het lijkt nu anders. Ja, je hoort weleens dat door een groot verdriet mensen die zielsveel om elkaar geven uit elkaar groeien. Mam! Zeg me dat het niet zo is, papa en jij, jullie horen bij elkaar. In m'n dagboek las ik laatst dat Emerald en ik jullie vaak een "front" noemden, jullie waren het altijd met elkaar eens, tenminste, waar wij bij waren.'

'Je moet nu eerst een poosje gaan liggen, schat, je hebt je te veel ingespannen. Ik begrijp dat je boordevol vragen zit, maar je weet wat Jos gezegd heeft, steeds maar weer: geduld, veel geduld. En dat geldt ook nu nog.'

Als ze nu maar niet weer over Frans begint, denkt Jetty bang. Ze was altijd al een kind geweest dat een feilloze intuïtie had, ze was zo gevoelig voor sfeer, voor harmonie. Ruzie, daar kon ze helemaal niet tegen, als er ook maar dát voorviel, raakte ze al overstuur.

Jade haalt snel adem. 'Ik ben zo moe, zo vreselijk moe. Ik denk dat je gelijk hebt, ik moet m'n gemak houden. Maar m'n gedachten, die kan ik niet stilzetten, mam.'

Jetty stopt haar onder als was ze een klein kind.

'Ik wil Emerald!' zegt Jade traag.

'Ja, als je gerust hebt. En straks met de lunch probeer je beneden te komen. En vanavond kun je – desnoods in je bed – verder praten met Cory. Zij slaapt nu weer, ze was er beroerd aan toe vanmorgen.'

'Lieve Cory,' fluistert Jade en dan vallen haar ogen dicht.

Als Jade wakker wordt, zit Emerald op de rand van haar bed. Veel woorden zijn niet nodig, ze omhelzen elkaar en huilen samen.

Na de lunch doucht Jade zich uitgebreid en als dokter Cramer langskomt, zit zij in haar 'knuffelstoel', gekleed in een house-dress van zacht glanzend rood satijn, met fijn kantwerk langs de boorden van hals en mouwen. Ze heeft een beetje lipstick opgedaan en haar korte donkerblonde krullen vallen zacht en glanzend over haar voorhoofd.

'Zo, Jade, de eerste klap heb je goed doorstaan. Je ziet er goed uit, jongedame!' Dan, ernstiger: 'Ik begrijp dat je nu meer wilt weten, dat je er alles voor overhebt om de puzzel van je leven weer compleet te krijgen. Maar je zult je de woorden van Jos en van de neuroloog nog wel herinneren. Het staat immers ook allemaal in je werkboek. Je zult er jaren voor nodig hebben om alles van vroeger weer op een rijtje te krijgen. En dan nog mag je na zo'n drie jaar op niet meer rekenen dan vijfentachtig procent. Nu is het wel een enorm voordeel dat jij voor het ongeluk over een bijna fotografisch geheugen beschikte, dus als je op die vijfentachtig procent zit, zul je je meer herinneren dan massa's andere mensen.'

Jade knikt bedachtzaam en verzucht dan: 'Drie jaar, dokter? Ja, ik heb het allemaal opgeschreven, het is me heus wel ingepeperd. Mijn verstand zegt dat ik blij moet zijn met deze doorbraak – nou ja, blij – maar mijn gevoel wil meer. Ik wil sneller, ik kan me toch trainen? U moet weten dat ik toch ooit m'n studie weer op wil pakken. Ja, ik besef heel goed dat ik daar nog niet aan toe ben. Dat ik er, als het uiteindelijk lukt, veel langer over zal doen dan, nou ja, u snapt me wel.'

Jan Cramer knikt begrijpend.

Er wordt zachtjes op de deur geklopt.

'Dat is je vriendin, denk ik,' zegt de huisarts. Hij staat op, drukt Jade pijnlijk stevig de hand. 'Noem me voortaan maar Jan,' zegt hij. Hij zwaait de deur open, laat Cory binnen en vertrekt dan met de woorden, onderstreept door een priemende wijsvinger: 'Je weet het, Jade Fortuyn: geduld blijft het motto. En neem op tijd je rust!'

'Fijne arts is dat,' merkt Cory op.

'Is-ie ook. Hij kwam hier op het dorp toen ik nog in de luiers zat, kun je nagaan. Maar hoe is het met jou, ik heb je wel de stuipen op het lijf gejaagd, hè?'

'Vanochtend werd ik in elk geval wakker met een vreselijke kater,' grijnst ze. 'Maar het is toch goed geweest, hè? Gek, we waren er rationeel allebei op voorbereid dat zoiets zou kunnen gebeuren, maar als het dan werkelijk gebeurt... Het was wel heftig, hè?'

'Dat is nog een understatement, het was of ik die doodsangst opnieuw meemaakte voor ik flauwviel. Dat kwam natuurlijk door de rook. Arthurs geschreeuw tegen jou, die geur van totale vernietiging. Ik heb jou nog iets over Irma horen roepen en heel vaag weet ik nog dat Arthur me optilde. Het was alsof de wereld verging... Van die balk op m'n hoofd, daar weet ik totaal niets meer van. Dat zal ik me ook nooit ofte nimmer kunnen herinneren, volgens mijn neuroloog, je weet wel, dokter De Vries.'

'Wees daar dan maar blij om,' zegt Cory zacht.

Ze zwijgen even en dan legt Jade Cory haar plannen voor.

'Als ik er sterk genoeg voor ben, wil ik naar die plek. Ik ben ervan overtuigd dat dat moet. Morgen zal ik het er met Jos over hebben. Fijn dat jij erbij zult zijn, je weet niet half hoeveel dat voor mij betekent!'

Haar ogen worden vochtig. Cory is al bij haar en dan huilen ze samen.

'Ik lijk wel een vergiet de laatste tijd,' snift Cory, 'maar bij mij komt er ook zoveel weer boven. Weet je, ik moet vaak aan Justin denken. Hij is bij z'n oma ingetrokken. Ik ben al eens bij haar thuis geweest, maar hij was daar niet en zij wilde me niet zeggen waar Just wel was. O, Jade, hij stikt natuurlijk in z'n schuldgevoelens. Feitelijk heeft hij levenslang!'

Jade slikt.

'Weet je, dat hoort ook bij mijn plan: ik wil Arthur en Justin hier uitnodigen; jij moet er dan vanzelfsprekend ook bij zijn. Ons clubje zal nooit meer compleet zijn, Cory. Irma... ik ben met haar nooit zo close geweest als met jou, maar we hadden een hechte band. Ze kon wat bazig zijn soms, maar als je haar nodig had, dan was ze er ook. Ja, ik heb heel wat met haar staan bekvechten over dat stomme keukencorvee. Ik begrijp niet dat ik me toen zo druk maakte over dergelijke futiliteiten. En dan was het Justin die de boel kwam sussen. "Wegwezen, huisvrouwtjes van 't jaar nul, het sop is de kool niet waard." Ja, en dan stond hij te zwaaien met de vaatkwast en spoot zoveel afwasmiddel in de gootsteen dat de spetters je om de oren vlogen. En even later stond hij fluitend heel die smerige aangekoekte troep te boenen. En dan keken Irma en ik elkaar aan met zo'n blik van "we hebben ons weer eens als een stel kleuters gedragen". En dan beloofden we elkaar en Justin plechtig dat we ons leven zouden beteren. Tja, dan ging het een tijdje goed, tot de volgende ronde. Irma had alleen nog maar haar moeder. Weet jij hoe het met mevrouw Van Duin is, ben je weleens bij haar geweest?'

'Ja, samen met Arthur. Zo triest, Jade, nog geen jaar tevoren was haar man gestorven. Een herseninfarct. Irma betekende alles voor haar, ze had geen broers of zussen. Ze woont ergens in de Betuwe, in zo'n popperig huisje aan de Linge. Dat was altijd haar droom geweest. Zij en haar man hadden er keihard voor gewerkt. Ze hebben er maar twee jaar samen van kunnen genieten en nu voelt mevrouw Van Duin zich er doodeenzaam. Ik heb haar laatst nog gebeld en toen vertelde ze me dat ze het huis te koop had gezet en bij een nicht van haar zou gaan wonen. Die is ook alleen. En dat ze van plan was weer fulltime te gaan werken. Jarenlang heeft ze twintig uur per week gewerkt in het Rivierenland Ziekenhuis in Tiel, en nu heeft ze een sollicitatie lopen bij het AZU. Die nicht van haar woont in Utrecht.'

'En Arthur... je weet dat hij een keer hier geweest is, maar ik vrees dat ik me bij die gelegenheid nogal bot gedragen heb. En dat terwijl hij in feite mijn leven gered heeft. O, Cory, ik ben soms zo bang dat ik zo'n vitterige, ouwe zeur zal worden, ik weet best dat er vaak geen goed garen met mij te spinnen valt.'

'Jade, verwijt jezelf niets. Wat jij doormaakt, ik denk dat ik gek zou zijn geworden, of dat ik me totaal voor m'n omgeving afgesloten zou hebben. Te leven in een totaal onbekende wereld, te moeten vertrouwen op mensen die zeggen dat ze je ouders zijn, of je zus of vriendin... Ik heb me in elk geval nooit echt afgewezen gevoeld door jou. En nu, Jade, nu ken je me weer echt, hè, ik bedoel, ook van vroeger.'

'Ja, en dat geldt ook voor papa, mama en Emerald. Maar nog even over Arthur. Hoor je nog weleens wat van hem? Hij is toch in Groningen gaan studeren?'

'Ja, hij had het helemaal gehad in Amsterdam. Kan ik me wel voorstellen ook. We bellen nog weleens, maar hij wil het nooit meer over toen hebben. "Ik móet het wegduwen, ik werk keihard om te vergeten," zei hij de laatste keer dat ik hem sprak. Tja, en jij zit voorlopig hier in de polder, Justin is onvindbaar en ik zit in m'n dooie eentje in Amsterdam. In dat fraaie, maar o zo kille, grote lege huis. En pa en ma leiden hun luxe leventje in New York. Ik krijg elke maand een flink bedrag toegestuurd met een briefje erbij. Over hoe druk ze het hebben, pa's werk brengt nou eenmaal vele sociale verplichtingen met zich mee. En wanneer ik nu eindelijk eens een keertje overkom. Fijn een paar weken in de Big Apple en dan nog een tijdje naar Lake Tahoe of zo. Ik heb er geen zin in, Jade. Ik begrijp niet waarom die mensen ooit een kind gewild hebben. Maar gelukkig heb ik mama Jetty. Jouw moeder is een regelrechte schat, Jade!'

Jade glimlacht. 'Ja, dat is ze. Maar wat ik je vragen wilde: is jou ook iets opgevallen aan mijn vader?'

Cory haalt licht haar schouders op. 'Ja, hij lacht nooit meer en hij ziet er jaren ouder uit sinds de brand. Maar dat vind ik niet zo gek, hoor. Alleen... vroeger uitte hij zich veel meer. Dat spontane, extraverte dat jij van hem hebt, lijkt wel helemaal te zijn bedolven onder al die zorgen. Tja...'

Jade staart peinzend voor zich uit.

'Weet je, Cory, als ik met hem buiten werk, voelt dat goed. Non-verbaal contact is ook belangrijk voor mijn genezingsproces, zegt Jos Jacobse. Dat zal dan ook wel, maar papa voert dat wel erg ver door. Als ik eens ergens over wil praten, krijg ik niet veel meer respons dan "ja" en "nee" of "hmm". Dat irriteert me weleens, maar ik houd m'n mond dan maar als ik zie hoe verdrietig z'n ogen staan. Ik maak me zorgen om hem, Cory, en ook over de manier waarop papa en mama met elkaar omgaan. Er valt zelden een onvertogen woord, dat is het niet, ik kan het niet uitleggen. Maar goed, morgen bij Jos moet iedereen met de billen bloot.'

Cory schiet in de lach, zo aanstekelijk dat Jade voor even haar zorgen vergeet en meelacht. Als ze weer wat op adem gekomen zijn, brengt Cory Justin nog even ter sprake.

'Dat idee van jou... Arthur, Justin, jij en ik. Samen praten over hoe het was, ook over die fijne periode van voor die rampzalige nacht. Ik wil me daar wel sterk voor maken.'

'Maar Justins oma weigert te vertellen hoe je hem kunt bereiken.'

'Oké, maar dan kent ze Cory Ramakers nog niet. Ik zal net zolang aan haar hoofd zeuren tot ze het spuugzat wordt. En dan gaat ze vanzelf een keer overstag. Maar ik ga nu moven, jij ziet ineens lijkbleek. Ga nog even rusten, dan ben je straks weer het heertje.'

Weer lachen ze samen. Maar als Jade eenmaal in haar bed ligt, merkt ze pas hoe uitgeput ze is. Ze slaapt vrijwel onmiddellijk in. Een heilzame slaap zonder kwellende dromen.

9

MET GEBOGEN SCHOUDERS, ZIJN HANDEN DIEP IN DE ZAKKEN VAN Z'N veel te ruime jack, loopt Justin Mars de 'Grote Hoeve Wandeling' rond het pastoraal centrum 'De Eikenhof'.

Ondanks het prachtige zomerweer huivert hij: sinds hij veertien kilo is afgevallen heeft hij het eigenlijk altijd koud.

Ik zal nooit meer warm worden, denkt hij somber, ook vanbinnen niet.

Hier op 'De Eikenhof' gelden tamelijk strenge regels en hij houdt zich daar strikt aan. Hij is hier niet voor zijn plezier, hij is hier om te boeten.

Hij had moeten omkomen in die vlammenzee, niet Irma.

En Jade... tien weken heeft zij in coma gelegen en hij was te laf geweest om haar te bezoeken. Na die gruwelijke nacht had hij tijdelijk z'n intrek genomen bij zijn oma. Dat kon natuurlijk nooit goed gaan: zij had hem altijd 'het kind van de zonde' genoemd, had hem niet in huis willen nemen toen zijn eigen moeder hem wegdeed. Niemand had hem ooit gemoeten. O ja, hij was wel populair geweest op de verschillende internaten waar hij had gezeten, maar in de diverse pleeggezinnen was het altijd weer misgegaan. En dat terwijl hij altijd zo z'n best had gedaan. Hij had altijd z'n kamer netjes gehouden en deed alles wat van hem gevraagd werd. Maar dat lege gevoel vanbinnen, dat lag altijd op de loer, en als hij daarin wegzakte, was het weer helemaal mis. Dan bleef hij in z'n bed liggen, omdat het bedplassen weer was begonnen. Dan begon hij weer te spijbelen en ten slotte was het altijd weer hetzelfde liedje: ze moesten hem niet meer. Nee, dan was het op die internaten toch veel beter geweest, daar zaten ze feitelijk allemaal in hetzelfde schuitje. De laatste twee jaren voor hij meerderjarig werd, had hij op het internaat 'De Kraanvogel' doorgebracht. Daar had hij zich wel op z'n gemak gevoeld en zijn schoolprestaties waren met sprongen vooruitgegaan.

En toen was zijn studentenleven begonnen in dat smalle krakkemikki-ge huis in de Borneostraat. De eerste week woonde hij er alleen met Arthur, maar nog geen twee weken later was hun clubje compleet: Irma, Cory en Jade kwamen hun huis opluisteren met hun gegiechel en gekwek. En binnen een maand had hij, 'Justin het Marsmannetje', zich voor het eerst werkelijk thuisgevoeld. Niet dat ze als klitten aan mekaar hingen, maar al snel was hun vrijdagritueel ontstaan. Ja, hij was daar gelukkig geweest, echt gelukkig, voor het eerst in z'n leven. Al die jaren, tot...

Zijn gedachten stokken, hij schopt tegen een teer berkenstammetje. 'Gezellig' was zijn wachtwoord geweest. Hij, met z'n plantjes, z'n verza-meling antiquarische boeken, z'n waxinelichtjes en kaarsen. O, man, wat gezellig! Honderd keer hadden ze hem gewaarschuwd en die nacht... Hij had zich bezat met z'n ouwe gabbers. Tjonge, wat hadden ze een lol gehad. Tot hij tegen vieren zijn straat in liep. Hij had meteen de brand-lucht geroken. Zijn vrienden vergat hij en hij begon te rennen. Het huis, zijn thuis, was er niet meer. Ze waren nog aan het nablussen en een van die brandweerlui zei dat-ie moest ophoepelen.

'Maar ik woon hier!' had hij geschreeuwd. 'Dit is mijn huis!'

'Nu niet meer. Je hebt verdraaide veel mazzel gehad, een van die meisjes

heeft het niet overleefd en een ander ligt voor dood in het ziekenhuis.'
Mazzel, hij had mazzel gehad. Hij was begonnen te lachen en had niet
meer kunnen stoppen. Ze hadden de politie gebeld en de rest van die
nacht had hij in de cel doorgebracht, voor openbare dronkenschap. Nee,
moord! Hij is een moordenaar. En dan ook nog eens een kind der zonde.
'Die de zonden der vaderen bezoekt aan het derde en vierde geslacht van
hen die Mij haten...' mompelt hij. 'Maar God, ik haat U niet. Cory heeft
me over U verteld, over Uw liefde, over vergeving. Maar mijn oma zegt
dat die er voor mij niet is. Zij ziet U als een toornende wreker, voor wie
je bevreesd moet zijn. En zelfs al zou je leven naar Uw geboden, dan nog
weet je niet of je zalig zult worden. De buitenste duisternis, de godver-
latenheid, die ken ik nu al. O, Heer, help me toch!'

Hij huilt. Schichtig kijkt hij om zich heen... Alleen dat trieste vrouwtje
Anke loopt daar, die kijkt nooit op of om. Zij kijkt altijd alleen maar bij
zichzelf naar binnen.

Hij begint te rennen, maar als hij op z'n kamertje komt, huilt hij nog.
Hij kan niet meer stoppen, wil dat ook niet. Het is hem te moede, of er
iets van die ijskorst rond zijn hart begint te smelten.

Als eindelijk de tranenvloed stopt, kijkt hij om zich heen. Een smal raam
met uitzicht op het dichte eikenbos. In de kamer een bed, een rechte
stoel, een klein bureau en een klerenkast. De muren wit, de kozijnen
blauw.

Zijn cel.

Het prikbord boven zijn bed heeft hij weggehaald en achter het kleine
bureau gezet. Er staan geen boeken op de twee planken boven zijn bed,
geen planten in de smalle vensterbank. Op het nachtkastje ligt zijn bijbel en een boekje met als titel *Mag ik er zijn?* Verder niets. Een onpersoonlijk, al te keurig kamertje. Eigenlijk had hij nog het liefst donkergroene muren gehad en tralies voor het kleine raam. Dat mooie uitzicht
verdient hij niet.

Vanochtend was met de bijbelstudie 'vergeving' het onderwerp geweest.
Hij was er alleen nog maar wanhopiger van geworden. De pastor, Elze

Groenewold, had hem met klem gewezen op Jezus' woorden tegen de moordenaar aan het kruis. Maar ze had hem niet kunnen overtuigen. Het enige wat hij zeker weet, is dat hij levenslang heeft. En dat hij dat verdient, voor de volle honderd procent.

Hij wrijft langs z'n ogen, snuit z'n neus en kijkt op zijn horloge. Nog vijf minuten, dan hebben ze groepsbespreking. Hij zal wel weer te horen krijgen dat jezelf uithongeren geen oplossing is.

Zondig, alles wat hij doet, is zondig. Was hij maar nooit geboren...

'Je zult hier toch eens een van je kennissen of vrienden moeten uitnodigen, Just,' zegt Jacco, een van de groepsleiders, met klem.

'Ik héb geen kennissen, laat staan vrienden.'

'Weet je,' zegt Marthe Vonk scherp, 'jij blijft je maar wentelen in zelfmedelijden en doemgedachten en denkt daarmee God en jezelf een dienst te bewijzen. Bah, ik word zo langzamerhand kotsmisselijk van jouw gedrag.'

'Och ja, je zult wel gelijk hebben,' zegt Justin vlak.

'En jij dan, Marthe,' vaart Anke uit. Ze kijken allemaal verbaasd in haar richting: Anke die zich altijd zo veel mogelijk afzijdig houdt en amper een mond opendoet bij de groepsgesprekken.

'Wat!' snauwt Marthe.

'Als jij alles zo goed weet, waarom zit je hier dan? Wat doe je hier eigenlijk nog? Het enige wat je kunt, is anderen afkatten om de aandacht van jezelf af te leiden.'

Marthe is wit tot in haar lippen. Alle ogen zijn op haar gericht in de oorverdovende stilte die volgt.

'Zeg het maar, Marthe,' dringt Jacco zachtjes aan.

Marthe springt op en schreeuwt: 'Ik heb alles al verteld! Maar goed, als jullie het graag nog eens horen: ik ben seksueel misbruikt. Door m'n eigen lieve pappie en mammie, en ook nog door een paar fijne vrienden van hen. Ik ben vies, te smerig om met een tang aan te pakken! Maar ik vecht tenminste, ik wil geloven dat er voor mij nog een toekomst is!'

Huilend verlaat ze de ruimte. De deur valt met een harde klap achter haar in het slot.

Doodstil zitten ze in de kring, de meesten van hun groep van elf met neergeslagen ogen.

'Wie wil reageren?' vraagt Jacco.

'Moet je niet achter Marthe aan? Het hoort toch bij die fijne regeltjes hier dat je nooit de groepsbespreking mag verlaten? Ja, als je aan de race bent of zo,' valt Martijn uit. Hij is een al wat oudere man met grijs haar en sombere ogen.

'Haal haar op, alsjeblieft,' snikt Anke. 'Het is hier een kwestie van de pot verwijt de ketel...'

'Allemaal mee eens?' Jacco kijkt de kring rond.

'Ik ga haar halen,' zegt Justin gedecideerd. 'Ik moet haar mijn excuses aanbieden. Ze had gelijk.'

'Het is niet de gewoonte dat een medecliënt...' begint Jacco, maar Justin luistert niet. Heel fier en recht loopt hij naar de deur en sluit die dan onberispelijk achter zich.

Binnen vijf minuten is hij terug, met Marthe. Allebei hebben ze rood behuilde ogen, maar toch stralen ze iets fiers uit, zoals ze daar samen in de deuropening staan.

'We hebben het bijgelegd,' zegt Justin. 'Marthe heeft mijn verontschuldigingen aanvaard. Marthe, ik ben je dankbaar voor je harde woorden, het is nog altijd zo dat zachte heelmeesters stinkende wonden maken.'

Ze nemen weer plaats in de kring en dan neemt Anke het woord.

'Ik heb tot dusver niet de moed gehad... Mijn probleem... ik ben bang dat niemand me nog wil zien als ik...' Even aarzelt ze, dan stoot ze uit: 'Ik zal altijd alleen blijven. Ik heb me nooit thuisgevoeld in mijn lichaam. Mijn vrouwenlichaam. Ik had een man moeten zijn, ik... mijn levensovertuiging laat niet toe dat ik, nou ja, jullie begrijpen me wel. Ik zal moeten leren met mezelf te leven. Dan pas kan ik ook iets voor anderen betekenen.'

Stilte. Er is alleen het ineens zo nadrukkelijke tikken van de klok.

Marian, een jonge, pas gescheiden vrouw staat op en zegt luid: 'Ank, ik heb diepe bewondering voor je. Als ik zeg dat we achter je staan, denk ik te kunnen stellen dat ik namens allen hier spreek.'

Ineens vormen ze een kring rond Anke. Een kring van liefde en begrip. Even aarzelt Jacco: elkaar omhelzen wordt hier in deze instelling bepaald niet aangemoedigd, hij... Dan legt hij voor even zijn beroepsattitude af en schaart zich in de kring. Het is een gewijd moment.

Die avond, tijdens het gezamenlijke koffiedrinken, voelt Justin zich wonderlijk kalm en vredig. Hij weet dat hij het vanaf deze dag anders zal doen. Beter. Juist als Martin hem vraagt met hem te gaan schaken – dat doen ze bijna elke avond – klinkt het schrille geluid van de telefoon. Liesbeth, de jongste van hun groep, neemt op en even later roept ze hoog: 'Voor jou, Just!'

'Dat kan niet,' mompelt Justin, 'niemand weet dat ik hier zit. Ja, m'n oma, maar die belt nooit. Die schaamt zich dood dat ik in zo'n inrichting zit...'

'Ben je doof of zo?' gilt Liesbeth.

Met moeite staat hij op, zijn benen lijken van rubber, de afstand naar de telefoon eindeloos.

Zijn hart bonkt in zijn keel als hij schor uitbrengt: 'Ja?'

'Justin, ben jij het? Je spreekt met Cory. Ik heb je oma flink de pin op de neus gezet en uiteindelijk gaf ze me je adres en telefoonnummer. Mag je daar op "De Eikenhof" bezoek ontvangen? Ik wil graag een keer langskomen, liefst zo snel mogelijk.'

Hij laat zich zakken op de stoel bij de telefoon en leunt met zijn gloeiende hoofd tegen de koele stenen muur.

'Just, ben je daar nog?'

Cory... Haar lieve stem en dat vertrouwelijke 'Just'.

Hij schraapt z'n keel en zegt hees: 'Ja, ik ben er nog.'

'Weet je, ik heb goed nieuws. Nou ja, het is wel heftig allemaal, hoor, maar ik ben het afgelopen weekend bij Jade geweest en ik heb haar verteld... nou ja, je weet wel. Ze kan zich die nacht weer herinneren. Ja, 't is natuurlijk niet de prettigste manier om een deel van je geheugen terug te krijgen, maar het is een doorbraak. De kans is nu veel groter dat ze ooit weer de puzzel van haar verleden compleet krijgt. Niet helemaal, hoor, maar 't zal niet veel schelen.'

'Cory, ik weet niet wat ik zeggen moet.'

'Nee, dat heb ik gemerkt. Maar nou graag een antwoord op mijn vraag: mag ik bij je op bezoek komen? Ja? Mooi, dan kom ik aanstaande zaterdag. Van twee tot vier? Prima. Dan zal ik je nog veel meer vertellen, ook over de plannen die Jade en ik hebben. Daar maak jij namelijk ook deel van uit. O sorry, ik ratel maar door, ik vond het ook wel een beetje eng, hoor, om te bellen. Maar ik heb nog niet eens gevraagd hoe het met jou gaat.'

'Sinds vanochtend elf uur een stuk beter, maar dat leg ik je wel uit als je hier bent.' En dan, toch wat cynisch: 'Ik vertoon momenteel nogal veel gelijkenis met een vogelverschrikker, dus ik zal je aan het begin van de oprijlaan opwachten, zwaaiend met een rooie zakdoek. Anders herken je me beslist niet.'

'Nu weet ik even niet wat ik zeggen moet,' reageert Cory kleintjes. 'Je hebt het zwaar te verduren, hè?'

'Ja. En jij, heb jij de draad weer een beetje kunnen oppakken?'

'Och ja, zo'n beetje. Maar de lol is eraf, ik voel me vaak alleen in dat rottige grote huis van m'n ouders die ik nooit zie. En verder... ik heb nog steeds nachtmerries. Maar dat zal wel slijten op den duur. Maar nu hang ik op, ik sta in een cel en m'n telefoonkaart is zo goed als leeg. Ik zie je zaterdag. Hou je taai, hè. Dag!'

Justin slaakt een diepe, sidderende zucht en zachtjes fluistert hij: 'Dank U, Heer. Nu weet ik zeker dat er nog wonderen gebeuren.'

Die nacht blijft de slaap ver, maar het deert hem niet. Voor het eerst sinds die gruwelijke nacht is er iets van vrede in zijn hart. Meer nog, iets van de vrede die alle verstand te boven gaat.

10

AUGUSTUS IS AANGEBROKEN MET STORM EN SLAGREGENS. HET LIJKT WEL herfst. Die dinsdagavond ligt Jade om negen uur al in haar bed: morgen moet ze weer naar 'Boschhaege', het revalidatiecentrum waar ze die moeilijke maanden heeft doorgebracht na haar ontslag uit het ziekenhuis.

Hoewel ze anders altijd kan genieten van de slagregens die tegen haar raam striemen, het geloei van de wind, voelt ze zich nu rusteloos, een beetje angstig zelfs.

Nee, het komt niet door het weer. Eigenlijk is ze te moe om te kunnen slapen, door al die gedachten die maar door haar hoofd blijven malen. Over hoe het verder moet met haar. De toekomst is zo vaag, ze kan niet echt plannen maken.

O, ze zou dolgraag haar studie weer oppakken in september, maar ze beseft maar al te goed dat dat te hoog gegrepen zou zijn. Haar 'netwerk' van artsen, therapeuten en geliefden hoeft haar daar niet meer van te overtuigen.

En dan zijn er die dagen dat ze zich gebeurtenissen van vroeger bijna herinnert: ze voelt zich dan als een drenkeling die op slechts een handbreedte van de oever verwijderd is. Zo dichtbij, en dan toch weer wegzinken in de poel van het niets.

Ja, er zijn na de doorbraak andere herinneringen teruggekomen. Toen ze in haar dagboek las over haar paardrijlessen, had ze dat beeld scherp gekregen: Emerald en zij, samen rondjes galopperend in de manege. Ze had de gewaarwording dat ze de pijn na die eerste lessen weer voelde. Maar ook de triomf toen het steeds beter ging. Toen ze voor het eerst door de weidse polder draafde, een met het paard. Die vreugdevolle sensatie van de wind in je haren, het voorbijvliegende landschap. En Emeralds vrolijke geschreeuw, vlak achter haar.

Ze draait zich op haar andere zij en zucht diep; zou dat ooit nog voor haar weggelegd zijn, paardrijden? Ze is niet meer dat watervlugge meisje van ooit, al haar bewegingen zijn trager, en met haar fijne motoriek zal het nooit helemaal meer goed komen.

Toch is het een goed teken, dat ze zich steeds meer gaat herinneren. Kleine puzzelstukjes van een enorme puzzel, maar toch! Ze glimlacht in het donker als ze denkt aan die ochtend, zo'n drie dagen geleden, dat ze met mama oude vakantiefoto's bekeek. Cadzand, jaren achtereen was dat hun vakantiebestemming geweest. Toen was daar ineens die foto waarop zij, haar handen naar de felblauwe hemel geheven, in de branding stond. Met een schreeuw was ze opgesprongen: 'Ik weet het weer, ik weet weer hoe dat voelde, dat klotsende water langs m'n benen!'

Het fotoalbum was op de grond gegleden en haar moeder had hijgend uitgebracht, haar handen tegen haar borst geklemd: 'Kind, doe dat nooit weer, ik ben me wild geschrokken!' Ja, ze had ook wel erg bleek gezien. Maar daarna had ze haar dochter verteld over die vakanties, met iets van weemoed in haar stem.

'Jij was altijd binnen drie dagen zo bruin als een okkernoot en urenlang stoeide je met de golven, je kon er maar niet genoeg van krijgen. En weet je nog dat je een keer uit bed bent gevallen? Jij deelde een klein hok met Emerald in dat vakantiehuisje. En hoewel ik je had gewaarschuwd dat je zo'n woelwater was, moest en zou jij in het bovenste bed.'

Jade gooit het dekbed van zich af, gaat zitten en knipt haar bedlampje aan. Mama had er natuurlijk ontzettend op gehoopt dat zij zich het voorval had kunnen herinneren. Even was er die sensatie geweest van 'bijna', maar ze had er geen greep op kunnen krijgen. Dat vakantiehuis-je... het fotoalbum, ze gaat het beneden halen, slapen kan ze toch niet. Ze moet gewoon iets doen, van al dat piekeren wordt ze alleen maar onrustiger.

Ze zwaait haar benen van het bed en bedenkt dankbaar dat al haar inspanningen niet voor niets zijn geweest: toen ze pas weer thuis was, deed ze er zeker vijf minuten over om uit haar bed te komen. En voor ze dan een stap kon zetten, moest ze eerst nog eens vijf minuten uitpuffen.

Ze stapt in haar sloffen. Zo, nu naar beneden. Kalmpjes aan, Jade, dan breekt het lijntje niet. Ze opent de deur en blijft dan abrupt staan: ze hebben ruzie, haar ouders! Even is er die zwakte in haar benen, maar dan weet ze zich te vermannen. Met bonkend hart sluipt ze de trap af. Wat doe ik nou toch, denkt ze verdwaasd, ga ik voor luistervink spelen? Die gedachte stuit haar tegen de borst, maar dat andere is sterker: het willen weten. Ze voelt allang dat de communicatie tussen haar ouders verstoord is, maar als zij erover begint, krijgt ze steeds maar weer te horen dat ze zich dingen inbeeldt die er niet zijn. Maar nu is het genoeg geweest, ze moet weten wat er mis is tussen die twee!

Ze verschuilt zich in de diepe nis die als garderobe dienstdoet en laat zich geruisloos op de grond zakken.

De deur van de woonkeuken staat op een kier, ze kan nu duidelijk verstaan wat er gezegd wordt.

'Jij wilt je niet inzetten voor Jade! Laatst ook weer, tijdens die sessie bij Jos Jacobse. Ja, luisteren kun je wel, maar als jou rechtstreeks iets gevraagd wordt, draai je er maar zo'n beetje omheen!'

'Jetty' – de stem van haar vader klinkt donker en ingehouden – 'jij maakt mij de laatste tijd alleen nog maar verwijten, in jouw ogen deug ik, geloof ik, helemaal nergens meer voor. Je weet dat ik er alles voor overheb om Jades genezingsproces te bevorderen, maar ik doe dat op mijn manier! Gisteren nog, toen is het mij gelukt haar zover te krijgen een eind de polderweg af te lopen. "Ik vind het doodeng, papa, maar met jou en Biba erbij lukt het me wel. Als je me maar goed vasthoudt." Dat zei ze, Jetty, en je hebt zelf gezien hoe trots ze was op haar prestatie!'

'Ja, nou, dat is dan prachtig, en dat samenwerken met jou in de moestuin, het verzorgen van de dieren ook; ik zie heus wel dat die uurtjes met jou haar goeddoen. Maar er is zoveel meer! Ik ben degene die haar elke woensdag naar 'Boschhaege' vergezelt. Het enige wat jij daarvoor hoeft te doen is mij de auto afstaan. En dan de vele gesprekken die ik met Jade heb, het eindeloos vertellen over vroeger, het bekijken van al die foto's. Stel je voor dat ook ik vrijwel uitsluitend non-verbaal met

Jade zou communiceren, wat dan? En Emerald, die zowat elk weekend hier in de polder doorbrengt, die investeert al haar liefde in Jade. Maar jij!'

'Jij denkt maar door te kunnen gaan met mij verwijten te maken, hè? Je weet drommels goed dat ik 's woensdags niet met Jade mee kan. Ik heb een fulltimebaan, weet je nog? Jij hebt gewoon meer tijd, ja, dat is toch zo?'

'Ja, hoor, ik heb zeeën van tijd. Ik doe hier het hele huishouden, met maar eenmaal per week twee uurtjes hulp, ik werk twee dagen in de boetiek, ik ben notuliste van de bijbelkring en daarnaast werk ik als vrijwilliger in "De Wende". Elke zaterdagmiddag schenk ik daar thee en koffie voor al die mensen die niet meer voor zichzelf kunnen zorgen. Ik geef ze het volle pond van mijn aandacht, drie uren achtereen. Je weet hoe druk ik het heb. Maar dat telt allemaal niet, hè? Ja, hoor, ik ben zo bekaf omdat ik niks om handen heb!'

'Dat heb je mij niet horen zeggen!'

'Ach man, jij steekt nooit een poot uit in het huishouden! Als je een keer koffiezet of de kamer zuigt, moet ik al gaan applaudisseren. Heb jij ooit weleens een wc schoongemaakt? Nou?'

'Heerlijk, hè, dat je je frustraties als schild kunt gebruiken om je schuldgevoelens te sussen. Wie heeft hier eigenlijk het meeste te verduren? Denk je dat ik wat er gebeurd is, gewoon vergeten ben? Weet je, jij verschuilt je achter je zorg om Jade. En zeg eens dat het niet zo is!'

Jade huivert. Het is duidelijk dat ze ruzie hebben over haar en dat doet pijn. Maar er is meer: waarover zou mama schuldgevoelens moeten hebben? Wát kan papa niet gewoon vergeten?

Ze fronst diep. Er was iets... Vlak voor de brand was er iets, iets wat haar terneergedrukt had. Iets waarover Emerald met haar had willen praten. Ze kromt haar schouders en slaat met haar knokkels tegen haar voorhoofd; weer die akelige sensatie van: 'Ik weet het, nee, het ontglipt me, weg!' Haar tenen doen pijn, ze kan haar voeten amper stilhouden. Ze slikt en slikt, de tranen zitten hoog. Ze wilde dat ze boven was gebleven!

Er heerst nu een geladen stilte achter de keukendeur. Hoe komt ze hier in vredesnaam ongemerkt vandaan?

'Laten we er maar over zwijgen verder,' hoort ze moeder zeggen, 'met jou valt toch niet te praten. Ik ga een medische documentaire bekijken. Over revalidatie. Zul jij wel geen belangstelling voor hebben. Kruip jij maar weer veilig achter de computer. Dát is jouw schild.'

'Nu ga je te ver, Jetty. Ik pak m'n spullen en ben weg. Je ziet me wel weer eens verschijnen. Maar als ik terugkom, doe ik het voor Jade, en alleen voor haar. Begrepen?'

'Nee, Frans, nee, doe me dat niet aan,' huilt Jetty. 'Ik heb morgen de auto nodig. Voor Jade!'

'O, maak je geen zorgen, ik bel een taxi, simpel zat. En ga nu opzij of...'

'Nee, nee!' gilt Jade. Ze komt zo snel overeind dat ze staat te wankelen op haar benen. Ze duwt de jassen opzij en staat dan oog in oog met haar dodelijk geschrokken ouders.

'Jade,' ademt Jetty en ze huilt dan, met gierende uithalen.

Frans duwt haar ruw opzij en neemt Jade tegen zich aan. 'Kindje, wat doe jij hier in vredesnaam? Kom, gauw mee naar de keuken, dan schenk ik je een glas port in. Jetty, kom mee, jij en ik zijn ook wel aan een hartversterking toe.'

'Blijf je dan thuis?' bibbert Jetty.

Frans knikt kort.

Even later zitten ze aan de antieke grenen tafel. 'Ik haal je duster van boven,' zegt Jetty schor, 'je trilt helemaal.'

'Zitten jij,' sommeert Frans, 'ik haal een vest uit de garderobe.'

'Hoe lang zat je daar al, Jade?' vraagt hij als hij haar geholpen heeft het vest aan te trekken. 'Wat heb je allemaal gehoord?'

'Ik heb genoeg gehoord om te beseffen dat ik een blok aan jullie been ben. En er is nóg iets.' Ze neemt een flinke teug van haar port en kijkt haar moeder strak aan. 'Papa had het over schuldgevoelens. Wat heb je gedaan, mama?'

Er valt een stilte. Een stilte die steeds zwaarder gaat wegen. Tot Frans laag en afgebeten zegt: 'Dat is iets tussen je moeder en mij. Verder wil ik er niets over zeggen.'

Jade kijkt naar haar moeder, maar die houdt haar ogen neergeslagen. 'Je bent laf,' zegt Jade hard. 'En jij, papa, jij gedraagt je tegenover mama als een bekende vreemde. Ja, ik weet dat het raar klinkt, maar zo voel ik dat. Jullie zijn allebei goed voor mij, maar verder is het of er een soort onzichtbare afstand tussen jullie is. Een afstand die niet te overbruggen lijkt. Ik weet inmiddels genoeg van vroeger om me te kunnen herinneren dat het vroeger anders was. Niet dat kille, dat langs elkaar heen leven. En dan is er iets wat ik bijna weet, maar ik kan er mijn vinger niet op leggen. Maar reken er gerust op dat binnenkort ook dat puzzelstukje op z'n plaats zal vallen. En dan is het niet meer alleen iets tussen jullie samen. Nou, ik ga maar naar bed.' Ze drinkt in een teug haar glas leeg en loopt stram naar de deur. Daar draait ze zich om en zegt zacht, maar met nadruk op ieder woord: 'En als mijn aanwezigheid hier in huis jullie te zwaar wordt, zoek ik wel ergens anders onderdak.'

Frans en Jetty kijken elkaar vertwijfeld aan als ze Jade huilend de trap op horen gaan, met trage stappen.

'Dit... dit is te erg, ik moet naar haar toe,' zegt Jetty met een snik.

'Zeg haar dat zij hier nooit ofte nimmer te veel is,' stoot Frans uit. 'En nu... ik moet er even uit. Een flink eind lopen. Wij waren toch uitgepraat.'

Die nacht slaapt hij op de bank in de studeerkamer.

11

ALS ARTHUR WEGENAAR TERUGKEERT VAN ZIJN VAKANTIE IN FRANKRIJK treft hij tussen de stapel post een brief van Cory Ramakers aan. Zijn eerste reactie is: ongeopend bij het oud papier. Maar prompt daarop wint zijn nieuwsgierigheid het van zijn weerzin. Een klein, heel klein stukje van de muur die hij rond zich had opgetrokken sinds de brand, brokkelt af als hij zich Cory's fijne gezichtje voor de geest haalt.

Met zijn pink ritst hij de enveloppe open, laat zich dan in z'n ouwe leunstoel vallen en leest:

Lieve Arthur,

Ja, dat 'lieve' meen ik! Ik beschouw je nog steeds als een van m'n dierbaarste vrienden. Alsjeblieft, lees verder! Volgens mij heb je m'n vorige kaarten en brieven ongelezen weggegooid, en ik maar wachten op een reactie van jou.

Maar luister, dit is heel belangrijk! Ik weet dat jij ons clubje niet vergeten kunt, ook al doe je daar nog zo hard je best voor. Maar je kunt de verschrikkingen van die nacht niet blijven verdringen, Arthur, op een gegeven moment valt toch een keer de klap.

Ik heb goed nieuws, het gaat over Jade. Ik ga regelmatig een weekend naar de polder en de resultaten van de revalidatie – waar ze overigens nog zeker een jaar aan vastzit – zijn fantastisch. Ze blijft doorknokken, die meid, en gelukkig worden al haar inspanningen beloond. Ik heb een diep respect voor haar doorzettingsvermogen!

Maar nu het echt grote nieuws: Jade heeft een deel van haar geheugen terug. Nou ja, wat kleine deeltjes, maar toch. De doorbraak kwam toen ik haar tot in de kleinste details vertelde over de nacht van de brand. Door de geur van haar sigaret schoot er als het ware een prop uit haar verstopte geheugen. Ja, een arts zou het anders verwoorden, maar zo heb ik het ervaren. Het was wel heel heftig, hoor, ze ging helemaal door het lint. De dokter moest eraan te pas komen en heeft haar uiteindelijk, toen praten niet bleek te helpen, een zware injectie moeten geven.

Nu, zes weken later, kan ze er tamelijk rustig over praten. Niet dat we het daar altijd over hebben, maar het komt uiteraard nog regelmatig ter sprake. Er zijn trouwens ook andere voorvallen die ze weer boven water heeft gekregen.

Fijne herinneringen ook. Maar goed, nu to the point: ze heeft al een paar maal heel nadrukkelijk te kennen gegeven dat ze jou wil ontmoeten. Het liefst bij haar thuis. Ze wil je bedanken, Arthur, omdat jij haar leven hebt gered.

Alsjeblieft, doe het voor haar! En dan nog iets – het is misschien allemaal wat te veel ineens, maar Jade heeft nog een wens: ze wil graag ons ouwe clubje bij elkaar hebben. Ja, zonder Irma natuurlijk...

Ik deel die wens, Arthur! Justin heb ik intussen, zij het met veel pijn en moeite, weten over te halen. Ik had al heel lang geprobeerd hem te vinden, maar z'n oma, bij wie hij tijdelijk was ingetrokken, heeft een tijdlang geweigerd me Justins verblijfplaats te zeggen. Tot ik er schoon genoeg van had en haar voor het blok zette. Ik heb haar bij die gelegenheid gezegd dat ze met mij opgescheept zou zitten tot ze me Justins adres en telefoonnummer zou geven. Nou, dat hielp.

Justin verblijft al maandenlang in het pastoraal centrum 'De Eikenhof'. Hij heeft me carte blanche gegeven om dit aan Jade en jou te vertellen.

Hij is er vreselijk aan toe, Arthur, hij stikt in de schuldgevoelens. Toen ik hem belde, klonk hij redelijk opgewekt, maar die zaterdag dat ik bij hem op bezoek was...

Hij is ontzettend afgevallen, een schim van z'n oude zelf. Hij straft zichzelf door weinig of niets te eten en zijn kamertje is een onpersoonlijk, kaal hok. 'Mijn gevleugelde woord van destijds zal nooit meer over m'n lippen komen.' Dat zei hij, Arthur. En dat er eigenlijk tralies voor z'n raam behoorden te zitten. En hij zei steeds maar weer dat hij 'een kind der zonde' is. Dat heeft die ouwe tang van een oma hem ingepeperd.

Toen ik hem vroeg wat er was veranderd sinds ons telefoongesprek, vertelde hij dat zijn groepsgenoten hem die dag dat ik belde enorm hadden gesteund. En dat hij even had geloofd dat God ook voor hem genade voor recht zou laten gelden. Maar die nacht erna had hij een vreselijke droom en nu is hij, wat hij zelf noemt, weer terug bij af. En over twee weken moet hij daarvandaan, want daarna betaalt de verzekering niet meer. Ik heb hem aangeboden bij mij te komen wonen. Zit ik tenminste ook niet altijd maar in m'n dooie eentje in dat veel te grote huis zonder ziel. Met mijn ouders heb ik nauwelijks nog contact. O, ze hebben me vaak uitgenodigd naar New York te komen, maar als ik zeg dat ik liever heb dat ze naar mij toe komen, krijg ik nul op het rekest. Maar goed, met jammeren kom je geen stap verder.

Om kort te gaan: ondanks Justins deplorabele toestand heeft hij toegezegd erbij
te zijn als we samenkomen. Jade heeft me nadrukkelijk gezegd dat het zonder
jou niet compleet zal zijn, en ook wil ze je – oog in oog – haar excuses aan-
bieden voor haar botte gedrag, die ene keer dat je bij haar geweest bent.
Dus... We hebben ons samenkomen in huize 'De Ruimte' gepland op zaterdag
over een week. Alsjeblieft, Arthur, doe het. Bel of schrijf me zo gauw mogelijk.
Ik besef terdege dat het een heel moeilijke beslissing voor jou zal zijn. Daarom:
veel sterkte en liefs, ook namens Jade.

Arthur laat de brief uit z'n handen vallen en masseert z'n voorhoofd met
zijn vingertoppen. Nee, dit is te veel gevraagd. Hoe graag hij Cory ook
mag, hoe graag hij haar en Jade ook een plezier zou doen, hij brengt het
domweg niet op. Justin... Het is goed dat hij er zo beroerd aan toe is, uiteindelijk is hij de aanstichter van al die ellende. Aanstichter, há, wat een
toepasselijke aanduiding in dit verband.
'Maar ik mocht hem altijd graag, hij was een fijne gozer,' mompelt hij
voor zich heen. En hij tracht zich in te denken hoe hij zich gevoeld zou
hebben als hij nalatig was geweest. Geen mens is onfeilbaar, ook jij niet,
Arthur Wegenaar!
Hij zucht diep, loopt naar z'n gammele koelkast en trekt een pilsje open.
Het zoveelste vandaag. Niet dat hij ooit dronken is, maar sinds de nacht
die ook zijn leven totaal overhoop gooide, drinkt hij minstens acht biertjes op een dag. En in het weekend nog wel wat meer. Hij kan er niet
meer buiten, en van die slaaptabletten zal hij ook wel nooit meer afkomen. Die eindeloze nachten, waarin de uren traag voorbijkropen, terwijl
hij maar steeds die beelden bleef zien. Nee, dat nooit meer.
Hij zucht diep als hij aan Jade denkt. Voor haar is er dus hoop op herstel. Maar er zal nog heel wat water naar de zee moeten stromen eer zij
weer de oude is. Als ze dat tenminste ooit weer wordt. Hijzelf is er goed
afgekomen, afgezien van een gekneusde enkel en wat schaafwonden. O,
wat heeft hij een geluk gehad! Maar ook zijn leven is voorgoed veranderd.

Niemand van z'n medestudenten hier in Groningen weet wat er gebeurd is. Hij wilde hier een nieuw leven beginnen en dat was hem vrij aardig gelukt. Hij studeert hard, houdt er daarnaast nog een leuk sociaal leven op na, en z'n medebewoners in dit studentenhuis mogen hem wel. Maar geen van hen weet hoe het er vanbinnen bij hem uitziet. Ja, er is er Een die dat weet. Wanhopig klampt hij zich vast aan zijn geloof en soms put hij er werkelijk troost uit. Maar meestal is hij opstandig, slingert hij zijn 'waaroms' naar boven. Alles wat je overkomt zal meewerken ten goede. Dat had hij voor vast en zeker gehouden toen hij enkele jaren geleden belijdenis deed, maar nu...

Hij merkt ineens dat hij trek heeft en maakt een uitsmijter in de piepkleine keuken op de overloop. Het is weer eens een zootje. Justin zou het allang weggewerkt hebben, die troep.

Hij eet met lange tanden en neemt nog een biertje. Dan laat hij zich op de bultige bank vallen, vouwt z'n handen onder zijn hoofd.

Een uur lang ligt hij roerloos en strijdt zijn innerlijke strijd. Als hij eindelijk overeind komt, loopt hij met stramme benen naar z'n bureau, neemt een vel papier en kalkt de letters, de woorden neer:

Cory, je hebt me het vuur wel heel na aan de schenen gelegd. Maar ik zal er zijn. Groeten aan Jade.

je Arthur

Hij vouwt het blad slordig in vieren, propt het in een enveloppe en schrijft haastig Cory's adres op de voorzijde. Een postzegel... ja, er liggen er nog twee in z'n rommelbakje. Niet meer aarzelen nu.

Hij schiet in z'n lange regenjas, rent de trappen af en knalt even later de voordeur achter zich in het slot. De straat uit, het kleine steegje door, nog een bocht en daar is de brievenbus.

Overige bestemmingen. Raar eigenlijk, normaal denkt hij er nooit bij na, maar nu komen die twee woorden hem vreemd, vijandig bijna, voor: overige bestemmingen...

Hij slikt, duwt de enveloppe tussen de tanden van het rode monster. Hoe komt hij dáár nou op? Maar goed, hij kan nu niet meer terug. Overmorgen zal Cory zijn 'brief' ontvangen en belofte maakt schuld.

Eenmaal terug in het studentenhuis kan hij nog net op tijd het toilet bereiken om z'n opstandige maag te legen.

De rest van die avond komt er niets meer van studeren. Hij hangt op de bank en zapt van de ene zender naar de andere, zonder werkelijk iets te zien. Tussendoor neemt hij een droge boterham en drinkt een paar koppen sterke koffie. Hmmm, z'n maag kan weer tegen een stootje. Tegen tien uur houdt hij het niet langer uit op z'n kamer: steeds zijn er de beelden die hij niet wil.

Opnieuw verlaat hij het huis. Hij springt op z'n fiets en binnen tien minuten zit hij aan de bar in 'De Kromme Elleboog'. 'Doe mij maar een dubbele whisky,' blaft hij. De barkeeper trekt even z'n wenkbrauwen op en zet dan het gevraagde voor Arthur neer. Het blijft niet bij die ene. Hij bedrinkt zich en langzaam maar zeker vervagen die gruwelijke beelden. Het mag een wonder heten dat hij diep in de nacht heelhuids thuiskomt. Met z'n jas nog aan laat hij zich op z'n bed vallen. De kamer draait, hij braakt op de grond. Daarna is er de zalige vergetelheid van de slaap. De volgende ochtend wordt hij om tien voor elf met een barstende koppijn wakker. En voor het eerst sinds die nacht van angst en verwoesting huilt hij. Arthur Wegenaar huilt zich leeg.

Deel 2

Meer dan een naam

1

ZE ZIT VOOR DE SPIEGEL EN BORSTELT HAAR DONKERBLONDE KRULLEN, DIE nu alweer bijna tot op haar schouders vallen.

Ze glimlacht naar haar spiegelbeeld en zegt zacht: 'Mijn naam is Jade, ik ben Jade. En ik weet weer wie ik ben.' Ze ziet hoe helder haar ogen staan in haar gebruinde gezicht. Gebruind door het buiten werken met haar vader, door de lange wandelingen met Biba.

Een diepe dankbaarheid vervult haar hart: ooit dacht ze niets meer te zijn dan een verdwaald mensenkind met alleen maar de vertrouwde klank van haar naam: Jade. Maar nu! Ze kent haar wortels weer, steeds meer gebeurtenissen uit haar jeugd komen terug, vinden hun plaats in haar leven. Ze leeft weer, ze kan weer genieten. Maar bovenal, ze heeft zichzelf teruggevonden, ze is meer dan alleen maar een naam.

Plotseling wordt ze overvallen door heimwee. Verlangen naar de God van haar kinderjaren. Dankbaar, ze is zo dankbaar. Ze zou willen bidden, maar ze is het verleerd.

Ze wendt zich van de spiegel af, buigt het hoofd en vouwt haar handen. 'Vader in de hemel,' prevelt ze schor, 'leer mij bidden. Help me! En dank U, dank U dat U naar mij hebt omgezien.'

Ze loopt naar het raam en kijkt uit over de voortuin in al zijn nazomerse pracht. Verder reikt haar blik, over de weidsheid van de polder. Tot aan de horizon. Het is nog licht, maar de rode zon neigt naar de einder, waarboven de lucht verkleurt van oranje naar paars en lila. Ze zucht diep en denkt: wat is dit mooi. Onbeschrijflijk mooi.

Tranen kriebelen langs haar wangen, tranen van ontroering, gemengd met vreugde en heimwee.

Nu zou ze over God willen praten. Niet met de dominee, hij komt hier trouw eenmaal in de veertien dagen en met zijn luide stem herhaalt hij steeds maar weer dezelfde woorden. Woorden die op zich goed zijn en zuiver, die staan opgetekend in de bijbel. Nee, het is de toon waarop die zo rijke, vertroostende woorden worden uitgesproken: ze raken haar hart niet.

Ze zou er wel met papa en mama over willen praten, maar nog altijd is er die afstand tussen haar ouders, die kilte die haar bij tijd en wijle doet huiveren. Carla, ze moet naar Carla van den Berg! Zij is de fijnste buurvrouw die je je kunt wensen. Vijfenvijftig is ze, drie van haar acht kinderen wonen nog thuis. Tien jaar geleden kwam haar man, Detmer, om het leven door een bedrijfsongeval. Ze had er alleen voor gestaan, voor de opvoeding van haar kinderen. Hoewel de twee oudsten de deur uit waren, had ze vanzelfsprekend haar handen meer dan vol gehad aan de zes die nog thuis woonden. De jongste was destijds nog maar vier.

Jade fronst haar wenkbrauwen: er zijn beelden, vaag nog. Zij, Jade, paste in die tijd vaak op Jochem en Wieke, de twee jongsten. Carla werkte elke avond om rond te kunnen komen. Wat...

Het beeld wordt scherp.

Buurvrouw Van den Berg die bij de marmeren schouw in de grote woonkeuken stond, in haar witte uniform. Ze had gehuild...

Het beeld vervaagt weer, woorden die ze bijna had kunnen grijpen, ontglippen haar.

Mijn dagboek! denkt Jade. Ze pakt het schrift met de groene, harde kaft uit haar bureaula, en rolt zich op in haar knuffelstoel.

Jachtig bladert ze het schrift door, stuit op een passage over een vreselijke ruzie met haar vriendin Lidewij Werner. Ze leest:

Tussen Lidewij en mij komt het nooit meer goed. Ze heeft me uitgescholden voor alles wat mooi en lelijk was en dat pik ik niet. Ze is gewoon een jaloers kreng. Nu pas besef ik dat zij altijd wilde hebben wat ik had. Kocht ik een spijkerbroek met ritsjes onder aan de pijpen, dan liep zij binnen een week in net zo'n exemplaar. Droeg ik m'n haar in een staart, opgebonden met zo'n leuk satijnen elastiek, dan kwam zij er de dag daarna ook mee aanzetten. En altijd wilde ze bij mij thuis samen huiswerk maken. Ach, ze heeft het ook niet zo leuk, haar moeder ziet er niet uit, nooit kan er een lachje af.

Ze zeggen hier op het dorp dat Lidewijs vader z'n handen nogal los heeft zitten. En dan die twee truttebollen van zusters! Een tweeling van ruim zes jaar ouder, die zich eeuwig en altijd met Lidewij bemoeit en haar thuis voor de rotklusjes laat opdraaien.

Maar goed, hoe sneu ik dat ook vind, wat ze me nu geflikt heeft, is echt onvergeeflijk. Toen ik twee maanden geleden verkering kreeg met Roland de Goei was ze meteen al strontjaloers. Altijd als ik uitging met Roland, naar de bios of gewoon naar de soos van de kerk, dook zij op een gegeven moment op, als een duveltje uit een doosje. Terwijl ze normaal gesproken nooit iets met de kerk te maken wil hebben. Nou ja, dat was dan allemaal nog tot daaraantoe.

Maar nu! Ze heeft een roddelcampagne over mij op touw gezet. Overal het verhaal rondgestrooid dat ze me al een paar keer met Gert-Jan Riem Visch had zien staan zoenen, in het beukenlaantje achter de school. Smerige leugen! Tot het onvermijdelijke gebeurde: Roland kwam het te weten en hij geloofde dat kreng! En nu heeft hij mij ingeruild voor de schattige Lidewij. Nou, hij krijgt z'n trekken nog wel thuis en ik ben uiteindelijk beter af zonder zo'n wankele ridder. Bah, ik wil voorlopig niets meer met een jongen.

Maar natuurlijk lig ik elke nacht te janken. Ik ga bijna elke dag even naar buurvrouw Van den Berg. Dat is toch zo'n schat van een mens! Ondanks haar drukke gezin weet ze altijd even tijd voor me te maken. Ze kan goed luisteren, beter dan mama. Die is geloof ik jaloers op buuf. Maar ja, mam komt altijd meteen met een hele woordenstroom, geeft me allerlei adviezen waar ik niks mee kan. Ze luistert gewoon niet. Papa wel, soms, maar vaak verdenk ik hem ervan dat hij met z'n gedachten nog bezig is met z'n werk, hij reageert soms zo wazig. Nee, dat is niet eerlijk, meestal luistert hij echt. Maar ja, hij is 's avonds zo vaak weg, zit in allerlei besturen en dat allemaal naast z'n drukke baan. Maar toch ben ik dolblij met papa en mama, je kunt zomaar zien dat ze nog altijd dol op elkaar zijn, alleen al door de manier waarop ze elkaar aankijken. Ze begrijpen elkaar volgens mij zonder woorden.

Maar goed, ik dwaal af. Zolang ik me kan heugen, bracht ik vele uren per
week door op de 'Berghoeve' en altijd was het gezellig. Loeidruk, maar daar
genoot ik van. Bij ons thuis was het toch wel erg rustigjes, af en toe. Ik kan met
buuf ook heel goed over het geloof praten, als zij vertelt over wat Jezus in haar
leven betekent, word ik helemaal warm vanbinnen, dan krijg ik weer dat 'kin-
derbijbelgevoel'.

Maar nu over dat met Lidewij. Buurvrouw begrijpt mijn kwaadheid, maar
vindt dat ik te hard oordeel over haar. En gek, van haar kan ik dat soort uit-
spraken hebben. Ze zei, met die warme gloed in haar ogen: Jade, wij leven
allemaal van vergeving. Zeven maal zeventigmaal, dat houdt Jezus ons voor,
kind.' Ik moest ineens huilen en nam me heilig voor die wraakgevoelens uit te
bannen. Maar nu is het weer helemaal mis, ik denk dat ik...

Jade heft haar hoofd met een ruk op: ze weet het weer! Vlak nadat het
was uitgeraakt met Roland was buuf op een dag totaal overstuur de keuken binnengestormd, met Wieke op haar arm.

Ja, ze weet het allemaal weer. Mama die prompt het gas uitdraaide en
het brullende kindje in haar armen duwde. En ze herinnert zich hoe
mama buuf Van den Berg zachtjes op een stoel neerdrukte en thee voor
de huilende vrouw inschonk.

Hoe buuf in elkaar dook en stil werd. Akelig stil, en dan die ogen: zo
leeg. En toen die doffe, vlakke stem, de woorden die als puntige stenen
in die akelige stilte vielen: 'Detmer is dood, Detmer is dood.' Steeds
maar weer had ze die woorden herhaald.

Mama's handen om dat lieve gezicht, haar omhelzing. Dat beeld, het is
weer helemaal terug. Zij, Jade, weet nog dat Wieke opnieuw begon te
brullen en dat zij een tijdlang met het kleine meisje op haar kamer had
gezeten. Ze had haar getroost, limonade en koekjes voor het kind
gehaald, ze had haar voorgelezen. Kleine Wieke was tegen haar aan in
slaap gevallen.

De begrafenis op die al te zonnige dag. Heel het dorp was uitgelopen:
Detmer en Carla waren zeer geliefd. Ja, heel het dorp had meegerouwd

en in de weken die volgden, had iedereen voor Carla en haar gezin klaargestaan.

Toen er drie maanden verstreken waren na de dood van Detmer van den Berg, begon het meeleven te tanen: het leven ging door... En buuf, die had zich opgericht, hoewel het verdriet en het gemis haar nog dag en nacht kwelden.

Ze had haar oude beroep van ziekenverzorgster weer opgenomen. Vier dagen per week draaide ze late dienst in het verpleeghuis in Emmeloord. In die tijd hadden Jade en Emerald vaak samen opgepast en juffrouw Alders – die Jade altijd had gezien als een vervelende zuurpruim – was elke dag op de 'Berghoeve' komen boenen en poetsen. En ze had er geen cent voor willen hebben...

Gek is dat toch, peinst Jade. Bijna alle mensen die beloofd hadden altijd klaar te zullen staan voor buuf, hadden verstek laten gaan. En juffrouw Alders... Wat kon je mensen toch verkeerd beoordelen, zeker als je pas veertien was, dan keek je toch beslist nog niet verder dan je neus lang was.

In de jaren die volgden, was het contact tussen de gezinnen Fortuyn en Van den Berg steeds hechter geworden.

Jade zucht diep. Ze heeft een diep respect voor Carla, zoals ze haar mocht gaan noemen toen zij een jaar of achttien was. Carla had haar samen met haar ouders regelmatig bezocht in het revalidatiecentrum en na haar thuiskomst kwam ze bijna dagelijks even binnenwippen. En zij had haar hart voor Jade opengesteld, haar koude handen vastgehouden. Zoveel warmte... En zij had zich ervoor afgesloten, ze had dat lieve mens bij zich vandaan gesnauwd. Net als Marnix en Arthur. Ja, ze had zich vaak onmogelijk gedragen. Ook tegen Cory, maar die had zich er niet door laten afschrikken. Maar Carla was op den duur weggebleven.

Opnieuw slaakt ze een diepe zucht en een loden vermoeidheid overvalt haar. Carla... Zou er nog een weg terug zijn? Zij was het toch geweest die zo vaak had gesproken over Gods oneindig erbarmen, over Jezus die was gestorven en opgestaan om ten dode gedoemde mensen te redden. 'We leven allemaal van vergeving, Jade.'

Ze schrikt op en kijkt verward om zich heen. Dan bloeit haar hart open: dit was een teken! Morgen zou ze naar Carla gaan, ze zou haar zeggen hoe diep zij zich schaamt. Nee, ze zal zichzelf niet sparen en dan zal het weer goed komen tussen Carla en haar. Of... Er was natuurlijk een kans dat zij haar zou afwijzen, daar moest ze wel rekening mee houden.

Ze neemt haar bijbel. Het zwarte boekje is stoffig, ze heeft er nooit meer in gelezen na het ongeluk. Ze zoekt en vindt de woorden: 'Alzo lief heeft God de wereld gehad, dat Hij Zijn eniggeboren Zoon gegeven heeft, opdat eenieder die in Hem gelooft, niet verloren ga, maar eeuwig leven hebbe.' Ze put er kracht uit en vol vertrouwen ziet ze haar voorgenomen bezoek aan Carla tegemoet.

Die volgende ochtend om even over tien komen zij elkaar halverwege de buurhuizen tegemoet, Jade Fortuyn en Carla van den Berg.

Even staan ze zwijgend tegenover elkaar, dan strekken ze op precies hetzelfde moment hun armen uit en omhelzen elkaar.

Ze drinken koffie in Carla's knusse woonkeuken. En dan praat Jade zich leeg en Carla luistert. Jades ogen zijn rood van het huilen als ze ten slotte, doodmoe van het vele praten, vraagt: 'Is er vergeving voor mij, Carla?'

Carla is al bij haar en legt haar stevige handen op haar schouders. 'Lieverd, jij hebt je uitgeput in verontschuldigingen, maar ík ben fout geweest. Ik heb niet genoeg geduld met je gehad, Jade. Ik kon je niet bereiken, ik voelde me zo machteloos. En ja, je deed soms heel lelijk tegen me. Maar dat was niet de enige reden waarom ik wegbleef. Het was juist in die periode dat ik wegzakte in een depressie. Ik had mezelf nooit de tijd gegund om de dood van Detmer echt te verwerken. Ik stortte me volledig op m'n vele werkzaamheden, en als ik 's avonds in m'n bed rolde, viel ik als een blok in slaap. Ik heb al die jaren al mijn verdriet verstopt, Jade. Ja, die eerste maanden heb ik gerouwd, maar het was niet voldoende, ik leefde in een roes. Maar hoe dan ook, ik sta ook bij jou in het krijt, meiske. Eerst wilde ik nog wel komen, maar ik stelde het steeds maar uit en de drempel werd hoger en hoger. Maar ik heb wel met je meegeleefd, Jade, voorzover ik daartoe in staat was. Je moeder is een echte vriendin voor me, ze bleef trouw komen hier op de "Berghoeve". Maar dat weet je natuurlijk wel. En nu, nu gaat het weer beter met me. Weet je, het is een wonder hoe God ons vandaag letterlijk en figuurlijk op elkaars weg heeft geplaatst.'

Als ze later afscheid nemen, weten ze allebei dat Carla vanaf deze dag weer een regelmatige bezoekster zal zijn in huize 'De Ruimte'.

2

MARNIX WESSELS MAG ZICH ALS HOOFD PERSONEEL EN MANAGEMENT gerust een geslaagd zakenman noemen met zijn eenendertig jaren.

Hij heeft er keihard voor gewerkt om op zo'n jeugdige leeftijd zo'n hoge functie te kunnen vervullen bij het gigantische expeditieconcern Eurotrans, een bedrijf met filialen in heel Europa.

Feitelijk was het een van z'n minder goede eigenschappen geweest – gebrek aan geduld – die hem voortgestuwd had. Op het vwo had hij er hard aan moeten trekken, bijna al zijn tijd had hij geïnvesteerd in zijn opleiding. Een sociaal leven hield hij er nauwelijks op na.

Zijn vader was altijd trots geweest op het doorzettingsvermogen en de prachtresultaten van zijn enige zoon. O, hij had ook wel oog voor zijn drie kunstzinnige dochters. Twee van hen deden de kunstacademie, en zijn lievelingetje Saskia presteerde uitstekend op het conservatorium. En ja, hij was reuzetrots geweest toen Benthe en Kiki met nog enkele uitverkorenen hadden mogen exposeren: Benthe met haar wat bizarre maar zeer bijzondere abstracte schilderijen en Kiki met haar fraaie sculpturen.

Zijn vrouw Laura was een veelgevraagd illustrator voor kinderboeken en zij speelde niet onverdienstelijk piano en viool. Daarbij had ze een prachtige zangstem. Ja, hij was trots op zijn mooie, getalenteerde vrouw, die ook nog eens een prima gastvrouw bleek te zijn, als zijn zakenrelaties bij hen thuis kwamen dineren.

Maar diep in zijn hart was hij, Walter Wessels, blij dat zijn enige zoon naar hem aardde: al in de tweede van het vwo had hij te kennen gegeven bedrijfseconomie te willen gaan studeren en hij had het gered met een inzet en discipline die hem, de vader, een diep respect hadden afgedwongen.

Al deze dingen overpeinst Marnix Wessels terwijl hij vaardig zijn BMW door de avondspits loodst, op weg naar het ouderlijk huis. Er was nooit een reden geweest om op kamers te gaan wonen. Zijn vader was bankdirecteur en zo'n twaalf jaar geleden had hij een prachtige villa laten bouwen in Vinkeveen.

Marnix slaakt een diepe zucht. Nee, hij heeft werkelijk niets te klagen. Hij heeft een riant appartement boven de dubbele garage, een luxe behuizing, van alle moderne gemakken voorzien. Hij betaalt er zijn ouders een symbolisch bedrag voor. Zo heeft hij dan alles wat z'n hart begeert: een geweldige job, een fraaie wagen, een eigen zeilboot. Daarbij is hij een fervent tennisser en elk jaar gaat hij minstens twee weken op wintersport. Dan zijn er natuurlijk de luxe zomervakanties met zijn ouders en zusjes. Aruba, Egypte, de VS, Indonesië, waar waren ze níet geweest?

Ja, eigenlijk vormen ze een hecht gezin, de meeste lui van z'n leeftijd – en ook van de leeftijd van z'n zusjes trouwens – zijn getrouwd of wonen samen. En als ze vrijgezel zijn, gaan ze met een stel vrienden en vriendinnen naar Frankrijk, Spanje of Italië. En de meer sportieve lui maken trektochten in de Schotse Hooglanden of 'doen' per fiets Frankrijk, tot in de Pyreneeën toe.

Hij fronst licht als hij aan zijn moeder denkt: soms komt het hem voor dat zij niet echt gelukkig is, ondanks al hun rijkdom en luxe. Zij is, met Benthe samen, wat hij noemt 'de bewaker van zijn ziel'. O, hij is dol op zijn zachtaardige, creatieve moedertje, maar haar preken kent hij inmiddels wel uit zijn hoofd.

'Marnix, er is meer dan alleen maar geld en bezit. Je bent zo materialistisch dat het me vaak benauwt. Ja, ik weet wat je zeggen wilt, en inderdaad, de appel valt niet ver van de boom. Ik wijs je vader immers ook regelmatig op het betrekkelijke van rijkdom, van een leven in weelde. Het doet me verdriet, Marnix, dat Benthe en ik de enigen van ons gezin zijn die nog regelmatig naar de kerk gaan. Niet dat het alleen daarvan afhangt. Maar je bent gedoopt, jongen, je bent een kind van God, vergeet dat nooit.'

Terwijl hij de wagen feilloos in een van de garages parkeert, denkt hij eraan hoe blij mam was geweest toen hij met Jade was thuisgekomen. Jade...

Hij had wel een paar vriendinnetjes gehad, maar dat had niets voorgesteld. Hij had domweg te weinig tijd gehad voor een hechte relatie. Tot de dag dat hij Jade Fortuyn had ontmoet. In het Vondelpark, waar hij elke ochtend voor dag en dauw jogde. Ja, hij had haar wel vaker zien rennen, je kwam er elke ochtend dezelfde fanatiekelingen tegen. Maar op die zonnige, wat nevelige ochtend in maart, ruim tweeënhalf jaar geleden nu, waren ze elkaar letterlijk tegen het lijf gelopen. Nóg ziet hij die verschrikte amandelvormige ogen, haar hoog opgebonden krullen, het kuiltje in haar kin. En haar mond, zo dicht bij de zijne: volle rode lippen, een beetje vaneengeweken. Het fraaie cupidoboogje...

Hij zucht en leunt achterover. Jade... Ze waren verliefd op elkaar geworden en binnen een maand na hun 'botsing' had hij haar gevraagd zijn meisje te willen zijn. En ze had ja gezegd, met stralende ogen, een blos op haar ronde wangen. Jade...

Zijn springerige levenslustige meisje. En intelligent ook: die studie geneeskunde was niet voor de poes! Ze hadden veel gelachen samen, ze had hem aan haar huisgenoten voorgesteld. Maar hij was liever met haar alleen.

Ze had ook haar beschouwelijke buien. Dan wilde ze praten. Over de zin van het leven, over haar geloof ook. Eerst had hij wat moeite gehad met haar gefilosofeer, maar algauw had hij geweten: zij is precies goed voor mij, ze laat me zien dat er inderdaad meer is tussen hemel en aarde, dat geld alleen niet gelukkig maakt. Vooral om haar een plezier te doen was hij nu en dan met haar naar de kerk gegaan, maar op een gegeven moment had hij ontdekt dat hij er steeds vaker naar verlangde. Die samenkomsten gaven hem een gevoel van rust, van saamhorigheid ook. Hij had waarschijnlijk toch meer van zijn moedertje dan hij altijd gedacht had.

Bijna twee jaar waren ze samen geweest. Jaren die zijn leven hadden verrijkt. O, ze hadden vaak genoeg ruzie gehad en ze had zijn geduld pijnlijk op de proef gesteld door te weigeren met hem naar bed te gaan.

'Liefje, we weten toch dat dit tussen ons voor altijd is? We hebben elkaar steeds beter leren kennen, geestelijk, maar evengoed lichamelijk. Ik ben een man van dertig, Jade, ik ben er echt aan toe met jou als man en vrouw samen te leven.'

'Ik verlang ook naar jou, Marnix, ik wil helemaal van jou zijn, maar laten we dan trouwen. Jij hebt een fantastische baan en ik blijf studeren. Daar zijn we aan toe, Marnix.'

Hij had haar in zijn armen getrokken, haar gekust en gestreeld. Hij raakte zoals altijd opgewonden van de welving van haar stevige, volle borsten, de ronding van haar heupen, haar zachte, ronde gezichtje.

Ze vond zichzelf te dik, maar daar was hij het volkomen mee oneens. 'Wat moet ik met zo'n spriet, aan een zak met botjes heb je toch zeker geen houvast?'

Ze hadden plannen gemaakt die herfst: in de lente van het komende jaar zouden ze gaan trouwen. Ja, zij had z'n geduld op de proef gesteld, maar die prijs wilde hij graag betalen om met haar, zijn edelsteentje, verder te gaan, een gezin te stichten uiteindelijk. Toen brak die gruwelijke nacht aan. Al hun plannen... ze vielen als een kaartenhuis in elkaar, gingen in rook op.

Eerst had hij elke avond aan het ziekenhuisbed gezeten, meestal samen met Jades moeder. Maar dat hield hij niet vol. Het werd eenmaal per week, al snel daarna eenmaal in de veertien dagen en op een gegeven moment ging hij helemaal niet meer, hij kon het niet meer opbrengen. Later, toen ze in 'Boschhaege' revalideerde, had hij haar tweemaal opgezocht. En hoewel hij ertegen vocht, kon hij zichzelf niet langer voor de gek houden: hij voelde steeds minder liefde. Daarvoor kwamen medelijden en weerzin in de plaats. Ja, dat ook. Hij kreeg een afkeer van deze hem totaal vreemde jonge vrouw, mager tot op het bot. Hij kon het niet aanzien, die trage bewegingen. En haar lijzige stemgeluid had hem bij tijd en wijle een vaag gevoel van misselijkheid bezorgd.

Het had geen zin meer. Voor haar was hij een vreemde. Maar zij was dat evengoed voor hem: niets was er over van dat fel levende, hyperactieve meisje. Lachen deed ze nooit meer, en ze leek alleen nog maar te kunnen snauwen. Hij was daar niet meer teruggekeerd.

Zijn moeder had hem ronduit laf genoemd. Och, dat kon er nog wel bij, zijn ego had een behoorlijke deuk gekregen toen hij moest vaststellen dat hij absoluut niet met tegenslagen en frustraties kon omgaan. Hij had zich volledig op zijn werk gestort en was daarnaast nog fanatieker gaan sporten. Maar in de lange, deels doorwaakte nachten stond hij zichzelf toe te huilen. Te huilen om wat verloren ging. En dan was er die angst: dat je zomaar, van de ene dag op de andere, uit dit leven weggerukt kon worden. Zoals Irma. Dat je alle houvast kwijt kon raken, zoals Jade... Jade...

Hij miste haar meer dan hij zeggen kon. Als hij droomde, was zij bij hem, dat fascinerende, levenslustige mensenkind van voor de ramp. Hij werd rustelozer naarmate de weken verstreken, en hij begon fouten te maken op zijn werk. Meestal wist hij die wel te verdoezelen, maar toch...

'Je moet haar gaan opzoeken,' had Benthe gezegd. 'Je maakt jezelf doodongelukkig als je Jade uit je leven schrapt. Je houdt nog steeds van haar, is het niet?'

Hij had haar gezegd dat ze zich met haar eigen zaken moest bemoeien en had weggekeken van haar verdrietige ogen. Juist omdat ze de spijker op de kop had geslagen, want een leven zonder Jade, het leek hem ondenkbaar.

Op een van die kille, grauwe dagen in april had hij z'n besluit genomen. Hij ging naar haar toe, naar Jade, zijn meisje. Met een hart vol verlangen was hij naar de polder gereden en hij had zich voorgesteld dat zij er nu veel beter aan toe zou zijn. Ja, ze zouden opnieuw beginnen! Ach, hoe anders was de werkelijkheid geweest. 'Ik ken je niet,' had ze traag gezegd. 'De Jade die jij gekend hebt, bestaat niet meer. En ook als ik beter word, dan zal ik evenmin nog zijn wie ik ooit was. Wat doe je hier eigenlijk nog? Ga weg, je maakt me nerveus. Ga weg alsjeblieft, ik ken je niet!'

Mevrouw Fortuyn had nog geprobeerd hem tegen te houden toen hij woedend de kamer verliet. 'Ze kan het niet helpen, Marnix, begrijp dat dan! Ze is haar geheugen kwijt, weet je nog? Van ons moet ze ook maar gewoon aannemen dat wij haar ouders zijn, dat Emerald haar zusje is. Als je werkelijk nog om haar geeft, is de code: geduld, veel geduld.'

Hij had zijn arm losgetrokken uit de klemmende greep van mevrouw Fortuyn en had laag en ingehouden gezegd: 'Voor deze Jade voel ik niets dan medelijden, afkeer zelfs. En zelfs als ik nog van haar zou houden, dan nog zou ik het geduld niet kunnen opbrengen dat kennelijk van mij verwacht wordt. Nee, mevrouw Fortuyn, het is voorbij. Voorgoed.'

Even later was hij met gierende banden de lange oprit af gescheurd...

Hij hervindt zichzelf in de auto en wrijft verwezen langs z'n ogen. Hij had gedacht dat het echt voorbij was, toen. Maar er gaat geen dag voorbij dat hij niet aan haar denkt. En dan die steeds terugkerende droom: hoe zij lachend komt aanzweven, gehuld in haar felpaarse joggingpak. Hij spreidt zijn armen, maar als hij haar wil omhelzen, is ze weg. Opgelost in het niets. Marnix Wessels zucht diep en bekommerd: voor hem is er maar één vrouw, en dat is Jade. Maar zij is onbereikbaar. Hij zal ermee moeten leren leven dat het voorbij is. Voorgoed voorbij. Of is er toch nog een weg terug?

ELKE OCHTEND HEEFT JADE MOEITE MET OPSTAAN. NU HAAR CONDITIE steeds beter wordt, begint ze een hekel te krijgen aan het nutteloze rondhangen. O ja, ze helpt mama een beetje met huishoudelijke klusjes, haar vader in de moestuin en met het verzorgen van de dieren, en daarbij heeft ze er een gewoonte van gemaakt flinke wandelingen met Biba te maken. Ze is zelfs al een paar keer in haar eentje naar het dorp gefietst om boodschappen te halen in de supermarkt. Ze had het doodeng gevonden, die eerste keer, want heel lang had ze alle drukte buiten het eigen erf vermeden. Maar toen het gelukt was met de boodschappen, had ze, hoewel ze bekaf was geweest, een gevoel van triomf gehad. Weer een stap verder op de goede weg!

Maar ondanks haar diverse bezigheden zijn er nog te veel lege uren. Niet dat ze zich ooit verveelt. Ze leest graag en veel en heeft inmiddels een start gemaakt om zich opnieuw vertrouwd te maken met de medische vakliteratuur.

Maar toch voelt ze gewoon dat het beter zou zijn als ze wat meer structuur in haar dagen zou aanbrengen. Ja, er zijn natuurlijk de vaste punten: elke woensdag naar 'Boschhaege' voor haar revalidatie, en de sessies bij Jos Jacobse. Soms alleen, vaker met 'het netwerk'.

Maar het is niet voldoende: nu studeren er voorlopig nog niet in zit – en misschien komt het er nooit meer van – wil ze een baan. Iets van drie, wie weet vier dagen per week. Maar banen liggen niet voor het opscheppen en voor haar zal het helemaal moeilijk worden, zeker hier in de polder.

Jade draait zich op haar rug en vouwt haar handen achter haar hoofd, terwijl ineens Emeralds woorden van enkele weken geleden haar weer te binnen schieten: 'Je zou weer moeten gaan paardrijden, zus!'

'Ja hoor, dat pak ik gewoon weer op, net alsof er niets veranderd is. Denk na, Em, ik mag dan aardig opknappen, het zal jou toch niet ontgaan zijn dat ik niet meer die vlotte, lenige meid van vroeger ben. Nee, 't is lief bedoeld van je, maar de frustratie van te falen wil ik mezelf liever besparen.'

'Oké, ik snap het. Maar vraag op "Boschhaege" toch maar eens of het een mogelijkheid is.'

Jade had wat onwillig haar schouders opgehaald en gesnauwd: 'Voor mij zijn al die dingen die voor jou zo vanzelfsprekend zijn, gewoon niet haalbaar. En hou er nou over op.'

'Bah, wat ben jij een stuk chagrijn! Pas maar op, zo meteen krijgen we allemaal de balen van je!' had Emerald nijdig gezegd en ze was de kamer uit gebanjerd. De tranen in haar ogen waren Jade niet ontgaan.

Jade gaat rechtop zitten en veegt het zweet van haar voorhoofd. Weer zo'n snikhete, benauwde dag.

'Straks krijgen ze allemaal de balen van me,' mompelt ze en dan moet ze vreselijk huilen. Ze weet het wel, ze gedraagt zich vaak onmogelijk, maar het is ook zo moeilijk allemaal! Haar toekomst, wat moet ze zich daarbij voorstellen? De leegte die haar aangaapt, beneemt haar bijna de adem. Wat moet zij toch met haar leven, haar nieuwe leven, beginnen? De tranen blijven stromen en ze laat het toe. Het voelt goed, ze heeft sinds de brand amper echt kunnen huilen.

'Open mijn ogen, Heer,' bidt ze zacht, 'en geef mij weer perspectief.' Als ze eindelijk wat tot bedaren komt, ervaart ze iets van ruimte. Alsof ze beter kan ademen, ondanks de klamme atmosfeer.

Nog even gaat ze liggen en laat bewust die weldadige gevoelens van opluchting door zich heen stromen. Zo meteen gaat ze lekker koud douchen en dan zal ze de krant eens gaan uitspitten bij het kopje PERSONEEL GEVRAAGD.

Ze glimlacht voor zich uit en neemt zich heilig voor een wat genoeglijker mens in de omgang te worden: ze doen zoveel voor haar, papa en mama, Emerald en Cory. En dan natuurlijk Carla, haar artsen en therapeuten. Het is niet dat zij niet haar uiterste best doet om sterker te worden, nee, aan haar doorzettingsvermogen ligt het niet. Het is haar houding: ze moest maar eens wat meer dankbaarheid tonen aan al die mensen die haar hun steun geven, eenieder op zijn of haar eigen manier. Ja, vanaf vandaag zal ze...

Een felle klop op de deur van haar kamer en dan staat haar moeder in de deuropening.

'Het is half tien, kom eindelijk eens uit je nest. Ik heb vanochtend al ik weet niet wat gedaan. En vanaf vandaag geen ontbijt meer op bed, jongedame. Je wordt een lui varken als we op de oude voet voortgaan!'

Jade schiet recht overeind, opent haar mond om eens flink terug te schelden maar klapt haar kaken hoorbaar op elkaar als ze de rood behuilde ogen van haar moeder ziet, de licht gebogen schouders.

'Ik wilde net gaan douchen, mam. Wat is er, je voelt je beroerd, hè?'

Jetty's mond is een rechte streep, rode plekken tekenen zich af op haar wangen.

Jade zwaait haar benen op de grond, wankelt even door de snelle beweging.

'Wat is er nou?'

'Ruzie met je vader,' zegt Jetty dof.

'Ach lieverd. Kom eens hier, ga even zitten.'

Jade laat zich op het bed zakken en klopt op het hoeslaken. Even lijkt Jetty nog te aarzelen, dan sluit ze de deur achter zich en laat zich naast haar dochter neerploffen.

'Jij hebt ook gehuild,' zegt ze schor, na een zijdelingse blik op Jade.

'Ja, maar het heeft mij geholpen. Jou niet, hè, mam?'

'Nee, integendeel,' zegt Jetty hortend. 'Het gaat niet goed tussen je vader en mij, kind, en dat is... dat is mijn schuld!' Ze slaat de handen voor haar ogen en begint opnieuw te huilen. Jade slaat troostend een arm om haar heen.

'Kun je het mij niet vertellen? Heeft het te maken met die ruzie waarvan ik getuige was? Jij had het toen ook al over schuldgevoelens. Heeft het met mij te maken, kun je het niet meer aan?'

Heftig schudt de ander het hoofd. 'Nee, nee, ik wil niet dat je zoiets denkt. Niet dat het niet zwaar is af en toe, maar eh... nou ja, ik heb soms het gevoel er alleen voor te staan. O, ik besef heus wel dat papa op zijn manier ook heel veel voor jou doet, maar hij en ik... we kunnen niet meer praten, niet echt, bedoel ik. Soms heb ik de afschuwelijke gewaarwording dat ik een welwillende kostganger over de vloer heb, die z'n eigen leven leidt... Hij laat me boeten, Jade, en...'

'Waarvoor in vredesnaam?'

Bruusk staat Jetty op. Ze recht haar schouders, en als ze zich naar Jade toe keert, heeft ze haar gezicht gesloten.

'Mam!'

'Ik ga koffiezetten. Ben je over een kwartier beneden? We gaan in de woonkeuken zitten, buiten is het nu al niet te harden. Doodmoe word je van dit weer.'

Voor Jade nog iets kan zeggen, is ze verdwenen.

Het blije gevoel van daarstraks is weg: ze voelt het al zo lang, er is iets vreselijk mis tussen haar ouders. Niet dat ze constant ruzie maken, nee, die afstand en die koude tussen hen, die verontrusten haar. Dan maar ruzie! Dat is tenminste een vorm van communicatie. Ze weet het nu zeker: er is iets voorgevallen tussen pap en mam, iets wat helemaal losstaat van wat haar, Jade, is overkomen.

Opnieuw heeft ze de gewaarwording dat ze iets weet. Beelden, harde stemmen... Bijna! Ze weet het weer... En dan ontglipt het haar, dat wat zij dacht te weten.

Terwijl ze doucht, piekert ze zich suf, maar ze beseft dat het geen zin heeft, want de herinnering moet spontaan terugkomen. Door een geur, door bepaalde muziek, in elk geval door iets wat emoties bij haar zal loswoelen.

Terwijl ze een short en een topje aanschiet, denkt ze ineens: misschien wil ik me dat – wat het ook zijn moge – niet herinneren.

Even later loopt ze met loden benen de trap af. Dan vermant ze zich, dat gepieker heeft geen enkele zin, ze moet haar aandacht op andere zaken zien te richten.

In de woonkeuken treft ze alleen haar moeder aan, lusteloos in een tijdschrift bladerend. Haar eerste opwelling is te vragen waar papa blijft, maar ze slikt die woorden in.

'De koffie ruikt goed, mam, en je hebt gelijk, het is hier wel uit te houden, zeker met de ventilator aan. Zal ik even inschenken?'

'Nee, ga jij maar lekker zitten. Sorry dat ik daarnet zo tegen je uitviel, ik reageerde m'n woede af op jou en dat was niet fair.'

'Toch heb je wel een beetje gelijk, mam. Toen jij binnenstoof, had ik net de balans opgemaakt. Ik wil meer met m'n leven, ik denk dat ik een baantje ga zoeken.'

Jetty kijkt verrast op.

'Dat lijkt me een goed idee, meiske. Maar het zal moeilijk worden iets te vinden, het werk zou niet te zwaar voor je moeten zijn, of te eentonig. Dat past niet bij je. Weet je, Jade, ik zie steeds vaker iets terug van het meisje dat je was. Je praat alweer veel vlotter en er is vaak iets van levenslust in je ogen; je hebt weer interesse voor wat er in je naaste omgeving en in de wereld gebeurt. En dat hoge lachje van je, dat hoor ik ook steeds vaker. Je weet niet half wat dat voor mij betekent, liefje. We dachten, nee, sterker nog, we hebben er rekening mee gehouden dat we je zouden moeten verliezen. En toen je eindelijk, na die tien weken die wel een jaar leken te duren, bijkwam uit je diepe coma was er de angst. Het gruwelijke beeld van onze eens zo vrolijke dochter die levenslang aan een rolstoel gekluisterd zou zijn, die niet meer zou kunnen praten. Dat je geplaagd zou worden door spasmen, ach, wat er toen niet allemaal door ons heen gegaan is... Ja, het was ontzettend te moeten aanvaarden dat je ons niet herkende, het deed zo vreselijk veel pijn. En dan nog die verlammingsverschijnselen. Die moesten binnen drie maanden zo goed als verdwenen zijn, anders... En kind, wat moet jij je ontheemd gevoeld hebben! Ja, je hebt in je werkboek geschreven hoe je dat ervaarde, we hebben erover gepraat. Maar ik ben ervan overtuigd dat woorden tekortschieten om te kunnen weergeven hoe jij je gevoeld hebt tot die doorbraak kwam. En ook dat was zwaar, heel zwaar. Maar nu... je geheugen komt stukje bij beetje terug en als ik je zo zie, met je gebruinde koppie en je slanke maar niet meer zo griezelig magere figuurtje... Ik dank God er elke dag voor, Jade. En dat wat ik vanochtend zei, dat je een lui varken wordt als je zo doorgaat, dat was ronduit gemeen. Iedere dag opnieuw vecht je om verder te komen, en ik weet hoe zwaar die dagen op "Boschhaege" voor je zijn. Maar nooit komt er een klacht over je lippen. Ik heb bewondering voor je, kindje, ook omdat je onder ogen durft te zien dat je nog een lange weg te gaan hebt.'

Jade slikt en veegt langs haar ogen. 'Alweer tranen,' zegt ze met een scheef glimlachje. 'Maar die woorden van jou, mam, die doen me een wereld van goed. Alleen, je schetst een iets te rooskleurig beeld van me, hoor. Ik ben me er wel degelijk van bewust dat ik vaak kribbig ben, dat ik me nu en dan ronduit bot gedraag. En dat pikken jullie dan toch maar.'

Jetty legt haar mollige handen over de tengere handen van Jade.

'Iedereen heeft weleens een rothumeur, ik vind dat jij in jouw situatie best wat vaker chagrijnig mag zijn. Want hoe je het ook wendt of keert, je hele leven is overhoop gegooid, al je toekomstplannen moet je bijstellen. Als jij weer eens uitvalt, probeer ik daar altijd aan te denken.' Ze grijnst even. 'Al lukt me dat niet altijd, zoals je uit ondervinding weet. En zullen we nu eens samen de personeelsadvertenties uitpluizen? Laten we maar beginnen met *Dorpsklanken*. Wat een ontzettend originele naam is dat toch!'

Ze proesten samen en als ze, met hun tweede kopje koffie onder handbereik, eendrachtig over de krant gebogen zitten, ervaren moeder en dochter eenzelfde gevoel van genegenheid en harmonie.

Ze hebben niets kunnen vinden, maar daar hadden ze ook wel rekening mee gehouden. Er zal zich binnenkort heus wel iets voordoen en bovendien is er nog de mogelijkheid om naar het arbeidsbureau te gaan.

Na een groot glas fris gaan ze samen Biba uitlaten. Jade speurt tersluiks hun erf af, maar kan nergens haar vader ontdekken. Een schaduw legt zich donker over haar gevoel van welbevinden. Bij de Lange Polderweg treffen ze net de postbode. Ze besluiten meteen terug te lopen en opnieuw de betrekkelijke koelte van de woonkeuken te zoeken. Het is gewoon te heet voor een lange wandeling.

Weer binnen bekijkt Jetty de post, terwijl Jade een paar sandwiches klaarmaakt. 'Hé,' roept Jetty verbaasd, 'een brief voor jou, Jade. Van Marnix.'

4

JADE VERBLEEKT, HAAR HART SLAAT OP HOL. ZE GRIST DE BRIEF UIT DE handen van haar moeder. 'Zijn handschrift,' stoot ze uit, 'mama, ik weet ineens weer hoe hij was. Samen... samen hadden we een lijst gemaakt van alles wat we moesten regelen voor onze bruiloft. Hij schreef altijd zo duidelijk, geen lettertje uit de pas...'

Ze gaat aan de keukentafel zitten en het beeld verschuift. Een hete blos kruipt op vanuit haar hals naar haar gezicht, fel pulseert een adertje bij haar slaap nu ze weer weet hoe het voelde als ze vrijden, ze hoort weer de hartstochtelijke woorden die hij fluisterde. Marnix, de man met wie ze haar leven wilde delen.

'Ik... ik moet even alleen zijn, mam, ik ga naar boven.'

'Dat is goed, kind,' zegt Jetty zacht.

Het is smoorheet op haar kamer, zweetdruppels prikken in haar ogen. Onder in haar klerenkast vindt ze de badstoffen band die ze destijds met het joggen droeg als het warm was. Als ze de band rond haar hoofd voelt, tuimelt ze terug in de tijd. Die ochtend in het Vondelpark, de botsing met die knappe man die ze er wel vaker gezien had. Zijn donkere dichte haardos, de wonderlijke lichtbruine ogen. Marnix Wessels. Een coup de foudre: liefde op het eerste gezicht. En dat gold voor hen allebei. De roes van die eerste maanden, daarna het ontdekken van hun onvolkomenheden over en weer.

Haarscherp kan ze zich hun gesprekken voor de geest halen. Ze weet weer dat ze soms een vage pijn vanbinnen voelde als Marnix uitweidde

over zijn werk, z'n inkomen. Zijn stem kan ze zich weer te binnen brengen: 'Jade, edelsteentje van me, jij past alleen maar in de allermooiste,
allerduurste setting. En ik persoonlijk zal er zorg voor dragen dat dat
gebeurt. Binnen twee jaar ben ik hoofd personeel en management bij
Eurotrans, let op mijn woorden. Met een salaris van anderhalve ton,
denk je dat eens in, schat. We zullen een prachtig huis laten bouwen, we
gaan naar de duurste meubelzaken voor de inrichting. Het moet natuurlijk allemaal design worden, topkwaliteit. En de slaapkamer, die wordt
een droom. Wat dacht je van een hemelbed?'
Meestal was ze meegegaan in zijn fantasieën, maar soms had het haar
ineens benauwd: als het aan Marnix lag, ging het alleen maar over geld
en goed. Niet dat zij afkerig was van een luxe leventje, een mooi huis,
exotische vakanties. Maar er was toch zeker meer in het leven? In het
begin zweeg zij over dergelijke gedachten, maar naarmate ze langer met
elkaar omgingen, besloot ze dat ook zij recht van spreken had, anders
zou er immers nooit sprake zijn van een gelijkwaardige verhouding?
Het was moeilijk geweest tot hem door te dringen, maar op den duur
leerde hij ook naar háár te luisteren. Ze sprak met hem over de zin van
het leven, het betrekkelijke van rijkdom. Ze vertelde hem over haar
geloof in God.
Soms zei hij wat geïrriteerd: 'Het is net of ik m'n moedertje hoor praten.'
Maar zij, Jade, wist dat hij dol was op z'n moeder. Hij mocht dan trots
zijn op z'n vader en naar hem aarden, wie ook maar iets negatiefs over
zijn mama Laura zou zeggen, kon zich maar beter bergen. En zo waren
ze langzamerhand naar elkaar toe gegroeid, ook al hadden ze regelmatig heftige woordenwisselingen. En altijd was er weer de verzoening.
Wel vond ze het jammer dat hij zich zo weinig gelegen liet liggen aan
het clubje van de Borneostraat. Soms verdacht ze hem ervan dat hij een
beetje neerkeek op haar vrienden... Ook weet ze nu weer dat ze zich
soms eenzaam voelde, juist als ze bij hem was. Dat was op die avonden
dat hij onbereikbaar leek voor haar hang naar diepzinnige gesprekken.

Toch had steeds hun liefde voor elkaar overwonnen.

Tot de klap viel en Marnix niet in staat bleek te leven met een voor hem onherkenbare jonge vrouw, meegezogen in een bijna dodelijke, comateuze slaap. Niet dat zij daar toen weet van had, maar later had hij het haar eerlijk gezegd. En ook dat hij het geduld niet zou kunnen opbrengen met een gehandicapte vrouw te moeten leven. En zij wist immers toch niet meer wie hij was, wat ze voor elkaar betekend hadden?

Hij verdween uit haar leven en het had haar niets gedaan. Ze had hem uiteindelijk zelf weggestuurd toen hij die ene keer hier was geweest. En nu die brief.

Ze durft hem niet openmaken, haar gedachten zijn verward. Marnix... nu ze weer zoveel heeft kunnen terughalen, raakt ze verstrikt in ambivalente gevoelens. Geeft ze nog om hem? Heeft ze ooit echt van hem gehouden? Ja, dat ze verliefd was geweest, daaraan twijfelt ze geen moment. Als ze eraan denkt hoe sterk hun verlangen werd om één te zijn... Ze huivert ondanks de hitte: haar latente seksuele gevoelens zijn tot nieuw leven gewekt, het hete bloed raast door haar lichaam. Maar haar hart en lijf spreken een andere taal dan haar verstand. Haar verstand dat haar klip en klaar zegt dat er voor hen samen geen toekomst zal zijn. Want toen ze hem écht nodig had, paste zij niet meer in zijn leven van geslaagd zakenman. Een man, die een mooie, gezonde vrouw naast zich wenste...

Eindelijk vindt ze de moed om de enveloppe te openen. Twee A-viertjes in zijn onberispelijke handschrift. Haar ogen vliegen langs de regels:

Lieve Jade,

Je zult wel verbaasd zijn een brief van mij te ontvangen, misschien vind je het zelfs vervelend. Maar alsjeblieft, lees verder, dit epistel heeft me menige zweetdruppel gekost.

Van je vriendin Cory weet ik dat het nu veel beter met je gaat, dat je geheugen gaandeweg terugkomt. Of je het puzzelstuk 'Marnix' alweer kon plaatsen wist ze niet. Of ze durfde niet te zeggen dat ik nog steeds geen enkele rol speel in je nieuwe leven. We hebben zoveel gedeeld, meisje, we hadden trouwplannen! Ik wil dat je weet dat ik me schaam over mijn gedrag tijdens je herstel. Ik kon er niet mee omgaan. Na dat mislukte bezoek bij jullie thuis heb ik me volledig op m'n werk gestort en ben ik nog fanatieker gaan sporten.

Maar in de loop der tijd is me meer en meer duidelijk geworden hoe leeg mijn leven is zonder jou. Jij was – gesteund door mijn moedertje en Benthe – de enige die me kon doen inzien dat het leven niet uit enkel en alleen carrière maken bestond. Begrijp me goed, mijn werk is nog altijd heel belangrijk voor me, maar ik mis de diepgang van onze gesprekken. Ik ging nog weleens naar de kerk, maar zonder jou naast me kon ik er zo weinig mee. De laatste tijd komt het er dan ook helemaal niet meer van.

Jade, ik mis je, ik droom ervan dat je weer in mijn armen zult liggen, ik verlang naar de strandwandelingen die we maakten. Dat soort dingen trok mij eerst helemaal niet, maar jij hebt mij leren inzien dat je niet heel de wereld hoeft te doorkruisen om mooie plekjes te vinden. Jade, het kind van de zee en de ruimte, zo noemde ik je weleens, weet je nog?

Ik hoop van ganser harte dat je weer weet hoe het was tussen ons. Ik droom van je, overdag denk ik aan je, soms zo intens dat het ten koste gaat van mijn werk. Liefste, ik kan niet zonder je! Mag ik je komen opzoeken binnenkort? En als je dat niet wilt, schrijf me dan terug. Laat me niet vallen zoals ik jou heb laten vallen, Jade, dat smeek ik je.

Met heel mijn hart, je Marnix

Die nacht kan Jade de slaap niet vatten. Zoveel emoties op één dag! Haar hoofd tolt, ze transpireert hevig, terwijl ze het volgende moment ligt te bibberen.

Ze is in haar knuffelstoel gaan zitten en rookt de ene sigaret na de andere. Naast haar staat een karaf gevuld met water. Ze drinkt vier, vijf glazen achter elkaar. Haar dorst lijkt niet te lessen.

Alles komt terug: mama's behuilde ogen vanochtend, haar eigen tranen die lucht gaven. De zorg om papa, de drukkende hitte, die ook nu van geen wijken weet.

En toen die brief. Het handschrift en de woorden die zoveel in haar teweeg hadden gebracht. En nu de worsteling met de vraag: wat moet ik hiermee? Wil ik Marnix eigenlijk nog wel zien? Geef ik nog om hem, heb ik ooit echt van hem gehouden? Zoveel vragen, ze komt erin om. Ze probeert te bidden, maar haar woorden lijken in de klamme hitte te blijven hangen.

Dit houdt ze niet vol, het is al vier uur geweest!

In de badkamer zet ze de kraan wijd open en ze plenst handen vol water in haar verhitte gezicht. Maar het helpt niet; zodra ze zich met een handdoek heeft drooggedept, breekt het zweet haar opnieuw uit. De bonkende pijn die in haar nek was begonnen, neemt bezit van haar hele hoofd. Zo misselijk, ze is zo vreselijk misselijk.

Kreunend van narigheid buigt ze zich over het toilet en braakt. Water, veel water eerst, en daarna gal. Bitter en bijtend. Haar tranen vermengen zich met het zweet.

Dan zijn daar mama's handen op haar schouders. 'Jade, arme meid, het was ook allemaal te veel vandaag. Moet je nog meer overgeven? Nee? Goed zo.'

Ze trekt haar bevende dochter in haar armen en zegt: 'Je krijgt twee zetpillen van me. Kom, ik breng je naar bed.'

Jade laat met zich doen als was ze een klein kind. Jetty ontdoet haar van het doorweekte topje en trekt haar een schone aan. 'Nu heel rustig blijven liggen, schat. Ik blijf bij je tot je slaapt.'

Tegen het ochtendgloren valt ze eindelijk in slaap. Een slaap vol angstige dromen. Ze zijn er allemaal, hun clubje is weer compleet, maar de ruimte waarin ze zich bevinden, is stikdonker. Zij zijn alleen maar stemmen. Dan, plotseling, is er die helle gloed, die verzengende hitte. Marnix staat hoog en militant boven hen op het vervormde dak. Hij grijnst en zegt lachend: 'Die vlammen krijgen mij niet te pakken, ik sta boven jullie!' Dan stort hij voorover. Met een angstige schreeuw ontwaakt Jade, badend in het zweet. En weer zijn er tranen.

Het is al bijna één uur als Jade de volgende dag wakker wordt. Heel voorzichtig komt ze overeind. Ze voelt zich zwak, de benauwende hitte van weer zo'n tropische dag legt zich klam over haar heen, maar die gruwelijke hoofdpijn is verdwenen. Er is nog slechts een vaag kloppen in haar nek.

Ze heeft een ontzettende dorst en wil haar waterglas pakken; ze zal eerst maar even genoegen nemen met een paar slokken lauw water, straks... En dan ziet ze het dienblad op haar nachtkastje. Er zijn crackers, een paar kuipjes jam, een glas vers sinaasappelsap, afgedekt met een onderzettertje, en een thermoskan. Lieve mam, denkt ze terwijl ze het deksel losdraait. De geur van koffie prikkelt haar en noodt tot drinken. Maar eerst leegt ze in een paar teugen het hoge glas met het koele sap: zelfs de ijsblokjes was mama niet vergeten. De koffie doet haar goed en dan eet ze met smaak de crackers.

Na dit uitgekiende ontbijtje voelt ze zich meteen een stuk fitter. Nog geen halfuur later zit ze, haar natte haren achterovergekamd en gekleed in een wit tricot zonnejurkje, aan de grote eettafel. Het is betrekkelijk koel in de woonkeuken.

Even was er die teleurstelling geweest: mama was er niet! Ach, natuurlijk, het is vrijdag, mam werkt vandaag in de boetiek.

Prompt daarop ziet ze het kattebelletje in mama's sierlijke, ronde letters:

Goedemorgen (of -middag), lieverd, ik hoop dat het ontbijt goed gevallen is. Doe maar rustig aan vandaag, het is toch te benauwd om iets te ondernemen. Wat ben ik blij dat wij airco in de zaak hebben!
Toen ik vanochtend vroeg onder de douche stond, besefte ik ineens dat we morgen gasten hebben: jouw vriendenclubje, inclusief Arthur! Het zal geen gemakkelijke dag worden, ik hoop dat je tegen de confrontatie – want dat is het toch wel – opgewassen zult zijn. Maar je weet, ik ben er om je te steunen! In

elk geval zal het als de weersvoorspellingen uitkomen, een stuk koeler zijn
morgen. Ik hoop wel dat ik vanmiddag, voor het ons aangezegde noodweer,
veilig onder de pannen ben in ons 'behouden huis'. Als je het ziet zitten: graag
om half zes een grote pot kamillethee en m'n lievelingscd op volle sterkte (nou
ja...). Dag meiske, een dikke kus van

mama

Met een glimlach schuift Jade het briefje terzijde. Zo, nu even lekker de
krant lezen onder het genot van een enorm glas fris en een sigaretje.
Maar dan dringt het tot haar door: morgen zullen ze hier zijn, Cory,
Arthur en Justin. Hun clubje, ja, maar dan toch zonder Irma. Haar hart
slaat een vreemde roffel en begint dan fel te bonken: nu zal het er dan
eindelijk echt van komen! Met driftige halen inhaleert ze, en ze denkt
angstig: morgen al, ik was het vergeten! Maar nee, nu houdt ze zichzelf
voor de gek, ze heeft er niet aan willen denken. En dat terwijl het toch
haar idee is geweest.
Opnieuw komt er een gemene hoofdpijn opzetten. Bruusk staat ze op,
grabbelt in een van de keukenlaatjes onder het aanrecht, en met trillende handen drukt ze drie aspirines uit de strip.
Als ze de pijnstillers met veel water heeft ingenomen, wordt ze wat
rustiger. Maar die huiveringwekkende sensatie van dreiging blijft. Ze
tracht die nuchter en analytisch onder ogen te zien: het is ook niet
niks, mam noemde het terecht een confrontatie. Niet alleen met het
clubje, maar met alles wat er gebeurd is. Die nacht van de brand, die
zal zeker ter sprake komen en de periode daarna, die hen zo onverbiddelijk uiteengedreven heeft. Alleen Cory is haar eigenlijk nog echt vertrouwd.
Arthur heeft te kennen gegeven een nieuw leven te zijn begonnen. Hij
heeft het boek van al die jaren samen, zowel de fijne als de akelige dingen die ze samen beleefd hebben, voorgoed willen sluiten. En toch heeft
hij zich laten overtuigen door Cory en zal hij van de partij zijn. Dan
Justin. Een schim van z'n oude zelf, had Cory gezegd. Stikvol schuldge-

voelens, totaal uit het lood geslagen. Het getuigt van moed dat hij toch wil komen. Hij draagt een last die te zwaar is om te dragen: het is zijn nalatigheid geweest waardoor hun studentenhuis in vlammen is opgegaan. Het moet vreselijk zijn de dood van een vriendin op je geweten te hebben. Een vriendin die naar de mens gesproken nog een heel leven voor zich had.

Jade zucht diep en huivert, ondanks de warmte.

Ze staat traag op en loopt naar het raam. Haar slippers slepen over de houten vloer: ze is zo moe, zo ontzettend moe. Ze laat zich voor de vensterbank op haar knieën zakken en buigt de lamellen wat uiteen. Haar adem stokt: de lucht is vuilgeel, roerloos staan de struiken en bomen. Stilte voor de storm, weet ze, en ze legt haar warme gezicht op het koele marmer van de vensterbank.

Mam, kom thuis, denkt ze en paniek overvalt haar. Nee, ze is niet bang voor haar eigen welzijn, zij is hier veilig, in hun 'vesting'. Er is een bliksemafleider en de hogere bomen staan zeker twintig meter van het huis vandaan.

Papa, ze moet hem bellen en hem zeggen dat hij mama thuis moet brengen. Moeizaam staat ze op, neemt de telefoon van de antieke buffetkast en toetst het nummer van het gemeentehuis.

'Je vader is in bespreking,' zegt Sandra, zijn secretaresse. Vriendelijk, dat wel, maar ook heel gedecideerd.

'Kan me niks schelen,' snauwt Jade, 'zeg maar dat het dringend is.'

Sandra sputtert nog even tegen, maar gaat dan overstag. 'Goed dan, momentje.'

'Fortuyn hier.'

'Pap, je moet... ik wil dat je mama gaat halen. Jullie moeten thuiskomen. Ik ben bang, mam is op de fiets en... heb je al naar buiten gekeken?'

'Ach, liefje, waar maak je je nou zo druk om? Ik kan hier niet weg nu en mam kan de tent daar ook niet zomaar sluiten. Nee, meid, het komt wel goed, als het noodweer wordt, is je moeder slim genoeg om met een taxi naar huis te komen. En nu moet ik verder. Hou je haaks, hè.'

Verdwaasd kijkt Jade naar de telefoon in haar hand: hij heeft zonder meer opgehangen!

Haar tenen doen pijn als ze op stijve benen naar de tafel loopt. Ze laat zich op een stoel neerzakken en prevelt in de dreigende stilte: 'Hij geeft niet meer om mama. Ze leven langs elkaar heen.' Een diepe wanhoop maakt zich van haar meester. Ze legt haar hoofd op haar armen en huilt. En buiten wordt het donker. Stikdonker.

5

Onrust maakt zich meester van Jetty Fortuyn. Het is nog geen drie uur en het lijkt wel nacht!

Ze ijsbeert heen en weer tussen de kledingrekken. Klanten zijn er niet, die verwacht ze eigenlijk ook niet meer. Er is zwaar weer op komst, dat is wel duidelijk, en Jade is helemaal alleen thuis. Het 'behouden huis', zo had ze op het briefje geschreven, maar nu lijken die woorden misplaatst. Ze moet naar huis, ze wil bij Jade zijn! Ja, haar besluit staat vast. Ze sluit de zaak, stapt op haar fiets en als ze geluk heeft, is ze voor de bui losbarst thuis. Het is maar ruim een kwartier fietsen tenslotte. Of zal ze een taxi bellen? Even aarzelt ze nog, dan hakt ze de knoop door en belt taxibedrijf Polderland.

Als Jetty de voordeur opent, vallen de eerste grote druppels en in de verte rommelt het al. Toen ze de oprit vanaf de Lange Polderweg waren opgereden, was de schrik haar om het hart geslagen: donker hadden de vensters haar aangestaard.

Ze knipt de ganglamp aan en haast zich naar de kamer: er is iets vreselijk mis met Jade!

Diepe duisternis, doodse stilte. Een felle bliksemschicht zet de huiskamer in een helle gloed. Jetty slaakt een kreet en knipt snel een paar schemerlampen aan. Ze brengt haar hand naar haar keel: Jade is hier niet! Ze vliegt de kamer uit en neemt de trap met twee treden tegelijk.

Met een zwaai zwiept ze de deur van Jades kamer open en drukt op de schakelaar meteen om de hoek. Het bed is keurig opgemaakt. Jade, waar ben je?

De woonkeuken natuurlijk! Maar ze zou daar toch niet al die tijd in het donker hebben gezeten? Jetty haast zich naar beneden, haar kleren plakken aan haar bezwete lijf.

Er is alleen maar die dreigende stilte als ze de woonkeuken binnengaat. Eerst licht maken! En dan ziet ze haar oudste dochter, ze hangt met haar hoofd op haar armen aan de tafel en is in een diepe slaap verzonken.

In een paar stappen is Jetty bij haar. Jade is inwit onder het bruin van haar huid en er zijn sporen van tranen. Heel zachtjes schudt Jetty haar bij de schouders heen en weer.

'Liefje, wakker worden,' zegt ze zacht maar dringend.

Opnieuw een felle bliksemschicht, en niet veel later een knetterende donderslag.

Met een schreeuw schiet Jade rechtop en gilt dan: 'Mama, mama, ik was zó bang en hij wilde je niet thuisbrengen!' Steeds maar weer herhaalt ze die woorden.

Als zachte woorden niet helpen, schreeuwt Jetty ertegenin: 'Stil nou, kindje, ik ben bij je! Kijk me aan, je moet nu rustig worden.'

'Mam,' ademt Jade, 'je bent thuis. Dit is echt, toch, of droom ik?'

'Het is echt, Jade, je bent niet meer alleen nu. Ik ben met een taxi naar huis gekomen. Maar kom, ik schenk eerst een glas cognac in, daar zijn we allebei wel aan toe.'

Als Jade een paar slokjes genomen heeft, krijgt ze weer wat meer kleur en haar ogen staan niet meer zo verwilderd.

'Wat bedoelde je eigenlijk met "hij wilde je niet thuisbrengen"?' vraagt Jetty dan.

Jades ogen lopen vol.

'Papa, ik heb hem gebeld. Ik heb gezegd dat hij je meteen thuis moest brengen. Hij zei dat jij je wel zou redden en toen hing hij op. Hij houdt niet meer van je, hè? Jullie groeien almaar verder uit elkaar. Ik weet dat er iets is voorgevallen... Alleen, als het erop aankomt, laat m'n geheugen me in de steek. Er zijn toch al zoveel dingen die ik me wél weer kan herinneren. Misschien wíl ik het niet weten...'

Jetty is heel bleek geworden. Ze opent een paar maal haar mond, zegt dan schor: 'We hebben je al gezegd dat er problemen zijn, Jade. En ook dat het iets tussen je vader en mij is. Weet je, ik wil...'

Opnieuw een bliksemschicht, zo hel dat de woonkeuken even felblauw verlicht wordt, dan de slag. Vijf, tien minuten lang ontlaadt het noodweer zich boven 'De Ruimte', een gesprek is niet mogelijk. Bij elke slag krimpt Jade ineen, terwijl Jetty als een wassen beeld tegenover haar zit. 'Bewaar ons, Heer,' prevelt Jade, 'spaar de levens van alle mensen hier in dit vlakke land.'

Weer dat helblauwe licht, dan een slag zo oorverdovend dat Jetty uit haar apathie ontwaakt en vliegensvlug onder de tafel duikt.

Die is vlakbij ingeslagen, weet ze. Jade denkt aan Carla en haar twee jongste kinderen. Even is er een diepe stilte, dan begint het te regenen, een wolkbreuk.

'Mama, kom, ga zitten. Ik schenk je nog een glas cognac in.'

Jetty duikt op met warrige haren en een verwilderde blik in haar ogen. Jade is al bij haar en neemt haar moeder dicht tegen zich aan. 'Je beeft van top tot teen, mamsie. Kom, drink dit op.'

'Ruik je die vreemde geur, Jade?' bibbert Jetty.

'Ozon, dat is de geur van ozon, mam. Toe, ga nou rustig zitten en drink wat. Ik ga Carla bellen, ik maak me zorgen.'

'De lijn is dood,' zegt ze even later bleekjes. 'Gek, de lampen hier doen het nog, maar ik zal toch wat kaarsen aansteken, voor de zekerheid.'

'Het is hier vlakbij ingeslagen,' zegt Jetty dof. 'Misschien wel bij Carla...'

Ze neemt een flinke slok cognac, recht haar schouders en zegt dan staccato: 'Zo, ik moest mezelf maar eens stevig onder handen nemen, jij bent heel wat flinker geweest dan ik, kind. Ik ga eens controleren of de stroom van een andere groep is uitgevallen.'

Dat blijkt inderdaad het geval te zijn: de woonkamer, twee slaapkamers aan de voorkant van het huis op de eerste etage en de badkamer zitten zonder stroom.

'Zullen we maar hier blijven zitten?' stelt ze voor als ze terug is in de woonkeuken.

Jade knikt en huivert.

'Ja,' merkt Jetty op, 'het is volgens mij al behoorlijk afgekoeld. Zal ik een blik soep openmaken? Ik heb nu totaal geen puf om te koken.'

'Papa rekent natuurlijk op een van je uitgebreide maaltijden. Net of er niets gebeurd is. Je hebt hem verwend, mam. Maar goed, wij doen het met soep, en hij heeft zich maar aan te passen.'

'Niet zo doen, Jade,' zegt haar moeder klaaglijk.

'Oké, ik zal me nergens meer mee bemoeien, jullie modderen maar fijn door samen. Weet je wat me trouwens net te binnen schiet? Je hebt kans dat morgen onze knusse reünie helemaal niet kan doorgaan, het zou zomaar kunnen dat de helft van het spoorwegnet platligt. Nou ja, ben ik daar tenminste ook met goed fatsoen vanaf.'

'Niet zo sarcastisch, Jade,' smeekt Jetty, 'laten we het nou samen een beetje gezellig houden, oké?'

Jade haalt haar schouders op en zegt: 'Goed, ik zal m'n best doen. Hoor je trouwens dat de regen bijna opgehouden is? Ik ga even naar de serre, volgens mij is aan die kant van het huis de bliksem ergens ingeslagen.'

Ze voegt de daad bij het woord en roept nog geen tien tellen later: 'Mam, kom gauw! Twee van onze mooie berken, ze liggen dwars over het achterpad!'

Jetty komt aangesneld en slaat haar arm om Jades schouder. 'Het zijn maar bomen,' zegt ze zacht. 'Maar toch...' Snel veegt ze langs haar ogen.

Jade maakt zich zachtjes van haar moeder los en zegt gedecideerd: 'Ik ga kijken of bij Carla alles in orde is. Nee, probeer me niet tegen te houden, wat kan me nou nog gebeuren? Ja, ik doe m'n regenjack aan, maak je nou maar geen zorgen. En ik wil toch uit de buurt zijn als papa thuiskomt, die rotstreek van vanmiddag vergeef ik hem niet zomaar.'

'Het is mijn schuld,' zegt Jetty, 'het is allemaal mijn schuld. Misschien kan ik het je maar beter vertellen, met het risico dat je me nooit meer wilt zien, of in elk geval een hele tijd niet.'

'Mam, doe niet zo eng, waar zou ik heen moeten? Dit hier is mijn thuis, dit is ons "behouden huis", om jouw eigen woorden maar eens te gebruiken. Nou, vertel op, zo vreselijk kan het niet zijn.'

'Het is wél vreselijk, het is onvergeeflijk. Ik heb... ik ben... o, kind, hoe moet ik je dit zeggen?'

'Jetty!'

Tegelijk draaien moeder en dochter zich om. Frans Fortuyn staat onder de boog die de serre markeert.

Er valt een doodse stilte.

'Ik ben al weg,' zegt Jade hard. Even later valt de voordeur met een klap achter haar in het slot.

Die zaterdagochtend ontwaakt Jade tegen zevenen uit een verstikkende droom.

Ze is meteen klaarwakker, stapt uit haar bed en opent de gordijnen. Grauw staart deze nieuwe dag haar aan. Donkere wolkengevaarten zoeken hun weg hoog boven de polder. Het regent zachtjes.

Ze was de avond tevoren heel lang bij Carla gebleven. Gelukkig waren zij en haar kinderen Jochem en Wieke met de schrik vrijgekomen. 'Wat voel je je dan nietig, hè, als de elementen zo tekeergaan. Ik zie daar Gods hand in. Het is af en toe nodig ons te laten beseffen hoe groot en machtig Hij is, onze Vader daarboven, en hoe klein wij mensenkinderen,' had Carla gezegd.

Jade had haar hart uitgestort bij Carla, had haar angst onder woorden gebracht. 'Ik ben bang, Car, zo bang dat papa en mama... nou ja, dat het nooit meer goed komt. Dat ze uiteindelijk gaan scheiden. En die gedachte kan ik niet verdragen. Ik ben vooral kwaad op mijn vader, maar mam zei dat het allemaal haar schuld was. Ik voel, nee, ik weet dat er iets akeligs gebeurd is, dat weekend twee weken voor Kerst. Maar eigenlijk wil ik helemaal niets weten. Mama wilde het mij vertellen en toen stond hij daar ineens, m'n vader. Hij riep alleen maar haar naam en zij sloeg dicht. Ik wil niet terug naar huis, kan ik vannacht hier blijven?'

'Je weet best dat dat mogelijk is, maar je bereikt er niets mee. Het is alleen een kwestie van uitstel. Je ouders weten toch dat je hier bent, hè? Bel even dat je nog een poosje blijft. O nee, dat kan niet, de lijn is dood. Meisje, wees verstandig nu, het is al bijna half elf. Ga naar huis. Het is goed dat je hier gekomen bent, en je weet: wat wij besproken hebben, blijft onder ons. Heus, het is niet dat ik je hier weg wil hebben, jouw bezoek heeft me goedgedaan. Ik was echt wel toe aan praten met een volwassene na dat vreselijke noodweer. Ik had trouwens ook al geprobeerd jullie te bellen. Maar ga nu. Weet je, de kinderen slapen als rozen, ik breng je even thuis.'

Thuis...

Ze had amper nog een woord gewisseld met haar ouders, was vrijwel meteen doorgelopen naar boven. Ze voelde zich uitgeput en was meteen onder zeil gegaan.

En nu... Vandaag komen ze: Cory, Arthur en Justin. Ze heeft er bepaald ambivalente gevoelens over, maar de ontmoeting zal haar in elk geval afleiden van haar getob over papa en mama. Tenminste, dat hoopt ze. Ze huivert en besluit een hete douche te nemen.

Om kwart voor acht zit ze aan de grote tafel, voor het eerst sinds tijden weer gekleed in een spijkerbroek en een T-shirt met lange mouwen. Ze heeft zich zorgvuldig opgemaakt. Dat geeft haar wat meer zelfvertrouwen. Ze is bang.

Ze drinkt drie glazen thee en werkt met moeite een boterham weg. Ze is zenuwachtig, haar maag zit in de knoop.

Ze zet haar bord en het glas in de vaatwasser en loopt dan met slepende voeten naar de serre. Haar tenen doen gemeen zeer. Ze posteert zich voor het rond lopende raam en kijkt naar de twee gevallen berken. De regen huilt met haar mee.

'Jade...'

Met een ruk draait ze zich om en hard zegt ze: 'Ik wil niet met je praten. Wat mam ook gedaan mag hebben, jouw gedrag van gisteren vind ik onvergeeflijk.'

Zwijgend loopt ze langs haar vader heen en zoekt haar heil op haar kamer. Rusteloos ijsbeert ze heen en weer, en steeds kijkt ze op haar horloge. Kwart voor negen is het nu, nog ruim twee uur voor haar vrienden arriveren. Op het nieuws had ze gehoord dat alleen het noorden van het land door het noodweer getroffen was.

Er was veel schade en twee mensen hadden het natuurgeweld niet overleefd. Ze huivert. Het goede nieuws was dat de treinen gewoon reden, althans vanuit de Randstad. In Groningen en Drenthe had de NS bussen moeten inzetten, dus voor Arthur zou het een lange, vervelende reis worden. Misschien voor hem een goed excuus om niet te komen, hij zag het toch eigenlijk niet echt zitten, had ze van Cory begrepen. Nou ja, ze zou wel zien.

Maar die uren die voor haar liggen, hoe moet ze die doorkomen? Ze laat zich in haar knuffelstoel neerploffen en dan valt haar oog op de brief van Marnix, die half onder het vloeiblad op haar bureau ligt. Traag strekt ze haar arm uit en houdt de twee dichtbeschreven vellen in haar handen.

Ze staart naar dat fraaie handschrift. Marnix. Ze leest de brief nog eens door en verfrommelt hem dan tot een prop. Ze mikt hem naar de prullenmand en mist.

Marnix had gevraagd of ze in elk geval wilde reageren. Ze trekt haar benen onder zich en piekert. Wat voel ik eigenlijk nog voor hem? Voel ik überhaupt nog wel iets voor hem? Ja, de gedachte aan hun intieme momenten had gemaakt dat ze zich voor het eerst weer volop vrouw voelde, ze kent weer het verlangen te kussen en te strelen, bemind te worden. Maar verder... Ook al weet ze nu weer wie hij is, hoe het was toen ze nog samen waren, zij mist hem niet. Er is geen verlangen hem te zien, met hem te praten. Of zou die leegte die ze ervaart als ze aan hem denkt een gevolg zijn van haar coma? Maar nee, dan zou ze ook geen liefde en genegenheid kunnen voelen voor haar ouders, Emerald, Cory, Carla.

Onrustig beweegt ze haar schouders; houdt ze dan toch nog van haar vader? Ach, ze kent het antwoord immers heel goed. Natuurlijk geeft ze nog om hem, anders zou ze zich niet zo druk maken over zijn gedrag. En de gedachte dat papa en mama uit elkaar zouden gaan is onverdraaglijk.

Ze zucht eens diep en dan ineens weet ze wat haar te doen staat: ze zal Marnix terugschrijven. Ze weet nu wel zeker dat het nooit meer goed zal komen tussen hen en hij verdient het niet dat zij hem aan het lijntje houdt.

Juist als ze zich achter haar bureau geïnstalleerd heeft, wordt er op de deur geklopt.

'Nee!' roept ze. Ze wil niet met papa praten, nog niet. Maar dan staat hij al in haar kamer. 'Ik heb koffie voor je,' zegt hij. Zijn stem klinkt vreemd laag.

'Bedankt, zet maar neer.'

'Jade, we moeten praten, ik...'

'Niet nu. Jullie hebben zoveel kansen voorbij laten gaan. En bovendien, het is toch iets tussen mama en jou? Dat heb ik je diverse keren horen zeggen. Nee, ik wil er niets over horen, zorg er eerst maar voor dat jij en mam weer eens een fatsoenlijk gesprek kunnen voeren in plaats van elkaar zo te negeren. En wil je nu weggaan, ik heb werk te doen.'

Frans Fortuyn zucht diep en bekommerd. 'Als jij het zo wilt... Misschien is het ook niet het meest geschikte moment, nu je vrienden komen. Het zal een zware dag worden, kind. Ik ga er trouwens gewoon van uit dat ik Cory en Justin om half elf van de trein haal in Kampen.'

'Fijn, bedankt alvast,' zegt Jade stug en ze buigt zich over het blanco vel papier. Haar ogen branden.

Als haar vader weg is, veegt ze driftig langs haar ogen, drinkt haar koffie en begint dan. 'Beste Marnix.' Nee, dat is niks, en 'lieve' natuurlijk evenmin. Haar pen aarzelt boven het papier, dan begint ze te schrijven.

Marnix,

Bedankt voor je brief.
Ik vind het moedig van je dat je zo eerlijk durft te zijn. Ik had je al eerder moeten schrijven, maar heb het steeds voor me uit geschoven. Juist omdat ik ook eerlijk wil zijn.
Marnix, wij hebben een heel fijne tijd gehad samen, en ik ben blij dat ik me weer herinner hoe het was tussen ons.
Maar er is zoveel veranderd, ik zal nooit meer dezelfde Jade zijn van voor de brand. Jij hield van mij omdat ik jouw tempo kon bijhouden, omdat ik bruiste van levenslust. Ik was een gezonde jonge meid, met wie je kon lachen, met wie je kon praten. Maar ik ben veranderd, Marnix.
Je hebt zelf heel duidelijk aangegeven dat geduld niet je sterkste kant is. Toen ik nog je meisje was, gaf dat helemaal geen problemen.
Ja, het is waar dat ik enorme vooruitgang heb geboekt, maar ik ben er nog lang niet. Alles, letterlijk alles wat ik onderneem, kost me moeite, ik ben in alles trager geworden. De prognose is goed, dat wel: ik zal over twee, misschien drie jaar weer bijna alles kunnen wat ik vroeger kon. Sneller ook dan nu, maar niet zo snel als voorheen en dat zou voor jou te frustrerend zijn. Op den duur zou je je aan mij gaan ergeren.
En dan het allerbelangrijkste. Ik vind het vreselijk dit zo zwart op wit te moeten zetten, maar ik houd niet meer van je, ik mis je niet. Wat wij samen hadden, is voor mij nog slechts een fijne herinnering. Het is niet anders.
Het goede dat er was, is een gesloten hoofdstuk. Ik vecht voor een nieuw bestaan, dag in, dag uit. En al is het vaak zwaar, ik heb weer een toekomst, Marnix. En dat geldt ook voor jou. Heus, ook zonder mij kun je opnieuw gelukkig worden. Ik wens je alle goeds en dat meen ik van ganser harte.

Jade

Niet meer nalezen nu.

Snel schuift ze de brief in een enveloppe, plakt er een postzegel op en gaat staan.

Een lichte duizeling overvalt haar en ze klemt zich vast aan de leuning van de rechte stoel. Haar rug doet pijn, en ook spelen die vervelende tenen weer op.

Ze haalt een paar maal diep adem, drinkt een glas water bij de wastafel en gaat dan naar beneden. Ze wil de brief meteen posten en ze zal van de nood een deugd maken: Biba is altijd wel in voor een fikse wandeling en als ze dan over zo'n drie kwartier weer terug is, zal ze amper nog hoeven wachten tot haar vrienden hier zijn. Hun clubje, zonder Irma.

Eenmaal buiten zet ze er flink de pas in. Heerlijk, die frisse wind. Ook de hond geniet, uitgelaten dartelt hij voor haar uit. Voor even ziet Jade kans al haar zorgen opzij te zetten.

6

ZE ZITTEN TEGENOVER ELKAAR IN DE TREIN, CORY EN JUSTIN.

'We zijn al zowat in Zwolle,' zegt Justin schor, en uiterst nerveus strijkt hij langs z'n kin en hals. Zijn keel voelt dik en pijnlijk aan en hij schraapt z'n keel. De hele reis heeft hij zich geen moment kunnen ontspannen. Cory kijkt hem met ogen vol medeleven aan.

'Probeer je toch wat te ontspannen, Just. Hoe vaak heb ik je nou al gezegd dat deze reünie Jades idee is, haar uitdrukkelijke wens zelfs.'

'Ja, onbegrijpelijk maar waar,' zegt Justin. 'Ik snap gewoon niet dat ze mij nog wil zien, ik heb haar hele leven overhoopgegooid. Ze was bijna dood geweest! Net als Irma.'

De randjes rond zijn ogen worden rood.

'Justin, alsjeblieft, je hebt jezelf al genoeg gestraft. Je hebt het zwart op wit dat Jade je vergeeft, wat wil je nou nog meer?'

Schichtig kijkt Justin om zich heen. 'Niet zo hard, Cory.'

Ze buigt zich naar hem toe en fluistert: 'Jij hebt me zelf gezegd dat je op "De Eikenhof" God pas echt hebt leren kennen. Niet de wrekende God, met wie je oma je de stuipen op het lijf gejaagd heeft. Nee, je hebt nu weet van Gods liefde, van vergeving ook.'

'Ja,' zegt Justin nauwelijks verstaanbaar. 'Hij gaf Jezus, ook voor míjn zonden. Maar de mensen... mensen zijn vaak hard, wreed zelfs. Niet iedereen natuurlijk, jij bent een mensenkind met een hart vol liefde, en Jade... ik wil geloven dat zij mij vergeven heeft. Maar Arthur, hij kon soms zo bot zijn. Ik zie er vreselijk tegen op hem onder ogen te komen, Cory.'

Zij legt haar hand op de zijne.

'Je moet wat meer vertrouwen hebben, joh. En denk niet dat ik niet tegen ons samenzijn opzie.'

'Wij naderen station Zwolle, deze trein gaat verder als intercity naar Groningen en Leeuwarden. Het voorste gedeelte is bestemd voor reizigers richting...'

Justin is overeind gesprongen, hij ziet lijkbleek.

'Ik ga terug, Cory, ik kan dit niet aan.'

'Doe niet zo stom. Kom op, rennen, dan halen we dat boemeltje naar Kampen nog.'

Hij kijkt haar vertwijfeld aan, maar laat zich gezeggen.

Ruim tien minuten later worden ze op het station van Kampen begroet door Jades vader. Hij kust Cory op haar wang en steekt dan zijn hand uit naar Justin, maar die ziet het niet. Hij kijkt naar z'n voeten, die onrustig heen en weer schuifelen.

'Justin, alsjeblieft,' zegt Frans kortaf, 'sta daar niet als iemand die net z'n doodvonnis te horen heeft gekregen.'

Met een ruk heft Justin zijn hoofd op. 'Dat zou ik verdiend hebben,' stoot hij uit.

'Ach, jongen, waarom kwel je jezelf zo? Kom, geef me de vijf, we kunnen hier niet eeuwig blijven staan.'

Justin vermant zich, recht z'n rug en drukt stevig de hem toegestoken hand.

'Bedankt,' zegt hij zacht.

'Niks "bedankt". En nu opschieten, jongelui, er wordt op ons gewacht.'

'Mam, daar komen ze!' roept Jade schril. Haar hart slaat op hol, nerveus wrijft ze haar steenkoude handen over elkaar.

'Ik doe wel open, Jade. En probeer sterk te zijn.'

Sterk zijn... Ze kromt haar pijnlijke tenen en wrijft langs haar voorhoofd: zoveel gedachten tuimelen over elkaar heen. Heeft ze zichzelf niet overschat, kan ze werkelijk een ontmoeting met Justin aan? Uiteindelijk is hij toch degene die door grove nalatigheid een mensenleven op z'n geweten heeft. En wat haar betreft, al haar dromen zijn vernietigd in die vreselijke nacht; ze had zo graag arts willen worden. Kinderarts. En nu zit ze al maandenlang thuis, ze zal wel nooit een baan vinden. Ze roept haar gedachten een halt toe: dit is niet fair. Niemand had haar ertoe gedwongen Justin te schrijven dat ze hem vergeven had, en het was háár idee geweest hem uit te nodigen.

Als de deur van de kamer openzwaait, staat ze op. Haar knieën knikken als zij hem ziet. Is dát Justin, die magere jongeman die met gebogen schouders en ogen boordevol angst en wanhoop voor haar staat?

Zij doet de eerste stap.

'Justin...' ademt ze en ze strekt dan haar handen uit. In twee stappen is hij bij haar en dan verdwijnt ze in zijn lange, magere armen. Zij legt haar hoofd tegen zijn schouder en huilt. Justin snikt hortend, en zegt haar naam, steeds maar weer. Als twee drenkelingen klampen ze zich aan elkaar vast. Tijd en ruimte bestaan even niet. Alles wat telt, is dit samenzijn. Zijn tranen vermengen zich met de hare en dan kust zij hem op zijn bevende mond.

'Justin, mijn vriend...'

Cory staat in de deuropening en voelt naast een diepe ontroering een steek van jaloezie. Ze neemt zichzelf onder handen: waarom zou zij jaloers zijn? Justin is immers ook haar vriend? Of zou ze willen dat hij meer was dan dat?

'Zo, nu is het mijn beurt,' zegt ze.

Justin en Jade laten elkaar abrupt los. 'Sorry,' mompelt hij.

'Hou toch es op met dat eeuwige "sorry",' snauwt Cory en ze duwt hem opzij.

Jade kijkt haar vriendin verbaasd aan, bedenkt dan dat Cory waarschijnlijk net zo gespannen is als zijzelf. Ze trekt haar tegen zich aan en dan omhelzen zij elkaar. Ook nu zijn er tranen.

'Jongelui, ik heb verse koffie,' zegt Jetty. Hoewel ze medelijden heeft met Justin, was er toch even die gedachte: waar haal jij eigenlijk de euvele moed vandaan je hier te vertonen? Jij bent het die onze Jade van ooit vernietigd heeft, jij... Maar meteen beseft ze dat zij zo niet mag denken. Als Jade in staat is hem te vergeven, mag zij dan achterblijven?

Juist als ze in een wat pijnlijk stilzwijgen hun koffie drinken, snerpt de bel de stilte aan flarden.

'Daar zul je Arthur hebben,' zegt Frans luid, 'ik doe wel open.'

Justin duikt in elkaar en knoeit met zijn koffie, Jade en Cory zijn tegelijkertijd opgesprongen.

'Toe, ga zitten,' sist Jetty, maar dan staat Arthur al in de kamer. Zijn gezicht staat strak en ondoorgrondelijk.

'Daar ben ik dan,' zegt hij. Hij verzet geen stap, star en recht staat hij daar.

'Fijn dat je gekomen bent, was het geen gedoe met al die bussen en heb je vanochtend al wel koffie gehad? Heb je trek? Ik kan zo een paar tosti's maken. Kom, ga zitten, dan zal ik...' ratelt Jetty.

'Ik hoef geen tosti's, koffie is prima,' zegt Arthur kortaf. 'En ik ben met de auto, dus de reis viel best mee.'

Cory staat voor hem en zegt: 'Fijn dat je er bent en zullen we elkaar nu maar eens begroeten? Ik neem aan dat je niet de hele dag hier wilt blijven staan, je zou wortel schieten.' Ze proest nerveus.

'Je hebt gelijk,' zegt Arthur, terwijl hij haar de hand schudt, 'maar ik snap niet wat er valt te lachen. Dit is tenslotte geen feestje.'

Zonder hen aan te kijken geeft hij ook Jade en Justin een hand en gaat dan zitten in een fragiel biedermeier stoeltje, dat krakend protesteert. Jetty reikt hem zijn koffie aan en in een doodse stilte drinkt hij z'n mok leeg.

Justin staat op en zegt schor: 'Jade, het spijt me, ik had hier nooit naartoe moeten komen. Ik bel een taxi en ben weg. Van mij zullen jullie geen last meer hebben.'

'Nee!' schreeuwt Cory. 'Als er hier iemand moet vertrekken, is het Arthur.' Met boze ogen kijkt ze hem aan. 'Waarom in vredesnaam ben jij gekomen? Jij hoeft ons heus niet te vertellen dat dit geen feestje is. Maar gedraag je alsjeblieft een beetje volwassen en neem een voorbeeld aan Jade. Uiteindelijk ben jij er die nacht vrijwel zonder kleerscheuren van afgekomen!'

Als Arthur niet reageert, zegt Jade zacht maar duidelijk: 'Jij hebt mijn leven gered, Arthur, en daar zal ik je altijd dankbaar voor blijven. Weet je, ik begrijp dat het moeilijk is je een houding te geven, maar dit werkt niet. Stel je eens voor dat jíj die brand veroorzaakt had. Jij rookte weleens in bed, daar hebben we jou vaak genoeg op aangesproken. Geen mens is onfeilbaar, het had ook kunnen gebeuren als een van ons vergeten was het gas uit te draaien terwijl er iets op het vuur stond. Alsjeblieft, Arthur, laten we er met elkaar het beste van maken vandaag. Laten we erover praten!'

Arthur knippert met zijn ogen.

'Jij hoeft me niet te bedanken, het was doodnormaal dat ik je wegdroeg uit die hel. Alleen... ik had Irma ook moeten redden, ik heb haar horen roepen. Ze riep om hulp en ik heb niets voor haar kunnen doen, begrijp je niet hoe vreselijk dat is? En jij zat je te bezatten in de kroeg, Justin. Jij met je stomme kaarsen. Gezellig, man. Nou, wát gezellig! Ik ben niet zo vergevensgezind als Jade en Cory, ik wilde dat ik... Ik wilde vergeten, ik wilde nooit meer aan die ramp denken en nu...' Hij slaat z'n handen voor z'n ogen en huilt.

'Ik heb er alle begrip voor dat je mij niet kunt vergeven,' zegt Justin hees. 'Ik kan het mezelf ook niet vergeven. Ik heb levenslang. Wil je dat ik ga?' Arthur schudt z'n hoofd, zegt dan hortend: 'Ik wil vergeten, ik studeer tot ik er zo ongeveer bij neerval. Ik heb in Groningen een nieuw leven opgebouwd, ik heb daar vrienden. Tenminste... Ik heb nooit aan iemand verteld wat er gebeurd is. Ik speel een rol. Meestal werkt het. Maar echte vrienden zal ik nooit meer krijgen. Zoals wij daar samen in de Borneostraat leefden, dat is voorgoed voorbij. Alles is kapot. Weet je, ik ben nooit zo'n prater geweest, maar ik voelde me thuis in ons clubje. En Irma... met haar had ik vlak voor de brand veel gesprekken. Ik werd verliefd op haar en zij... zij... toen ik haar vertelde wat mijn gevoelens voor haar waren, brak de zon door op haar gezicht: al die jaren... Dit was wat zij al die jaren gehoopt had. We spraken af dat we ons geheim nog een tijdje voor onszelf zouden bewaren. Dat was begin december. Nog geen twee weken later was ze dood.'

'Wat vreselijk,' snikt Cory, 'ik... wij hadden geen idee dat jullie...'

'We wilden het na de kerstvakantie vertellen, we zouden jullie een etentje aanbieden...'

'Spreek je Irma's moeder nog weleens?' vraagt Jade zacht.

Hij knikt. 'Ik ga een paar keer per maand naar haar toe, ik logeer daar dan het hele weekend. Alleen met haar kan ik over Irma praten. We bekijken fotoalbums van vroeger, we praten erover hoe ze was. Maar we hebben het nooit over de brand.'

'Je kunt er nu met ons over praten,' zegt Justin. Hij zit niet meer zo ineengedoken en kijkt Arthur vol aan. 'Maar ook over hoe fijn we het gehad hebben met elkaar. Ik droom er vaak over dat alles weer is als voorheen. Eerst waren er alleen die afschuwelijke nachtmerries.'

'Die heb ik nog steeds,' zegt Cory, 'het komt minder vaak voor, maar toch...'

'Ik droom nooit over die nacht,' gaat Jade hierop in, 'maar ik heb vaak dat zomaar, als ik in de tuin bezig ben of zo, dat die nacht tot het moment waarop ik door die balk werd getroffen, al die beelden, op m'n netvlies verschijnen. Zelfs de scherpe stank van rook kan ik dan ruiken, ik hoor die angstaanjagende geluiden weer, en Irma's hulpgeroep. Ik lag daar in m'n kamer, Arthur, ik kon me niet bewegen, maar ik hoorde alles, ik maakte elke seconde bewust mee. Tot ik in coma raakte. Het is echt een wonder dat ik hier zit. Ja, ik weet wel dat ik nooit meer dezelfde zal zijn, er zijn nog zoveel hiaten in m'n geheugen en ik raak regelmatig gefrustreerd door mijn lage tempo, bij bijna alles wat ik doe. Maar als je nagaat hoe ik erbij lag destijds... Gelukkig weet ik zelf niets meer van die periode.'

Ze onderbreekt zichzelf met een prozaïsch: 'Hé, ik heb trek. Mam, wil jij...'

'Je ouders hebben zich bescheiden teruggetrokken,' zegt Arthur met een scheef lachje. 'Je was waarschijnlijk helemaal gefixeerd op dat gejank van mij. Maar inderdaad, nu je het zegt, m'n maag rammelt, ondanks al die emoties. Of dankzij, dat kan natuurlijk ook. Zeg, Just, wat dacht je ervan als wij ons eens verdienstelijk gingen maken in de keuken? Volgens mij is jouw moeder al bezig, Jade, ik ruik soep. Kom op, joh, we gaan een handje helpen, kunnen de vrouwen even vrijuit spreken.'

Als Arthur en Justin de kamer hebben verlaten, kijken Jade en Cory elkaar wat verwezen aan.

'Wie had dat nou een halfuurtje geleden kunnen denken,' zegt Cory. 'Toen ik Arthur daar in de deuropening zag staan, was ik ervan overtuigd dat dit hele gebeuren op een fiasco zou uitdraaien.'

'Anders ik wel,' beaamt Jade. 'Weet je, ik denk dat Arthur al die tijd in zichzelf opgesloten heeft gezeten, maar zijn pantser werkte niet meer toen hij ons zo samen zag. Ja, eerst haalde hij op een rottige manier uit naar Justin, maar in feite was dat de ommekeer. En nu... zag je daarnet hoe Justins ogen oplichtten, toen Arthur hem voorstelde te gaan helpen in de keuken? Pff, er is een last van m'n schouders gevallen.'

Cory knikt instemmend.

'Maar dat van Irma en Arthur... die wetenschap zal Justins schuldgevoelens nog versterken, vrees ik. Hoewel, nu Arthur hem zo overduidelijk deze handreiking heeft gedaan...'

Met tranen in hun ogen kijken ze elkaar aan, Jade en Cory.

'Dit idee van jou,' snift Cory, 'wat is dat steengoed geweest. Nee, het zal nooit meer worden als toen, in ons armetierige studentenhuis, maar ik weet wel zeker dat wij altijd een speciale band zullen houden.'

Met smaak eten ze Jetty's onvolprezen tomatensoep en de heerlijke broodjes in allerlei soorten en maten. Na de maaltijd leest Frans een gedeelte uit de bijbel en Jetty spreekt een dankgebed uit. Daarna kondigt Jetty aan dat zij en Frans gaan winkelen in Zwolle.

'Jullie redden het wel samen,' zegt ze met een lieve glimlach. Als zij vertrokken zijn, blijft het even stil. Jade en Arthur steken een sigaret op.

'Zeg, weten jullie nog van die nacht dat we op Irma's kamer hebben zitten praten tot een uur of zes? De dag daarna zijn we geen van allen naar college geweest,' zegt Cory.

'Ja,' gaat Justin hierop in, 'we hebben heel wat afgekletst samen. Soms waren we bloedserieus, maar we hebben ook ontzettend veel gelachen samen. Ik wilde dat ik ooit nog weer eens zo jong en onbezorgd kon zijn. Ik voel me oud vanbinnen... Zal dat ooit nog overgaan?'

'Je kunt het je nu nog niet voorstellen, maar ik denk het wel, Just,' zegt Cory en ze legt even haar hand op zijn arm.

'Die vrijdagen,' mijmert Jade, 'wij met z'n allen naar onze stamkroeg. Ik baalde ervan als ik een enkele keer niet van de partij kon zijn.'

'Ja, ik ook, het was echt zo'n traditie, hè, onze gezamenlijke start van het weekend,' zegt Arthur. 'En weet je nog...'

Urenlang halen ze herinneringen op, er wordt gehuild, maar ook gelachen. Cory heeft een kratje pils onder handbereik gezet en ze drinken het ene biertje na het andere.

Als Jades ouders tegen zessen thuiskomen, zegt Jetty gedecideerd: 'Ik ga lasagne maken. Jullie blijven vannacht hier logeren. Nee, ik duld geen tegenspraak. Jij kunt zo niet achter het stuur, Arthur, dat zou onverantwoordelijk zijn, en voordat jullie in Amsterdam zijn, Cory en Just... Ik zou niet durven beweren dat jullie dronken zijn, maar...'

'... een beetje aangeschoten zijn we wel,' giechelt Cory.

'Inderdaad,' beaamt Frans, 'en jullie duiken vanavond maar vroeg onder de wol.'

Jetty knikt instemmend, regelt dan: 'Cory, jij kunt bij Jade op het vouwbed en jongens, voor jullie zijn er matrassen en slaapzakken op zolder.'

'Mogen we tot maandagochtend blijven?' vraagt Justin beschroomd, 'ik vind het zo gezellig hier.'

Meteen slaat hij z'n hand voor z'n mond. Dat had hij nou niet moeten zeggen! Als hij nou maar niet alles verpest heeft.

'Je hebt gelijk, Just,' zegt Jade, 'hoe wonderlijk het ook mag klinken: het is gezellig.' En daarmee stemmen de anderen van harte in.

Als Jade die maandagochtend haar vrienden uitzwaait, staan er tranen in haar ogen: ze mist ze nu al!

Maar dit weekend hier in 'De Ruimte' was een nieuw begin. Ze hebben zich voorgenomen minstens eenmaal in de twee maanden bij elkaar te komen. De eerstvolgende keer zijn ze bij Arthur uitgenodigd.

Ze kijkt naar de helblauwe lucht en hoewel het fris is, heft ze haar gezicht naar de zon en koestert zich in de warmte. En haar lippen vormen een gebed, regelrecht vanuit de volheid van haar hart.

Die middag wandelt ze urenlang door de wijde polder. Ze geniet van de wind, de zon, de ruimte. Als ze tegen half zes thuiskomt, laat ze zich zonder meer op de bank in de huiskamer vallen, en binnen vijf minuten is ze onder zeil.

7

BEGIN SEPTEMBER SLAAT HET WEER RADICAAL OM. AUGUSTUS WAS VOOR-
namelijk nat en kil geweest, nu is er die toegift van zonnige, heldere
dagen, met temperaturen net boven de twintig graden. Gelukkig is er
geen sprake van die benauwende hitte die had geheerst tot dat noodweer
de omslag teweegbracht.

Op die heerlijke zaterdag arriveert Emerald al rond tien uur hij het
ouderlijk huis. Zij zal een paar dagen in de polder blijven, want dinsdag
wil zij aanwezig zijn bij de sessie met Jos Jacobse. Ook Carla heeft te
kennen gegeven dat ze er graag eens bij wil zijn, evenals dokter Cramer,
de huisarts.

Wat is dat toch fantastisch, denkt Jade dankbaar, zonder de steun van al
die lieve mensen zou ik het nooit redden.

Ze is druk aan het wieden in de moestuin als de tuinpoort openzwaait
en Emerald vrolijk schalt: 'Dat had je niet verwacht, hè, dat ik hier al zo
vroeg zou zijn.' Ze loopt op Jade toe en ratelt verder: 'Ik werd vanochtend al om zes uur gewekt door een paar van m'n huisgenoten die nogal
luidruchtig de trap namen, en eerst baalde ik vreselijk. Maar toen ik die
wolkeloze hemel zag, dacht ik: zo snel mogelijk naar "De Ruimte",
natuurlijk om jullie weer eens te zien, maar ook omdat ik weer eens wil
paardrijden. O, Jade, ik wou dat je meekon.'

'Zou je me niet eens een zoen geven?' lacht Jade.

Emerald omhelst haar zus, legt dan haar handen op Jades schouders en
zegt: 'Meid, je ziet er fantastisch uit, je hebt een heerlijk buitenkleurtje,
je ogen stralen en je bent ook niet meer zo griezelig mager.'

'Bedankt voor het compliment, Em, en nu op naar het terras, papa en
mama wachten met de koffie.'

Terwijl ze stevig gearmd om het huis heen lopen, vraagt Emerald, heel
ernstig nu: 'Is het... doen ze nog steeds zo gek? Ik bedoel, nou ja, je weet
wel, gedragen ze zich nog steeds zo afstandelijk?'

Jades gezicht betrekt. 'Ze doen ontzettend hun best om de schijn op te houden, maar het is een maskerade, ik prik er dwars doorheen. Ik ben vaak bang, Em, ik weet dat er iets afschuwelijks tussen hen is voorgevallen, vlak voor de brand, maar ik kan het niet terughalen. En steeds vaker denk ik dat ik het me helemaal niet wíl herinneren. Maar kom, laten we het vandaag alsjeblieft vrolijk houden. En weet je... ik denk dat ik eraan toe ben eindelijk weer eens naar de manege te gaan. Samen met jou, Em. Ik verlang er al zo lang naar, maar ik durfde niet. Vind je het goed?'

'Of ik dat goedvind, vraagt ze! Mens, ik vind het te gek!' Ze laat Jade los en maakt een rondedans.

'Emerald, ik ben blij dat je zo blij bent, maar...'

'Kind, wát een stijlbloempje, maar wat wilde je zeggen?' Jade beweegt even haar schouders, zegt dan zacht: 'Ik heb het steeds weer uitgesteld naar de paarden te gaan. Ik weet nu weer hoe fijn het was, al die heerlijke uren. En nu... ja, ik zal die specifieke geur weer kunnen opsnuiven, de prachtige dieren kunnen aanraken. Maar ik zal misschien nooit meer kunnen rijden, Em.'

'Ach, lieverd, ik wals zomaar over dat soort gevoeligheden heen, sorry, zus, dat was echt niet mijn bedoeling,' zegt Emerald en ze slaat haar arm rond Jades schouders. 'Maar wie weet, is het helemaal niet uitgesloten dat je ooit weer kunt rijden. Vraag het eens aan dokter De Vries, of nee, op "Boschhaege", daar hebben ze meer verstand van dat soort dingen. Beloof je me dat je het ter sprake zult brengen aanstaande woensdag? Mooi zo. En vanmiddag gaan wij met z'n tweetjes naar "De Ruiterhoeve", gewoon lekker rondstruinen en de paarden helpen verzorgen. Ik blijf bij je. Door de polder draven kan ik later ook nog.'

'Je bent een schat,' zegt Jade vol genegenheid. Ze lachen elkaar stralend toe en Emerald jubelt: 'Wat is het leven toch heerlijk!'

En Jade beseft tot haar verwondering dat ze dit voluit kan beamen.

Jetty Fortuyn legt haar hand op die van Frans.

'Kijk eens, onze prachtige dochters, ónze meiden, Frans. Er is zoveel wat ons bindt. Laten we er vandaag een fijne dag van maken, alsjeblieft.'

Even heeft Frans de neiging zijn hand terug te trekken, maar hij doet het niet. Jetty heeft gelijk, er is nog altijd veel dat hen samenbindt. Hun kinderen, de vreugde over de vorderingen die Jade maakt, hun schitterende huis te midden van dit wijde polderland. Geldzorgen zijn er niet, hij heeft een prima job en Jetty geniet van haar werk in de boetiek en al haar andere activiteiten. Ja, er is veel om dankbaar voor te zijn, maar dat knagende verdriet is er altijd, en de angst dat ze op een gegeven moment zullen moeten toegeven dat het niet meer gaat tussen hen. Jetty, de liefde van zijn leven. Dat is ze nóg, maar dag en nacht is er die pijn, die dreiging ook, die een schaduw legt over alles wat hij onderneemt.

Maar Jetty heeft gelijk: dit is geen dag om te treuren, dit is een dag om te vieren.

Hij buigt zich naar Jetty over en kust haar. 'Het komt wel goed,' fluistert hij, 'ooit zal het weer goed zijn tussen ons, dat wil ik blijven geloven.'

Jetty kust hem terug. 'Dank je voor deze woorden, liefste!'

Emerald blijft abrupt staan. 'Kijk nou, Jade! Pap en mam, net twee tortelduifjes! Wat denk je, is dit gespeeld?'

'Nee,' zegt Jade hees, 'dit is echt. O, Em, het komt vast weer goed tussen hen. Er zijn problemen geweest, dat lijdt geen twijfel, maar nu! Ik denk dat ze, wat er ook tussen hen stond, uitgepraat hebben. Kom, eropaf!'

'Hé,' schalt Emerald, 'mogen wij van dit fortuinlijke moment meegenieten? Of nee, een moment is te weinig, daar nemen wij geen genoegen mee, hè, Jade?'

Jade slaat haar armen om haar ouders heen.

'Nee,' zegt ze, 'we willen dat het altijd zo blijft. O, wat een heerlijke dag is dit! En weet je, ik ga vanmiddag met Em naar de manege, ik verlang ernaar en ik ben eraan toe.' Emerald duwt Jade opzij en kust haar ouders. 'Zo, en dan is er koffie,' lacht ze.

'Emerald, meiske, jij moet wel voor dag en dauw zijn opgestaan, wat heerlijk dat je er nu al bent. En dat plan van jullie, om samen naar "De Ruiterhoeve" te gaan, daar sta ik voor de volle honderd procent achter. Jij toch ook, Frans?'

Frans glimlacht en zegt instemmend: 'Ik ook, en ik vind het een heel dapper besluit van je, Jade. Het zal toch de nodige emoties oproepen. Maar ik denk dat je het aankunt, nee, ik weet het gewoon, en zeker als je onze spring-in-'t-veld als gezelschap hebt.'

Ze drinken hun koffie, praten over van alles en nog wat. Ze genieten van het prachtige weer en luisteren met genoegen naar Emeralds verhalen over haar turbulente studentenleventje in de Domstad.

Jade leunt achterover tegen het kussen en denkt: zo moest het altijd blijven, ontspannen samen zijn, samen lachen en praten, en geen wolkje aan de lucht. De schaduwen voorbij... Ze slaakt een diepe, tevreden zucht.

Later maakt ze met Emerald wat sandwiches klaar en er is nog soep van gisteren. Ze nuttigen hun eenvoudige lunch op het terras aan de voorzijde van het huis, er is altijd wel een plekje hier waar de zon hen kan verwarmen.

Met z'n vieren brengen ze later de mokken, glazen en borden naar de keuken. Zachtjes zingend ruimt Jetty de vaatwasser in. Ze voelt zich voor het eerst sinds tijden weer echt gelukkig en uit de volheid van haar gemoed zegt ze: 'Frans, die meiden van ons gaan naar de paarden, en wij gaan samen aan de slag in de tuin, oké?' Frans legt zijn handen om haar gezicht. 'Dat lijkt me een geweldig plan, vrouwtje.'

Zo'n tien minuten later zwaaien ze samen hun dochters na.

Carl Krijgsheld heeft een halfjaar geleden manege 'De Ruiterhoeve' van zijn vader overgenomen. Krijgsheld senior was toen vijfenzestig geworden en hield het voor gezien. Met zijn jeugdig ogende vrouw Joke had hij een fraaie villa vlak buiten Emmeloord gekocht. Hij laat zich nog regelmatig zien op de manege, maar bemoeit zich niet meer met de gang van zaken.

Sinds Carl zijn vrouw Greetje twee jaar geleden verloor aan leukemie, heeft hij zich volledig op zijn werk gestort. Hij bewoont nu het huis bij de ingang van 'De Ruiterhoeve'. Het is een vrij groot huis van rode baksteen met grote ramen. Typisch een jaren-zestig-huis, met het nodige achterstallige onderhoud. 'Dat is jouw pakkie-an, zoon,' had Carl senior gezegd, 'zo komen je moeder en ik er met goed fatsoen van af!' Maar hij had zijn zoon gerustgesteld: 'Als je aan de verbouwing begint, klop je maar bij je ouwe vader aan, ik heb nog wel wat geld ergens in een ouwe sok.' Voorheen had Carl met Greetje in een aardig rijtjeshuis in Ens gewoond. Zij had het eenvoudige huis een ziel gegeven, met haar goede smaak en het vermogen sfeer te scheppen. Wat haar ogen zagen, maakten haar handen, en zo zag zij kans met weinig middelen iets bijzonders van hun woning te maken. Ook had zij haar talenten uitgeleefd op de kleine tuin. Hun paradijsje...

Carl werkte destijds bij de NS en Greetje had een fulltimejob als bibliotheekemployee in Kampen. 'Als er een kindje komt, stop ik acuut met buitenshuis werken,' had ze gezegd. Maar er kwamen geen kinderen. Na vijf jaar was ze over adoptie begonnen. Carl had er even tijd voor nodig gehad om aan die gedachte te wennen, maar toen hij eenmaal de knoop had doorgehakt, had hij dan ook voor de volle honderd procent achter zijn vrouw gestaan.

Al snel bleek dat er heel wat bij kwam kijken om een kindje te kunnen adopteren, maar desondanks zetten ze stug door. Hun geduld en inzet werden beloond toen zij het goede nieuws vernamen dat ze aan alle voorwaarden voldeden: zij zouden de kans krijgen een kansloos kind een leven vol geborgenheid en liefde te geven. En toen, na al die spanning, was Greetje ingestort. De huisarts had haar gerustgesteld: ze had een tijdlang onder zware stress geleefd, en nu de spanning wegviel, was het logisch dat zij zich zo ontzettend moe voelde. Zij en Carl moesten er maar een weekje tussenuit. Ze zou haar rust moeten nemen, dat sprak vanzelf, maar daarnaast zou het goed zijn als ze dagelijks een kleine wandeling maakte. En zwemmen werkte ook heel ontspannend. Als ze dan weer thuiskwam, zou ze zich als herboren voelen.

Maar niets bleek minder waar. Die midweek in een vakantiepark in Limburg had ze meestentijds in bed doorgebracht, niet eens in staat zich langer dan vijf minuten op een boek of tijdschrift te concentreren. De lange autorit terug naar Ens was een kwelling voor haar geweest. De huisarts was geschrokken toen hij haar terugzag op zijn spreekuur en had haar meteen doorgestuurd voor röntgenfoto's en bloedonderzoek. De uitslag was vernietigend: acute leukemie. Nog geen drie maanden later was ze dood.

De eens zo opgewekte Carl Krijgsheld werd een sombere, in zichzelf gekeerde man. De ziel was weg uit zijn huis, de toekomst was een gapende leegte, een donker, onherbergzaam niets.

De kans om 'De Ruiterhoeve' over te nemen had hij met beide handen aangegrepen. Het huis bij de manege nam hij op de koop toe. Hij at en sliep er, maar verder vond hij er niets. De meubels uit het oude huis leken te verdwalen in de veel grotere kamers, maar het raakte hem niet. Overdag werkte hij hard, hij gaf les, verzorgde de paarden en maakte de stallen schoon. Daarnaast deed hij het hoognodige huishoudelijke werk en kookte hij dagelijks z'n eigen potje. En 's avonds, als het weer het maar even toeliet, draafde hij urenlang op z'n trouwe, vurige arabier Sheherazade door de polder. De tijd die hem dan nog restte voor het slapengaan, bracht hij voor de buis door, hij sloeg geen sportprogramma over. Het wereldnieuws interesseerde hem niet, hij had genoeg aan z'n eigen ellende.

Nu, twee jaar na het sterven van zijn liefste, is hij meer in een isolement geraakt. De vrienden die Greetje en hij vroeger hadden, komen nooit meer langs, en hij kan hun dat niet kwalijk nemen: elke poging tot een diepgaand gesprek had hij van meet af aan in de kiem gesmoord, elke handreiking had hij geweigerd.

Hij leeft voor zijn paarden. Tegenover zijn leerlingen gedraagt hij zich correct, maar daar is dan ook alles mee gezegd. Het lesgeven gaat hem goed af, hij had immers van jongs af aan in zijn vader een uitstekende leermeester gehad. Hij heeft jonge kinderen onder zijn hoede, een paar mannen, maar ook een aantal leuke, jonge vrouwen. Die mooie meiden van 'De Ruimte' bijvoorbeeld. Emerald en Jade Fortuyn. Sinds die vreselijke brand, waarover hij natuurlijk ook het nodige had gehoord, had hij de oudste van die twee nooit meer hier gezien. Jammer, zij was een van z'n beste leerlingen geweest, zijn lessen had ze feitelijk niet eens meer nodig gehad.

Emerald valt feitelijk ook onder die categorie. Dat meisje... Hij ziet heus wel hoe mooi zij is, hoe sierlijk haar bewegingen zijn. O ja, hij verlangt vaak genoeg naar een vrouw in zijn armen, in zijn bed ook. Hij is tenslotte een gezonde jonge kerel van vierendertig. Maar hij staat zichzelf die verlangens niet toe, het voelt als ontrouw. Ontrouw aan zijn Greetje. Nee, hij zal wel altijd alleen blijven: een eenzame, verbitterde man.

'De Ruiterhoeve'...

Roerloos staat Jade bij het hek, terwijl haar ogen het beeld indrinken.

'Kom op, Jade, we gaan eerst eens op zoek naar Carl, hij zal wel ergens in de stallen bezig zijn,' spoort Emerald haar zus aan.

'Carl...' zegt Jade. 'Carl Krijgsheld, die lange blonde man met z'n treurige ogen. Emerald, ik zie hem ineens weer voor me!'

'Weer een puzzelstukje op z'n plaats,' constateert Emerald. 'Kom, laten we eens checken of het beeld dat je van hem hebt, ook werkelijk klopt.'

Even heeft Jade de akelige sensatie dat ze zich niet kan bewegen, zoals in een boze droom, dan vermant ze zich en haakt in bij Emerald.

'Ik zie ertegen op hem te ontmoeten,' zegt ze, als ze het grindpad naar de stallen aflopen. 'Ik kon hem nooit peilen. Niet dat hij onaardig was, maar hij leek zo onbereikbaar altijd. Hij was er wel, maar toch ook niet, snap je wat ik bedoel, Em?'

Emerald knikt. 'Weet je waarom hij zo geworden is?'

Jade fronst.

'Vroeger was hij anders. Vrolijk, altijd in voor een gezellige babbel. Er is hem iets vreselijks overkomen, hè?' Abrupt blijft ze staan en zegt ademloos: 'Ik weet het weer, Em. Hij is getrouwd geweest, zijn vrouw heette Greetje. En op een dag, ik weet niet meer wanneer dat was, vertelde de oude Carl ons dat zij was gestorven. Leukemie was het toch? Em, ik zie haar ineens weer voor me. Als ze maar even tijd had, was ze hier, op de manege. Lang, slank, donker steil haar, bruine ogen. Een fijn mens, ze straalde warmte uit. En je kon zomaar zien dat Carl en zij dol op elkaar waren. Zo'n hecht stel waar niets of niemand tussen kon komen.'

'Zo was het precies,' beaamt Emerald. 'En na haar dood is hij veranderd in een eenzame, sombere man. Ik heb hem nooit meer echt zien lachen. Triest, intriest. Vrienden heeft hij niet meer, hij komt nooit meer in de kerk. Deze manege is zijn leven. Hij vertoont zich alleen in het dorp om boodschappen te doen en een enkele keer wordt hij op vrijdagavond in café "Het Centrum" gesignaleerd. Nee, een sociaal leven houdt hij er vrijwel niet op na. Maar kom, laten we hem gaan begroeten, wie weet leeft hij een beetje op als hij jou ziet, na al die maanden. Jij was een van z'n favoriete ruiters.'

De stallen! Gretig snuift Jade die specifieke geur op; er zijn beelden, flarden van vroeger.

Als ze tegenover Carl Krijgsheld staat, trillen haar knieën, en ze is zo vreemd licht in haar hoofd.

'Jade!' klinkt Carls donkere stemgeluid. Ze geven elkaar een hand en Carl vraagt: 'Hoe gaat het nu met je?'

Ze kijkt hem vol aan en leest oprechte belangstelling in zijn ogen. Ze ziet de lijnen in zijn gezicht, de strakgespannen kaken. 'Ik ben er nog lang niet,' zegt ze dan, 'maar ik heb al heel wat winst geboekt. En hoe gaat het met jou?'

Zijn gezicht krijgt een gesloten uitdrukking, zijn mond is een rechte streep. 'Met mij gaat het prima,' zegt hij dan kortaf en hij nodigt haar uit de kennismaking met Sheherazade te hernieuwen.

'Ik heb haar net geroskamd, straks gaat ze weer naar buiten. En jouw favoriet Venus is ook binnen, zij is nu aan de beurt. Wil jij haar verzorgen?'

'Venus,' ademt Jade, 'hoe heb ik haar kunnen vergeten?' De tranen springen haar in de ogen.

Carl wendt zich onmiddellijk af, zegt kort: 'Kom mee, dan kun je haar begroeten.'

'Haar naam, die kende ik weer omdat Em mij die genoemd had, maar nu weet ik weer hoe ze was, hoe het voelde als wij samen reden. Waar is ze?'

Hoogrode blossen komen op haar wangen en als ze Venus ziet, slaat haar hart op hol. Even is er iets van angst, dan legt ze haar hoofd tegen dat van Venus en streelt de nek van de donkerbruine merrie. Het voelt fantastisch, het is Jade te moede of ze na een lange zwerftocht is thuisgekomen. 'Venus, eens zullen we weer samen de polder onveilig maken,' fluistert ze en dan huilt ze.

'Ik ben al weg,' bast Carl en hij beent met forse stappen naar buiten. Die meiden hoeven niet te zien dat ook hij z'n ogen niet droog kan houden. Hij slikt een paar maal en vermant zich; emoties tonen is taboe voor Carl Krijgsheld. Vlak na Greetjes overlijden had hij nachtenlang, maanden achtereen, z'n ogen uit zijn hoofd gehuild, maar het had hem niets opgeleverd. Het harnas dat hij sindsdien draagt, heeft hij nodig, meer dan wat dan ook. Niemand hoeft te weten hoe het er vanbinnen bij hem uitziet. Hij blijft even staan en kijkt naar de blauwe hemel. Als hij zijn ogen sluit, is daar het blozende gezichtje van Jade Fortuyn. Die ogen... Hij slaat zich tegen het voorhoofd en vloekt hartgrondig. Werken moet hij, werken tot hij erbij neervalt. En dan, vannacht, de zalige vergetelheid van de slaap.

8

'WELKOM ALLEMAAL,' ZEGT JOS JACOBSE HARTELIJK. 'JADE, JE HEBT DE voltallige delegatie meegenomen, zie ik. O nee, Cory Ramakers ontbreekt, maar die heeft hier evengoed ook al heel wat uurtjes doorgebracht. Ga zitten, mensen, ik heb voor het gemak de thermoskan met koffie klaargezet. Vandaag is het zelfbediening.'

Als ze allemaal in de kring zitten met een mok koffie, kijkt Jos – haar wenkbrauwen opgetrokken tot twee vrolijke boogjes – Jade vol aan en stelt vast: 'Je ziet er stralend uit, meid. Ja, je hebt in al die maanden al de nodige vooruitgang geboekt, maar nu! Vertel eens, hoe is het je de afgelopen weken vergaan?'

Jade vertelt vol enthousiasme over die middag op de manege en doet met blijde ogen verslag van de reünie met 'het clubje'. Even betrekt haar gezicht als ze zachtjes zegt: 'Maar het was wel akelig, hoor, die ene lege plek, we missen Irma allemaal zo, ze hoorde erbij. Maar toch, het was een goed weerzien, zo goed dat Cory, Just en Arthur het hele weekend gebleven zijn. Tja, en ik heb eindelijk Marnix en mijzelf klaarheid verschaft, ik heb hem geschreven dat er voor ons samen geen toekomst is. Het was niet makkelijk dat zwart op wit te zetten, want er zijn ook heel veel fijne herinneringen. Maar het is voorbij, ik wilde hem niet langer aan het lijntje houden. Ik voel me opgelucht, het is een goede beslissing geweest.'

'Dat klinkt allemaal heel positief, Jade,' reageert Jos en ze knikt haar warm toe. 'Nog meer verheugende gebeurtenissen?'

Jade aarzelt even, kijkt even naar haar ouders en zegt dan: 'Papa en mama hebben me al die lange moeilijke maanden gesteund, allebei op hun eigen manier. Maar wel eh... min of meer los van elkaar. Nu is dat anders, ze zijn weer een team, zou je kunnen zeggen.'

Emerald haakt hier spontaan op in en daarna krijgen de andere aanwezigen de gelegenheid hun zegje te doen.

Het wordt een goed samenzijn en als ze afscheid genomen hebben van Jos, besluiten ze samen nog wat te gaan drinken in 'De Librye'. Jade geniet met volle teugen, vooral als ze steeds maar weer bevestigd ziet wat ze bij Jos hardop had uitgesproken: het is weer goed tussen papa en mama, die akelige afstand die er zo lang tussen hen geweest was, lijkt voorgoed overbrugd.

Op de terugweg vanuit Zwolle rijdt ze met Carla mee en maakt haar deelgenoot van haar dankbaarheid. 'Ik ervaar het weer, Car, ik voel dat God er is, dat Hij voor mij zorgt, dat ik verder mag aan Zijn Vaderhand.' Het klinkt als een belijdenis en dat is het dan ook.

Die avond na het eten kondigt Emerald aan dat ze nog even wil gaan paardrijden.

'Mijn trouwe Fire heeft een oppepper nodig, ze doet de laatste tijd haar naam bepaald geen eer aan. Ik ben zo rond half tien weer thuis, zorg jij ervoor dat de Bokma dan koud staat, paatje van me?'

Frans grijnst.

'Mijn kleine edelsteentje aan de jajem. Nee, jongedame, daar komt niets van in. Maar een pilsje lijkt me geen probleem. Akkoord?'

Emerald salueert. 'Yes, sir!'

Nog geen vijf minuten later staat ze in haar rijkostuum in de kamer. Even gaat er een steek van jaloezie door Jade heen, maar prompt kapittelt ze zichzelf. Lieve Em, ze gunt haar dit pleziertje van ganser harte, ze houdt al zoveel rekening met haar. Emerald kust haar ouders en zus en luid zingend gaat ze ervandoor.

Eenmaal buiten glijdt haar houding van luchthart-treurniet als een mantel van haar af: zij heeft een missie te vervullen en het zal niet makkelijk worden. Ze zet er stevig de pas in, en ruim tien minuten later belt ze aan bij 'de onneembare veste', het huis van Carl Krijgsheld.

Na nog driemaal indringend bellen zwaait de deur open en staat ze oog in oog met Carl. Recht en star vult hij met z'n forse gestalte de deuropening. Zijn ogen staren haar kil en strak aan en onwillekeurig doet Emerald een stap achteruit.

'Wat wil je?'

'Kun je me niet fatsoenlijk vragen binnen te komen?'

Strijdvaardig recht ze haar rug, ze slaat haar ogen niet neer voor de zijne. Er verstrijkt een minuut of twee, en in die oorverdovende stilte meten zij hun krachten.

Dan, eindelijk, doet Carl een stap opzij. 'Ik zit in de tv-kamer, veel tijd heb ik niet. Er komt zo dadelijk een voetbalwedstrijd die ik niet wil missen. Wat wil je drinken?'

'Koffie graag, zwart,' zegt Emerald kort en ze denkt: eigenlijk ben je een ongelikte beer, Carl Krijgsheld, maar mij intimideer je niet zomaar!

Ogenschijnlijk de rust zelve gaat ze zitten op een fraaie stoel schuin tegenover de bank met hetzelfde design. Verder staan er alleen twee bijzettafeltjes en een biljart.

Ze legt haar koude handen om de mok met het hete vocht en vraagt: 'Dus jij kunt biljarten. Ik ben er ook nogal goed in, al zeg ik het zelf.'

'Ik ben het verleerd,' zegt Carl stug, 'dat ding gaat binnenkort de deur uit. Maar je bent hier vast niet gekomen om over biljarten te praten. Kom op, wat wil je?'

'Je was vroeger zo'n aardige vent,' zegt Emerald, 'maar nu! Man, je bent hard op weg een kluizenaar te worden. Krijg je eigenlijk nog weleens bezoek? Nee, hè, dat dacht ik al. Nou, ik kan het me voorstellen, je bent niet bepaald het toonbeeld van gastvrijheid. Kan die tv trouwens even uit? Ik kan mezelf amper verstaan.'

Bleek, met een dreigende blik in zijn ogen, posteert hij zich pal voor haar.

'Jij brutaal kreng! Dit is mijn huis, hoor je, en heb ik je soms naar je mening gevraagd? Ik leef zoals ik wil, is dat duidelijk?'

'Sorry, ik ben te ver gegaan. En toch heb ik gelijk, je bent een ongenoeglijk stuk vreten. Maar als jij je gelukkig voelt met deze manier van leven, dan is dat inderdaad jouw zaak. En nu waarvoor ik kom. Het gaat over Jade, zij is al...'

Carl zet de tv uit, snauwt dan: 'Heeft zij jou gestuurd?'

'Welnee, man, doe toch niet zo aangebrand. Ik heb gezegd dat ik ging paardrijden.'

'Had dat dan gedaan. Maar goed, zeg wat je op je lever hebt, maar hou het kort.'

'Jij je zin. Jade zoekt al een tijdlang tevergeefs naar een baantje. En nu had ik gedacht dat jij wel wat hulp kon gebruiken. Hier in huis, en met het verzorgen van de paarden. Je moet er wel rekening mee houden dat Jades tempo veel lager ligt dan voor haar coma, maar ze kan best vijf uur per dag werken. Thuis helpt ze mee in de tuin, en ze assisteert m'n moeder in het huishouden. Maar het is niet genoeg, Carl, ze wil zich nuttig maken, weer iets gaan betekenen in de maatschappij. Ze had arts willen worden. Kinderarts. Die droom heeft ze opgegeven, al heeft ze dat nog niet met zoveel woorden gezegd. Maar goed, ze wil aan de slag. 's Woensdags kan ze niet, dan gaat ze voor verdere revalidatie naar "Boschhaege". En 's maandags gaat ze naar haar psychotherapeut, dat wil zeggen, eenmaal in de drie weken. Nou, wat vind je van mijn voorstel?'

Carl heeft het gevoel een dreun op z'n hoofd te hebben gehad, duizend gedachten spelen verstoppertje met elkaar. Jade Fortuyn, hier in zijn huis. Nee, onmogelijk. Helpen met het verzorgen van de paarden, dat is nog tot daaraan toe. Jade... hij kan haar niet meer uit z'n hoofd zetten sinds ze hier afgelopen zaterdag is geweest. Emerald lijkt op haar, maar Jade is zachter. Die meid, die hier zomaar zijn huis is binnengedrongen, is een krengetje, ook al ziet ze er nog zo lief uit. Hij staat op en ijsbeert door het kale vertrek.

'Nou, zég es wat!' snauwt Emerald, doodnerveus ineens. Waar is ze in vredesnaam aan begonnen? Met een klap zet ze haar mok op tafel en staat op. 'Ik ga al, ik zou niet eens willen dat Jade urenlang in jouw gezelschap zou moeten doorbrengen. Ze heeft al genoeg te lijden gehad. Ik ga, vergeet alsjeblieft dat ik de euvele moed had hier te komen.'

Ze is al bij de deur als ze Carls hand op haar schouder voelt. Ze krimpt ineen.

'Emerald, wacht! Toe, ga nog even zitten. Je hebt gelijk, ik heb me onbeschoft gedragen. Maar ja, de sociale vaardigheden die ik ooit bezat, ben ik ergens onderweg kwijtgeraakt.' Het klinkt cynisch.

Emerald draait zich om en zegt hard: 'Weet je wat het met jou is? Jij koestert je verdriet, je sleept jezelf van de ene dag naar de andere, en je vindt het wel best zo. Jij bent de enige die een groot verlies heeft geleden, alleen jóu is een groot onrecht aangedaan. En al die anderen gaat het voor de wind. Dat wat Jade is overkomen, is niets vergeleken bij wat jij doormaakt. En ik wed dat het wereldgebeuren je geen snars interesseert. Wat kan het jou schelen dat er dagelijks mensen afgeslacht worden, dat meer dan de helft van de wereldbevolking omkomt van de honger. En dan al die natuurrampen, ach, alles wat er buiten jouw benepen wereldje gebeurt, is voor jou een ver-van-m'n-bed-show. En zeg es dat ik ongelijk heb!'

'Ik zeg niets meer. Vraag je zus of ze hier deze week nog wil langskomen, dan kunnen we duidelijke afspraken maken. Het is natuurlijk nog maar de vraag of ze wil, maar mocht dat het geval zijn, laat ze me dan bellen voor een afspraak. En nu zou ik graag zien dat je opkrast, ik heb al een kwart van die wedstrijd gemist. Het is dat je dit voor je zus doet, anders had ik je er allang uitgegooid. Nou, ga dan, je weet de weg.'

'Bedankt,' zegt Emerald kortaf en even later slaat de voordeur met een dreun achter haar in het slot.

Carl valt neer op de bank en drinkt z'n lauw geworden koffie. Zijn handen trillen, zweet parelt op zijn voorhoofd. Die duvelse meid! Hij heeft er nu al spijt van op haar voorstel te zijn ingegaan. Maar dan bedenkt hij dat Emerald Fortuyn vast en zeker tot in detail verslag zal doen van hun onverkwikkelijk treffen. Of ze vertelt helemaal niets over wat er hier is voorgevallen. Nee, Jade zal niet opbellen voor een afspraak. Einde verhaal.

Hij blijft nog een tijdje zitten, loopt dan naar de keuken, trekt een biertje open en zet de tv aan. De tweede helft van de wedstrijd is juist begonnen en hij probeert zich te concentreren, maar het lukt niet. Steeds dwalen zijn gedachten af naar Jade Fortuyn, en iedere keer weer hoort hij die woorden die Emerald hem toegebeten had: 'Jij bent de enige die een zwaar verlies geleden heeft, alleen jóu is een groot onrecht aangedaan!'

Zij heeft hem een spiegel voorgehouden, dat felle ding met haar mooie koppie, en wat hij ziet stemt hem bepaald treurig: een norse kerel, die mensen van zich afstoot. Zo zou Greetje hem nooit gewild hebben... Hij buigt het hoofd en huilt. Zijn harnas blijkt minder sterk dan hij had gedacht...

Eenmaal buiten begint Emerald te rennen. Weg van hier, weg van die akelige kerel daar in z'n kille, onherbergzame huis.

Terwijl ze blijft doorhollen, gaan vele gedachten door haar verhitte hoofd: dit is niet de Carl Krijgsheld die zij kent. Hij mag dan nors en somber overkomen, maar tegenover zijn leerlingen gedraagt hij zich tenminste behoorlijk. Ja, voor z'n werk is hij goed, maar in de privésfeer is hij beslist een onmogelijk mens. En met zo iemand wil zij Jade opzadelen?

Ze krijgt een steek in haar zij en ziet zich gedwongen langzamer te gaan lopen. Maar goed ook, denkt ze met een vleugje humor, straks kom ik thuis binnenvallen als een hijgend hert.

In de verte ziet ze de uitnodigende vensters van 'De Ruimte', haar veilige thuis. Hun home, waar warmte is en liefde. En gastvrijheid, dat ook. Nu ze haar eerste woede op Carl heeft afgereageerd, bezint zij zich. Ondanks zijn botte gedrag had Carl haar voorstel niet van de hand gewezen, had zelfs voorgesteld dat Jade een afspraak met hem zou maken. Moet ze haar zus deze kans ontnemen? En daarbij, Carl heeft weet van Jades gevecht om weer een min of meer normaal bestaan op te bouwen. Die zachte kant van hem, iets van die opgewekte man die hij ooit was, moet toch nog ergens zijn, achter die façade van de stugge, norse man die zich – buiten zijn werk – verre houdt van elke vorm van sociaal contact. Het is ook vreselijk wat hem is overkomen, en zij, Emerald, weet hoe het vaak gaat: de meeste mensen vinden dat je na zo'n drie maanden rouwen de draad van je leven maar weer gewoon op moet pakken. Alsof dat zou kunnen. Vaak zijn de mensen bang, weten ze niet hoe om te gaan met iemand die lijdt. Het confronteert hen met hun eigen kwetsbaarheid, sterfelijkheid ook. Sommigen kennen wel degelijk mededogen, maar vinden niet de goede manier om daar uiting aan te geven. Zo was het na Jades coma toch ook gegaan? Ja, ziekte en dood maken veel duidelijk, en wie je echte vrienden zijn, dat selecteert zich dan vanzelf wel.

Emerald is inmiddels achterom gelopen op hun erf en staat stil bij de tuinpoort, de klink al in haar hand.

Haar ademhaling is weer normaal, ze heeft tenslotte een goede conditie. Maar nu moet ze haar gedachten nog even op een rijtje zien te krijgen en dan besluiten wat haar te doen staat.

Ze kan natuurlijk de woonkamer binnenstappen en vrolijk zeggen dat ze genoten heeft van haar rit en nu wel toe is aan een groot glas bier. Dat laatste klopt trouwens wel, ze heeft dorst gekregen van het vervelende gesprek met Carl en dat toch wat geforceerde stuk hardlopen daarna. Jade...

Zij verdient een kans. Ja, misschien is het toch het beste dat ze eerlijk vertelt dat ze hij Carl thuis is geweest. En welke reden ze daarvoor had. Maar stel je voor dat Jade kwaad wordt, het is tenslotte niet háár idee geweest.

Emerald zucht eens diep en mompelt: 'Dit was weer eens een van je "begint-eer-je-bezint"-acties en daarmee heb je je wel vaker in de nesten gewerkt.' Maar, houdt ze zichzelf dan voor, wat heb je eigenlijk te verliezen? Het kan zijn dat Jade je de huid vol scheldt, nou ja, dat kan er dan nog wel bij vanavond. Aan de andere kant: Jade hunkert naar een baantje, ze heeft al zoveel geprobeerd. Dit werk op de manege zou een opstapje kunnen zijn.

Ze huivert in de nu toch wat kille avondlucht en opent dan resoluut de poort: eropaf! En ze zal gewoon open kaart spelen. En verder ziet ze wel wat ervan komt, en al heeft ze het dan misschien verkeerd aangepakt, er is geen eigenbelang in het spel: ze heeft het voor Jade gedaan!

'Kind, je bibbert helemaal en je ziet zo bleek,' zegt Jetty bezorgd als Emerald in een van de stoelen vlak bij de open haard neerzijgt.

'Ach, dat is zo weer over, het is nogal kil buiten. Pap, doe alsjeblieft de haard aan en weet je wat ook zou helpen? Geen bier, maar een glas port. Laten we alle vier een glaasje doen, want ik heb goed nieuws. Tenminste, dat hoop ik.'

'Wat doe je raar,' zegt Jade, een frons tussen haar wenkbrauwen. 'Mij hou je niet voor de gek, zusje, er is iets wat je dwarszit. Je ziet er nu niet bepaald uit als de boodschapper van het goede nieuws. Kom op, vertel.'

'Als ik weer warm ben en een slok geestrijk vocht tot me heb genomen,' zegt Emerald in een mislukte poging tot scherts. Haar mond beeft, de tranen zitten hoog.

Terwijl Frans de open haard nieuw leven inblaast en Jetty voor elk een glas port inschenkt, herneemt Emerald zich. Ze recht haar rug, haalt een paar maal diep adem en zegt: 'Er is eigenlijk niets aan de hand. Ik bedoel, er is mij niets overkomen. Want zoiets dacht jij eerst toch, mam?'

Jetty knikt.

Even later zitten ze rond de haard, die brandt als een tierelier.

Emerald neemt een flinke slok, schraapt haar keel en zegt dan plompverloren: 'Ik heb een baantje voor jou gevonden, Jade.'

Ze kijken haar alle drie verbijsterd aan.

Het is Jetty die als eerste reageert.

'Kindje, hoe kan dat nou? Ik bedoel, waarom vertel je dat nu pas? Ik neem toch niet aan dat je vanavond tijdens het paardrijden zomaar een werkkring voor Jade uit je cap getoverd hebt.'

'Ja, nee... het was wel vanavond. Ik heb geen paard gereden, ik ben wel naar "De Ruiterhoeve" gegaan. Ik heb met Carl gesproken.'

'Je bedoelt dat je bij hem thuis bent geweest? Hoe heb je dat voor elkaar gekregen? Ik bedoel, nou ja, bij mijn weten heeft daar, zolang Carl er woont, nog geen mens een voet over de drempel gezet. Hij laat nooit iemand binnen, ja, de meteropnemer en zo, maar verder, nee. Hij heeft zelfs de dominee in niet mis te verstane bewoordingen de deur gewezen!'

'Ja, pap, ik weet het, maar hoe dan ook, het is mij wel gelukt. Hij noemde me een brutaal kreng en had nog wat andere fraaie benamingen voor me. Maar goed, op een gegeven moment kreeg ik koffie en mijn gast-heer was zelfs zo vriendelijk de tv uit te zetten. Nou ja, vriendelijk is het woord niet, hij deed het omdat ik dat wilde.'

'Em,' ademt Jetty, 'dat vind ik inderdaad nogal brutaal. Ik mag toch hopen dat je je verder niet al te onbeleefd gedragen hebt?'

'Nee, hoor,' grijnst Emerald, 'dat heb ik aan hem overgelaten, hij...'

'Ho eens,' komt Jade tussenbeide, 'dit dwaze verhaal, wat in vredesnaam heeft dat met mij te maken? Je had het toch over een baantje? Em, ik kan er geen touw meer aan vastknopen!'

Emerald kijkt van haar weg, opent een paar maal haar mond en gooit er dan uit: 'Je kunt hem bellen voor een afspraak, Carl bedoel ik. Hij heeft hulp nodig op de manege en z'n huis is een puinhoop. Niet dat het er stinkt of zo, maar je kunt makkelijk je naam op het schaarse meubilair schrijven.'

'Wat heb ik daarmee te maken?' vraagt Jade met wijd opengesperde ogen. En dan daagt het haar.

Ze strekt haar arm en wijst met een priemende wijsvinger naar haar zus: 'Jij hebt, buiten mij om, met Carl Krijgsheld geregeld dat ik daar wel-eens even de boel zal komen uitmesten? In dat rothuis van hem, en in de stallen? Mens, je lijkt wel gek! En ik mag bellen voor een afspraak? Tjonge, wat nobel. Nou, hij kan wachten tot sint-juttemis, als je dat maar weet!'

Emerald huilt. 'Ik ga al,' zegt ze snikkend, 'en het spijt me dat ik me voor niks in het hol van de leeuw gewaagd heb. En nog bedankt voor die trap ná!'

Ze rent de kamer uit en er valt een doodse stilte.

'Jade,' begint Frans.

'Ja, wat nou!'

'Luister nu even naar me! Als ik het goed begrijp, heeft Emerald dit plan bedacht om jou een plezier te doen. Ze is niet fijn gaan rijden, nee, ze heeft de moed bijeengeraapt om bij Carl thuis aan te bellen. Terwijl ook zij weet dat daar nooit een mens verder komt dan de voordeur. Ze heeft dat niet voor haar plezier gedaan, Jade! Zij dacht jou er een dienst mee te bewijzen. Ze weet hoe graag je buitenshuis wilt werken en ze weet ook dat je tot nu toe steeds maar bot gevangen hebt met je sollicitaties. Emerald, dat meisje, je kent haar toch? Ze kreeg een ingeving en aarzelde geen seconde. Ze heeft zich in het hol van de leeuw gewaagd, zoals ze het zelf uitdrukte, ze heeft het voor elkaar gekregen dat je kunt bellen voor een afspraak, en wat krijgt ze? Stank voor dank!'

Nukkig haalt Jade haar schouders op, de ogen neergeslagen.

'Mama,' klaagt ze, 'zeg jij eens iets!'

'Je moeder is bij Emerald, die kan wel wat troost gebruiken,' zegt Frans scherp. 'En nu ga ik uit met Biba, dan kun jij je in alle rust bezinnen op je vriendelijke reactie.' Bijtend spreekt hij die woorden en beent dan met grote, boze stappen de kamer uit. De deur valt met een klap achter zijn verwijtende rug dicht, de ruitjes rinkelen.

Jade voelt zich diep ellendig. Ze leegt in twee teugen haar glas en steekt een sigaret op. Ze trekt moeizaam haar benen onder zich, en voelt de pijn gemeen door haar tenen schieten. Ze weet wat haar te doen staat: naar Emerald gaan en haar open en eerlijk zeggen dat het haar spijt. Ze inhaleert een paar maal driftig, gooit dan de peuk in de hongerige vlammen van het haardvuur.

Ondanks de warmte rilt ze even. Het is zo akelig stil in huis, ze voelt zich eenzaam en bang; het is er weer, sinds tijden: die akelige gewaarwording in een eindeloze ruimte te zweven, zonder houvast. Als een verdwaald mensenkind met alleen maar een naam.

9

ZE IS ZO MOE, ZO VRESELIJK MOE. ZE LOOPT LANGS DE LANGE POLDERWEG met maar één doel: vanuit deze beklemmende duisternis het licht te begroeten. Het licht dat haar lokt en roept vanuit de verte. Daar staat hun huis en alle lampen branden.

Heel ver achter haar is het geluid van dravende paardenhoeven. Ze zou achterom willen kijken, maar haar nek zit vast. Hoewel ze alleen maar recht vooruit kan kijken, voelt ze hoe haar voeten groeien, ze worden zwaarder en zwaarder en haar tenen doen zo'n pijn. Ze zou willen stoppen om zich te laten neervallen in de berm. Maar ze kan niet stoppen, ze moet wel doorgaan met lopen, eindeloos lopen. Als een robot.

Het huis wenkt en lokt, maar komt niet dichterbij. De ruiter achter haar nadert, steeds luider klinkt het hoefgetrappel. Ze moet opzij, het paard zal haar verpletteren! Ze schreeuwt, maar haar stem krijgt geen klank. Het huis, ze moet alleen maar naar het huis blijven kijken. Al dat licht, dat is haar doel.

Haar veel te grote voeten slepen over de weg, die ineens in een rul zandpad is veranderd. Donderend geraas vlak achter haar, en vóór haar het huis, dat langzaam maar zeker naar de horizon verdwijnt.

Diepe duisternis, een windvlaag die haar bijna omverzwiept. Dan draven paard en ruiter haar voorbij. Nee, wat gek, ze zweven. Er klinkt een hoog gelach, met vele echo's. Het is de stem van Emerald, haar haren lichten op in het donker.

'Help me, laat me met je meerijden!' gilt Jade, maar als enig antwoord is er opnieuw dat akelige, honende gelach.

Steeds trager slepen haar pijnlijke voeten zich door het zand. Ze kan niet meer, maar moet toch verder. Waarheen? Het huis is weggezonken in het niets, ze is helemaal alleen en niemand kan haar helpen. Niemand. Dan, plotseling, staat hij voor haar, zijn haren verward, zijn ogen treurig.

'Ik zal je dragen,' zegt hij. Zijn stem klinkt zacht en vriendelijk. 'Wij zitten in hetzelfde schuitje, Jade, ook ik ben niet meer dan een naam. Sinds mijn geliefde dood is, ben ik alleen nog maar Carl. En er is geen lichtpuntje, er is alleen deze duisternis. Maar ik zal je dragen, dan zijn we samen alleen. Samen op weg naar nergens.' Met een zwaai tilt hij haar op, even voelt ze zich veilig in zijn sterke armen, heel even maar. Zijn greep verslapt en dan zweeft zij, hoger en hoger. En er is niets om zich aan vast te klampen, er is alleen maar die duizelingwekkende, duistere leegte. Dan volgt de val. Ze gilt en gilt, ze kan niet meer stoppen.

Dan, dwars door het meedogenloze gefluit van de wind heen, is daar die stem: 'Jade, Jade, wakker worden! Toe nou, doe je ogen open, alsjeblieft. Je hoeft niet te huilen, het was maar een boze droom. Jade, luister dan toch!'

Traag slaat zij haar ogen op. Haar hoofd doet pijn, haar voeten doen pijn, maar de duisternis is weg. Ze ligt in haar bed en Emerald zit over haar heen gebogen. Haar gezichtje is zo wit en ze huilt.

'Emerald...' ademt Jade en dan omhelzen zij elkaar, terwijl hun tranen zich vermengen.

'Jullie zien er niet bepaald uit als de bloem der natie,' zegt Jetty, 'maar ik ben blij, dolblij dat jullie een en ander uitgepraat hebben.' Ze zitten aan een verlaat ontbijt en genieten van de sfeer van saamhorigheid.

'Waar is papa?' vraagt Jade halverwege een zin, 'hij zou nu ook hier moeten zijn. Weet je, hij heeft me gisteravond flink de les gelezen, maar het heeft me wel doen beseffen wat ik aangericht had. En dan die vreselijke droom...' Ze huivert. 'Ik voelde me weer net zoals toen, vlak nadat ik was bijgekomen. Helemaal alleen, zonder houvast. Maar gelukkig, dromen zijn bedrog, tenminste...'

'Het is een vorm van verwerking,' knikt Emerald, 'je moet het zo zien, je...'

'Zijn jullie papa nou alweer vergeten?' plaagt Jetty. 'Hij is naar de kerk, het is zondag, weet je nog? Ik ben van plan vanmiddag om drie uur te gaan, ben jij dan van de partij, Em?'

Emerald kijkt haar zus vragend aan. 'Als Jade liever heeft dat ik thuisblijf...'

Jade schudt haar hoofd. 'Vanmiddag is papa immers hier en ik denk er sterk over straks m'n bed weer in te duiken. Ik voel me geradbraakt.'

'Het zou fijn zijn als je weer eens mee kon,' peinst Jetty. 'Nee, ik snap wel dat het er vandaag gewoon niet in zit, maar je hebt steeds meer goede dagen, kind. Je komt alweer regelmatig in het dorp, je hebt zelfs een keertje met Cory in Zwolle gewinkeld. Ik denk dat je het toch echt weer eens moet proberen, je mist zoveel, Jade.'

'Mam, dat winkelen en zo is iets heel anders. Je weet toch hoe ik ernaar verlang weer eens echt die gemeenschap te voelen, het samen zingen? Maar ik kan het nog niet, ik durf niet. Ik ben toch ook nog niet weer naar de bios geweest, of naar een voorstelling in Odeon? Mensenmassa's maken me angstig. Het zal er heus wel weer eens van komen, maar nu ben ik er nóg niet aan toe. Echt niet.'

'Ach, lieverd, dat begrijp ik ook wel. Het is alleen, nou ja, je hebt al enorm veel vooruitgang geboekt, maar soms zou ik willen dat het nóg sneller ging. Dat je weer gewoon kon doen wat je vroeger deed. Ik gun het je zo, Jade, ik zou willen dat je je studie weer kon oppakken, dat je weer kon paardrijden, samen met Emerald...'

'Mam, wat dacht je van míj? Maar weet je, ik probeer steeds te kijken naar alles wat ik al wél weer kan en ik klamp me vast aan de wetenschap dat het ooit weer zal zijn als voorheen. Nee, nee, dat zeg ik verkeerd, daarvoor is er te veel gebeurd. Als ik denk aan het onbezorgde leventje met ons clubje, dat komt nooit meer terug. Zelfs als ik weer zou gaan studeren, het zou nooit meer hetzelfde zijn. Ik ben ouder geworden van-binnen, mam.'

Jetty veegt langs haar ogen en knikt slechts.

'Ik snap het ook wel, Jade,' zegt Emerald, 'en daarom juist vind ik het zo knap dat je niet bij de pakken gaat neerzitten, je knokt er echt voor om beter te worden. Ik weet niet of ik dat wel zou kunnen.'

'Als ze mij van tevoren verteld hadden wat me te wachten stond, zou ik precies hetzelfde gezegd hebben. Het is maar goed dat je niet in de toe-komst kunt kijken. Weet je, ik probeer bij de dag te leven, blij te zijn met de goede dingen. En natuurlijk kijk ik ook verder dan de dag van van-daag, als het om fijne dingen gaat. Jullie weten toch dat we het volgend weekend bij Arthur door zullen brengen, Cory, Justin en ik? Ik verheug me daar ontzettend op. Onze vriendschap heeft zich na de eerste reünie hier thuis nog verdiept. Als je samen iets vreselijks hebt meegemaakt, schept dat een band. Een band voor het leven. Maar ik zie wel tegen de reis op, hoor. Gelukkig dat Cory me komt halen.'

'Heb je er al over nagedacht wanneer je naar Amsterdam gaat?' vraagt Emerald beschroomd.

Jade verstrakt. 'Ik... ik weet dat ik ooit die stap zal moeten wagen. Amsterdam, de Borneostraat. Jos zegt dat het me zal helpen bij het verwerkingsproces, maar ik wil het voornamelijk zélf. Ik denk dat het zal voelen als afscheid nemen. Afscheid van dat heerlijke studentenleven, maar vooral van Irma. Ik besef het eigenlijk nog niet echt, dat ik haar nooit meer terug zal zien. Ik verlang zelfs terug naar ons geruzie in die ouwe keuken.'

Ze buigt het hoofd en drukt met haar vingertoppen tegen haar ogen. Een diepe weemoed overvalt haar, ze zou willen huilen, maar haar ogen blijven droog.

'Het is ook ondenkbaar, meiske,' zegt Jetty bewogen. 'En dan de moeder van Irma, zij moet wel door een hel gaan. En Arthur, die van haar was gaan houden. God heeft jou gespaard, maar die vreselijke weken, waaraan geen einde leek te komen, toen jij onbereikbaar was voor ons, die tijd zal ik nooit van m'n leven vergeten. We wisten niet of je ooit nog weer zou ontwaken uit die bijna dodelijke slaap. Maar we hebben jou mogen behouden, Jade, en daar dank ik God nog elke dag voor.'

De deur zwaait open.

'Zo, meisjes van me, is er verse koffie? Wat is er, jullie zitten er zo somber bij. Ik dacht toch dat jij en Emerald het bijgelegd hadden,' zegt Frans.

'Ha, papa!' zegt Emerald. 'Fijn dat je er bent. We zijn niet echt somber, hoor, we hadden alleen een heel diepzinnig gesprek. En mama zei vlak voor jij binnenkwam dat we zo blij zijn, blij dat we Jade nog hebben.'

'Dat ben ik ook,' zegt Frans een beetje schor, en hij kijkt 'zijn meisjes' om de beurt aan. 'Ik voel me rijk gezegend met mijn vrouw en dochters. Maar nu koffie graag, ik smacht!'

Terwijl Emerald een mok uit de vitrinekast pakt en er koffie uit de thermoskan in schenkt, geeft Frans het gesprek een wat luchtiger wending. Ze zitten nog ruim een uur gezellig bijeen, ze praten en lachen. Na het eten van mama's overheerlijke tomatensoep voelt Jade hoe een weldadige loomheid bezit van haar neemt.

'Lieve schatten, ik vind het reuze gezellig hier, maar nu ga ik naar bed, ik val om van de slaap.'

'Ik ga ook even plat,' kondigt Frans aan.

Jetty en Emerald besluiten samen Biba uit te laten.

Later, voor zij vertrekt om met Emerald naar de kerk te gaan, kijkt ze nog even om het hoekje bij haar oudste dochter. Jade slaapt als een roos, haar gezicht ziet er heel jong en ontspannen uit.

Behoedzaam sluit Jetty de deur en denkt: slaap maar lekker, kind, je hebt het verdiend.

Het is donker als Jade eindelijk ontwaakt. Ze kijkt naar de fosforescerende cijfers van haar wekkerradio: tien over tien! Ze is meteen klaarwakker en stapt uit haar bed. Haar maag knort. Snel borstelt ze haar haren en poetst haar tanden om die vieze smaak in haar mond kwijt te raken. Wat crème op haar droge lippen, een beetje eau de toilette achter haar oren. Oké, zo moet het maar.

'Hallo, schone slaapster,' lacht Jetty als Jade, gehuld in haar satijnen duster, de kamer binnenkomt. 'Ik heb geprobeerd je te wekken voor het eten, maar eerlijk, je was niet wakker te krijgen. En nu heb je zeker trek?'

Jade geeuwt ongegeneerd en rekt zich uit. 'Nou en of ik trek heb. Mam, wil je zo'n lekkere boerenomelet voor me maken, please?' Ze houdt haar hoofd een beetje schuin.

'Jij met je lieve maniertjes,' zegt Jetty, 'als klein hummeltje wist je me al in te pakken. Maar vooruit, jij je zin. Em, ga jij even met me mee om wat toastjes klaar te maken, we hebben nog een verrukkelijke zalmsalade en, Frans, als jij ons eens een borrel inschonk? Nee, niet voor jou, Jade, jij krijgt een groot glas melk bij je maaltje.'

Als Jade alleen achterblijft in de kamer, bedenkt ze ineens dat Emerald en zij hun ruzie dan wel uitgepraat hebben, maar dat zij er nog helemaal niet over nagedacht heeft of ze inderdaad contact met Carl Krijgsheld zal opnemen.

Een heuse baan, de paarden helpen verzorgen, het trekt haar eigenlijk best aan. Aan de andere kant, nu ze weet hoe onbeschoft Carl haar zus behandeld heeft, is het nog maar de vraag of ze überhaupt voor zo iemand wil werken. Ze zullen elkaar niet continu op de lip zitten, maar toch. Als zij die baan neemt, is hij mooi wel haar werkgever. Drie dagen per week, zou ze het aankunnen? Ze zou het in elk geval kunnen proberen, dat is de enige manier om erachter te komen. Werken met de paarden, ja, dat lijkt haar fantastisch en op 'Boschhaege' hebben ze haar gezegd dat ze een voorzichtige start mag maken met paardrijden.

O, het zal vreselijk zwaar zijn in het begin, dat weet ze nu al. Maar toch, ze is een doorzetter, als ze iets echt wil, dan gaat ze ervoor. Maar ze dwaalt af. Paardrijden zal vanzelfsprekend geen onderdeel van haar werk zijn, althans in het begin niet. Wie weet, als het haar werkelijk lukt, dan zou ze de paarden ook kunnen afrijden. Dat hoort tenslotte ook bij het werken op een manege. Maar schoonmaken in dat blok beton met ramen als dode ogen, nee! Trouwens, Carl zal dat ook helemaal niet van haar verwachten, hij bewaakt z'n privacy als een cerberus. Toch dapper dat Emerald zich daar naar binnen heeft weten te praten. Om haar te helpen...

'Jade, waar zit jij met je gedachten, je hoort niets, je ruikt niets en dat terwijl ik me heb staan uitsloven op jouw omelet!'

Verdwaasd staart Jade haar moeder aan en ze krabt op haar hoofd.

'Eh, ja, sorry, mam, ik was inderdaad even heel ver weg. Of toch eigenlijk ook niet. Maar dat leg ik zo wel uit, nu eerst die lekkere hap. Het water loopt me in de mond.'

Terwijl Jade van haar late maal geniet, smullen Jetty, Frans en Emerald van de toastjes met zalm, paté en camembert. Ze zitten in een behaaglijk stilzwijgen bijeen.

Als Jade haar bord leeg heeft, zet ze het met een klap op tafel en zegt: 'Ik heb een besluit genomen. Morgenochtend bel ik Carl Krijgsheld, ik wil een afspraak met hem maken en dan maar zien of we het eens kunnen worden over de arbeidsvoorwaarden.'

'En daar komt ze nóu mee, zomaar tussen de hapjes en drankjes!' gilt Emerald. 'Te gek, meid, en als je gaat, zet je de heer Krijgsheld maar flink de pin op de neus. Je laat je niet afschepen met een fooi, begrepen?'

'Wat ben jij toch een heerlijke bemoeial,' zegt Jade, maar er is een lachje in haar stem.

'Goed van je, Jade,' zeggen Jetty en Frans in koor. En dan schieten ze alle vier in de lach.

Later, op Emeralds kamer, zegt Emerald: 'Wat fijn, hè, dat het weer goed is tussen papa en mama. Wat er ook gebeurd is, dat is nu verleden tijd.'

Jade fronst, er is een beeld, er zijn stemmen... en dan is alles weg. Ze beweegt ongeduldig haar schouders en geeft zichzelf op de kop: jij ziet spoken, Jade Fortuyn! Maar die ruzie dan... Nee, niet aan denken.

Ze kijkt op en glimlacht. 'Ja, lieve zus van me, wat er ook gebeurd is, het is voorbij, voltooid verleden tijd.'

Maar diep in haar knaagt iets van twijfel. Die nacht blijft de slaap ver.

10

DIE MAANDAGOCHTEND TOETST JADE MET KOUDE VINGERS HET NUMMER van Carl. Het hart bonkt haar in de keel. Neem nou op, denkt ze, tot het uiterste gespannen. Nu heeft ze eindelijk voldoende moed verzameld en nou neemt meneer niet op!

Juist als ze op de 'uit'-knop wil drukken is daar zijn diepe stem: 'Krijgsheld.'

Korter kan het niet, denkt Jade, en ze moet een nerveuze proestlach wegslikken.

'Eh, hallo, je spreekt met Jade Fortuyn. Ik stoor toch niet?' Ze hoort zelf hoe hoog en schril haar stem klinkt.

'Nee, je stoort niet.'

Het blijft even stil en Jade denkt kwaad: die vent zegt ook geen twee woorden als hij het met één afkan, echt bemoedigend, zo'n houding!

'Ik wil een afspraak maken,' zegt ze, heel beheerst nu. Als hij kort kan zijn, kan zij het ook.

'Een afspraak?'

'Ja, een afspraak,' bauwt ze hem na.

'Nou, zeg het maar, waar gaat het over?'

'Jij bent wel kort van memorie, zeg!'

Weer een korte stilte, wat gekuch aan de andere kant van de lijn. 'Jade, ben je daar nog?'

'Nee, ik heb opgehangen, nou goed?'

'Niet zo aangebrand. Ik weet alweer waarover het gaat. Je wilt hier komen werken.'

'Nou, dat hangt ervan af. En ík doe niet aangebrand, jij bent gewoon een hufter. Ik denk dat we dit gesprek, als je het tenminste zo noemen kunt, maar moeten beëindigen.'

'Nee, wacht. Ik dacht trouwens dat jij wat zachtaardiger was dan dat zusje van je, maar ik heb me kennelijk vergist. Hoe dan ook, je kunt vanmiddag om vijf uur komen, m'n lessen zitten er dan op. We treffen elkaar in de stallen, kun je gelijk Venus weer eens zien.'

'Een sollicitatiegesprek in de stallen! Dat lijkt me niets. Om vijf uur precies sta ik op de stoep van je gastvrije huis en ik reken op verse koffie. Je zegt het maar, graag of niet.'

'Je bent een krengetje, jij, net als Emerald, die lieve koppies van jullie, daar trap ik niet meer in. Maar goed, jij je zin. Vijf uur, op jouw voorwaarden.'

'Oké, tot vanmiddag dan, ik verheug me er nu al op,' zegt Jade sarcastisch en ze verbreekt zonder meer de verbinding.

'Dat wordt dus niks,' stelt ze hardop vast. 'Wat een stuk chagrijn is dat, ik kan me nu een beetje voorstellen hoe knusjes het moet zijn geweest voor Em om daar op de koffie te gaan.'

'Wat sta je daar nou allemaal te prevelen, kind,' is daar ineens de stem van haar moeder.

Jade doet verslag van haar telefoongesprek met Carl Krijgsheld.

'Ik heb hem uitgescholden voor hufter, en dat spijt me helemaal niet, want dat is hij gewoon. Het is dat hij zich tijdens lesuren vrij redelijk gedraagt, anders belde ik prompt af.'

'Toch is het triest,' peinst Jetty. 'Het was zo'n prettig, open mens. Altijd opgewekt, het geluk straalde gewoon van hem af. Het is toch ook afschuwelijk dat Greetje zo jong moest sterven? En er waren geen kinderen. Als hij die wel had gehad, was hij nooit in zo'n sociaal isolement terechtgekomen, daar ben ik van overtuigd.'

'Het is ook triest, mam, maar hij heeft zelf voor dat isolement gekozen. Nee, dat is misschien wat te ongenuanceerd uitgedrukt, maar je weet ook wel dat hij elke poging van mensen om hem bij te staan in zijn grote verdriet, in de kiem heeft gesmoord. Toen hij een halfjaar geleden hier kwam wonen, zijn jullie toch ook naar hem toe gegaan? En wat deed hij? Hij pakte bij de voordeur dat prachtige boeket bloemen aan, zei: "Bedankt" en smeet zo ongeveer de deur voor jullie neus dicht. En Carla, die heeft het meermalen geprobeerd. Ze was ervan overtuigd dat hij haar wel zou binnenlaten, ze zijn immers lotgenoten? Maar ook zij kreeg nul op het rekest. Nee, mam, zulk wangedrag ga ik niet goedpraten.'

'Tja, kind, in andermans boeken is het duister lezen. Maar probeer een beetje mild over hem te denken, ook al doet hij nog zo bot. En nu ga ik aan de slag, de plicht roept. Help jij me met de slaapkamers? En vanmiddag moest je maar weer eens in de tuin gaan werken, je moet afleiding zoeken. En voor je het weet, is het kwart voor vijf. Neem Biba mee, dan vang je twee vliegen in een klap.'

Jade giechelt.

'Biba als bodyguard! Nee, mam, dat kan ik niet maken. Ik wilde geen sollicitatiegesprek in de stallen, hij gaat met pijn en moeite overstag en dan kom ik met onze trouwe Biba opdraven. Heus, mam, dat gaat niet.' 'Nou ja, het was maar een idee,' verdedigt Jetty zich zwakjes. Ze kijken elkaar aan en krijgen dan een ouderwetse aanval van de slappe lach. Na twee koppen koffie gaan ze eindelijk aan de slag.

Waar ben ik aan begonnen, denkt Jade paniekerig en ze vertraagt haar stap. Om een baantje vragen bij die bullebak, ik lijk wel niet goed snik! Maar om nu af te haken, nee! Afspraak is afspraak, dat is altijd al een van haar principes geweest en daar wil ze zelfs nu niet van afwijken. Ach, wat maakt het ook uit, ze kan altijd nog nee zeggen en Carl zal haar heus niet opvreten.

Ze zet er weer stevig de pas in en om klokslag vijf uur belt ze aan bij het roodstenen bakbeest, zoals ze Carls huis in gedachten betitelt.

Meteen zwaait de deur open en dan staan ze oog in oog, Jade en Carl. Wat is ze mooi, denkt Carl, en ze staat daar nou wel zo recht en fier, maar haar ogen verraden onzekerheid. Hij glimlacht en zegt, kalmer dan hij zich voelt: 'Kom verder, Jade, de koffie is bruin.'

Wat verbouwereerd door zijn vriendelijke houding volgt ze Carl naar de woonkamer.

'Ga zitten,' gebaart hij. Jade kijkt rond in de grote, kale ruimte. Een bank, twee stoelen, een grenen salontafel en een buffetkast, dat is alles. Het zijn fraaie meubels, maar ze lijken hier niet op hun plaats. Geen boekenkast, geen enkele plant, niet eens een kleed op de kale houten vloer. De ramen zijn vuil, net als de vitrage. Hoe kan iemand hier leven? 'Nee, veel bijzonders is het niet, maar voor mij is het genoeg,' zegt Carl, alsof hij gedachten kan lezen. 'En ga nu alsjeblieft zitten, dan schenk ik koffie in. Verse, en de mokken zijn brandschoon.'

Terwijl hij in de keuken verdwijnt, gaat Jade op een van de stoelen zitten. Ze huivert, maar dat ligt niet aan de temperatuur – de Indian summer weet nog altijd van geen wijken. Ze strengelt haar vingers ineen en bijt op haar lip; een diep medelijden vervult haar. Wat moet die man zich diep ellendig voelen, een ontheemde in zijn eigen huis. Een huis dat geen thuis voor hem is. Even sluit ze haar ogen, dan wordt ze opgeschrikt door zijn diepe stem: 'Niet zo best geslapen, vannacht? Kan ik me voorstellen, je had immers het voornemen mij te bellen? Emerald zal wel uitgebreid verslag gedaan hebben van haar bezoekje hier. En nou ben ik de boeman.'

Jade kijkt hem vol aan. 'Ik zag er vreselijk tegen op, ja, tegen dat telefoontje, maar meer nog tegen een ontmoeting met jou, hier in dit huis. Maar je blijkt toch niet al je fatsoen overboord gegooid te hebben. Waarom heb je Emerald zo honds behandeld?'

'Ik was niet voorbereid op haar bezoek. Er komt hier trouwens nooit een mens over de drempel, maar dat wist je natuurlijk al. Maar die zus van jou heeft me wel het een en ander duidelijk gemaakt en daar hoop ik mijn voordeel mee te doen. En drink nu je koffie, straks klaag je erover dat-ie lauw is.'

Hij neemt de stoel tegenover haar en kijkt haar peilend aan. Jade bloost onder zijn indringende blik en kijkt van hem weg. Onrustig schuifelt ze heen en weer in haar stoel en scheldt zichzelf uit voor puber. Bah, wat moet hij wel niet van mij denken? In een pijnlijk stilzwijgen drinken zij hun koffie. Dan neemt Jade zichzelf onder handen, zet met een klap haar mok op de tafel en recht haar rug. 'Ik dacht dat jij de vragen zou stellen, Carl, maar jij zit alleen maar stommetje te spelen. Laten we ter zake komen. Ik wil hier drie dagen per week komen werken, ik denk dat zo'n vijf à zes uur per dag voor mij wel haalbaar is. Het werk trekt me wel, ik heb een passie voor paarden, maar dat wist je al. In het begin zal mijn tempo niet bepaald hoog liggen, ik weet in theorie dan wel zo het een en ander over het verzorgen van paarden, maar ik zal tijd nodig hebben om me de praktijk weer eigen te maken. Nou, zeg het maar, wat verwacht je van me?'

'Ik weet dat jij heel wat te lijden hebt gehad, Jade, en ook dat je nog een lange weg te gaan hebt. Maar je bent een doorzettertje, dat weet ik nog heel goed. Ik was vaak hier op de manege, ook in die periode dat jij je

eerste paardrijlessen kreeg. Kun je je dat inmiddels weer herinneren?'
Jade knikt. 'Een tijdlang heb ik hier niet durven komen, maar toen ik
hier laatst was... die specifieke geuren die bij een manege horen, die hebben heel wat bij mij losgemaakt. En ja, daardoor zijn er ook weer stukken opgevuld in mijn gatenkaasgeheugen.'
Carl staat op en schenkt nogmaals de mokken vol. Als hij weer tegenover haar zit, zegt hij: 'Het mag een wonder heten dat je die brand overleefd hebt, maar het moet een vreselijke tijd voor je geweest zijn toen je
niet wist wie je eigenlijk was. En nu mag het dan wel stukken beter met
je gaan, maar je droom om arts te worden heb je moeten opgeven. Of
niet?'
Jade verstrakt en zegt kil: 'Daar wil ik het liever niet over hebben. Ik
bedoel het niet rot, maar ik vind het moeilijk om daarover te praten.'
'Het spijt me,' zegt Carl kortaf en dan vertelt hij haar wat haar werkzaamheden zullen zijn. Jade ziet gaandeweg het enthousiasme aangloei-
en in zijn ogen en denkt: wat een geluk dat hij deze manege heeft, hij
leeft voor zijn werk. Wie weet vertrouwt hij zijn paarden toe wat hij met
geen mens durft te delen.
'Heb je nog vragen?'
'Eh, ja, hoe laat moet ik beginnen? Negen uur, dat is prima. En kan ik
tussen de middag hier blijven, ik neem m'n lunch dan wel mee van huis.
Geen probleem? Mooi zo. En voor de rest, ik wil nu eigenlijk graag een
rondleiding in de stallen, dan kun jij me ondertussen nog eens uitleggen
wat je van me verwacht.'
'Dus toch naar de werkvloer,' plaagt Carl. Hij lacht even, het klinkt hem
zelf vreemd in de oren. Niet zo gek natuurlijk, hij is het lachen door de
jaren heen zo'n beetje verleerd. Jade... zij maakt iets in hem wakker,
gevoelens die hij dood waande. Maar hij wil het niet, hij moet zich daartegen pantseren, zeker als zij hier komt werken.
Gedecideerd staat hij op. 'Laten we gaan, we moeten opschieten, zie ik,
over ruim een halfuur begint er een belangrijke voetbalwedstrijd.'
'Ho ho, even wachten! We hebben het nog niet over mijn salaris gehad,

en over secundaire arbeidsvoorwaarden. Ja, dit wordt een officiële baan, aan zwartwerken doe ik niet.'

'Je hebt gelijk,' zegt Carl, 'stom van me om daar zelf niet mee te komen.' Het voorstel dat hij haar doet, is meer dan genereus. Als ze later samen door de stallen lopen, ervaren beiden iets van saamhorigheid.

Als ze op het punt staat naar huis te gaan, zegt Jade impulsief: 'Ik vind je aanbod geweldig, maar ik vind het eigenlijk te royaal. Wat dacht je ervan als ik naast het werk hier ook nog een paar uurtjes per week ga boenen en poetsen in jouw huis? Want dat is, eerlijk gezegd, hard nodig.' Zijn handen zijn als klemmen rond haar armen, hij schudt haar heen en weer en snauwt: 'Verpest het nou niet, Jade Fortuyn. Ik heb niemand nodig in mijn huis, en zeker jou niet!'

'Je doet me pijn, Carl,' schreeuwt Jade, 'laat me los!'

Zijn greep verslapt, maar hij laat haar niet los. Hij trekt haar tegen zich aan, buigt zich naar haar toe en kust haar hard op haar mond. Jade duwt hem van zich af en slaat hem. Een kletsende klap, waarin al haar verontwaardiging ligt. Driftig veegt ze langs haar mond, en haar ogen spatten vonken als zij hem toebijt: 'Emerald heeft toch gelijk, je bent een hufter. En over dat baantje, ik bel je nog wel om je te laten weten wat mijn beslissing zal zijn.'

Ze draait zich om en loopt met grote, boze passen bij Carl vandaan.

'Wacht,' roept hij, 'kom terug, Jade! Het spijt me, echt!'

Jade reageert niet en versnelt haar pas. Ze is ineens zo onuitsprekelijk moe, het liefst zou ze gaan liggen, zomaar ergens in de berm. Maar die aanblik gunt ze hem niet, die ongemanierde vlegel. Hij mag dan vierendertig zijn, hij gedraagt zich als een kind!

In een geforceerd tempo loopt ze door. Ze weet nu al dat ze die extra inspanning zal moeten bezuren, maar dat raakt haar niet. Ze wil maar één ding: weg van hier, en dan thuis meteen door naar haar kamer. Om zich te kunnen overgeven aan een huilbui, die nu als een verstikkende prop vastzit in haar keel.

Maar als ze eindelijk, aan het eind van haar krachten, de woonkeuken binnengaat, is daar mama. Mama met haar mollige armen, haar zachte troostende woorden. Als ze even later op de bank in de woonkamer ligt, laat ze zich als een klein kind onderstoppen. Als haar tranen zijn opgedroogd, ontfermt de slaap zich over haar.

Die nacht droomt Jade dat ze hand in hand met Carl door de polder loopt. Hij praat en lacht en de zon schijnt overvloedig. 'Ik heb geen haast, liefste, die tv gaat de deur uit, ik hoef nooit meer een wedstrijd te zien zolang jij maar bij me bent.'
Zij houdt hem staande en zegt stralend: 'Ik zal altijd bij je zijn, Carl. We breken het roodstenen bakbeest af en bouwen dan samen het huis van onze dromen. Ik ben sterk, Carl, als jij naast me loopt, zweef ik. Blijf bij me, voor altijd, dan zal ik nooit meer moe zijn.'
Hij neemt haar gezicht in zijn grote handen en kust haar. Hij streelt haar rug en gretig geeft zij hem zijn kussen terug. Woorden zijn overbodig. Dan, plotseling, valt er een grote schaduw over hen heen, snel wordt het koud. Koud en donker, tot een felle bliksemschicht door het duister klieft.
De donder rolt dreigend aan en ineens zijn er bomen, hoge, ongenaakbare bomen die hen insluiten. Nog een bliksemflits, meteen daarop de grommende donder.
'Brand!' schreeuwt Jade. 'Het bos staat in brand en we kunnen nergens heen. Geen plaats om te schuilen!'
Dan tilt Carl haar op en roept boven het geraas van het noodweer uit: 'Ik zal je redden, Jade, ik zal je wegdragen uit dit woud der verschrikkingen!' Zij legt haar hoofd op zijn schouder en ziet hoe de brandende bomen wijken. Aan het einde van de bomentunnel staat een klein kasteel, en achter elk venster brandt licht.
'Een kasteel voor ons, Jade, een veilige veste waar niemand je pijn kan doen.' Hij draagt haar verder, het kasteeltje wenkt. Achter hen is nog slechts vaag het loeien van de vlammen hoorbaar, nog even en... Een bliksemflits, zo fel als zij nog nooit in haar leven gezien heeft, zet het

pad en het kasteel in een verblindend blauwe gloed. En opnieuw dringt de stank van rook zich in haar neusgaten, scherp en verstikkend. 'Carl, help me!' schreeuwt ze, maar hij hoort haar niet. Langzaam keert hij zijn gezicht naar haar toe. Het is Arthur, die haar met ogen vol wanhoop aankijkt. Boven het geraas van de donder uit schreeuwt hij: 'Het is te laat, ik kan je niet redden. Ik moet je achterlaten hier, bij Irma!' Hij laat haar vallen en in het nu onophoudelijke flitsen ziet zij hem wegrennen, de panden van z'n lange regenjas fladderen achter hem aan. Dan is hij weg, net als de bomen, het kasteel. En haar val is diep, eindeloos diep.

Gillend schiet Jade overeind in haar bed. Ze heeft het koud, zo vreselijk koud, maar toch plakt haar T-shirt aan haar lijf. Ze strijkt haar vochtige krullen uit haar ogen en prevelt opgelucht: 'Het was maar een droom, het was maar...' Een felle bliksemschicht zet haar kamer in een blauwe gloed, meteen daarop ratelt de donder.

Opnieuw begint ze te gillen, ze knijpt hard in haar armen. Ze voelt de pijn, maar de paniek slaat toe: deze nachtmerrie is echt, en ze is helemaal alleen! Er is niemand die haar kan helpen, niemand!

Dan is daar plotseling de vertrouwde stem van haar vader.

'Papa,' kreunt ze, en ze strekt haar armen naar hem uit. Hij is al bij haar en trekt haar tegen zich aan. 'Kindje toch, je rilt van top tot teen. Ben je zo bang voor het onweer?'

Jade schudt haar hoofd. 'Ja, nee, die vreselijke droom, ik dacht dat het een nachtmerrie was, maar het is echt. En Carl was bij me, hij zou me redden. Toen... toen wist ik dat er brand was, hij zou me redden maar hij kreeg het gezicht van Arthur en toen was ik alleen, helemaal alleen!' Ze snikt het uit.

'Ach, meisje van me, wat zul je bang geweest zijn. Maar luister, nu ben je veilig. Veilig in ons huis, veilig in je eigen kamer, en ik ben bij je. Het onweer is echt, ja, maar het ergste hebben we gehad, lieverd. Het weer is eindelijk omgeslagen.'

Zo praat hij nog een poosje op haar in en eindelijk ontspant Jade zich in zijn armen.

'Zo,' zegt Frans, 'nu ga ik koffie voor je halen, daar ben je wel aan toe, dacht ik zo. Of ga je liever mee naar beneden?'
Jade knikt.
'Ik neem eerst een warme douche, ik voel me vies, pap. Bedankt dat je er was toen ik me zo vreselijk alleen voelde.'
'Daarvoor hoef je me niet te bedanken,' zegt Frans schor, 'je bent mijn dochter en ik houd van je, meer dan ik je zeggen kan.'
'En ik van jou, papa. En nu ga ik douchen, ik voel me al een stuk beter. Over tien minuten ben ik beneden voor de koffie.'

Onder de warme stralen denkt ze na over haar droom. Het begin was zo mooi, zo vredig. En Carl, hij kuste haar zo teder en liefdevol... Ze legt haar vingertoppen op haar lippen, een heftige hunkering trekt door haar heen. Carl. Nee, dat kan niet, al was hij de enige man op deze aardbol, dan nog zou zij niet verliefd op hem kunnen worden. Of...? Driftig draait ze de koude kraan verder open: een koude douche, dat is wat zij nodig heeft om die idiote gedachten uit haar hoofd te zetten. Maar als zij zich afdroogt, denkt zij nog aan hem.

11

ONDANKS DE VERKWIKKENDE DOUCHE EN TWEE MOKKEN HETE STERKE koffie blijft Jade zich rillerig voelen. Haar keel doet pijn en een zeurende hoofdpijn zet zich vast achter haar ogen.
Ze zit alleen aan de grote tafel in de woonkamer. Het is nog maar zeven uur, papa is naar boven gegaan om een douche te nemen en zich aan te kleden, daarna zal hij mama wekken. Het is dinsdag, dus mam moet werken in de boetiek. En dan morgen weer helemaal naar 'Boschhaege'. Bah, ze moet er niet aan denken, als ze zich zo beroerd blijft voelen, heeft ze helemaal geen zin die lange rit te maken.
Ze schrikt op als ze haar moeder hoort zeggen: 'Jade, kindje, ik hoorde

van papa dat je zo'n vreselijke droom hebt gehad. Je ziet er eerlijk gezegd nogal verpieterd uit, je hebt toch geen koorts?'

Jade haalt licht haar schouders op. 'Ik weet het niet, maar ik voel me niet bepaald fit. Ik wilde dat je vandaag niet hoefde te werken, mam. Weet je waar ik zin in heb? Lekker m'n bed weer in met een warme kruik en een goed boek. En dan later me in slaap laten glijden op het ritme van de regen. En wat mij betreft, mag de wind dan ook nog wel een beetje aanwakkeren. Als het maar niet opnieuw gaat onweren.'

'Wees daar maar niet bang voor, lieverd. Weet je, jij duikt vast je bed in en voor ik wegga, breng ik je een dienblad boven. Thee, wat vers fruit, een gekookt eitje als je daar zin in hebt. Nou, hoe klinkt dat?'

Jade glimlacht. 'Dat klinkt fantastisch, mam. Maar eh... ik ben dan evengoed heel de dag alleen. Ik kan natuurlijk de telefoon mee naar m'n kamer nemen en dan tegen tien uur Carla bellen. Vragen of ze me een poosje gezelschap wil houden. Ze zit wel altijd volop in het vrijwilligerswerk, dat hoef ik jou niet te vertellen. Maar een telefoontje is natuurlijk het proberen waard.'

'Goed idee,' knikt Jetty. 'En ga nu maar gauw naar boven, je ziet eruit of je zo om kunt vallen. En even temperaturen, hè?'

Jade sleept zich de trap op, haar hele lichaam doet pijn. Tollend op haar benen vult ze de warmwaterzak, pakt de thermometer uit het medicijnkastje in de badkamer en trekt even later bibberend haar dekbed op tot aan haar oren. Zo, nu eerst eens kijken of ze inderdaad verhoging heeft.

Negenendertig drie. Jade knippert met haar ogen. Dat kan toch niet, zo vroeg op de ochtend? Nee, ze moet zich vergissen, ze zal nog eens...

'Zo, jongedame, roomservice. Kom je even zitten, kun je meteen je verse jus opdrinken. Kijk, een paar kiwi's, dat zijn vitaminebommetjes, en hier een thermoskan bosvruchtenthee plus een gekookt ei, precies zoals jij het lekker vindt. O ja, kijk eens, ik heb er ook maar een paar aspirines en keeltabletten bij gelegd. Je hebt zo'n akelig droog kuchje, hoorde ik daarnet.'

Moeizaam hijst Jade zich overeind in de kussens en zegt kleintjes: 'Lief van je, mam, geef me maar meteen dat sapje. Ik heb een razende dorst ineens. En die aspirine kan ik goed gebruiken, ik heb nota bene negenendertig drie. Dat wordt morgen een dagje zonder revalidatie, dat is dan nog een geluk bij een ongeluk.'

'Negenendertig drie!' roept Jetty verschrikt uit. 'Meisje toch, ik bel meteen dokter Cramer. En wat mijn werk betreft, ik ga niet, ik ga meteen wat regelen. Een paar telefoontjes en ik ben weer bij je, schat.'

Jade neemt twee tabletjes, leunt dan achterover in de kussens. Haar hoofd bonkt, de pijn wordt erger, ze heeft het beurtelings koud en heet. Lekker lezen kan ik wel vergeten, denkt ze wazig en ze drukt zachtjes tegen haar pijnlijke oogbollen. Dan laat ze zich onderuitzakken, draait zich op haar zij en zakt weg in een onrustige koortsslaap.

Hoewel Jan Cramer meestal nogal terughoudend is met het voorschrijven van een antibioticum, heeft hij in het geval van Jade Fortuyn geen moment geaarzeld een recept uit te schrijven. Daarnaast geeft hij haar slaapmedicatie voor de eerste nachten. Jade heeft een flinke keelontsteking, die makkelijk kan uitdraaien op angina, en hij vindt Jade nog te kwetsbaar om haar lichaam zelf het gevecht te laten aanbinden tegen deze vrij ernstige infectie.

Drie dagen en nachten lang zweeft Jade tussen waken en slapen. Er zijn stemmen en gezichten. Met veel pijn en moeite lukt het haar regelmatig iets te drinken en haar medicijnen te nemen. Ze laat met zich doen als haar moeder haar naar de wc helpt, ze voelt zich een ledenpop als mama en Carla haar samen wassen en het bed verschonen.

Dromen, er zijn veel dromen en ze heeft er moeite mee die van de realiteit te onderscheiden. Cory, Emerald, Arthur, Justin, Irma en Carl, allemaal spelen ze een rol in haar schemerwereld. Tijd is volstrekt onbelangrijk geworden, evenals licht en donker, dag en nacht. Maar ondanks haar soms beangstigende dromen, de hitte en kou die elkaar afwisselen, is er een basaal gevoel van veiligheid, van zich geborgen weten.

Jade slaat haar ogen op, en meteen manifesteert zich een vreemde helderheid in haar denken.

Het is stil, doodstil om haar heen. Doodstil en donker. Ze draait voorzichtig haar pijnlijke hoofd naar het nachtkastje. Twee uur vier, vertellen de digitale cijfers haar.

Op de tast knipt ze haar bedlampje aan en met veel inspanning weet ze zich overeind te werken. Een waas trekt langs haar ogen, haar nek voelt aan als een dun steeltje, te teer om haar hoofd te kunnen dragen. Dorst, ze heeft zo'n verschrikkelijke dorst. Maar de pijn in haar keel is een stuk minder. Ze reikt naar het glas water en drinkt het gulzig leeg.

Het is nacht, weet ze, maar ze heeft geen idee wat voor dag het morgen is. En ze mag dan weer helder kunnen nadenken, ze voelt zich zo slap als een vaatdoek. Maar toch zal ze even haar kiezen op elkaar moeten zetten, want ze moet plassen, haar blaas staat zo ongeveer op knappen. Ze slaat het dekbed terug en gaat op de rand van het bed zitten. Prompt begint ze te klappertanden en ze voelt zich akelig licht in haar hoofd. Zou ze mam roepen? Ach nee, als ze het heel kalmpjes aan doet, redt ze zich wel. Als ze alleen woonde, zou er ook niemand zijn om haar te helpen.

Ze ademt een paar maal diep in en uit en gaat dan staan. Haar knieën knikken en ze rilt van top tot teen. Behoedzaam zet ze de eerste stappen, maar halverwege het bed lijken haar benen te smelten en ze ziet zich genoodzaakt te gaan zitten op de koude vloer. Ze bijt op haar lip en denkt verbeten: dan maar kruipen! Als ze niet opschiet, plast ze nog in haar broek. Het zweet breekt haar aan alle kanten uit, maar ze zet door. Als ze een kleine tien minuten later weer in haar bed zit, is ze totaal uitgeput. Haar hart gaat als een razende tekeer, maar niettemin slaakt ze een diepe zucht van voldoening.

Ze is klaarwakker nu, van slapen komt natuurlijk niets meer terecht. Ze slaat haar duster rond haar schouders en besluit te gaan lezen. Ruth Rendell, een van haar lievelingsauteurs. De bladwijzer zit nog keurig op z'n plaats. *Het stenen oordeel*, een huiveringwekkende psychologische thriller. Ze slaat het boek open en schurkt zich behaaglijk in de kussens. Haar hoofdpijn is wonderlijk genoeg gezakt na haar escapade en het waas voor haar ogen is weggetrokken.

Om er weer wat in te komen leest ze een paar bladzijden terug, maar al snel merkt ze dat ze zich niet goed kan concentreren, er zijn te veel gedachten. Met een zucht legt ze het boek terzijde en sluit haar ogen. Ik heb m'n dagje 'Boschhaege' gemist, denkt ze, en ik heb Carl nog niet laten weten of ik die baan aanneem. Carl... Ze hoeft er geen moeite voor te doen zich zijn gezicht voor de geest te halen, zijn blonde, warrige haardos, zijn lichtend grijze ogen. Onwillekeurig brengt ze haar vingertoppen naar haar lippen en kreunt zachtjes: ze weet nog precies hoe het voelde toen hij haar kuste, zowel in het echt als in haar droom. Zijn tedere maar toch hartstochtelijke droomkussen prefereert zij boven die harde, bijna wrede kus die hij haar opdrong. Dat was toen zij hem had aangeboden zijn huis eens onder handen te nemen. Wat was hij kwaad geweest! Maar toch, die zoen had iets in haar losgewoeld. Hunkering, verlangen naar meer dan alleen een zoen.

Carl Krijgsheld... is zij dan werkelijk verliefd op hem? Of is het gewoon zo dat hij, na Marnix, de eerste en enige man is die haar heeft aangeraakt, waardoor zij zich bewust werd van haar seksuele gevoelens, het besef nog altijd volop vrouw te zijn? Ze komt er niet uit. Ze zou er met Emerald over willen praten, maar die kan dit weekend niet thuiskomen. Cory, ja, bij Cory zou ze ook een luisterend oor vinden. Ze zal haar bellen morgen, of nou ja, eigenlijk vandaag.

Dan, plotseling, vaart er een schok door haar heen: dit weekend, ze zouden dit weekend naar Arthur gaan! Daar kan nu natuurlijk niets van komen, ze is amper in staat naar de wc te gaan zonder hulp. En misschien ís het al wel zaterdag, ze heeft domweg geen idee hoeveel dagen en nachten ze onder de pannen geweest is met die rottige keelontsteking. Tranen van teleurstelling biggelen langs haar wangen: ze had zich er zo op verheugd! Ja, ze had wel tegen de reis met het openbaar vervoer opgezien, maar Cory zou bij haar zijn.

De hoofdpijn is weer komen opzetten en gefrustreerd laat ze zich onderuitzakken. Moeizaam draait ze zich op haar buik en smoort haar tranen in het kussen.

Urenlang ligt ze te woelen en te piekeren, de nacht lijkt geen einde te nemen. Eindelijk, tegen het ochtendgloren, glijdt ze weg in een diepe, genezende slaap. Een slaap zonder kwellende dromen.

'Jade, liefje, word eens wakker. Ik heb een licht ontbijtje voor je.'

Traag slaat zij haar ogen op en kijkt recht in de bezorgde ogen van haar moeder. Ze glimlacht en zegt met een slaperig stemmetje: 'Mam, ik ben er weer.'

Jetty's ogen lopen vol. Ze legt haar hand op Jades voorhoofd en zegt uit de volheid van haar gemoed: 'Goddank, de koorts is weg, eindelijk!' Van de weeromstuit begint ook Jade te huilen. Vreugdetranen. Dan omhelzen zij elkaar, moeder en dochter.

'Mam,' snift Jade, 'hoe laat is het, en wat voor dag is het vandaag?'

'Het is vrijdag, kindje, en eigenlijk is dit hier' – ze gebaart naar het dienblad op het nachtkastje – 'geen ontbijt maar een brunch, het is al elf uur geweest.'

Jade spert haar ogen wijd open. 'Mam, jij zou nu in de boetiek moeten zijn! En dinsdag ben je ook al thuisgebleven voor mij. Straks raak je nog je baan kwijt door mijn malle fratsen.'

'Maak je daar maar geen zorgen over, kindje. Selma Fernhout heeft me weer eens uit de brand geholpen, net als al die weken dat jij in coma lag, ze is een fantastische...' Jetty onderbreekt zichzelf en slaat haar hand voor de mond.

'Wat heb je nou ineens, mam?'

'Die uitdrukking "uit de brand geholpen", was allesbehalve tactvol. Het spijt me, Jade.'

'Doe niet zo gek, het was mij niet eens opgevallen en daarbij kun je me niet m'n hele leven blijven ontzien. Ik heb vannacht veel nagedacht, mam, ook over hoe ik, buiten mijn schuld weliswaar, jullie leven op z'n kop heb gezet. Papa en jij waren er net zo'n beetje aan gewend dat Emerald en ik allebei het huis uit waren en nog geen jaar nadat Em in Utrecht ging studeren, had je een hulpbehoevende dochter thuis. Een dochter die jullie dan wel papa en mama noemde, maar daar niets bij voelde. Jullie waren twee vriendelijke, welwillende vreemden voor mij en ik heb heus wel gezien hoe jullie daaronder leden. Weet je, het wordt tijd dat ik weer aan de slag ga. Al is Carl Krijgsheld dan nog zo onderhevig aan stemmingen, ik besluit hierbij dat ik die baan neem. Ja, vandaag nog bel ik hem en zeg hem dat hij op me kan rekenen. Nee, stil maar, ik besef zelf ook wel dat ik niet meteen volgende week aan de slag kan, maar dat leg ik hem wel uit.'

Ze zwijgt en leunt achterover, doodmoe van het praten. Ze voelt hoe het bloed uit haar gezicht wegtrekt en haar lippen beginnen te beven. 'Nee, ik ben nog niet veel waard,' fluistert ze, 'en het weekend in Groningen kan ook niet doorgaan.' Wat bitter voegt ze eraan toe: 'Nou ja, zonder mij vermaken de anderen zich ook wel.'

'Sst,' zegt Jetty, 'je ziet lijkbleek, je moet nu even niet meer praten. Ik zal koffie voor je inschenken, je kunt nu wel een opkikkertje gebruiken. En de komende dagen zul je nog veel rust nodig hebben om weer een beetje op krachten te komen.'

Jetty blijft bij haar terwijl ze de pittige koffie drinkt en een deel van haar brunch naar binnen werkt. Daarna voelt ze zich inderdaad wat beter, niet meer zo duizelig en zwak.

'Ik heb zin om te douchen, mam,' zegt Jade, terwijl ze haar mond schoonveegt met het papieren servetje. 'En daarna wil ik graag de telefoon hier hebben. Ik moet Carl bellen, en Cory natuurlijk.'

'Jade, wees nou verstandig. Vanavond help ik je met douchen en die telefoontjes kun je vanmiddag ook doen. Je hebt nu net weer een beetje kleur op je wangen. Ga lekker lezen, geniet van je rust, kindje.'

Jade zucht en produceert een klein glimlachje.

'Het klinkt wel verleidelijk, mam, lekker lezen, de thermoskan met koffie onder handbereik. En dan een zacht muziekje erbij... Ja, ik ben óm.

Wil je die cd van Enya aanzetten, die muziek is zo heerlijk rustgevend.'
'Tot uw orders, mevroi,' lacht Jetty. Als ze de cd in de speler heeft
gedaan, zegt ze: 'Ik laat je voorlopig met rust, Jade. Ik laat je deur wel
open, als je me nodig hebt, hoef je maar te kikken.'

Jade neemt haar boek en leunt ontspannen achterover. Zachtjes klinkt
de muziek en even sluit ze haar ogen. 'Sail away, sail away, sail away...'
Ze spert haar ogen wijd open, slaakt een gesmoorde kreet. Het boek valt
op de grond en ze legt haar handen over haar oren.
Ze tuimelt terug in de tijd.

12

HEERLIJK, WEER EENS EEN WEEKENDJE NAAR 'DE RUIMTE', NAAR THUIS!
Ze is die ochtend heel vroeg opgestaan, want ze verlangt naar de weidsheid van de polder, zeker nu er een flink pak sneeuw is gevallen.
Hier in Amsterdam zal de schoonheid daarvan binnen een uur verdwenen zijn, de nu nog ongerepte sneeuw zal binnen de kortste keren veranderen in een grauwe brij.
Snel pakt ze haar weekendtas in en na een haastig ontbijtje ziet ze kans
al om half negen in de intercity naar Zwolle te zitten. Op het nippertje,
dat wel. Ze heeft zich amper geïnstalleerd of de trein komt schokkend
in beweging.
Ze heeft een paar tijdschriften meegenomen en bladert wat, leest hier en
daar een stukje. Maar steeds weer worden haar ogen naar buiten getrokken: nu ze eenmaal de Randstad achter zich gelaten hebben, geniet ze
van het landschap, getooid met een zachte witte deken. Gestaag valt de
sneeuw in wollige vlokken. Genietend staart Jade naar dit winterse landschap, de ogen tot spleetjes toegeknepen.
Als vlak na Amersfoort het wagentje met hapjes en drankjes langskomt,
trakteert ze zichzelf op een beker koffie met een superformaat Mars

erbij. Kan het haar schelen dat ze een beetje aan de mollige kant is, Marnix vindt haar prachtig. En belangrijker nog, zelf is ze ook best tevreden met haar figuur, zij hoeft niet zo nodig te voldoen aan het schoonheidsideaal van al die spijkerdunne topmodellen, ze vindt het niet eens mooi. Vergenoegd schurkt ze haar rug tegen de leuning en bedenkt hoe gelukkig ze is. Ze heeft fantastische ouders, een schat van een zus en fijne vrienden.

Marnix houdt dolveel van haar en zij kan zich een leven zonder hem niet meer voorstellen. Ze glimlacht als ze denkt aan hun plannen voor de grote dag: hun bruiloft zal een feest worden dat zijn weerga niet kent! Dat is hun beider wens: een dag met alles erop en eraan. Het zal een smak geld gaan kosten, maar gelukkig is dat geen probleem: Marnix heeft, zo jong als hij is, een dijk van een inkomen. En daarbij een aardige som op z'n bankrekening.

En dan haar studie! Afgezien van een enkele baaldag haalt ze er haar hart aan op, gretig absorbeert haar brein de pittige leerstof. Ooit zal zij haar droom verwezenlijkt zien en zich kinderarts mogen noemen.

Ze slaakt een diepe zucht: zoveel geluk... Er zijn momenten dat het haar beangstigt. Haar leventje is eigenlijk te mooi om waar te zijn. Maar meestal weet ze dat soort gedachten snel weer de kop in te drukken. Ze mág genieten en ze dankt God elke dag voor al die zegeningen.

Plezierig geeft ze zich over aan de cadans van de wielen en ze laat zich wegzakken in een lichte dommel.

Als de trein over de IJsselbrug dendert, schiet ze overeind: Zwolle! Ze knippert een paar maal met haar ogen, gaapt verstolen en staat dan op om haar tas uit het rek te pakken. Zo, nu snel haar jack aan en alvast bij de deur gaan staan. Als ze geluk heeft, haalt ze het boemeltje naar Kampen nog.

Ze redt het en in Kampen besluit ze niet op de bus te wachten. Nee, ze neemt lekker een taxi, ze voelt zich gelukkig, een beetje roekeloos. Ze heeft ook best wat te vieren. In haar tas zit een map met de uitslagen van haar laatste tentamens: twee achten en een negen! Ja, ze mag zichzelf best wel op een taxiritje trakteren. Eergisteren, toen ze die prachtresultaten onder ogen kreeg, was ze uitgebreid gaan winkelen. Voor papa heeft ze een schitterend tuinboek gekocht, voor mam een klein kristallen zwaantje voor haar verzameling. Ook Emerald is ze niet vergeten, voor haar heeft ze een paar enorme paarlemoeren oorhangers gekocht, want haar zusje is dol op uitbundige sieraden. Gelukkig maar dat ze niet overstag gegaan is voor dat beeldschone giletje, het zou prachtig gestaan hebben bij haar zwarte strakke broek en het fluwelen bordeauxrode truitje. Als ze het had aangeschaft, had ze zich nu niet de luxe van een taxi kunnen permitteren.

De chauffeur is van het zwijgzame type, maar dat deert Jade allerminst. Genietend drinkt ze het beeld van het voorbijglijdende landschap in. Halverwege de Lange Polderweg laat ze zich afzetten en betaalt met een stalen gezicht het verschuldigde bedrag. Ze is nu echt bijna blut, maar dat mag de pret niet drukken.

Jade blijft staan tot de auto uit het zicht is verdwenen. Nu is er alleen de stilte, de schoonheid van het polderland onder zijn wit donzen gewaad. Jade heft haar gezicht naar de hemel en laat de verse vlokken op haar warme gezicht smelten. Ze zou hier wel tijden zo willen blijven staan, maar 'De Ruimte' wenkt. Wat zullen papa en mama verrast zijn, ze verwachten haar en Emerald pas tegen vieren. Ze zou vandaag eerst nog met Cory gaan winkelen; die wilde een nieuwe garderobe aanschaffen en kan nooit kiezen. 'Alleen jij hebt genoeg geduld om met mij winkel in, winkel uit te gaan, zelfs in de wetenschap dat ik uiteindelijk kies voor de eerste outfit die ik gepast heb,' zegt ze vaak waarderend. Maar Cory is aan huis gekluisterd met een vervelende buikgriep, dus hét feest kon niet doorgaan. Hoe rot het ook is voor haar vriendin, nu is Jade er blij om dat ze al zo vroeg thuis kan zijn.

De sneeuw knerpt plezierig onder haar stevige bruinleren laarzen. Nog vijf minuten en ze is thuis. Wacht, ze heeft een plannetje! Ze zal de buitentrap naar de slaapkamer van haar ouders nemen en dan zachtjes de trap af sluipen. Ze ziet die blije gezichten al voor zich als ze ineens de woonkeuken binnenstapt.

Bijna elf uur is het nu, en ze kent het zaterdagochtendritueel van haar ouders: eerst lekker uitslapen, dan samen uitgebreid brunchen. Daarna douchen, aankleden en eropuit met Biba voor een stevige wandeling. Vervolgens allebei met een stuk van de krant aan de grote eettafel, met een thermoskan pittige koffie onder handbereik.

Ze hijst haar toch wel zware tas hoger op haar schouder en duikt weg achter de hoge coniferenhaag. Zo kunnen ze haar onmogelijk zien aankomen. Een prettige huiver loopt langs haar rug. Zo, nu om de garage heen, dan het grindpad door de moestuin, achter de schutting langs naar het terras en dan is ze al bij de trap. Nu maar hopen dat de balkondeur niet op slot zit!

Ze heeft geluk. Eenmaal binnen zet ze zachtjes haar tas neer en trekt haar laarzen uit. Op haar tenen loopt ze langs het brede bed en opent de deur naar de gang. Zo, dat heeft ze hem toch maar mooi geflikt!

Ze sluipt naar de brede trap, zet haar voeten op de twee bovenste treden en blijft dan stokstijf staan.

Vreemd, de radio staat keihard, dat past helemaal niet bij dat mooie nummer 'Sail away' van Enya. Maar het is niet alleen die muziek, er wordt geschreeuwd en met dingen gesmeten! Wat in vredesnaam is hier aan de hand? Papa en mama ruzie? Ja, natuurlijk hebben ze weleens conflicten, maar nog nooit heeft ze hen zo vreselijk tegen elkaar tekeer horen gaan.

Jade laat zich neerzakken op de trap en dan valt de muziek stil. Ze zou willen opstaan, haar ouders willen toeschreeuwen dat ze hiermee moeten stoppen! Maar ze zit daar als gekluisterd en is gedoemd ieder woord te horen.

'Dat je me dit kon aandoen, Jetty! Bah, je bent een ordinaire hoer! Jij altijd met je praatjes over trouw, over hoe goed we het hebben samen. En nu dit! Hoe lang is dit al gaande, hoe vaak was je zogenaamd naar een vergadering terwijl je met die... die schoft naar bed ging? Nou?!'

'Frans, luister nou! Ik heb je al gezegd dat het maar één keer gebeurd is en ik wilde dat ik iets kon doen om het ongedaan te maken. Ik schaam me, ik schaam me dood, weet je dat, ik stik in m'n schuldgevoelens!'
'Ik hoop dat je erin blijft, rotwijf! Eén keer, moet ik dat geloven? Wie weet hoe vaak je me al bedrogen hebt. En dan nu met die Cees-Jan Prinsen nota bene! Die gladjakker met z'n schijnheilige smoel en z'n vrome praatjes! En, vertel eens, was hij goed in bed, beter dan ik? Wat sta je daar nou te janken, ga alsjeblieft uit m'n ogen, slet die je bent!'
'Nee Frans, niet doen!'
Een kletsende klap, dan het oorverdovende geluid van brekend serviesgoed.
'Frans, stop hiermee, alsjeblieft! Sla mij maar in elkaar, want dát is wat je werkelijk wilt!'
Eindelijk weet Jade los te komen uit haar verstarring en ze krijst: 'Nee, nee, niet slaan!'
Gevaarlijk snel rent ze de trap af en stuift de woonkeuken binnen.
Met bleek vertrokken gezichten en ogen vol ontzetting staren haar ouders haar aan. Als in slow motion ziet Jade hoe haar vader zijn opgeheven arm laat zakken.
Doodse stilte.
Jetty doet een stap in haar richting.
'Zeg me dat het niet waar is,' zegt Jade dof. 'Zeg me dat dit een afschuwelijke droom is, toe, zeg het dan. Ik had jullie willen verrassen...'
'Jade, kindje,' zegt Frans moeilijk, 'jij wilde ons verrassen...'
Met ogen als dolken kijkt ze haar moeder aan. 'Ja, en dat is me aardig gelukt!' Het klinkt ongelooflijk cynisch.
'Ik... ik ga al,' fluistert Jetty, 'ik...'
'Dus het is waar! Jij bent met die griezel van een Prinsen in bed gedoken. En lag je diezelfde nacht gewoon weer in papa's armen? Bah, hoe kon je!'
Ze draait zich om en vliegt naar boven. Weg, ze wil weg van hier!
In de slaapkamer van haar ouders worden haar ogen naar het bed

getrokken en een diep gevoel van walging overvalt haar. Ze haalt nog net het balkon en braakt, ze kotst al haar walging uit tot er alleen nog maar gal komt, bitter en bijtend. Eindelijk is ze leeg, haar maag voelt aan als een holle plek. Langzaam laat ze zich op het koude beton zakken. Onophoudelijk stromen de tranen, de smaak van gal vermengt zich met het zilt van haar onuitsprekelijk grote verdriet.

En dan zijn daar papa's armen om haar heen.

'Jade, liefje, kom mee naar binnen, je kunt hier niet blijven zitten. Ik wilde dat we jou dit hadden kunnen besparen, ik...'

Jade komt moeizaam overeind en zegt schor: 'Nee, papa, niet jíj! Mijn moeder, die ik hoogachtte, die heeft dit drama op haar geweten! Ik wil haar nooit meer zien, ik kan het niet verdragen haar treurige ogen te zien, haar houding van verdrukte onschuld!' Ze huilt met gierende uithalen en laat zich willoos door haar vader naar haar kamer brengen. 'M'n tas,' snikt ze, 'ik had cadeautjes bij me, ik was zo blij toen ik naar huis kwam. Met een tas vol geluk, een hart boordevol vreugde. En nu, nu is alles kapot. Alles, en het komt nooit meer goed, nooit meer.'

Ze maakt zich los uit de armen van haar vader en laat zich voorover op haar bed vallen. 'Ik wil... ik moet nu even alleen zijn, pap. Straks, als dat mens vertrokken is, het liefst met onbekende bestemming, kom ik naar beneden. Eerder niet.'

Ze hoort hoe haar vader zacht de deur sluit en geeft zich dan over aan een nieuwe huilbui. Ze huilt zich leeg en een akelige gevoelloosheid maakt zich van haar meester.

Jade heeft er geen idee van hoeveel tijd er verstreken is, als er zacht op haar kamerdeur geklopt wordt. Ze schiet overeind en roept: 'Nee, ga weg, laat me met rust, ik wil je niet zien!'

Maar de deur kiert open en ze kijkt in de rood behuilde ogen van haar vader.

'Het... het spijt me, papa, ik dacht dat zíj het was.'

'Jade...'

'Ja?'

'We moeten praten, kindje. Jij, je moeder en ik. Zij wilde weggaan, maar ik heb haar tegengehouden. Begrijp me goed, Jade, ik ben ontzettend kwaad op haar, ik voel me tot op het bot vernederd, maar op de een of andere manier zullen we toch met elkaar verder moeten. Al die jaren van geluk, dat kan toch niet zomaar voorbij zijn? Kom, ga je opfrissen en ga mee naar beneden. Doe het voor mij!'

'Goed, voor jou, alleen voor jou,' fluistert Jade.

Gek, denkt Jade, onze vertrouwde woonkeuken komt me nu voor als de meest onherbergzame plek op heel de wereld. Met neergeslagen ogen knabbelt ze op een droge cracker, die ze wegspoelt met twee glazen thee. Mama praat en praat, maar de woorden krijgen geen betekenis, ze kan de zin ervan niet ontdekken. En dat wil ze ook eigenlijk helemaal niet. Deze vrouw is haar moeder. Een vreemde, overspelige vrouw van wie zij ooit gehouden heeft.

Eindelijk zwijgt die hese, monotone stem.

Doodse stilte.

'Jade...'

'Ik heb niets te zeggen.'

'Luister, Jade,' zegt haar vader indringend, 'over een paar uur komt Emerald thuis. Ik wil niet dat zij te weten komt wat er gebeurd is. Het is al erg genoeg dat jij...'

'Ik zal m'n mond wel houden, maar reken er maar niet op dat ik mooi weer ga zitten spelen.' Fel kijkt ze haar moeder aan en sist: 'De stemming is hier om te snijden en daar is niets aan te veranderen. Verzin maar een smoes, daar ben je immers zo goed in?'

Jetty lijkt te krimpen. 'Ik heb een barstende hoofdpijn. Ik neem een paar pijnstillers en ga naar bed, dan ben ik van de vloer als Emerald thuiskomt.'

'Ja, ga jij maar lekker naar bed,' bijt Jade haar toe, 'het bed dat je al die jaren met papa gedeeld hebt. Ik hoop dat je koppijn nog tien keer zo erg wordt en dat je de komende nachten geen oog dichtdoet! En ga nu, ik kan je niet meer zien. En het is alleen voor papa dat ik m'n mond zal houden tegen Emerald. We zullen haar wel wijsmaken dat we een griepje hebben, papa en ik zien er tenslotte ook hopeloos uit. En nu ga ik naar buiten, ik stik hier. Ik ga lopen tot ik niks meer voel en niks meer weet. Ja, pap, ik zal ervoor zorgen dat ik thuis ben voor Em arriveert. Thuis... dat woord is een aanfluiting geworden, en dat heb jíj op je geweten!' Ze staat nu pal voor haar moeder en zegt dan laag en ingehouden: 'Ik haat je, ik veracht je! Ja, jank maar, je denkt toch niet dat ik medelijden met je krijg? En nu ga ik.'

Dat weekend, dat vreselijke weekend!
Nee, ze hadden Emerald niets verteld, maar Jade had in haar ogen gelezen dat ze wist dat er meer aan de hand was dan een griepje.
De spanning was om te snijden en Emerald was zondag meteen na het middageten vertrokken, of beter gezegd, gevlucht. Jade kon het haar niet kwalijk nemen, zelf was ze ook het liefst teruggegaan naar haar stekkie in Amsterdam, haar werkelijke thuis. Maar ze bleef voor papa.
In de nacht van zondag op maandag was haar moeder bij haar gekomen. Haar moeder, een gebroken vrouw. Een vrouw die zichzelf niet spaarde. Het was uiteindelijk tot een gesprek gekomen en later hadden ze samen gehuild.
Toen ze die maandagochtend vroeg vertrok, had Jade gezegd: 'Mam, ik zou je willen haten, maar ik kan het niet. Je bent en blijft toch mijn moeder. Dat papa met je verder wil, dat vind ik groots, maar verwacht van mij niet te veel. Ik heb tijd nodig, mam, veel tijd. En wat de kerstdagen betreft, reken maar niet op mij.'
Ze had haar ouders gekust en was gegaan. Met loden benen en een hart vol pijn.

13

ZE KREUNT ALS EEN GEWOND DIER EN DAN ONTSNAPT HAAR EEN LUID,
klaaglijk gejammer.

Ze staart naar de deuropening waar haar moeder staat, als ingelijst.

'Jade, liefje, wat is er, voel je je zo ellendig?'

'De muziek,' snikt Jade, 'het kwam door de muziek. Ik weet het weer,
dat van jou en die mooie meneer Prinsen. Ik wil hier weg, maar ik... ik
heb letterlijk geen poot om op te staan. Waarom, mam, waarom?'

Lijkwit klampt Jetty zich vast aan de deurpost. Ze vindt geen woorden.

'Nou, blijf je stommetje spelen?' snauwt Jade.

'Nee. Ik wil met je praten. Mag ik bij je komen zitten?'

'Je doet maar.'

Jetty recht haar schouders, haar mond is een felle streep. Ze gaat zitten
in Jades knuffelstoel en zegt dan gedecideerd: 'Wat ik gedaan heb is
onvergeeflijk en jouw "waarom" is legitiem. Ik ben er al die tijd bang
voor geweest dat je je dat drama van toen weer zou herinneren. Begrijp
me goed, ik ben blij met elk stukje dat de puzzel van jouw leven van
voor de brand completer maakt. Je weet nu vast ook weer hoe we na dat
afschuwelijke weekend uit elkaar zijn gegaan. Je hebt toen gezegd dat je
me niet kon haten, je kuste me en zei me dat je tijd nodig zou hebben.
Veel tijd. Het was meer dan ik op dat moment durfde verwachten, Jade.
Maar ik wil graag vanaf dát moment verder gaan, ik hoop dat jij dat
kunt opbrengen.'

'Ik doe m'n best,' zegt Jade kort, de ogen neergeslagen. En dan opnieuw,
als een noodkreet: 'Maar waaróm?'

'Ja, waarom, dat vraag ik mezelf ook nog steeds af. Prinsen had al jarenlang uitzonderlijk veel belangstelling voor mij, hij gooide me dood met
complimenten. Dat deed me eigenlijk niets meer, ik was eraan gewend
geraakt. Ik accepteerde hem gewoon zoals hij was, hij riep geen diepe
gevoelens bij me op. Ik mocht hem wel, maar ik ergerde me ook vaak
genoeg aan z'n vleierij. Ik zocht er verder niets achter... Tja, en toen,

begin september was het, vroeg hij me na een bestuursvergadering of ik nog even met hem meeging om wat te drinken en na te praten. Zijn vrouw was een paar dagen naar haar zuster in Brabant en zoals je waarschijnlijk nog wel weet, waren hun twee kinderen al lang en breed de deur uit. Enfin, om kort te gaan, ik nam de uitnodiging aan, want papa had diezelfde avond kerkenraadsvergadering. Het kon weleens heel laat worden, had hij gezegd.'

Jetty veegt langs haar ogen, schraapt haar keel en gaat verder: 'Het begon allemaal heel onschuldig. We dronken een glas wijn en evalueerden de vergadering. Waarbij hij overigens wel weer met complimentjes strooide, dat ik zo efficiënt was, dat ik zo duidelijk onder woorden kon brengen waar het werkelijk om ging. Dat soort dingen, en natuurlijk voelde ik me wel een beetje gevleid. Tja, en daarna... We dronken nog een glas en nog een en toen volgde de klassieke klaagzang dat hij met zijn vrouw nooit echt kon praten, dat zij weinig of geen aandacht besteedde aan haar uiterlijk, dat soort dingen. Ja, en toen had ik moeten vertrekken...'

Rode vlekken ontsieren haar hals en gezicht en in Jades hart vechten afkeer en medelijden om de voorrang.

'Ga verder,' zegt ze dwingend.

'Je weet dat ik een heel matige drinker ben, dus na drie grote bellen wijn was ik... ja, ik was aangeschoten. Hij kwam naast me zitten en streelde m'n haar, herhaalde steeds maar weer hoe mooi ik was. Toen hij me kuste, heb ik hem niet afgeweerd en daarna... O, Jade, het is zo banaal. Hij begon me te strelen, en ik liet het gebeuren dat hij me uitkleedde. Ik... ik raakte opgewonden en... ja, toen is het gebeurd...'

Jetty rilt.

'Daarna bracht hij me thuis. Papa was er nog niet. Ik ben onder de koude douche gestapt, ik voelde me... ik voelde me zo smerig, kind. En schuldig, dat vooral. Ik durfde niet te bidden, maar kwam om in berouw. Oprecht berouw. Ruim twee maanden heb ik met die zware last rondgesjouwd en toen wist ik dat ik het je vader moest vertellen. En jij was getuige van die vreselijke ruzie. Je weet dat er daarna die afstand tussen ons was, ook al deden we nog zo hard ons best om normaal te doen. In die periode heb ik weer leren bidden, Jade, urenlang heb ik op m'n knieën gesmeekt om vergeving. En ook voor je vader ben ik op de knieën gegaan, ook hem heb ik gevraagd mij die gruwelijke zonde te vergeven. En dat heeft hij gedaan, kind. Je vader is een fantastisch mens, maar daarvan hoef ik jou niet te overtuigen. Maar nu, nu vraag ik ook jou mij te vergeven. Ik weet het, het is feitelijk te veel gevraagd, maar nu ik weer met onze Hemelse Vader in het reine ben, nu papa en ik weer samen op weg zijn... ik hoop dat jij, ooit...'

Jetty buigt het hoofd en huilt hartverscheurend.

'Mama, kom eens bij me zitten.'

'Ik...'

'Kom nou maar, ik wil je vasthouden.'

Dan omhelzen zij elkaar, moeder en dochter, en ze huilen samen.

Later zegt Jade kleintjes: 'Als God jou vergeven heeft, en papa, wie ben ik dan om dat niet te doen? Maar ik zal het er nog een tijd lang vreselijk moeilijk mee hebben, mam. Jij en die Prinsen.'

Ze huivert.

'Ik verwacht ook niet dat je dit zomaar kunt vergeten, lieverd. Als je me maar niet minacht. Ik verdien dat, maar ik zou het niet kunnen verdragen als je...'

'Stil maar, mam. Ik zondig ook dagelijks, we leven allemaal van vergeving. En nee, ik voel geen minachting, daarvoor houd ik te veel van je. Papa en jij horen bij elkaar, jullie zijn weer een team, net als vroeger. Em en ik noemden jullie ook weleens "het front", dat weet je vast nog wel.'

Jetty knikt.

'Ja, en soms baalden jullie daar best wel van.'

'Ja, vaak genoeg, hoor, maar het gaf ons ook een gevoel van veiligheid. En toen dat wegviel... Em en ik vonden dat vreselijk en we waren allebei ontzettend opgelucht toen... toen die kilte, die kloof tussen papa en jou langzaam verdween. Maar toch, ik wilde dat mijn geheugen had gefaald op dit punt. Het kwam door de muziek, "Sail away". Dat was het

eerste wat ik hoorde toen ik daarboven bij de trap stond. Op kousen-
voeten, om jullie te verrassen.'

Weer zijn er tranen.

Ze praten nog een tijdlang en dan schiet het Jade ineens te binnen: 'Ik
had cadeaus voor jullie gekocht, een rib uit m'n lijf, maar dat kon me
niets schelen, ik was zo blij vanbinnen, mam... Maar wil je nu even
onder mijn bureau duiken? Ja, achter die stapel boeken en kleren, liggen
als het goed is, daar drie pakjes.'

Even later houdt Jetty het kristallen zwaantje in haar bevende handen.

'Dit... dit heb ik helemaal niet verdiend, ik weet niet...'

'Niet zeuren, mam! Ben je er blij mee? Mooi zo, want dat is ook de
bedoeling.'

'Dit zwaantje krijgt een ereplaatsje in de vitrinekast. En altijd als ik
ernaar kijk, zal ik het beschouwen als symbool van liefde en vergeving.
Dank je, schat! En nu moest je maar een poosje gaan slapen, je ziet er zo
afgeknoedeld uit.'

'Moet je horen wie het zegt,' grinnikt Jade, 'ga je maar gauw mooi
maken voor papa. Zo'n dweil, daar wil hij niet tegen aankijken, reken
daar maar op!'

En dan lachen ze samen. Een bevrijdende lach die alle schaduwen ver-
drijft.

Ruim een week later meldt Jade zich om tien voor negen 's ochtends bij
Carl Krijgsheld: dit zal haar eerste werkdag zijn. Ze is helemaal hersteld
van haar keelontsteking en de vervelende nasleep daarvan, en ze heeft
reuze zin om aan de slag te gaan.

Carl verwelkomt haar kort en zakelijk, zijn lichtgrijze ogen staan
ondoorgrondelijk.

Die man, zal ik hem ooit kunnen peilen? vraagt Jade zich in stilte af.

Maar dan richt ze haar aandacht op de instructies die Carl haar geeft.

'Ze staan alle acht op stal, de fjorden, de haflingers en mijn arabier. Ze
moeten allemaal van top tot teen verzorgd worden, kijk maar hoe ver je

komt vandaag. O ja, voor ik het vergeet, jouw geliefde haflinger Venus lijkt zich de laatste dagen wat te vervelen, ze staat me veel te vaak te weven en lucht te zuigen. Geef haar maar een beetje extra aandacht. Nou, wat mij betreft kun je aan de slag, begin maar in de eerste box. En als je me nodig hebt, weet je me wel te vinden. Succes.'

Hij draait zich om en beent met grote stappen van haar weg.

Jade haalt even haar schouders op: wonderlijke sinjeur, maar goed, hij gedroeg zich niet onbeschoft, dat is al mooi meegenomen. En nu aan de slag, Jade Fortuyn!

Toch wat onwennig stapt ze de eerste box binnen. Fire loopt wat rond in de ruimte van drie bij drie meter en lijkt het best te vinden dat zij haar domein betreedt.

Ze streelt de haflinger over de neus en zegt: 'Zo, dame, eens kijken of ik nog weet hoe ik jou van top tot teen moet verzorgen.' Ze kijkt naar de klaargelegde borstels en even is er iets van paniek: ik weet het niet meer, ik weet niet waarmee ik moet beginnen! Maar al snel heeft ze zichzelf weer in de hand. Ze gaat op haar knieën zitten, fronst diep, neemt de borstels stuk voor stuk in haar handen, en somt op: 'Rosborstel, harde borstel, plastic roskam en zachte borstel. Ja, Fire, ik weet het nog. Nu ga ik eerst je rug onder handen nemen, meisje.'

Ze neemt eerst de harde borstel, maakt daarmee het vuil los op de rug en veegt het vervolgens weg. Ze had eigenlijk eerst de plastic roskam moeten gebruiken, bedenkt ze dan. Maar goed, de rug is inmiddels schoon. Pff, ze zweet nu al! Maar Fire lijkt haar bemoedigend toe te knikken en ze zegt: 'Zo, Fire, nu ga ik je rug eens stevig roskammen.' Ze pakt de harde rubberen borstel met de kleine nopjes en draait hiermee rondjes over de paardenrug. Nadat ze de zachte borstel heeft gebruikt voor Fires benen en hoofd neemt ze de manenkam. Heel voorzichtig haalt ze de klitten uit de witte manen en begint dan met de staart die eveneens wit is. 'En, dame, kan ik het nog een beetje?' vraagt ze aan het paard, 'je bent een lieverd, en straks...'

'Ben ik een lieverd?'

Ze schrikt heftig en laat de manenkam uit haar handen vallen.

'Mán, ik schrik me wezenloos,' stottert ze, 'en... en ik had het heus niet tegen jou, ik... ik had het tegen Fire.' Ze bloost tot in haar haarwortels.

'Jammer,' zegt Carl en hij grijnst breed.

'Wat is er nou zo grappig?' vraagt Jade snibbig. 'En als je verder niks zinnigs meer te zeggen hebt, verdwijn dan. Kan ik me weer op m'n werk concentreren.'

Met de mouw van haar shirt veegt ze het zweet van haar voorhoofd en keert Carl haar rug toe. Ineens voelt ze hoe intens moe ze is en de tranen schieten haar in de ogen.

'Jade, luister even. Je bent doodop, we gaan nu eerst koffiedrinken. Kom mee, ik heb alles klaarstaan in de keuken. Verse, pittige koffie en een paar dikke plakken ontbijtkoek met roomboter. Wie goed werkt, moet ook goed eten.'

Hij slaat een arm om haar schouder en zij laat het toe. Hij moet niet zo lief doen, denkt ze, dan ga ik vast en zeker janken, en dat wil ik niet!

'Het werk valt tegen, hè?' stelt Carl vast als ze aan het krakkemikkige metalen tafeltje in de keuken zitten. 'Nee, spreek me niet tegen. Ik had heus niet anders verwacht. Kom, drink je koffie, en ik verplicht je minstens twee plakken koek naar binnen te werken. Nee, ik duld geen tegenspraak, jongedame!'

Jade drinkt van de sterke koffie en voelt zich al snel wat beter.

'Jij bent een man met vele gezichten, Carl Krijgsheld, ik kan geen hoogte van je krijgen. Maar je koffie is uitstekend. En wat die koek betreft, ik lust wel drie plakken, dus je had helemaal niet de dictator hoeven spelen.'

Hij kan best gezellig zijn, denkt Jade, en hij heeft, zeker weten, de keuken een grote beurt gegeven, want het ziet er allemaal kraakhelder uit. Zelfs de ramen glimmen van genoegen.

Als ze later terugloopt naar de stallen, kijkt ze hem na: rank en soepel bestijgt hij zijn favoriet Sheherazade, de arabier. Het is schitterend om te zien hoe ruiter en paard een eenheid vormen als ze de lange oprit van de manege af draven.

Ooit weer zo te kunnen rijden, hunkert ze. Ja, ze mag het weer gaan proberen, maar het zal heel veel van haar doorzettingsvermogen vergen om het niet meteen na de eerste les te laten afweten. Anderzijds, ze heeft wel voor heter vuren gestaan.

Terug in de stallen gaat ze eerst Venus begroeten. 'Hé, meisje, wat sta je nou te zuigen, zo blijft er niets van je voederbak over. Jij verveelt je een beetje, hè? Ik denk dat jij míj mist. Maar op een dag, Venus, galopperen wij weer samen door de polder, uren en uren achtereen, tot aan de horizon.' Ze legt haar hoofd tegen dat van Venus en voelt zich gelukkig en weemoedig tegelijkertijd.

'Zo, Venus, nu ga ik Fire verder verzorgen en meteen daarna ben jij aan de beurt. En als je gaat lopen weven, kom ik wel even een praatje maken, ik word nerveus van dat geschommel.' Ze klopt het dier op de hals en gaat dan naar de box van Fire.

'Zo,' babbelt ze, 'daar ben ik weer. Ik ga nu eerst je staart eens verder onder handen nemen. Ik zal je geen pijn doen, braaf beest, maar die klitten moeten eruit.'

Als ze die klus geklaard heeft, neemt ze de hoevenkrabber. Uiterst behoedzaam krabt ze, zonder het kussentje in het midden van de hoeven aan te raken: ze zou het niet graag op haar geweten hebben als Fire door haar schuld kreupel zou worden!

Als finishing touch hanteert ze de zachte borstel tot Fire glanst als een opgewreven appel. Met een zucht van voldoening bekijkt ze het resultaat van haar inspanningen.

Voor lunchtijd ziet ze nog kans Venus van top tot teen te verzorgen en de voederbakken van de paarden te vullen met haver en hooi. Als ze haar pijnlijke rug strekt, hoort ze hoefgetrappel: Carl is terug. Ze zal dan ook maar meteen Sheherazades maaltje klaarzetten, dan hoeft Carl zijn paard alleen nog maar af te sponzen.

'Schafttijd!' roept hij en hij stapt met Sheherazade de stallen in.

'Ik heb Fire en Venus tiptop verzorgd en alle voederbakken zijn gevuld,' zegt Jade trots. Maar prompt daarop betrekt haar gezicht en mompelt ze: 'Eigenlijk stelt het niets voor, ik had voor het eten minstens vier paarden klaar willen hebben.'

'Zeur niet,' zegt Carl bars, 'dit is pas je eerste dag, en wat Fire en Venus betreft, die zien er inderdaad tiptop uit. M'n complimenten. En nu gaan we eten, ik heb minstens zoveel trek als onze trouwe viervoeters.'

Weer schuiven ze aan in de keuken en Jade haalt haar lunchtrommeltje te voorschijn.

'Dat is dus de eerste en de laatste keer,' dreunt Carl, 'wat een kolder om je brood van huis mee te nemen, ben je soms bang dat je hier niet genoeg krijgt? Of dat mijn borden en bestek vuil zijn? Het ontbreekt er nog maar aan dat je niet braaf zo'n tupperware beker met melk hebt meegenomen!'

Verschrikt kijkt Jade in zijn boze ogen. 'Maar we hadden toch afgesproken... ik bedoel, toen ik hier kwam solliciteren, heb ik je gezegd dat ik zelf m'n brood mee zou nemen. Bij mijn weten heb je daar toen niks tegen ingebracht. Bah, wat ben jij toch een onvoorspelbaar figuur! Geef mij de paarden maar als gezelschap.'

'Ik ga ook liever met paarden om dan met mensen,' zegt Carl bot. 'Nou, ik ga Sheherazade eens onder handen nemen en ik sta erop dat je nog minstens een halfuur pauze houdt. In de woonkamer liggen kranten en tijdschriften genoeg, dus je hoeft je niet te vervelen. En vanmiddag stuur ik je om half vier naar huis, je ziet er nou al uit als een vaatdoek.'

'Dank je voor het compliment,' reageert Jade sarcastisch, 'ik snap niet hoe Greetje het met jou uitgehouden heeft, jij...'

'Dát neem je terug,' zegt Carl laag en ingehouden.

Jade buigt het hoofd en zegt: 'Dat had ik nooit mogen zeggen, het spijt me vreselijk, Carl. Maar jij bent ook zo onvoorspelbaar, ik weet gewoon niet hoe ik me moet gedragen in jouw gezelschap, je maakt me vreselijk onzeker.'

Ze legt haar hoofd op haar armen en huilt.

Dan voelt ze zijn hand op haar hoofd.

'Stil maar,' zegt hij zacht, 'stil maar, liefje. Je hebt gelijk, met mij valt niet te leven. Wil je mijn excuses aanvaarden? Alsjeblieft, Jade. Ik mag je graag, maar ik kan dat niet op een normale manier laten merken. Weet je, ik ben minstens zo onzeker als jij, neem dat maar gerust van me aan.'

Jade heft haar hoofd op en droogt haar tranen.

'Het is al goed,' zegt ze zacht, 'we moeten onszelf gewoon wat tijd gunnen om aan elkaar te wennen.'

'Je bent een wijze vrouw, Jade Fortuyn. Ik kan nog heel wat van je leren.' Hij buigt zich naar haar toe en kust haar op het voorhoofd. 'Zo, en nu naar de woonkamer jij, je moet rusten.'

Hij pakt haar hand en trekt haar overeind. 'Kom, ik wijs je even waar de plaid ligt. Jij gaat op de bank liggen en probeert wat te slapen.'

Jade laat zich gezeggen en binnen vijf minuten is ze onder zeil.

Samen rijden ze door de polder, Carl op de arabier en zij op Venus. Ze draven voort in perfecte harmonie terwijl de zoele wind hun wangen beroert en de zon hen toelacht.

'Wij redden het wel samen, Carl,' juicht haar stem en hij kust haar met zijn ogen. Dan, plotseling, verschijnen er twee stipjes in de verte en die stipjes worden mensen: Cees-Jan Prinsen met haar moeder. Ze lopen hand in hand en lachen uitbundig.

'Nee!' schreeuwt Jade. 'Nee, mama, niet nog een keer! Ga naar papa, hij wacht op je. Hij wacht al zo lang! Luister naar me, als je die griezel niet meteen loslaat, zal Venus jullie wegvagen en dan is alles voorbij, álles, hoor je!'

Maar dan steelt Prinsen papa's stem en hij roept: 'Stop, Jade, alsjeblieft! Alles is goed, kindje, wij zijn samen op weg naar de toekomst, je hebt niets te vrezen!'

Het landschap verandert, de lucht verkleurt naar dieppaars; de weg, die eindeloos lange weg, wordt een rode streep. Bomen rijzen op en sluiten haar in. Ze trekt in doodsangst de teugels strak en haar paard steigert.

Voor Venus haar afwerpt, ziet zij dat het haar vader is die mama's hand vasthoudt. Dan volgt de val en ze gilt het uit.

'Jade, Jade, wakker worden. Meisje toch, heb je eng gedroomd?' Gerustgesteld door Carls woorden, maar meer nog door de buiging van zijn stem weet Jade zich aan die vreselijke droom te ontworstelen. Hij helpt haar overeind en strijkt haar vochtige krullen naar achteren.
'Ik ga een kopje thee zetten, Jade, en daarna zal ik je thuisbrengen.'
Jade schokt op en recht haar schouders.
'Nee, Carl, ik ga weer aan de slag. Om half vier ga ik naar huis, en geen minuut eerder. En je hoeft me niet thuis te brengen, heus, ik red me wel.'
'Eigenwijs nest,' moppert Carl, maar het klinkt mild.
Als Jade zich wat heeft opgefrist in de keuken, lopen ze samen naar de stallen, waar ze eendrachtig aan het werk gaan tot Carls leerlingen komen.

14

OKTOBER DIENT ZICH AAN MET HAGEL, STORM EN FELLE SLAGREGENS.
Die zaterdag ontwaakt Jade als het al bijna middag is. Behaaglijk draait ze zich op haar rug en huivert plezierig als ze hoort hoe buiten de herfst zich doet gelden.
Tevreden kijkt ze terug op de afgelopen twee weken. Twee weken van hard werken, van pijn en vermoeidheid ook, maar ze weet dat ze goed gewerkt heeft en bovendien kan ze veel meer aan dan op die eerste, zware dag.
Maar van Carl kan ze nog altijd geen hoogte krijgen. Het ene moment is hij vriendelijk en bezorgd, het volgende snauwt hij haar af. En toch is zij zich bewust van die onuitgesproken genegenheid die tussen hen gegroeid is...

Ze zucht eens diep en geeft zichzelf toe dat zij verliefd op hem is, dat te ontkennen heeft geen zin. Maar die wetenschap maakt haar zo kwetsbaar, ze kan er absoluut niet tegen als Carl haar onheus bejegent en nog moeilijker is het de warmte in zijn ogen te lezen, zijn arm rond haar schouders te voelen.

Carl is op zoek naar zichzelf, net als zij. Twee onzekere mensen die elk hun eigen strijd te voeren hebben. En allebei hebben ze nog een lange weg te gaan.

Maar kom, ze moest maar eens opstaan, over een uurtje staat Cory op de stoep. Cory, haar trouwe vriendin. Ze verheugt zich op de komende dagen, want Cory blijft tot dinsdagochtend hier in 'De Ruimte'. Toen ze laatst belde, had ze verteld dat het weekend bij Arthur niet door had kunnen gaan, omdat Justin voor een paar dagen was uitgeschakeld door een lichte griep.

Terwijl ze zich doucht en aankleedt, overweegt ze het plan om het volgende weekend met hun clubje bij Cory samen te komen. Amsterdam... Jade huivert ondanks de behaaglijke temperatuur in haar kamer en haar dikke coltrui. Ja, er is veel om voor te danken, maar als ze nadenkt over haar onbezorgde leventje van nog geen jaar geleden, moet ze vaststellen dat er evengoed diepe wonden zijn geslagen: zij zal nooit kinderarts zijn, ze heeft zich er inmiddels met pijn en moeite bij neergelegd dat ze die droom nooit zal kunnen verwezenlijken...

Ze borstelt haar donkerblonde krullen en kijkt zichzelf eens diep in de ogen. Ze ziet hoe die zich langzaam vullen met tranen als zij aan Irma denkt. Irma, zo jong nog, weggerukt uit dit leven. En Justin, die een levenslang gevecht zal moeten leveren tegen zijn schuldgevoelens. Het is zijn gevecht van vallen en opstaan, ook al weet hij zich gesteund door zijn vrienden. Vooral Cory weet hem altijd weer op te fleuren. Wonderlijk dat Arthur, Cory en zij geen rancune tegen hem koesteren, terwijl het toch onmiskenbaar zijn nalatigheid geweest is die het leven van hun clubje op z'n kop heeft gezet. Vergeving, dat is het sleutelwoord, beseft ze, en dan denkt ze aan haar moeder. Ja, zij ziet hoe goed het is tussen haar ouders, maar zelf betrapt ze zich er nog regelmatig op dat ze met verbijstering en afkeer naar mama kijkt. Ze wil het niet, het gebeurt gewoon. Niet vaak gelukkig, maar toch.

Wonden, denkt ze, wonden die langzaam moeten genezen. Maar de littekens zullen blijven...

'Jade, wat zit jij daar nou te staren? Vergaap je je aan je eigen schoonheid?'

Jade schrikt op: 'Cory, ben je er nu al? Ik dacht...'

Cory grinnikt. 'Zal ik maar weer gaan? Je straalt niet bepaald van vreugde als ik dat zo bekijk. Meid, waar zát je met je gedachten, ik heb wel drie keer geklopt!'

Jade is opgestaan en kust haar vriendin. 'Gekkie, ik ben juist dolblij dat je er bent. Ik zat verstrikt in allerlei sombere, verwarrende gedachten. Er is zoveel gebeurd het afgelopen jaar, ik heb vaak het gevoel dat ik mezelf niet bij kan houden.'

Driftig veegt ze langs haar ogen.

'Ach, liever,' zegt Cory zacht, 'ik snap heus wel dat jij het vaak nog moeilijk hebt en ik bewonder je strijdlust en doorzettingsvermogen, dat mag best eens gezegd worden. Nee, niet tegensputteren. Kom op, we gaan naar beneden. De koffie is bruin en de open haard brandt lustig. Wat een hondenweer trouwens, nog een geluk dat ik vanaf de bushalte de wind in de rug had, ik ben hier gewoon naartoe geblazen!'

Jade lacht.

'Jij ziet altijd maar weer kans een mens op te vrolijken, je bent een regelrechte schat, Cory. Ik heb respect voor jouw optimisme, jouw liefde in woord en daad. En dat terwijl je toch bepaald geen zonnige jeugd hebt gehad en moet leven in de wetenschap dat je ouders amper naar je omkijken...'

Cory slikt en slikt, zegt dan met een geknepen stem: 'Mooi, zo kan-ie wel weer, we hebben elkaar een paar flinke schouderklopjes gegeven en nu gaan we over tot de orde van deze stormachtige dag.'

Met de armen om elkaar heen geslagen lopen ze de brede trap af en schuiven even later aan bij de tierig brandende open haard, waar Frans en Jetty alvast aan hun eerste kopje koffie begonnen zijn.

Het wordt een heerlijk weekend.
Terwijl buiten de elementen tekeergaan, heerst binnen de veilige muren van 'De Ruimte' een sfeer van harmonie en gezelligheid. Met z'n vieren spelen ze Triviant en Scrabble, voeren diepgaande gesprekken en Frans staat erop de maaltijden te bereiden.
'Vandaag en morgen zwaai ik de scepter in de keuken, maandag zijn jullie weer aan de beurt. Bovendien kook ik immers elk weekend, je weet toch dat ik eigenlijk kok had willen worden? Nou ben ik een ambtenaartje en leef mijn culinaire gaven uit in La belle cuisine de la Fortuyn. En als ik jullie zie smullen van mijn gerechten, durf ik te beweren dat ik het er lang niet slecht afbreng.'
'Bescheidenheid siert de mens,' plaagt Jetty en Frans zwaait dreigend met de pollepel. Jade geniet intens van het geluk dat haar ouders uitstralen. Samen zijn ze door een diep dal gegaan, maar ze hebben gevochten voor hun geluk. Ja, liefde overwint alles!

Zondagochtend gaan ze naar de kerk en tijdens de dienst ervaart Jade weer die diepe innerlijke vreugde zich een kind van God te mogen weten. De tekst van de preek raakt haar recht in het hart: 'Wij dan, gerechtvaardigd uit het geloof, hebben vrede met God door onze Here Jezus Christus.' Ja, dat is de kern van het evangelie! En als slotzang zingen ze:

'Heer, waar dan heen,
tot U alleen!
Gij zult ons niet verstoten.
Uw eigen Zoon
heeft tot Uw troon
de weg ons weer ontsloten.'

534

Jade zingt uit volle overtuiging die woorden mee en ervaart iets van de vrede die alle verstand te boven gaat.

's Avonds in bed praten Jade en Cory tot in de kleine uurtjes. En in het beschermende donker van Jades kamer vertelt Cory haar vriendin het grote nieuws.
'Jade, ik kan en wil het niet langer voor me houden. Justin en ik, wij zijn van elkaar gaan houden. Zoveel liefde, ik kan het nog bijna niet bevatten. Wij hebben elkaar nodig, Jade, en zoals je weet, woont Justin al een tijdje bij mij. We hebben besloten in februari, als de eerste lenteboden zich aandienen, te gaan trouwen. Eindelijk zullen Just en ik een echt thuis hebben!'
'O, Cory, wat fantastisch, wat heerlijk voor jullie!' Ze klautert haar bed uit, knielt neer bij het vouwbed en omhelst haar vriendin. En dan neemt zij ook Cory in vertrouwen over haar gevoelens voor Carl Krijgsheld.
'Ik vóel dat hij ook van mij is gaan houden, maar hij kan er geen woorden aan geven. Weet je, hij is nog niet over het verlies van Greetje heen, hij leeft als een kluizenaar. Ja, voor zijn pupillen is hij een goede leermeester, maar ik ben de enige die hij in zijn huis toelaat. Toch is het heel moeilijk om met hem om te gaan, hij is net zo onvoorspelbaar als het weer in ons kikkerlandje. Maar ik zal hem de tijd gunnen, ik zal wachten...'
Cory troost haar als Jade in huilen uitbarst.
'Als jullie voor elkaar bestemd zijn, zul je eens zijn vrouw zijn, Jade. Je zult geduld moeten hebben, veel geduld, maar je hebt bewezen dat je een kei bent in het beoefenen van die kunst. Zal ik voor jullie bidden?'
Jade knikt.
En dan neemt Cory Jades koude handen in de hare en legt God in eenvoudige woorden de moeiten en zorgen van haar vriendin voor.
Getroost valt Jade meteen daarna in een verkwikkende slaap.

Die maandag om klokslag vier uur gaan ze de praktijk van Jos Jacobse binnen: Jade, Frans en Jetty, Emerald, Cory, Carla en de huisarts, Jan Cramer. Jade kijkt de kring rond en denkt: wat ben ik toch eigenlijk een gezegend mensenkind. Deze lieve mensen hier, al die moeilijke maanden hebben zij mij gesteund, door dik en dun.

'Je ogen stralen, Jade,' stelt Jos met genoegen vast. 'Je ziet er wel wat vermoeid uit, het harde werken gaat je natuurlijk niet in je kouwe kleren zitten. Ik heb een diepe bewondering voor je, meisje. Ik zie je steeds sterker worden, levenslustiger ook. Er is weer perspectief, je kunt weer blij zijn, en je verdient het, want je hebt alles op alles gezet om te komen op het punt waar je nu bent.'

De andere aanwezigen beamen dit en Jade bloost onder al die loftuitingen.

'Zonder jullie had ik het niet gered,' zegt ze schor. 'God heeft jullie ingeschakeld om mij weer op weg te helpen en jullie hebben allemaal op jullie eigen manier onzegbaar veel bijgedragen aan mijn herstel.'

En dan verrast ze iedereen door het plan waarop ze al een tijdje broedt te ontvouwen.

'Mijn droom om kinderarts te worden heb ik opgegeven,' begint ze, 'maar dat wil niet zeggen dat ik me niet verder wil ontwikkelen. Ik heb besloten me in te schrijven voor de deeltijdopleiding maatschappelijk werk. Ik heb al informatie ingewonnen en in maart kan ik starten. Ik wil m'n hersens weer eens trainen, mensen, ik mag dan een flinke dreun gehad hebben, mijn verstand is gelukkig nog volledig intact. En twee dagen per week naar Zwolle voor m'n studie, dat móet lukken.'

'Maar je werk op de manege dan,' stamelt Jetty, 'en dan nog de revalidatie. Weet je wel zeker dat je dat allemaal aankunt? Ja, je hebt een enorme wilskracht, maar toch...'

Jade kijkt haar ouders eens aan en schiet vol als zij ziet hoe mam tegen haar tranen vecht, hoe papa's lieve gezicht een intense bezorgdheid uitdrukt.

'Lieve schatten, heb een beetje vertrouwen in me, alsjeblieft! Ik heb echt alles goed overwogen. Ik ga Carl vragen of hij er genoegen mee neemt dat ik twee in plaats van drie dagen bij hem kom werken. En ik heb jullie toch om op terug te vallen? Emotioneel, maar ook in praktische zin. Thuis hoef ik alleen maar m'n eigen kamer te onderhouden sinds ik buitenshuis werk en nooit hoef ik zelf boodschappen te doen of m'n eigen potje te koken. Gratis en voor niks vind ik bij jullie alle luxe en comfort die ik me maar wensen kan. En ook alleen daardoor is er een goede kans dat ik mijn plannen zal kunnen realiseren.'

Met elkaar bespreken ze Jades plannen en opnieuw mag zij zich verheugen in hun support, begrip en genegenheid.

Wel drukt Jos haar op het hart steeds voldoende rust te nemen en vooral 's avonds vroeg naar bed te gaan. 'Anders ga je over je grenzen, Jade, en dan raak je geheid in de knoop met jezelf. Zie frustraties te voorkomen, meisje!'

'Wat die grenzen betreft, daarvan ben ik me wel degelijk bewust, Jos, en ik besef heel goed dat ik nogal ambitieus ben. En dat ik heus nog weleens zal struikelen en vallen. Maar ik hoop dat jullie met elkaar ook dan mijn vangnet zullen zijn.'

'Daar kun je van op aan, Jade,' zegt Carla bewogen. 'Maar vergeet niet dat wij feilbare mensen zijn. Stel je vertrouwen vooral op de Heer. Hij zal je nooit ofte nimmer laten vallen.'

Jade gaat een heel nieuw leven opbouwen, denkt Carl Krijgsheld bitter. Ja, ze zal hier voorlopig nog blijven komen, maar op een dag zal zij hem de dienst opzeggen, daarvan is hij overtuigd. Wie weet gaat ze binnen afzienbare tijd wel in Zwolle wonen... Eindelijk heb ik dan de vrouw gevonden met wie ik verder wil en nu... Jade had hem van haar plannen verteld en hij had gezegd: 'Nou, kind, mijn zegen heb je.'

Hij had weggekeken van de pijn in haar ogen, had zijn werkelijke gevoelens voor haar diep weggestopt en had Jade de rest van de dag genegeerd.

Ja, ze blijft hier twee dagen werken, maar het zou toch niets kunnen worden, wat moet Jade met zo'n wereldvreemde vent als hij, ze kan wel wat beters krijgen. Nee, het is maar beter zo, hij zou haar doodongelukkig maken.

Maar zijn hart spreekt een andere taal en die nacht kan hij de slaap niet vatten. Hij tracht zich Greetjes gezicht voor de geest te halen, maar steeds schuift het beeld van Jade ervoor. Jade, ik kan niet meer zonder jou, ik hou van je, meer dan ik zeggen kan.

De toekomst grijnst hem aan als een donkere, gapende leegte en dan geeft hij zich over aan zijn smart: hij huilt tot hij geen tranen meer heeft.

De volgende ochtend wordt hij gewekt door het snerpende geluid van de bel. Verdwaasd komt hij overeind, wrijft zich in de ogen en kijkt op z'n wekker: zeven uur! Welke halve zool durft op dit tijdstip bij hem op de stoep te staan?

Woest haalt hij z'n handen door z'n warrige haardos, schiet in zijn ochtendjas en banjert de trap af. Driftig zwaait hij de voordeur open en staat dan oog in oog met een verregende Jade.

'Wat doe jíj hier in vredesnaam op dit onchristelijke uur?' snauwt hij.

'Carl... mag ik binnenkomen, ik heb het zo vreselijk koud. Ik moet met je praten.'

Onwillig stapt hij opzij, laat haar voorgaan naar de woonkamer en blaft: 'Doe die jas uit, je bent doorweekt. Je lijkt wel gek om in dat dunne ding naar buiten te gaan met dit hondenweer. Nou, ga zitten, ik zal koffiezetten.'

Jade huivert, ze is bloednerveus. Hoe kan ze tot hem doordringen? Heel de nacht heeft ze liggen piekeren over hoe het verder moet tussen Carl en haar. Haar getob heeft haar dit opgeleverd: zij houdt van Carl Krijgsheld, met heel haar hart. En hij van haar, al heeft hij een wel heel vreemde manier om dat te tonen. Of beter gezegd: dat te verbergen.

Carl komt binnen met twee mokken verse koffie, zet ze op de tafel en zet de thermostaat hoger. 'Eerst je koffie opdrinken,' gebiedt hij, 'en dan mag je me vertellen waar je het lef vandaan haalt om me uit m'n bed te bellen.'

Jade klemt haar verkleumde handen rond de warme mok, nipt van het hete, pittige vocht en denkt: dit wordt moeilijk, nog moeilijker dan ik dacht. Maar dan steekt haar strijdlust de kop op. Ze zet haar mok op tafel, recht haar rug en zegt fel: 'Kijk me aan, Carl. En luister, luister heel goed naar wat ik je te zeggen heb. Waag het niet me in de rede te vallen tot ik uitgesproken ben!'

Overdonderd knippert Carl met zijn ogen en knoeit met z'n koffie. Hij wil haar niet aankijken, maar zij dwingt hem ertoe. 'Ik luister,' zegt hij dan kort.

'Carl, ik ben hiernaartoe gekomen om je te zeggen dat ik mijn leven met jou wil delen. Je bent een onmogelijk mens, maar ik hou van je. Ik droom vaak dat ik in je armen lig, of dat wij samen door de polder rijden. En ik weet dat jij ook om mij geeft, al doe je nog zo je best mij van je af te stoten. Maar dat zal je niet lukken, Carl. Ik geloof dat God ons op elkaars weg heeft geplaatst. Wij zijn allebei door een diep dal gegaan. Jij moest je vrouw verliezen en dat is vreselijk. Maar jij blijft steken in de gedachte dat je nog maar een half mens bent, je bijt je daarin vast. Nee, laat me uitpraten! Jij weet wat ik geleden heb, een tijdlang was ik niet meer dan een naam. Ik was niemand meer, ik doolde rond in een voor mij onbekende, vaak vijandige leegte. Maar ik heb gevochten, Carl, ook toen ik zeker meende te weten dat God er niet was. Niet voor mij. Maar Hij heeft mij het vertrouwen in Hem teruggegeven en daarmee ook een heel nieuw leven. En nu heb ik twee vragen voor jou, Carl: wil je proberen de weg naar God terug te vinden? Ik zal voor je bidden, dat doe ik al zo lang. En dan...' Een felle blos kleurt haar bleke wangen, dan gooit ze eruit: 'Carl Krijgsheld, wil je met me trouwen?'

Zwaar drukt de stilte die op haar woorden volgt. Ze buigt het hoofd en denkt: het is voorbij, dat, wat nog amper was begonnen, is voorgoed voorbij. Ze buigt het hoofd en huilt geluidloos.

'Ik moet gaan,' zegt ze hortend en staat op. Haar tenen doen pijn, alles doet pijn.

En dan zijn Carls armen om haar heen.

'Ik laat je niet gaan, Jade, ik laat je nooit meer gaan. Wat je eerste vraag betreft, ja, ik weet dat God er is. Maar ik ben de weg kwijt, liefste. Ja, het is goed dat jij voor mij bidt, zelf kan ik het niet. Nog niet... En dan je tweede vraag. Weet waar je aan begint, Jade, maar mijn antwoord is: ja, duizendmaal ja!'

Zij heft haar betraande ogen naar hem op en dan kussen zij elkaar.

De regen is opgehouden en een vriendelijke zonnestraal plaatst hen in het licht. De toekomst ligt weer open.